Carlene Thompson
Frag nicht nach ihr

Carlene Thompson

Frag nicht nach ihr

Roman

Aus dem Amerikanischen
von Irmengard Gabler

KRÜGER VERLAG

Die amerikanische Originalausgabe erschien 2002
unter dem Titel »If she should die« im Verlag
St. Martin's Press, New York, N.Y.

Dieses Werk wurde im Auftrag von St. Martin's Press, L.L.C. durch die
Literarische Agentur Thomas Schlück GmbH, 30827 Garbsen, vermittelt.
Für die deutsche Ausgabe:

Satz: Pinkuin Satz und Datentechnik, Berlin
Druck: Clausen & Bosse, Leck
Printed in Germany 2003
ISBN 3-8105-2026-8

Für Pamela Gray Ahearn
Für ihre jahrelange Unterstützung

Danken möchte ich Russell Crump,
Kelsey Nicole Brown, Jennifer Weis
und Keith Biggs

Dank auch an Rhiannon, die auf meiner
Stuhllehne saß, während ich all dies schrieb.

Prolog

Sie hieß Dara. Ihre Mutter Eve hatte behauptet, sie habe ihr zwei Minuten nach der Geburt in die Augen gesehen und sofort erkannt, dass sie nicht zu bändigen sein würde. Der Vater der Kleinen hätte sie gern Angelina, Engelchen, getauft, aber Eve wusste, dass das Mädchen kein Engel war, und hatte ihren Namen durchgesetzt. Jetzt saß Dara Prince auf dem Geländer der modrigen Holzbrücke über dem Crescent Creek und blickte hinauf zum Schwarzmond. Während einer ihrer seltenen geduldigen Phasen hatte sie ihrem »geerbten« Bruder Jeremy einmal zu erklären versucht, dass nach den Lehren des alten Indianerhäuptlings Wicca der zweite Neumond in einem Monat als Schwarzmond bezeichnet und ihm große Macht zugeschrieben wurde. Doch obwohl Jeremy bei ihren Ausführungen lächelnd genickt hatte, wurde Dara den Verdacht nicht los, dass er sie nicht wirklich begriffen hatte. Mit seinen siebzehn Jahren hatte er einen IQ von ungefähr siebzig, und sein emotionaler und intellektueller Entwicklungsstand war in etwa der eines elf- oder zwölfjährigen Jungen. Doch unterschied er sich in vielerlei Hinsicht von Kindern dieses Alters. Dara verstand seine Behinderung nicht ganz, interessierte sich auch nicht sonderlich dafür, wusste nur, dass er nicht normal war. Sie saß auf dem alten schmutzigen Brückengeländer, trank aus einer kleinen Flasche Wodka und wünschte inbrünstig, man hätte nicht ausgerechnet ihren Vater zum gesetzlichen Vormund von Jeremy und dessen älterer Schwester Christine bestimmt. Die Eltern der beiden waren vor drei Jahren beim Absturz eines Kleinflugzeugs ums Leben gekommen. Jeremy war ihr ja so peinlich. Sie hatte immer Angst, die Leute könnten ihn für ihren leiblichen Bruder halten. Wenigstens litt er nicht am Down-Syndrom und lief mit unförmigem Kopf und offenem Mund durchs Leben. Nein, Jeremy sah zum Glück gut aus, sehr gut sogar, ungefähr wie Brad Pitt, nur größer und muskulöser. Dara dachte oft, dass Gott sich mit Jeremy ein Späßchen erlaubt hatte, weil Er ihn so groß, hübsch und – blöde gemacht hatte. Gott konnte manchmal schon ein arger Blödmann sein, dachte sie und knickte einen Zweig. Ein richtiger Scherzkeks. Nur dass Seine Späße auf Kosten der Menschen gingen.

Jeremys Schwester Christine jedoch war keiner von Gottes Ausrutschern. Sie war einundzwanzig, zwar nicht hübscher als Dara, aber doch klüger als sie, zumindest intellektueller. Die Leute bewunderten ihr reifes, zurückhaltendes Wesen und ihr Verantwortungsbewusstsein. Die Lehrer liebten sie. Dara dachte angeekelt, dass Christine in ihrer gesamten Schulzeit noch nie eine andere Note als »sehr gut« bekommen hatte.

»Noten sind mir scheißegal!«, verkündete sie leicht beschwipst und etwas theatralisch ihrer schwarzen Katze Rhiannon neben ihr. »Du kriegst ’nen Lehrer, der dich mag und der dir statt der Vier eine Eins ins Zeugnis schreibt, und alle flippen aus vor Begeisterung. Verdammt nochmal, man kann die Eins doch auch fürs Abschreiben gekriegt haben.«

Sie genehmigte sich noch einen Schluck Wodka, lehnte sich zurück und starrte hinauf zum Mond. Obwohl sie das Tageslicht gern nutzte, um sich im Spiegel zu bewundern, war doch die Nacht ihre bevorzugte Tageszeit. Die Dunkelheit war samtig und weich, betörend und magisch. Sie ließ die Stille eine Weile auf sich wirken, starrte hinauf zu den Sternen und dem schwarzen Mond und lauschte dem Gesang der Nachtvögel. Rhiannon kauerte auf dem Geländer neben ihr und ließ sich von ihr das schwarze Fell streicheln. Dara stand auf und holte ihren Ghettoblaster. Die Brücke über den Crescent Creek war weit entfernt von den nächsten Häusern, sodass die laute Musik keinen stören würde. Sie hatte zwar kein Problem damit, jemandem auf die Nerven zu gehen, aber sie wollte nicht um elf Uhr nachts an ihrem Geheimplatz erwischt werden, während sie eigentlich in ihrem Zimmer für den englischen Literaturkurs büffeln sollte, den sie sonst nie und nimmer schaffen würde.

Dara legte eine CD ein und der Song »Rhiannon« von Fleetwood Mac tönte durch die laue, ruhige Nacht. Sie hatte die neuere Version gewählt, die mit der flotten Klaviereinführung. »Rhiannon« war ihr Lieblingssong, und sie konnte ihn ohne Ende hören.

Die Dunkelheit und der warme Wodka beruhigten sie. Sie stand auf, wiegte sich verführerisch im Licht der Sterne, ließ das Haar fliegen und schloss genüsslich die Augen. Rhiannon war von der Brücke gelaufen und auf einen Baum geklettert. Jetzt kauerte sie, den Schwanz sorgsam um die Vorderpfoten gelegt, auf einem Ast und beobachtete die Szene aus großen goldenen Augen.

Dara tanzte weiter, völlig selbstvergessen, die Hände im seidigen Haar vergraben, das Gesicht dem Mond zugewandt. Nirgends sonst fühlte sie sich so frei wie hier. Deshalb liebte sie diesen Ort, dem etwas Mystisches anhing. Früher hatte hier ein Indianerstamm gelebt. Am anderen Ufer des Crescent Creek erstreckte sich eine Halbinsel, deren Land über ein Jahrhundert lang bebaut worden war. Die landwirtschaftlichen Geräte waren über die Brücke geschafft worden, bis der Boden unfruchtbar geworden war. Und so lag das Land seit einigen Jahren verlassen da. Auch die Brücke wurde von den Leuten gemieden, weil sie inzwischen baufällig war. Es lohne nicht die Mühe, sie auszubessern, sagten sie. Vor einigen Jahren hatte ein Archäologe dann die Genehmigung erhalten, mit seinem Team auf der Halbinsel Grabungen durchzuführen.

Dara hasste eigentlich den Geschichtsunterricht in der Schule, deshalb verstand sie selbst nicht, warum sie plötzlich so viel Interesse an den Tag gelegt hatte, als die Archäologen ein altes Indianerdorf entdeckt hatten. Sie erinnerte sich noch lebhaft daran, wie sie jeden Morgen zur Ausgrabungsstätte geschlichen war. Die Wissenschaftler hatten das hübsche zwölfjährige Mädchen gewähren lassen, das sich für die lehmigen Fundstücke begeisterte, stets darauf bedacht, nur ja nichts anzurühren oder eine abgesteckte Stelle zu betreten. Dara war jederzeit bereit gewesen, für die schwitzenden Arbeiter Wasser zu holen, und hatte ihnen oft selbst gebackene Kekse mitgebracht.

Und dann kam der aufregendste Tag ihres ganzen Lebens: Man war auf eine Begräbnisstätte mit acht Skeletten gestoßen, sechs Erwachsene und zwei Kinder; alle lagen auf der linken Körperseite, das Gesicht nach Westen ausgerichtet, wie es das Begräbnisritual verlangte. Dara war bis nach Sonnenuntergang vor Ort geblieben, viel zu fasziniert, um an ihren besorgten, arbeitswütigen Vater zu denken, der keine Ahnung hatte, wo sie ihre Tage verbrachte. Als es ihm schließlich zu Ohren kam, hatte er ihr die Ausflüge auf die Halbinsel verboten. Die alte Brücke sei nicht sicher, hatte er behauptet. Zu viele Landstreicher und Giftschlangen. Auch von tollwütigen Stinktieren war die Rede. Ihr sei noch nie ein wütendes Stinktier über den Weg gelaufen, hatte sie gesagt und sich ausgeschüttet vor Lachen. Und da hatte ihr ansonsten so nachsichtiger Vater ihr doch tatsächlich fast eine geschmiert. Dara war so verdutzt gewesen, dass sie zunächst angenommen hatte, ihr Vater könne eben keinen Spaß vertragen. Später vermutete sie dann, dass ihn die Entdeckung der Skelette geängstigt hatte und er sie von dem Ort, der ihm insgeheim Angst machte, fern halten wollte. Dara brüstete sich damit, vor nichts und niemandem Angst zu haben, höchstens vor der Vorstellung, alt und unansehnlich zu werden, doch darüber wollte sie sich erst später den Kopf zerbrechen. Sie war ja erst neunzehn. Die mittleren Lebensjahre lagen noch in weiter Ferne.

Der Song war zu Ende, und als Dara sich zum CD-Spieler hinunterbeugte, hörte sie ein Geräusch. Sie erstarrte. Hin und wieder war Jeremy ihr nachts hierher gefolgt. Sie hatte es ihm nicht übel genommen. Sie gab es nur ungern zu, aber ein Blick in seine arglosen bewundernden Augen genügte, und sie brachte es nicht übers Herz, ihm böse zu sein. Sie hatte ihm stattdessen, um ihn abzuschrecken, von Schlangen und Hexen und anderen Scheußlichkeiten erzählt. Aber es schien nicht zu wirken. Er wollte wissen, wo die Indianer früher gelebt hatten. Ihn faszinierte dieser Ort fast so sehr wie sie. Und was das Schlimmste war, sie konnte sich nicht bei ihrem Vater über Jeremys Anhänglichkeit beschweren, ohne ihre eigenen verbotenen nächtlichen Ausflüge zu verraten. Wunderbarerweise hatte Jeremy keinem gepetzt, dass sie nach wie vor hierher kam. Sie hielt nach Rhiannon Ausschau. Die goldenen Augen der Katze blickten auf den Fluss, und wieder hörte Dara ein Geräusch. Ein kleines Tier – eine Bisamratte oder ein Nerz – warf sich platschend ins Wasser. Sie störte das Leben im Wald, dachte sie. Erkannten die Geschöpfe denn nicht, dass sie eine von ihnen war – wild, ursprünglich, voll animalischer Energie, gefangen in einem menschlichen Körper? Sie lächelte. Sie war ja regelrecht poetisch, fast so wie ihre »Beinah«-Schwester

Christine. Die allerdings war von diesem Ort nicht angetan, konnte ihn nicht ausstehen. Christine gehörte nicht so wie sie hierher.

Außer heute Nacht. Sie war sich zwar sicher, dass sie nur ein Tier gehört hatte, aber sie fühlte sich doch mulmig. Ihr Atem ging schneller. Ihre Sinne wurden schlagartig hellwach, witterten Gefahr, verlangten nach Selbsterhaltung. Sie schaltete den CD-Spieler aus und holte die schwere Glaskugel aus ihrer dunkelroten Samthülle. Ihre Mutter Eve hatte damit herumexperimentiert, als sie ihre Hexen-Phase durchlebte. »Alles nur Spaß«, hatte sie Dara versichert. Als sie noch jünger war, hatte Dara sich ein wenig vor Hexen gefürchtet, doch nach dem Tod ihrer Mutter hatte sie darauf bestanden, die Kristallkugel, die die Größe einer Honigmelone hatte, an sich zu nehmen. Dara hielt sie gern in die Sonne oder den Mond, um zu sehen, wie sich das Licht darin brach und alle Farben des Regenbogens hervorbrachte. Manchmal trug Dara die Kugel als Glücksbringer mit sich herum, doch im Augenblick war sie ihr eher eine willkommene Waffe. Doch wovor fürchtete sie sich eigentlich? Da war doch nichts. Oder doch?

Die Angst berührte mit kalten Fingern Daras Nacken. In letzter Zeit war sie sehr schreckhaft. Sie hatte Angst. Panische Angst wie noch nie in ihrem Leben. Und sie war selbst schuld, dass es so weit gekommen war. Sie hatte ein gefährliches Spiel gespielt, und jetzt war es ihr entglitten. Sie war zu weit gegangen. Sie bereute es zutiefst, sah aber keinen Ausweg mehr.

Am besten, sie verließ die Stadt, dachte sie. Seit letzter Woche hielt sie schließlich nichts mehr hier, abgesehen von ihrem Vater. Sie würde ihm nie verzeihen, dass er so kurz nach dem Tod ihrer Mutter eine viel jüngere Frau geheiratet hatte. Auch nicht, dass er Jeremy und Christine aufgenommen hatte. Doch sosehr sie auch an ihm hing, in ihrer jetzigen Not konnte sie sich nicht an ihn wenden. Er wäre außer sich, enttäuscht, gedemütigt. Er würde sie nicht verstehen.

Wahrscheinlich würde er sie sogar hassen, und das könnte sie mit Sicherheit nicht ertragen. Ja, sie würde fortgehen, dachte sie fest entschlossen. In den vergangenen Tagen hatte sie Pläne geschmiedet, sich überlegt, wohin sie gehen könnte, hatte zehntausend Dollar von ihrem Konto abgehoben. Dank all der großzügigen Weihnachts- und Geburtstagsgeschenke hatte sich einiges angehäuft. Trotzdem zögerte sie. Den Ort zu verlassen, in dem man aufgewachsen war, war ein großer Schritt. Dachte sie jedoch an die schlechten Schwingungen, die sie neuerdings auffing, hielt sie es für angeraten, möglichst bald zu gehen. Und gerade jetzt hatte sie das dringende Bedürfnis, noch heute Nacht von hier zu verschwinden.

Aber sie hatte Angst. Angst, hier zu bleiben, und Angst, fortzugehen. Gott, was für ein Dilemma! Sie setzte sich auf einen flachen Stein und ließ ihren Tränen freien Lauf.

Der Wind wurde stärker, roch nach Regen. Ende März gab es immer Regen. Alle paar Jahre kam sogar so viel Regen herunter, dass der Crescent Creek zum reißenden Fluss wurde und sich schäumend, als genieße er seine vorübergehende Kraft, in den angeschwollenen Ohio ergoss. Wahrscheinlich war es wieder mal so weit. Das Hochwasser würde wenigstens ein bisschen Leben in dieses verschlafene Kaff bringen, dachte Dara, obschon ihr im Augenblick so gar nicht nach Aufregung zumute war.

Über ihr im Baum ließ Rhiannon ein leises kehliges Knurren hören. Dara warf ihr einen überraschten Blick zu. Rhiannon war eine bewundernswert stille Katze, die nur ab und zu sanft miaute, selten schnurrte und noch viel seltener knurrte oder fauchte.

Dara sah sich suchend um. Da, auf dem schmalen, abschüssigen Pfad, der zur Brücke hinunterführte, stand jemand. Die reglose Gestalt war im fahlen Licht nur schemenhaft zu erkennen.

»Jeremy?«, rief Dara schrill, von einer plötzlichen Panik erfasst. Gott, du bist wirklich schreckhaft heute, schalt sie sich. Dabei gab es abgesehen von Jeremy nur einen einzigen Besucher hier draußen, nämlich Streak Archer, den exzentrischen Freund ihres Vaters, der nachts zu joggen pflegte und seine Anwesenheit stets durch lautes Rufen ankündigte.

»Streak?«, rief sie trotzdem. Streak antwortete nicht.

»Christine?«, versuchte Dara es noch einmal, und die Stimme versagte ihr. Christine kam normalerweise nicht hierher, aber vielleicht hatte ihr ja Jeremy das Geheimnis verraten, und Christine spielte jetzt den Aufpasser, weil Daras Vater und ihre Stiefmutter heute Abend ausgegangen waren. Die Gestalt war ebenso groß wie Christine, die sich neben der zierlichen Dara wie eine Amazone ausnahm. Ja, bestimmt hatte Christine sie aufgespürt und war gekommen, um sie nach Hause zu schleifen.

Die Gestalt regte sich nicht, ihr Gesicht war im Dunkeln nicht zu erkennen. Da ertönte eine Stimme. »Dara, warum versteckst du dich da? Ich kann dich nicht sehen.«

Dara wusste nicht, ob sie weiter Angst haben oder angesichts der vertrauten Stimme erleichtert sein sollte. Sie beschloss, sich nichts anmerken zu lassen. »Ich habe mich nicht versteckt. Ich genieße nur die Nacht hier draußen. Aber jetzt scheint ein Unwetter aufzuziehen. Ganz schön windig, nicht?«

Keine Antwort. Daras Augen wurden schmal. Der Körper des Besuchers wirkte eigenartig angespannt. Und die Stimme klang auch nicht normal. Eine Spur zu fröhlich. Gewollt fröhlich. Dara wurde argwöhnisch. Etwas stimmte hier nicht. »Höchste Zeit, dass ich nach Hause gehe. Ich komme mit dir«, rief sie wie beiläufig, während ihre schweißnassen Hände sich um die Kristallkugel schlossen. Dara erhoffte sich von ihr so etwas wie spirituellen Schutz, weil die Kugel ihrer Mutter gehört hatte. Mit zitternden Fingern wagte sie ein paar zögernde Schritte. Der Wind wehte ihr die Haare ins Gesicht, und sie fragte sich, ob sie tatsächlich Angst haben musste oder ob sie sich die Gefahr wegen all der Schwarzmondgeschichten nur einbildete.

Rhiannons goldene Augen starrten wie gebannt auf den Besucher. Langsam erhob sich die Katze. Ihre Augen wurden schmal, sie machte einen Buckel, bauschte den Schwanz, legte die Ohren an und fauchte, was das Zeug hielt.

Zwanzig Minuten später, als die ersten Regentropfen in die angeschwollenen Fluten des Crescent Creek prasselten, balancierte Rhiannon anmutig das Brückengeländer entlang. Sie hatte noch immer die Ohren angelegt und das glänzende schwarze Rückenfell gesträubt. Ihre Pfoten hinterließen eine blutige Spur, während die gespenstischen Klänge von »Rhiannon« durch die Dunkelheit bis hinauf zum Schwarzen Mond tönten.

Kapitel 1

Drei Jahre später

Christine Ireland zwang das silberne Armband mit den Granatsteinen um das plumpe Handgelenk ihrer Kundin. Als der Verschluss endlich zuschnappte, schwollen die Adern auf dem Handrücken merklich an. »Wilma, dieses Armband ist sehr hübsch, aber nur achtzehn Zentimeter lang. Zwanzig müssten es mindestens für dich sein.«

Wilma Archer musste lachen. »Ach, Christine, das Kettchen ist doch für meine Enkelin. Sie macht in zwei Monaten ihren High-School-Abschluss. Du meine Güte, mir müsste man spätestens nach einem Tag die Hand abhacken!«

Christine lächelte erleichtert. Viele ihrer Kundinnen versuchten Handgelenke und Finger in viel zu kleinen Schmuck zu zwängen und waren beleidigt, wenn die Verkäuferin ihnen zur nächsten Größe riet. Christine kannte Wilma Archer jedoch seit Jahren. Die Frau hatte nicht einen eitlen Knochen im Leib.

»Willst du ihr nicht lieber ein goldenes Armband kaufen?«, fragte Christine, während sie Wilma behutsam aus ihrer Handschelle befreite.

»Natürlich wäre mir ein goldenes lieber, aber das würde dreimal so viel kosten, und meine Enkelin wird samt Kettchen im Studentenheim leben. Wie leicht kann es da verloren gehen oder gestohlen werden.«

»Sie zieht ins Studentenheim?«, fragte Christine und legte das Armband wieder in seine wattierte marineblaue Schatulle, die als Firmenlogo eine kleine goldene Krone trug. »Wird sie denn nicht hier in Winston aufs College gehen?«

»Zuerst wollte sie ja unbedingt nach Princeton, weil Brooke Shields dort studiert hat, aber mit ihren Zensuren bleibt ihr nur die Winston University.«

»Ich habe auch hier studiert«, sagte Christine.

»Du warst ja auch vernünftig genug, zu Hause zu wohnen«, setzte Wilma missbilligend hinzu. »Mein Herr Sohn ist bereit, für irgendeine schäbige Studentenbude ein Vermögen hinzublättern. Dabei wohnen sie praktisch um die Ecke.« Wilma seufzte. »Ich bezweifle zwar stark, dass die Kleine länger als ein Jahr durchhalten wird, aber es geschehen ja noch Zeichen und Wunder. Sollte sie wider Erwarten ihren Abschluss machen, werde ich sie mit Gold überschütten!«

»Das dürfte als Anreiz genügen«, lachte Christine.

»Na ja, viel Hoffnung hab ich nicht.« Wilma sah sich im Laden um. »Mein Mann hat übrigens den Verlobungsring hier gekauft, als noch der alte Mr. Prince das Sagen hatte.« Sie verdrehte die Augen. »Jetzt hör dir das an – der alte Mr. Prince. Er war damals jünger, als ich es heute bin, und er kam mir steinalt vor. Und wie ernst er seinen Beruf nahm!« Wilma geriet ins Schwärmen. »Für ihn war jeder Kunde König. Um diesen Ring hier mit dem winzigen Diamantsplitter darauf machte er ein Aufhebens, als sei er Teil der Kronjuwelen. Schade, dass Ames das Geschäft nicht übernommen hat. Mr. Prince hatte sich so sehr gewünscht, den Laden an seinen Sohn weiterzugeben. Na ja, wenigstens hat Ames ihn nicht verkauft.«

»Er ist nun mal mit Leib und Seele Anwalt, Wilma, und für eine Stadt mit nur 35 000 Einwohnern hat er eine Menge

Klienten«, sagte Christine. »Offenbar versteht er sein Handwerk.«

Wilma schmunzelte. »Und wie ist er als Vormund?«

»Er macht seine Sache gut, und ich bin ihm auch nach wie vor sehr dankbar, dass er Jeremy und mich bei sich aufgenommen hat.«

Christine stand noch lebhaft vor Augen, wie sie, damals siebzehnjährig, mit Jeremy stundenlang im Krankenhaus auf einer Bank gesessen und gewartet hatte, bevor ein Arzt sie mit ernster Miene davon in Kenntnis setzte, dass ihre Eltern den Absturz ihrer einmotorigen Maschine nicht überlebt hatten. Es war, als hätte man sie in ein finsteres, kaltes Loch gestoßen. Christine hatte Jeremy, der leise vor sich hin wimmerte, fest an sich gezogen, und in ihre Trauer hatte sich die belastende Erkenntnis gemischt, dass die Verantwortung für ihren geistig zurückgebliebenen Bruder von nun an bei ihr lag. Auf keinen Fall würde sie ihn in ein Heim abschieben, denn ohne ihre liebevolle Zuwendung würde er verkümmern.

»Ich weiß nicht, was wir ohne Ames angefangen hätten«, sagte Christine. »Ich hasse Selbstmitleid, aber von unseren Verwandten wollte uns keiner haben.« Das Problem war Jeremy, *ihn* hatte keiner haben wollen, trotz des beträchtlichen Treuhandvermögens, das die Geschwister mitgebracht hätten.

»Eine Schande ist das!«, entfuhr es Wilma. »Die Familie, sag ich immer, ist das Wichtigste im Leben.« Und zur Bestärkung klopfte sie mit ihrem dicken Zeigefinger auf die Glasvitrine. »Das Allerwichtigste. Ich beklage mich zwar manchmal über die meine, aber in Wirklichkeit hänge ich doch sehr an ihr.«

»Auch wenn sie ihr Geld zum Fenster rauswerfen?«

»Ja, auch wenn sie nichts als Flausen im Kopf haben!«, erklärte Wilma grinsend. Und als Christine lachte, meinte sie: »Du kommst mehr nach Ames Prince als seine eigene Tochter. Du hast einen Sinn für Verantwortung und eine gute Portion gesunden Menschenverstand.«

Na toll, dachte Christine. Während Dara Prince ihren umwerfenden Charme versprüht, strotze ich lediglich vor Vernunft. Dara, der sexy rote Stöckelschuh – ich, der feste braune Wanderstiefel.

Wilma lachte gutmütig und tätschelte Christines Hand. »Ach Schätzchen, wenn du jetzt dein Gesicht sehen könntest! Du wärst lieber wie Dara, hab ich Recht?«

Christine spürte, wie ihr das Blut in die Wangen schoss. »Sie war ja auch ziemlich amüsant.«

»Das mag schon sein. Aber das Leben besteht nicht nur aus Spaß.« Wilma verstummte, und ein Schatten huschte über ihre sonst so fröhlichen Augen. »Irgendwann hätte auch sie das begreifen müssen.«

»Der Tod ihrer Mutter hätte es ihr doch zeigen sollen«, sagte Christine leise.

Wilma nickte. »Das stimmt. Aber er schien das Gegenteil zu bewirken. Dara kam mir danach fast rücksichtslos vor. Vielleicht hat Ames sie zu sehr verwöhnt.« Wilma schüttelte den Kopf, als wollte sie die trüben Gedanken loswerden.

»Soll ich dir das Armband als Geschenk einpacken?«, fragte Christine.

»Nein, Liebes. Dieses knallbunte Geschenkpapier gefällt mir überhaupt nicht. Und ich frage mich, warum Ames es nicht endlich in den Müll wirft.«

»Weil Eve es vor Jahren ausgesucht hat, als Markenzeichen für unseren Schmuck. Mir gefällt es auch nicht, wenn ich ehrlich bin. Die meisten Kunden finden es geschmacklos, aber in diesem Punkt lässt Ames nicht mit sich reden.«

»Du schmeißt doch jetzt den Laden!«, schnaubte Wilma. »Er sollte auf dich hören. Aber ich weiß ja, wie stur er sein kann. Ich werde ihn mir mal vorknöpfen. Manchmal hört er ja auf mich.«

»Meistens, meinst du wohl.«

Wilma konnte sich das selbstzufriedene Lächeln nicht ganz verkneifen. »Wo ist denn Jeremy?«

»Im Hinterzimmer, er arbeitet an ein paar Schmuckstücken.«

»Wer hätte je gedacht, dass in dem Jungen ein Künstler steckt?«

In diesem Augenblick flog die Ladentür auf, und ein hoch gewachsener Mann im hellbraunen Regenmantel betrat den Raum, in der Hand einen schwarzen Regenschirm. Christine zuckte zusammen, als er energisch den Schirm ausschüttelte und dunkle Spritzer über den blassgrauen Teppich und den mit hellblauer Seide bezogenen Stuhl verteilte. Wilma Archer blies ihm mit befehlsgewohnter Stimme den Marsch: »Ames Prince, du bist zwar der Eigentümer dieses Ladens, trotzdem möchte ich dir raten, die Einrichtung etwas rücksichtsvoller zu behandeln. Tritt dir die Schuhe ab, stell den Regenschirm in den Ständer und häng gefälligst diesen triefenden Mantel an den Haken.«

Christine unterdrückte ein Lächeln, als sie seine verdatterte Miene sah, die so gar nicht zu seinen aristokratischen Gesichtszügen passen wollte, und die Eilfertigkeit, mit der er Wilma gehorchte. Als er deren Befehle ausgeführt hatte, fragte er verdrossen: »Besser so?«

»Viel besser. Christine hat sich voriges Jahr viel Mühe gegeben mit dieser wunderschönen neuen Einrichtung. Ich möchte nicht, dass du sie ihr mit deiner Trampeligkeit ruinierst.«

»Ja, Ma'am«, sagte Ames brav, und seine schmalen Lippen

zuckten belustigt, was ihm höchst selten passierte. Nur wenige Menschen durften sich ihm gegenüber diesen Ton herausnehmen. Doch als Ames ein kleiner Junge war, das einzige Kind eines unnahbaren Vaters und einer schwer kranken Mutter, hatte Wilma Archer sich seiner angenommen. Er hatte mehr Zeit bei den lebenslustigen Archers verbracht als zu Hause, erst recht, nachdem er mit zehn Jahren seine Mutter verloren hatte. »Was treibt denn dich bei diesem abscheulichen Wetter aus dem Haus?«, fragte Ames.

»Das ist heute bereits der vierte düstere Regentag am Stück. Mir ist zu Hause fast die Decke auf den Kopf gefallen. Außerdem war heute die letzte Gelegenheit für einen Ausflug in die Stadt, weil spätestens ab morgen die Zufahrtsstraßen gesperrt sein dürften.«

»Stimmt«, sagte Ames. »Noch einen Meter, und der Hochwasserpegel ist erreicht. Ich glaube, sie werden bald Sandsäcke stapeln.« Er wandte sich an Christine. »Jeremy möchte doch nicht etwa mithelfen?«

»Und ob er das möchte«, sagte sie und bedauerte insgeheim, dass Ames Jeremy behandelte, als sei er nicht nur geistig, sondern auch körperlich zurückgeblieben.

»Es ist zu gefährlich für ihn da draußen. Er könnte ins Wasser fallen und ertrinken«, gab Ames zu bedenken.

»Er kann ausgezeichnet schwimmen«, meinte Christine.

»Die Strömung ist zu stark. Womöglich gerät er in Panik.«

Wilma verdrehte die Augen. Ames neigte, was Jeremy anbelangte, zu übertriebener Vorsicht, besonders seitdem seine Tochter Dara vor drei Jahren verschwunden war. Als sich kein Verbrechen nachweisen ließ, hatte man kurzerhand angenommen, dass das Mädchen weggelaufen sei. Schließlich hatte Dara oft genug damit gedroht, außerdem fehlten etliche Kleidungsstücke und andere persönliche Dinge aus ihrem Zimmer. Doch Christine wusste, dass Ames seit damals in der beständigen Furcht lebte, Dara könnte nicht mehr am Leben sein.

Bei dem heftigen Wind bot ein Regenschirm offenbar wenig Schutz, denn Ames' grau meliertes Haar war tropfnass. Christine fiel auf, wie schütter es in den vergangenen Jahren geworden war. In all den feinen Linien, die sich neuerdings um seine kühlen grauen Augen und den schmalen Mund gebildet hatten, glitzerte die Feuchtigkeit. Unter seiner kränklich blassen Haut traten scharf die Wangenknochen hervor. Daras Verschwinden hatte Ames körperlich gezeichnet. Wie es um seine Gefühle stand, behielt er für sich.

»Na, wie läuft das Geschäft?«, fragte er Christine.

»Es ist schon vier Uhr nachmittags, und Wilma ist erst meine fünfte Kundin.«

Ames runzelte die Stirn. »Da lohnt es sich ja kaum, den Laden aufzumachen.«

»Na, du machst mir Spaß!«, rief Wilma in gespielter Entrüstung. »Ich bin es also nicht wert, dass man den Laden für mich öffnet?«

Ames lächelte. »Welch unverzeihlicher Ausrutscher, Madam. Für Sie würde ich den Laden selbstverständlich auch durchgehend offen halten. Aber heute sollten wir früher Schluss machen, finde ich. Und morgen werden wir nicht um neun, sondern erst um zehn aufschließen.«

»Gut«, sagte Christine. »Dann habe ich vor der Arbeit noch Zeit, in den Fitnessclub zu gehen. Ich war schon über eine Woche nicht mehr dort.«

»Als hättet ihr jungen mageren Dinger regelmäßiges Training nötig«, erwiderte Wilma. »Du könntest gut und gern noch zehn Kilo zulegen, Christine. Und du zwanzig, Ames. Ihr seid viel zu dürr …«

»Die Heimfahrt wird nicht angenehm für dich werden, Wilma«, fiel Ames ihr schnell ins Wort, um die übliche Standpauke von sich abzuwenden. »Es schüttet in Strömen, und überall wird vor überschwemmten Straßen gewarnt.«

»Ich bin eine gute Fahrerin und kenne die Straßen schon länger, als du überhaupt auf der Welt bist«, wies Wilma ihn schnippisch zurecht.

»Wollen Sie bei diesem Wetter etwa ganz allein nach Hause fahren?«, mischte Ginger Tate sich ein, die zwanzigjährige rothaarige Verkäuferin, die Christine vor zwei Monaten eingestellt hatte. Sie polierte seit einer Stunde an einem reich verzierten silbernen Teeservice herum. »Ich finde, das ist keine sehr gute Idee, Mrs. Archer. Was wäre zum Beispiel, wenn Sie eine Reifenpanne hätten?«

»Ich weiß, wie man Reifen wechselt, junge Lady.«

»Auch wenn es dabei gießt wie aus Kübeln?« Ginger schüttelte missbilligend den Kopf. »Mit Wasser in den Augen können Sie doch nichts sehen. Und die anderen Autofahrer sehen auch nur noch verschwommen. Gott, womöglich fährt Sie jemand über den Haufen. Patsch! Wie würde Ihnen das gefallen?«

»Vermutlich nicht besonders«, antwortete Wilma ernst.

»Genau. Sie wären schwer verletzt, und der andere Fahrer hätte ein grauenhaft schlechtes Gewissen«, meinte Ginger, während sie eifrig mit dem Poliertuch hantierte. Sie widmete sich jeder Aufgabe mit großer Hingabe. »Womöglich würde er sein Leben lang mit Schuldgefühlen herumlaufen.«

Ginger war viel zu vertieft in ihre Tätigkeit, um zu bemerken, dass Christine, Ames und Wilma sich nur mit Mühe das Lachen verkneifen konnten.

Wilmas Stimme klang ernst. »Sie haben Recht, ich darf nicht so selbstsüchtig sein. Ich muss zugeben, dass ich mir noch keine Gedanken darüber gemacht habe, was alles passieren könnte. Sie sind ein gescheites Mädchen, Ginger.«

»Na ja, mein Dad meint zwar, ich würde mir noch den Mund fusselig reden, aber ich kann nun mal nicht anders. So bin ich eben.«

»Sie sind schon in Ordnung«, sagte Wilma. »Also schön, Ames, Ginger hat mich davon überzeugt, dass ich kein Risiko eingehen darf. Doch bevor ich nach Hause fahre, müsste ich noch auf einen Sprung in die Kirche und für die evakuierten Familien ein paar Decken und Kleidungsstücke ausladen. Du kannst ja hinter mir herfahren und aufpassen, dass ich keinen Unsinn mache.«

»Es wird mir ein Vergnügen sein«, sagte Ames, »aber dann sollten wir uns allmählich auf den Weg machen. Bei diesem Wetter ist es nicht ratsam, im Dunkeln zu fahren, und es bleibt höchstens noch zwei Stunden hell.«

Christine reichte Wilma die Schatulle mit dem Armband, und Ames wollte gerade in seinen feuchten Regenmantel schlüpfen, als die Ladentür aufging. Ein großer, hagerer Mann betrat den Raum und blickte sich hastig um. Er hatte keinen Schirm bei sich, und der Regen glitzerte auf seinem kurzen, dichten, braunen Haar. Er trug ein gelbes Regencape und eine durchnässte Uniformhose mit schwarzen Seitenstreifen.

»Treten Sie sich die Füße ab«, kommandierte Wilma.

Der Mann warf einen Blick auf seine polierten schwarzen Schuhe. »Ich hatte bis vor ein paar Minuten Gummistiefel an«, beteuerte er. »Sie stehen draußen vor der Tür.«

Wilma beäugte den breitkrempigen Hut, den er in der Hand hielt. »Haben wir uns nicht voriges Jahr bei der Sternwheel-Regatta kennen gelernt? Sie sind doch Deputy Sheriff Michael Winter, nicht?«

»Ja, Ma'am.«

»Und ich bin Wilma Archer. Die beiden hier sind Ames Prince und Christine Ireland.«

Er maß Christine mit einem schnellen, interessierten Blick, ohne Zweifel intensiv genug, um eine lückenlose Personenbeschreibung von ihr abgeben zu können: kurzes blondes Haar, türkisblaue Augen, Sommersprossen auf der geraden Nase, überdurchschnittlich groß, weißer Strickpulli.

Er wandte sich wieder Wilma zu. »Ich erinnere mich, Ma'am«, sagte er mit tiefer, samtiger Stimme und gab ihr die Hand. »Das Wetter damals war aber um einiges freundlicher.«

»O ja, es war herrlich! Und es waren eine Menge Leute da. Und was für hübsche Boote sie hatten!« Wilma klang jung und eine Spur aufgekratzt. Christine fiel wieder ein, dass sie vor ein paar Monaten den neuen Deputy in den höchsten Tönen gelobt hatte, und der Grund dafür war unschwer zu erkennen gewesen. Sie hatte aufgeregt erzählt, dass er jung war, geschieden, gut aussehend und dass er, bevor es ihn nach Winston verschlug, in Los Angeles als Detective gearbeitet hatte. Jetzt wird sie ihm gleich verkünden, dass ich noch zu haben bin, dachte Christine, lass es nicht zu, lieber Gott! Ihre Sorge war nicht ganz unbegründet. Wilmas Bemühungen, sie an den Mann zu bringen, hatten sie schon des Öfteren gnadenlos bloßgestellt. Doch der amtliche Ton des Deputy vertrieb ihre Angst. Er lud nicht gerade zum Plaudern ein.

»Ich muss Sie sprechen, Mr. Prince«, wandte Winter sich mit ernster Miene an Ames. »In Ihrem Büro sagte man mir, dass ich Sie hier finden würde.«

»Tja, so ist es auch«, erwiderte Ames gelassen. Christine überkam ein ungutes Gefühl, als sie das kurze Aufflackern in Winters Augen bemerkte. »Wie kann ich Ihnen helfen, Deputy?«

»Ich würde Sie gern unter vier Augen sprechen.«

»Welches abscheuliche Verbrechen soll ich denn begangen haben?« In Ames' scherzhafter Frage schwang ein nervöser Unterton mit. »Sie wollen mich doch nicht etwa im Beisein meiner Freunde verhaften?«

»Nein, Sir, natürlich nicht. Aber ich habe eine Nachricht für Sie, die ich Ihnen lieber privat übermitteln möchte.«

Bestimmt geht es um Dara, dachte Christine mit einer düsteren Vorahnung. Ames schien ihre Befürchtung zu teilen, denn aus seinem Gesicht war alle Farbe gewichen. Offenbar beunruhigte ihn, was da auf ihn zukam, auch wenn er es niemals zugeben würde.

»Ich habe keinerlei Geheimnisse vor Miss Ireland und Mrs. Archer«, sagte Ames steif und vergaß in der Aufregung Ginger, die ihr Poliertuch beiseite gelegt hatte und die Szene mit großen Augen verfolgte. »Bitte spannen Sie mich nicht länger auf die Folter.«

Michael Winters Gesichtsmuskeln wurden hart. Seine dunklen Augen hielten Ames' Blick stand, während seine Rechte sich zur Faust ballte. Er schluckte und sagte leise: »Mr. Prince, vor etwa einer Stunde wurde eine halbe Meile südlich der Stadt etwas ans Ufer geschwemmt. Es war fest in eine Plastikplane eingeschnürt.« Wilma hielt den Atem an, als er fortfuhr. »Unglücklicherweise war ich nicht dabei, als man das Bündel herausfischte, daher konnte ich nicht verhindern, dass die Plastikhülle aufgerissen wurde …«

»Wahrscheinlich ein Hund oder eine Ziege oder …«, meldete sich Wilma zu Wort, verstummte aber gleich wieder und sah ängstlich zu Ames hinüber, der wie eingefroren dastand und ins Leere starrte.

»Es ist kein Tier, Ma'am«, sagte Deputy Winter leise. »Es scheint sich um eine ausgewachsene Frau zu handeln.«

»O Gott!«, rief Wilma. Michael Winter sah sie nicht an.

Sein Blick ruhte weiterhin auf Ames, der fast unmerklich schwankte.

»Der Körper hat schon eine Weile im Wasser gelegen«, fuhr Michael Winter behutsam fort. »Vermutlich schon ein paar Jahre. Deshalb ist der Verwesungsprozess trotz Plastikplane schon weit fortgeschritten. Dennoch muss ich Ihnen zu meinem großen Bedauern mitteilen, dass es sich bei dieser Leiche wahrscheinlich um die sterblichen Überreste Ihrer Tochter Dara handelt, Mr. Prince.«

Kapitel 2

1

Fast zehn Sekunden verstrichen. Wilma stand wie erstarrt, Ginger rang nach Luft, und Christine hatte keinen Tropfen Blut mehr im Gesicht. Ames Prince jedoch sah den Deputy scheinbar unbeirrt an, lächelte dünn und sagte dann: »Ich weiß es zu schätzen, dass Sie mir diese Nachricht persönlich überbringen, aber diese unglückliche Person kann unmöglich meine Tochter sein. Dara hat mir nämlich erst vorige Woche geschrieben. Sie ist in Arizona. In Phoenix, um genau zu sein.«

Die Postkarten, dachte Christine verzweifelt. Drei oder vier im Jahr hatte Ames seit Daras Verschwinden erhalten. Sie waren in unterschiedlichen Teilen des Landes abgestempelt worden und alle mit der Maschine geschrieben. Ames klammerte sich verzweifelt an diese Hoffnung, doch Christine wollte nicht recht glauben, dass Dara die Karten geschrieben hatte.

Deputy Winter hielt Ames' Blick stand und entgegnete ruhig: »Sir, wie ich hörte, gibt es begründete Zweifel, ob diese Karten tatsächlich von Ihrer Tochter stammen«, warf er ein.

»Das ist doch absurd«, protestierte Ames. »Wer hätte sie denn sonst schreiben sollen? Wer hat behauptet, sie seien nicht von meiner Tochter?«

»Sie haben sie nicht zufällig auf Fingerabdrücke untersuchen lassen …«

»Nein!« Ames' Stimme klang schrill. »Ich kenne den Stil

und die Unterschrift meiner Tochter. Die Postkarten untersuchen zu lassen wäre reine Zeitverschwendung! Und außerdem hat Dara mir einen Abschiedsbrief hinterlassen, bevor sie ging.«

Der Deputy holte tief Luft. »Wie dem auch sei, Sir, im Augenblick weiß ich nur, dass wir die sterblichen Überreste einer etwa eins sechzig großen Frau gefunden haben, und laut Polizeiakte stimmt diese Größe mit der Ihrer Tochter überein. Auch das lange schwarze Haar deutet auf sie.«

»Schwarzes Haar«, flüsterte Wilma.

»Es gibt doch Dutzende schwarzhaariger Frauen«, warf Ames mit harter, metallener Stimme ein. »Hunderte. Und wie lässt sich nach so langer Zeit im Wasser die eigentliche Haarfarbe noch bestimmen? Vielleicht war das Haar ursprünglich einmal braun und ist einfach nur schmutzig geworden?«

Ames musste bis ins Mark erschüttert sein, wenn ihm diese dürftige Erklärung genügte, dachte Christine bekümmert. »Trägt die Tote denn Schmuck?«, meldete sie sich zaghaft zu Wort. »Dara trug immer einen Ring. Der Stein war ein herzförmiger, von kleinen Diamanten eingefasster Rubin.«

Die braunen Augen des Deputy blieben unergründlich. »Ich kann leider wirklich noch nichts Näheres sagen. Sie werden die Leiche identifizieren müssen, Mr. Prince.«

»Um Gottes willen«, stöhnte Wilma. »Wir müssen also hinunter zum Fluss?«

»Nein, Ma'am«, sagte Winter sanft. »Es ist Vorschrift, eine Leiche umgehend nach Charleston ins gerichtsmedizinische Labor zu überführen. Mr. Prince wird die Tote dort in Augenschein nehmen müssen.«

»In Charleston?«, fragte Wilma schrill. »Warum nicht im hiesigen Leichenschauhaus? Warum muss es ausgerechnet Charleston sein?«

»So lautet nun mal die Vorschrift, Ma'am …«

»Ist schon gut, Wilma«, sagte Ames ruhig. »Ich werde sofort nach Charleston fahren, einen Blick auf die Tote werfen und bestätigen, dass es sich nicht um Dara handelt. Die Fahrt von hier nach Charleston dauert nicht länger als eine Stunde. Um neun bin ich wieder zurück. Davon geht die Welt nicht unter.«

Für dich schon, dachte Christine unglücklich. Tief im Herzen wusste sie, dass man Dara endlich gefunden hatte. Und heute Abend, beim Anblick ihrer sterblichen Überreste, würde Ames sich wohl oder übel einer Wahrheit stellen müssen, vor der er drei Jahre lang die Augen verschlossen hatte.

»Sir, ich bitte Sie nur ungern«, fuhr Winter fort, und der Klang seiner Stimme verriet seine Verlegenheit, »aber die Tote ist wie gesagt schon stark verwest. Sollte es Ihnen aus diesem Grund nicht möglich sein, sie eindeutig als Ihre Tochter zu identifizieren, müssen wir einen DNA-Test durchführen. Deshalb bräuchten wir ein Haar von Dara oder ein Hautpartikel. Haben Sie zufällig …«

»Ausgezeichnete Idee!«, rief Ames leicht exaltiert. »Ihr Zimmer ist seit damals abgeschlossen. Sie hat vieles mitgenommen. Kleidungsstücke, persönliche Dinge. Aber auf der Frisierkommode liegt noch ihre Haarbürste. Ein hübsches Ding mit versilbertem Rücken; mein Vater hatte sie ihr geschenkt. Es sind auch noch Haare von ihr drin …« Er brach ab. »Am besten, Sie begleiten mich nach Hause, stellen die Haarbürste sicher, und ich fahre damit dann nach Charleston …«

»Sir, das müssen Sie nicht. Laut Vorschrift genügt es, wenn ich sie morgen per Post in die Gerichtsmedizin schicke …«

»Zum Henker mit Ihren Vorschriften!« Ames wirkte beinahe ausgelassen. »Wir brauchen nicht bis morgen zu warten. Je früher wir Bescheid wissen, desto besser. Der DNA-Test wird ein für alle Mal beweisen, dass es sich bei der Toten nicht um meine Tochter handelt. Bis wann haben wir das Testergebnis?«

»In West Virginia werden keine DNA-Tests vorgenommen, Sir«, sagte Winter zögernd, als fürchte er Ames' Reaktion. »Die meisten Proben lassen wir in einem Labor in Pittsburgh untersuchen. Deshalb können wir frühestens in vier bis sechs Wochen mit einer Antwort rechnen.«

»Das dauert aber verdammt lange. Ist doch unsinnig, dass wir keine eigenen Tests durchführen können.« Ein neuer Gedanke schien ihm durch den Kopf zu schießen. »Wie wär's mit einem zahnärztlichen Gutachten? Ginge das nicht viel schneller?«

»Die Tote hat keine Zähne mehr, Sir.«

»Keine Zähne?« Ames verfiel in kurze Ratlosigkeit, griff aber sofort nach einem neuen Strohhalm. »Dann ist es vielleicht die Leiche einer älteren Frau, der man bereits die Zähne gezogen hat.«

»Nein, Sir. Sieht so aus, als hätte man sie ihr ausgeschlagen, wahrscheinlich um eine Identifizierung zu erschweren. Auch die Fingerspitzen wurden ihr abgeschnitten.«

Ausgeschlagene Zähne, abgeschnittene Fingerkuppen!

Christine schauderte es bei der Vorstellung. Man konnte nur hoffen, dass die Betreffende schon tot gewesen war, als man sie so grausam verstümmelte.

»Da sehen Sie es!«, fing Ames wieder an. »Vorhin sagten Sie noch, dass die Leiche stark verwest sei. Trotzdem reden Sie von einer Frauenleiche. Woher wollen Sie überhaupt wissen, dass es sich um eine Frau handelt?«

Winter holte tief Luft. »Die Länge der Haare. Die Größe. Die Form des Beckens …«

»Heutzutage laufen doch auch genügend Männer mit

langen Haaren herum«, gab Ames zu bedenken. »Und Sie sind kein Arzt. Was wissen denn Sie über die Form eines Beckens?«

»Nicht viel, Sir. Deshalb lassen wir ja auch eine Obduktion vornehmen.« Ames funkelte den Deputy an, als trage er allein die Schuld an der Situation. »Mr. Prince, ich glaube wirklich nicht, dass uns dieses Gespräch weiterbringen wird«, sagte Winter ruhig. »Es genügt mir, wenn Sie sich bereit erklären, zum gerichtsmedizinischen Institut nach Charleston zu fahren …«

»Also meinetwegen!«, rief Ames unwirsch. Dann schloss er die Augen und holte ein paarmal tief Luft, als zählte er bis zehn. Schließlich legte er Wilma die Hand auf die Schulter. »Ich fürchte, ich werde dich nicht nach Hause begleiten können, meine Liebe.«

»Ich komme schon allein zurecht«, sagte Wilma zittrig. »Aber ich mache mir Sorgen, weil du in deinem Zustand und bei diesem Wetter noch bis nach Charleston fährst.«

»Ich bin die Ruhe selbst. Es kann sich nur um eine makabre Verwechslung handeln. In ein paar Stunden hat sich die Sache aufgeklärt.«

»Ich könnte dich begleiten, Ames«, schlug Christine ihm vor und hoffte insgeheim, er möge sie nicht beim Wort nehmen.

»Nein. Kümmere du dich um Jeremy«, sagte Ames. »Ich brauche kein Kindermädchen. Unserer Wilma hier scheint es viel schlechter zu gehen als mir.«

»Ich bringe Sie nach Hause, Mrs. Archer«, erbot sich unvermittelt Ginger.

Wilma sah sie erstaunt an. »O nein, Kindchen, nicht nötig.«

»Ich fahre einfach hinter Ihnen her, um sicherzugehen, dass Sie gut nach Hause kommen. Sie brauchen nicht mit mir im

Auto zu sitzen und sich mein Geplapper anhören, denn das ist es doch, wovor Sie sich fürchten. Mein Dad sagt, dass ich sogar einem Elefanten in null Komma nichts die Ohren voll quasseln könnte, und der hat mächtig große Ohren«, meinte Ginger augenzwinkernd und entlockte Wilma tatsächlich ein schwaches Lächeln. Christine war Ginger so dankbar, dass sie ihr am liebsten um den Hals gefallen wäre. Ein Glück, dass sie heute trotz des Hochwassers hergekommen war, dachte sie, während Ginger die zitternde Wilma nach draußen begleitete. Ames folgte den beiden forsch und sagte mit ungewohnt herzlicher Stimme: »Jetzt mach mir nicht schlapp, Wilma. Die Tote ist nicht Dara. Auf gar keinen Fall. Ich müsste es doch spüren, wenn meine Tochter tot wäre, glaubst du nicht? Es ist nicht Dara.«

2

Nachdem alle gegangen waren, blieb Christine eine Weile wie angewurzelt hinter der Ladentheke stehen. Deputy Winter machte keinerlei Anstalten, den Raum zu verlassen. Sie sah ihn an, lächelte schief und strich sich nervös eine Haarsträhne hinters Ohr. Sie fror bis in die Knochen, obwohl der Laden angenehm temperiert war und sie einen warmen Pulli trug. Ihre Finger waren eiskalt.

Schließlich fragte Deputy Winter: »Wissen Sie etwas über diese Karten, die Mr. Prince angeblich von seiner Tochter bekommen hat?«

»Ich weiß alles darüber«, antwortete Christine. Winter sah sie fragend an, und da fiel ihr ein, dass sie ihm ja noch gar nicht erklärt hatte, in welcher Beziehung sie zu Ames stand.

»Ich bin Christine Ireland. Mr. Prince war ein guter Freund meines Vaters, und als unsere Eltern vor sieben Jahren ums Leben kamen, nahm er meinen kleinen Bruder und mich bei sich auf. Ames war unser Vormund.«

»Er hat Sie aber nicht adoptiert.«

»Nein. Aber mein Bruder Jeremy ist mittlerweile einundzwanzig und wohnt nach wie vor bei Mr. Prince und dessen Frau Patricia.«

»Patricia Prince«, sagte Winter nachdenklich. »Ich kenne sie, glaube ich. Aber sie ist doch nicht Daras Mutter, oder?«

»O nein. Patricia ist Ames' zweite Frau. Eve, Daras Mutter, starb an Krebs, als Dara zwölf Jahre alt war. Eve wollte ihre letzten Wochen zu Hause verbringen, und Patricia hat sie gepflegt. Mr. Prince hat Patricia ein knappes Jahr nach Eves Tod geheiratet.«

»Haben Patricia und Dara sich vertragen?«

»Sie haben sich gegenseitig toleriert«, antwortete Christine vorsichtig und sah an Winters Blick, dass ihm ihr Ausweichmanöver nicht entgangen war. In Wahrheit konnten Dara und Patricia einander nicht ausstehen und hatten sich pausenlos gestritten.

»Sie wohnen nicht mehr bei Mr. Prince, Miss Ireland?«, fragte Winter.

»Nein. Ich habe ein Haus am Cardinal Way.«

»Nette Gegend. Viel Grün.« Deputy Winter trat von einem Fuß auf den anderen. Christine wusste nicht, ob es unter den gegebenen Umständen angebracht war, ihm Tee oder Kaffee anzubieten. Er war schließlich dienstlich hier. Aber er sah müde aus.

»Ich habe frischen Kaffee hier«, sagte sie. »Sie sehen ganz durchgefroren aus. Möchten Sie eine Tasse?«

Er zögerte kurz und nahm ihr Angebot dann dankbar an:

»Sehr gern, wenn es nicht zu viel Mühe macht. Schwarz, bitte.«

Christine ging in die so genannte Küche, die nicht viel mehr als ein kleines Hinterzimmer mit einem Spülbecken, einer Mikrowelle, einer Kaffeemaschine und einem winzigen Kühlschrank war. Dann wies sie dem Deputy einen Stuhl. »Tut mir Leid, dass ich Ihnen nichts Süßes anbieten kann. Normalerweise gibt es frisch gebackenen Kuchen, aber heute haben wir uns so gelangweilt, dass wir ihn schon aufgegessen haben. Wenn das öfter passiert, sind wir alle bald kugelrund.«

Winter bedachte sie mit einem gewinnenden Lächeln. Er trank einen Schluck Kaffee, murmelte »das tut gut« und fragte: »Würden Sie mir die Karten beschreiben, die Mr. Prince angeblich von Dara erhalten hat?«

»Na ja, es waren halt immer diese kurzen Mitteilungen und genau so, wie man es von Dara erwarten würde, mit Blumen, Engelchen oder Kringeln darauf, aber der Text war bis auf ein verschnörkeltes D am Ende auf der Maschine getippt.«

»Konnte Dara tippen?«

»Nein, sie hasste Schreibmaschinen. Außerdem hat sie den Namen ›Dara‹ immer ausgeschrieben. Er war etwas Besonderes für sie, weil ihre Mutter ihn ausgesucht hatte. Ich habe sie jedenfalls nie irgendetwas nur mit einem D unterzeichnen sehen.«

»Mr. Prince sagte, dass die letzte Karte in Phoenix, Arizona, abgestempelt worden sei.«

»Sie kamen aus unterschiedlichen Orten, aber immer aus einer Großstadt, in der es schwierig wäre, sie aufzuspüren.«

»Was stand denn drauf?«

Christine schloss die Augen, versuchte, sich zu erinnern. Ames hatte ihr schon über ein Jahr lang keine mehr gezeigt. »Sie sind sehr vage – ›Ich amüsiere mich prima hier‹, ›Es geht mir gut, also mach dir keine Sorgen‹ – und ziemlich kurz angebunden, obwohl Dara eigentlich sehr gesprächig war.«

»Hat sie ihren Vater nie um Geld gebeten?«

»Soweit ich weiß, nicht.«

»Hinweise auf einen Job oder einen Freund?«

»Nein«, sagte Christine. »Und keine Adressen.«

»Hatte sie Kreditkarten?«

»Nein. Sie war ja erst neunzehn. Aber sie hatte ein ansehnliches Bankkonto. Zwei Tage vor ihrem Verschwinden hatte sie ihr Konto geplündert und zehntausend Dollar abgehoben.«

Winter sah sie verdutzt an. »Ich kenne niemanden, der mit neunzehn zehntausend Dollar auf dem Konto hat.«

»Ich auch nicht.« Christines Eltern hatten ihr und Jeremy zwar ein beachtliches Treuhandvermögen hinterlassen, doch dem Testament ihres Vaters zufolge fiel ihr das Geld erst mit zweiundzwanzig zu, und Ames hatte sie immer ziemlich kurz gehalten, was Geld anbelangte. Theoretisch war sie also mit neunzehn Jahren durchaus wohlhabend, tatsächlich aber nur ein Teenager mit wenig Taschengeld gewesen. Dara dagegen hatte immer reichlich Geld zur Verfügung gehabt, und der hohe Betrag, den sie abgehoben hatte, galt Ames als ein weiterer Beweis dafür, dass Dara durchgebrannt war und mit dem Geld ihre »Flucht« finanzierte.

»Die Zehntausend dürften ihr ein Weilchen gereicht haben«, sagte Winter.

»Ein Weilchen vielleicht, aber keine drei Jahre.«

»Sie glauben also nicht, dass Dara einen gut bezahlten Job angenommen haben könnte und ausreichend verdient, um ihren Vater nicht um Geld bitten zu müssen?«

»Und warum kam dann jeder Brief aus einem anderen Teil des Landes?«, fragte Christine. »Außerdem braucht man für einen gut bezahlten Job Qualifikationen, und die hatte sie nicht. Und wenn sie einen wohlhabenden Mann geheiratet hätte, dann hätte sie, glaube ich, mit ihm geprahlt.«

»Ein Liebhaber?«

»Einen reichen Sugardaddy, meinen Sie? Nein, mit dem hätte sie auch geprahlt, nur hätte sie sich, Daddy zuliebe, für seine Verlobte ausgegeben.« Christine schüttelte den Kopf. »Diese Mitteilungen ergeben einfach keinen Sinn, wenn Sie mich fragen.«

»Glaubt denn Mr. Prince tatsächlich, dass sie von seiner Tochter stammen?«

Michael Winter sah sie eindringlich an. Seine Stimme war tief, und ihr aufrichtiger Klang lud sie geradezu ein, ihm vorbehaltlos zu vertrauen. Christine hatte zwar nichts zu verbergen, aber sie kannte diesen Mann auch nicht. Ob seine Stimme und sein Blick seinen Charakter widerspiegelten, musste sich erst noch herausstellen. Bis dahin würde sie Ames zuliebe ihre Zunge hüten.

»Er will es glauben.«

»Aber er tut es nicht wirklich?«

»Ich kann keine Gedanken lesen, Deputy.«

»Aber Sie kennen ihn seit Jahren. Da müssten Sie doch spüren, was in ihm vorgeht.«

Christine seufzte. Ames Prince war nicht leicht zu durchschauen, und trotz der Jahre, die sie in seinem Haus gelebt hatte, hatte sie immer noch das Gefühl, dass er Jeremy und sie auf Distanz hielt. Er mochte sie, keine Frage. Er hatte seine Pflichten als Vormund sehr ernst genommen und an all ihren Aktivitäten regen Anteil genommen. Und für Jeremy brachte er viel Geduld auf, hatte ihn auch gern um sich, besonders seit Dara nicht mehr im Haus war. Trotzdem war er ihnen kein richtiger Vater gewesen. Dafür hatte schon Dara gesorgt, die seine väterliche Zuneigung eifersüchtig für sich allein beansprucht hatte.

Christine wusste nicht einmal, ob ihre eigenen Gefühle für Ames über Freundschaft und Dankbarkeit hinausgingen. Aber diese Dinge konnte sie unmöglich einem Menschen anvertrauen, den sie gerade erst seit zwanzig Minuten kannte.

»Ames klammert sich mit aller Kraft an die Vorstellung, dass die Karten von Dara stammen. Ich glaube, er ist beinahe davon überzeugt.«

»Aber nicht ganz.«

Sie schüttelte den Kopf.

»Er ist klug genug, um zu merken, dass etwas an ihnen nicht stimmt.«

»Will er sie deshalb nicht auf Fingerabdrücke überprüfen lassen? Weil er insgeheim ahnt, dass sie nicht von Dara sind?«

»Das glaube ich, ja.«

»Und was ist mit dem Abschiedsbrief, in dem sie angeblich ihr Verschwinden erklärt hat?«

»In der fraglichen Nacht hat Ames nur einen kurzen Blick in Daras Zimmer geworfen und festgestellt, dass sie nicht da war. Keiner von uns hat das Zimmer betreten, und so haben wir den Zettel erst am nächsten Tag gefunden. Er lag auf Daras Frisierkommode und enthielt nur zwei Sätze: ›Höchste Zeit, dass der Vogel ausfliegt. Macht euch keine Sorgen.‹«

»Unterschrift?«

»Nur ein D.«

»Sie glauben, dass auch diese Nachricht nicht von ihr stammte?«

Christine runzelte die Stirn. »Die Handschrift war der ihren ähnlich, nur etwas fahrig, als sei Dara entweder sehr nervös oder schrecklich in Eile gewesen. Aber auch hier fiel mir auf, wie kurz sie sich gefasst hatte. Dieses lakonische ›Höchste Zeit, dass der Vogel ausfliegt‹ passte überhaupt nicht zu Dara. Sie hätte sich viel melodramatischer geäußert.«

»Haben Sie jemals an eine Entführung gedacht?«

»Eine Weile schon, aber es gab keine Lösegeldforderung. Außerdem fand man nirgends im Haus Spuren, die auf einen Kampf hätten schließen lassen.«

»Aber dass das Mädchen einfach nur fortgelaufen ist, glauben Sie auch nicht.«

»Dass sie freiwillig ihr sicheres Nest verlassen hat, halte ich tatsächlich für unwahrscheinlich. Sie hatte zwar damit gedroht, aber sie war ja immer theatralisch, wenn es darum ging, ihren Willen durchzusetzen. Wie ein Kind. Hätte sie ihre Drohung wahr gemacht, dann wäre sie erstens völlig auf sich gestellt gewesen, zweitens hätte sie mit läppischen zehntausend Dollar über die Runden kommen müssen. Eine Menge Geld für Sie und mich, aber nicht für Dara. Sie gab das Geld mit beiden Händen aus.« Christine schüttelte den Kopf. »Aber ich komme vom Thema ab. Die Nachricht von der Leiche hat mich völlig aus dem Konzept gebracht. Vielleicht kann ich vernünftiger mit Ihnen sprechen, wenn ich mich wieder beruhigt habe. Aber …« Michael Winter hob erwartungsvoll die Augenbrauen. »Bitte erzählen Sie Ames vorläufig nicht, was ich Ihnen über Daras Postkarten und ihr Abschiedsschreiben erzählt habe. Er ist sehr empfindlich, was seine Tochter angeht. Er wäre außer sich.«

»Von mir wird er nichts erfahren.« Michael Winter lächelte ihr verständnisvoll zu. Seine Zähne waren regelmäßig und weiß, und unter seinem linken Auge bemerkte Christine ein Muttermal, das wie eine kleine dunkle Träne anmutete. Wie gern hätte sie ihm bedingungslos vertraut – doch sie hatte Angst, die Chance zu ergreifen.

»Möchten Sie noch eine Tasse Kaffee?«, fragte sie unvermittelt.

»Ich sollte mich langsam wieder auf den Weg machen, andererseits bin ich schon seit dem frühen Morgen auf den Beinen und kämpfe mich durch das ungemütliche Wetter.«

Christine sah durch das Schaufenster hinaus in den Regen, der aus einem fahlgrauen Himmel unablässig auf die Erde fiel. Die wenigen Bäume entlang der Main Street trugen frisches, tropfnasses Laub, und die Aushängeschilder vor den Geschäften schaukelten im kalten, böigen Wind. Autos spritzten schmutziges Wasser auf die Gehwege. Plötzlich sah sie Dara vor sich, schön und lachend. Und ihr Magen rebellierte bei der Vorstellung, was drei Jahre im schmutzigen Flusswasser aus dem Körper des Mädchens wohl gemacht haben mochten. Sie schauderte.

»Was ist mit Ihnen?«, fragte Winter. »Sie sind plötzlich weiß wie die Wand.«

»Ich dachte kurz an Dara im Fluss.« Sie verschränkte wie zum Schutz die Arme über der Brust. »Angenommen, es ist tatsächlich Daras Leiche, wie konnte sie drei Jahre lang im Wasser liegen? Sie hätte doch längst auftauchen müssen.«

»Vielleicht hatte sich die Plastikplane unter Wasser an einer Wurzel verhakt. Es hat hier seit drei Jahren keine Überschwemmung mehr gegeben. Vielleicht hat die kräftige Strömung der letzten Tage die Leiche losgerissen. In der äußeren Plastikhülle war ein Loch. Möglicherweise wurde das Bündel von einem schweren Gegenstand, einem Betonblock zum Beispiel, unten gehalten, kam dann mit etwas Scharfkantigem in Kontakt, das ein Loch in die Hülle riss. Das Gewicht rutschte heraus, und die Leiche trieb an die Oberfläche.«

Christine schluckte schwer bei der Vorstellung. Sie hatte Dara nicht besonders gut leiden können, doch wenn sie daran dachte, wie ihr Körper, in eine Plastikplane eingewickelt, langsam im dreckigen Wasser verrottete, wurde ihr übel. Aber vielleicht war es ja doch nicht Daras Leiche. Vielleicht behielt

Ames mit seinem scheinbar völlig irrationalen Optimismus am Ende doch Recht und Dara lebte.

»Was ist denn hier los? Habt ihr eben über Dara gesprochen?«

Sie blickten auf und sahen Jeremy in der Tür, die vom Laden in die Werkstatt führte. Er war noch größer als Deputy Winter. Seine Haare waren um etliche Nuancen dunkler als die von Christine, aber seine Augen hatten das gleiche klare Türkisblau. Sein schönes, markantes Gesicht war blass, der Mund vor Staunen leicht geöffnet.

»Deputy Winter, das ist mein Bruder Jeremy«, sagte Christine und legte ihre Hand auf Jeremys Arm. »Die Flut hat eine tote Frau ans Ufer gespült, Jeremy. Es könnte Dara sein, aber die Polizei ist sich noch nicht sicher.«

»Es könnte Dara sein!« Jeremys Stimme wurde laut vor Sorge: »Dara könnte tot sein!«

Christine streichelte seinen Arm. »Wir wissen es noch nicht, also beruhige dich und versuch an was Schönes zu denken, weil es wahrscheinlich nicht Dara ist.« Sie warf Winter einen prüfenden Blick zu, der Jeremy mit leichtem Stirnrunzeln musterte. Offensichtlich war ihm aufgefallen, dass Jeremys kindlicher Tonfall nicht zu seinen einundzwanzig Jahren passte. Sie fragte sich, ob ihm jemand erzählt hatte, dass ihr Bruder behindert war und etwa die geistige Reife eines Zwölfjährigen besaß.

»Ich will mehr über die Tote wissen«, forderte Jeremy.

»Lieber nicht.« Christine zwang sich zu einem Lächeln. »Wir reden später über sie, wenn wir sicher zu Hause sind.«

»Ich bin kein kleiner Junge mehr«, sagte Jeremy eigensinnig. »Ich will jetzt wissen, was los ist.«

Christine seufzte. Nein, Jeremy war wirklich kein kleiner Junge mehr. Aber erwachsen war er auch noch nicht. Winter gab ihm die Hand. »Ich bin Deputy Sheriff Michael Winter. Nett, Sie kennen zu lernen, Jeremy.«

»Freut mich auch«, sagte Jeremy und schüttelte ihm die Hand. »Dara ist so was wie meine Schwester, aber keine richtige Schwester. Ihr Vater ist unser Vormund.«

»Ihre Schwester hat es mir erzählt.«

»Also, was ist los?«, fragte Jeremy nervös.

»Nun ja, Jeremy, ich fürchte, die Flut hat da etwas Unschönes angeschwemmt«, antwortete Winter ohne die leiseste Spur von Herablassung. »Es handelt sich um eine Frauenleiche. Sie war in eine Plastikplane eingewickelt und muss schon lange im Wasser gelegen haben. Wir können nicht viel über sie sagen, nur dass sie in etwa so groß ist wie Dara und dass sie schwarze Haare hat. Aber vielleicht ist es auch nicht Dara.«

»Warum können Sie nicht einfach nachsehen, ob es Dara ist?«

»Weil die Tote schon so lange im Wasser war. Sie ist stark verwest …« Winter sah Jeremys fragenden Blick. »Die Leiche hat Schaden genommen, Jeremy. Trotz der Plastikhülle hat das Wasser bewirkt, dass die Haut …«

»… verfault ist«, sagte Jeremy unverhohlen. »Verfault bis auf die Knochen.«

»Nun ja, nicht ganz …«

Tränen stiegen Jeremy in die Augen. »Christy, mir wird schlecht.«

»Geh ins Bad und wasch dir das Gesicht mit kaltem Wasser.«

»Kaltes Wasser hilft auch nichts, wenn Dara ganz verfault ist …«

»Die Leiche ist noch nicht identifiziert worden«, fiel Winter ihm ins Wort. »Jeremy, Sie sollten fest daran glauben, dass es doch nicht Dara ist.«

»Aber Sie haben doch eben gesagt, dass sie schwarze Haare hat.«

»Das ist noch kein Beweis. Eine Menge Leute haben schwarze Haare. Sie tun jetzt genau das, was Ihre Schwester gesagt hat. Waschen Sie sich das Gesicht und denken Sie positiv.«

»Positiv?«

»Sie müssen fest daran glauben, dass die Tote nicht Dara ist. Seien Sie stark. Ihre Familie verlässt sich doch jetzt auf Sie.«

Christine warf Winter erneut einen prüfenden Blick zu. Machte er sich über Jeremy lustig? War er gönnerhaft? Sein Gesichtsausdruck jedenfalls war offen und arglos. Entweder war er ein guter Schauspieler, oder er versuchte tatsächlich, Jeremy aufzurichten.

Jeremy nickte. »Ich werde stark sein, das verspreche ich.«

Er drehte sich um und ging forsch in Richtung Hinterzimmer. Als Jeremy die Tür hinter sich zugemacht hatte, wandte Winter sich Christine zu. »Miss Ireland, es tut mir Leid, dass ich Ihnen diese Nachricht überbringen musste. Ich werde mich mit Ihrer Familie in Verbindung setzen, sobald ich Näheres weiß. Bis dahin versuche ich, die Sache möglichst diskret zu behandeln, um Mr. Prince nicht noch mehr Kummer zu machen, obwohl es schwer ist, solche Neuigkeiten unter Verschluss zu halten.«

»Das ist mir klar, Deputy. Aber ich weiß Ihre Bemühung zu schätzen.«

Der Deputy stand auf, nahm Cape und Hut und verabschiedete sich. Draußen zog er den Kopf ein, um sich gegen den heftigen kalten Regen zu schützen. Christine blickte ihm nach, als erwartete sie irgendeine plötzliche Wendung im Geschehen.

»Was ist los?«, fragte Reynaldo Cimino, und Christine zuckte zusammen. Sie hatte ihn nicht hereinkommen hören. Mit seinen schwarzen Haaren, den hohen Wangenknochen und dem strahlenden Lächeln hätte man ihn eher für einen Filmstar halten können als für einen Goldschmied. Er hatte die ersten dreizehn Jahre seines Lebens im italienischen Florenz zugebracht und sich einen leichten Akzent bewahrt, der Frauenherzen höher schlagen ließ. »Christine, Jeremy ist im Badezimmer, spritzt sich Wasser ins Gesicht und sagt sich in einer Tour vor, dass er stark sein muss. Dabei ist er weiß wie ein Gespenst. Was ist denn bloß los?«

Christine rang nach Worten, um ihm die Neuigkeit möglichst schonend beizubringen. Schließlich war er mal mit Dara liiert gewesen. Als sie so plötzlich verschwunden war, hatte er sich, krank vor Kummer, monatelang von der Außenwelt abgekapselt. Es hatte über ein halbes Jahr gedauert, bevor er mit Tess Brown das erste Mal ausgegangen war. Als er sie bald darauf geheiratet hatte, vermuteten viele, dass sie ihn über Daras Verlust hinwegtrösten würde, aber nicht wenige glaubten heute, dass ihr dies nicht gelungen war.

Christine fand endlich ihre Sprache wieder und sagte: »Rey, eine Frauenleiche ist ans Ufer gespült worden. Eben war Deputy Sheriff Winter hier. Er vermutet, dass es Dara ist.«

Als schonend konnte man das wirklich nicht bezeichnen, dachte Christine. Die Worte waren unzensiert aus ihr herausgesprudelt, und ihre nüchterne Stimme war ihr selber fremd. Rey starrte sie fassungslos an. Sein olivfarbener Teint war aschfahl geworden, sein ganzer Körper wie zu Stein erstarrt. Endlich holte er tief Luft und murmelte: »Er behauptet, die Tote sei Dara?«

»Die Möglichkeit besteht, ja. Offiziell ist sie noch nicht identifiziert worden. Man hat die Leiche in die Gerichtsmedizin nach Charleston gebracht. Ames ist hingefahren, um sie zu identifizieren.«

»Identifizieren!«, höhnte Reynaldo heiser. »Ich frage mich, was es nach drei Jahren im Wasser noch zu identifizieren gibt.«

»Ich weiß es nicht ... Die Leiche war angeblich in eine Plastikplane eingewickelt. Grauenhaft ...«

Christine verstummte, als Jeremy zurückkam. Seine Wangen waren vom kalten Wasser gerötet, die vorderen Haarspitzen und der Hemdkragen nass.

Rey schien ihn nicht bemerkt zu haben. »Sie war in Plastik eingewickelt?«

Christine nickte. Rey bekreuzigte sich. »Heilige Mutter Gottes.«

Jeremy ging zu ihm und legte ihm die Hand auf die Schulter. »Weine nicht, vielleicht ist es gar nicht Dara.«

»Ich weine nicht!«, fuhr Rey ihn an.

»Du warst aber ganz nah dran«, stellte Jeremy unschuldig fest. »Vielleicht hast du auch nur Angst.«

»Wovor sollte ich denn Angst haben?«, fragte Reynaldo plötzlich feindselig.

»Davor, dass es Dara ist. Wovor denn sonst?«, fragte Jeremy.

Rey war leichenblass geworden, und in seinem rechten Augenlid zuckte ein winziger Muskel. »Ich geh wieder an die Arbeit«, verkündete er zwischen zusammengebissenen Zähnen.

»Nicht nötig«, sagte Christine. »Es ist halb fünf, und es gießt in Strömen. Wahrscheinlich kommt sowieso keiner mehr. Wir machen früher Schluss.«

»Gott sei Dank.« Rey stand regungslos da, aber seine Hände hatten zu zittern begonnen.

»Ja, ich halte es auch für das Beste«, sagte Christine dumpf. »Wir könnten uns ohnehin nicht konzentrieren.«

»Du hast sie doch gar nicht gemocht«, fauchte Reynaldo. »Was kann dir das Ganze schon ausmachen?«

Christine schaute ihn erstaunt an. »Wie bitte?«

»Du hast Dara doch nie gemocht. Dir ist es doch ganz gleich, ob sie tot ist.«

»Wie kannst du so was Gemeines sagen, Rey«, protestierte Jeremy. »Warum willst du Christy wehtun? Sie hat dir doch nichts getan.«

»Dara und ich haben uns nicht besonders gut verstanden, aber das heißt doch nicht, dass ich ihr den Tod gewünscht habe.« Rey mied Christines Blick. »Oder glaubst du das im Ernst?«

Rey blickte weiterhin zu Boden. »Nein. Tut mir Leid. Ich bin nur … ach, verdammt, ich weiß auch nicht, was in mich gefahren ist.«

Christine gewann ihre Fassung zurück und sagte: »Du bist geschockt, wie wir alle.«

»Ja, das ist es. Geschockt.«

Sie hätte ihn gern getröstet, aber sie wusste nicht, wie. Rey hatte Dara geliebt. Und jetzt war er mit Christines bester Freundin verheiratet. Ein Dilemma, das sie nicht lösen konnte. Also schlug sie ihm etwas hölzern vor: »Warum gehst du nicht rüber zu Tess und bittest sie, früher Schluss zu machen?« Reys Frau war die Inhaberin des Buchladens mit dem poetischen Namen ›Kalliope‹. »Du könntest sie zum Essen ausführen.«

»Au ja, ins Tudor Rose, da haben wir meinen Geburtstag gefeiert«, meldete Jeremy sich zu Wort. »Ich und Christine und Ames und Patricia. Es hat mir ganz prima geschmeckt, und am Ende haben die Ober einen Kuchen hereingetragen und Happy Birthday für mich gesungen. Es war toll.«

Rey funkelte die beiden wütend an. »Ich verstehe euch nicht!«

»Was ist denn jetzt wieder?«, jammerte Jeremy. »Was haben wir denn getan?«

»Man findet Daras Leiche, und ihr wollt, dass ich mit meiner Frau um die Häuser ziehe.«

»Es war nicht böse gemeint, Rey«, entgegnete Christine. »Wir wollten dich nur auf andere Gedanken bringen. Schließlich ist noch nicht erwiesen, ob es tatsächlich Daras Leiche ist. Ich dachte, du würdest das verstehen.«

»Das tu ich auch. Aber trotzdem ... ein bisschen mehr Respekt könnte euch nicht schaden ...« Rey wischte sich mit der Hand über die Stirn, wankte zur Garderobe und schnappte sich seinen Regenmantel. »Ich muss hier raus.«

»Lass Tess nicht merken, wie aufgewühlt du bist«, rief Christine ihm hinterher.

»Hier drin können Sie mich herumkommandieren, Miss Ireland, aber da draußen bin ich mein eigener Herr«, herrschte Rey sie an und knallte die Tür hinter sich zu.

Jeremy runzelte die Stirn. »Er muss eine Stinkwut haben, wenn er dich Miss Ireland nennt.«

»Das kannst du laut sagen.«

»Der Tag heute war ganz schön mies, nicht?«, fragte Jeremy.

»Und ob! Ich bin froh, wenn ich zu Hause bin.«

»Und ich erst. Soll ich dir was sagen, Christy? Ich glaube nie und nimmer, dass Rey Tess genauso lieb hat wie Dara.«

»Fragt sich nur, ob Dara das auch zu schätzen wusste«, meinte Christine, während sie in ihren silbergrauen Regenmantel schlüpfte und den Gürtel zuzog. »Na ja, sie war schließlich noch sehr jung.«

»Genau«, sagte Jeremy. »Glaubst du, dass sie mich gemocht hätte, wenn Reynaldo nicht gewesen wäre? Ich glaube es nicht. Sie hat mich ganz schön wütend gemacht manchmal.«

»Ach ja?«, fragte Christine beiläufig, obwohl sie spürte, wie leise Besorgnis sie mit kalten Fingern berührte. »Wie wütend denn?«

»Na ja, eben fuchsteufelswild. Aber dann war sie wieder besonders nett zu mir, und ich hab mich wieder abgeregt. Immerhin durfte ich ja ihr Freund sein.«

»Ja, das ist manchmal sogar besser«, stimmte Christine zu und hörte das falsche Scheppern in ihrer Stimme. »Nimm bloß mal Sloane und mich. Wir waren verlobt, und ich war nicht besonders glücklich dabei. Dann habe ich die Verlobung gelöst, und wir haben nicht geheiratet. Jetzt sind wir immer noch Freunde und ich bin glücklich.«

Jeremy schüttelte den Kopf. »Manchmal will mir einfach nicht in den Kopf, wie dieses ganze Liebeszeug funktioniert. Die Liebe zwischen Jungs und Mädchen, mein ich, nicht die Liebe zwischen dir und mir oder zwischen mir und Rhiannon.«

»Wen magst du denn lieber?«, fragte Christine schmunzelnd, als sie ihm seinen hellbraunen Regenmantel reichte. »Mich oder die Katze?«

»Ich mag euch beide gleich gern«, erwiderte Jeremy gnädig. Dann sah er sie bekümmert an. »Meinst du, dass dieser Traum jetzt aufhört?«

»Welcher Traum denn?«

Jeremy schlüpfte in den Regenmantel. »Es ist schon lange her, da habe ich dir von meinem Traum erzählt. Du hast gesagt, ich soll mir keine Sorgen machen, aber jetzt frage ich mich, was er zu bedeuten hat.«

»Erzähl ihn mir noch einmal, Jeremy. Ich kann mich nicht mehr an die Einzelheiten erinnern.«

»Du hast nicht richtig aufgepasst«, sagte er vorwurfsvoll.

»Tut mir Leid. Du hast Recht. Jetzt erzähl ihn mir nochmal,

während wir den Laden abschließen, und diesmal werde ich ganz genau zuhören.«

»Okay.« Jeremy hielt kurz inne, um seine Gedanken zu sammeln. »Seit Dara fort ist, träume ich andauernd von Wasser«, sagte er, und seine Stimme klang ein wenig ängstlich. »Um mich herum ist dunkles, kaltes Wasser. Ich kann nichts sehen und kriege keine Luft. Und ich kann mich nicht bewegen, weil etwas fest um mich herumgewickelt ist. Aber im Traum bin ich am Leben. Ich weiß zwar, dass ich sterben muss, und fürchte mich davor, aber ich lebe noch.« Die schiere Angst sprach aus seinen klaren blauen Augen. »Ich dachte immer, dass ich das bin in meinem Traum, dabei habe ich die ganze Zeit von Dara geträumt. Aber woher wusste ich, dass sie im Wasser gelegen hat und fest in Plastik eingewickelt war, Christy? Woher wusste ich das?«

Kapitel 3

Christine erstarrte. »Jeremy, dass du mir ja niemandem von diesen Träumen erzählst!«

Jeremy sah sie verdutzt an. »Wieso denn?«

Wie konnte Christine ihm nur schonend beibringen, dass es Leute gab, die ihre eigenen Schlüsse daraus ziehen könnten? Viele glaubten doch, dass geistig behinderte Menschen zu allem fähig wären. Christine hatte Jeremy vor dieser Art von Ignoranz sein Leben lang beschützt. Wie leicht konnte jemand auf die Idee kommen, dass ihr Bruder Dara umgebracht und in den Fluss geworfen hatte. Und jetzt, wo der Fluss eine Leiche an Land gespült hatte, würden die Leute eben annehmen, dass er nicht genügend Grips besaß, um die grausame Tat für sich zu behalten.

»Die Leute könnten dich missverstehen«, sagte Christine und bemühte sich um einen beiläufigen Ton. »Womöglich verstehen sie nicht, dass du das Ganze nur geträumt hast. Womöglich …«

»Sie glauben vielleicht, dass ich Dara wehgetan habe«, fiel Jeremy ihr altklug ins Wort. »Manche Leute sind ja so gemein.«

»Ja. Und nicht besonders gescheit.«

»Wie ich.«

»Nein, nicht wie du. Du weißt alles, was man wissen muss. Das kann nicht jeder von sich behaupten.« Sie gingen vom Laden ins Lager, um durch den Hintereingang nach draußen zu gelangen. »Alles bringen sie durcheinander oder tun so, als wüssten sie alles, dabei haben sie keinen blassen Schimmer.«

»Ist Deputy Winter auch so einer?«

»Ich weiß es nicht. Ich hab ihn ja eben erst kennen gelernt.«

»Er scheint nett zu sein.«

»Ja. Aber wie gesagt, wir kennen ihn nicht. Deshalb darfst du ihm auch nicht erzählen, was du geträumt hast.«

»Weil er Polizist ist?«

»Weil wir ihn nicht kennen«, sagte Christine und klang nicht sehr überzeugend. Vor drei Jahren war Sheriff Teague der festen Meinung gewesen, dass Jeremy sich an Dara vergangen hatte. Möglicherweise war er nach wie vor davon überzeugt. Was Deputy Winter dachte, das wussten die Götter. Sie hatte gleich gemerkt, dass er mehr Spürsinn besaß als Teague. Bevor er nach Winston kam, hatte er in Los Angeles als Detective gearbeitet. Sie fragte sich, was ihn wohl dazu bewogen hatte, in dieses kleine, verschlafene Nest zu ziehen. Der Mann war ihr ein Rätsel. Und er konnte Jeremy gefährlich werden, falls die angeschwemmte Tote tatsächlich Dara war und Winter über geistig zurückgebliebene Menschen ebenso dachte wie Sheriff Teague.

»Du siehst aus, als würdest du dir Sorgen machen«, sagte Jeremy auf dem kleinen Parkplatz im Hinterhof. »Ist es wegen meinen Träumen?«

Christine spannte ihren Regenschirm auf und sperrte den Laden zu. »Nein, ich bin nur ein bisschen deprimiert!«, erklärte sie. »Dauerregen, überschwemmte Straßen, und dann auch noch eine Leiche im Fluss.«

»Ich bin auch nicht besonders gut drauf.«

Sie eilten zu Christines kleinem Wagen. Jeremy klemmte seinen schlaksigen Körper in den Schalensitz.

Sie öffnete die Wagentür auf der Fahrerseite, machte den Regenschirm zu, warf ihn auf den Rücksitz und stieg in den Wagen.

»Könnten wir nicht auch so ein Auto haben wie Reynaldo?«, fragte Jeremy und sah sie bittend an.

»Das ist ein 57er Thunderbird, an dem er drei Jahre herumgebastelt hat. So was kann ich nicht. Außerdem ist so ein Auto sehr teuer, und ich habe uns doch erst kürzlich ein ziemlich großes Haus gekauft.«

»Würde ein solcher Flitzer nicht mächtig cool aussehen in unserer Auffahrt?« So leicht gab Jeremy sich nicht geschlagen. »Er ist knallrot, meine Lieblingsfarbe.«

»Mir gefällt der Wagen ja auch«, gab Christine zu und musste unwillkürlich daran denken, wie sehr Dara es genossen hatte, sich von Reynaldo darin herumkutschieren zu lassen. »Leider müssen wir aber im Augenblick mit meiner uncoolen blauen Schüssel hier vorlieb nehmen.«

»Na ja, vielleicht können wir uns irgendwann einen Wagen leisten, der so aussieht wie der von Rey«, sagte Jeremy und seufzte. »Christy, ich hab ein mächtig schlechtes Gewissen, weil ich ausgerechnet heute ans Essen denken muss, wo Dara vielleicht tot ist, aber ich kann's nicht ändern. Ich hab einen Mordshunger, und bei mir ist niemand zu Hause.«

»Niemand? Woher weißt du denn, dass Patricia nicht zu Hause ist?«

»Heute Morgen, als sie mich zur Arbeit gefahren hat, hat sie gesagt, ich soll mir abends ein Sandwich machen, weil sie ausgehen muss.«

»Wohin denn? Zum Dinner?«

Jeremy zuckte die Schultern. »Ich weiß es nicht. Mir sagt sie nichts, wenn ich sie frage, und Ames fragt sie erst gar nicht.«

»Ist sie denn oft weg?«

»In letzter Zeit schon. Egal, ich bin jedenfalls am Verhungern.«

»Ich auch«, schwindelte Christine. Sie würde Jeremy natürlich nicht zu Hause absetzen, wo er, sich selbst überlassen, womöglich pausenlos über Dara nachgrübeln würde. »Sollen wir zu Gus' Grill fahren?«

»Au ja. Ich will einen Cheeseburger haben und danach ein Bananensplit.«

Eine halbe Stunde später saßen sie in einer dunkelgrünen Sitzecke des gemütlichen Lokals, dessen eklektische Innenausstattung sich aus den mexikanischen, chinesischen und französischen Elementen zusammensetzte, die diverse Geschäftsführer unterschiedlicher Provenienz in fünfzehn Jahren hinterlassen hatten. Besonders reizvoll fand Christine die Wandmalerei, die eine Spaghetti und Fleischbällchen servierende Frau im Kimono darstellte. Als die Kellnerin kam, um die Bestellung aufzunehmen, mussten sie gegen die Musik anschreien, die aus den Lautsprechern dröhnte, und ihre Wünsche dreimal wiederholen.

»Ich werde Gus bitten, die Musik leiser zu drehen«, brüllte die Kellnerin am Ende entnervt.

»Lassen Sie's gut sein«, schrie Christine. »Es ist doch sein Lieblingssong.«

Die Kellnerin verdrehte die Augen. »Gus hat Nerven wie Drahtseile. Er wird es verkraften. Und wenn ich diesen Song heute noch ein einziges Mal zu hören kriege, haue ich ihm die Bratpfanne über den Schädel.«

Jeremy brach in schallendes Gelächter aus, und die Kellnerin zwinkerte ihm zu. Sie verstand es immer wieder, Jeremy zum Lachen zu bringen.

Kurze Zeit später – die beiden hatten ihre Getränke vor sich stehen, und die Musik war um ein paar Nuancen leiser – wollte Christine von Jeremy wissen, wo Patricia seiner Meinung nach so viel Zeit verbrachte.

»Weiß nicht.« Jeremy sog geräuschvoll sein Cherry Coke durch den Strohhalm. »Niemand sagt mir irgendwas. Zu Hause ist mir oft ganz schön langweilig, Christy. Und alleine bin ich auch. Ich bleibe nur da, weil Ames mich bei sich haben möchte. Na ja, manchmal wenigstens. Aber dann tut er wieder so, als ob ich Luft wäre.«

Das war pures Gift für Jeremy, dachte Christine. Ihr Bruder brauchte Anregungen und die Möglichkeit, sich nützlich zu machen. Aber am meisten missfiel ihr seine Einsamkeit. Sie hatte im vorigen Sommer ein Haus erstanden und schon lange geplant, Jeremy zu sich zu nehmen. Das Gebäude besaß ein geräumiges und dank großer Fenster ungewöhnlich helles Souterrain, das mit einem eigenen Eingang zu erschließen war. Sie hatte Jeremy ein richtiges kleines Apartment eingerichtet, damit er sich unter ihrer Obhut wie ein selbständiger Erwachsener fühlen konnte.

Eigentlich hatte sie Jeremy schon zu Weihnachten zu sich nehmen wollen, aber Ames hatte sie inständig gebeten, ihm den Jungen noch bis nach Ostern zu lassen. »Er würde mir fehlen, besonders an den langen dunklen Winterabenden«, hatte Ames ihr erklärt. Aber der heutige Tag hatte vieles verändert. Auch wenn diese Tote sich nicht als Dara erweisen sollte, konnte die Angst davor, dass seine Tochter tot sein könnte, Ames dennoch in tiefe Verzweiflung stürzen, und dieser Stimmung durfte sie Jeremy keinesfalls aussetzen. Zudem schien Patricia, die ohnehin nur selten bereit war, sich mit Jeremy zu beschäftigen, in letzter Zeit häufig außer Haus zu sein. Während Christine mit einiger Überwindung einen halben Cheeseburger aß, reifte ihr Entschluss, Jeremy endgültig zu sich zu nehmen.

»Du isst ja fast nichts«, bemerkte Jeremy. »Normalerweise isst du doch genauso viel wie ich, manchmal sogar noch mehr.«

»Stimmt ja gar nicht!«, ereiferte sich Christine und bemerkte das Zucken um Jeremys Mundwinkel. Offenbar versuchte er, sie aufzumuntern. Bereitwillig spielte sie mit. »Zufällig achte ich auf mein Gewicht, du Naseweis. Ich müsste bloß öfter trainieren.«

»Aber du bist doch nicht dick. Nur groß.«

Mit ihren ein Meter achtundsiebzig war sich Christine neben der zierlichen Dara immer wie ein Trampeltier vorgekommen. Dabei hatte Danny Torrance, ihr Fitnesstrainer, behauptet, dass sie perfekt proportioniert sei. Sie müsse nur ein wenig fleißiger trainieren, um Kraft aufzubauen. Allerdings war sie mit Danny seit Jahren befreundet und wusste, dass er immer ein Kompliment für sie auf Lager hatte.

Sobald Jeremy geräuschvoll den letzten Rest Eiscreme aus dem Glasschüsselchen gekratzt hatte, sah er sie stirnrunzelnd an. »Ich möchte heute Nacht nicht gern in Ames' Haus schlafen. Ich wäre lieber bei dir. Ist es dir recht?«

»Klar«, sagte Christine bereitwillig. »Es ist doch auch dein Haus.« Jeremy strahlte.

»Ich bin froh, wenn ich nicht allein bin, und Rhiannon wird sich bestimmt auch freuen, dich zu sehen.«

Als Christine nach ihrem College-Abschluss ausgezogen war, hatte sie Daras schwarze Katze Rhiannon zu sich genommen, weil Patricia das Tier genauso abgrundtief hasste wie ihr unausstehlicher kleiner Hund Pom-Pom, der es keinen Augenblick in Ruhe ließ.

»Ich kann's kaum erwarten, Rhiannon zu sehen«, sagte Jeremy begeistert. »Und darf ich mir *Buffy* ansehen?«

»Klar doch. Ich seh das auch gern. Aber du musst erst zu

Hause anrufen, damit sie wissen, wo du bist. Wenn niemand da ist …«

»Ich weiß schon. Dann hinterlasse ich eine Nachricht auf dem Anrufbeantworter.« Jeremy klang wie ein gelangweilter Teenager. »Du brauchst mir nicht alles eine Million Mal zu sagen, Christy.«

»Entschuldige. Ich wusste nicht, dass wir heute so empfindlich sind.«

»Es nervt mich nur, wenn du mir alles immer und immer wieder sagst.« Jeremy klang leicht gereizt.

»Ich werd's mir merken, das versprech ich dir«, lenkte Christine um des lieben Friedens willen ein.

»Dann ist es ja gut.« Jeremy wischte sich den Mund ab und machte Anstalten aufzustehen. »Ich ruf jetzt bei Ames an.«

»Wo gehst du denn hin?«

»Zum Münztelefon.«

»Wo hast du denn dein Handy?«

Jeremy wurde rot. »Ich hab's im Laden vergessen.«

»Jeremy, es ist sehr wichtig, dass du dein Handy bei dir hast …« Sie verstummte. Da war sie ja schon wieder im Begriff gewesen, ihm eine Standpauke zu halten, und sagte stattdessen: »Na ja, ich lasse meins auch manchmal liegen. Hast du …«

»Münzen fürs Telefon? Hab ich«, sagte Jeremy, bereits im Gehen. »Herrgott nochmal, Christy!«

Christine musste lächeln. Wenn andere Leute Jeremy wie ein Kind behandelten, wurde sie ärgerlich, dabei passierte es ihr selbst. Andauernd. Er hatte allen Grund, sich aufzuregen. Er war jetzt einundzwanzig. Höchste Zeit, dass sie aufhörte, ihn zu bemuttern.

»Der Laden ist ja richtig angesagt heute.«

Christine blickte auf und sah Sloane Caldwell an ihrem

Tisch stehen. Vor ein paar Jahren waren sie miteinander verlobt gewesen, aber sie hatte die Verlobung wenige Wochen vor der Hochzeit gelöst. Seitdem waren sie befreundet, wenn auch nicht sehr eng. Sloane war Teilhaber in Ames' Kanzlei.

»Ja, sieht ganz danach aus«, stimmte sie zu. »Es ist so düster draußen, dass die Leute nicht gern nach Hause gehen. Setz dich ruhig. Jeremy telefoniert gerade.«

»Hat er wieder mal sein Handy vergessen?«

»Ja«, gab Christine ohne weiteres zu, da sie keinen Grund hatte, ihren Bruder in Schutz zu nehmen. Sloane hatte Jeremy immer nett behandelt und wäre damals auch gern bereit gewesen, ihn bei sich und Christine wohnen zu lassen. »Er hat beschlossen, die Nacht bei mir zu verbringen, und will Ames Bescheid sagen.«

Sloane setzte sich. Er war ein groß gewachsener, ein wenig wild aussehender Mann mit breiten Schultern und einer tiefen, polternden Stimme, die ihm im Gerichtssaal gute Dienste leistete. Er hatte dicke, ziegelrote Locken, ein gewinnendes Lächeln und ein Dutzend Fältchen in den äußeren Winkeln seiner haselnussbraunen Augen, als hätte er zu lange in die Sonne gesehen. Vor langer Zeit hatte er sich das Nasenbein gebrochen, seitdem war seine Nase leicht schief, und über sein Kinn lief eine dünne Narbe, ein Makel aus der High-School-Zeit, den er sich beim Football zugezogen hatte. Obwohl Sloane mit Vorliebe elegante Anzüge trug und größten Wert auf tadellose Umgangsformen legte, kam Christine bei seinem Anblick nach wie vor der Gedanke, dass er besser zum Jagen in die Berge als in eine Rechtsanwaltskanzlei gepasst hätte. Seit sie die Verlobung gelöst hatte, lebte er allein.

»Du siehst wie immer hinreißend aus, Chris, aber irgendetwas scheint dich zu bedrücken«, sagte er sanft. »Willst du mir nicht erzählen, was los ist?«

»Na ja, früher oder später würdest du es ohnehin erfahren. Heute wurde eine Leiche ans Ufer gespült, die in eine Plastikplane gewickelt war. Es könnte sich um Dara handeln.«

Sloane blieb der Mund offen stehen, und seine Augen waren blank vor Entsetzen. »Großer Gott! Eine der Sekretärinnen sagte mir, dass ein Deputy nach Ames gefragt hätte. Wahrscheinlich ging es um diese Nachricht.«

Christine nickte. »Er hat Ames dann im Laden angetroffen. Und als er ihm die Sachlage schilderte, bestand Ames darauf, dass die Tote auf keinen Fall Dara sein könne. Doch in Wirklichkeit war er zu Tode erschrocken. Ich war froh, dass zufällig Wilma Archer im Laden war. Sie ist ja wie eine Mutter für ihn.«

»Ja, das ist sie«, meinte Sloane versonnen. »Sag mal, dieser Deputy, wie hieß er doch gleich?«

»Michael Winter, ein Neuer aus Los Angeles.«

»Ah ja, geht Deputy Winter denn davon aus, dass die Tote Dara ist?«

»Er sagte lediglich, dass die Leiche dieselbe Größe hätte wie Dara und wie sie langes schwarzes Haar, dass sie aber trotz der dicken Schicht Plastik schon stark verwest sei. Sollte es wirklich Dara sein, hätte sie ja auch drei Jahre im Wasser gelegen.«

»Wenn sie in eine Plastikplane eingewickelt war, kann sie nicht versehentlich ertrunken sein. Dann ist sie ermordet worden«, sagte Sloane. »Aber es könnte doch auch später passiert sein – Wochen oder Monate nach ihrem Verschwinden.«

»Ja schon, aber wenn sie weggelaufen und nach einer Weile wieder zurückgekommen wäre, dann hätte sie doch jemand sehen müssen.«

»Nur weil niemand sich gemeldet hat, muss das noch lange nicht heißen, dass sie auch tatsächlich niemand gesehen hat.«

»Stimmt. An diese Möglichkeit habe ich nicht gedacht.«

»Das ist schließlich mein Job«, erwiderte Sloane. »Ein scharfer Blick ist ab und zu ganz hilfreich bei der Verteidigung eines Klienten.«

»Ja, da magst du Recht haben.« Christine fuhr sich über die Stirn. »Die Tote wurde jedenfalls sofort ins gerichtsmedizinische Labor nach Charleston überführt. Ames ist hingefahren, um sie zu identifizieren. Ich finde es grausam, ihn mit der stark verwesten Leiche zu konfrontieren.«

»Daran lässt sich nun mal nichts ändern, Chris. Es ist Vorschrift.«

»Das mag schon sein, aber grausam ist es trotzdem«, sagte Christine tonlos und spürte ein inneres Frösteln.

Sloane schüttelte den Kopf. »Jemand hätte Ames nach Charleston begleiten müssen.«

»Ja, ich. Ich hätte mit ihm fahren sollen. Aber ich musste mich doch auch um Jeremy kümmern und …«

»Dich hab ich nicht gemeint, Chris, sondern mich. Ames hätte mich anrufen sollen.«

Das stimmt, dachte Christine, Sloane war ungemein stark, und seine breiten Schultern luden zum Anlehnen ein. Aber dieser Vorzug hatte leider auch seine Kehrseite, denn Sloane neigte dazu, jede Situation zu kontrollieren, eine Eigenschaft, mit der Christine nicht hätte leben können und die mit dafür verantwortlich gewesen war, dass sie sich vor drei Jahren gegen ihn entschieden hatte.

»Ames wird die Tote ohnehin nicht identifizieren können«, versuchte Christine sich zu beruhigen. »Außerdem ist er nicht allein. Er hat schließlich Patricia.«

Sloane schnaubte verächtlich. »Ja ja, die einfühlsame, fürsorgliche Patricia, die Dara nicht ausstehen konnte. Was für ein Trost.«

»Jeremy sagt, dass sie neuerdings oft ausgeht.«

»Hat sie das gutbürgerliche Leben schon satt?«

»Mag sein. Sie ist halt wesentlich jünger als Ames, und seit Daras Verschwinden ist er bestimmt kein sehr amüsanter Gefährte.«

»Ich möchte stark bezweifeln, dass Ames je ein Ausbund an Lebensfreude war.«

»Nein, das passt auch nicht zu ihm. Aber inzwischen ist er nicht mehr nur ernsthaft, sondern regelrecht düster. Gott allein weiß, wie er reagiert, wenn die Tote tatsächlich Dara sein sollte.«

Jeremy kam wieder zurück. »Hi, Sloane.«

»Hi, Kleiner. Ich seh dich ja kaum noch in letzter Zeit.«

»Hab ja auch 'ne Menge zu tun. Weißt du das denn nicht? Ich arbeite nicht mehr im Lager. Ich entwerfe jetzt Schmuck.«

»Natürlich weiß ich das. Ames ist mächtig stolz auf dich.«

»Hat dir Christy das von Dara erzählt?«

»Sie sagte nur, dass man eine Tote gefunden hätte. Ob es tatsächlich Dara ist, lässt sich noch nicht sagen. Du darfst nicht gleich das Schlimmste annehmen, Jeremy.« Sloane stand abrupt auf, und Christine war froh, nicht länger über das Thema sprechen zu müssen. »Ich habe noch eine Menge Zeug zu erledigen und mache mich besser auf den Weg. War schön, euch zwei mal wieder zu sehen. Fahrt vorsichtig. Die nassen Straßen sind ganz schön tückisch.«

»Christy fährt wie eine Schnecke«, beklagte sich Jeremy. »Wir brauchen immer eine Ewigkeit, bis wir irgendwohin kommen.«

»Sei bloß froh! Wer sinnlos aufs Gas steigt und gegen einen Baum knallt, kommt nämlich überhaupt nicht an. Gute Nacht, Leute.«

Sobald Sloane gegangen war, schob Jeremy sich auf dessen

Platz. »Da war keiner zu Hause, also habe ich ihnen eine Nachricht auf Band gesprochen.«

Christine wusste, dass Ames in Charleston war, aber wo war Patricia? Ames hätte sie in dieser schweren Stunde dringend gebraucht. Doch sie schien in letzter Zeit ihre eigenen Wege zu gehen und wusste vielleicht noch gar nichts von dem grausigen Fund.

»Du siehst traurig aus«, stellte Jeremy fest.

»Ist ja auch kein Wunder bei dem trübseligen Wetter.«

»Und der schlechten Nachricht. Eine Leiche, die im Wasser liegt, so was ist gruselig.« Er schaute sich kurz im Lokal um und sagte dann unvermittelt: »Ich möchte nach Hause, zu Rhiannon.«

»Ich auch. Aber erzähl ihr bloß nicht, dass du Bananensplit gegessen hast, sonst ist sie den ganzen Abend schlecht gelaunt.«

Jeremy brach in schallendes Gelächter aus, und sein ganzes Gesicht schien dabei zu leuchten. Er sah umwerfend gut aus, und Christine hatte schon einige Male beobachtet, dass ihn Mädchen ansprachen, nur um enttäuscht abzuziehen, sobald sein kindliches Wesen zum Vorschein kam. Aber zum Glück nahm Jeremy es ihnen selten krumm. Er besaß ein bemerkenswertes Talent, sich in sein Schicksal zu fügen.

Christine zahlte, und sie machten sich auf den Weg. Der Regen hatte inzwischen etwas nachgelassen, dennoch fuhr Christine ganz vorsichtig nach Hause.

Als sie das große, moderne, hell gestrichene Holzhaus betraten, schoss die Katze hinter einem Stuhl hervor und warf sich auf Jeremys Füße, um sich dann genüsslich zu wälzen und auffordernd die Pfoten in die Luft zu strecken.

Jeremy bückte sich und hob sie auf. »Ich hab dich so vermisst, Rhiannon!« Die Katze rieb genüsslich ihren Kopf an seinem Kiefer. »Alle denken, dass Dara dich nur wegen des Songs, den sie so mochte, Rhiannon getauft hat, dabei war Rhiannon doch eine Hexe.«

Christine war überrascht, dass er sich noch an die keltische Sage erinnerte, die Dara ihm einmal erzählt hatte, aber sie fand es oft erstaunlich, was ihm so alles im Gedächtnis blieb. »Rhiannon freut sich mächtig, dass du da bist«, sagte sie, als die Katze sich zufrieden in Jeremys Armen räkelte.

»Sie hat mir so gefehlt. Ich wünschte, sie könnte bei mir wohnen, aber Patricia lässt sie ja nicht. Sie mag nur ihren Pom-Pom.«

Christine mochte Hunde, doch bei Pom-Pom hörte die Tierliebe auf. Der Hund schien nur aus scharfen Zähnen und ohrenbetäubendem Gekläffe zu bestehen, sein gräulich-weißes Fell war strubbelig, sein Atem eine Zumutung und er selbst von chronischer Übellaunigkeit. Christine war es unbegreiflich, warum Patricia das unverträgliche kleine Scheusal, das außer ihr keinen ausstehen konnte, so abgöttisch liebte.

»Was soll ich denn morgen früh anziehen, Christy?«, fragte Jeremy.

»Ich habe dir neulich bei *Gap* zwei neue Hosen und zwei Hemden gekauft.«

Jeremys Augen leuchteten. »Wirklich? Hast du sie in mein Zimmer gelegt?«

»Ja. Und ich bin fast fertig mit Einrichten. Geh mal runter und schau es dir an.«

Die Katze im Arm, stürmte Jeremy in die Küche und von dort aus hinunter in sein »Apartment«. In einem Monat würde er hoffentlich ganz bei ihr wohnen.

Christine ging in die Küche und freute sich beim Anblick der glänzenden Edelstahlarmaturen und der pistaziengrünen und zitronengelben Wände. Ames, der die klassische Linie bevorzugte, war beim Anblick der heiteren, modernen Küchengestaltung förmlich zusammengezuckt. Christine hatte sich nur mit Mühe ein Grinsen verkneifen können, als sie seine vergeblichen Anstrengungen bemerkte, seine Missbilligung zu verbergen. Für ihn war das Ganze ein unglückliches Zusammenspiel von eigenartigen Winkeln und grellen Farben.

Während sie den riesigen Farn am Fenster goss, warf sie einen Blick in den hinteren Garten, in dem im Sommer, so hoffte sie, viele bunte Blumen blühen würden. An diesem trüben Abend konnte man sich das allerdings nur schwer vorstellen. Die immergrüne Hecke, die den Rasen nach hinten begrenzte, reckte ihre tropfenden Glieder in den bleiernen Himmel. Ein einsamer Spatz saß am Rand des Vogelhäuschens, und der Regen lastete schwer auf den sechs Narzissen, die, verführt von ein paar trügerisch warmen Tagen, zu früh aufgeblüht waren. Wasser stand in den Fugen des gefliesten Fußwegs, der zu Jeremys Terrasse hinunterführte, auf der im Sommer Barbecues stattfinden würden.

Christine schüttete Kaffeepulver in die Maschine, und nach wenigen Minuten erfüllte der Duft von Himbeerschokoladenkaffee die Küche, Jeremys Lieblingsmischung. Sie nahm die Keramikbecher aus dem Schrank, die sie lieber mochte als Porzellan, und stellte sie auf den Tisch.

»Mein Zimmer ist ja so cool!«, rief Jeremy von der Kellertreppe aus und kam in die Küche gestürmt. »Von der Tischtennisplatte hast du noch gar nichts erzählt!«

»Ein vorzeitiges Geburtstagsgeschenk«, sagte Christine und rang nach Luft, als Jeremy sie wie ein Bär an sich drückte. »Du kannst deine Freunde einladen und mit ihnen spielen.«

»Au ja, Danny zum Beispiel. Seit er nicht mehr neben Ames wohnt, kriege ich ihn kaum noch zu sehen. Und ich habe meine eigene Tür nach draußen. Da brauchen die Leute nicht durch deine Wohnung zu gehen, wenn sie zu mir wollen!«

»Schön, dass es dir gefällt.«

»Es ist superklasse. Werde ich denn schlafen können, wenn wir jetzt noch Kaffee trinken? Ich muss nämlich morgen schon ganz früh ins Geschäft.«

»Wir öffnen doch erst um zehn.«

»Ich muss aber früher da sein.«

»Warum denn?«

»Das ist ein Geheimnis. Komm, lass uns fernsehen.«

Christine gab vor, sich auf die Handlung zu konzentrieren, die Jeremy zu begeistern schien, aber in Wirklichkeit war sie nur halb bei der Sache. Sie musste immer daran denken, wie Ames in Charleston eine stark verweste Leiche in Augenschein nahm, die vielleicht einmal seine Tochter gewesen war. Um zehn zuckte sie vor Nervosität regelrecht zusammen, als das Telefon klingelte. Sie sprang auf und griff sich den Hörer. »Hallo?«

Erst ein heftiges Keuchen, dann Ames' gebrochene Stimme: »Sie ist es.«

»Ames? Ich kann dich kaum hören.«

»Die Leiche. Es ist … Dara.«

Christine hatte vom ersten Moment an vermutet, dass es sich bei der Toten um Dara handelte, doch jetzt weigerte sich ihre Vernunft, die Realität zu akzeptieren. »Aber das muss sich doch erst noch herausstellen«, versuchte sie ihn zu beschwichtigen, zutiefst bekümmert wegen seiner gequälten Stimme. »Die müssen doch erst Tests durchführen. DNA-Tests …«

»Der Ring.«

»Was für ein Ring?«

»Sie haben in der Plastikplane ihren Ring gefunden. Den mit dem Rubin und den Diamanten, den ich ihr zum High-

School-Abschluss geschenkt habe.« Er holte Luft und redete mit erstickter Stimme weiter: »An der Innenseite sind ihre Initialen eingraviert. DMP – Dara Marie Prince. Dazu das Datum, an dem sie ihren Abschluss gemacht hat … O Gott, Christine …«

»Bist du noch unterwegs, Ames?«

»Nein. Daheim.«

»Ist Patricia im Haus?«

»Was? Ich weiß es nicht.«

»Wenn sie nicht da ist, komm ich gleich zu dir rüber.« Jeremy trat neben sie, er sah vollkommen verängstigt aus. »Du solltest jetzt nicht allein sein.«

»Komm lieber nicht her.«

»Doch, ich bestehe darauf …«

»Bleib, wo du bist, Christine.« Patricias Stimme, spitz und kalt, hatte die von Ames abgelöst. »Ich bin hier. Ich kümmere mich schon um meinen Mann. Kümmere du dich um Jeremy. Ihr würdet heute hier nur stören.«

Ein Klicken. Sie hatte aufgelegt.

So hatte sich also an diesem kalten, verregneten Märztag, an dem der Crescent Creek die traurigen Überreste von Ames' hübscher Tochter an sein schlammiges Ufer gespült hatte, Ames' Hoffnung zerschlagen, an die er sich drei lange Jahre verzweifelt geklammert hatte.

Jäh überkam Christine eine Trostlosigkeit, auf die sie nicht gefasst gewesen war, und schluchzend vergrub sie ihr Gesicht an Jeremys Brust.

Eine Stunde später lagen sie beide erschöpft in ihren Betten. Jeremy hatte zum Trost Rhiannon mit in sein Zimmer genommen, die nun friedlich eingerollt neben ihm schlief.

Als Christine sich ihr Nachthemd angezogen und das Gesicht gewaschen hatte, befürchtete sie, dass der Schlaf, den sie so dringend brauchte, noch Stunden auf sich warten ließe. Sie war viel zu verstört und erschüttert, um Ruhe zu finden. Doch schon nach wenigen Seiten eines unspektakulären Krimis entglitt ihr das Buch, und ihr Kopf sank schwer in die aufgetürmten Kissen.

Im Traum zankte sie sich mit Dara um Sloane Caldwell. Sie waren auf einer Party, und Dara flirtete unverhohlen mit Sloane, setzte sich auf seinen Schoß, streichelte sein Gesicht, rieb ihre Brüste an ihm und knabberte an seinem Ohrläppchen. Christine war außer sich und beschimpfte Dara in ihrem Zorn als Flittchen. Aber Dara lachte nur. »Was kann ich denn dafür, wenn du Sloane nicht halten kannst?«, warf sie ihr triumphierend hin. »Siehst du denn nicht, dass er lieber mit mir zusammen wäre?« Sloane schien von Daras Verhalten peinlich berührt zu sein, sagte aber nichts.

Christine verließ türenknallend die Party, wies Sloanes Versuche, sie heimzubringen, ab und ließ sich stattdessen von einem Freund nach Hause fahren. Der Traum war leider ausgesprochen realistisch, denn genauso hatte sich ihre letzte Auseinandersetzung mit Dara abgespielt. Tags darauf hatte Christine die Verlobung mit Sloane gelöst, und kaum eine Woche später war Dara verschwunden.

Das Telefon klingelte und brachte Christine in die Wirklichkeit zurück, Daras hämisches Grinsen stand ihr noch immer lebhaft vor Augen. Sie setzte sich ruckartig auf und griff nach dem Telefon auf ihrem Nachttisch. »Ja? Was gibt's?«

»Hab ich dich etwa geweckt?«

»Nein«, antwortete Christine, als fühlte sie sich schuldig, nicht immer verfügbar zu sein. »Wer ist da?«

»Und ob du geschlafen hast, sonst würdest du meine Stimme erkennen. Ich bin's, Streak.« Streak Archer? Wilmas

Sohn? Und wie spät war es jetzt? Christine warf einen Blick auf die Digitalanzeige ihres Radioweckers. 12 Uhr 45.

»Chris, Jeremy ist bei mir.« Seine Stimme klang dringlich.

»Jeremy ist unten in seinem Zimmer.«

»Nein, ist er nicht. Jetzt wach auf und pass auf, was ich dir sage. Er ist mit seiner Katze an der Brücke über den Crescent Creek. Ich war noch joggen, und da hab ich ihn entdeckt.«

»Er ist am Bach unten? Was tut er da?«

»Frag nicht lange. Komm einfach her. Dein Bruder ist so verstört, wie ich ihn noch nie erlebt habe. Er braucht dich. Mach schnell.«

Kapitel 4

1

Christine sprang aus dem Bett, schlüpfte hastig in Jeans und Sweatshirt, griff sich eine Jacke und eilte zum Wagen. Der Dauerregen der letzten vier Tage hatte aufgehört, aber sie bemerkte es kaum. Die Straßen waren nahezu verlassen, und der Nebel erzeugte Lichthöfe um die Straßenlampen. Nur eine halbe Meile lag zwischen ihrem Haus und dem von Ames. Als sie an der großen Backsteinfassade vorbeifuhr, sah sie noch in zwei Räumen Licht, in Ames' Arbeitszimmer und in Patricias Schlafzimmer. Wahrscheinlich hatte Ames Patricia auf ihr Zimmer geschickt, um sich ungestört seinem Schmerz überlassen zu können. Er konnte es nämlich nicht ertragen, dass jemand ihn anders erlebte als stark und gefasst.

Christine bog in die Crescent Creek Road, einen schmalen asphaltierten Weg, ein, der an Ames' Grundstück entlangführte. Nur noch drei kleine Häuser säumten die Straße, bevor sie in einen Feldweg mündete. Ihr leichtes Auto, ein blauer Dodge Neon, holperte über die vom Frost und den starken Regenfällen der letzten Zeit arg beschädigte Straße. Vereinzelte Bäume säumten den Weg, die meisten davon kleine Robinien. Sie fuhr um die letzte Biegung, die hinunter zum Bach führte. Hier standen die Bäume und Büsche dichter und schimmerten feucht im Licht der Autoscheinwerfer. Sie hielt an, zog die Handbremse an und stieg aus dem Wagen. Während sie behutsam durch den Schlamm watete, entdeckte sie an einen Baum gelehnt Jeremys Mountainbike.

»Christine.« Sie blickte auf und erkannte Streak Archer im Jogginganzug. Mit seinen 53 Jahren sah er um mindestens zehn Jahre jünger aus, und das trotz seiner dichten, silbergrauen Haare und der tiefen Furchen auf Stirn und Wangen. Eine Narbe teilte seine rechte Augenbraue. Sein richtiger Name lautete Robert, aber schon zu Schulzeiten hatten ihn alle nur *Streak*, »Blitz«, genannt, weil er der schnellste Läufer war, den es je im Laufteam der Winston High School gegeben hatte.

»Wo ist Jeremy?«, fragte sie besorgt. »Ist er in Ordnung?«

Streak trat vor sie hin, legte ihr die Hände auf die Schultern und blickte sie aus seinen traurigen Augen eindringlich an. »Er ist unverletzt und hat sich etwas beruhigt. Gut, dass ich mein Handy dabeihatte. Ich hasse das verflixte Ding, aber ich musste Mutter versprechen, es beim Joggen immer mitzunehmen, falls ich stürzen sollte und Hilfe bräuchte.« Er lächelte gezwungen. »Anscheinend hatte sie Recht. Heute kam es mir sehr gelegen.«

Streak war der Sohn von Wilma Archer, die heute Nachmittag bei Christine im Laden gewesen war. Streak und Ames Prince waren schon als Kinder befreundet gewesen, als der kleine, einsame Ames bei den warmherzigen, lebenslustigen Archers Trost gefunden hatte, die so ganz anders waren als sein strenger Vater und die kränkelnde Mutter. Seit damals war ihm Wilma wie eine Mutter und Streak wie ein Bruder.

»Jeremy regt sich wegen Dara auf, nicht?«, fragte Christine nervös.

»Ja. Mutter rief mich an und erzählte mir, dass eine Tote ans Ufer gespült worden sei, die Ames als Dara identifiziert habe.«

»Jeremy hatte sich heute Abend schon wieder beruhigt.

Dann rief Ames an. Ich war überrascht, wie gefasst Jeremy auf die Nachricht reagierte, dass Ames die Tote als Dara erkannt hatte. Mir hätte auffallen müssen, dass er eine Spur zu ruhig war, als er zu Bett ging. Es war ein schlechtes Zeichen.«

»Ich entdeckte ihn schluchzend am Bachufer, wie er Seidenblumen entblätterte und die Blüten ins Wasser warf. Dabei beteuerte er immer wieder, wie Leid ihm alles tue, erzählte etwas von einem wiederkehrenden Traum mit dunklem Wasser, in dem er nichts sehen konnte und keine Luft bekam.«

Christine wurde von Panik erfasst. »Ein Albtraum, der ihn seit Daras Verschwinden immer wieder gequält hat. Er hat ihn mir schon mehrmals erzählt, ich habe ihm offen gestanden aber nicht viel Bedeutung beigemessen. Heute hat er mir ein paar Einzelheiten erzählt. Grauenhaft.« Sie seufzte. »Manchmal ist es gar nicht so einfach herauszufinden, was ihn quält, Streak. Er kann wegen völlig banaler Dinge die Wände hochgehen und schweigt sich aus, wenn ihn etwas zutiefst verstört. Bestimmt hatte er heute Nacht wieder diesen Traum und ist daraufhin hierher geradelt.«

»So könnte es gewesen sein.«

»Ich muss ihn sehen.«

»Natürlich.« Streak legte den Arm um sie. »Pass auf, wo du hintrittst. Diese schlammigen Steine sind tückisch.«

»Ich bin überrascht, dass du heute Nacht joggen warst.«

»Ich jogge jede Nacht, außer es regnet in Strömen oder ein Schneesturm kündigt sich an. Nur so halte ich mir meine eigenen Albträume vom Leib.«

Albträume von Vietnam, wie Christine wusste. Streak war damals erst neunzehn Jahre alt gewesen, als aus einem exotisch klingenden Ort namens Qui Nhon die Nachricht kam, dass er eine Kugel abbekommen hätte, die in seinem Gehirn stecken geblieben sei. Er war vom Feldlazarett nach Saigon verlegt worden, und obwohl er noch am Leben war, hatten ihn die Ärzte aufgegeben. Ames hatte Christine erzählt, dass Wilma daraufhin täglich in der Kirche für ihren Sohn gebetet hätte, während Streaks Vater sich wie besessen in die Farmarbeit stürzte. Doch die Nachricht, die beide täglich erwarteten, nämlich dass ihr Sohn gestorben sei, ließ auf sich warten. Streak hatte nicht nur durchgehalten, sondern sich entgegen allen ärztlichen Prognosen, dass sein Gehirn, falls er wider Erwarten überleben sollte, unwiederbringlich geschädigt sei und er sein Dasein nur noch als lebender Leichnam fristen könne, erstaunlich gut erholt.

Als Nächstes hatte man Streak nach Hawaii verlegt, wo er zum Erstaunen aller schrittweise das Gehen, Essen und Sprechen neu erlernt hatte. Vierzehn Monate später war er nach Winston zurückgekehrt, und die einzig sichtbaren Zeichen seiner traumatischen Erfahrung waren ein paar Narben auf der Stirn und eine silbergraue Mähne, die noch zwei Jahre zuvor schwarz gewesen war. Doch die Veränderung, die in ihm vorgegangen war, war nicht sofort zu sehen. Er hatte Gedächtnislücken, litt an Schlaflosigkeit und zermürbenden Migräneattacken. Am erschreckendsten jedoch war, dass der einst so gesellige Streak schweigsam und abwesend geworden war, dass ihn Menschenansammlungen in regelrechte Panikzustände versetzten. Auf einer ausgelassenen Willkommensparty, die ein paar alte Freunde für ihn veranstaltet hatten, hatte sich Streak plötzlich schweißüberströmt und zitternd in einer Ecke verkrochen. Am Ende hieß es, Streak sei seltsam und ein bisschen unheimlich geworden, und so ließ man ihn in Ruhe.

Das alles lag schon weit zurück, aber seine neue Vorliebe für die Einsamkeit war Streak geblieben. Er ließ nur noch seine Familie, Ames und zuweilen auch Jeremy und Christine an sich heran, blieb tagsüber zu Hause, wo er mit dem Ausarbeiten von Computerprogrammen gutes Geld verdiente, und verbrachte einen Großteil seiner Nächte mit Joggen, um sich die Albträume seiner traumatischen Erinnerungen vom Leib zu halten.

Christine und Streak gingen den Abhang hinunter zur Brücke. Bereits nach wenigen Metern kam Jeremy ihnen entgegengewankt. Der seltsam unbeholfene Gang war nur sehr selten an ihm zu beobachten, und nur dann, wenn er zutiefst verstört war. »Christy«, weinte er und fiel ihr um den Hals. »Dara ist tot.«

»Ich weiß, Schatz.« Sie streichelte seinen Rücken. »Aber Dara ist schon so lange fort. Und wir haben uns schon oft darüber unterhalten, dass sie vielleicht tot sein könnte.«

»Aber Ames hat doch Karten von ihr bekommen, und da dachte ich, dass wir uns vielleicht getäuscht haben und sie noch lebt. Wer hat denn dann die Postkarten geschrieben, wenn sie es nicht war?«

»Das würden wir alle gern wissen«, antwortete Christine.

»Sie konnte so nett sein manchmal. Dann hat sie mir von Hexen erzählt. Hin und wieder haben wir auch zusammen gesungen.«

»Auf deine Karaoke-Maschine?«, fragte Christine. Er nickte. »Das wusste ich gar nicht.«

»Sie hatte eine wirklich hübsche Stimme.« Seine Augen füllten sich erneut mit Tränen, und Christine nahm seine Hand. »Jeremy, warum bist du mit Rhiannon mitten in der Nacht hierher gefahren?«

Jeremy löste sich aus ihrer Umarmung und sah sie aus angstvollen Augen eindringlich an. »Weil Dara hier zuletzt gewesen ist. Sie hatte ihren Kassettenrecorder mitgebracht. Und dann war sie weg.«

2

Jeremys Worte versetzten Christine einen Stich. Sie bemerkte, dass Streak sie über Jeremys Schulter hinweg fragend ansah. »Das kannst du doch nicht wissen, Jeremy. Niemand weiß, wo Dara war, bevor sie … verschwand.«

»Ich schon.«

»Woher denn?«

Jeremy runzelte die Stirn. »Weil Dara Angst hatte. Sie hatte schon tagelang Angst. Doch an dem Abend, als sie fortging, da hatte sie eine Heidenangst.«

Christine blickte ihn forschend an. »Jeremy, ich wusste überhaupt nicht, dass Dara Angst hatte.«

»Du hast sie ja auch nicht gesehen. Ich schon. Ich hab sie mit Rhiannon und ihrem Kassettenrecorder aus dem Haus gehen sehen. Sie war zum Crescent Creek unterwegs.«

Christines Besorgnis wuchs. »Du hast doch allen erzählt, dass du sie in der fraglichen Nacht nicht gesehen hättest.«

»Das stimmt nicht. Ich hab nur gesagt, dass ich nicht mit ihr gesprochen habe, und das hab ich auch nicht. Aber ich wusste, wohin sie gegangen war, weil sie den Kassettenrecorder mithatte und weil doch Schwarzmond war und alles.« Jeremy ließ den Kopf hängen. »Ich hab doch gesagt, dass Dara vielleicht zur alten Brücke gegangen war. Weißt du's nicht mehr? Wir haben sie doch gesucht, aber sie war nicht da.« Sein Gesichtsausdruck wurde noch bekümmerter. »Später, als sie dann nicht mehr wiederkam, da wusste ich, dass ich jemandem hätte sagen müssen, wie viel Angst sie hatte, aber da war es schon zu spät. Die Leute hätten bestimmt geglaubt, dass ich mir das nur ausgedacht hätte. Aber ich war hundertmal hier und hab nach ihr gesucht.«

»Jeremy, nur weil Dara damals hier draußen war, muss das

noch lange nicht heißen, dass sie auch von hier verschwunden ist«, sagte Christine und versuchte, ruhig zu klingen.

»Ist sie aber.«

»Was macht dich denn so sicher?«

Jeremy blickte elend drein. »Ich weiß auch nicht, Christy. Es ist nur so ein Gefühl. Glaube ich zumindest. Ich kann's dir nicht erklären.«

Du lieber Gott, dachte Christine verzweifelt, und ihre Hände wurden kalt. Hatte Jeremy bloß ein schlechtes Gewissen, weil er nach Daras Verschwinden nicht ganz ehrlich gewesen war? Oder brach sich in ihm eine dunkle Erinnerung Bahn? Wusste er etwa, was Dara in der letzten Nacht, in der man sie lebend gesehen hatte, zugestoßen war?

3

»Jeremy, du kannst unmöglich wissen, von wo aus Dara verschwunden ist«, sagte Christine noch einmal langsam und eindringlich. »Sag ja niemandem, dass du es mit Sicherheit wüsstest, hörst du?«

»Warum?«

»Weil man dich missverstehen könnte«, antwortete sie und spürte Streaks Blick.

Jeremy runzelte die Stirn. »Ich weiß nicht, was du meinst, Christy.«

»Sieh mal, Jeremy, vielleicht ist sie mit ihrem Recorder hergekommen, bevor du zu Danny rübergegangen bist.«

Jeremy nickte. »Genau. Da ist sie aus dem Haus gegangen.«

»Na schön, nehmen wir an, sie war tatsächlich hier draußen, während du bei Danny warst. Dann fing es an zu regnen, und sie ist heimgelaufen. Vielleicht hatte sie sich aus irgendeinem Grund so geärgert in dieser Nacht, dass sie wirklich weggehen wollte. Sie hatte doch oft genug damit gedroht, dass sie weglaufen würde.« Wie ein kleines Kind, dachte Christine. »Sie kam nach Hause, und als keiner da war, packte sie rasch ein paar Sachen zusammen – du weißt doch selbst, dass einige Dinge aus ihrem Zimmer fehlten –, schrieb eine Nachricht für Ames und stieg dann in den Wagen, der draußen auf sie wartete. Und mit dem ist sie dann weggefahren.«

»Woher willst du wissen, dass jemand sie abgeholt hat?«

»Ich vermute es nur. Vielleicht musste ihr der Betreffende schwören, dass er sie nicht verraten würde. Weißt du noch, wie wir früher immer unsere geheimen Abmachungen getroffen haben?«

»Ja.« Doch so einfach ließ Jeremy sich nicht beruhigen. »Aber da waren wir noch Kinder. Erwachsene tun so was nicht mehr. Außerdem haben alle gewusst, wie viel Angst Ames hatte, dass Dara etwas passiert sein könnte. Und wenn einer sie weggebracht hat, hätte der Ames doch bestimmt gesagt, dass es ihr gut geht.« Jeremy schüttelte vehement den Kopf. »Niemand hat Dara mit dem Auto weggeholt, ich weiß ganz genau, dass sie von hier aus verschwunden ist.«

Christine starrte ihren Bruder an, und die Panik erfasste sie erneut. Als Dara vor drei Jahren verschwunden war, hatten Sheriff Buck Teague und etliche Bürger der Stadt sofort Jeremy verdächtigt. Viele wussten, dass er Dara anhimmelte. Und Jeremy sei ein kräftiger Bursche, hieß es. Und zurückgeblieben. Wer konnte schon wissen, wie ein so kräftiger zurückgebliebener Kerl reagieren würde, wenn jemand ihn abwies, hänselte und kränkte? Ames hatte damals den Mutmaßungen ein Ende gesetzt, indem er allen Leuten erzählte, dass Dara immer davon gesprochen hätte, aus Winston wegzugehen, und dass viele persönliche Dinge von ihr fehlten. Als ihn dann die erste Karte von Dara erreicht hatte, aus Miami, hatte er es wieder allen erzählt. Doch nicht alle hatten sich davon überzeugen lassen, dass Jeremy Ireland mit Daras Verschwinden nichts zu tun haben sollte. Und jetzt stand er hier vor ihr und behauptete felsenfest, er hätte Dara in der Nacht ihres Verschwindens noch gesehen. Damit würde sicherlich der alte Argwohn wieder aufleben. Ein gefährlicher Argwohn.

Die Angst um ihren Bruder verschlug Christine einen Moment lang die Sprache. Sie stand vor ihm und starrte ihn an, bis ein gekränkter Ausdruck in seine blauen Augen trat. Streak rettete die Situation, indem er vorschlug: »Na, Jeremy, wie wär's? Wollen wir noch eine Weile hier draußen bleiben und ein bisschen plaudern? Es hat aufgehört zu regnen, und die Sterne kommen raus. Bestimmt macht das Spaß.«

Jeremy ließ den Kopf hängen. »Mir ist aber nicht nach Spaß zumute.«

»Ach, komm schon, ich weiß doch, dass du Abenteuer magst.« Streak nahm Jeremys Arm und schlenderte mit ihm ans Ufer des Creek. »Ich finde es cool, wenn der Mond aufs Wasser scheint. Du nicht?«

»Geht so«, sagte Jeremy lustlos, als sei ihm die Luft ausgegangen.

»Findest du es nicht auch hübsch, Christine?«, fragte Streak.

»Und wie«, sagte sie tonlos und trat zu den beiden ans Wasser.

»Und ein bisschen gruselig. Jeremy mag gruselige Sachen.«

»Wie im Fernsehen«, sagte Jeremy, und seine Stimme klang eine Spur enthusiastischer.

»Ja genau, wie im Fernsehen«, bestätigte Streak, der wusste, wie viel Geduld man brauchte, um Jeremy aus einem Stimmungstief zu holen.

»Bist du nicht traurig darüber, dass Dara vielleicht tot ist?«, fragte Jeremy Streak.

»Ich weiß doch nicht, ob sie tot ist. Keiner weiß das. Und im Augenblick denke ich nicht an Dara. Im Augenblick denke ich nur daran, wie hübsch der Mond sich im Wasser spiegelt.«

»Einige Leute sagen, dass du ein komischer Kauz wärst und keine Menschenseele leiden könntest.«

Jeremy und seine unverblümte Ehrlichkeit, dachte Christine und hoffte, dass er Streak damit nicht auf den Schlips getreten war.

Aber der lachte nur. »Jeremy, die Leute reden viel, wenn der Tag lang ist. Und wer solche Dinge über mich sagt, der kennt mich eben nicht.«

»Über mich reden die Leute auch. Sie sagen, ich wär dumm.«

»Lass sie nur reden. Am besten, wir hören gar nicht hin.« Streak deutete auf den angeschwollenen Bach. »Sieh doch nur, wie viel Wasser er führt.«

»Dabei fließt er ganz ruhig dahin«, bemerkte Christine. »Bei Hochwasser erwartet man eigentlich eine reißende Strömung.«

»Das Wasser aus den Bächen fließt in den Fluss, bis der Fluss voll ist und kein Wasser mehr aufnehmen kann. Je höher der Ohio steigt, desto mehr Wasser staut sich in den Crescent Creek zurück.«

Es wäre tatsächlich möglich, dachte Christine, dass Dara hier draußen ermordet und im Bach versenkt worden war. Ihre Leiche hätte hier in der Nähe im Wasser liegen können, bis das Hochwasser in diesem Jahr sie in den Ohio River geschwemmt hätte. Dieser hatte dann sein grausiges Frachtgut südlich der

Stadt ans Ufer gespült, während seine Wasser sich in Richtung Bach zurückgestaut hatten, dachte Christine voller Angst. Dann hätte Jeremy Recht. Dara könnte tatsächlich hier gestorben, besser gesagt ermordet worden sein.

Sie schauderte und verscheuchte den verstörenden Gedanken. Das Mondlicht schimmerte auf dem dunklen Wasser. Christine hatte diesen Ort immer gemieden, weil er etwas an sich hatte, was ihr nicht geheuer war, ihr ein Gefühl vermittelte, als bewegte sie sich unerlaubterweise auf heiligem Boden. Wahrscheinlich verdankte sie diese Empfindung Dara und ihren Geschichten über die Indianer, die vor Jahrhunderten auf dem Landstück jenseits des Crescent Creek gelebt hatten.

Christine war erst zweimal mit Dara zu Fuß über die Brücke gegangen, um sich die indianischen Hügelgräber anzusehen. Und jedes Mal war ihr ganz unheimlich zumute gewesen, was sie vor Dara allerdings verschwiegen hatte. Die hätte sie mit Recht ausgelacht. Es gab hier keine Geister, die ihre Grabstätten bewachten. Trotzdem mochte Christine den Creek und die Halbinsel auf der anderen Seite nicht besonders. Jeremy dagegen schien der Landstrich genauso magisch anzuziehen wie Dara. Und ausgerechnet dieser stille, schaurige Ort sollte die Stelle sein, an der Dara zuletzt gewesen war? Sie fröstelte.

»Was hast du?«, fragte Jeremy.

»Mir ist ein bisschen kühl«, sagte Christine.

Jeremy zog die Brauen in die Höhe. »Aber du hast doch eine Jacke über den Pulli gezogen. Ich finde es gar nicht kalt. Und du, Streak?«

»Es ist ja auch nicht schlimm, Jeremy«, beteuerte Christine, die wusste, dass dieses Frösteln nicht durch die niedrige Außentemperatur, sondern durch ein inneres Schaudern verursacht worden war. Jahrelang hatte Christine die Erinnerung an die Wochen vor Daras Verschwinden verdrängt. Nachdem Dara sich auf einer Party Christines Verlobtem Sloane Caldwell an den Hals geworfen hatte, der sie zu allem Übel einfach hatte gewähren lassen, hatte sie sich von ihrem lang gehegten Groll auf das selbstsüchtige, verwöhnte Mädchen dazu hinreißen lassen, die Schuld am Scheitern ihrer Beziehung zu Sloane auf Dara zu schieben. Sie hatte sich gehasst für diese Lüge, weil sie damals längst erkannt hatte, dass sie Sloane nicht liebte. Sie hatte lediglich nach einer Rechtfertigung gesucht, um ihm den Laufpass geben zu können. Er hätte ihr zwar ein gesichertes, angenehmes Leben bieten können, ihr mit seiner dominanten Art jedoch die Luft zum Atmen genommen.

Als Sloane sich Daras Annäherungsversuchen nicht entzogen hatte, hatte Christine diesen Ausrutscher zum Anlass genommen, um den näher rückenden Hochzeitstermin abzusagen. Dara hatte ihr im Grunde also einen Gefallen erwiesen. Dennoch waren alle, bis auf Jeremy, über sie hergefallen. Trotz Daras kränkender Arroganz ihr gegenüber hatte Christine sich für die Art und Weise geschämt, wie sie die Verantwortung für ihr Handeln auf Dara abgewälzt hatte. Sie hätte ihr Unrecht gerne wieder gutgemacht, doch wenige Tage später war Dara spurlos verschwunden. Sie wusste, dass sie ihren Seelenfrieden erst wieder finden würde, wenn sie mit Dara darüber gesprochen hatte. Doch wie sollte sie das anstellen, wenn Dara tot war?

Nebel war mittlerweile aufgezogen, der nun in den Büschen hing und der Gegend etwas verschwommen Traumartiges verlieh. Die Atmosphäre wirkte beklemmend auf Christine, als wollte etwas aus dem Nebel nach ihr greifen, um sie in die dunkle Erde hinunterzuzerren, die nach faulenden Blättern und abgestandenem Wasser roch. Er verströmte eine derartige Kälte, dass sie meinte, es tasteten sich böswillige Augen über ihren Körper. Sie sah sich nervös um und hatte plötzlich das Gefühl, dass etwas dort im Dunklen lauerte. Was für ein Etwas? Langsam geht die Phantasie mit dir durch, schalt sie sich. Das Einzige, was hier lauern könnte, wäre ein Eichhörnchen, ein Opossum oder schlimmstenfalls ein Fuchs, der die Tollwut hätte. Und in diesem Fall würde er sie nicht erst lange belauern. Sie machte sich ja lächerlich. Doch das Gefühl, beobachtet zu werden, blieb. Sie spürte ein unangenehmes Kribbeln im Nacken.

»Jeremy, deine Schwester sieht müde aus.« Müde ist gar kein Ausdruck, dachte Christine. Sie war am Ende, und Streak entging so etwas nicht.

»Ich würde wirklich jetzt gern gehen«, sagte sie. »Ich bin echt todmüde. Bist du so weit, Jeremy?«

»Ja, ja«, sagte er widerwillig.

Sie sah sich um und fragte Jeremy: »Wo ist Rhiannon?«

»Sie versteckt sich. Ich werd sie suchen gehen.«

Streak beobachtete, wie Jeremy durchs hohe Gras ging, seine Bewegungen waren jetzt wieder leicht und koordiniert. »Dara hatte immer ihre Katze dabei, wenn sie nachts hier draußen war. Und weil ich fast jede Nacht hier vorbeilaufe, haben wir uns des Öfteren unterhalten.«

Christine war überrascht. »Ich wusste gar nicht, dass ihr befreundet wart.«

»Unsere Bekanntschaft beschränkte sich ja auch nur auf ein paar nächtliche Gespräche«, beeilte Streak sich zu sagen. »Ich weiß nicht, ob man uns deshalb als Freunde bezeichnen könnte.«

»Hast du Ames von deinen Gesprächen mit Dara erzählt?«

»Nein. Er hatte ihr verboten, herzukommen. Ich wollte

Dara nicht verpetzen, obwohl ich Ames' Sorge um sie verstand. Ein Mädchen sollte nachts nicht allein hier draußen sein. Also hatte ich, ohne dass sie es merkte, ein Auge auf sie, wenn ich hier vorbeilief. Um es möglichst beiläufig aussehen zu lassen, tat ich so, als bräuchte ich eine kurze Verschnaufpause.« Sein Blick wurde traurig. »Wir haben uns ein paarmal ganz gut unterhalten.«

»Worüber denn?«

»Ach ... nichts weiter. Was ich von ihrer Mutter gedacht hatte, als ich sie zum ersten Mal sah. Wie ihr Vater als junger Mann gewesen war.«

»Und mit Sicherheit habt ihr über Jeremy und mich geredet. Du brauchst mir nichts vorzumachen. Bestimmt hat sie sich über uns beschwert.«

Streak grinste. »Kann schon sein, dass hin und wieder dein Name gefallen ist. Sie tat zwar so, als ob sie dich nicht leiden könnte, aber in Wirklichkeit hat sie dich um deine Reife und Intelligenz beneidet.«

»Und in der Nacht, in der sie verschwand? Hast du sie da auch gesehen?«

»In dieser Nacht war ich nicht unterwegs. Ich hatte ein Software-Problem zu lösen und verzichtete ausnahmsweise auf das Laufen. Du kannst dir nicht vorstellen, wie sehr ich diesen Anfall von Fleiß schon bereut habe.«

»Du klingst wie Jeremy, als wärst du dir sicher, dass sie von hier aus verschwunden ist.«

»Nein, aber wenn ich sie hier getroffen und mit ihr gesprochen hätte, dann hätte ich abschätzen können, in welcher Verfassung sie war – rebellisch, bereit, von zu Hause wegzulaufen, oder verängstigt. Und wenn ihr wirklich hier draußen am Bach etwas passiert sein sollte, hätte ich es vielleicht verhindern können.«

»Verstehe«, sagte Christine versonnen. »Aber hättest du der Polizei nicht sagen sollen, dass du regelmäßig hier draußen mit ihr gesprochen hast?«

»Das habe ich doch. Nur Ames hab ich nichts davon erzählt. Er hätte es mir übel genommen, dass ich ihm nichts über Daras nächtliche Ausflüge verraten hatte, obwohl es die Probleme zwischen Dara und ihm nicht gelöst, sondern höchstens noch verschärft hätte. Damals war ziemlich dicke Luft bei euch zu Hause.«

»Das kann man wohl sagen«, stimmte Christine ihm zu. »Ich kann heute noch nicht verstehen, warum Dara sich nicht einfach eine kleine Wohnung genommen hat.«

»Um eigenhändig zu kochen und zu putzen?«

»Ich würde lieber kochen und putzen, als andauernd zu streiten.«

»Du bist ja auch nicht Dara«, sagte Streak. »Sie hatte das kleine Prinzessinnensyndrom.«

»Klein ist gut.« Sie zog die Brauen zusammen. »Hoffentlich erzählt Jeremy nicht überall herum, dass er über Daras Verschwinden Bescheid wüsste. Sheriff Teague war damals nämlich der festen Überzeugung, dass er etwas mit der Sache zu tun hatte, obwohl eine ganze Horde von Teenagern bestätigen konnte, dass Jeremy auf Dannys Party gewesen war und bis spät in die Nacht Tischtennis gespielt hat. Teague meinte jedoch, dass sich Jeremy bei all dem Durcheinander ohne weiteres für eine Weile hätte davonschleichen können, ohne dass es jemandem groß aufgefallen wäre.«

»Ja, ich weiß noch genau, wie Teague ihn in die Mangel nahm. Zum Glück hat Ames sich für den Jungen eingesetzt, sonst wäre es noch schlimmer gekommen.«

»Und jetzt ist da dieser Neue, Winter, der sich mächtig für den Fall zu interessieren scheint.«

»Winter?«

»Deputy Michael Winter. Er hat Ames heute die Nachricht von der Leiche im Fluss überbracht. Ich möchte zu gern wissen, warum es ihn aus L. A. ausgerechnet nach Winston verschlagen hat. Was mag da wohl dahinter stecken? Er scheint sehr nett zu sein, aber beharrlich. Ich habe ein ungutes Gefühl ...«

»Chris, glaubst du denn, dass Jeremy Dara hätte wehtun können?«

»Unsinn, natürlich nicht!«

»Nun, dann solltest du nicht gleich an die Decke gehen, wenn man dir diese Frage stellt.« Christine senkte den Blick und holte tief Luft. Sie fragte sich, wie groß dieser hässliche Zweifel an der Unschuld ihres Bruders wohl sein mochte. »Aber ich verstehe, warum du nervös bist. Und ich finde auch, dass Jeremy aufhören sollte, so viel über Dara zu reden. Am besten, du deckst ihn mit Arbeit ein. Und nimm ihn oft mit zu dir nach Hause. Er kann auch zu mir kommen. Er scheint sich für Computer zu interessieren.«

Christine sah Streak dankbar an. Sie wusste, wie wichtig ihm seine Routine und seine Privatsphäre waren.

»Er wird sich sehr freuen, wenn er dich besuchen darf.« Christine vergrub die Hände in den Taschen. »Und ich freue mich, wenn ich endlich von hier wegkomme. Dieser Nebel ist mir unheimlich.«

»Seltsam, in *Sturmhöhe* sind die Frauen ganz verrückt auf den Nebel im Moor.«

»Du kannst mir mit deinem Nebel und deinem Moor gestohlen bleiben, Streak. Ich mag es warm und sonnig.«

Jeremy kam durchs Dickicht gestapft. »Rhiannon versteckt sich ziemlich gut heute«, sagte er. »Ich hab sie nicht gefunden.«

»Wie hast du sie überhaupt dazu gebracht, dich zu begleiten?«, fragte Christine.

»Das war ganz einfach. Ich hab sie in meinen Fahrradkorb gesetzt. Ich hab sie in die kleine Wolldecke gewickelt, die in ihrem Körbchen liegt, und den Kopf hab ich draußen gelassen. So fährt sie gern spazieren.«

»Sie scheint auch gern zu klettern«, sagte Streak und deutete auf einen Baum in der Nähe. »Sie jagt gerade einem Eichhörnchen hinterher, in der wilden Kirsche da.«

»Na wunderbar«, stöhnte Christine. »Dann kriegen wir sie nie.«

»Ich krieg sie«, versicherte ihr Jeremy. »Ich kann toll auf Bäume klettern.«

»Lass es sein, Jeremy«, warnte Christine. »Der Baum ist alt und brüchig und sein Stamm voller feuchter Geißblattranken.«

»Die blühen aber nicht«, widersprach ihr Jeremy und stapfte los.

»Trotzdem sind sie schlüpfrig.«

»Das wird schon gehen.«

»Nein, wird es nicht. Jeremy! Streak, halt ihn auf!«

Streak eilte ihm hinterher, aber da war Jeremy schon so hoch über dem Boden, dass er nur noch seine Knöchel zu fassen bekam, ihn aber nicht mehr zurückhalten konnte. »Keine Angst, Jeremy, ich fang dich auf, wenn du runterfällst.«

»Ich bin zu schwer! Ich würde dich platt machen, Streak!«, lachte Jeremy. »Keine Sorge, ich weiß schon, was ich tue.«

Christine schloss die Augen und sah Jeremy im Geiste schon mitsamt dem Baum in den überfluteten Bach stürzen. Jeremy konnte zwar ausgezeichnet schwimmen, aber wenn der Baum auf ihn fiel …

»Das Eichhörnchen ist in ein Loch geschlüpft und Rhi versucht ihm hinterherzukriechen«, rief Jeremy. »Komm her, du kleine Hexe. Du gehst nicht in dieses Loch!« Christine hörte ein wütendes Miauen, bevor Jeremy rief: »Ich hab sie! He! Da ist noch etwas!«

»Lass es oben und komm runter«, sagte Streak. »Es könnte eine Schlange sein.«

»Es ist keine Schlange, es ist überhaupt kein Tier.« Miauen und Fauchen von Rhiannon. Knarzen und Krachen von Ästen. Christine hielt den Atem an. »Es ist was aus Plastik!«, rief Jeremy.

Plastik? Christine musste augenblicklich an die Plastikhülle um die Wasserleiche denken. »Jeremy, komm auf der Stelle runter!«, befahl sie. »Lass die Katze und das Plastikzeug und komm!«

»Du meinst immer, ich tu mir weh.« Jeremy machte sich an den Abstieg. »Es geht mir gut. Ich weiß, wie man auf Bäume klettert.« Als er sich dem Boden näherte, sprang ihm Rhiannon aus dem Arm, bedachte Christine und Streak mit einem wütenden Fauchen und rannte auf den Feldweg, wo sie sich heftig zu putzen begann. Als seine Füße noch etwa einen Meter über dem Boden waren, ließ Jeremy sich ins Gras fallen, wobei er eine Hand voll Geißblattranken mit sich riss.

Christine war mit ihrer Geduld jetzt am Ende und schimpfte schrill: »Hoffentlich war es das wert, Jeremy! Wie du jetzt aussiehst! Weißt du, wie gefährlich das war? Du hättest ins Wasser fallen können! Bestimmt hast du dir den Knöchel verstaucht ...«

»Mann, Christy, jetzt reg dich ab!« Jeremy stand auf und versuchte, die feuchten, anhänglichen Ranken loszuwerden. »Sehen wir uns doch das Plastikding mal an.«

»Ich will es mir nicht ansehen«, schimpfte Christine weiter. »Es ist schmutzig. Wirf es weg.«

»Sieht aus wie ein Buch«, sagte Jeremy.

»Ein Buch?« Christine war, ohne es zu wollen, neugierig geworden.

»Es ist in einen dieser Plastikbeutel gewickelt, die man in den Gefrierschrank legt.« Jeremy zog den Beutel ab. »Hast du die Taschenlampe hier, damit wir es besser sehen können, Christy?«

»Ich will's aber nicht besser sehen können«, schnappte Christine, holte aber trotzdem eine Minitaschenlampe aus der Jackentasche. »Ich will nur noch nach Hause. Und ein bisschen Schlaf wäre auch ganz nett. Es wird schon bald hell und ich bin todmüde ...«

»Es wird noch nicht bald hell«, widersprach Jeremy gereizt und nahm ihr die Taschenlampe aus der Hand. »Du klingst wie Patricia. Nörgel nörgel nörgel.« Er schaltete das Gerät an und ließ den dünnen Lichtstrahl über einen dunkelblauen Einband mit goldener Schrift wandern. Mit stockender, gedämpfter Stimme las er:

TAGEBUCH VON DARA MARIE PRINCE

Kapitel 5

1

»Was?« Streak klang erschrocken. »Daras Tagebuch? Du hast Daras Tagebuch gefunden?«

»Das Ding kommt mir bekannt vor«, sagte Christine vorsichtig. »Patricia hat es ihr zu Weihnachten geschenkt. Seit Dara verschwunden ist, hab ich es nicht mehr gesehen. Logisch, wenn sie weggegangen wäre, hätte sie auch ihr Tagebuch mitgenommen.«

»Ich hab sie öfter darin schreiben sehen. Doch sobald ich näher kam, klappte sie es zu.«

»Ich kann mich auch dran erinnern«, sagte Jeremy, der seinen Fund beinahe andächtig in Händen hielt. »Sie sagte, ich dürfe auf keinen Fall heimlich darin lesen, und das habe ich auch nicht getan.«

»Hat es drei Jahre lang hier draußen gelegen?«, fragte Christine, ohne auf eine Antwort zu warten. »Warum hat man es damals nicht gefunden?«

»Die Polizei hat anscheinend nicht allzu gründlich gesucht«, erwiderte Streak. »Und außerdem, wer käme schon auf die Idee, auf einen alten Baum zu klettern und in ein überwuchertes Astloch zu langen?« Streak kam näher und sah sich das Buch genauer an. »Sie muss es hier draußen aufbewahrt haben, darum der Plastikbeutel. Wahrscheinlich hatte sie Angst, Patricia könnte in ihren Sachen wühlen.«

Christine runzelte die Stirn. »Du meinst, Patricia hätte Dara nur deshalb ein Tagebuch geschenkt, weil sie wissen wollte, was in ihr vorging?« Streak nickte. »Na ja«, meinte Christine, »ich war damals dabei, als Dara das Tagebuch auspackte, und wunderte mich über dieses Geschenk, das meiner Meinung nach eher für ein kleines Mädchen als für eine Neunzehnjährige geeignet war. Ich dachte, Dara würde sich hinter Patricias Rücken darüber lustig machen, aber sie begann sofort zu schreiben. Patricia scheint Dara demnach besser gekannt zu haben, als ich dachte.«

»Na ja, so gut nun auch wieder nicht, denn sonst hätte sie kaum angenommen, dass Dara das Buch herumliegen lassen würde«, stellte Streak trocken fest.

Beim Anblick des fleckigen Plastikbeutels in Jeremys Händen überlief Christine ein Schauer. »Wir müssen es zu Ames bringen. Heute Nacht ist es allerdings zu spät. Ich möchte ihn nicht wecken.«

»Vielleicht sollten wir es einfach hier lassen, so wie Dara es gewollt hatte«, meinte Streak nachdenklich.

»Du meinst, wir sollten es wieder in sein Versteck legen? Das ist doch absurd, Streak. Weißt du, was Ames dieses Tagebuch bedeuten wird?«

»Natürlich werden wir es nicht mehr in den Baum zurücklegen. Aber ich könnte es an mich nehmen und irgendwann Ames geben, wenn er sich ein wenig gefangen hat. Es käme mir grausam vor, wenn wir es ihm jetzt gleich überlassen würden.«

Christine zögerte. Ein Tagebuch war eine sehr intime Angelegenheit. Und die Intimsphäre eines Menschen sollte man wenn möglich nicht verletzen. Dann dachte sie an Sheriff Teague und seinen Argwohn gegen Jeremy. Dieser Argwohn würde sich noch erhärten, sobald die Tote auch offiziell als

Dara identifiziert wäre, weil dann eindeutig erwiesen war, dass das Mädchen einem Mörder zum Opfer gefallen war. Wenn dann Jeremy noch steif und fest behauptete, er wüsste, dass Dara in der fraglichen Nacht hierher an den Creek gegangen und nicht mehr zurückgekommen sei, geriete er womöglich in Teufels Küche.

Das Tagebuch enthielt vielleicht Informationen über die Umstände, die zu ihrer Ermordung geführt haben könnten. Und wenn man herausfände, wer Dara tatsächlich umgebracht hatte, würde das den gefährlichen Verdacht gegen Jeremy endlich aus der Welt schaffen. Seine Freiheit, sein ganzes Leben konnten davon abhängen.

»Dieses Tagebuch könnte uns wichtige Hinweise liefern, Streak«, sagte sie.

»Hinweise worauf?«

»Zum Beispiel auf Menschen, mit denen Dara zu tun hatte. Auf Geschichten, in die sie verwickelt war.« Sie überlegte. »Vielleicht auch auf denjenigen, der womöglich ein Motiv hatte, sie zu töten.«

Streak zuckte zusammen. »Das ist ziemlich weit hergeholt, finde ich.«

»Es wäre doch immerhin möglich.«

»Du glaubst also, dass Dara ihrem Tagebuch anvertraut hat, wer einen Grund hatte, sie zu ermorden? Das ist doch absurd.«

»Ich meine ja auch nicht, dass sie den Betreffenden mit Namen erwähnt. Aber vielleicht hat sie ja etwas über ihre Vorlieben und ihre Freunde geschrieben … ach, ich weiß auch nicht. Vielleicht lässt sich irgendein Hinweis finden, wer ihr hätte gefährlich werden können, ohne dass es ihr selbst bewusst war.«

Streak wirkte plötzlich verstört. Schließlich sagte er: »Na

schön, nehmen wir an, du hast Recht. Was sollen wir also tun?«

»Wir händigen das Tagebuch der Polizei aus.«

»Der Polizei!« Streaks Stimme hallte durch die Nacht. »Aber es ist total persönlich. Du kannst doch nicht zulassen, dass irgendein Polizist Daras geheimste Gedanken zu lesen kriegt!«

»Ihr könnt dieses Tagebuch nicht lesen«, sagte Jeremy bestimmt. »Dara wollte es so haben. Ich musste ihr versprechen, es nicht anzurühren. Sie wäre sehr böse darüber. Wenn ihr es lest, kommt sie vielleicht als Gespenst zurück und ... tut euch was an!«

»Jeremy, warum fängst du nicht die Katze ein, damit wir heimgehen können?«, schlug Christine ihm sanft vor.

»Du versuchst nur, mich loszuwerden!«

»Nein, ich bin müde und will nach Hause, und ohne Rhiannon können wir nicht von hier weg. Oder willst du sie die ganze Nacht mutterseelenallein hier draußen in der Kälte lassen?«

Das Argument schien Jeremy zu überzeugen. »Bestimmt hätte sie schreckliche Angst. Wir müssen eben warten, bis sie von alleine kommt«, sagte Jeremy.

»Ich kann nicht mehr warten. Ich bin viel zu müde. Ich werde jetzt fahren, auch ohne Rhiannon.«

»Du kannst ganz schön fies sein, Chris«, warf Jeremy ihr leidenschaftlich vor.

»Mag sein. Ich bin müde.«

»Na schön«, schnaubte Jeremy. »Ich werd sie suchen gehen.«

»Danke.« Sie streckte die Hand aus. »Ich passe solange auf das Tagebuch auf.«

»Wag ja nicht, es aufzuschlagen«, warnte sie Jeremy. »Denk

daran, was ich eben gesagt habe. Dara könnte wiederkommen. Hier gibt's Gespenster, weißt du. Sie wäre in null Komma nichts hier, um sich ihr Tagebuch zurückzuholen.«

»Schon gut. Ich glaube dir ja. Jetzt sieh zu, dass du Rhiannon fängst. Ich will nicht die halbe Nacht hier draußen herumstehen.«

»Du bist wirklich eklig heute Nacht«, murmelte Jeremy und stapfte los.

Streak wandte sich an Christine. »In diesem Buch könnten Dinge zu lesen sein, die für Ames ausgesprochen peinlich wären. Dara kratzt das alles nicht mehr, aber Ames lebt in dieser Stadt, und er hat schon genug durchgemacht, finde ich.«

»Streak, irgendjemand hat Dara ermordet! Und die Informationen in diesem Buch könnten uns den Weg zu ihrem Mörder weisen.« Christine war immer mehr der Überzeugung, dass sie Recht hatte. »Und genau deshalb wird es die Polizei auch zu lesen kriegen.«

»Falls wirklich etwas Wichtiges hier drinstehen sollte, hast du Recht. Aber womöglich ist es auch nur albernes Teenager-Geschwätz. Dara war zwar schon neunzehn, aber in mancher Hinsicht war sie noch ein richtiger Kindskopf.«

»Ja, und hirnlos dazu«, ergänzte Christine verächtlich. »In anderer Hinsicht allerdings war sie ziemlich abgebrüht. Das soll nicht heißen, dass sie einen miesen Charakter hatte, Streak, aber sie war verdammt egoistisch und dachte nie an die Konsequenzen ihres Tuns. Sie machte genau das, was ihr gerade in den Sinn kam.«

»Du hast sie gehasst«, stellte Streak leise fest.

»Das hab ich nicht!«, entgegnete Christine ärgerlich. »Ich habe diesen Vorwurf so satt. Ich habe mich zu Anfang wirklich um ihre Freundschaft bemüht, doch sie machte mir ziemlich schnell klar, dass sie nichts mit mir zu tun haben wollte.

Und sie sorgte dafür, dass ich das auch niemals vergaß. Sie hat sich über mich lustig gemacht, mich geschnitten, mir ständig unter die Nase gerieben, wie schön und beliebt sie war. Sie hat auf meinen Gefühlen herumgetrampelt, hat mich eifersüchtig und wütend gemacht. Stimmt, ich konnte sie nicht leiden. Aber gehasst habe ich sie deswegen nicht.«

Streak hob beschwichtigend die Hände. »Ich hätte das nicht sagen sollen. Ich habe ja mitbekommen, wie sehr sie dich provozierte. Es ist dein gutes Recht, sie nicht zu mögen. Tut mir Leid.«

»Schon gut. Lassen wir meine Ressentiments gegen sie mal beiseite, Streak. Weißt du noch, wie sehr sie die Gefahr suchte? Ich wette, sie war in irgendwelche Machenschaften verwickelt, von denen sie besser die Finger gelassen hätte.«

»Wäre das für jemanden Anlass genug, sie zu ermorden?«

»Möglich wär's.«

»Du hast also allen Ernstes vor, Sheriff Teague das Tagebuch zu überlassen?«

»Auf gar keinen Fall. Buck Teague ist ein Trottel. Außerdem wissen wir ja nicht, ob das Tagebuch tatsächlich Hinweise auf Daras Ermordung enthält.«

»Was schlägst du dann vor?«

»Wir sollten es zuerst selbst lesen«, sagte Christine entschlossen. »Wir wollen doch nicht, dass sich ein ganzes Polizeirevier über Familienknatsch mokiert, der mit Daras Tod nichts zu tun hat. Wenn das Buch ansonsten keine Informationen enthält, dann brauchen wir es nicht der Polizei zu übergeben.«

»Aber wenn was Verdächtiges drinsteht ...«

»Dann haben wir keine andere Wahl, selbst wenn es für die Familie peinlich wird.«

Streaks Gesicht wurde grimmig. »Mir gefällt das nicht,

Chris. Es kommt mit irgendwie hinterhältig vor. Und ich möchte Ames nicht noch mehr Kummer zumuten.«

»Was zählt denn ein bisschen Kummer, wenn er uns zu dem Menschen führt, der Dara umgebracht und in den Fluss geworfen hat?«

Die Brutalität von Christines Worten nahmen Streak den Wind aus den Segeln. Natürlich hatte Ames seine Tochter geliebt und sähe es nicht gern, wenn ihr Andenken in irgendeiner Weise beschmutzt würde. Aber wichtiger noch, als Daras Ruf zu wahren, dürfte ihm zweifellos sein, ihren Mörder zu finden und seiner gerechten Strafe zuzuführen.

Streaks Miene ließ erkennen, wie sehr er innerlich mit sich rang. »Ich möchte, dass wir es zuerst lesen, Streak«, versuchte sie es erneut. »Komm mit uns nach Hause. Wir werden gemeinsam das Tagebuch lesen und dann entscheiden, was zu tun ist.«

Christine wusste, wie aufdringlich Streak ihren Vorschlag empfinden musste, denn so gut kannte er sie schließlich auch wieder nicht. Außerdem fühlte er sich nur an zwei Orten wirklich wohl – bei sich zu Hause und auf seinen einsamen Läufen. Seine Besuche beschränkten sich auf das Haus seiner Mutter und das von Ames und waren stets nur kurz. Seine widerwillige Miene hätte Christine beinahe dazu gebracht, ihren Vorschlag zurückzunehmen, doch sie blieb hart. Sie brauchte in dieser Angelegenheit nun einmal seine Hilfe. »Bitte, Streak. Ich weiß, wie viel Überwindung es dich kostet, aber ich möchte ungern ganz allein entscheiden, ob ich das Tagebuch zur Polizei bringen soll. Du gehörst mehr zu Ames' Familie als ich. Außerdem bist du der Einzige, dem ich vertrauen kann.«

Schließlich meinte Streak mit dem Anflug eines Lächelns: »Du probierst also, die Verantwortung auf mich abzuwälzen?«

»Falls ich das Buch der Polizei überlassen und Ames der Schlag treffen sollte …«

»Der trifft ihn ganz bestimmt, Chris.«

»Ich weiß. Jedenfalls werde ich notfalls die volle Verantwortung übernehmen. Er braucht nicht mal zu erfahren, dass du mit im Spiel warst. Versprochen.«

»Ich hab nur Spaß gemacht, Chris. Ich will Ames nicht in Schwierigkeiten bringen, aber Angst hab ich auch keine vor ihm. Und was wäre ich für ein erbärmlicher Kerl, wenn ich die ganze Verantwortung auf dich abwälzen würde. Wenn wir beschließen, das Tagebuch der Polizei zu übergeben, dann werde ich die Entscheidung selbstverständlich mittragen.«

»Gut. Aber ich stelle eine Bedingung. Wenn jemand von der Polizei darin lesen darf, dann Deputy Winter, nicht Sheriff Teague.«

»Winter? Ich dachte, du hättest kein Vertrauen zu ihm?«

»Ich sagte lediglich, er sei beharrlich. Was das Vertrauen angeht, kann ich nur sagen, dass ich mehr von ihm halte als von unserem Sheriff hier. Der hat Jeremy nämlich auf dem Kieker.«

»Da magst du Recht haben. Also schön, dann soll Winter das Tagebuch haben. Aber bist du sicher, dass du noch heute Nacht mit dem Lesen anfangen willst?«

»Ich könnte jetzt ohnehin nicht schlafen. Außerdem sollten wir das Tagebuch nicht allzu lange behalten, falls es tatsächlich wichtige Informationen enthalten sollte.«

Streak nickte und drehte sich zu Jeremy um, der mit Rhiannon im Arm zurückkam. »Deine Schwester hat mich gebeten, euch beide zu begleiten. Ich werde mir dein Fahrrad borgen, dann kannst du mit Rhi im Wagen fahren.«

»Wieso kommst du denn zu uns nach Hause? Du warst noch nie bei uns«, fragte Jeremy misstrauisch.

»Im Haus lässt es sich besser plaudern.«

»Ach so.« Jeremys Misstrauen schwand, und seine Miene hellte sich auf. »Vielleicht weißt du ja nicht, in welchem Haus Christy wohnt. Du kannst von mir aus im Wagen fahren, und ich nehm das Rad.«

»Ich weiß schon, wo sie wohnt, und ich würde wirklich gern dein Fahrrad ausprobieren. Es gefällt mir.« Christine ahnte, weshalb Streak so erpicht darauf war, auf Jeremys Fahrrad zurückzuradeln. Er wollte sichergehen, dass ihr Bruder nach alledem, was er heute erfahren hatte, auch sicher nach Hause kam.

»Weißt du denn auch, wie mein Fahrrad funktioniert?«, fragte Jeremy.

»Diese Zehngangschaltung ist zwar um einiges raffinierter als die an meinem Fahrrad, aber ich werd schon damit klarkommen. Wir sehen uns in ein paar Minuten.«

Im Wagen schien Jeremy schlagartig müde zu werden. Das Adrenalin, das ihn eben noch wach gehalten hatte, hatte sich verflüchtigt und ließ ihn erschöpft zurück. Zu Hause angekommen, gähnte er gewaltig, taumelte mit der Katze im Arm aus dem Wagen und sagte: »Tut mir Leid, ich kann nicht mehr länger aufbleiben. Ob Streak sehr böse ist, wenn ich jetzt direkt ins Bett gehe?«

»Aber nein. Du kannst dich ja ein andermal mit ihm unterhalten.« Christine hatte sich wegen des Tagebuchs schon auf eine Auseinandersetzung mit ihm eingestellt und war erleichtert, dass sich der Streit vermeiden ließ. »Sieh zu, dass die Türen nach draußen abgesperrt sind«, rief sie Jeremy hinterher, der mit Rhiannon schon auf der Kellertreppe war.

Christine setzte Kaffeewasser auf und wartete auf Streak. »Gott sei Dank hat es aufgehört zu regnen«, sagte er, nachdem er Jeremys Fahrrad in die Garage gestellt und am Küchentisch Platz genommen hatte. »Das hätte ganz schön ungemütlich werden können.«

»Kein Regen, dann wird auch das Hochwasser zurückgehen.«

»Nicht unbedingt. Die Regenwolken sind nur weiter nach Norden gezogen. Der Fluss wird trotzdem ansteigen. Der Ärger ist noch nicht vorbei.« Sie stellte Streak einen Becher Kaffee hin, und er trank sofort einen Schluck.

»Dummerweise haben wir keinen Deich hier in Winston wie andere Städte am Ohio River. Ich glaube, dass die Armee morgen anfangen wird, Sandsäcke aufzurichten.«

»Und Jeremy will bestimmt mit dabei sein.«

»Mach dir keine Sorgen. Er ist stark und tüchtig. Du kannst ihn nicht immer bemuttern, Chris.« Streak grinste. »Sogar der notorische Einsiedler Streak Archer wird mithelfen.«

»Da werden sich einige die Mäuler zerreißen.«

»Das lenkt sie wenigstens von der Leiche ab.«

»Das wohl kaum.« Christine seufzte und setzte sich mit ihrem Becher Kaffee zu Streak an den Tisch. »Kannst du dir vorstellen, was Ames heute Nacht durchmacht?«

»Nein, ich weiß nur, dass Ames ein Meister im Verdrängen ist. Was er nicht wahrhaben will, das ignoriert er ganz einfach. Er hat nicht mal geweint, als seine Mutter starb, obwohl ich weiß, dass er sie vergötterte.«

»Und als Eve starb?«

»Genau dasselbe. Er sagte mir einmal, dass er es sich nicht leisten könne, im Schmerz zu versinken, weil er stark sein müsse für Dara. Aber ich glaube, dass er sich nie und nimmer eingestehen wollte, dass Eve endgültig und für immer fort war. Und weil er sie nicht loslassen konnte, wandte er sich ihrer Pflegerin zu. Patricia war für ihn nichts anderes als ein Bindeglied zu seiner ersten Frau.«

»Ein sehr hübsches Bindeglied.«

»Ja. Selbst Dara mochte sie, bis Ames sie geheiratet hat.«

»Glaubst du, dass Patricia Ames liebt?«

Streak schüttelte den Kopf. »Sie kam aus ärmlichen Verhältnissen, hatte die Arbeit als Krankenschwester satt und sah in dem älteren, finanziell erfolgreichen Mann einen gemütlichen Ankerplatz.«

»So gemütlich auch wieder nicht, weil ja Dara noch da war. Es verging kaum ein Tag, ohne dass zwischen den beiden die Fetzen flogen. Ich weiß noch, wie sehr mir die Atmosphäre zu schaffen machte, als ich mit Jeremy bei Ames einzog. Ich hatte Angst, dass Ames Jeremy und mir die Schuld für all den Ärger geben würde und uns abschieben könnte. Bei uns zu Hause war es immer friedlich und liebevoll zugegangen. Bei den Princes dagegen herrschte pausenlos dicke Luft.«

»Darüber hat Dara bestimmt etwas in ihrem Tagebuch vermerkt.« Streak griff nach dem Buch und holte es behutsam aus dem Plastikbeutel. »Sollen wir anfangen?« Als Christine nickte, schob er ihr das Tagebuch zu und lehnte sich zurück. »Fang du an. Ich übernehme dann später.«

Christine schlug das Buch auf. Die erste Seite trug in roter Tinte Daras großzügige, verschnörkelte Handschrift. Christine las laut vor:

Ich habe dieses Tagebuch am 25. Dezember geschenkt bekommen. Es war mal wieder eines unserer fröhlichen, gruseligen Weihnachtsfeste. Alle machen auf Friede, Freude, Eierkuchen, aber in Wirklichkeit hasst jeder jeden. Aber das ist ja nichts Neues. Neu ist, wie ich mich fühle.

Christine las eilig weiter und wurde blass. Streak beugte sich vor. »Was steht da?«

Sie holte tief Luft und las: *»Ich habe das Gefühl, dass mich jemand umbringen will.«*

2

Michael Winter lag auf dem Rücken im Bett und starrte an die Decke. Er war seit fünf Uhr morgens auf den Beinen gewesen, jetzt war es schon nach Mitternacht, und er schlief immer noch nicht. Seine Augen fühlten sich an, als sei Sand hineingeraten, und er war schon lange nicht mehr so erschöpft gewesen. Doch quälende Gedanken ließen ihn nicht zur Ruhe kommen.

»Ach, zum Teufel«, murmelte er und schleuderte Laken und Decke von sich. Er ging barfuß in die Küche, nahm sich eine Dose Bier aus dem Kühlschrank, öffnete sie und trank in tiefen Zügen. Die kalte Flüssigkeit, die seine Kehle hinunterrann, vermittelte ihm ein befriedigendes Gefühl. Michael trank selten, aber heute hatte er sich richtig nach einem Bier gesehnt.

Er schlenderte ins Wohnzimmer, griff sich die Fernbedienung, starrte erwartungsvoll auf den breiten Bildschirm und zappte sich durch die vielen Programme. Schließlich blieb er bei einem Werbespot für Weichspüler hängen.

Eine junge Frau kam leichtfüßig über eine Wiese gesprungen und ließ dabei ihr rotbraunes Haar im Wind fliegen. Es war natürlich ihr Weichspüler, der sie in solch ekstatische Verzückung versetzt hatte. Michael blieb der Mund offen stehen, als sie sich mit einem strahlenden Lächeln und grünem Augenaufschlag zur Kamera drehte. »Großer Gott, das ist ja Lisa«, sagte er.

Er und Lisa hatten sich vor knapp zwei Jahren scheiden lassen, und doch ging ihm ihr Lächeln immer noch unter die Haut. Sie hatte ihm geschrieben, dass man sie für den Werbespot ausgewählt hatte, aber er hatte es vergessen. Besser gesagt hatte er den Gedanken, sie möglicherweise im Fernsehen zu sehen, absichtlich verdrängt. Sie sah so jung aus, als hätte sie noch keine Enttäuschung erlebt, geschweige denn jenes erschütternde Trauma, das sie letztendlich auseinander gebracht hatte. Ihre zweijährige Tochter war nämlich ertrunken.

Der Werbespot war vorbei, aber Michael sah noch immer Lisa über die Wiese springen und fühlte sich dabei an ihre erste Begegnung vor fünf Jahren in Los Angeles erinnert. Sie war ihm vor einer roten Ampel von hinten auf den Wagen gefahren. Er hatte sich aus dem Wagen geschwungen und war eben im Begriff gewesen loszupoltern, als er sie da stehen sah. Sie hatte lange Haare und große Augen und schien völlig geknickt zu sein. Da war sein Zorn im Nu verraucht. »Sieht aus, als hätten wir einen kleinen Unfall gebaut«, hatte er albern gestammelt und es sofort bereut. Sie jedoch hatte zaghaft gelächelt, und er hatte sich Hals über Kopf in sie verliebt. Nach drei Monaten waren sie verheiratet, und ein Jahr später war ihre Tochter Stacy zur Welt gekommen.

Eine Trauer überkam Michael bei diesem Gedanken, als wäre Stacy nicht vor zwei Jahren, sondern erst vor zwei Tagen gestorben. Menschen, die es gut mit ihm meinten, hatten ihm prophezeit, dass die Zeit alle Wunden heilen würde. Alles Unsinn, dachte er, während er die Dose Bier leer trank und sich eine zweite aus dem Kühlschrank holte.

»Nach der zweiten ist Schluss, Winter«, sagte er laut und ging wieder ins Wohnzimmer zurück. Es war ein langer, harter Tag gewesen, und in wenigen Stunden begann der nächste dieser Sorte. Er brauchte einen klaren Kopf.

Weil er nicht Gefahr laufen wollte, den Werbespot mit Lisa

noch einmal sehen zu müssen, schaltete er den Fernseher aus. Er musste sich auf die Gegenwart konzentrieren, durfte sich nicht immer wieder mit der Vergangenheit herumquälen. Und was war im Augenblick am dringlichsten? Die Leiche aus dem Fluss.

Michael hatte schon viele Leichen gesehen, als er noch Detective in Los Angeles war. Er hatte die sterblichen Überreste von Erschossenen, Erwürgten und Erstochenen gesehen, hatte mit kühler Professionalität die entsetzlichsten Wunden untersucht, die Menschen einander zuzufügen imstande waren. Er hatte Obduktionen beigewohnt, beobachtet, wie Pathologen toten Körpern Organe entnahmen, diese vermaßen und wogen. Doch nichts ließ sich an Grauen mit dem vergleichen, was er heute Nachmittag in einem Sarg aus dreckigem Plastik hatte liegen sehen. Natürlich hätte man die Plane nicht aufreißen dürfen, aber freiwillige Helfer, die über die Vorgehensweise der Polizei nicht informiert waren, hatten übereifrig die modrige Hülle gelockert und waren dann beim Anblick des Inhalts entsetzt zurückgewichen. Als Michael wenige Minuten später am Fundort eintraf, hatten sich zwei der Männer bereits übergeben, und einer hielt sich nur mit Mühe aufrecht – zitternd, schwitzend, kreidebleich.

Nun musste er herausfinden, wer dem Fluss dieses hässliche Paket übergeben hatte.

Trotz des Würgens, das ihm beim Anblick der Leiche die Kehle zuschnürte, war ein Teil von ihm auch imstande gewesen, sie kaltblütig in Augenschein zu nehmen. Dieser Teil hatte festgestellt, dass die Tote etwa einen Meter sechzig maß. Die filzigen Flechten an einem Ende des Körpers waren die Überreste längerer schwarzer Haare. Er sah, wie das Fleisch von den Knochen fiel. Einer der Männer, die noch in der Nähe standen, sagte mit erstickter Stimme: »Ich wette, dass das hier die Tochter von Ames Prince ist. Ich wusste gleich, dass die nicht weggelaufen war.«

Bevor er an diesem Tag das Präsidium verließ, hatte Michael die Akte »Dara Prince« herausgesucht. Jetzt nahm er sie vom Tisch, genehmigte sich einen weiteren Schluck Bier, machte es sich auf einem Sessel bequem und schlug sie auf.

Als Erstes sah er ein Foto von Dara. Sie hielt den Kopf leicht schräg, ihre Lippen schimmerten feucht, und ihre außergewöhnlichen violetten Augen schienen ihn herausfordernd anzublicken. Sie wirkte leichtsinnig, trotzig und einen Hauch verletzlich. Sie war an der Winston University Studentin im zweiten Jahr, und ihre Leistungen waren durchschnittlich bis schlecht gewesen. Ihr Vater hatte ausgesagt, die Familie sei völlig intakt gewesen, seine Tochter hätte zu allen Familienmitgliedern ein gutes Verhältnis gehabt. Außenstehende hatten ein anderes Bild vermittelt. Es hieß, Dara habe ihre Stiefmutter Patricia ebenso gehasst wie Christine und Jeremy Ireland, die Mündel ihres Vaters. Sie schien nicht viele Freunde gehabt zu haben, und manche sagten ihr sogar nach, sie sei »ein schamloses Flittchen« gewesen. Michael lächelte schwach. Dieses prüde Urteil stammte natürlich hauptsächlich von älteren Personen.

Dara war ein Jahr lang mit dem Goldschmied Reynaldo Cimino liiert gewesen, einem Angestellten ihres Vaters. Mehreren Quellen zufolge hatte Cimino sie heiraten wollen, während sie die Sache eher auf die leichte Schulter nahm. Außer Cimino schien es jedoch keinen Mann in Daras Leben gegeben zu haben, bis auf Sloane Caldwell vielleicht, der jedoch mit Christine Ireland verlobt gewesen war. Michael genehmigte sich noch einen Schluck. Das war nun eine interessante, wenn auch spärliche Information. Wie mochte sich Daras Interesse an Sloane Caldwell geäußert haben?

Michael las weiter. Dara war neunzehn Jahre alt gewesen, als sie in einer stürmischen Märznacht plötzlich verschwunden war. Ihr Vater und ihre Stiefmutter waren im Kino gewesen. Jeremy Ireland hatte in der Nachbarschaft Freunde besucht und Christine Ireland befand sich in der Universitätsbibliothek.

In den frühen Morgenstunden hatte Ames Prince seine Tochter als vermisst gemeldet. Man hatte ihr Schlafzimmer durchsucht und festgestellt, dass ein Koffer sowie diverse Kleidungsstücke und Kosmetikartikel fehlten. Auch eine kurze Nachricht hatte man entdeckt. Laut Aussage ihrer Stiefmutter hatte Dara oft davon gesprochen, Winston zu verlassen. Christine Ireland, damals 21 Jahre alt, hatte jedoch darauf hingewiesen, dass Dara bestimmte Dinge auf keinen Fall zurückgelassen hätte, wenn sie weggelaufen wäre.

Michael hätte gern gewusst, welche »Dinge« das im Einzelnen gewesen sein sollten, aber in der Akte war darüber nichts vermerkt. Er trank noch einen Schluck und dachte nach. Christine wusste bestimmt noch, was Dara mitgenommen hätte, wenn sie weggelaufen wäre. Er erinnerte sich an Christines klaren, offenen Blick. Die Nachricht, dass eine Leiche angeschwemmt worden sei, hatte sie sichtlich erschüttert, jedoch nicht aus der Fassung gebracht. Sie wirkte sensibel und intelligent.

Außerdem war sie die Schwester von Jeremy Ireland, und der hatte nach Meinung von Sheriff Buck Teague Dara Prince auf dem Gewissen. Erst heute Nachmittag hatte Teague wieder über seinen Verdacht gesprochen: »Du weißt doch, wie diese Zurückgebliebenen sind«, hatte er getönt, wobei sein großes, an sich schon rotes Gesicht eine noch tiefere Färbung annahm. »Unkontrollierte Hitzköpfe. Ich kann mir schon vorstellen, wie's gelaufen ist: Er versucht, sie zu vergewaltigen, sie schreit, wehrt sich, da geht es mit ihm durch. Denk an meine Worte, Winter. Sollte sich herausstellen, dass das da die Leiche von Dara Prince ist, dann hat der Killer jahrelang bei den Princes mit am Tisch gesessen, und seine Schwester hat's gewusst.«

Michael beschloss, direkt am nächsten Morgen noch einmal mit Christine zu sprechen. Teagues Theorie ergab für ihn keinen Sinn. Hätte Christine gewusst, dass ihr Bruder Dara ermordet hatte, dann hätte sie ja erleichtert sein können, dass alle glaubten, Dara sei weggelaufen. Sie hatte jedoch darauf bestanden, dass das Mädchen gewisse Dinge mitgenommen hätte, wenn es wirklich weggelaufen wäre.

Michael wusste bereits, dass Ames Prince die Tote im gerichtsmedizinischen Institut als seine Tochter identifiziert hatte. Natürlich galt diese Identifizierung noch nicht als amtlich, weil sie nur darauf basierte, dass bei der Toten ein Ring gefunden worden war, den Dara Prince angeblich besessen hatte. Ein zahnärztlicher Befund konnte nicht eingeholt werden, weil der Mörder seinem Opfer die Zähne ausgeschlagen hatte. Dennoch sagte Michael eine innere Stimme, dass man Dara endlich gefunden hatte. Und er würde herausfinden, wer das schöne Mädchen mit dem herausfordernden Blick und dem verletzlichen Zug um den Mund so brutal ermordet hatte.

Kapitel 6

1

»Was?«, entfuhr es Streak.

Christines Herz klopfte wie wild, aber ihre Stimme war ruhig, als sie noch einmal las: *»Ich habe das Gefühl, dass mich jemand umbringen will.«* Sie sah zu Streak hinüber. »Mehr steht da nicht.«

»Von wem redet sie?«

»Sprich leiser, Streak, sonst wacht Jeremy auf. Ich habe keine Ahnung, wen sie meint, aber ist das nicht genau das, wonach wir gesucht haben?«

»Doch«, sagte Streak bedächtig, »aber man erschrickt trotzdem, wenn man es dann schwarz auf weiß liest. Verdammt. Warum hat sie sich niemandem anvertraut? Nicht zu fassen. Womöglich hat sie ja auch nur maßlos übertrieben.«

»Man übertreibt doch nur dann, wenn man jemanden beeindrucken will. Dara konnte nicht wissen, dass ein anderer ihr Tagebuch lesen würde.«

»Vielleicht wollte sie ja nur zum Ausdruck bringen, dass es diesem Jemand gleichgültig war, ob es sie gab oder nicht. Vielleicht meinte sie Patricia. Oder dich.«

»Mir war es aber nicht egal …« Sie hatte Streak ihre Einstellung zu Dara bereits ausführlich erläutert. Das sollte reichen, deshalb sagte sie nur: »Dara hätte wissen müssen, dass ich ihr nichts Böses wünschte.«

»Lies weiter«, sagte Streak tonlos.

Christine wandte ihre Aufmerksamkeit wieder dem Tagebuch zu. Dara beschrieb eine Silvesterparty, die sie mit Reynaldo Cimino besucht hatte:

»Warum ist er bloß so fürchterlich besitzergreifend! Er hat schon wieder davon angefangen! Er glaubt, ich würde mich hinter seinem Rücken mit jemandem treffen. Am Ende hat er sich dann wieder beruhigt. Er nimmt ja alles für bare Münze, was ich ihm erzähle. Ich hab ihn allmählich satt. Wenn er nur nicht ein solcher Adonis wäre. So nenne ich ihn. Und er hört es gern. Was soll's. Er ist alt genug und kann auf sich selbst aufpassen. Und ich kann auch auf mich aufpassen.«

Christine blickte auf. »Klingt nicht so, als hätte sie vor Rey Angst gehabt. Eher, als hätte sie vor gar nichts Angst.«

»Klingt nach gespielter Tapferkeit«, sagte Streak, während er aufstand und sich Kaffee nachschenkte.

»Als sie Angst hatte, dachtest du, sie würde übertreiben. Jetzt hat sie keine Angst, da hältst du es für gespielte Tapferkeit.«

»Na schön, ich weiß eben nicht, was ich davon halten soll.« Streak stellte den Kaffeebecher ab. »Du etwa?«

»Nein. Dara war launisch. Ich hatte das schon fast vergessen, aber ich glaube, dass sich in diesen Äußerungen ihre Stimmungsschwankungen spiegeln.«

In den nachfolgenden vier Einträgen verbreitete sich Dara ausführlich über Patricia, die »Böse Stiefmutter«. BS habe eine Goldgräbermentalität, klagte sie, bringe Daddys gesamtes Geld durch und gebe es für Kleider, Schmuck und eine verdächtige Anzahl von Reisen nach Florida aus, um dort angeblich ihre Mutter zu besuchen. Sie, Dara, hätte gute Lust, BS von einem Privatdetektiv beschatten zu lassen, *»wenn das nicht so entsetzlich teuer wäre!«*

Christine stutzte. »Patricia hat damals tatsächlich in regelmäßigen Abständen ihre Mutter besucht, angeblich, weil die alte Dame herzkrank war. Aber jetzt fliegt sie kaum noch nach Florida, obwohl ihre Mutter noch am Leben ist.«

»Du glaubst also, dass Patricia damals irgendetwas im Schilde führte? Dass sie nicht wirklich nach Florida reiste?«

Christine schüttelte den Kopf. »Ich glaube nicht, dass sie sich getraut hätte, die Besuche bei ihrer Mutter nur vorzutäuschen. Ames rief sie manchmal in Florida an. Ich frage mich nur, warum sie damals so oft reiste und jetzt fast überhaupt nicht mehr.« Christine blätterte weiter:

»Das Superhirn wird mir langsam zu anhänglich. Ich frage mich, ob es wirklich eine so gute Idee war, mit ihm anzubändeln, obwohl wir im Bett viel Spaß miteinander haben.«

Streak blickte sie befremdet an: »Wer ist das *Superhirn*?«

»Keine Ahnung. Reynaldo hat sie ›ihren Adonis‹ genannt. Ich wüsste keinen Grund, warum er plötzlich zum *Superhirn* hätte werden sollen.« Sie musterte Streak verstohlen, der durch die Glastüren in die neblige Dunkelheit hinausstarrte. »Hat sie denn draußen am Creek, wenn ihr euch unterhalten habt, nie irgendwelche Männer erwähnt, für die sie sich interessierte?«, fragte Christine.

»Nein. Warum sollte sie sich mit mir über ihr Liebesleben unterhalten?«

Streaks Stimme hatte einen scharfen Unterton. Christine fragte sich, ob er ihre Frage in den verkehrten Hals bekommen hatte. »Mit mir hat Dara auch nicht über Jungs gesprochen«, fügte sie beiläufig hinzu. »Und obwohl wir beide ja im selben Haus wohnten, habe ich nie mitbekommen, wer bei ihr ein und aus ging. Ich machte damals gerade meinen College-Abschluss und war wie verrückt am Pauken. Außerdem musste ich die Hochzeit vorbereiten, die dann ja doch nicht stattfand.«

»Du warst viel zu jung damals«, sagte Streak. »Ich bin froh, dass du die Sache abgeblasen hast.«

»Ja, so war es sicher am besten.« Christine blieb gewollt vage, weil sie sich ungern an diese Zeit erinnerte. Sie übersprang mehrere Seiten im Tagebuch. »Die nächsten Passagen triefen geradezu vor Nächstenliebe. Dara hasst das College, hasst Patricia, und die Amazone – das wäre dann wohl ich – kann sie auch nicht leiden.«

»Wer das liest, könnte sie glatt für einen Miesepeter halten.«

»Sie war ja auch kein Sonnenschein, Streak«, entgegnete Christine trocken.

»Wenigstens war sie keine dieser Transusen, die sich für gar nichts begeistern. Sie war ein leidenschaftlicher Mensch.«

»Vielleicht eine Spur zu leidenschaftlich. Hör dir an, was sie am 5. Februar schreibt:

›*Was für ein gefährlicher, himmlischer Tag mit* SC*! Bin ich verrückt? Ja, verrückt vor Liebe!!!*‹«

»Mit dem Superhirn hat sie guten Sex, aber verliebt ist sie in SC«, murmelte Streak beinahe ärgerlich. »Wer zum Teufel ist SC?«

»Sloane Caldwell«, sagte Christine ohne Umschweife.

»Der doch nicht. Der war doch mit dir verlobt.«

»Fällt dir sonst noch jemand ein mit den Initialen SC?«

»Ich weiß doch nicht, mit welchen Leuten Dara Umgang hatte, Chris. Du übrigens doch auch nicht.«

Christine erinnerte sich nur zu gut an den Winter damals vor drei Jahren. Sie war einundzwanzig gewesen und wie auf Eiern gegangen, seit sie mit Jeremy zu den Princes gezogen war. Sie hatte Ames Prince vor dem tragischen Tod ihrer Eltern nur ein paarmal gesehen. Binnen einer Woche waren sie und Jeremy verwaist, der elterlichen Geborgenheit in North Carolina entrissen und in das turbulente Heim der Princes geworfen worden, wo weder Patricia noch Dara sie haben wollten. Christine hatte versucht, es Jeremy an nichts fehlen zu lassen, damit er niemandem zur Last fiele. Sie selbst hatte sich nicht zuletzt durch hervorragende schulische Leistungen beweisen wollen.

Trotzdem hatte sie in der beständigen Angst gelebt, Ames könne sie auffordern, mit Jeremy sein Haus zu verlassen, um die Atmosphäre in der Familie etwas zu entspannen. Sie hatte eine Menge Geld geerbt, sollte aber gemäß dem Testament ihres Vaters erst mit 22 darüber verfügen können, wenn sie in den sicheren Händen eines »vernünftigen« Ehemanns sein würde, der imstande wäre, für sie zu sorgen. Und das Ergebnis dieser väterlichen Verfügung war, dass sie nicht studieren und sich zugleich um Jeremys spezielle Belange kümmern konnte. Die Doppelbelastung wäre jedem Sozialarbeiter sofort aufgefallen, und so lebte sie in der beständigen Furcht, dass man ihr Jeremy wegnehmen könnte. Der Tod der Eltern hatte Jeremy in seiner Entwicklung weit zurückgeworfen. Und eine mögliche Trennung von seiner Schwester würde ihn nur noch weiter zurückwerfen.

In dieser Situation hatte sie Sloane kennen gelernt, Sloane mit seiner Engelsgeduld, seinem freundlichen, ausgeglichenen Wesen. Sloane war genau der Typ Mann, den ihr Vater sich für sie und Jeremy gewünscht hätte. Sie hatte gehofft, dass als gute Basis für eine Ehe gegenseitiger Respekt genügte, dass sie es noch lernen würde, Sloane zu lieben, und hatte im September seinen Antrag angenommen.

Im Februar schließlich war sie sich so gut wie sicher, dass sie Sloane nicht heiraten konnte. Sie liebte ihn nicht. Und obwohl ihre zarte Mutter ihr immer gepredigt hatte, dass eine Frau eine starke Schulter zum Anlehnen bräuchte, hatte sie sich nicht überwinden können, einem Mann ihr Jawort zu geben, den sie nicht liebte. Sie hoffte, dass sie stark und tüchtig genug wäre, um allein für sich und Jeremy zu sorgen. Nur wusste sie nicht, wie sie die bevorstehende Hochzeit abblasen sollte, ohne Sloane, der sie so sehr liebte, allzu tief zu kränken. Christine durchlebte Höllenqualen, ihr dringendes Bedürfnis auszubrechen kämpfte mit dem ebenso starken Wunsch, Sloane nicht zu verletzen. Nein, über Dara hatte sie sich damals keine allzu großen Gedanken gemacht. Sie war mit ihren eigenen Problemen beschäftigt gewesen.

»Chris, bist du noch hier?«

Sie schloss kurz die Augen und sah dann zu Streak hinüber. »Ja. Ich habe nur versucht, mir die Ereignisse von damals zu vergegenwärtigen. Du hast Recht – ich kannte nur wenige von Daras Freunden. Aber die Initialen SC, dazu die Art und Weise, wie sie sich Sloane an den Hals geworfen hat, haben mich stutzig gemacht.«

»Ich glaube, dass Dara allen Männern den Kopf verdrehte.«

Streaks Feststellung klang wie eine Frage. Christine erkannte, dass ihn Daras Verhältnis zu Männern neugierig machte. »Ja, sie war überhaupt sehr freizügig und direkt, aber Sloane gegenüber benahm sie sich regelrecht aufreizend. Und Sloane ließ sie gewähren.«

»Hat er sie denn ermutigt?«

»Nein, das nicht«, sagte Christine nachdenklich. »Aber Sloane ist kein passiver Mensch. Es ist nicht seine Art, sich etwas aufdrängen zu lassen, was gegen seine Prinzipien verstößt. Und es schien ihm auch nicht das Herz zu brechen, als ich dann die Verlobung löste.«

»Ich habe ihn zwar nur ein paarmal erlebt, aber er ist zweifellos sehr stolz. Ich glaube kaum, dass er sich vor dir auf die Knie geworfen hätte, damit du ihn heiratest, und wenn er es noch so sehr gewollt hätte. Und er lebt immer noch allein.«

»Ich hoffe, dass er eines Tages die Richtige finden wird«, beendete Christine das leidige Thema. »Zurück zu Dara.«

»Ich übernehme.« Streak griff nach dem Tagebuch. Er übersprang ein paar Seiten und sagte: »Hier ist ein interessanter Eintrag, vom 14. Februar:

›Meine Damen und Herren, hier kommt Dara Prince mit einer außergewöhnlichen Jongliernummer! Wie macht sie das bloß? Wie bringt dieses schöne Mädchen am Valentinstag gleich drei Liebhaber unter einen Hut? Ein außergewöhnlich schwieriges Kunststück! Und ich bin ziemlich sicher, dass es ihr geglückt ist. Besser wär's jedenfalls.‹«

»Drei Liebhaber?«, rief Christine entgeistert. »Der eine war Rey. Die anderen beiden waren dann wohl das Superhirn und dieser SC.«

»Ames hätte der Schlag getroffen, wenn er gewusst hätte, was sein Töchterlein so alles trieb«, stellte Streak leicht entrüstet fest.

»Wahrscheinlich hätte alle drei Liebhaber der Schlag getroffen, wenn sie erfahren hätten, dass es außer ihnen noch zwei andere gab.«

Streak schüttelte den Kopf. »Weißt du, ich komme mir ziemlich blöd vor. Ich dachte, ich hätte Dara einigermaßen gekannt. Aber sie war viel zu raffiniert für mich. Sie streute mir

Sand in die Augen, und ich hatte nicht den geringsten Verdacht.«

»Sie hat dir Sand in die Augen gestreut? Weil sie drei Liebhaber gleichzeitig hatte?«

»Ich habe mich falsch ausgedrückt. Ich meine, sie hat mir nie etwas erzählt, was ich Ames hätte sagen müssen.« Er sah schnell wieder ins Tagebuch und las weiter:

»›*Was für ein entsetzlicher Albtraum: Jemand belauert mich, stellt mir nach, jemand, der mich abgrundtief hasst. Ich möchte schreien, davonrennen, finde aber nirgends einen hellen Ort, wo ich vor ihm sicher wäre. Er lauert in der Dunkelheit, will mich umbringen, ich weiß es und kann es nicht verhindern. Ich bin schweißgebadet aufgewacht, danach konnte ich nicht mehr einschlafen. Den ganzen Tag hatte ich Angst, hörte Schritte hinter mir. Fange ich schon an zu spinnen? Oder sind es böse Vorahnungen? Ersteres wäre mir lieber, dann wüsste ich wenigstens, dass alles nur Einbildung ist, und nicht das Schicksal, das mir blüht.*‹«

»Dara hatte also Albträume«, sagte Christine. »Sie muss wirklich beunruhigt gewesen sein, denn sie war nicht der Typ, der wegen jeder Kleinigkeit gleich das große Zittern bekam. Sie war eher eine Spur zu verwegen.«

»Ich würde sagen, sie war mehr als nur beunruhigt. Sie hatte eine Heidenangst.«

Die folgenden Einträge waren belanglos, bis zu dem vom 5. März:

»›*Heute war ich in der Bibliothek, und da hat mir jemand zwischen den Regalen nachgestellt. Ich war in der fünften Etage, zwischen all den verstaubten Lexika, niemand weit und breit, und da fiel mir auf, dass mich jemand beobachtete. Ich spürte den Hass in seinem Blick. Voller Angst stürzte ich zum Lift. Hinter mir hörte ich es rascheln, hörte jemanden keuchen und unverständliches Zeug murmeln. Ich sah mich um und erhaschte ein Schimmern in Blau. Gleich kippe ich um, dachte ich. Das abscheuliche Gemurmel wurde lauter. Da kam zum Glück der Aufzug, und ich sprang hinein. Im Erdgeschoss bin ich dann einer Freundin in die Hände gelaufen, die nicht mehr zu reden aufhörte. Kurz darauf sah ich Christine aus dem Lift kommen und auf den Ausgang zusteuern. Sie trug einen blauen Pulli!!‹«*

Christine blieb vor Überraschung der Mund offen stehen. »Dara dachte, ich hätte ihr nachgestellt?«

»Klingt so. Erinnerst du dich, dass du in der Bibliothek warst und einen blauen Pulli anhattest?«

»Blau ist meine Lieblingsfarbe. Ich hatte damals mehrere blaue Pullover. Und ich war fast täglich in der Bibliothek. Da hatte ich mehr Ruhe als zu Hause.«

»Warst du im fünften Stock?«

»Mindestens ein Dutzend Mal.« Christine spürte es in sich knistern. »Streak, du verhörst mich ja!«

»Das wollte ich nicht. Ich will nur wissen, ob Dara dich vielleicht gesehen und die Situation falsch eingeschätzt haben könnte, oder ob sie sich alles nur eingebildet hat.«

»Wenn sie mich tatsächlich da oben gesehen hat, dann habe ich ihr bestimmt nicht aufgelauert und wirres Zeug vor mich hin gebrabbelt. Das ist doch absurd.«

»Dann hat sie das Ganze also erfunden?«

Christine dachte nach. »Nein. Nicht ganz. Ihre Angst klingt echt. Vielleicht hat ihr wirklich jemand nachgestellt. Oder, was ich für wahrscheinlicher halte, sie war mittlerweile schon so nervös, dass sie sich auf Schritt und Tritt verfolgt fühlte.«

»Und Gebrabbel hörte.«

»Wie das eines Geisteskranken. Das klingt wirklich nach übersteigerter Phantasie.«

»Wir werden wohl nie mehr erfahren, wie sich das Ganze tatsächlich abgespielt hat und wie viel davon Einbildung war.« Streak überflog die nächsten Seiten. »Dieser Eintrag hier ist vom 10. März:

›*Langsam gerät mir alles außer Kontrolle. Vielleicht habe ich mehr abgebissen, als ich kauen kann. Vielleicht bin ich zu weit gegangen. Ich kann schon nicht mehr schlafen.*‹«

»Ich weiß noch, wie erschöpft Dara damals aussah und wie nervös sie war«, sagte Christine. »Patricia sprach sie einmal beim Abendessen darauf an. Da rannte sie wütend aus dem Zimmer. Aber die beiden hatten sich ja regelmäßig in der Wolle. Ich war auch der Meinung, dass sie schlecht aussah, aber Ames sagte nur, ihm wäre nichts aufgefallen.«

»Und selbst wenn es ihm aufgefallen wäre, hätte er es nicht zugegeben«, kommentierte Streak unwirsch. »Er versteht es meisterhaft, den Kopf in den Sand zu stecken. Hör dir das an:

›*Heute hat Rey mir einen Antrag gemacht. Ich hab's nicht glauben können und musste fürchterlich lachen. Wenn Blicke töten könnten! Ich weiß nicht, wie ich seine Augen beschreiben soll, egal, jedenfalls hat er mir eine Heidenangst eingejagt. Ich sagte ihm, dass ich mich noch zu jung fühle. Dass wir warten sollten. Er wusste, dass ich ihn bloß hinhalte. Ich hatte den ganzen Tag ein komisches Gefühl deswegen.*‹

Bei diesem Eintrag hier, vom 8. März, sieht sogar ihre Schrift zittrig aus«, bemerkte Streak und las weiter:

»›Langsam verliere ich den Verstand. Ich werde immer noch beobachtet. Zum Glück hab ich eine Flasche Wodka im Zimmer. Ein paar kräftige Schlucke, und ich hab nicht mehr ganz so viel Angst.‹«

»Dara hätte dieses übertriebene Szenario nicht tagelang durchgehalten«, sagte Christine. »Ich glaube nicht, dass sie nur melodramatisch war. Sie muss wirklich geglaubt haben, dass ihr jemand nach dem Leben trachtete.«

»Das glaube ich auch. Nur wer? Einer ihrer Liebhaber?«

»Vermutlich schon. Nur hatte sie offenbar mich in Verdacht.« Christine rieb sich die brennenden Augen. »Irgendwas von Bedeutung im nächsten Eintrag?«

»Etwas über den Kauf eines Kleids für eine Party.«

»Wahrscheinlich für die Geburtstagsparty von Tess.«

»Tess?«

»Reynaldos Frau. Sie war schon damals in ihn verliebt, aber er hatte nur Augen für Dara.«

»Schade, dass Dara nicht dasselbe für ihn empfunden hat. Vielleicht wäre sie heute noch hier, wenn sie nicht so gierig gewesen wäre.«

Christine lächelte. »Dara war in allem gierig, ganz besonders in Sachen Liebe. Ich bezweifle, dass sie zu echter Liebe fähig war, aber sie konnte nicht genug davon kriegen. Das muss auch der Grund gewesen sein, warum sie Jeremy tolerierte. Er hing sehr an ihr, und sie badete regelrecht in seiner Zuneigung.«

»Warum war sie nur so unsicher?« Streak zündete sich noch eine Zigarette an. »Eve und Ames haben sie doch geradezu vergöttert.«

»Aber Ames fällt es sehr schwer, seine Gefühle zu zeigen. Und wie war es mit Eve?«

»Anders. Man wusste immer, was in Eve gerade vorging. Aber sie war sehr ehrgeizig, bevor sie krank wurde. Sie engagierte sich in einem Dutzend Clubs, hatte immer irgendein wichtiges Projekt am Laufen, war immerzu am Lernen und bei allem, was sie tat – Gärtnern, Tanzen, Malen, Musik, und am Ende dann die Hexerei –, mit Feuereifer bei der Sache. Dara muss dabei irgendwie auf der Strecke geblieben sein.« Er wandte sich wieder dem Tagebuch zu und las den nächsten Eintrag:

»›Gott, heute Abend hatte ich vielleicht Glück! SC und ich waren gerade im Bett zugange, als plötzlich das Superhirn vor der Tür stand. Und wie verrückt klopfte! Mann, hab ich vielleicht einen Schreck gekriegt! SC war nicht allzu geschockt, aber ich wollte nur noch weg. Und zwar schleunigst. Ich hab das dumme Gefühl, dass das Superhirn Bescheid weiß. Das wäre eine Katastrophe.‹«

»Kein Wunder, dass sie Angst hatte«, stellte Christine nüchtern fest. »Ich frage mich, wo sie mit SC geschlafen hat, wenn das Superhirn an die Tür kommen konnte. In seinem Haus?« Sie dachte an Sloanes Haus am anderen Ende der Stadt. Hatte Dara ihre Abende dort verbracht, während Christine in der Bibliothek war? War das die Erklärung für ihr auffälliges Gehabe mit Sloane? Streaks Stimme brachte Christine wieder in die Gegenwart zurück:

»›Diesmal bin ich zu weit gegangen. Ich weiß es. Die Party bei Tess. Ich hatte zuvor schon was getrunken, weil ich so nervös war. Dann hab ich da weitergetrunken. Tess hat sich Rey an den Hals geschmissen, und Christine und ihr Verlobter führten sich auf wie Topf und Deckel. Und da hab ich mich in Szene gesetzt.

Ich hab allein getanzt, anstößige Lieder gesungen, mich auf Sloanes Schoß gesetzt und ihn angebaggert. Die Amazone und Rey sind ausgeflippt. Die Amazone hat ihrem Sloane den Laufpass gegeben, und Tess hat allen Leuten erzählt, wie schrecklich ich mich aufgeführt hätte. Jetzt weiß es die ganze Stadt. Rey ist außer sich. SC auch. Und was noch schlimmer ist, das Superhirn ebenso. Und ich habe Angst.‹«

»O Gott, diese Party«, stöhnte Christine. »Es war fürchterlich.«

Streak streifte die Asche von seiner Zigarette ab. »Hat sie sich wirklich so schlimm benommen?«

»Entsetzlich. Und sie kam mir überhaupt nicht betrunken vor. Eher … manisch. Das war mir bis zu dieser Minute nicht aufgefallen, aber in ihrem Benehmen lag etwas Frenetisches. Vielleicht war Sloane das aufgefallen. Vielleicht hat er sie deshalb nicht abgewiesen.«

»Hat er es nie erklärt?«

»Doch, er hatte sogar mehrere Entschuldigungen auf Lager, aber ich war so sauer, dass ich nicht hingehört habe.« Du hast doch verzweifelt nach einer Ausrede gesucht, um ihn nicht heiraten zu müssen, dachte Christine mit einem Anflug von schlechtem Gewissen. »Aber Dara schreibt, dass SC wütend auf sie war. Falls Sloane wütend war, ließ er sich jedenfalls nichts anmerken. Und offenbar galt ihre größere Sorge der Reaktion des Superhirns.« Sie seufzte. »Ich bekomme Kopfschmerzen.«

»Kein Wunder. Aber wir haben nur noch einen Eintrag. Lass uns den noch hinter uns bringen. Er ist vom 24. März.«

»Die Nacht vor ihrem Verschwinden«, murmelte Christine unbehaglich.

»›Ich bin ja so müde. Ich trau mich nicht mehr einzuschlafen, weil ich dann immer träume, dass mir jemand auflauert, der mir was Böses antun will. Vielleicht habe ich durch den konstanten Schlafentzug inzwischen auch schon Halluzinationen. Was für giftige Blicke mir die Amazone neuerdings zuwirft! Es wäre zum Lachen, wenn ich nicht solche Angst hätte. Ich kann es einfach nicht ertragen, dass alle so wütend auf mich sind, sogar Daddy. Er sagt, ich sei genau wie meine Mutter. Was meint er damit? Und als hätte ich nicht schon genug am Hals, muss ich heute auch noch das erfahren! Wie konnte das bloß passieren? Wahrscheinlich hab ich irgendwann mal vergessen, die Pille zu nehmen. Bei all dem Wodka blicke ich nicht mehr ganz durch. Ich hab's ihm erzählt. Weiß auch nicht, was ich mir davon versprochen hatte. Irgendwie scheinen die stolzen Väter ausgestorben zu sein. Er sagte, ich müsste es unbedingt loswerden, aber ich wüsste gar nicht, wie man so was in die Wege leitet. All dieses widerliche praktische Zeug, das man beherrschen muss, damit das Leben funktioniert. Aber er ist so wütend auf mich. Nicht auszudenken, wenn die Sache herauskommt …

Ich wünschte mir so sehr, Eve wäre hier. Ohne sie bin ich völlig aufgeschmissen. Alles ist schief gelaufen. Ich weiß, dass ich in einem Jahr um die gleiche Zeit nicht mehr hier sein werde, egal, wie ich mich entscheide.‹«

Streak klappte langsam das Tagebuch zu, und seine dunklen Augen blickten traurig drein. »Sie hat Recht behalten. Sie war nicht mehr da. Und zwar schon eine Woche später«, sagte er, und seine Stimme klang ein wenig heiser. »Armes, wildes Mädchen.«

Christine schluckte schwer. Dara hatte also nicht nur Angst, weil ihr jemand nachstellte und nach dem Leben trachtete, sie hatte auch herausgefunden, dass sie schwanger war. Sie hatte es dem Vater gebeichtet, der alles andere als begeistert gewesen war. Und als sie diese Passage geschrieben hatte, war sie nur noch ein verängstigtes kleines Mädchen gewesen, das sich nach dem Schutz seiner Mutter sehnte.

Dara war mit ihrem eigenen Leben und dem Leben anderer erschreckend leichtsinnig verfahren. Sie war dank der Erziehung, die sie genossen hatte, zu der Überzeugung gelangt, dass sie immer alles bekommen würde, wonach ihr der Sinn stand. Ihr Vater hatte ihr nur selten etwas abgeschlagen. Ihre Mutter wahrscheinlich ebenso wenig. Sie war ein hübsches, egoistisches, verwöhntes Mädchen gewesen, dessen Persönlichkeit nicht hatte reifen können. Das Konzept Verlässlichkeit war ihr völlig fremd gewesen. Doch bei all ihrer menschlichen Unzulänglichkeit war ihre Verfassung, als sie zum letzten Mal in ihr Tagebuch geschrieben hatte, schlicht tragisch. Christine hatte ein schlechtes Gewissen, als trüge auch sie Schuld an Daras Schicksal, wenn sie auch nicht wusste, wie sie es hätte verhindern sollen.

»Ich hatte keine Ahnung, dass sie schwanger war«, sagte Christine schließlich. »Und offensichtlich hatte sie Angst vor einer Abtreibung.« Streak starrte ins Leere, und der Rauch seiner Zigarette kräuselte sich vor seinen Augen. »Wusstest du, dass sie schwanger war?«

Streak wurde in die Gegenwart zurückgeworfen. »Schwanger? Woher sollte ich das wissen?«

»Ich dachte, sie hätte vielleicht eine Bemerkung fallen lassen, die dich stutzig machte.«

Streaks Stimme klang rau. »Hat sie nicht. Ich sagte doch schon, dass sie ihr Liebesleben für sich behielt.«

»Schon gut«, meinte Christine beschwichtigend. »Was könnte Ames mit der Behauptung gemeint haben, Dara sei genau wie Eve?«

»Wie Eve? Na ja, Eve war ein sehr extrovertierter Mensch. Ich war zu Tode erschrocken, als Ames sie heiraten wollte. Er war schrecklich bieder – brav, verlässlich, häuslich, bieder eben. Und Eve war das glatte Gegenteil. Nach einigen Jahren begann dieser Unterschied an ihrer Ehe zu zehren. Eve wurde immer extrovertierter, extravaganter und … nun ja, ziemlich freizügig, was Männer anbelangte.«

»Freizügig?«

»Sie flirtete gern. Sie schien aufzublühen in männlicher Gesellschaft und hatte eine sehr ungezwungene Art, mit Männern umzugehen. Nicht einmal Ames konnte ihr Benehmen übersehen, obwohl er ihr, soviel ich weiß, niemals in der Öffentlichkeit Vorhaltungen machte. Ich weiß, dass er ihr Verhalten missbilligte, aber er hat sie geliebt, so viel ist gewiss. Bei Eve bin ich mir da nicht so sicher. Ich glaube, dass sie sich nach ein paar Jahren mit ihm gelangweilt hat. Dann ist sie an Krebs erkrankt. Sie kämpfte fast zwei Jahre dagegen an, bis nicht mehr viel von ihr übrig war.«

»Hatte sie denn Affären, bevor sie krank wurde?«

»Nein.« Streak holte Luft und fügte hinzu: »Aber wie's aussieht, verstehe ich nicht viel von Frauen.«

Er klang ein wenig verbittert, als sei er schon einmal enttäuscht worden. Die meisten Frauen wussten mit einem Mann, der so zurückgezogen lebte, nichts anzufangen. Wie aber war das mit Eve? Sie hatte praktisch zu Streaks Familie gehört. Er sah gut aus. Hatte Eve sich ihm zugewandt, als ihr steifer Ehemann sie zu langweilen begann?

»Stimmt was nicht?«, fragte er gereizt.

»Nein. Es ist nur schwer, das alles zu verdauen.«

»Ja, das ist wahr. Aber wir wollten schließlich wissen, was in Dara vorging. Jetzt wünschte ich fast, wir hätten ihr Tagebuch nicht gelesen.«

»Mir geht es genauso, aber jetzt wissen wir wenigstens, dass wir es so schnell wie möglich zur Polizei bringen müssen«, sagte Christine. »Ames würde die Information über Daras drei Liebhaber bestimmt nicht freiwillig herausrücken.«

»Ganz bestimmt nicht.«

»Er darf nichts davon erfahren. Ich werde das Buch morgen Deputy Winter übergeben. Je früher ich es los bin, desto besser.«

»Hoffentlich tun wir das Richtige.« Streak stand auf und streckte sich. »Es ist halb drei Uhr morgens, du siehst aus, als würdest du vor Müdigkeit gleich vom Stuhl fallen, Chris. Höchste Zeit, dass ich gehe.«

»Ich werde dich fahren.«

»Es ist doch nur eine Meile. Und ich hatte heute ohnehin noch nicht genügend Auslauf.«

»Streak, es ist doch richtig, dass wir dieses Tagebuch der Polizei überlassen, oder?«

Er runzelte die Stirn. »Hast du Zweifel?«

»Ja. Ames wird denken, ich hätte ihn verraten.«

»Das kann gut sein.« Er überlegte. »Trotzdem sollte die Polizei es lesen. Das wissen wir beide.«

Christine nickte. »Na schön. Das wäre also geklärt. Bist du auch ganz sicher nicht zu müde, um nach Hause zu laufen?«

»Aber nein. Ganz so alt bin ich nun auch wieder nicht. Gute Nacht, Chris. Versuch, ein bisschen zu schlafen.«

Christine schloss die Haustür hinter Streak. Im regelmäßigen Rhythmus seiner Schritte war keine Spur von Müdigkeit zu erkennen. Als sie verhallt waren, ging sie in die Küche und räumte den Tisch ab. Sie hatte vergessen, die Jalousien vor den Glasschiebetüren, die auf eine Holzveranda hinausführten, zu schließen. Der Nebel war inzwischen noch dichter geworden, wie weißer Schaum.

Ein Glitzern draußen ließ sie aufmerken, und sie spähte mit zusammengekniffenen Augen in die Nacht hinaus. Vielleicht suchte ein Nachbar mit der Taschenlampe nach seinem Haustier, dachte sie. Zwei Häuser weiter wohnte ein Ehepaar, dessen Cockerspaniel sich gelegentlich in Christines hinteren Garten verirrte. Sie näherte sich bedächtig der Glaswand, schob eine der Türen auf und horchte nach draußen. Stille. Sie rief ein paarmal »Buddy!«, aber der alte Hund kam nicht wie sonst, wenn er sich verlaufen hatte, schwanzwedelnd zu ihr.

Christine stand in der offenen Tür und überlegte, was den Lichtstrahl verursacht haben könnte. Zu hören war nichts. Natürlich nicht, denn sollte tatsächlich jemand durchs Gebüsch schleichen, würde ein Teppich aus feuchten Fichtennadeln und weichem Moos seine Schritte dämpfen. Sie hörte keinen Laut. Sie hatte sich eben getäuscht …

Völlig unvermittelt fühlte Christine sich nackt, einer lauernden, feindlichen Welt hilflos ausgeliefert. Sie spürte ein Kribbeln im Nacken, so als würden Finger ihn sanft und neckisch berühren. Wieder überkam sie dieses beängstigende Gefühl, beobachtet zu werden, genau wie vorhin am Creek.

Rhiannon hinter ihr fauchte vernehmlich. Einen Schrei unterdrückend, wirbelte sie herum und sah die Katze auf dem Tisch stehen, die goldenen Augen auf den Nebel jenseits der Tür gerichtet, den Schwanz aggressiv gebauscht.

Christine packte den Griff der Schiebetür, schlug sie zu und schob den Riegel vor. Die Katze ließ ein kehliges Knurren hören, das in Christine eine instinktive, unerklärliche Angst auslöste. Gefahr. Die Katze spürte sie. Christine spürte sie. Rhiannon fauchte erneut. Sie entblößte ihre spitzen weißen Zähne, und das glänzende schwarze Fell entlang ihres Rückgrats stellte sich auf. Dann sprang sie vom Tisch und rannte aus dem Zimmer.

Christine griff nach der Schnur und zog daran, und die Jalousien fielen nach unten. Glas und Plastik und Stoff, dachte sie. Ein dürftiger Schutz gegen die Nacht und das, was hinter dem Schein der Hoflampe lauerte. Sie hatte das Licht immer als zu hell empfunden, jetzt erschien es ihr ärgerlich schwach. Was auch immer da draußen war, es ließ sich nicht blicken. Christine wich ein paar Schritte zurück, schalt sich einen Angsthasen. Das Etwas konnte schlimmstenfalls ein Eichhörnchen sein.

Andererseits hätte Rhiannon auf ein Eichhörnchen oder eine Maus nicht so heftig reagiert, nicht einmal auf ein Opossum. Da draußen war ein Mensch. Einer, der ihr übel wollte.

O Gott, dachte Christine, und die Kälte drang ihr bis in die Knochen. So musste Dara sich in den letzten Wochen ihres Lebens gefühlt haben.

2

Ein Klopfen gegen die Scheibe des Wagens riss Reynaldo aus dem Schlaf. Er blinzelte, rieb sich die Augen und sah in das faltige Gesicht eines älteren Mannes, der ihn mit einer Mischung aus Ärger und Besorgnis musterte. Rey kurbelte das Fenster herunter. »Ja?«

»Hast dich wohl ausgesperrt?«

Rey runzelte die Stirn. Dann erkannte er die verwitterte Fassade des Riverside Inn. »Nein.«

»Was tust du dann hier draußen?« Der Alte nahm ihn noch näher ins Visier. »He, ich kenn dich. Du warst früher öfter hier.«

»Ja.«

»Hab dein Auto wiedererkannt. Ein toller Schlitten. Ein Thunderbird. 1956?«

»1957.«

»Hab ich mir schon gedacht. Für so 'ne Karre würd ich glatt mein letztes Hemd verscherbeln. Was verschlägt dich denn nach so langer Zeit wieder hierher? Früher warst du doch alle paar Wochen hier. Hast allerdings nie hier übernachtet. Bist immer nur ein paar Stunden geblieben.« Er tippte sich gegen die Schläfe. »Siehst du? Mein Gedächtnis funktioniert noch prächtig.«

»Das ist wahr.«

»Orman, stimmt's? Das weiß ich noch.«

»Genau«, bestätigte Rey den falschen Namen, den er immer angegeben hatte.

»Und ich weiß auch noch, wie du einmal mit dem hübschen Mädchen geredet hast. Hast sie Farrah genannt. Wie Farrah Fawcett aus *Drei Engel für Charlie*. Mann, hab ich die Serie gemocht, aber mein Ehekreuz hat sie mir nicht gegönnt.«

Rey erinnerte sich, wie Dara ins Büro spaziert kam, während er eincheckte. In seiner Überraschung war ihm ihr Name entschlüpft. »Ja, genau«, erwiderte er. »Farrah.«

»Warum lässt du dich nicht mehr hier blicken? Verheiratet?«

»Nein. Jedenfalls nicht mit … Farrah.«

»Soso.« Der Alte grinste. »Ich hätte die niedliche Kleine bestimmt nicht entwischen lassen. Aber vielleicht blieb dir ja nichts anderes übrig. So geht's zu auf der Welt. Als ich jung war, da hatte ich auch so eine Biene. Aber sie ließ mich sitzen. Der andere Trottel hatte mehr Geld als ich. Jahre später, als sie nicht mehr so gut aussah, schickte er sie dann zum Teufel. Sie tat mir Leid, obwohl sie mich so schlecht behandelt hatte.

Meiner Frau hab ich das nie erzählt. Sie wär sonst eifersüchtig gewesen.«

»Tut mir Leid. Das mit der Biene, mein ich.«

»So ist das Leben.« Der Alte runzelte die Stirn. »Sieh mal, ich will ja kein Spielverderber sein, aber meine Frau will dich nicht hier draußen sitzen haben. Die macht mir die Hölle heiß, wenn ich nicht genau das tu, was sie von mir verlangt. Ich soll dich wegschicken, wenn du dir kein Zimmer nimmst, nicht dass wir ausgebucht wären oder so. Aber ich nehm an, du schwelgst nur in Erinnerungen. Nichts dagegen. Aber sie will davon nichts hören.«

»Ich habe wirklich in Erinnerungen geschwelgt.«

»Sicher. Sieht man dir an. Und mir tut's echt Leid, dass ich dich wegscheuchen muss. Aber mein Ehekreuz, weißt du. Die kann einem ganz schön zusetzen, wenn's nicht nach ihrem Kopf geht. Du weißt ja, wie die Weiber sind. Na ja, vielleicht auch nicht.«

»Leider doch.«

Der Alte kicherte in sich hinein. »Kein Wunder, dass du an die guten alten Zeiten denkst. Das tu ich auch. Nur war meine Alte auch in ihren besten Zeiten nicht annähernd so hübsch wie deine Farrah. Natürlich war ich auch kein solcher Filmstar wie du. Ein bisschen käsig siehst du heute aus, Junge. Hast du schlechte Nachrichten gekriegt?«

»Kann man wohl sagen«, erwiderte Rey und drehte den Zündschlüssel herum. Der Motor sprang an und ließ ein angenehmes Schnurren hören. »Alte Geschichten.«

Der Alte schüttelte den Kopf. »Das ist das Blöde an den alten Geschichten, mein Sohn«, sagte er betrübt. »Immer wenn du glaubst, sie sind vorbei, kommen sie daher und hauen dir eins in die Fresse. Jawohl, mitten in die Fresse!«

Tess Cimino schlug die Augen auf. Sie tastete nach ihrem Mann Rey. Der Platz neben ihr war leer. Dann erkannte sie, dass ein Klirren aus der Küche sie aus dem Schlaf gerissen hatte. Sie warf einen Blick auf die Digitalanzeige des Weckers: 5 Uhr 35.

Tess stieg aus dem Bett, warf sich einen alten blauen Flanellmantel um und ging in die Küche. Es war noch dunkel, und sie schaltete das Licht an.

»Licht aus, verdammt!«, fuhr Rey sie an und hielt sich schützend die Hand vor Augen. »Es blendet mich.«

»Es ist nicht heller als sonst, außerdem sieht man ja nichts im Dunkeln.« Rey sah sie aus zusammengekniffenen Augen an. Seine ebenholzschwarzen Augen waren blutunterlaufen. Er hatte sich seit gestern nicht rasiert, und seine Haut unter den Stoppeln wirkte teigig. »Du hast getrunken.«

»Ein bisschen.«

»Mehr als das.«

»Ich bin nicht betrunken.«

»Das hab ich auch nicht behauptet. Vor ungefähr drei Stunden warst du betrunken. Jetzt wirst du nüchtern und fühlst dich hundeelend. Ich mach dir Kaffee.«

»Tu, was du willst.«

Tess füllte Kaffeepulver in die Maschine. »Wo bist du gewesen?«

»Ich hab's dir doch gesagt. Was trinken.«

»Seit zehn Uhr abends? Die Bars sind doch seit Stunden geschlossen.«

»Hab mir was mit rausgenommen.«

»Und bist besoffen durch die Gegend gedüst?« Tess schaltete die Kaffeemaschine ein. »Und wenn die Polizei dich geschnappt hätte?«

»Ich war bei jemandem zu Besuch.«

»Bei wem?«

»Privatsache. Wenn ich sie dir verraten würde, wär sie nicht mehr privat.«

»Sind wir nicht ein bisschen sehr verschwiegen?« Rey zuckte gleichgültig die Schultern. »Du hast doch nur Angst, ich könnte dir nachspionieren.«

»Manchmal muss ein Mann allein sein, Tess. Du schnüffelst mir immerzu hinterher.«

»Das klingt ja, als wäre ich ein Bluthund.« Er zuckte erneut die Schultern. »Du hast den Thunderbird genommen. Den fährst du sonst doch nur zu besonderen Gelegenheiten.«

»Weil ich will, dass er wie neu aussieht. Ist der Kaffee fertig?«

»In zwei Minuten. Dann musst du dich duschen. Und umziehen. Dein Hosenboden ist ja ganz feucht.«

»Gut, dass du mich daran erinnerst, herzlichen Dank.«

Tess musterte ihn, während sie Milch in seine Tasse goss. Er war der schönste Mann, den sie je gesehen hatte – sogar in diesem Zustand. Sie hatte sich damals auf den ersten Blick in ihn verliebt. Er hatte ausgesehen wie aus einem Modejournal, und an seinem Arm hing die junge, hübsche Dara.

»Rey, findest du deine übertriebene Trauer um Dara nicht einen Deut rücksichtslos?«

»Rücksichtslos?«

»Ja. Mir gegenüber. Schließlich bin ich jetzt deine Frau. Und du lässt dich wegen einer anderen voll laufen.«

Reys dunkle Augen glühten. »Diese andere ist ja auch nur ermordet worden!«

»Das liegt doch schon drei Jahre zurück. Und sag bloß nicht, dass dir inzwischen nie in den Sinn gekommen ist, dass sie tot sein könnte. Und übrigens, außer dir sehe ich keinen, der seinen Schmerz im Suff ertränken müsste.«

»Und wie viele Leute hast du getroffen, seit wir die Nachricht erhalten haben?«

»Keinen.« Sie schenkte ihm Kaffee ein und stellte die Tasse vor ihn auf den Tisch. »Wir sind ja auch sofort nach Hause gefahren, nachdem du das mit der Leiche erfahren hattest. Anschließend hast du bis zehn hier rumgehangen und bist dann ohne ein Wort abgedüst. Ich habe mir entsetzliche Sorgen um dich gemacht, auch wenn dir das egal sein dürfte. Ich wusste, dass du dich betrinken würdest.«

»Woher denn? Ich trinke doch sonst kaum.«

»Du hattest diesen gewissen Blick.«

»Na, so was«, höhnte Rey. »Diesen gewissen Blick also.«

»Ich war drauf und dran, dich bei der Polizei als vermisst zu melden, aber ich wollte dich nicht in Verlegenheit bringen.«

»Dann ist ja wenigstens einer von uns rücksichtsvoll.«

Tess setzte sich zu ihm und musterte ihn eindringlich. »Ich liebe dich, Rey, aber wie du dich letzte Nacht aufgeführt hast, kann ich nicht hinnehmen. Als ob du den Verstand verloren hättest.«

Rey starrte sie wütend an und hob zitternd die Hand. »Sag so was nie wieder!«

»Warum? Weil dein Vater nicht gerade ein Muster an geistiger Gesundheit war?«

»Sei jetzt still.«

»Rey, ich wollte dich nicht mit ihm vergleichen. Diese Geisteskrankheit ist nicht erblich.«

»Ich will nicht über meinen Vater sprechen!« Rey stand auf, bebte am ganzen Körper. »Herrgott nochmal, Tess, musst du ihn gerade jetzt erwähnen? Nach allem, was passiert ist?«

»Nachdem sie die Leiche gefunden haben, meinst du? Ach, Rey, du weißt doch noch nicht einmal, ob es Dara ist.«

»Sie ist es. Ich weiß es.«

»Dara«, sagte Tess kühl, »Dara. Immer wieder Dara. Dara Prince hängt mir zum Hals raus.«

»Warum? Ich rede doch gar nicht von ihr.«

»Nein, aber du denkst immerzu an sie. Ich merke das. Sie ist immer präsent, immer zwischen uns, sogar im Bett. Ich spüre, dass du sie im Kopf hast, wenn du mit mir schläfst.« Tess holte tief Luft. »Dara war ein Flittchen, Rey. Ein egoistisches, verwöhntes, unmoralisches, gedankenloses Flittchen, das dich die ganze Zeit zum Narren gehalten hat …«

Reys Ohrfeige ließ sie vor Schreck zwei Schritte zurückweichen. Sie fasste sich an die gerötete Wange, und ihre Augen füllten sich mit Tränen. Rey starrte sie aus lodernden Augen an, sein bleiches Gesicht war hassverzerrt.

»Du hast mich noch nie geschlagen«, stammelte Tess zitternd. »Noch nie. Du bist doch nicht so, Rey. Du bist nicht gewalttätig oder grausam. Du bist nicht wie dein Vater.«

»Ach nein? Vielleicht doch«, knurrte Rey, bevor er aus der Küche wankte. »Vielleicht bin ich doch so. Vielleicht weißt du ja nicht das Geringste von mir.«

Kapitel 7

1

Christine döste unruhig bis zum Morgengrauen. Als dann die Vögel zu singen begannen, sank sie endlich in einen tiefen Schlaf. Eine Stunde später stand Jeremy an ihrem Bett. »Christy«, sagte er und rüttelte sie sanft. »Christy, du musst aufstehen.«

»Nein, muss ich nicht«, murmelte sie. »Mein Wecker hat noch nicht geklingelt. Was ist denn los?«

»Nichts. Ich will ins Geschäft.«

»Wir öffnen doch erst um zehn heute.«

»Bitte, Christy, ich brauch mein Handy.«

»Das kannst du auch später holen.«

»Aber ich hab zu arbeiten. Ich wollte doch schon gestern damit fertig sein. Ich möchte Rey nämlich überraschen und fertig sein, wenn er kommt.«

Christine stöhnte und zog sich die Decke über den Kopf. »Musst du denn so gewissenhaft sein?«

»Ich hör dich nicht unter der Decke.«

»Ich sagte …«

»Ich will ins Geschäft.«

»In ein paar Stunden.«

»Du brauchst mich nicht hinzufahren. Ich nehm das Fahrrad. Es regnet ja nicht.«

Christine wusste, dass Argumentieren keinen Sinn hatte.

Wenn Jeremy sich etwas in den Kopf gesetzt hatte, konnte er stur sein wie ein Maulesel. Zum Verrücktwerden. Sie streckte verschlafen den Kopf aus der Decke. »Du kannst nicht mit dem Rad fahren. Es ist zu weit.«

»Aber ich muss, Christy, ich hab …«

»… was Wichtiges zu erledigen, ich weiß.« Sie sah ihn forschend an, um herauszufinden, ob die Verstörtheit der letzten Nacht Spuren in seinem Gesicht hinterlassen hatte, aber er wirkte völlig gelöst. Und wild entschlossen. Resigniert sagte sie: »Na schön, aber ich muss unbedingt eine Tasse Kaffee haben, bevor wir fahren, und du musst was essen.«

»Ich werd uns was zurechtmachen. Wie wär's mit einem Omelett?«

»Jeremy, lass es sein. Du bist ein miserabler Koch.« Er grinste. »Du kannst Rhiannon eine Dose Katzenfutter öffnen. Ich bin in fünf Minuten bei euch.«

»Ich werd schon mal Kaffee kochen«, sagte Jeremy.

»Nein, Jeremy, warte …« Und weg war er. Die Kaffeebrühe, die sie in zehn Minuten zu trinken bekäme, wäre stark genug, um die Möbel damit abzubeizen. »Mist«, murmelte sie. »Der Tag fängt ja gut an.«

Sie rappelte sich hoch, sank aber sofort wieder in die Kissen zurück, als die Ereignisse von letzter Nacht ihr schlagartig wieder ins Bewusstsein kamen. Man hatte die tote Dara gefunden. Und ihr eigener Vater hatte ihre halb verweste Leiche identifizieren müssen.

»Armer Ames«, stöhnte Christine. Er musste die Hölle durchmachen. Sie fragte sich, ob er den Laden heute überhaupt öffnen würde. Es war freilich noch zu früh, um ihn anzurufen. Vielleicht sollte sie ihn gegen neun besuchen und fragen, wie es ihm ging.

Doch sie verwarf den Gedanken sofort wieder. Wenn er wie

sie erst gegen Morgen eingeschlafen war, dann durfte sie ihn jetzt nicht stören. Und mit Patricia wollte sie im Augenblick auch nicht sprechen. Nein, sie würde Jeremy in die Werkstatt fahren und um zehn wie vorgesehen den Laden aufschließen. Dann erst würde sie Ames anrufen.

Sie stand auf, wankte ins Badezimmer und starrte übellaunig in den Spiegel. Sie sah grauenhaft aus. Sie hatte unverkennbar auf dem Bauch gelegen, und die Nähte des Kopfkissenbezugs hatten Rillen in ihre Wangen geschnitten. Unter ihren Augen lagen dunkle Schatten, ihre Haut wirkte teigig, und sogar die Lippen erschienen ihr farbloser als sonst.

Sie dachte daran, kurz zu duschen, beschloss jedoch, es auf später, nach dem längst fälligen Training im Fitness-Studio, zu verschieben. Vielleicht gelang es ihr ja, durch ein wenig Workout den Gedanken an Daras Tagebuch für eine Weile zu verdrängen.

Christine wusch sich das Gesicht, putzte sich die Zähne, legte ein wenig rosa Gloss auf die blassen Lippen, versuchte mit einem feuchten Kamm das verlegte Haar zu bändigen und schlüpfte in einen Trainingsanzug. Nach dem Sport würde sie wieder herkommen und sich für den Tag zurechtmachen.

Sie ging nach unten und sah, dass Jeremy die Jalousien vor den Glasschiebetüren hochgezogen hatte. Fast ängstlich spähte sie nach draußen, sah aber nur ihren Garten. Er sah trostlos und verwahrlost aus, aber kein bisschen bedrohlich. Jetzt schämte sie sich fast für den Schrecken, den ihr vor wenigen Stunden die Vorstellung eingejagt hatte, dass jemand sie im Nebel belauerte.

Nicht die Vorstellung, die Gewissheit.

»Was sagst du da?«, fragte Jeremy.

Sie musste laut gedacht haben. »Dass ich nicht viel geschlafen habe heute Nacht.«

»Stimmt ja gar nicht. Du hast was von Nebel gesagt …«

»Ich fahre ins Fitness-Studio, sobald ich dich zur Werkstatt gebracht habe«, sagte Christine eilig, um ihn nicht zu ängstigen. »Oje, ich war schon immer wild auf angebrannten Toast, Jeremy.«

»Der Toaster funktioniert nicht richtig.« Er blickte angewidert auf seine Scheibe Toast. »Ich glaube, den können wir nicht essen.«

»Wir sollten den Toaster richtig einstellen. Schau, ich mach uns noch zwei Scheiben.«

»Nein, lass mich das machen. Ich verschieb einfach den Knubbel hier. Und Tante Wilmas Marmelade konnte ich auch nicht finden.«

»Seit wann nennst du sie denn Tante Wilma?«

»Sie ist doch wie eine Tante. Wie Moms Großtante Peony.«

»Meinst du die liebe Tante Peony, die einmal sagte, dass sie Kinder abscheulich fände und ihr zwei Wölfe im Haus lieber wären als wir? Die immer diesen Beutel voller stinkender Kräuter umhängen hatte, angeblich um sich Bazillen vom Hals zu halten? Die nur einmal im Monat gebadet hat, weil sie Angst hatte, sich dabei den Tod zu holen? Meinst du die?«

»Na ja, vielleicht auch nicht«, sagte Jeremy langsam, während er sich die alte Schreckschraube ins Gedächtnis rief. »Trotzdem haben wir keine Marmelade.«

»Wir haben sie aufgegessen. Wir müssen warten, bis Wilma im Sommer wieder welche macht. Im Augenblick muss der Herr mit Beerengelee aus dem Supermarkt vorlieb nehmen.«

Fünf Minuten später wischte er sich das Kinn sauber, und sie fischte aus ihrer Handtasche die Ladenschlüssel und reichte sie ihm. »Hör zu, Jeremy, ich möchte, dass du sehr vorsichtig damit umgehst. Wenn du sie verlierst …«

»… kann jemand den Laden ausrauben«, knurrte Jeremy. »Das sagst du mir jedes Mal, wenn ich die Schlüssel nur ansehe!«

Christine seufzte. »Das haben wir nun vom frühen Aufstehen. Wir sind beide knatschig.« Er lächelte schief. »Na egal, während du deine wichtige Arbeit erledigst, werde ich ein bisschen trainieren, und danach fühlen wir uns beide wie neugeboren!«

Vor dem Haus, auf dem Weg zum Wagen, fiel Christine auf, dass es nicht wieder angefangen hatte zu regnen. Trotzdem fühlte sich die kühle Luft immer noch schwer und feucht an. Ein aschgrauer Himmel hing tief und trostlos über der Landschaft. Auf einem Telefonmast krächzte eine einzelne schwarze Krähe freudlos in den trüben Morgen.

»Eine Aufpasserkrähe«, bemerkte Jeremy. »Ich möchte gern wissen, was ihre Kumpels so treiben.«

»Sie hocken auf den Bäumen und besprechen, in welchen Garten sie als Nächstes einfallen«, sagte Christine. Die Krähe legte den Kopf schief, glotzte sie misstrauisch aus schwarzen Knopfaugen an und gab ein durchdringendes Krächzen von sich. »Ich mag dich auch nicht«, rief Christine ihr zu, und Jeremy lachte. Es tat gut, ihn wieder lachen zu hören nach seinem Elend letzte Nacht. Er hatte Dara heute Morgen noch kein einziges Mal erwähnt, und Christine wollte ihn auch nicht an das Thema erinnern. »Ich freue mich schon auf den Sommer.«

»Es kommt mir fast so vor, als hätten wir schon ein Jahr lang Winter«, stellte Jeremy fest, nachdem er seinen großen Körper in das kleine Auto gezwängt und den Sicherheitsgurt angelegt hatte. »Bestimmt wird es nie wieder warm.«

»Dann warte mal bis August, wenn wir jeden Tag über dreißig Grad bekommen.« Ein heftiger Windstoß fegte nasse Blätter über die Motorhaube. Christine wickelte die Jacke fester um sich und warf ihre Sporttasche auf den Rücksitz. »Und zu allem Übel haben wir auch noch Hochwasser. Kein Segen für die Stadt, geschweige denn für unser Geschäft.«

»An Weihnachten hast du doch gesagt, dass wir bald das ganze Land beliefern.«

»Doch nur, weil die Straßen so glatt waren, dass die Leute zum Einkaufen nicht nach Charleston fahren konnten. Das war gut für den Umsatz und für mich auch. Denn schließlich will ich Ames ja beweisen, dass ich sein Geschäft ordentlich führe.«

»Das weiß er doch, Christy.« Jeremy lächelte ermutigend. »Erst neulich Abend hat er es zu Patricia gesagt. Ich hab's gehört.«

»Wirklich?« Christine stieß aus der Auffahrt und bog in die menschenleere Straße ein. »Und was hat Patricia geantwortet?«

»Weiß ich nicht mehr.« Also hatte sie irgendeine boshafte Bemerkung fallen lassen, die Jeremy nicht wiederholen wollte. Na ja, Patricias Meinung war ihr sowieso egal.

Um Viertel nach sechs war noch kaum Verkehr auf den Straßen. Christine bog in die Allee hinter der geschäftsreichen Third Avenue und hielt vor dem Hintereingang des Juwelierladens. Sie überreichte Jeremy ihren vergoldeten Schlüsselanhänger. »Und jetzt sieh zu, dass …«

»… du ihn nicht verlierst«, ergänzte Jeremy den Satz. »Ich werde sie hüten wie mein Leben. Vielleicht schluck ich sie runter, sobald ich aufgesperrt habe.«

»Ich glaube kaum, dass du zu solch drastischen Mitteln greifen musst«, entgegnete Christine trocken. »Überarbeite dich nicht.«

»Ich geb dir keinen Abschiedskuss hier vor allen Leuten«, verkündete Jeremy.

Christine sah sich um. »Hier ist doch kein Mensch, Jeremy, aber ich versteh schon, du musst auf dein Image achten. Bis später.«

Sie fuhr die Allee weiter in nördlicher Richtung. Auf dem Parkplatz des Fitness-Studios – des Winston Fitness Centers, um genau zu sein –, in der Nähe einer Hecke, der der Winter arg zugesetzt hatte, standen nur zwei Autos. Die Fahrzeuge gehörten wahrscheinlich Danny Torrance, dem Geschäftsführer, und Marti, der Trainerin. Christine hatte den Verdacht, dass die beiden liiert waren und in der kleinen Wohnung auf der Rückseite des ausladenden Gebäudes, das erst vor fünf Jahren gebaut worden war, des Öfteren zusammen übernachteten. Dem Eigentümer war das offenbar egal. Ihre ständige Anwesenheit hielt Jugendliche davon ab, auf dem Gelände herumzulungern oder die cremefarbene Fassade des Bauwerks mit Graffiti zu besprühen.

Christine parkte den Wagen an der Gebäudemauer und rannte rasch ins Gebäude. Als sie das Fitness-Center betrat, stand Danny hinter der halbmondförmigen Theke. »Na, Christine, ziemlich früh dran heute?«, fragte er mit einem Lächeln, das seine perfekten Zähne zeigte.

»Wir öffnen ein wenig später heute, deshalb habe ich noch ein bisschen Zeit zum Trainieren«, antwortete Christine und fragte sich, wie man es fertig brachte, um diese Zeit schon so unerträglich wach und gut gelaunt zu sein.

Danny wurde ernst. »Gestern soll eine Leiche ans Ufer gespült worden sein. Es ist doch nicht etwa die von Dara, oder?«

Christine sah ihn an. Außenstehende hätte sie mit einer ausweichenden Antwort abgespeist. Aber Danny war neben den Princes aufgewachsen, er hatte Dara von klein auf gekannt.

»Ames ist gestern Abend noch nach Charleston gefahren. Er hat Dara identifiziert.«

Danny schloss die Augen und schüttelte den Kopf. »O Gott. Ich kann es einfach nicht glauben. Andererseits kam mir ihr Verschwinden immer irgendwie seltsam vor. Warum hätte sie drei Jahre nichts von sich hören lassen sollen? Sie ist ermordet worden, oder? Ich meine, sonst wäre sie doch nicht in eine Plastikplane eingewickelt gewesen.«

»Stimmt. Nur weiß man noch nicht, wie es passiert ist. Ob man sie erstochen oder erschossen hat oder …« Christine holte tief Luft, ihr war leicht übel.

»Jetzt ist es aber genug«, sagte Danny forsch. »Mach du mal dein Training. Du brauchst dringend ein bisschen Farbe im Gesicht.«

»Das wird nicht ganz reichen, fürchte ich. Es müsste schon eine Rundumerneuerung sein.« Sie trug sich in die Liste ein. »Sieht ganz so aus, als hätte ich die Geräte heute für mich allein«, sagte sie, weil ihr aufgefallen war, dass sich außer ihr noch niemand eingetragen hatte.

»Das Geschäft stagniert in den letzten Tagen, aber das ist ja auch verständlich. Die Leute haben im Augenblick andere Sorgen als ihre Fitness. Sie versuchen, ihren Besitz vor den Wassermassen in Sicherheit zu bringen. Bald werden die Männer anfangen, am Fluss Sandsäcke aufzuschichten, dann muss ich das Studio Marti überlassen«, ließ er sie wissen und wies mit dem Kopf auf die gut aussehende Trainerin. »Ich hoffe aber immer noch, dass es nicht so weit kommen wird.«

»Du hast doch nicht etwa vor, dich um deine Bürgerpflicht zu drücken?«, meinte Christine scherzhaft. »Könnte dir so passen, den ganzen Tag faul hier rumzuhängen.«

»Du bist grausam, Christine«, lachte Danny.

»Ich geb mir Mühe. Aber jetzt mal im Ernst, wenn es zur Sandsackaktion kommt, wird Jeremy bestimmt als Erster zur Stelle sein. Er ist kräftig und könnte allen eine große Hilfe sein. Ich werde ihn nicht zurückhalten. Nur wäre ich dir sehr dankbar, wenn du ein Auge auf ihn hättest.«

»Wahrscheinlich schleppt er doppelt so viele Sandsäcke wie ich und hält das Ganze auch noch für einen Riesenspaß. Du solltest besser ihn bitten, auf mich aufzupassen.« Danny grinste. »Aber wie du willst. Ich werde neben ihm arbeiten, auch wenn ich nicht mit ihm Schritt halten kann und mich zum Affen machen werde.«

»Du bist ein feiner Kerl, Danny Torrance.« Christine legte den Stift beiseite und schulterte lächelnd ihre Sporttasche. »Auf in den Kampf.«

»Bleibst du bei deiner Routine, oder soll ich dir was Neues zeigen?«

»Ein andermal, Danny. Heute fehlt mir die Kraft.«

»Na schön. Dann viel Spaß. Marti und ich lassen uns hinten ein paar Muffins schmecken. Solltest du was brauchen, dann ruf uns einfach.«

Als Danny verschwunden war, ging Christine durch den leeren Fitnesssaal in den Umkleideraum und stellte ihre Tasche ab. Sie hielt es nicht für nötig, sie ins Schließfach zu stellen. Es war ja niemand hier außer ihr. Sie bandagierte sich das rechte Handgelenk, das sich zu ihrem Leidwesen nicht mehr ganz erholt hatte, seit sie es sich mit neun Jahren bei einem Sturz vom Baumhaus gebrochen hatte.

Dann stieg sie auf die Waage. Den Fitnessexperten zufolge hatte sie ihr Idealgewicht, doch insgeheim träumte sie noch immer von einer zierlicheren Figur.

Sie erinnerte sich noch lebhaft an ihre Verwunderung, als der damals heiß umschwärmte Sam Parks mit den gewellten dunklen Haaren sie gebeten hatte, mit ihm auf den High-School-Ball zu gehen. Mit fünfzehn hatte sie bereits ihre volle Größe erreicht, während Sam erst eins achtundsechzig maß.

Ihre Mutter hatte ihr ein neues Kleid gekauft, aus einem erlesenen türkisblauen Stoff, der wunderbar mit ihrer Augenfarbe harmonierte, und sie hatte sich wie eine Prinzessin gefühlt. Dann hatten ein paar Jungs hinter ihrem Rücken Sam zugerufen: »Was willst du denn mit der?« Und Sam war rot angelaufen und hatte erwidert: »Unsere Mütter sind Freundinnen. Meine Mom hat mir einen Monat Hausarrest angedroht, wenn ich den Trampel nicht ausführe.« Christine hatte nie jemandem erzählt, was sie gehört hatte. Doch in den darauf folgenden Wochen hatte sie nachts vor lauter verletztem Stolz still in ihr Kissen geweint.

Ach, was soll's, dachte Christine. Diese Demütigung war Schnee von gestern. Außerdem war ihr Sam vor ein paar Jahren zufällig über den Weg gelaufen, und sie hatte mit großer Genugtuung festgestellt, dass er zwar immer noch eins achtundsechzig maß, um die Taille herum jedoch dreißig Pfund zugelegt hatte, und dass sein gewelltes Haar bereits verräterisch dünn geworden war. »Das nenne ich ausgleichende Gerechtigkeit«, murmelte sie und hüpfte auf dicksohligen Aerobicschuhen in den Fitnesssaal.

Ein Blick in den Spiegel ließ sie zusammenzucken. Es gab Frauen, die grundsätzlich wie aus dem Ei gepellt zum Training erschienen, mit perfekt gestylter Frisur, sorgfältigem Make-up und in farbenfrohen, hautengen Gymnastikanzügen. Christine war mehr für den Schlabberlook. Weite Trainingshose, lässiges T-Shirt. Sie kam schließlich her, um zu trainieren, nicht um schick auszusehen, und die legere Kleidung ließ ihr mehr Bewegungsfreiheit. Doch heute fand sie, dass ihrem müden, farblosen Gesicht ein Farbtupfer nicht geschadet hätte. Hoffentlich war sie mit dem Training fertig, bevor andere kamen. Danny, der den festen Grundsatz vertrat, dass es sich mit Musik besser trainieren ließ, vorzugsweise zu Songs aus den Achtzigern, hatte die Stereoanlange eingeschaltet. Und so tönte Wang Chungs »Everybody Have Fun Tonight« durch den geräumigen Saal. Während Christine als Warm-up ihre Yogaübungen absolvierte, wurde sie trotz ihrer Bemühungen, in jeder Position reglos auszuharren, unwillkürlich vom Rhythmus der Musik mitgerissen. Also gab sie auf und ging zu lebhafteren Aktivitäten über.

Sie schwang sich auf ein Trainingsrad und strampelte zu Robert Palmers »Addicted to Love«. Die Räder standen in einer Reihe entlang der großen Vorderfenster. Sie blickte hinaus auf den verlassenen Parkplatz, über den der Wind ein paar welke Blätter, eine orangefarbene Frisbeescheibe und einen gelb-rot gestreiften Pappbecher trieb. Auf der Straßenseite gegenüber befand sich ein kleiner, menschenleerer, von Pfützen übersäter Park. An einem rostigen Gestell hingen Schaukeln, die heftig vor- und zurückschwangen, wie von ungestümen Geisterkindern besetzt. Zwischen den Spielgeräten reckten Bäume ihre skelettartigen Glieder in den sich verdüsternden Himmel. Ein weiteres Unwetter zog auf.

Als Christine sich auf dem Rad allmählich warm gestrampelt hatte, wandte sie sich dem Laufband zu. Während sie in forschem Tempo auf der Stelle marschierte, überlegte sie, wer sie letzte Nacht wohl beobachtet hatte. Ein harmloser Spanner oder jemand, der einen besonderen Grund hatte, sie zu belauern. Sie erinnerte sich, dass sich vor nicht allzu langer Zeit ein paar Teenager in der Gegend herumgetrieben hatten, die heimlich Leute beobachtet und ihnen boshafte Streiche gespielt hatten. Vielleicht hatten diese Rüpel, die offenbar nur Unsinn im Kopf hatten, sie letzte Nacht aufs Korn genommen.

Und wenn sich der ungebetene Zaungast auch für Daras Tagebuch interessiert und Streak und sie darin hatte lesen sehen? Offenbar musste das Gelesene auch für den Beobachter von Bedeutung sein. Sollte dem so sein, dann war davon auszugehen, dass der Betreffende Jeremy, Streak und sie bereits am Crescent Creek belauert hatte. Und sie hatte ja auch geglaubt, dass heimliche Blicke auf ihr ruhten. War der Beobachter schon vor Streak und Christine dort gewesen? Hatte er etwa gesehen, wie Jeremy weinend Blumen ins Wasser geworfen hatte? Hatte er gehört, wie ihr Bruder davon gesprochen hatte, dass an besagter Stelle Dara verschwunden war? Der Gedanke verursachte ihr Herzrasen.

Christine verließ hastig das Laufband, holte ein paarmal tief Luft und steuerte auf die Gewichte zu. Inzwischen tönte »Relax« von Frankie Goes to Hollywood durch den Saal. Sie schob auf beide Seiten der Stange Gewichte von zwanzig Pfund, legte sich rücklings auf die Bank, nahm die Stange aus der Halterung und stemmte sie hoch. Senken. Heben. Und wieder senken. Sie behielt einen gleichmäßigen Rhythmus bei und spürte wenig Anspannung in den Oberarmen. »Das reicht nicht im Geringsten«, dachte sie und erinnerte sich an ihre Großtante Helga mit den wabbeligen Oberarmen. Dieses Schicksal sollte ihr erspart bleiben. Sie stand auf, schob links und rechts jeweils noch eine Gewichtscheibe nach, legte sich wieder auf den Rücken und stemmte nun insgesamt sechzig Pfund.

Danny wäre außer sich, wenn er das sehen würde, dachte sie. Wenn kein Trainer in der Nähe war, der einen im Auge hatte, sollte man keine Gewichte heben. Wenn ihr die Stange entglitt, würden immerhin sechzig Pfund auf ihren Brustkorb krachen. Aber es war niemand in der Nähe, und sie wollte Danny und Marti nicht extra bemühen. Ihr war im Augenblick auch nicht nach Plaudern zumute. Außerdem war die Übung sowieso bald überstanden.

Christine hatte die Stange zum vierten Mal hochgestemmt, als sie spürte, dass sie nicht mehr allein im Saal war. Sie holte tief Luft und zwang sich zur Ruhe. Immerhin war dies ein öffentliches Fitness-Studio, zu dem jeder Zutritt hatte.

Fünf und senken, sechs und senken. Plötzlich blieb ihr schier das Herz stehen. Jemand war ganz in der Nähe. Zu nah. Sie hörte ihn atmen, spürte Blicke, die sich über ihren Körper tasteten. Von Panik erfasst griff sie nach hinten, um die Stange in die Halterung zu legen, als man ihr etwas Schweres, Nasses über Nase und Augen warf.

»Was …«, brachte sie noch zustande, bevor man ihr ein Frottiertuch in den Mund stopfte und sie fast erstickte. Sie versuchte zu schreien, doch es kam nichts heraus als ein schwaches Gurgeln. In dieser blinden, stummen Position verfehlte sie die Halterungen für die Stange. Sie bog ihre Arme nach rechts in dem Versuch, die Stange so fallen zu lassen, dass sie ihr nicht auf den Kopf fiele, aber starke Hände packten ihre Ellenbogen und zwangen sie dazu, die Stange über der Brust zu halten. Um sie an der Bewegung zu hindern, setzte sich jemand direkt unterhalb des Beckens schwer auf ihre Oberschenkel. Sie wand sich unter der Last, konnte sich jedoch kaum bewegen. Der Angreifer hatte ihr den Unterkörper fest an die mit Vinyl bezogene Bank geheftet und zwang sie dabei, die sechzig Pfund schwere Gewichtstange über der Brust zu halten.

Speichel sammelte sich in Christines Mund und wurde vom Tuch absorbiert. Sie warf den Kopf hin und her, vermochte jedoch das schwere, nasse Material über Augen und Nase nicht abzustreifen. Die Musik pulsierte durch den Raum, und die pochenden Bässe ließen den Boden vibrieren. »Relax, don't do it …, relax … relax …«

Christine wusste, dass man beim Gewichteheben, sobald

die Stange nach oben gestemmt war, eine Position der Stärke erreicht hatte. Unter normalen Umständen konnte sie die Stange etwa zehn Minuten oben halten. Vielleicht auch länger. Aber jetzt begannen ihre Hände verräterisch zu schwitzen. Wenn ihr die Stange entglitt …

Die Musik dröhnte weiter, brach plötzlich ab, man hörte Meeresrauschen, dann einen gellenden Schrei, und der Beat setzte erneut ein. O Gott, wo sind die denn?, schrie es in Christine.

Der Unbekannte blies ihr seinen kühlen Atem über die schweißnassen Arme hinauf an die Kehle und erzeugte damit ein aufreizendes, beinahe zärtliches Kitzeln. Ekel überkam Christine, und ihre Arme begannen unter der schweren Last zu zittern. Sobald sie zu treten versuchte, rieb sich der massige Körper schmerzhaft an ihren Schenkeln, zog und zerrte an ihrer zarten Haut.

»Aufhören, bitte«, versuchte sie zu artikulieren, doch statt der Worte, die sie um den Knebel herum zu bilden suchte, kam nichts heraus als wieder nur unverständliches Gurgeln. Über ihr seufzte jemand voller Genugtuung.

Wenn ich die Stange fallen lasse, zertrümmert sie mir die Rippen, dachte Christine in panischer Angst. Die Rippen können meine Lungen durchstechen. Lieber Gott, wo ist Danny?

Die Last, vor allem jedoch die Angst, sandte ein heftiges Zittern durch ihre Arme. Ihr wurde speiübel. Gleich würde sie sich übergeben müssen und am eigenen Erbrochenen jämmerlich ersticken. Hatte dieser Mensch vor, sie zu vergewaltigen? Heiße Tränen füllten ihre geschlossenen Augen. Noch nie zuvor hatte sie solche Angst gehabt.

Doch dann geschah das schier Unglaubliche. Der Angreifer nahm ihr die Gewichtstange aus den Händen und legte sie in die Halterung zurück. Mit der einen vor Schwäche zitternden Hand unternahm Christine einen fruchtlosen Versuch, sich das schwere, klitschnasse Tuch vom Gesicht zu wischen. Mit der anderen holte sie aus und schlug ins Leere, bevor ein heftiger Schlag gegen die Schläfe sie in tiefe Dunkelheit versetzte.

2

»O Gott, Christine!« Die Worte trieben aus weiter Ferne auf sie zu. Daddy, dachte sie. Daddy ist da, um mich zu retten. »Ruf den Notarzt, Marti! Christine, Schätzchen, wach auf! Ich bin's, Danny!«

Panik erfasste sie, als sich ein Mund auf den ihren legte, und sie bäumte sich mit erstaunlicher Kraft auf und stieß mit dem Kopf gegen die Stirn über der ihren. »Autsch! Verdammt nochmal, Chris!«

Langsam erkannte sie Dannys schmerzverzerrtes junges Gesicht. Christine holte tief Luft und sackte zurück. »Entschuldige«, keuchte sie. »Ich wusste nicht, dass du das bist.«

Danny rieb sich den roten Fleck auf der faltenlosen Stirn. »Ich war im Begriff, dich zu beatmen. Ich wollte dich nicht erschrecken. Was war denn los?«

»Jemand hat mich gezwungen, die Gewichte zu halten.« Ihr Hirn fühlte sich vollkommen zerfleddert an, ihre Gedanken waren ein Knäuel aus zusammenhanglosen Bildern. »Er hat sich auf mich gesetzt, mich geschlagen.«

»Wer denn?«

»Ich weiß es nicht.« Sie versuchte, den Kopf zu heben, aber Danny schob ihn sanft zurück. »Hat mir was übers Gesicht geworfen …«

»Einen nassen Frottiermantel.«

»Und mir was in den Mund gestopft.«

»Einen Waschlappen. Konntest du denn gar nichts sehen? Nicht mal einen Körperteil?«

»Nichts. Es ging alles so schnell.« Ihre Gedanken wirbelten wild durcheinander, und sie fasste sich an die Schläfe. »Danny, ich hab höllisches Kopfweh.«

»Kein Wunder. Neben dir liegt eins der saublöden Gewichte.«

»Er hat mich geschlagen. Blute ich?«

»Und wie. Kopfwunden bluten ganz fürchterlich. Es ist vielleicht gar nicht so schlimm, wie's aussieht, obwohl er dich übel zugerichtet hat.«

»Was für ein Trost.«

Danny lächelte nicht, aber sein gebräuntes, fein geschnittenes Gesicht entspannte sich ein wenig. »Dein Sinn für Humor scheint dir jedenfalls nicht abhanden gekommen zu sein.«

»Ich geb mir Mühe. Danny, ich brauch ein paar Aspirintabletten.«

»Erst schaffen wir dich mal ins Krankenhaus.«

»Bis dahin bin ich vielleicht schon tot.«

»Unmöglich. Du bist doch zäh wie Leder.«

»Und du versuchst, mich zu beruhigen.« Christine befürchtete, dass sie wieder das Bewusstsein verlieren würde, sobald sie aufhörte zu reden, und plapperte weiter: »Morgen werde ich bestimmt fabelhaft aussehen.«

Marti eilte herbei und breitete eine weiße Decke über Christine.

»Der Notarzt wird jeden Augenblick hier sein.« Ihr reizendes Elfengesicht war so blass geworden, dass ihre Sommersprossen aussahen wie aus Schokolade. »Chris, es tut mir so Leid, ich verstehe einfach nicht, wie das passieren konnte. Wir waren hinten im Erfrischungsraum, da hört man normalerweise, wenn jemand zur Tür hereinkommt. Wir haben aber nichts gehört. Und die Hintereingänge sind beide abgesperrt.«

»Abgesperrt?«, sagte Danny. »Das kann doch nicht sein.«

»Aber es ist so.«

»Bist du sicher?«

»Natürlich bin ich sicher«, entgegnete Marti gereizt. »Ich werde doch wohl wissen, ob ich eine Tür abgesperrt habe oder nicht.«

»Vielleicht steht ja ein Fenster offen, obwohl ich sicher bin, dass ich sie alle überprüft habe.« Danny stand auf. »Ich muss nachsehen, ob der Kerl sich womöglich immer noch hier drin versteckt.«

»Das wirst du schön bleiben lassen!«, rief Marti schrill. »Er könnte dich umbringen oder dir noch was Schlimmeres antun.« Christine fragte sich, was noch schlimmer sein könnte. »Ich hab die Polizei angerufen. Sie wird in ein paar Minuten hier sein. Soll die sich doch darum kümmern!«

Christine hörte verschwommen, dass jemand in den Fitness-Raum gekommen war und rief: »Um Himmels willen, was ist denn passiert?«

Tess Cimino, Reynaldos Frau. Christine hätte ihre laute, rauchige Stimme überall erkannt. »Ich bin's nur, Tess«, rief sie. »Ich hatte einen kleinen Unfall.«

Tess eilte zu ihr und blickte sie aus ihren blauen Augen erschrocken an. »Chris, du blutest ja!«

»Ich weiß schon.«

»Ist etwas auf dich draufgefallen?«

»Ja. Ein riesiger Kerl, der mich vergewaltigen wollte.«

»Was?«, brüllte Tess.

»Mrs. Cimino, bitte«, sagte Danny leise, und seine Stimme klang ein wenig gereizt. »Wir wissen noch nicht genau, was passiert ist, aber Christine wirkt ziemlich mitgenommen. Der Notarzt ist schon auf dem Weg, und je weniger Aufregung sie jetzt hat, desto besser für sie.«

»Ich tue ihr doch nichts«, protestierte Tess.

»Und ob«, entgegnete Christine mit einem, wie sie hoffte, anmutigen Lächeln. »Musst du denn so schreien? Mein Kopf bringt mich auch so um.«

»Oh, tut mir Leid«, flüsterte Tess. Sie strich Christine das Haar aus der Stirn. Ihre Finger waren lang und kühl. »Möchtest du ein Glas Wasser?«

»Ja.«

»Nein«, widersprach Danny mit fester Stimme. »Nichts, bevor der Arzt nicht seine Zustimmung gegeben hat.«

»Ich will aufstehen.« Christine richtete sich ein wenig auf. »Ich komme mir blöd vor, wenn alle um mich rumstehen, während ich hier liege.«

Danny drückte sie sanft nach unten. »Nein. Noch nicht.«

»Du bist ein Tyrann«, murmelte Christine. Dabei war ihr von der kleinen Bewegung bereits entsetzlich schwindelig, was sie jedoch nicht zugeben würde. »Stimmt etwas mit meinem Zeitgefühl nicht, oder braucht der Krankenwagen tatsächlich höllisch lang, um herzukommen?«

»Er biegt gerade auf den Parkplatz«, rief Marti, die am Fenster Ausschau gehalten hatte.

»Bald ist alles gut«, flüsterte Tess. Sie hatte ihr braunes Haar zum Pferdeschwanz gebunden und trug wie Christine eine legere Gymnastikhose. Ohne Make-up sah sie ausgezehrt aus, und trotz ihres angeschlagenen Zustands bemerkte Christine die feinen Linien und Schatten, die sich neuerdings um Tess' Augen gebildet hatten, ihr leicht verschwollenes Gesicht. Sie war fünfunddreißig und damit sieben Jahre älter als ihr hübscher Reynaldo, und dieser Altersunterschied quälte sie enorm, denn sie war der festen Überzeugung, dass er ausschließlich für jüngere Frauen schwärmte.

»Das stimmt nicht«, sagte Christine, während sich der Nebel um sie herum verdichtete.

»Was stimmt nicht?«, fragte Danny.

»Rey liebt dich.«

Danny hob fragend die Augenbrauen. »Das freut mich sehr, Chris. Ich glaube, du kippst uns wieder weg.«

Und so war es auch.

Kapitel 8

Christine erinnerte sich nicht an die Fahrt ins Krankenhaus. Sie kam erst wieder zu Bewusstsein, als sie durch einen Flur geschoben wurde und den Eindruck hatte, als würden sich hundert Gesichter über sie beugen. Sie schloss die Augen. Sie hatte seit dem Tod ihrer Eltern kein Krankenhaus mehr von innen gesehen, doch im Augenblick hatte sie nur eine Sorge, nämlich dass Jeremy erfahren könnte, was ihr zugestoßen war. Er durfte sie so nicht sehen.

»Mein Bruder«, murmelte sie. »Mein Bruder …«

»Wir werden Ihren Bruder so bald wie möglich verständigen«, meinte eine Krankenschwester mit Engelsgesicht. »Sagen Sie uns nur, wie er heißt.«

»Nein. Er soll nicht herkommen. Wo ist Tess? Ist Tess auch hier?«

»Ich bin hier«, rief Tess. »Die versuchen mich in den Wartesaal abzuschieben, aber ich bleib bei dir!«

Das Engelsgesicht wurde ärgerlich. »Das geht aber nicht, Miss.«

»Mein Name ist Mrs. Cimino, und ich bleibe bei meiner Freundin Christine. Ich habe ihre Tasche hier, mit ihrem Personalausweis und ihrer Versicherungskarte …«

»Dann bringen Sie bitte beides in die Notaufnahme und verständigen den Bruder der Patientin.«

»Hören Sie auf, mich herumzukommandieren!«, fuhr Tess die junge Krankenschwester an und wandte sich an Christine.

»Mach dir keine Sorgen, Chris, ich werd mich um alles kümmern. Soll ich Ames anrufen?«

»Nein. Wir dürfen ihn nicht stören. Ruf Reynaldo an. Sag ihm, er soll zum Geschäft fahren. Jeremy ist schon seit dem frühen Morgen in der Werkstatt. Vielleicht findet Rey irgendeine Ausrede, warum ich nicht kommen kann, und …«

Das lärmende Durcheinander in der Notaufnahme drang nur noch von fern zu ihr durch, und sie verlor erneut die Besinnung. Nur wenige Sekunden schienen vergangen zu sein, als sie sich beim Aufwachen einem älteren Mann mit rotem, glänzendem Gesicht und kleinen, gnadenlosen Augen gegenübersah.

»Sie haben eine Gehirnerschütterung«, sagte er in vorwurfsvollem Ton, als sei es ihre Schuld.

»Das habe ich mir schon gedacht.«

»Sie können von Glück sagen, dass es nicht schlimmer ist.«

»Werde ich wieder vollständig gesund?«

»Auf dem Röntgenbild waren keine Auffälligkeiten festzustellen. Doch ganz genau lässt sich so etwas nie sagen. Die Zeit wird es an den Tag bringen, denke ich.«

»Tröstlich zu wissen. Was ist mit meinem Bruder?«

»Ich weiß nichts von einem Bruder. Wurde er auch verletzt?«

»Nein. Ich mache mir nur Sorgen um ihn …«

»Wenn er nicht verletzt worden ist, kann ich Ihnen nichts über ihn sagen. Ich habe ihn nicht behandelt. Ihre Familie weiß da sicher mehr.«

»Wann kann ich sie denn sehen?«

»Später. Heute Nacht werden Sie natürlich hier schlafen.« Er blickte scharf auf ihre unberingte linke Hand. »Außer Sie leben mit jemandem zusammen.«

»Ich könnte bei meinem Vormund bleiben …«

»Ihrem Vormund?«

»Ames Prince. Ach nein, ich möchte ihm jetzt lieber nicht zur Last fallen.«

»Ihr Vormund ist Ames Prince?«, wiederholte der Arzt, und seine Miene wurde freundlicher. »Ach so, Mr. Prince. Ich habe ihn kurz im Wartesaal gesehen. Ein feiner Mensch, Mr. Prince. Ich konnte ja nicht wissen, dass er wegen Ihnen hier ist.«

»Ich seh wohl nicht danach aus, als würde ein so feiner Mensch meinetwegen seine kostbare Zeit opfern?«, bemerkte Christine säuerlich. Ihr Kopf tat fürchterlich weh. Der Arzt warf ihr einen strafenden Blick zu, wie einem fünfjährigen Mädchen, das ungezogen war. »Darf ich Mr. Prince jetzt sehen, Herr Doktor?«

»Kurz. Dann möchte die Polizei mit Ihnen sprechen, Miss ...«

»Ireland. Es steht auf meiner Karte.«

Der Arzt blickte sie ungnädig an. »Fünf Minuten mit Mr. Prince«, sagte er kurz. »Dann die Polizei.«

Ames betrat zögernd den Raum. Sein Gesicht war zerfurcht und ausgezehrt, und ein seltsam gehetzter Ausdruck lag in seinen grauen Augen. »Christine, alles in Ordnung?«

»Geht so.«

»Na, Gott sei Dank.«

»Der Täter hätte wissen müssen, dass mein Kopf mein härtestes Körperteil ist.« Ames brachte ein schwaches Lächeln zustande. »Es tut mir entsetzlich Leid, dass du heute hierher kommen musstest.«

»Ich bin nicht krank, Liebes, und ich wollte unbedingt nach dir sehen, ich musste doch wissen, ob du in Ordnung bist. Nicht auszudenken, wenn ich dich auch noch verlieren würde.«

Christine griff nach seiner Hand. Die Haut fühlte sich kalt an und wie aus Pergament. »Es geht mir gut, Ames. Mach dir keine Sorgen. Ich werde heute Nacht hier bleiben, in unmittelbarer Reichweite von Ärzten und Schwestern. Mein Arzt ist übrigens schwer von dir beeindruckt.«

»Ah ja, Dr. Holt.« Ames warf einen Blick zur Tür und senkte die Stimme. »Ich habe seinem Sohn einmal aus der Klemme geholfen. Die Details darf ich dir nicht verraten, aber der Junge ist mit einer Bewährungsstrafe davongekommen, womit ich der Gesellschaft möglicherweise keinen großen Dienst erwiesen habe.«

»Da der Arzt dir offensichtlich zu Dank verpflichtet ist, könntest du ihn doch überreden, mir statt des Wabbelpuddings hier ein leckeres Dessert zu besorgen.«

»Das dürfte sich meinem Einfluss entziehen, Liebes. Und außerdem, was hast du gegen Wabbelpudding?«

»Da ist Gelatine drin. Und Gelatine besteht aus zermahlenen Pferdehufen.«

»Du meine Güte!« Ames verzog angewidert das Gesicht. »Das wusste ich ja gar nicht!«

»Es ist ein finsteres Geheimnis, aber es stimmt tatsächlich.«

»Na, wenn du kein wandelndes Lexikon bist! Obwohl ich das mit der Gelatine lieber nicht erfahren hätte. Ich werde das elende Zeug nie wieder anrühren«, sagte er mit einem Augenzwinkern.

Michael Winter trat ins Zimmer, und mit einem Mal fühlte Christine sich befangen. Sie hatte zwar noch nicht in den Spiegel gesehen, aber sie konnte sich den Bluterguss in ihrem Gesicht und ihr stumpfes, blutverkrustetes Haar lebhaft vorstellen. Winter ist ja auch nicht deiner schönen Augen wegen hier, alberne Gans!, schalt sie sich streng.

»Hallo, Mr. Prince«, sagte Michael Winter.

Ames nickte ihm zu. »Deputy.«

Winter wandte sich an Christine. »Tut mir Leid, was Ihnen passiert ist«, sagte er schlicht. Sein hageres Gesicht mit der kantigen Kieferpartie und den tiefschwarzen Augen gefiel ihr ausnehmend gut. Er sah nicht mehr ganz so erschöpft aus wie tags zuvor im Laden, wirkte aber immer noch müde. »Ihr Arzt sagte mir, Sie werden bald wieder auf den Beinen sein.«

»Im Augenblick fühlt sich mein Kopf zwar an, als würde er sich nie wieder erholen, aber ich verlasse mich darauf, dass der Arzt Recht hat.«

»Hi! Kann ich reinkommen?« Tess war im Zimmer und stand schon neben Christines Bett, bevor jemand überhaupt die Zeit hatte, sie daran zu hindern. Winter blickte ein wenig ärgerlich drein. Christine wusste, dass er gekommen war, um sie wegen des Überfalls zu befragen. Tess runzelte die Stirn. »O Chris, du siehst ja schrecklich aus!«

Christine lachte. »Tess Cimino, du bist der Inbegriff von Taktgefühl.«

»Hallo, Mr. Prince«, sagte Tess. Christine sah die Ratlosigkeit in Tess' Gesicht. Sie wusste nicht, ob sie die Sache mit Dara zur Sprache bringen sollte, aber Ames half ihr aus der Verlegenheit.

»Danke, dass Sie Christine ins Krankenhaus begleitet und mich sofort angerufen haben«, sagte er in seiner gewohnt formellen Art.

Christines Gedanken flogen plötzlich zu ihrem Bruder. »Ames, Jeremy ist schon seit dem frühen Morgen in der Werkstatt. Er wird sich wundern, warum ich nicht komme, und er soll nicht erfahren, dass ich verletzt bin.«

»Mach dir um ihn keine Sorgen«, sagte Ames. »Tess hat mir schon am Telefon Bescheid gegeben. Ich habe Patricia gebeten, Jeremy abzuholen. Sie wird ihm sagen, dass ich dich geschäftlich nach Charleston geschickt habe.«

»Hoffentlich verplappert sich Patricia nicht!«

»Patricia kann schweigen wie ein Grab, wenn es darauf ankommt«, stellte Ames mit einer Spur Bitterkeit fest. Eine Mischung aus Neugierde und Besorgnis regte sich in Christine. Kriselte es zwischen den beiden? Jeremy hatte doch erzählt, dass Patricia oft außer Haus war.

»Rey hätte Jeremy doch auch nach Hause fahren können«, sagte Tess. »Er war schon im Laden.«

Ames schüttelte den Kopf. »Eben nicht. Kurz bevor Sie mich vom Krankenhaus aus angerufen haben, rief er bei mir an und sagte, dass er versucht hätte, Christine zu erreichen, weil er sich nicht wohl fühlte und heute nicht zur Arbeit kommen könnte.«

»Rey hat aber doch mit mir zusammen die Wohnung verlassen«, protestierte Tess. »Er müsste also gegen halb acht im Geschäft gewesen sein.«

Ames lächelte und meinte beschwichtigend: »Vielleicht wurde ihm unterwegs plötzlich übel.«

»Er ist aber nicht zu Hause«, insistierte Tess. »Als ich ihn vor etwa zwanzig Minuten im Laden nicht erreichen konnte, hab ich bei uns zu Hause angerufen. Aber da war er auch nicht. Wo mag er bloß stecken?«

Ames schien von alldem ein wenig überfordert zu sein. Christine war es ja gewohnt, dass Tess ihren Mann auf Schritt und Tritt überwachte, und sie ahnte, dass sie ihn in Verdacht hatte, sich schon in aller Herrgottsfrühe mit einer anderen Frau zu treffen. Deputy Winter verfolgte die Szene sichtlich interessiert. Beunruhigt dämmerte es Christine, dass er wahrscheinlich überlegte, wo eigentlich Rey Cimino gewesen war, als man sie im Fitness-Studio überfallen hatte.

»Sicher gibt es eine ganz einfache Erklärung dafür, warum Rey nicht zu Hause war, als du angerufen hast«, sagte sie schnell. »Wahrscheinlich war er gerade in der Apotheke, um sich ein Mittel gegen Kopfweh zu holen.«

»Das haben wir doch alles im Haus«, schimpfte Tess.

Christine war Tess' Verhalten mit einem Mal zutiefst peinlich. Deputy Winter war sichtlich bemüht, ihre etwas deplatzierte Erregung zu begreifen. Ames trat nervös von einem Bein auf das andere, räusperte sich und sagte dann rasch: »Christine, Deputy Winter möchte dir sicher ein paar Fragen stellen, und du siehst müde aus. Wir Übrigen sollten aus dem Zimmer gehen, damit er mit dir sprechen kann. Danach brauchst du dringend Ruhe.« Er wandte sich an Tess und nahm sanft, aber bestimmt ihren Arm. »Darf ich Sie hinausbegleiten, Mrs. Cimino? Wir haben uns ja eine Ewigkeit nicht mehr gesehen. Ich sollte öfter in Ihren Buchladen kommen. Sagen Sie mal, führen Sie eigentlich diese unlängst erschienene Churchill-Biographie, die ein gewisser Renson geschrieben hat? Ich möchte sie Patricia zum Geburtstag schenken.«

Da wird sie bestimmt Purzelbäume schlagen vor Begeisterung, dachte Christine. Doch immerhin war es Ames gelungen, Tess aus dem Zimmer zu bugsieren. Christines schmerzgeplagter Kopf hätte ihren hysterischen Ausbrüchen sicher auch nicht mehr sehr viel länger standgehalten.

»Ist sie immer so?«, fragte Winter, nachdem Ames die Tür von außen zugemacht hatte.

»Ja. Sie vergöttert ihren Mann und ist fürchterlich eifersüchtig.«

»Hat sie denn einen Grund?«

»Ach, woher denn«, behauptete Christine trotzig. Zu trotzig, wie sie am kurzen Aufflackern in Winters Augen bemerkte, konnte es aber nicht mehr ändern.

»Ich nehme nicht an, dass Sie den Burschen erwischt haben, der mich überfallen hat«, sagte sie schnell, in der Hoffnung, ihn abzulenken.

»Ich fürchte nein. Es ist leider ein ausgesprochen übler Morgen. Wegen des aufziehenden Unwetters waren in der Gegend keine Fußgänger unterwegs, und die wenigen Autofahrer mussten sich auf die Straße konzentrieren. Und Sie waren der einzige Gast im Fitness-Studio.«

»So ein Pech.« Sie überlegte. »Dabei hatte ich ja noch Glück im Unglück. Der Schlag auf den Kopf hätte mich umbringen können.«

»Ja. Und wir sind alle sehr froh, dass dem nicht so ist.« Er schenkte ihr ein verhaltenes Lächeln, schlug einen Notizblock auf und zückte einen Stift. »Ich weiß, dass Sie Schmerzen haben und im Augenblick wenig Lust verspüren, den Überfall nochmal im Detail durchzugehen, aber ich muss Sie trotzdem bitten, mir alles zu erzählen, woran Sie sich erinnern.«

Christine erzählte ihm ihr Erlebnis, stockend, um nur ja kein Detail außer Acht zu lassen. »Er hat kein Wort gesprochen«, schloss sie ihren Bericht. »Er hat keinen Laut von sich gegeben, nicht mal ein Stöhnen. Über die Stimme kann ich Ihnen also gar nichts sagen.«

»Die meisten Menschen denken gar nicht an die Stimme«, stellte Michael Winter beifällig fest. »Die Stimme kann uns eine Menge sagen. Schade, dass der Typ keinen Mucks von sich gegeben hat.« Seine Augenbrauen zogen sich zusammen, sodass zwei steile Falten über der Nasenwurzel entstanden. »Und wie steht's mit dem Geruch?«

Christine wusste, dass der Geruchssinn der stärkste der fünf Sinne war und am ehesten Assoziationen weckte, aber sie hatte sich noch keine Gedanken über den Geruch ihres Angreifers gemacht. Bis jetzt. Sie schloss die Augen, versetzte sich zurück und versuchte sich zu erinnern. »Nach … Erde«, wusste sie plötzlich. »Modriger Erde. Und … Hefe.«

Sie schlug die Augen auf. Winter hatte sich über sie gebeugt. Sie musste sehr leise gesprochen haben, während sie die Erinnerung heraufbeschwor. »Was meinen Sie mit modriger Erde?«

»Erde, die nicht an der Sonne war. Wie Blumentopferde. Mit Moos vermischt. Und einer Spur Tannennadeln.«

Winter nickte. »Gut. Jetzt zur Hefe.«

»Na ja, keine frische Hefe, wie man sie zum Backen verwendet. Abgestandene Hefe.« Sie überlegte kurz. »Vielleicht wie … Bier. Ja, als hätte er Bier getrunken, aber nicht unmittelbar davor, sondern schon vor Stunden. Als würde er es aus den Poren schwitzen.«

»Das machen Sie gut.«

»Falls Ames den Juwelierladen aufgibt, kann ich mich ja als Polizeihund bewerben.«

Winter grinste und machte sich ein paar rasche Notizen.

Plötzlich hatte Christine eine Idee. »Marti im Fitness-Center sagte, dass der Angreifer unmöglich durch die Vordertür gekommen sein konnte, weil ihn sonst ein Summton angekündigt hätte, und die Hintertüren seien abgesperrt gewesen. Wissen Sie schon, wie er hereingekommen ist?«

»Er hat ein Fenster aufgeschnitten und entriegelt.«

»Aufgeschnitten?«

»Es gibt ein Gerät, mit dem man kreisrunde Öffnungen in Fensterglas schneiden kann; dann wird das Glas mit Hilfe einer Saugglocke herausgehoben. Auf diese Weise vermeidet man das Geräusch von splitterndem Glas. Der Eindringling greift durch das Loch und entriegelt das Fenster.«

»Hat denn das Fitness-Center keine Alarmanlage?«

»Mr. Torrance sagte, er hätte sie um sechs Uhr morgens ausgeschaltet, als er das Studio geöffnet hat.«

»Natürlich, tagsüber schaltet er sie aus.«

Michael Winter sah sie forschend an. »Fällt Ihnen irgendjemand ein, der es auf Sie abgesehen haben könnte?«

»Nein, eigentlich nicht.«

»Eigentlich nicht?«

Sie zögerte und erzählte ihm dann schuldbewusst, in einer etwas abgeänderten Version, wie sie Daras Tagebuch gefunden hatten. Sie sei mit Jeremy zum Bach gegangen, sagte sie, um das Hochwasser anzusehen; dort sei ihnen dann Robert »Streak« Archer über den Weg gelaufen, der für gewöhnlich nachts in der Gegend joggte. Dann sei die Katze auf den Baum geklettert, gefolgt von Jeremy, der dabei in einem Astloch Daras Tagebuch entdeckt habe.

»Was für ein Zufall, dass Sie alle drei mitten in der Nacht da draußen waren, nicht?«, bemerkte Winter tonlos.

»Ich konnte ja nicht wissen, dass Streak fast jede Nacht dort draußen seine Runde dreht«, sagte Christine, wobei sie hoffte, dass ihre Stimme nicht nach schlechtem Gewissen klang, und darauf achtete, Winter geradewegs in die Augen zu sehen. Aber verriet ein allzu beharrliches Starren nicht immer, dass man die Unwahrheit sagte? Sie überlegte und probierte ein harmloses Lächeln. »Wie der Zufall eben so spielt.«

»Und der Zufall wollte auch, dass Jeremys Katze sich ausgerechnet den Baum ausgesucht hat, auf dem das Tagebuch versteckt war.«

Die Zweifel standen ihm auf der Stirn geschrieben, und Christine sah ein, dass dieser Mann sich nichts vormachen ließ. Ihm entging rein gar nichts.

»Ja. Das Tagebuch. Zuerst dachte ich daran, es Ames zu überlassen, doch dann fiel mir ein, dass es vielleicht Informationen enthält, die die Polizei interessieren könnten. Also schlug ich Streak vor, es erst einmal zu lesen.«

»Warum ausgerechnet Streak?«

»Weil er Ames schon von klein auf kennt. Die beiden sind wie Brüder. Und außerdem wollte ich nicht allein entscheiden, ob die Polizei das Tagebuch bekommen sollte.«

»Weil sein Inhalt die Familie in Verlegenheit bringen könnte?«

»Genau. Es hätte ja sein können, dass Daras Äußerungen Details enthielten, die zwar peinlich für die Angehörigen, aber ansonsten völlig belanglos waren. In diesem Fall hätte ich das Buch behalten. Nur wenn sich Informationen darin fänden, die eventuell von Bedeutung waren, hatte ich vor, es der Polizei zu überlassen. Trotzdem wollte ich Streaks Meinung zum Inhalt wissen. Ich weiß, dass viele Leute in der Stadt ihn für seltsam halten, aber er ist wirklich ein sehr kluger Kopf, und ich vertraue seinem Urteilsvermögen.«

»Na schön, Sie haben also das Tagebuch gefunden. Was war dann?«

»Wir sind zu mir gefahren und haben es gelesen. Da gibt es Einträge, die …« Sie zögerte. »Nun ja, wir fanden, dass die Polizei sie lesen sollte. Ames wollten wir damit verschonen. Er wäre um Daras guten Ruf besorgt und würde alles tun, damit das Tagebuch nicht in fremde Hände fiele. Also einigten wir uns darauf, dass ich es heute zu Ihnen bringe. Daraufhin ist Streak gegangen. Und dann …«

Michael Winter zog eine Augenbraue in die Höhe und Christine spürte, wie ihr Gesicht warm wurde. Sie wollte sich nicht vor ihm blamieren. »Nachdem Streak gegangen war, hatte ich das Gefühl, als würde mich jemand von draußen durch die Glastüren beobachten. Ich hatte die Jalousien nicht geschlossen, wissen Sie. Wie auch immer, es war ein unheimliches Gefühl, aber ich schob es auf meinen übermüdeten Zustand. Dann fing plötzlich die Katze an zu fauchen. Das tut sie nur, wenn sie Gefahr wittert. Oder wenn Pom-Pom sie jagt. Pom-Pom ist der Hund von Patricia Prince. Er hasst Rhiannon …« Sie merkte, dass sie vom Thema abkam, und versuchte, sich auf das Wesentliche zu konzentrieren. »Jedenfalls bin ich sicher, dass da draußen jemand stand und mich beobachtete. Dieser Jemand hat wahrscheinlich auch gesehen, dass Streak und ich in Daras Tagebuch lasen.«

Zum ersten Mal verriet Winters Miene lebhaftes Interesse. »Miss Ireland, Sie sagten doch, dass Sie das Tagebuch der Polizei aushändigen wollten. Haben Sie denn Informationen darin gefunden, die uns zu Daras Mörder führen könnten?«

Sie holte tief Luft, nahm allen Mut zusammen, um den Gedanken an Ames zu verdrängen und den Kurs beizubehalten, den sie für den klügsten hielt. »Ja. Wir sind auf Aussagen gestoßen, die möglicherweise einige Personen in Schwierigkeiten bringen. Dara war mit mindestens drei Männern gleichzeitig liiert, und keiner der drei wusste von den anderen beiden. Ihr schien es zunächst großen Spaß zu machen, doch dann bekam sie es mit der Angst zu tun. Sie fühlte sich verfolgt. Die Sache schien außer Kontrolle zu geraten.« Christine überlegte. »Einmal schreibt sie sogar, dass sie das Gefühl hätte, bald sterben zu müssen.«

Winters dunkle Augen flackerten. »Halten Sie es nicht für denkbar, dass sie übertrieben hat?«

»Ja schon. Dara konnte ziemlich melodramatisch sein. Aber angesichts dessen, was passiert ist …«

Winters Blick sagte ihr, dass er Daras Gefühle durchaus ernst nahm. »Wer waren die drei Männer, mit denen sie liiert war?«

»Ich kenne nur einen. Offiziell war sie mit Reynaldo Cimino zusammen. Er ist unser Schmuckdesigner. Sehr begabt. Sehr gut aussehend. Sie nannte ihn ihren Adonis. Diesen Spitznamen kannte ich schon. Er war verrückt nach ihr und am Boden zerstört, als sie verschwand. Jetzt ist er mit Tess Brown verheiratet, der Besitzerin des Buchladens Kalliope. Sie war eben hier.«

»Wann hat er Miss Brown denn geheiratet?«

»Ungefähr sechs oder sieben Monate nach Daras Verschwinden. Die Leute sagen, er hätte nur einen Lückenbüßer gebraucht. Der Gedanke, dass sie Recht haben könnten, gefällt mir gar nicht. Tess ist eine meiner besten Freundinnen.«

»Gut«, sagte Winter bedächtig. »Wie hat sie die beiden anderen Liebhaber genannt?«

»Den einen nannte sie das Superhirn und auf den anderen verwies sie nur mit den Initialen SC.«

Winter blickte auf. »Wer könnte das Superhirn sein? Eine Idee?«

»Leider nein. Ich habe sie diesen Spitznamen nie sagen hören.«

»Und kennen Sie jemanden mit den Initialen SC?«

»Na ja, es gibt viele Leute mit diesen Initialen. Sie sind ziemlich geläufig, im Vergleich zu Namen, die mit Z oder Q anfangen, meine ich …«

»Miss Ireland, Sie können mir ruhig sagen, wer Ihnen eingefallen ist.«

Dieser Mann lässt sich einfach nichts vormachen, dachte sie. »Sloane Caldwell.«

»Der Rechtsanwalt?«

»Sie kennen ihn?«

»Flüchtig.«

»So. Na ja, wir waren mal verlobt.« Michael Winter sagte nichts; er wartete darauf, dass sie weiterredete. »Ich war einundzwanzig, er sechsundzwanzig. Wir waren sieben Monate lang verlobt. Dann löste ich die Verlobung. Eine Woche später ist dann Dara verschwunden.«

Für diesen letzten Satz hätte sie sich am liebsten auf die Zunge gebissen. Ihr schlechtes Gewissen hatte ihn ihr in den Mund gelegt. Bei Winter fiel er auf fruchtbaren Boden.

»Hatte Dara irgendetwas damit zu tun, dass Sie die Verlobung lösten?«

»Nicht direkt. Ich hatte beschlossen, dass ich noch zu jung war für die Ehe. Und Dara hatte sich Sloane an den Hals geworfen.« An den Hals geworfen? Sie war ziemlich daneben heute. Sie klang ja wie eine Figur aus einem viktorianischen Roman. Etwas befangen redete sie weiter. »Sloane hat sie nicht abgewiesen, und so mag es für manche Leute ausgesehen haben, als hätten wir ihretwegen Schluss gemacht.« Winter hob erneut fragend eine Augenbraue. »Na schön, wir haben tatsächlich ihretwegen Schluss gemacht.«

Und jetzt wird er gleich Einzelheiten wissen wollen, dachte Christine mit Schaudern, aber zu ihrem Erstaunen fragte er: »Hatte Mr. Caldwell seit Daras Verschwinden eine feste Beziehung?«

»Fest? Nicht dass ich wüsste. Aber er hat sich mit Frauen getroffen. Und es waren nicht wenige.«

»Sie haben also sein Liebesleben weiterhin verfolgt.«

Christine wurde es siedend heiß. »Selbstverständlich nicht!«, fuhr sie erbost auf. »Aber wir sind Freunde geblieben, und in einer Kleinstadt wie der unseren machen Neuigkeiten schnell die Runde, außerdem arbeitet er in der Kanzlei meines früheren Vormunds.«

»Ich hätte nicht gedacht, dass Ames Prince gern Klatsch verbreitet.«

»Das tut er auch nicht!« Christines Stimme wurde lauter, während Winter völlig ungerührt blieb. »Aber ich kenne eine der Sekretärinnen. Und einen von Sloane Caldwells Kollegen. Sie lassen manchmal die eine oder andere Bemerkung fallen.

Ganz beiläufig, nicht etwa, weil ich sie ausfrage. Ich spioniere Sloane Caldwell nicht hinterher. Er interessiert mich überhaupt nicht, ich möchte nur, dass er glücklich und zufrieden ist …«

»Sie brauchen sich nicht so aufzuregen, Miss Ireland«, sagte Winter leichthin, und seine Lippen kräuselten sich zu einem unausstehlichen, kaum erkennbaren Lächeln.

»Ich rege mich überhaupt nicht auf! Sie haben mich nur eben so hingestellt, als wäre mein Interesse an Sloane Caldwell weit größer, als es tatsächlich ist. Das ist alles.«

»Na schön. Ich wollte Sie nicht kränken.« Seelenruhig blickte er wieder auf seinen Notizblock, und Christine funkelte ihn zornig an. Er hatte es glatt fertig gebracht, sie mit ein paar harmlosen Worten und durchdringenden Blicken aus der Fassung zu bringen. Der Mann schien ihre Gedanken zu erraten. So etwas konnte sie nicht ausstehen.

»Sie stellen mir ein Dutzend Fragen über Schnee von gestern«, grollte sie und beschloss, in die Offensive zu gehen. »Und was ist mit heute Morgen? Interessiert es Sie gar nicht, was mir passiert ist?«

»Sehr sogar«, entgegnete Winter ruhig. »Deshalb stelle ich Ihnen ja all diese Fragen. Hatten Sie besagtes Tagebuch im Fitness-Studio dabei?«

»Nein, es ist noch daheim. Warum?«

»Weil Ihre Sporttasche aufgerissen ist, als hätte jemand etwas darin gesucht. Ich hatte bis eben keine Ahnung, was das gewesen sein könnte. Jetzt vermute ich, dass es das Tagebuch war. Außerdem ist da Ihr Wagen.«

»Was ist damit?«

»Jemand hat sich mit Glasschneider und Saugglocke gewaltsam Zugang verschafft. Der Inhalt Ihres Handschuhfachs lag auf dem Boden verstreut, und eine der Fußmatten ist weggerissen worden. Der Kofferraum stand offen, auch hier ist die Verkleidung teilweise weggerissen.«

»O nein«, stöhnte Christine. »Das bedeutet, dass ich die Versicherung anrufen und mir einen Mietwagen besorgen muss, während mein Auto repariert wird.«

»Ich glaube, dass Mr. Prince sich bereits um alles gekümmert hat. Soweit ich weiß, werden Sie Ihren Wagen in ein paar Tagen zurückerhalten.«

Sie lächelte. »Dem Himmel sei Dank für Ames. Er ist mein Retter in der Not. Nur gestern schien selbst er überfordert.«

»Man müsste schon übermenschliche Fähigkeiten haben, um bei so einem Schicksalsschlag alles im Griff zu haben«, sagte Winter anerkennend. »Doch zurück zum Tagebuch. Wo ist es?«

»Bei mir zu Hause.«

»Sie sagten doch, Sie wollten es zur Polizei bringen. Darf ich es mir holen? Ihr Arzt meinte nämlich, Sie würden erst morgen entlassen.«

»Natürlich.«

»Geben Sie mir den Schlüssel?«

»Sicher. Meine Handtasche liegt im untersten Fach des Schränkchens hier, gleich neben dem Bett.« Michael Winter gab sie ihr. Sie holte den Schlüsselbund heraus, nahm den Hausschlüssel ab und reichte ihn dem Deputy.

»Heute Nachmittag bekommen Sie ihn wieder.«

»Das ist nicht nötig. Legen Sie ihn einfach auf die Küchentheke. Meine Freundin Tess fährt mich morgen früh nach Hause, sie hat einen Schlüssel.«

Sie lächelte, sehr zufrieden mit sich. Immerhin war sie im Begriff, der Polizei wertvolle Hinweise zu liefern.

Deputy Winter sah sie erwartungsvoll an. Sie lächelte weiter. Schließlich fragte er: »Wo finde ich das Tagebuch?«

Ihr glanzvolles Selbstbild ging in Scherben. »Oh, das könnte schwierig werden.« Winter sah sie fragend an. »Als ich gestern das Gefühl hatte, beobachtet zu werden, habe ich das Tagebuch versteckt. Im Wäschezimmer gibt es keine Fenster. Dort steht eine große Dose mit Waschmittel. Das Tagebuch steckt ziemlich tief im Pulver.«

Jetzt kam sie sich vollends idiotisch vor. Das Tagebuch im Waschpulver zu verstecken klang absurd. Paranoid. Pubertär. Winter sah sie an, ohne mit der Wimper zu zucken. »Sie hätten Spionin werden sollen, Miss Ireland.«

»Ich seh mir anscheinend zu viele Krimis an«, sagte sie verlegen. »Ich dachte nur, dass jemand, der es auf das Tagebuch abgesehen hätte, nie auf die Idee käme, es im Waschpulver zu suchen.«

»Ganz schön clever. Wenn Sie es mit ins Fitness-Center genommen hätten, wäre es jetzt futsch. Falls der Perversling auch in Ihr Haus eingedrungen ist, was wir noch nicht überprüft haben, hätte er das Buch sofort entdeckt, wenn es in irgendeiner Schublade oder einem Regal gelegen hätte.« Er überlegte kurz. »Sind Sie ganz sicher, dass Sie gestern Nacht jemand durchs Fenster beobachtet hat?«

»Ja, aber nur, weil ich am Creek schon ein ähnliches Gefühl hatte. Vielleicht hat zufällig jemand mitbekommen, dass wir das Tagebuch gefunden haben, und uns damit wegfahren sehen. Wenn dieser Jemand an Daras Verschwinden interessiert ist, musste er uns logischerweise folgen.«

Winter nickte und machte sich Notizen. Dann fragte Christine: »Wann wird Daras Leiche freigegeben?«

»Nicht so bald, fürchte ich.«

»Warum? Ames hat sie doch identifiziert.«

Winter sah sie an. »Ja, schon, aber nur anhand eines Rings, der zusammen mit der Leiche in der Plastikhülle gelegen hat, nicht anhand besonderer körperlicher Merkmale. Es könnte doch sein, dass eine andere Daras Ring trug. Deshalb hat die Identifizierung durch Mr. Prince noch keine offizielle Gültigkeit. Und ein zahnärztliches Gutachten hilft uns auch nicht weiter, weil der Leichnam keine Zähne mehr hat. Es bleibt uns also keine Wahl, wir müssen auf das Ergebnis des DNA-Tests warten.«

Christine fröstelte mit einem Mal in ihrem hässlichen Krankenhaushemd und zog sich die Decke bis an den Hals. »Man kann sich schwer vorstellen, dass tatsächlich jemand imstande ist, einen Menschen zu ermorden, seine Leiche zu verstümmeln und nach einer solchen grauenvollen Tat weiterzuleben, als sei nichts geschehen.«

»Da haben Sie Recht.« Winter klappte den Notizblock zu und sah sie freundlich an. »Nur noch ein paar Fragen. Wissen Streak Archer oder Ihr Bruder, wo Sie das Tagebuch versteckt haben?«

»Nein. Streak war schon gegangen, und Jeremy hat geschlafen. Jeremy wusste nicht mal, dass wir es noch gelesen haben in der Nacht.«

»Verstehe. Wir lassen Jeremy vorläufig aus der Sache raus, aber ich möchte mich mit Mr. Archer unterhalten. Was meinen Sie, wird er mich ins Haus lassen?«

Christine hatte plötzlich das Bedürfnis, Streak in Schutz zu nehmen. »Deputy Winter, Streak Archer ist nicht verrückt, auch wenn manche das von ihm behaupten. Nach seiner Kopfverletzung im Krieg hat er sich verändert. Er geht nicht mehr gern unter Leute. Aber er ist geistig völlig gesund, blitzgescheit, wenn Sie's genau wissen wollen.«

»So gescheit, dass Dara ihn als das Superhirn bezeichnet haben könnte?«, fragte Winter in kühlem, provokantem Ton.

Kapitel 9

1

Es war bereits die zweite Soap, die sich Christine an diesem Nachmittag ansah, und sie war sich des Stumpfsinns bewusst, den sie da zu sehen bekam, konnte sich aber nicht von dem überirdisch schönen Pärchen losreißen, das die Frage diskutierte, wie man am besten Daddys Firma aushebeln könnte. »Er musste es doch kommen sehen«, sagte die Frau, deren Lippen und Haare wie mit Lack übergossen glänzten. »Ich habe keinen Funken Mitleid mit ihm. Er soll die Suppe gefälligst auslöffeln, die er sich eingebrockt hat.«

»Schmiedet Serena Santarios wieder mal ein Komplott gegen Daddy?«

Bethany Burke stand in der Tür, ein Wägelchen voller Bücher und Zeitschriften vor sich herkarrend. »Willst du jetzt doch Ärztin werden?«, fragte Christine.

»Jawohl. Und meine Ausbildung beginnt mit dem Herumschieben dieses Wagens. Sobald ich das beherrsche, kann ich zur nächstschwierigen Aufgabe übergehen.« Sie rollte das Wägelchen ins Zimmer, warf einen Blick auf den Fernseher und dann auf Christine. »Störe ich dich?«

»Du rettest mich.« Christine drückte auf den Ausschaltknopf der Fernbedienung. »Noch eine Stunde, und ich müsste meinen Job aufgeben, um nur ja keine Folge zu versäumen.«

»Du könntest sie dir doch auf Video aufnehmen«, sagte Bethany mit ernster Miene. »So wie ich. Serena Santarios verpasse ich nicht gern. Sie ist so clever und selbstbewusst.« Bethanys dickes, kastanienbraunes Haar reichte ihr bis über die Schultern, und ihre braunen Augen waren so sanft und groß wie die eines unschuldigen kleinen Mädchens. Sie war dreiunddreißig, sah jedoch bedeutend jünger aus. »Das ganze Krankenhaus ist aus dem Häuschen wegen des Überfalls auf dich.«

»Ich denke, ich bin mit dem Schrecken davongekommen, obwohl ich sicher grauenhaft aussehe. Ich habe eine Gehirnerschütterung, und die Kopfverletzung musste mit ein paar Stichen genäht werden. Ich muss heute Nacht hier bleiben.«

»Schwer zu glauben, dass dir das im Fitness-Studio passiert ist.« Bethany schauderte. »Ich war erst gestern dort. Konntest du den Kerl erkennen?«

Christine war schon im Begriff, ihr den Vorfall zu schildern, als eine innere Stimme sie daran hinderte. »Ich habe nichts gesehen«, sagte sie kurz angebunden. Erst Bethanys befremdeter Blick machte ihr bewusst, dass sie sich im Ton vergriffen hatte. »Tut mir Leid. Ich habe das Ganze erst vorhin mit der Polizei durchgekaut.«

»Ach so, verstehe. Ich wollte dich nicht aufregen.«

»Schon gut, halb so wild. Ich habe dich schon einen Monat lang nicht mehr gesehen. Ich nehme an, daran ist der neue Job hier schuld.«

»Und ob.« Bethany verzog das Gesicht. »Der Stress wird mich noch zugrunde richten!« Sie ließ sich seufzend auf den Stuhl neben Christines Bett fallen. »Um ehrlich zu sein, wäre ich viel lieber zu Hause, aber Daddy sitzt im Aufsichtsrat des Krankenhauses.« Bethanys Vater saß so ziemlich in jedem Aufsichtsrat der Stadt. Christine fragte sich, ob das der Grund war, warum ihre Freundin so viel für die intrigante Serienheldin Serena Santarios übrig hatte, die mit allen erdenklichen Tricks ihren mächtigen Vater zu Fall bringen wollte. Bethany hatte eine Heidenangst davor, sich ihrem eigenen Vater zu widersetzen. »Daddy dachte, es könne mir nicht schaden, wenn ich mich ehrenamtlich im Krankenhaus nützlich mache. Ich sagte ihm zwar, dass Jan mich bräuchte, aber er meinte, sie sei im Kindergarten gut aufgehoben. Ich wäre ja rechtzeitig zu Hause, um sie abzuholen. Er hat immer die besseren Argumente. In den Sommerferien ist sie den ganzen Tag zu Hause, da denke ich nicht dran, arbeiten zu gehen. Schließlich kommt sie nächstes Jahr in die Vorschule …«

»Und feiert eine wilde Party nach der anderen, sodass du sie gar nicht mehr zu Gesicht bekommst!«

Bethany grinste. »Du hältst mich für albern.«

»Ich halte dich für die liebevolle Mutter eines niedlichen kleinen Mädchens. Jeremy ist völlig hingerissen von ihr. Er sagt, sie sehe aus wie ein kleiner Engel.«

Bethany strahlte. »Sie ist ja auch ganz vernarrt in ihn. Er hat aber auch eine Engelsgeduld mit ihr, geht auf all ihre Spielchen ein, lässt sogar die Teegesellschaften über sich ergehen. Ihr beiden kommt doch zu ihrer Geburtstagsparty, nicht wahr?«

»Ich hab's dir doch versprochen. Lieb von dir, dass du uns eingeladen hast.«

»Jeremy kommt großartig mit Kindern zurecht, und du kannst ihm ein bisschen zur Hand gehen.«

»Was, ich soll helfen?« Christine mimte blankes Entsetzen. »Also deshalb hast du mich eingeladen? Nicht zum Kuchen- und Eiscremeessen?«

»Du kannst so viel Kuchen und Eiscreme haben, wie du willst, nachdem du geholfen hast. Travis ist nicht sehr geschickt in diesen Dingen.«

»Was meinst du damit? Er ist doch einer der beliebtesten Dozenten, gerade weil er so gut mit jungen Leuten umgehen kann. Bei ihm macht sogar Biologie richtig Spaß.«

Bethanys herzförmiges Gesicht nahm einen wehmütigen Ausdruck an. »Das brauchst du mir nicht zu sagen. Ich hab ja auch bei ihm studiert. Mit Kindern über fünfzehn kommt er großartig klar. Kleinere Kinder interessieren ihn nicht, und er macht auch keinen Hehl daraus.«

Christine und Bethany hatten sich in einem Kurs für Kunstkritik kennen gelernt. Bethany wollte ihren Abschluss nachmachen, musste dann jedoch die Ausbildung wegen ihrer schwierigen Schwangerschaft abbrechen. Sie waren Freundinnen geblieben, und mit den Jahren hatte Christine erkannt, dass Bethany grundsätzlich ein Haar in der Suppe fand, egal, wie gut sie es hatte.

»Bethany, ich habe Travis mit Jan gesehen. Er vergöttert sie. Und er geht großartig mit ihr um.«

»Mit ihr allein schon. Aber mit einer Gruppe von Kindern?« Bethany schüttelte den Kopf. »Was soll's, das sind doch alles nur Bagatellen im Vergleich zu deinem grauenhaften Erlebnis.«

»Das bereits Stadtgespräch ist, Chris.« Christine und Bethany wandten den Kopf und sahen Patricia Prince in der Tür lehnen. Sie war tadellos gekleidet und ihr schulterlanges, goldbraunes Haar ganz im Fünfziger-Jahre-Chic gestylt. »Ich muss allerdings sagen, dass ich mir deinen Zustand weit schlimmer vorgestellt habe«, stellte sie fest, ein schiefes Lächeln auf den klassisch geschwungenen Lippen.

Sie kam hereingeschlendert, als gehörte ihr das Krankenhaus, ein Gehabe, das Christine unangenehm war. Bethany, sichtlich eingeschüchtert, sprang sofort auf. »Ich wollte gerade gehen, Patricia. Ich arbeite ehrenamtlich hier und muss den Wagen dort herumschieben, auch wenn keiner der Patienten große Lust hat zu lesen. Man kann es ihnen nicht verübeln, schließlich sind die meisten Zeitschriften hier schon uralt …« Bethany schien die Luft auszugehen.

»Gefällt Ihnen Ihre Arbeit?«, fragte Patricia.

»Geht so. Na ja, sie ist ziemlich eintönig, um ehrlich zu sein.«

»Man könnte doch bestimmt eine interessantere Tätigkeit für Sie finden.«

»Mir fehlen die nötigen Qualifikationen.«

»Das ist doch lächerlich. Sie können wunderbar mit Blumen umgehen, und die Arrangements unten im Geschenkeladen sind durchaus verbesserungswürdig.«

»Na ja, ich könnte es ja mal zur Sprache bringen.«

»Nicht zur Sprache bringen, Bethany«, meinte Patricia unwirsch. »Seien Sie selbstbewusst. Bestehen Sie darauf. Es wär doch gelacht, wenn die Tochter von Hugh Zane hier gar nichts zu sagen hätte.«

Ein nervöses Lächeln huschte über Bethanys Gesicht. »Nun, ich werd mal drüber nachdenken. Ich muss jetzt gehen. Gute Besserung, Chris. Wiedersehen, Patricia.«

In ihrer Unsicherheit schob Bethany den Wagen ein paarmal gegen den Türrahmen, bevor es ihr schließlich gelang, ihn in den Flur zu bugsieren. Als sie die Tür hinter sich geschlossen hatte, fragte Christine: »Warum behandelst du sie so?«

Patricia wirkte aufrichtig überrascht. »Wie denn?«

»Von oben herab. Genervt.«

»Ich wollte ihr doch nur klar machen, dass sie für sich einstehen muss.«

»Ihr Vater kommandiert sie auch schon pausenlos herum. Da brauchst du es nicht auch noch zu tun.«

»Grundgütiger.« Patricia schüttelte den Kopf. »Ich wollte

sie doch nicht herumkommandieren, obwohl ich zugeben muss, dass mir ihre ängstliche, unterwürfige Art gehörig auf die Nerven geht. Wer hätte gedacht, dass sie die Tochter von Hugh Zane ist? Er besitzt so viel Autorität und …«

»Er ist herrisch.«

Patricia lachte. »Ja, das ist er. Aber einer, der so viel Knete hat, darf ruhig ein bisschen herrisch sein. Man nennt das dann selbstbewusst.«

»Bethany versucht in letzter Zeit, Freundschaft mit dir zu schließen, hilft dir bei der Gartenarbeit und so, da würde dir kein Zacken aus der Krone brechen, wenn du ein bisschen netter zu ihr wärst.«

»Du bist unleidig, weil du Schmerzen hast, aber meinetwegen, ich verspreche, in Zukunft netter zu Bethany zu sein.« Patricia setzte sich auf den einzigen Stuhl, zündete sich eine Zigarette an, zog daran und blies genüsslich den Rauch durch die Nase. »Übrigens möchte ich wetten, dass unsere kleine Bethany nicht zu allen Leuten so lammfromm ist. Zu Travis zum Beispiel.«

»Und wie kommst du darauf?«

»Ich denke es mir eben. Ich kenne ihren Typ. Lammfromm zu Fremden, eine Zicke zu Haus.«

»Ich glaube kaum, dass Bethany jemals zickig sein könnte. Und im Übrigen ist Rauchen hier drin verboten.«

»Ich weiß. Aber ich werd's trotzdem tun, solange keiner kommt und es mir verbietet.«

Christine musterte sie und bemerkte ein leichtes Zittern ihrer langen, sorgfältig manikürten Finger. Patricia bemerkte ihren Blick und sagte in scharfem Ton: »Ich habe seit Stunden keine Zigarette mehr geraucht. Nikotinentzug. Ach ja, wie geht's dir übrigens?«

»Danke der Nachfrage. Lausig.«

Patricia ließ ein heiseres Raucherlachen hören. »Gut zu wissen, dass du keine Märtyrerin bist. Und ich bin sicher, dass du es mir nicht glauben wirst, aber ich mach mir ernsthaft Sorgen um dich.«

»Danke«, sagte Christine, ein wenig beunruhigt. »Und neugierig bist du gar nicht?«

»Wie der Teufel, aber Ames hat mir strikte Anweisungen gegeben, dir keine Fragen zu stellen. Ich nehme nicht an, dass du freiwillig mit der Geschichte rausrückst?«

»Na ja, ein paar Details kannst du haben. Ich wurde von einem Mann überfallen, der mir einen nassen Bademantel über die Augen geworfen und mir einen Waschlappen in den Mund gestopft hat. Ich war gerade beim Gewichteheben. Er hat sich auf meine Oberschenkel gesetzt, seinen Unterleib obszön an meinem gerieben und mich dabei gezwungen, die Arme mit den Gewichten oben zu halten, bis mir der Schweiß ausbrach und meine Arme zu zittern begannen. Ich war am Ende meiner Kräfte, als er mir schließlich die Stange abnahm und mich mit einem der Gewichte besinnungslos schlug.«

»Grundgütiger!« Patricia blickte schockiert drein. »Ich hatte ja keine Ahnung, dass es so … widerlich war.«

»Widerlich? Ich hätte tot sein können.«

»Ein offener Mordversuch kommt mir irgendwie sauberer vor als diese Scheinvergewaltigung.« Sie war kreidebleich geworden und schüttelte sich.

»Patricia, bitte behalte die Geschichte für dich. Ich möchte nicht, dass sich sämtliche Klatschtanten in der Stadt die Mäuler darüber zerreißen.«

»Ich werde kein Sterbenswörtchen sagen. Ich versprech's.« Sie schien zu merken, dass ihre Miene und ihre Stimme ungewohnt ehrlich geworden waren, und setzte schnell wieder ihr ironisches Lächeln auf. »Außerdem habe ich in dieser Stadt nicht so viele Freunde, die ich mit pikanten Details versorgen könnte. Oh, zweifellos werden sich ein paar Nachbarn anschleichen und mir schmeicheln, damit ich ihnen pikante Details erzähle, aber den Gefallen werde ich ihnen nicht tun.«

Christine lächelte. »Ich weiß deine Verschwiegenheit zu schätzen, Patricia.«

Patricia zog die Augenbrauen in die Höhe. »Ein Dankeschön von Christine? Mir fehlen die Worte. Wenn das so ist, will ich dir auch sagen, warum ich schweigen werde: hauptsächlich, weil ich der Ansicht bin, dass es die Klatschbasen dieser Stadt nichts angeht, was in deinem Leben passiert. Ich habe ihre Neugierde weiß Gott satt. Immer stochern sie im Leben anderer herum. Und jetzt kreisen die Geier über uns wegen Dara. Ein einziger Albtraum.«

»Wie geht's Ames, Patricia? Mir gegenüber hat er sich nichts anmerken lassen.«

»Mir gegenüber leider auch nicht. Die letzte Nacht war grauenhaft. Er war am Boden zerstört. Aber so, wie's aussieht, ist seine Identifizierung nicht rechtsgültig. Daras Ring ist angeblich kein ausreichender Beweis dafür, dass es sich tatsächlich um ihre Leiche handelt. Ames hat sich heute Morgen an diese Tatsache geklammert wie ein Ertrinkender. Er wurde fast ausgelassen, weil er plötzlich der festen Überzeugung war, dass es doch nicht Daras Leiche war.«

»O nein.« Christine schüttelte den Kopf. »Und wenn sich am Ende herausstellen sollte, dass es doch Daras Leiche ist, hat er sich völlig umsonst Hoffnungen gemacht.«

»Ich weiß, aber ich wollte nicht mit ihm streiten. Manchmal sind falsche Hoffnungen besser als gar keine. Leider ist seine Stimmung wieder umgeschlagen, als Jeremy beim Mittagessen behauptet hat, dass ihr Daras Tagebuch gefunden hättet.« Sie hob eine Augenbraue. »Stimmt das?«

»O Gott«, stöhnte Christine. Jeremy und sein loses Mundwerk. »Ja, es lag auf einem Baum versteckt, drüben am Creek.«

»Auf einem Baum! Eigenartig. Was hat euch denn auf die Idee gebracht, dort nachzusehen?«

»Rhiannon ist auf den Baum geklettert, und als Jeremy sie herunterholen wollte, griff er in ein Astloch, und da lag es versteckt. Es war unheimlich, nach so langer Zeit Daras Tagebuch in Händen zu halten.«

»Ja, kann ich mir vorstellen. Aber Jeremy sagte, du hättest es gelesen und wolltest es der Polizei übergeben.«

»Das hat er Ames erzählt?«

»Ja. Ames starrte ihn ungläubig an, stand wortlos auf und verzog sich türenknallend in sein Arbeitszimmer.«

Christine war elend zumute. Sie erinnerte sich, dass Jeremy die Kellertür geschlossen hatte, als er mit Rhiannon zu Bett gegangen war. Doch später, als sie glaubte, dass jemand von draußen ins Esszimmer starrte, hatte Rhiannon auf dem Esszimmertisch gesessen. Offensichtlich hatte Jeremy sie und Streak belauscht. Er hatte Christine bestimmt nicht kränken wollen, indem er Ames davon erzählte, aber er besaß ein ausgeprägtes Schuldempfinden und hatte sich wohl an Daras ausdrückliche Weisung erinnert, dass niemand ihr Tagebuch lesen dürfe. Vielleicht fühlte Jeremy sich von Christine verraten, weil sie sich über seine Warnung hinweggesetzt hatte, und hielt es für seine Pflicht, Daras Vater über ihr Vorhaben zu unterrichten.

»Jeremy hätte den Mund halten sollen, aber er war wahrscheinlich wütend auf mich«, sagte Christine. »Er sagte mir, dass Dara es ihm ausdrücklich verboten hätte, ihr Tagebuch zu lesen.«

»Und du hast es trotzdem gelesen.«

»Ja.«

»Du und Streak.«

»Ja.«

»Was stand denn drin?«

»Nicht viel«, meinte Christine ausweichend, weil sie Patricias durchdringenden Blick und ihre wachsende Anspannung spürte. Offenbar ahnte sie, dass sie ihr nicht die Wahrheit sagte.

»Du solltest das Tagebuch nicht der Polizei, sondern Ames überlassen, Chris.«

»Es ist zu spät. Deputy Winter hat es sich schon geholt.«

»Was?« Patricia schloss einen Moment lang die Augen. »Weißt du eigentlich, dass jetzt der Teufel los ist? Ames wird vor Wut die Wände hochgehen.«

»So kann ich mir Ames gar nicht vorstellen«, sagte Christine schwach und fürchtete sich schon jetzt vor seinem Zorn.

»Das kannst du nicht? Grundgütiger, Chris, du scheinst ihn nicht besonders gut zu kennen.«

»Ich weiß, dass er wütend sein wird, aber das gibt sich wieder.«

»Ha! Nie und nimmer. Hier geht es doch um Dara. Seinen Liebling, seinen Engel, sein …« Patricia brach ab und verdrehte hilflos die Augen. »Ich werde ihm nicht sagen, dass du es der Polizei bereits gegeben hast. Ich bin doch nicht blöd. Ehrlich, Chris, wie konntest du nur so dumm sein und dieses verfluchte Tagebuch den Cops überlassen?«

»Ich bin nicht dumm, und ich habe es ihnen gegeben, weil sie es lesen sollten!«

»Obwohl nichts Wichtiges drinsteht? Das hast du doch eben behauptet.« Patricias Augen wurden schmal. Christine kam sich plötzlich vor wie das Kaninchen vor der Schlange. »Aber es stimmt nicht, hab ich Recht?«, fragte Patricia. »Irgendetwas von Bedeutung habt ihr doch gefunden, sonst hättest du es nicht Winter überlassen.«

Christine kam um die Antwort herum, weil in diesem Moment eine Schwester ihren Kopf durch die Tür steckte. »Rauchen verboten!«, herrschte sie Patricia an. »Keine Zigaretten. Kein gar nichts. *Nada.* Gegen die Regeln. *Against the rules.*«

»Schon gut, ich hab's kapiert«, erwiderte Patricia säuerlich und zog dreist an ihrer Zigarette.

»Außerdem schreien Sie.«

»Sie wissen ja, wie wir Süchtigen sind, völlig durchgeknallt«, entgegnete Patricia.

»Vielleicht ist es am besten, wenn Sie jetzt gehen. Sie machen meine Patientin nervös«, sagte die Schwester frostig.

Patricia erhob sich graziös und wandte sich noch einmal an Christine. »Kannst du die Nacht an diesem grauenhaften Ort ertragen? In so charmanter Gesellschaft?«

»Aber sicher. Alles bestens«, sagte Christine schwach.

»Wenn nicht, komme ich her und lege Feuer. Und während die Schwester hier abgelenkt ist, kannst du flitzen.« Die Schwester warf Patricia einen schneidenden Blick zu. »Soll ich morgen herkommen und dich abholen?«

»Tess holt mich ab.«

»Sieh mal an, die liebe Tess.« Patricia runzelte missbilligend die Stirn. »Wenn ich einen so gut aussehenden Mann hätte, der noch dazu sieben Jahre jünger wäre als ich, dann würde ich mehr auf mein Äußeres achten. Darauf kannst du Gift nehmen. Wie viel hat sie in den letzten Monaten zugelegt? Zwanzig Pfund?«

»Vielleicht liebt Rey Tess nicht nur wegen ihres Aussehens. Außerdem ist sie meine beste Freundin.«

»Autsch. Da bin ich wohl wieder in ein Fettnäpfchen getreten. Nun, Kopf hoch, Mädchen. Im Augenblick siehst du zwar grauenhaft aus, aber das vergeht in zwei Tagen. Na ja, sagen wir in drei. Und erwarte kein Mitgefühl von Ames nach deiner Nummer mit dem Tagebuch. Ich fürchte, damit hast du es dir für längere Zeit mit ihm verscherzt.«

»Drücken Sie jetzt sofort diese Zigarette aus«, kreischte die Schwester.

Patricia hielt dem Blick der Frau stand, während sie die Zigarette auf den Fußboden fallen ließ und sie genüsslich mit der Spitze ihres teuren, hochhackigen Krokolederschuhs ausdrückte. Dann rauschte sie an der Schwester vorbei, eine Wolke von Chanel No. 5 und Zigarettenrauch hinterlassend.

»Diese Frau ist eine Zumutung«, murmelte die Schwester giftig. »Nehmen Sie sich vor der in Acht, Schätzchen. Sie ist schlimmer als die Krätze, wenn Sie mich fragen. Eine wie die ist zu allem fähig.«

»O Gott, das will ich nicht hoffen«, sagte Christine, während sie ins Kissen sank und die Augen schloss. Sie sehnte sich den Schlaf herbei, um endlich diesen schrecklichen Tag vergessen zu können.

2

Aufgewühlt und frustriert verließ Patricia das Krankenzimmer. Sie war gekommen, weil sie sich wirklich Sorgen machte um Christine, und am Ende hatte sie ihr Vorhaltungen gemacht. Und alles wegen dieses verflixten Tagebuchs! Was Jeremy darüber gesagt hatte, stimmte also. Wenn Christine das Buch der Polizei überlässt, könnte das desaströse Folgen für mich haben, dachte Patricia. Weiß der Teufel, was für Geschichten sich das elende Gör über mich ausgedacht hat.

»Patricia Prince! Was sind wir wieder hübsch heute!«

Patricia hielt inne, als ein Mann auf sie zukam, der etwa ihre Größe hatte, dazu schütteres weißes Haar, hervorquellende blaue Augen und eine Nase, die die Rosazea groß und rot hatte werden lassen. »Danke, Dr. Holt. Man weiß ja gar nicht, wie man sich bei so einem Wetter kleiden soll – mal ist es kühl und im nächsten Moment schon wieder warm und sonnig.«

»Mit Kamelhaar liegen Sie immer richtig. Außer im Hochsommer natürlich.« Er gluckste vor Vergnügen über seinen dürftigen Witz. »Haben Sie einen Kranken besucht, oder leisten Sie hier ehrenamtliche Arbeit?«

Patricia sah ihn scharf an. Machte er sich über sie lustig? Nein. Seine Miene war liebenswürdig, wenn auch fade.

»Ich habe Miss Ireland besucht.«

Er runzelte fragend die Stirn. »Miss Ireland?« Dann ging ihm ein Licht auf hinter den blassblauen Augen. »Ach so, Ihr Mündel.«

»Das frühere Mündel meines Mannes.«

»Natürlich. Hat einen bösen Schlag abgekriegt. Wissen Sie zufällig, wie das passieren konnte?«

Patricia zog eine Augenbraue in die Höhe. »Hat Sie nichts erzählt?«

»Nichts Genaueres. Sicher wird sie mehr sagen, wenn sich ihre Nerven wieder etwas beruhigt haben. Und ich wollte sie natürlich auch nicht bedrängen. Mir ging es in erster Linie um ihren medizinischen Zustand.« Wer's glaubt, dachte Patricia. Holt hatte den Ruf eines unverbesserlichen Klatschmauls. Er war stets auf der Jagd nach Neuigkeiten, und je pikanter sie waren, desto besser. »Ein Polizist war hier«, ließ er sie in vertraulichem Ton wissen. »Nicht Sheriff Teague. So ein flotter Deputy.«

»Sicher hat Christine ihm alles erzählt, was er wissen muss.«

»Christine? Ach ja, Miss Ireland.« Er betastete den Ärmel ihres Kostüms. »Was für ein chicer Schnitt. Haben Sie es in New York gekauft?«

»Nein, hier in Winston.« Patricia zwang sich, ihm nicht den Arm zu entziehen. Sie wusste, dass er freundlich zu ihr war, weil Ames seinen Sohn vor einer Gefängnisstrafe bewahrt hatte, die dieser höchstwahrscheinlich verdient hätte. Holt betrachtete sich auch als Frauenschwarm, obwohl sie es erstaunlich fand, wie er sich diese Illusion trotz des täglichen Blicks in den Spiegel bewahren konnte. Er verursachte ihr eine Gänsehaut.

Da sah sie Sloane Caldwell den Flur entlangkommen. Sie hoffte, er würde sie ansprechen und aus ihrer misslichen Lage retten, aber er nickte ihr nur freundlich zu und ging weiter.

»Wie geht es Mrs. Holt?«, fragte Patricia.

»Oh, gut. Wie immer.«

»Und Ihren Söhnen?«

»Gut, gut. Kommen gut voran am College.«

»Wie schön«, sagte Patricia honigsüß. Sie konnte den Mann nicht ausstehen, aber sie brauchte nicht noch einen weiteren Feind in dieser Stadt. Nachdem Eve Prince an den Folgen einer Überdosis Schlaftabletten gestorben war, hatten die Leute behauptet, sie hätte als Krankenschwester versagt, hätte zugelassen, dass Eve ihre Medikamente hortete. Als dann Patricia schon sechs Monate nach Eves Tod Ames geheiratet hatte, hatte man ihr noch Schlimmeres unterstellt. Ames ließ man freilich aus dem Spiel. Ames, hieß es, habe die Trauer um seine Frau den Verstand vernebelt, nur deshalb hätte er so übereilt gehandelt.

Mit Letzterem lagen sie gar nicht so falsch. Was sie jedoch nicht wussten, war, dass Patricia Eves Tablettenvorrat entdeckt und an sich genommen hatte. Ames jedoch hatte sich dem verzweifelten Flehen seiner Frau gebeugt und ihr die Tabletten zurückgegeben, mit denen sie ihrem qualvollen Krebsleiden schließlich ein Ende setzte. Wäre dies nicht an Patricias freiem Tag passiert, hätten die Leute wahrscheinlich behauptet, sie hätte Eve aus dem Weg geräumt. Aber Ames hatte allen Leuten erzählt, dass Patricia den ganzen Tag außer Haus gewesen war, als seine Frau starb. Und später hatte er Patricia gebeichtet, was er getan hatte. Sie hatte sein Geheimnis stets bewahrt, und obschon sie ihn nicht liebte – sie hatte ihn nur geheiratet, weil er ihr Geborgenheit bot –, würde sie sein Vertrauen niemals missbrauchen.

»Ich wette, Sie kommen mit dieser Kathleen besser zurecht als damals mit Dara«, sagte Dr. Holt.

»Sie heißt Christine, und Sie haben Recht.« Das war sicherlich übertrieben. Patricia hatte mit Christine zwar nie so gestritten wie mit Dara, aber sie hatte Jeremy und sie als Eindringlinge empfunden, weil ihre Anwesenheit im Haus die ohnehin schon angespannte Stimmung noch zugespitzt hatte.

Jetzt wünschte sie sich allerdings, sie hätte Christine in all den Jahren etwas freundlicher behandelt, weil sie eine Vertraute brauchte. Patricia wusste nicht genau, wie sie eigentlich zu der Überzeugung kam, dass Christine ihr mit sicherem Gespür aus dem Schlamassel heraushelfen könnte, in den sie seit kurzem hineingeraten war. Vielleicht weil Chris immer sehr reif gewirkt hatte für ihr Alter. Vielleicht auch, weil sie immer so vernünftig und verantwortungsvoll handelte. Vielleicht lag es aber auch nur daran, dass Patricia selbst nicht mehr aus noch ein wusste. Aber jetzt war es zu spät, das Versäumte nachzuholen.

»Christine ist nicht so überspannt wie Dara«, erklärte Patricia Dr. Holt. »Und ich bin auch nicht ihre Stiefmutter. Dara konnte sich mit der Tatsache nicht anfreunden, dass ihr Vater wieder geheiratet hatte.«

»Wie egoistisch von ihr«, stellte Holt lauernd fest. »Wie ich hörte, hat man Daras Leiche gefunden. Tragische Sache. Gibt es denn schon irgendeinen Hinweis auf den Täter?«

»Nein, und mein Mann hat mich gebeten, nicht darüber zu sprechen.«

»Natürlich, das ist ja auch begreiflich. Und trotzdem, das Ganze muss Sie doch sehr mitnehmen.« Er streichelte sie mit den Augen. »Sehr … aufregen.«

»Ja.« Sie hätte den Kerl am liebsten angeschrien, er solle sie gefälligst nicht so lüstern anstarren, doch sie zwang sich stattdessen erneut zu einem liebenswerten Lächeln. »Sie sind sehr freundlich. Das waren Sie schon immer.« Sie warf einen Blick auf die Uhr. »Herrje, wie die Zeit vergeht! Ich komme wieder mal zu spät. Es war sehr schön, Sie wiederzusehen.«

»Ganz meinerseits, meine Liebe. Vielleicht könnten wir bei Gelegenheit mal eine Tasse Kaffee miteinander trinken. Oder noch besser, einen Drink zur Entspannung, in einem lauschigen kleinen Lokal …«

»Klingt phantastisch«, rief Patricia ihm über die Schulter zu, während sie eilig das Weite suchte. »Und grüßen Sie Ihre Frau und Ihre Söhne von mir!«

Holts säuerliche Miene, mit der er ihr hinterherblickte, sah sie nicht mehr.

3

»Grundgütiger, Chris, du siehst zum Fürchten aus!«

Christine verdrehte die Augen. »Wenn die Leute nicht bald aufhören, mir zu sagen, wie abscheulich ich aussehe, kriege ich noch einen Komplex.«

»Tut mir Leid, Süße.« Sloane nannte sie nach wie vor ›Süße‹. Sie waren Freunde geblieben, wenn auch nicht allzu vertraute. »Du weißt doch, dass ich dir nie absichtlich wehtun würde.«

»Und ich danke dir für dein Mitgefühl, obwohl du mir gerade bestätigt hast, wie grauenhaft ich aussehe. Sind die Blumen für mich?«

»Genau. Ich hab sie im Schwesternzimmer rumliegen sehen und für dich geklaut.«

»Und ganz zufällig lagen da gelbe Rosen, meine Lieblingsblumen!« Er lachte und reichte ihr den Strauß. Sie roch daran und seufzte genießerisch. »Dank dir, Sloane. Ein ganzes Dutzend. Sie müssen ein Vermögen gekostet haben.«

»Nur ein kleines Zeichen meiner Wertschätzung. Ich bin sehr erleichtert, dass es dir schon wieder besser geht.« Er nahm ihr den Strauß aus der Hand, legte ihn auf den Nachttisch und rückte sich den Stuhl näher ans Bett. »Ich habe Anweisung von meinem Herrn und Meister Ames Prince, dich ja nicht zu fragen, was heute Morgen passiert ist, obwohl du wissen solltest, dass dich die Winstoner Gerüchteküche schon mit einem Fuß ins Grab gestellt hat.«

»Ich war nicht mal in der Nähe, auch wenn es im Augenblick nicht danach aussieht. Dann besteht wohl wenig Hoffnung, dass Jeremy nichts davon mitbekommt.«

»Bis morgen kann man ihm die Sache noch verschweigen, denke ich. Und bis dahin bist du ja wieder daheim. Oder nicht?«

»Sie sagen es jedenfalls. Ich kann es nicht mehr erwarten. Ich hasse Krankenhäuser.«

»Ich weiß. Ich mag sie auch nicht besonders.«

Sloane strich ihr sanft übers Haar. »Armes Mädchen. Dass dir so was passieren musste!«

Seine Berührung war harmlos, drückte nur Mitgefühl aus, trotzdem fühlte Christine sich plötzlich befangen. In ihrem Tagebuch hatte Dara einen ihrer Liebhaber SC genannt. Christine war überzeugt, dass es sich dabei um Sloane handelte. Unwillkürlich stellte sie sich vor, wie er und Dara sich in hemmungsloser Sinnlichkeit umschlangen. Sie spürte, wie sie rot wurde, und wusste nicht genau, ob aus Wut oder aus Verlegenheit.

»Chris, du siehst irgendwie seltsam aus. Soll ich eine Krankenschwester rufen?«

»Zuerst zum Fürchten, jetzt seltsam«, sagte sie bemüht unbekümmert. »Dein Besuch baut mich ungemein auf.«

»Entschuldige. Du hast ja immer gesagt, ich hätte keine poetische Ader.«

»Das stimmt doch nicht!«

»Doch, es war an einem Abend, an dem du zu viel Wein getrunken und darauf bestanden hattest, mir etwas von einem gewissen William Wadsworth vorzulesen.«

»Wordsworth. Mein Lieblingsdichter. Du warst zu Tode gelangweilt. Ich glaube, du bist sogar eingenickt.«

»Unmöglich! Ich bin die reinste Stimmungskanone, mit meinen Ideen halte ich jede Party am Laufen. Ich stülpe mir einen Lampenschirm über den Kopf, tanze dabei den Jitterbug oder singe in voller Lautstärke ›Great Balls of Fire‹.«

»Du als Stimmungskanone?« Christine lachte. »Das nehm ich dir nicht ab. Du bist viel zu sehr darauf bedacht, einen guten Eindruck zu machen.«

»Das klingt, als wäre ich der totale Blindgänger!«

»Kein Blindgänger. Nur … korrekt. Ein Gentleman, wie er im Buche steht.«

Sloane grinste. »Wenn du mich aufziehst, geht es dir schon wieder besser.« Er beugte sich zu ihr hinunter und küsste sie leicht auf die Stirn. »Ich bin ja so froh, dass du nicht ernstlich verletzt bist. Wenn ich dran denke, was dir hätte passieren können …« Er brach ab. »Versuch jetzt zu schlafen. Ich ruf dich morgen an.«

4

Die Nacht wurde Christine unendlich lang. Der Kopf tat ihr weh, die rauen Laken kratzten, ihr Nachthemd wickelte sich ständig um ihre Taille, und die Schwestern schienen nicht zu wissen, dass Patienten Schlaf brauchten. Ihr Plaudern und Lachen auf der Schwesternstation hallte durch den Flur. Und wenn sie nicht gerade redeten, platzten sie ins Zimmer und kamen auf quietschenden Gummisohlen ans Bett gelatscht, um sich zu vergewissern, dass sie schlief. Um ein Uhr morgens war Christine reif für die Klapsmühle.

Noch acht Stunden und ich kann nach Hause, dachte sie, der Verzweiflung nah. Dort lege ich mich dann hübsch gemütlich aufs Sofa, die Katze neben mir, und höre Musik. Nachmittags backe ich mir dann ein Blech Zimtschnecken, die ich mir zum Kaffee schmecken lasse. Welches Kaffee-Aroma? Stockholmer Röstung? Kenia? Vanille-Nuss?

Eine halbe Stunde später hatte Christine die Anspannung der letzten Tage endlich abgestreift. Ihre Gedanken schweiften von einem Thema zum nächsten. Ein fernes Grollen kündigte das nächste Unwetter an. Noch mehr Regen, noch mehr trübe Tage …

Das Schrillen des Telefons riss Christine aus dem Halbschlaf. Mit Mühe öffnete sie die schweren Lider und hoffte inständig, dass es nicht Jeremy war.

Sie griff nach dem Hörer und murmelte: »Christine Ireland.«

Eine Weile blieb es still. Aber nicht völlig still. Sie hörte etwas wie ein schwaches, mechanisches Surren und witterte augenblicklich Gefahr. »Hallo, hier ist Christine Ireland.«

Da hörte sie die Stimme einer jungen Frau im Ohr. Eine bekannte Stimme. Christines Nackenhärchen sträubten sich, und ein kalter Schauer überlief sie, während sie wie gebannt zuhörte, als Dara Prince mit schwacher, verlorener Stimme sang:

Wohin ich auch geh,
finstere Augen ich seh.
Ich wünschte, sie sprächen von Liebe,
und weiß doch, sie wollen den Tod.
Ich liebe das Leben,
und weiß nur zu gut,
dass es bald zu Ende geht.

Kapitel 10

1

»Miss Ireland, Sie können erst gehen, wenn der Arzt Ihre Entlassungspapiere unterschrieben hat«, sagte eine stämmige Schwester zum dritten Mal. »Wenn Sie ohne seine Einwilligung gehen, dann zahlt Ihre Versicherung nicht.«

»Dann zahle ich es selbst. Ich will hier raus, und Sie sagten, dass der Arzt erst in einer Stunde hier aufkreuzen wird.«

»Jetzt atmen Sie erst mal tief durch und hören auf, im Zimmer auf und ab zu laufen – übrigens steht Ihr Nachthemd hinten offen –, dann werden Sie sich entspannter fühlen.«

Christine fuhr herum, um ihr exponiertes Hinterteil zu inspizieren. War es eine besondere Form der Folter, dass man Krankenhausnachthemden nur mit ein paar dürftigen Bändchen am Rücken zusammenhielt? Sie ließ sich auf den Stuhl fallen.

»So ist es besser«, sagte die Schwester beschwichtigend, als hätte sie ein Kleinkind vor sich. »Geht's uns jetzt nicht schon viel besser?«

»O ja, prächtig!«

Die Schwester schien ihren sarkastischen Ton zu überhören. »Und sehen Sie mal! Was für ein tolles Frühstück wir hier haben. Mit vollem Bäuchlein werden wir uns gleich noch viel besser fühlen!«

»Sie vielleicht. Ich nicht.«

»Aber, aber …«

»Selbst aber aber«, knurrte Christine.

Die Schwester seufzte. »Wie kann ein so hübsches Mädchen nur so störrisch sein. Ihre Mutter wäre bestimmt entsetzt über Ihr Benehmen. Trinken Sie wenigstens Ihren Kaffee. Bitte.«

Christine warf ihr einen finsteren Blick zu, aber die Erwähnung ihrer sanften, eleganten Mutter Live versetzte ihr einen Stich. Live wäre in der Tat der Meinung, dass ihre Tochter sich unmöglich aufführte. Schließlich konnte die Schwester nichts dafür, dass Christine letzte Nacht fast gestorben war vor Angst.

Nach dem Anruf hatte sie bis zum Morgengrauen stocksteif im Bett gelegen. Sie hätte so gern jemanden um Hilfe gebeten, aber weswegen? Wegen eines anonymen Anrufers, der eine Musikkassette abspielen ließ? Aber es war keine beliebige Musik. Es war die Stimme von Dara Prince, die sang, dass ihr jemand nach dem Leben trachtete. Die Erinnerung daran verursachte Christine eine Gänsehaut, aber wie sollte sie dieser bodenständigen Schwester erklären, dass letzte Nacht ein ermordetes Mädchen durchs Telefon für sie gesungen hatte. Die Frau würde sie nicht nur für zickig halten, sondern schlichtweg für verrückt.

»Na schön, ich trinke eine Tasse Kaffee«, sagte sie. »Tut mir Leid, dass ich so schlecht gelaunt bin, aber hat schon mal jemand daran gedacht, neue Matratzen für diese Betten zu besorgen?«

»Ist das Bettchen etwa nicht so kuscheliwuschelig wie das zu Hause?«, fragte die Schwester, als sie den Plastikdeckel von Christines Kaffeebecher nahm.

Kuscheliwuschelig? Redete die immer so? »Ich habe ein Rückenproblem. Ich brauche eine gute Matratze.«

»Eine gute Matratze ist wichtig, aber wenn Sie mal eine Nacht auf einer nicht ganz so luxuriösen schlafen, wird Sie das nicht gleich umbringen.«

»Meine Matratze ist nicht luxuriös, nur bequem.«

»Nun, dann denken Sie eben an all die Menschen, die überhaupt keine Matratze haben.« Und schämen Sie sich, schien sie im Stillen hinzuzufügen. Mit einem gezwungenen Lächeln reichte sie Christine den Kaffee. »Wir haben auch Orangensaft auf dem Tablett. Orangensaft gibt uns Kraft.«

Genau das brauchen wir jetzt, dachte Christine säuerlich. Kraft. Dann kann ich mir kräftiger Sorgen machen. »Sie können ihn haben. Ich möchte ihn nicht.«

»Es steht uns Schwestern nicht zu, von den Tabletts der Patienten zu essen.«

»Möchte wissen, wie Sie da nur widerstehen können«, sagte Christine und zwang sich, die lauwarme Kaffeebrühe zu schlucken.

»Ich bin nicht so heikel.« Die Schwester zog den knittrigen Kissenbezug ab und stopfte das Kissen unsanft in einen sauberen. »Ich habe wenig Geduld mit heiklen Essern. Denken Sie nur an all die Menschen …«

»… die überhaupt nichts zu essen haben«, beendete Christine den Satz für sie und sah, wie die Frau missbilligend das Gesicht verzog. »Hat meine Freundin Tess schon angerufen, um zu sagen, wann sie mich abholen wird?«

»Ihre Freundin würde doch in Ihrem Zimmer anrufen, nicht in der Schwesternstation. Wir sind schließlich keine Telefonvermittlung!«, schnaubte sie.

Dabei kam Christine eine Idee. »Werden die Anrufe bei den Patienten irgendwo aufgelistet?«

»Nicht, dass ich wüsste. Warum?«

»Ich habe einen anonymen Anruf erhalten.« Christine versuchte, ihre Stimme ruhig zu halten. »Ich möchte herausfinden, von wem er war.«

»Ich habe nicht die leiseste Ahnung.«

»Er kam so gegen Viertel nach eins.«

Die Schwester hatte gerade ein sauberes Laken über die steinharte Matratze gespannt. Jetzt blickte sie auf. »Das ist unmöglich.«

»Offenbar nicht. Jemand hat mich angerufen.«

»Sie müssen geträumt haben. Nach elf Uhr nachts werden keine Anrufe zu den Patienten mehr weitergeleitet.«

Christine hätte sich beinahe verschluckt. »Aber ich habe nicht geschlafen.«

»Das bilden Sie sich ein.«

»Ich werde doch wohl wissen, wann ich wach bin und wann ich schlafe«, widersprach Christine. Die Schwester warf ihr einen zweifelnden Blick zu. »Ich habe um Viertel nach eins einen Anruf erhalten.«

»Wie Sie meinen, Schatz. Deswegen brauchen Sie sich aber nicht so aufzuregen.«

Aber sie regte sich auf. Und sie würde herausfinden, wer sie mitten in der Nacht angerufen und ihr solche Angst eingejagt hatte.

2

»Gott sei Dank, dass du hier bist«, sagte Christine zu Tess, als diese um zwanzig nach acht ins Zimmer kam. »Ich bin fast verrückt geworden.«

»Du liebes bisschen, Chris, weißt du eigentlich, wie früh es ist?« Tess trug Jeans, die an Säumen und Knien fast weiß gewaschen waren, dazu einen formlosen grauen Pulli. Die blonden Strähnen, die sie sich ins braune Haar hatte machen lassen, waren ausgebleicht. Sie hatte in den letzten Jahren fast zwanzig Pfund zugelegt und dunkle Tränensäcke unter den Augen, als hätte sie die ganze Nacht kein Auge zugetan. Tess war noch nie eine Schönheit gewesen, aber normalerweise war sie modisch gekleidet und gut frisiert. Jetzt sah sie schlampig und ausgezehrt aus. Christine fragte sich, wie wohl Rey auf die Nachricht reagiert hatte, dass die angespülte Leiche die von Dara sein könnte. Sollte der Tod seiner alten Liebe ihm zu schaffen machen, könnten Eifersucht und Trauer der Grund für Tess' nachlässiges Äußeres sein.

»Ich war kurz bei dir und habe dir frische Unterwäsche, eine Jeans, ein Sweatshirt und Schuhe mitgebracht«, sagte Tess. »Zum Glück habe ich einen Schlüssel.«

»Ich sperre mich mindestens zweimal im Jahr aus. Also dachte ich, dass ich am besten bei jemandem einen Zweitschlüssel hinterlegen sollte, und bei Patricia hätte ich immer das Gefühl, dass sie herumschnüffeln würde. Zu dir und zu Bethany habe ich mehr Vertrauen.«

»Bethany hat auch einen?«

»Nur für den Fall, dass du nicht zu Hause sein solltest.«

»Schlau eingefädelt. Warum hast du es denn so eilig, von hier wegzukommen? War die Nacht so mies?«

»Ja, aber aus einem ganz bestimmten Grund. Ich erzähle es dir auf der Heimfahrt.«

»Du meine Güte, wie mysteriös. Und Freunde scheinst du dir auch nicht gemacht zu haben. Die Schwester hat mich vor der Tür abgefangen, um mir zu erzählen, dass du dich geweigert hättest, auf die Zustimmung des Herrn Doktor zu warten. Sie nannte dich eine sehr störrische junge Lady.«

»Bestimmt hatte sie eigentlich an ein ganz anderes Eigenschaftswort gedacht. Wir sind uns nicht besonders sympathisch.«

Christine war ins Badezimmer gegangen, um sich anzuziehen. Tess hatte vergessen, ihr einen BH mitzubringen, aber Christine konnte ohne weiteres darauf verzichten. Der von gestern war voller Blut, das durch ihr Sweatshirt gesickert war. Auch die Socken hatte Tess vergessen. Dafür hatte sie ihre ältesten Turnschuhe mitgebracht. Schande, wie seh ich aus!, dachte sie bestürzt. Mit dem Bluterguss im Gesicht und den alten Klamotten hätte man sie glatt für eine verprügelte Schlampe halten können. Sie würde so rasch wie möglich durch die Eingangshalle gehen.

»Ich werde nicht auf den Herrn Doktor warten, weil ich es keine Sekunde länger hier aushalte und weil ich weiß, dass du den Laden aufschließen musst.«

»Heute nicht. Sämtliche Läden in der Innenstadt bleiben heute auf Anweisung der Stadtverwaltung geschlossen. Die meisten gesunden Männer stehen am Flussufer und schleppen Sandsäcke durch die Gegend.«

»Rey auch?«

»Schon seit Sonnenaufgang.«

»Ich wette, Jeremy ist auch dabei.«

»Wenn er da ist, passt Rey bestimmt auf ihn auf. Du brauchst dich nicht sieben Tage die Woche von morgens bis abends um ihn zu sorgen, Chris. Das hältst du nicht durch.«

Dasselbe gilt für dich und Rey, dachte Christine, sagte aber nichts. Sie hatte im Moment eigene Probleme. Zum Beispiel den Angriff im Fitness-Center. Oder Dara, die mitten in der Nacht durchs Telefon gesungen hatte.

»Was brabbelst du da von Dara?«, fragte Tess sie stirnrunzelnd.

»Ich sag's dir später.«

»Gott, ich kann's kaum erwarten. Diese Geheimniskrämerei von dir bringt mich noch um.«

»Warte mit dem Sterben, bis du mich heimgebracht hast. Noch zehn Minuten an diesem Ort, und ich fang an zu heulen wie ein Wolf.«

Tess grinste. »Da hat die liebe Schwester dem Onkel Doktor aber was zu erzählen! Der Tag wäre gerettet. Ach was, das ganze Jahr!«

»Die Genugtuung gönne ich ihr nicht. Gehen wir.«

Eine halbe Stunde später, nachdem sich die Schwester ein letztes Mal gegen ihr übereiltes Verschwinden gestemmt hatte, waren Christine und Tess auf dem Weg nach Hause. Der Tag war trocken, aber der Himmel hatte die Farbe von Zinn, und die Straßen waren übersät mit Schutt, der sich schneller ansammelte, als die Straßenreinigung ihn aufsammeln konnte.

Als sie in Christines Auffahrt bogen, sahen sie, wie Bethany auf der überdachten Veranda eine voll gepackte Papiertüte und einen Topf mit Veilchen auf eine schwere Holzbank stellte und in ihrer Handtasche kramte. Sie winkte und kam ihnen entgegen, als sie aus dem Wagen stiegen. »Ich hab dich nicht so früh erwartet, Chris!«

»Im Krankenhaus hat es ihr nicht mehr gefallen«, brummte Tess. »Sie hat dunkle, geheimnisvolle Gründe dafür, aber die erfahren wir erst, wenn sie eine anständige Tasse Kaffee getrunken hat.«

Bethany sieht besonders hübsch aus heute, dachte Christine und fühlte sich neben ihr wie eine Pennerin. Tess ging es wahrscheinlich genauso.

»Hoffentlich bist du mir nicht böse, dass ich in deinem Haus war«, sagte Bethany und bestand darauf, Christine die Handtasche zu tragen. »Ich hab dir ein paar Sachen besorgt, damit du dich heute ausruhen kannst. Ich weiß ja, dass du nie viele Lebensmittel im Haus hast, außer wenn du Jeremy erwartest.«

»Das war wirklich aufmerksam von dir, Beth«, sagte Christine, während Bethany sich mit einem zierlichen Taschentuch die Nase putzte. Niemand außer ihr benutzte Taschentücher aus Stoff. »Hast du dich erkältet?«

»Ein bisschen. Ich hab mich bei Jan angesteckt. Im Kindergarten grassiert gerade ein Schnupfen.«

Christine nickte. »Ich dachte schon, dass deine Stimme gestern im Krankenhaus tiefer klang als sonst. Jetzt fühlst du dich nicht wohl, und dann werfe ich dir auch noch deinen ganzen Terminplan über den Haufen.«

»Es geht mir gut. Ich klinge nur komisch. Und du wirfst überhaupt nichts über den Haufen. Der Kindergarten fängt wegen der Sandsackaktion eine Stunde später an.«

»Werden jetzt schon Vierjährige zur Arbeit verdonnert?«, fragte Tess allen Ernstes.

Bethany kicherte. »Du bist lustig, aber einige der Kleinen würden sicher gern in der Matsche rumplanschen«, meinte sie. »Nein, einige Straßen sind blockiert und dadurch hat sich der Verkehr gestaut. Ich verstehe nicht, warum sie den Kindergarten nicht einfach für heute dichtgemacht haben. Travis' Wagen ist in der Werkstatt, deswegen muss ich ihn heute zur Uni fahren. Aber sein erster Kurs beginnt erst um elf. Du machst mir also überhaupt keine Umstände, Chris. Oh, hier ist der Schlüssel, den du mir gegeben hast! Kein Wunder, dass ich ihn nicht finden konnte. Ich hatte ihn in das kleine Fach mit dem Reißverschluss in meiner Handtasche gesteckt, damit er ja nicht verloren geht. Travis sagt, dass ich mein Zeug viel seltener suchen müsste, wenn ich es wie normale Leute durch die Gegend fetzen würde.«

»Männer haben für alles eine Lösung«, sagte Tess. »Rey

zum Beispiel regt sich immer tierisch auf, weil ich mein Zeug rumfetze. Er ist der ordentlichste Mensch, den ich kenne. Er macht mich noch verrückt.«

Bethany schloss die Haustür auf und stieß sie auf, während Christine den Topf mit den Veilchen holte. »Die sind ja wunderschön! So dickblütige hab ich noch nie gesehen!«

»Es ist eine besondere Sorte. Sie heißt Optimara. In den Achtzigern hat man, um ihre Haltbarkeit zu testen, 25 000 Samen für sechs Jahre in den Weltraum geschossen. Als die Samen wieder auf die Erde zurückkamen, hatten sie einige Mutationen durchlaufen, unter anderem entwickelten sie vollere Blüten, weil statt der üblichen vier oder fünf Blüten zwanzig auf einmal aufgehen. Und im Unterschied zu den gewöhnlichen Usambaraveilchen hören sie nie auf zu blühen.« Tess und Christine starrten sie an. Bethany wurde rot. »Tut mir Leid. Ich wollte nicht angeben. Es ist nur, weil ich letzte Woche im Gartenverein einen Vortrag über das Thema gehalten habe.«

»Gott sei Dank«, sagte Tess. »Ich hatte schon Angst, du würdest irgendwie intellektuell werden.«

»Das überlasse ich meinem Mann«, antwortete Bethany. »Er ist der Gebildete in der Familie.«

»Dann sind das also ›Weltraumveilchen‹«, sagte Christine und bewunderte lächelnd die Blüten, die aussahen wie aus dunkelrotem Samt. »Jeremy wird begeistert sein, wenn er sie sieht. Er begeistert sich für alles, was mit dem Weltraum zu tun hat. Ich glaube, dass wir jede Folge von *Raumschiff Enterprise* mindestens zwanzigmal gesehen haben. Als Jeremy noch klein war, hat er sich ein geheimes Codewort für uns ausgedacht. Sollte einer von uns Hilfe brauchen, dann sollten wir einfach ›Klingon‹ rufen.«

»Was um alles in der Welt soll das denn bedeuten?«, fragte Tess.

Bethany und Christine warfen sich einen vielsagenden Blick zu. Bethany sagte: »Die Klingonen waren die gefürchteten Feinde der tapferen, tüchtigen Erdlinge. Wieso weißt du das denn nicht?«

»Wieso weißt du das?«

»Ich bin mit einem Wissenschaftler verheiratet. Deshalb weiß ich das natürlich«, sagte Bethany. »*Raumschiff Enterprise* war das Erste, worüber Travis und ich uns unterhalten haben. Ich war in seiner Nähe viel zu schüchtern, um an etwas anderes zu denken.«

»Auch nicht an Schlangen?«, fragte Tess, während sie die Einkaufstüte auf die Küchentheke stellte.

Bethany schüttelte sich. »Auf Schlangen könnte ich gern verzichten. Ich dachte, Travis würde dieses Hobby wenigstens meinetwegen aufgeben – ich habe ja eine regelrechte Schlangenphobie –, aber von wegen.« Sie stellte die Veilchen auf den Küchentisch, wo sie indirektes Sonnenlicht abbekämen. »Ich glaube, er würde sich eher scheiden lassen, als auch nur eines dieser widerlichen Viecher herzugeben.«

Rhiannon hatte sie nicht begrüßt, als sie das Haus betreten hatten. Fremden gegenüber war sie grundsätzlich scheu, aber Tess und Bethany kannte sie doch. Christine wandte sich an Tess. »Apropos Viecher, hast du Rhiannon gesehen, als du vorhin hier warst?«

»Kurz. Sie saß auf der obersten Stufe. Dann ist sie davongerannt und hat sich unter deinem Bett verkrochen.« Tess runzelte die Stirn. »Sie schien Angst zu haben. Dabei ist sie noch nie vor mir weggelaufen.«

»Vielleicht war sie nervös, weil ich letzte Nacht weg war«, sagte Christine. »Ich lasse sie sonst nie allein.«

»Chris, hör auf, durch die Küche zu flattern und alles zu überprüfen. Ich habe kein Silber geklaut«, sagte Tess.

»Irgendetwas gefällt mir hier nicht«, murmelte Christine und sah nervös unter eine Dose Kaffee. »Alles scheint am rechten Platz zu sein, aber irgendwas stimmt hier nicht.«

»Die eine Nacht im Krankenhaus hat dich auf blöde Gedanken gebracht«, sagte Tess. »Warum gehst du nicht ins Wohnzimmer, legst dich auf die Couch, und ich mach dir Tee.«

»Ich mag keinen Tee.«

»Kaffee?«

»Ich hatte schon welchen, und der war so mies, dass ich mindestens drei Stunden keinen mehr trinken kann.«

»Na denn, Prinzessin, was kann ich sonst für dich tun?«

»Ich möchte heiße Schokolade mit ganz vielen Minimarshmallows. Die Schokoladenmischung und die Marshmallows sind im Fach über der Mikrowelle.«

»Schön. Ich möchte auch heiße Schokolade. Das hebt die Stimmung an so einem trübseligen Morgen. Hast du auch Zeit für eine Tasse, Bethany?«

»Eine schnelle. Chris, bitte leg dich hin. Du siehst aus, als würdest du gleich umkippen. Ich habe frische Milch mitgebracht. Und Weißbrot und Cheddarkäse für diese gegrillten Käsesandwiches, die du so gerne isst. Ich habe auch Kopfsalat gekauft, Tomaten, grünen Paprika und Gurken, für einen Salat. Jetzt ruh dich aus. Ich stelle alles in den Kühlschrank, während Tess sich um die Schokolade kümmert. Ah ja, ich habe auch frische Doughnuts mitgebracht. Die magst du doch so gern.«

»Ach, Bethany, du bist zu gut, um wahr zu sein«, sagte Christine.

Ihr Kopf pochte mittlerweile wie eine Basstrommel. Ihre Armmuskeln taten weh von der Anstrengung gestern mit den Gewichten. Sie war außerdem schlecht gelaunt und hatte Sand in den Augen, weil sie so wenig geschlafen hatte. Müde, unleidlich, nervös und erschlagen griff Christine nach der Fernbedienung und schaltete einen Nachrichtensender ein. Die Welt war offenbar ein einziges Chaos und die Börsenkurse im Eimer, nachdem sie erst vor kurzem ein paar tausend Dollar in angeblich sichere Aktien investiert hatte. Stöhnend ließ sie sich auf die Couch fallen.

Genau in diesem Moment stieß Bethany einen schrillen Schrei aus.

Christine schoss von der Couch in die Küche. Tess stand wie erstarrt mitten im Raum, eine Tüte Milch in der Hand. Zu ihrer Rechten stand Bethany, mit dem Rücken zum Kühlschrank.

»Was ist?«, fragte Christine, während Bethany immer weiter schrie. »Was ist denn?«

Bethany hob die linke Hand und zeigte auf den offenen Kühlschrank. Christine ging darauf zu und spürte die kalte Luft, die ihm entströmte. Zunächst sah sie nichts Ungewöhnliches auf den nahezu leeren Ablagefächern. Doch dann blickte sie auf das offene Gemüsefach.

Auf dem kalten weißen Metall lag eine dreckige, tote, langhaarige, braune Wasserratte, die fast dreißig Zentimeter lang war.

3

»Iss deine Grütze.«

»Du hast keine Rosinen reingetan«, sagte die kleine Jan Burke vorwurfsvoll. »Und Timt ist auch keiner drin. Ich mag's aber nur mit Rosinen und Timt.«

»Es heißt Zimt, nicht Timt.« Travis wühlte sich durch sämtliche Küchenfächer, bis er Rosinen und Zimt zutage förderte, und mischte beides in die Schale mit dampfender Hafergrütze.

»Besser?«

»Nö. Du musst die Rosinen mit dem Brei kochen, sonst werden sie nicht schön matschelig.«

»Rühr sie mal unter den Brei. Dann werden sie schon weich.«

»So ist es aber nicht richtig.«

Travis schloss die Augen und zählte bis zehn. Dann sagte er mit ruhiger Stimme: »So, Mademoiselle, du wirst jetzt den Brei essen, den Daddy dir gemacht hat. Daddy hat sich mächtig angestrengt. Und er ist beleidigt, wenn du jetzt nicht brav isst. Verstanden?«

Jans Widerborstigkeit ließ ein wenig nach, als er sie Mademoiselle nannte, ein hübscher Name in einer hübschen Sprache, die sie eines Tages erlernen würde. Außerdem wollte sie nicht, dass ihr Daddy beleidigt war. »Na schön, dann esse ich es eben«, sagte sie großmütig und murmelte dann in ihr Schälchen: »Aber richtig ist es trotzdem nicht.«

Travis Burke liebte seine Tochter mehr, als er es sich selbst jemals zugetraut hätte, aber er konnte nicht verstehen, woher Bethany all die Geduld für das Kind hernahm. Jan war ein sehr liebes Mädchen für ihr Alter. Das sagten alle. Aber sogar die liebsten Vierjährigen seien schwierig, fügten sie hinzu. Leider hatte Travis noch nie viel Geduld für seine Mitmenschen aufbringen können. Reptilien waren da etwas anderes.

»Ich werd mal nach den Schlangen sehen, bevor Mami wiederkommt«, sagte er zu Jan.

»Igitt. Vielleicht mögen die meinen Brei.«

»Die mögen lieber Essen, das noch lebt.«

»Was denn?«

»Nicht so wichtig.«

»Du meinst, sie essen Mäuse. Lebendige.« Jan verzog ihr hübsches kleines Gesicht. »Igittigitt! Mach schnell, Daddy. Mami mag es nicht, wenn sie auf dich warten muss.«

»Mami sollte nicht so unflexibel sein.«

»Was?«

»Nicht so wichtig. Ich bin in zehn Minuten wieder da. Bis dahin solltest du dein Schälchen leer gegessen haben.«

Als Travis Bethany geheiratet hatte, wollte ihr Vater, Hugh Zane, ihnen ein großes Haus im mediterranen Stil kaufen, in der besten Gegend, nicht weit von seinem eigenen Haus entfernt. Travis hatte das großzügige Geschenk ausgeschlagen und stattdessen diese Ranch erstanden, die nur halb so groß war wie die Villa. Zwei Gründe hatten ihn dazu bewogen. Erstens wollte er nicht mit über vierhunderttausend Dollar bei Hugh Zane in der Kreide stehen. Hugh würde ihn auf hundert verschiedene Arten immer wieder daran erinnern, wie viel das Haus gekostet hatte, und als Gegenleistung Unterwürfigkeit erwarten. Zweitens wollte Travis unbedingt außerhalb der Stadt wohnen, ohne Nachbarn in unmittelbarer Nähe, um sich Schlangen halten zu können, seine große Leidenschaft seit seinem 14. Lebensjahr.

Ihr nächster Nachbar wohnte fast eine halbe Meile weit entfernt. Er war ein pensionierter Witwer, der Travis' Interesse an der Herpetologie teilte und ein paarmal im Monat vorbeikam, um sich die »kleinen Burschen« anzusehen. Auch die übrigen Nachbarn, die über eine Meile von hier entfernt lebten, hatten sich noch nicht über die Schlangen beklagt. Wahrscheinlich waren sie der Meinung, dass der seltsame Collegedozent sich nur ein paar Ringelnattern oder schlimmstenfalls Kreuzottern hielt.

Zu Travis' Erstaunen versuchten sowohl Bethany als auch Hugh ihm sein Hobby immer noch auszureden, obwohl er ihnen vor der Hochzeit seinen Standpunkt klar gemacht hatte. Vielleicht hofften sie, seine Entschlossenheit auszuhöhlen, wenn sie ihm nur lange genug in den Ohren lagen. Sie hatten sich getäuscht, und Travis war erstaunt und unglücklich zugleich angesichts der Beharrlichkeit seiner scheinbar so anschmiegsamen Frau. Vielleicht war sie ihrem Vater ähnlicher, als es den Anschein hatte.

Das Schlangenhaus maß zehn auf zwölf Meter und bestand aus weiß gestrichenen Betonblöcken, mit Fenstern aus bruchsicherem Glas. Travis zog einen Schlüsselbund aus der Jackentasche. Mit dem ersten Schlüssel öffnete er ein Vorhängeschloss, mit dem zweiten einen Riegel, mit dem dritten ein normales Türschloss. Er ging hinein, zog die Eisentür hinter sich zu und sperrte sie ab. Er schaltete Deckenstrahler ein, die ultraviolettes Licht ausstrahlten. Wasserschlangen bevorzugten Tageslicht, während Insekten fressende Arten in ultraviolettem Licht gediehen. Er sah sich in dem gut isolierten Raum um, wo die Wärme sorgfältig auf optimaler Temperatur gehalten wurde, um die Schlangen gesund zu erhalten.

»Guten Morgen, Herrschaften!«

Als Antwort kam ein anhaltendes Zischen und Rasseln. Den meisten Menschen verursachten diese Geräusche eine Gänsehaut. Travis liebte sie.

Nachdem er eine begüterte Frau geheiratet hatte, musste er nicht mehr jeden Penny umdrehen und konnte einen Großteil seiner Ersparnisse in sein Schlangenhaus stecken, das er im Unterschied zu den meisten amerikanischen Terrarien nach der naturnäheren europäischen Manier ausgestattet hatte. Blätter oder Sand, manchmal eine Kombination aus beidem, bedeckten den Boden der Käfige. Viele enthielten kleine Zweige, die er im Wald gesammelt hatte, wobei er für die Baumschlangen einige Zweige diagonal in den Käfigen platziert hatte. Diese Art der Käfighaltung war natürlich aufwendiger, aber nur das Beste war Travis gut genug für seine Tiere.

Er lugte in einen der Käfige, in dem sich eine leuchtend rotorange Baumboa um einen Ast wand, sehr begehrt bei Schlangenliebhabern, obwohl sie sehr lebhaft und schwierig zu halten war. »Ich erwarte ungefähr zehn Babys von dir«, sagte Travis. »Du wirst mich doch nicht enttäuschen?« Die Boa wickelte sich noch fester um ihren Ast und drehte den Kopf weg. »Zicke«, murmelte Travis lächelnd.

Er ging weiter zu einer gemeinen Königspython mit weißer Zeichnung auf schwarzem Grund. Die Schlange war in den Appalachen weit verbreitet, und Travis wusste, dass viele Menschen keine Angst hatten vor dieser Schlange, wobei sie nicht zu wissen schienen, dass ein ungezähmtes Exemplar sich in aller Ruhe um einen Arm zu wickeln pflegt, nur um gleich darauf zuzubeißen und genüsslich zu kauen. Travis trug am rechten Arm noch die Narben, die von einer unerfreulichen Begegnung mit dieser Schlange zeugten. Seine Schlange war lang und träge, eine seiner ersten Errungenschaften trotz ihrer nicht sehr freundlichen Begrüßung. Ihr Partner hatte seinen eigenen Käfig, weil die Königspython zum Kannibalismus neigte.

Seine hellbraun und rostfarben gemusterte Kiefernnatter lag fast unsichtbar in einem Blätterhaufen. Er hatte sie in Kentucky entdeckt und schätzte sie wegen ihrer Bissigkeit; aber diese hier war die aggressivste, die er je gefangen hatte. Der nächste Käfig enthielt eine überwiegend goldene, plumpe Ballschlange. Wegen ihrer Färbung hatte ihn diese Schönheit über dreitausend Dollar gekostet. Exemplare dieser Spezies hatten eine Lebenserwartung von bis zu siebenundvierzig Jahren. »Du wirst mich wahrscheinlich überleben, Schätzchen«, sagte er zu der selbstvergessenen Schlange.

Aber am faszinierendsten von allen fand Travis die Vipern, vielleicht weil sie normalerweise die tödlichsten waren. Ihr Gift ist deshalb so gefährlich für den Menschen, weil die Vipern warmblütige Beutetiere fressen, deren Physiologie der des Menschen sehr ähnlich ist. Einer von Travis' Lieblingen war die große Gabun-Viper mit ihrer purpur- und pinkfarbenen Zeichnung. Diese Gattung hatte die längsten Fänge von allen Giftschlangen. Die Schlange hatte auch die aufregende Angewohnheit, reglos dazuliegen, wenn man sie reizte, um sich dann urplötzlich aufzublähen und mit einem so lauten Fauchen zuzustoßen, dass manche Experten es mit dem Zischen eines Autoreifens verglichen, dem die Luft entweicht.

Seine Diamant-Klapperschlange erzeugte ein bedrohliches Rasseln und schien ihn dabei wütend anzustarren. »Mies gelaunt heute, Hugh?« Bethany wäre entsetzt, wenn sie wüsste, dass er die schlecht gelaunte, gefährliche Giftschlange nach ihrem Vater benannt hatte. Travis ging weiter zur Todesotter mit dem dreieckigen Kopf, dann zur Schwarzen Tigerschlange mit dem geschwollenen Leib, die sich bei Gefahr aufzurichten pflegte, der Hornotter, die zur Abschreckung ihre Schuppen aneinander rieb, wodurch ein lautes Reibegeräusch entstand …

Ein unwirsches Rütteln an der Stahltür ließ Travis aufschrecken und erinnerte ihn daran, dass er sich zu lange bei den Schlangen aufgehalten hatte. Eilig ging er zur Tür, machte sie auf und sah sich einer ziemlich ungnädigen Bethany gegenüber. »Zeit, dass wir fahren. Höchste Zeit.«

»Tut mir Leid, Schatz. Wie wär's, warum kommst du nicht rein und siehst dir den grünen Python an? Er ist wunderschön. Seine Farbe ist heute besonders kräftig. Das liegt vielleicht am Licht …«

»Ich finde keine Schlange schön, und wenn ihre Farbe noch so leuchtet. Und wir sind spät dran.«

»O nein«, sagte Travis theatralisch.

»Sperr endlich dein Horrorkabinett ab, damit wir aufbrechen können«, verkündete Bethany wütend.

Im Wagen zurrte Bethany Jan so fest auf den Rücksitz, dass Travis schon befürchtete, das Kind könnte blau anlaufen, und fragte ihn dann, ob er vielleicht ans Steuer wolle. Travis verneinte, obwohl die nervöse Fahrweise seiner Frau ihn verrückt machte. Dabei fuhr sie ausgesprochen gern, und er hoffte, dass die Konzentration auf den Verkehr sie ein wenig besänftigen würde.

»Na, wie geht's Christine?«, fragte Travis, fest entschlossen, über Bethanys schlechte Laune hinwegzusehen.

»Nicht gut. Heute Morgen ist noch etwas passiert …« Sie warf einen Blick auf Jan. »Ich erzähl's dir später, aber ich mache mir Sorgen um Christine. Ich hoffe, dass sie und Jeremy nächste Woche zu Jans Geburtstagsparty kommen können.«

»O ja, wie schön«, sagte Travis ironisch.

Bethany wandte sich ihm zu. »Was soll dieser Ton? Ich dachte, du magst Christine?«

»Christine mag ich ja auch. Es ist doch nur ihr Bruder, der mich nervt.«

»Warum? Er ist lieb und freundlich …«

»Du kennst ihn doch kaum, Beth. Solche Menschen sind unberechenbar. Ich mag es nicht, dass ein großer, zurückgebliebener Kerl mit all den kleinen Mädchen spielt.«

»Travis!«, keuchte Bethany.

»Ich hab Jeremy lieb«, protestierte Jan laut. »Er ist genauso lustig wie ein Kind.«

»Wie ein riesiges Kind. Ich will ihn nicht auf der Party haben.«

»Aber ich will, dass er kommt, Daddy«, sagte Jan aufsässig. »Es ist meine Geburtstagsparty, und ohne ihn macht sie mir keinen Spaß.«

»Ich kann ihn nicht mehr ausladen. Das würde ihn kränken und Christine beleidigen«, fügte Bethany entrüstet hinzu. »Nicht zu glauben, dass du etwas so Grobes vorschlägst!«

»Jesus Maria, was für ein Aufstand«, murmelte Travis. »Ich habe das Gefühl, dass dir dieser Schnupfen ganz schön zu schaffen macht, Beth.«

»Was soll das heißen?«

»Dass du lächerlich wenig Geduld hast.«

»Doch nur, weil wir zu spät dran sind!«

»Dann fahr schneller. Alle überholen uns.«

In stummer Wut trat Bethany aufs Gas und beschleunigte um rasante fünf Meilen. Gleich heben wir ab, dachte Travis zähneknirschend. Um sich abzulenken, klappte er das Sonnendach herunter und warf einen Blick in den Spiegel. Sein hellbraunes Haar wies neuerdings an den Schläfen ein paar graue Strähnen auf. Es kam ihm auch so vor, als würde sich sein Haaransatz leicht nach hinten verschieben, eine Katastrophe. Er schwor sich, noch heute Haarwuchsmittel zu besorgen. Und eine Flasche dieser sanften Tönung, die das Haar nach und nach wieder dunkler werden ließ. Seine Wangen sahen ein wenig fahl und eingefallen aus, und seine grünen Augen blickten leicht stumpf. Er hatte nicht gut geschlafen letzte Nacht.

»Du siehst gut aus«, sagte Bethany, »obwohl du dich beim Rasieren geschnitten hast. Da ist ein kleiner Kratzer auf dem Kinn und einer auf der Kehle.«

»Ich rasiere mich nicht gern.« Travis leckte sich den Finger und rieb sich das getrocknete Blut ab. »Vielleicht lasse ich mir einen Bart stehen.«

»Wag es ja nicht. Ich hasse Bärte. Sie lassen Männer viel älter aussehen.« Sie sah zu ihm hinüber. »Wenn du dein hübsches Gesicht mit einem gräulichen Bart bedeckst, dann wirst du für die Neunzehnjährigen, die dir so gut gefallen, womöglich nicht mehr so attraktiv sein.«

Travis seufzte. »Ich habe kein Interesse an Neunzehnjährigen.«

»Ich war neunzehn, als du mich kennen gelernt hast.« Travis klappte das Sonnendach wieder hoch, als Bethany wegen eines welken Blattes, das sie offenbar für ein Eichhörnchen gehalten hatte, beinahe eine Vollbremsung hinlegte. »Dara Prince war neunzehn, nicht?«

»Ich habe keine Ahnung«, sagte Travis nervös.

»Wer ist denn Dara Prince?«, piepste Jan auf dem Rücksitz. »Eine Prinzessin?«

»Nein, Mademoiselle«, sagte Travis. »Sie war eine Studentin von mir, noch dazu eine ziemlich schlechte.«

»Du hast dich nicht für sie interessiert?«, bohrte seine Frau weiter.

»Nein, Bethany, hab ich nicht.«

»Ach ja?« Sie bedachte ihn mit einem honigsüßen Lächeln, das nichts Gutes verhieß. »Warum hast du dann letzte Nacht im Schlaf zweimal ihren Namen gesagt?«

Kapitel 11

1

Nachdem sie die Ratte entdeckt hatten, dachte Christine, sie müsse Bethany ohrfeigen, nur damit sie aufhörte zu schreien. »Du lieber Himmel, Beth, es ist nur eine Ratte«, hatte Tess ihr zugerufen.

»Eine fette, tote Ratte. Und das im Kühlschrank!«

»Genau. Sie ist tot. Die tut keinem mehr was. Sie sieht nur fies aus und sie stinkt.«

»Ich muss mich übergeben«, verkündete Bethany. Christine hatte sich mit einem Mal ganz ruhig gefühlt und war fast amüsiert über den Aufruhr, den dieses armselige Tier ausgelöst hatte. »Beth, Tess, fahrt jetzt lieber nach Hause«, sagte sie. »Ich werde die Polizei anrufen.«

»Wir sollen dich mit dem Vieh allein lassen?«, hatte Bethany entsetzt gefragt.

»Ich glaube nicht, dass ich in Gefahr bin. Du musst Jan und Travis zum Unterricht bringen. Tess, du bist seit Stunden auf den Beinen und siehst erschöpft aus. Die Polizei kommt erst in ein paar Stunden. Ich werde mich duschen und ein bisschen entspannen, damit ich nicht allzu hysterisch klinge, wenn die Cops kommen. Ich kann schon auf mich aufpassen. Ich bin weder krank noch ein Kind.«

»Aber du hast doch so viel durchgemacht …«, protestierte Bethany.

»Wenn Chris sagt, dass sie allein sein möchte, dann ist es auch so«, sagte Tess sanft. »Sie ist die eigensinnigste Frau auf der ganzen Welt. Wer mit ihr streitet, zieht den Kürzeren. Aber bevor wir gehen, stellen wir noch das ganze Haus auf den Kopf. Schließlich ist diese Ratte nicht von allein hereingekommen.«

»Glaubst du, da sind noch mehr Ratten?«, fragte Bethany voller Angst.

Christine bemerkte, dass Tess sich nur noch mit Mühe das Lachen verkniff. »Nein, ich glaube nicht, dass sie ihre Kumpels mitgebracht hat. Wir sollten lieber mal nachsehen, ob sich der Typ, der sie mitgebracht hat, nicht noch irgendwo versteckt.«

»O Gott, wie blöd von mir!«, hatte Bethany gerufen. »Normalerweise bin ich nicht so bescheuert, Chris. Ich bin nur so ...«

»... nervös. Ich auch«, sagte Christine. »Aber Tess hat Recht.«

Und so hatten die drei das gesamte Haus durchsucht und dabei nicht einmal ein offen stehendes Fenster gefunden. »Wie ist er denn bloß hier reingekommen?«, hatte Tess gefragt.

»Ich weiß es auch nicht, aber die Polizei wird es schon herausfinden. Die haben in diesen Dingen ja mehr Erfahrung«, sagte Christine. »Wenigstens wissen wir jetzt, dass sich niemand mehr hier drin versteckt. Und jetzt schiebt schon ab, ihr zwei.«

Nachdem sie gefahren waren, rannte Christine ins obere Stockwerk und drehte die Dusche an. Während sie sich aus Turnschuhen und Jeans schälte, tauchte Rhiannon auf.

»Endlich!«, rief Christine. »Ich dachte schon, du wärst wieder zu Pom-Pom gelaufen.« Die Katze starrte sie aus großen goldenen Augen an und streifte ihr mit seidigem Fell um die Beine. »Wie konntest du es zulassen, dass mir jemand eine

Ratte ins Haus legt? Du musst doch dein Revier verteidigen! Auch wenn die Ratte fast so groß ist wie du!«

Sie war sehr erleichtert, dass Rhiannon im Haus war, denn sie hatte schon befürchtet, die Katze sei vor Angst weggelaufen. Einen Augenblick hatte sie sogar daran gedacht, dass der Eindringling sie womöglich umgebracht und irgendwo verscharrt hätte. Gegenüber Tess und Bethany hatte sie ihre Befürchtungen verschwiegen. Bethany wäre in Tränen ausgebrochen, und Tess hätte nicht mehr aufgehört, laut nach der Katze zu rufen; ihre rauchige Stimme hätte das Tier womöglich endgültig verschreckt.

Während Rhiannon treu neben der Wanne saß, stand Christine doppelt so lange unter der Dusche wie sonst. Das heiße Wasser linderte ihren Muskelkater in den Oberarmen, den sie sich beim Gewichtestemmen zugezogen hatte. Die Erinnerung an das Erlebnis verursachte ihr eine Gänsehaut.

Sie shampoonierte ihr Haar zweimal, wobei sie es vermied, die frisch genähte Wunde zu berühren, und fragte sich, ob sie ihr Haar nicht wachsen lassen sollte. Aber die Kurzhaarfrisur war so praktisch und pflegeleicht – ein bisschen Gel, ein bisschen Trockenföhnen, fertig. Höchstens fünf Minuten. Sie hatte einen sehr ebenmäßigen Teint, wie Tess ihr oft bestätigte, und verwendete nur Puder, Lipgloss und Mascara. Auch Schmuck trug sie nur selten, bis auf die Armbanduhr. Schließlich hatte sie das Zeug tagein, tagaus vor Augen. Eitel war sie nur mit ihren Fingernägeln. Tadellos gepflegte Nägel waren ein Muss, wenn man den Kunden Ringe und Armbänder vorführte, denn nur so kam der Schmuck wirklich zur Geltung. Deshalb verbrachte sie sehr viel Zeit damit, sich die Nägel zu lackieren.

Als sie in einem kuscheligen Frottierbademantel ins Schlafzimmer kam, saß Rhiannon still auf dem Bett und unterzog sich ihrerseits einer ausführlichen Wäsche. »Na, machst du dich ausgehfein?«, fragte Christine. »Du warst ja immer schon eitel. Aber wer ist das nicht?«

Im Grunde verschwendete sie nicht viele Gedanken auf ihr Aussehen. Sie hatte sich Zeit gelassen unter der Dusche, um ihre Gedanken zu sammeln, um kurz durchzuatmen, bevor sie die Polizei verständigte. Schließlich hatte sie nicht nur den Vorfall mit der Ratte zu melden, sondern auch den anonymen Telefonanruf von letzter Nacht.

Die Dusche hatte sie beruhigt. Jetzt fiel ihr das Atmen nicht mehr so schwer, und sie fühlte sich wieder vorzeigbar. Sie schlüpfte in eine schwarze Cordhose und kombinierte sie mit einem kupferfarbenen Pulli, um ihrem Gesicht mehr Farbe zu verleihen. Sie sah immer noch blass aus, daher tupfte sie etwas Rouge auf die Wangen und einen Hauch apricotfarbenen Lidschatten auf die Augenlider. Schon viel besser, dachte sie, als sie in den Spiegel sah, obwohl auf ihrer Schläfe noch immer der blauviolette Bluterguss prangte. »Schau nicht so missmutig drein«, wies sie ihr Spiegelbild zurecht. »In zwei Tagen ist er grünlich gelb.« Sie schlüpfte in Mokassins aus schwarzem Wildleder und ging nach unten.

Bevor sie die Polizei verständigte, setzte sie frischen Kaffee auf und gönnte sich zum ersten Mal seit Stunden ein wenig Ruhe. War es tatsächlich erst zwei Tage her, dass sie gelangweilt im Laden gestanden hatte, weil das Geschäft so zäh lief? Das war, bevor die Leiche ans Ufer geschwemmt worden war, bevor man sie überfallen hatte, bevor ein anonymer Telefonanruf sie zu Tode erschreckt hatte, bevor ihr jemand die tote Ratte in den Kühlschrank gelegt hatte. Also wirklich, konnte Gott ihr nicht mal eine Verschnaufpause gönnen? Es bräuchte nur ein Nachmittag zu sein, bis der pochende Schmerz in ihrem Kopf ein wenig nachließ. Dieser Gedanke erinnerte sie daran, dass sie in ihrer Hast, schnellstens aus dem Krankenhaus zu kommen, vergessen hatte, sich ein Schmerzmittel verschreiben zu lassen. Das hatte sie nun davon.

Als der Kaffee durchgelaufen war, trank Christine eine Tasse zur Stärkung, rief dann im Polizeirevier an und verlangte ausdrücklich Deputy Winter. Sie konnte sehr beharrlich sein, wenn die Situation es erforderte. »Na schön«, sagte der Deputy ärgerlich, »Sie hätten ihn beinahe verpasst. Winter, ich hab hier eine Frau an der Strippe, die auf Teufel komm raus mit dir reden will. Muss scharf auf dich sein.«

»Deputy Winter«, meldete er sich gleich darauf.

»Hier spricht Christine Ireland, und ich wollte nur deshalb mit Ihnen persönlich sprechen, weil Sie schon vertraut sind mit meiner Situation«, erklärte sie, peinlich berührt wegen der Bemerkung, die Winters Kollege hatte fallen lassen. »Als ich heute aus dem Krankenhaus kam, fand ich eine tote Ratte im Kühlschrank.«

»Eine was?«

»Eine Ratte. Keine Maus. Eindeutig eine fette Wasserratte. Gott sei Dank war sie tot.«

»Hübsches Begrüßungsgeschenk. Haben Sie sie rausgeworfen?«

»Nein. Ich habe den Tatort nicht angerührt!« Was redete sie denn da für albernes Zeug! »Ich wollte damit sagen, dass ich es keineswegs für einen Scherz halte. So etwas ist doch bestimmt verboten.«

»Ist es auch. Soll ich zu Ihnen kommen und mir das Vieh mal ansehen?«

»Ich wäre Ihnen dankbar.«

»Ich komme, sobald ich kann.«

Zehn Minuten später sah Christine, wie der silberfarbene Crown Victoria mit dem sechszackigen Goldstern an der Seite in ihre Auffahrt bog. Das wäre dann das zweite Mal in zwei Tagen, denn gestern hatte er nach dem Tagebuch gesucht. Christine öffnete ihm die Haustür und begrüßte ihn betont zwanglos. »Nett, Sie wiederzusehen, Deputy.«

Er ging auf das Spielchen ein, indem er lächelte und seinen Hut abnahm. »Und dass wir uns unter so erfreulichen Umständen wiedersehen, ist besonders nett. Wie ich hörte, haben Sie einen kleinen Imbiss für mich im Kühlschrank liegen.«

»Und was für einen. So was kriegen Sie so schnell nicht wieder.« Christine wusste nicht, warum sie bei seinem Anblick so erleichtert war. Sie hatte keine Ahnung, wer sie angegriffen oder angerufen hatte oder wer in ihr Haus eingedrungen war, aber der Schrecken, der ihr seit Stunden in den Knochen saß, schien ein wenig nachzulassen, als Michael Winter ihr Haus betrat.

Sie bemerkte, wie sich die Tür gegenüber einen Spaltbreit öffnete. Das war die alte Mrs. Flint, die ganz erpicht darauf war, jedes Wort, das gesprochen wurde, mitzukriegen. Wahrscheinlich hat sie ihr Hörgerät bis zum Anschlag aufgedreht, dachte Christine und sagte vernehmlich: »Ich habe Kaffee gekocht. Eine Mischung für Feinschmecker.«

»Nichts bringt den Kreislauf am Morgen mehr in Schwung als eine tote Ratte zum Kaffee!« Der Deputy drehte sich um und rief: »Hab ich nicht Recht, Mrs. Flint?«

Die Tür gegenüber knallte zu.

»Woher wussten Sie, dass sie da war?«, fragte Christine.

»Ich hab auch hinten Augen. Bringt der Beruf so mit sich. Sie wird jetzt hinter dem Fenster zur Straße Stellung beziehen und durch den Spalt zwischen den Vorhängen spähen.«

Christine sah hinüber. Die Vorhänge teilten sich ein paar Zentimeter. Sie musste lachen. »Ich glaube, Sie können hellsehen, Deputy.«

»Nein. Das macht die Erfahrung.« Er stand ihr direkt gegenüber. Mit ihrer Größe sah Christine den meisten Männern direkt in die Augen. Um Michael Winters mahagonifarbenem Blick zu begegnen, musste sie allerdings nach oben schauen. »Ihr Kaffee duftet bis hierher«, sagte er.

»Lieber der Kaffee als die Ratte. Die liegt sicher verwahrt im Kühlschrank.«

»Ich werd sie mir mal ansehen. Dann könnte ich eine Tasse Kaffee vertragen.«

Rhiannon saß auf der obersten Stufe. Sie beäugte den Fremden neugierig, machte aber keine Anstalten, sich ins Schlafzimmer zu verziehen.

»Das da ist Rhiannon. Sie hat Dara gehört«, sagte Christine, als sie sah, dass Winter das Tier bemerkt hatte. »Sie und Patricias Hund Pom-Pom hatten sich ständig in der Wolle, deshalb hab ich sie mitgenommen, als ich hierher gezogen bin.«

»Hatte Dara die Katze gern?«

»Und wie.«

»Trotzdem glaubt Daras Vater, dass sie weggelaufen wäre ohne ihr geliebtes Tier.«

»Er hatte mehrere Erklärungen dafür. Aber immer, wenn ich ihn frage, warum Dara sich auf keiner ihrer Karten nach der Katze erkundigt hat, bleibt er mir die Antwort schuldig.«

»Diese Karten«, murmelte Winter. »Ich glaube nicht, dass Mr. Prince sie noch länger behalten sollte. Sie müssen untersucht werden.«

»Na dann viel Glück. Bin gespannt, wie Sie sie ihm abluchsen wollen.« Christine führte Winter in die Küche und öffnete die Kühlschranktür. »Im Gemüsefach rechts unten liegt Ricky, die Ratte. Ich glaube kaum, dass ich sie mir noch einmal ansehen kann, ohne dass mir der Appetit auf Kaffee und Doughnuts vergeht.«

»Dass Sie Doughnuts haben, wusste ich gar nicht«, sagte Winter.

»Meine Freundin Bethany hat sie für mich besorgt. Ich werde im Wohnzimmer auf Sie warten.«

Sie hörte, wie der Deputy das Schubfach öffnete und murmelte: »Du bist ja ein ganz unappetitliches Biest.« Dann rief er: »Die ist größer als die meisten, die ich je gesehen habe. Da hat sich jemand viel Mühe gegeben, einen Champion für Sie zu finden.«

»Ich fühle mich ungemein geehrt«, sagte Christine. »Vermutlich hat sie auch noch Flöhe, die die Pest übertragen.«

»Daran wollen wir lieber gar nicht denken. Unser Labor wird schon herausfinden, ob das Tier krank ist.«

»Sie wollen das Vieh untersuchen lassen?«

»Natürlich«, entgegnete Winter. »Wir müssen doch sichergehen, dass dies hier kein Mordanschlag sein sollte, Ma'am.«

Christine lächelte. Er versuchte noch immer, ihre Nerven zu beruhigen. Es funktionierte. Zumindest ansatzweise.

»Ich habe unsere Freundin in einen Plastikbeutel gepackt und werde sie jetzt durchs Wohnzimmer nach draußen tragen«, warnte er sie. »Schließen Sie die Augen, oder drehen Sie sich um. Versuchen Sie, nicht zu schreien oder umzukippen.«

»Wenn ich schreie, haben wir augenblicklich Mrs. Flint am Hals. Dieses Abenteuer würde sie sich auf keinen Fall entgehen lassen.«

»Würde mich nicht wundern, wenn sie plötzlich in der Tür steht. Nicht aus Neugierde wohlgemerkt. Nur um sicherzugehen, dass alles in Ordnung ist. Ich komme gleich wieder.« Er ging mit dem Plastikbeutel an ihr vorbei. »Dann werde ich mal nachsehen, wie der Eindringling ins Haus gekommen ist.«

Nachdem Winter aus dem Haus gegangen war, ging Christine in die Küche und begutachtete das Gemüsefach. Sie würde ein starkes Desinfektionsmittel hineinsprühen und anschließend kräftig schrubben, bevor es wieder in den Kühlschrank wanderte. Sie sah sich den Kühlschrank an und überlegte einen Augenblick lang, sich einen neuen zu besorgen, den keine Ratte besudelt hatte. Dann überwog aber die Vernunft. Dieser Kühlschrank war schließlich erst einen Monat alt.

Eine Minute später kam Winter zurück. »Ich nehme an, Sie haben das Haus bereits abgesucht.«

»Ja. Meine Freundinnen Bethany und Tess waren hier, als wir die Ratte entdeckten. Wir haben das ganze Haus abgesucht.«

»Würde es Ihnen etwas ausmachen, den Rundgang zu wiederholen? Ich würde mich gern persönlich vergewissern, dass alles in Ordnung ist, und hätte Sie gern dabei.«

»Um Sie zu beschützen, falls wir auf eine lebendige Ratte stoßen?«

»Natürlich«, entgegnete er in gespieltem Ernst, »aber vor allem, damit Sie sehen, dass ich weder klaue noch in Ihrer Unterwäsche wühle.«

Christine lachte. »Das hätte ich Ihnen auch gar nicht zugetraut.«

»Sie wären überrascht, wie viele Frauen denken, wir hätten es auf ihre Unterwäsche abgesehen, wenn wir ein Schlafzimmer durchsuchen müssen.«

»Vielleicht machen sie sich Hoffnungen«, entgegnete sie und wurde auf der Stelle knallrot, als ihr bewusst wurde, wie missverständlich ihre Bemerkung aufgenommen werden könnte. Michael Winter hob eine Augenbraue. »Ich hab's nicht so gemeint.«

»Es klang schmeichelhaft, aber Sie müssen trotzdem mit mir auf die Suche gehen«, sagte er gut gelaunt. »Fangen wir am besten oben an.«

»Oben gibt es drei Schlafzimmer, von denen ich eines in eine Art Arbeitszimmer umfunktioniert habe, auch wenn Rhiannon es für sich in Beschlag nimmt. Nehmen Sie sich in Acht, wenn Sie es betreten. Sie verteidigt ihr Revier ganz vehement.«

»Meine Tochter hatte auch eine Katze«, sagte Winter. Unwillkürlich war ein Schatten über sein Gesicht gehuscht. Christine wusste, dass er geschieden war. Die Tochter lebte wahrscheinlich bei seiner Ex-Frau, aber eine innere Stimme sagte ihr, dass sie besser nicht weiter danach fragte.

»Kinder, die Haustiere haben, lernen Verantwortung zu übernehmen«, sagte sie, weil ihr nichts Besseres einfiel. »Jeremy und ich hatten immer Haustiere, als wir Kinder waren. Meistens Hunde.« Als sie sich dem oberen Treppenabsatz näherten, sauste Rhiannon wie der Blitz in Christines Schlafzimmer und versteckte sich unterm Bett. »So viel zum Thema Katzen und ihrem Beschützerinstinkt.«

»Hin und wieder soll es welche geben. Ich kannte eine Familie, deren Katze sie nachts weckte, indem sie aufs Bett sprang und miaute, was das Zeug hielt. Wie sich herausstellte, hatte ihr vierjähriges Kind im Nebenzimmer einen Asthmaanfall.«

»Du meine Güte!« Christine war aufrichtig überrascht. »Ich dachte, dass nur Hunde so was tun.«

»Lassen Sie das bloß Rhiannon nicht hören. Wir wollen in diesem Zimmer hier anfangen.«

Zwanzig Minuten später hatten sie sich bis zu Jeremys Kellerwohnung durchgearbeitet. »Das ist ja toll!«, rief Winter.

»Gefällt es Ihnen?«, fragte Christine erfreut. »Es klingt immer so scheußlich, wenn ich sage, dass ich meinen Bruder im Keller untergebracht habe. Aber ich wollte, dass er einen Bereich für sich alleine hat.«

»So einen Keller habe ich noch nie gesehen«, sagte Winter.

»Der Keller gab ja auch letztendlich den Ausschlag, dass ich mich für dieses Haus entschieden habe. Aufgrund der leichten Hanglage tritt man von der Kellerwohnung auf eine großzügige Terrasse hinaus. Jeremy kann kommen und gehen, ohne meinen Eingang zu benutzen. Auf diese Weise fühlt er sich selbständiger.«

»Und durch die Glastüren fällt eine Menge Licht, selbst an einem so trüben Tag wie diesem. Ich wette, es gefällt ihm hier.«

»Ich denke schon. Ich wollte ihn schon vor einigen Monaten zu mir nehmen, aber Ames bat mich, ihn noch eine Weile bei ihm zu lassen. Warum, weiß ich eigentlich auch nicht. Ich glaube nicht, dass er viel Zeit für Jeremy hat, und Patricia ist er ohnehin im Weg. Ich möchte, dass Jeremy so bald wie möglich hier einzieht. Die Atmosphäre in Ames' Haus bekommt ihm nicht.«

»Da gebe ich Ihnen Recht. Aber es war nett von Jeremy, dass er trotzdem so lange bei Ames geblieben ist. Sicher wäre er lieber hier bei Ihnen.« Winter schlenderte durch den großen, mit Teppichen ausgelegten Raum und besah sich in aller Ruhe die silberfarbene Steppdecke aus feinmaschigem Satin, die über das Bett gebreitet war, das riesige Modell der Enterprise neben dem Bett und darüber ein gerahmtes Poster von Captain Kirk und Mr. Spock. »Wahnsinn«, staunte er.

»Jeremy ist ein hundertprozentiger Enterprise-Fan«, erklärte Christine.

»Hab ich mir gedacht. Wo um alles in der Welt haben Sie diese Steppdecke her?«

»Die hat Wilma Archer für ihn genäht. Sie, beziehungsweise ihr Sohn, hat den Stoff übers Internet bestellt.«

»Streak Archer?«

»Ja.«

»Der Computerexperte. Streak war immer sehr nett und geduldig mit Jeremy. Er lässt ihn sogar an seine Computer. Streak ist in Ordnung.«

»Er muss sich Jeremy irgendwie verwandt fühlen.«

»Was meinen Sie damit?«

»Ich meine, für die Leute sind sie doch alle beide Außenseiter.«

»Hat jemand meinem Bruder etwas Schlechtes nachgesagt?«

»Das Übliche«, antwortete er ausweichend und schien dringend das Thema wechseln zu wollen.

»Und Streak haben sie auch schlecht gemacht, nicht wahr?«, bohrte Christine weiter.

Winter warf ihr einen finsteren, aber solidarischen Blick zu. »Miss Ireland, Streak Archer führt das Leben eines Einsiedlers und hat panische Angst vor Menschen. Was glauben Sie denn, was die Leute von ihm halten?«

»Das Allerschlechteste, nur vergessen sie, dass er völlig normal war, wie sie es nennen würden, bevor er für sein Land in den Krieg zog.«

»In einen unbeliebten Krieg. Ich wollte weder Sie noch ihn beleidigen. Und ich sage Ihnen damit ja ohnehin nichts Neues. Die Leute halten ihn für eigenartig.«

Und das war er ja auch, gab Christine in Gedanken zu. Sie kannte Streak eigentlich gar nicht. Sie hatte keinen Grund, ihn so vehement in Schutz zu nehmen. Außerdem richtete sie damit womöglich mehr Schaden an als Nutzen.

»Diese Steppdecke ist wirklich toll«, sagte Winter, als wollte er den unbekümmerten Ton von vorhin wieder anschlagen, ohne zu wissen, wie.

»Vielleicht kann ich ja herausfinden, woher Wilma den Stoff hat. Nähen müssen Sie sie dann selber.«

»Na schön. Steppdecken nähen stand diesen Sommer ohnehin auf dem Programm. Und das Herstellen von Seifen.«

Winter lächelte ihr zu, und sie entspannte sich wieder. »Ich nehme an, dass unser Rundgang hiermit beendet ist«, sagte Christine.

»Und wir haben weder zerbrochene noch entriegelte Fenster gefunden.«

»Ich bin erst seit ein paar Stunden wieder hier. Ich habe noch keines der Fenster geöffnet. Und die Riegel an den Schiebetüren zum Garten sind intakt. Die übrigen Türen waren abgesperrt, als ich nach Hause kam«, sagte Christine auf dem Weg zurück in die Küche. »Wer die Ratte in den Kühlschrank gelegt hat, hat es nachts getan, nehme ich an. Andernfalls hätte Mrs. Flint bestimmt etwas beobachtet.«

»Woher wissen Sie, dass dem nicht so ist?«

»Hat die Polizei keine Meldung bekommen, dass sich ein Spanner in der Gegend herumtreibt?«

»Nein.«

»Dann hat Mrs. Flint auch nichts gesehen. Die Frau träumt doch davon, in einer dieser Fernsehshows aufzutreten, die sich mit ungelösten Kriminalfällen beschäftigen. Sie hätte auf der Stelle die Polizei alarmiert, wenn sie auch nur den Hauch eines Verdachts geschöpft hätte.«

Winter grinste. »Manchmal können solche Leute sehr hilfreich sein. Oft sind sie auch nur Nervensägen. Und meistens verlieren sie ihre Glaubwürdigkeit, nachdem sie zum tausendsten Mal falschen Alarm geschlagen haben. Wenn unsere Mrs. Flint regelmäßig die Polizei alarmiert, ist es gut möglich, dass man ihre Meldung einfach nicht mehr ernst genommen hat. Ich werde mit ihr sprechen müssen. Zuerst möchte ich mich aber noch in Ihrem Garten umsehen. Sie brauchen mich nicht zu begleiten. Es fängt an zu nieseln.«

»Na fabelhaft. Lieber ein richtiger Dauerregen als dieses fade Getröpfel. Sollten Sie auf verblüffende Indizien stoßen, müssen Sie mich sofort rufen, versprochen?«

»Selbstverständlich«, sagte Winter bestimmt. »Aber Kriminelle pflegen leider nur in Büchern aufschlussreiche Fußspuren oder Streichholzheftchen oder, was natürlich am einfachsten für uns wäre, ein Foto von sich zu hinterlassen. Im richtigen Leben sind sie weniger zuvorkommend. Geben uns Cops keine Chance, ein bisschen vom Leder zu ziehen.«

»Dann wollen wir hoffen, dass wir es hier mit einem blutigen Anfänger zu tun haben, der jede Oberfläche mit bloßen Fingern betatscht und am Ende seine Visitenkarte hinterlegt hat.«

»Das wäre nicht schlecht. Ich hätte gern eine Tasse Kaffee, wenn ich zurückkomme.«

»Geht klar.«

Während Michael draußen nach Spuren suchte, aus denen man hätte schließen können, wie der Eindringling ins Haus gekommen war, dachte er über sein Gespräch mit Christine nach. Das meiste war zwar ernst gewesen, aber ein paar scherzhafte Bemerkungen waren auch dabei. Normalerweise war er bei der Arbeit nicht zum Scherzen aufgelegt, schon gar nicht in Gegenwart von hübschen jungen Frauen. Manche konnten das harmlose Geplänkel in den falschen Hals bekommen und hinterher behaupten, man habe sie sexuell belästigt. Das war ihm persönlich zwar noch nie passiert, wohl aber einigen Kollegen in L.A. Aber irgendwie machte er sich bei Christine keine Sorgen. Sie schien nicht der Typ zu sein, der alles übertrieb und aus jeder Mücke einen Elefanten machte.

Und woher willst du das wissen?, fragte er sich selbst, während er neben der Hecke im feuchten Mulch nach Fußspuren suchte. Du kennst sie doch kaum. Und du benimmst dich viel zu leichtfertig. Sie hat Todesangst und das aus gutem Grund, und du machst Witze über Ratten und Steppdecken und …

Michael entdeckte ein Stück glänzendes Metall im Mulch. Er zog sich einen Gummihandschuh über, hob es vorsichtig auf und blies den Schmutz weg. Da kam ein kreisrundes Stück Silber mit Gravur zum Vorschein. Volltreffer!, dachte er. Dann las er: ›Rhiannon, 442 Cardinal Way, Winston, wv 304-555-5095‹. »Verdammt noch eins«, murmelte er. Was für ein toller Fund! Die verlorene Katzenmarke.

Er setzte seine Suche fort und dachte weiter über Christine nach. Ja, er benahm sich ihr gegenüber viel zu leger. Sie musste ja denken, dass er ihren Fall nicht ernst nahm. Und außerdem, dachte er mit einem Anflug von schlechtem Gewissen, hatte er sich seit dem Tod seiner kleinen Tochter und der Scheidung von Lisa nicht mehr so benommen. Sein Kind war tot und die Erinnerung an Lisa noch immer sehr schmerzhaft. Er hatte kein Recht auf Glück, schon gar nicht auf Kosten einer Frau, die wie Christine ein so traumatisches Erlebnis hinter sich hatte. Was war denn bloß los mit ihm? War er denn verrückt geworden? Er machte sich Gedanken darüber, wie er Christine beruhigen konnte, anstatt den Fall zu bearbeiten.

Reiß dich gefälligst zusammen, dachte er. Ab sofort würde er ernst bleiben. Kein Geplänkel, kein Lächeln.

Als er wieder ins Haus ging, sah Christine ihn erwartungsvoll an. »Was ich mir gedacht hatte«, sagte er. »Keine Fußabdrücke, keine Kratzspuren an den Fenstern, die verraten würden, dass jemand mit einem Taschenmesser daran herumgeschnippelt hat, keine Schrammen auf den Türgriffen.«

»Dann muss es ein Geist gewesen sein«, meinte sie ironisch.

Er sah sie an. Sie erwiderte unbefangen seinen Blick. Dann fing es in ihren türkisblauen Augen an zu tanzen, und ein Lächeln zuckte um ihren rechten Mundwinkel. Er konnte nicht anders. »Jetzt haben Sie mich drangekriegt«, stellte er schmunzelnd fest.

»Ihr Gesicht war wie zu Stein erstarrt. Haben Sie gar nichts gefunden?«

Er hielt ihr Rhiannons Marke hin. »Nur das hier.«

»Ach, Rhiannons Marke. Sie hat sie vor etwa einem Monat verloren. Ich hab schon eine neue machen lassen.« Sie lächelte. »Mrs. Flint hat Sie die ganze Zeit beobachtet, als Sie draußen waren. Ich hatte Sorge, dass ihre Nase die Scheibe durchstößt, als Sie sich bückten, um etwas vom Boden aufzuheben. Wahrscheinlich dachte sie, es wäre fürchterlich wichtig. Sie wird ziemlich enttäuscht sein, wenn sie erfährt, dass es nur Rhis Marke war. Aber vermutlich weiß sie längst Bescheid.«

»Wie soll sie denn etwas so Kleines gesehen haben?«

»Mit dem Opernglas.«

»Das ist nicht Ihr Ernst!«

»Und ob. Ich gebe Ihnen mein Wort drauf als ehemalige Pfadfinderin.«

Winter lachte. »Dann muss ich ihr definitiv ein paar Fragen stellen, ob ihr gestern nicht vielleicht doch etwas aufgefallen ist. Sie kommt mir ziemlich neugierig vor.«

»Neugierig ist gar kein Ausdruck. Möchten Sie jetzt eine Tasse Kaffee?«

Winter folgte Christine in die Küche und setzte sich an den Tisch. Christine goss Kaffeesahne in ein Kännchen, das sie nie benutzte, wenn sie allein war, und holte die zierliche Zuckerschüssel aus dem Regal, als ihr wieder einfiel, dass der Deputy seinen Kaffee schwarz trank, wie sie auch. Sie ließ Sahne und Zucker auf der Theke stehen und legte die Doughnuts auf einen Porzellanteller.

»Ich habe kein Frühstück erwartet«, sagte er.

»Sie müssen nichts essen. Ich dachte nur, dass Sie vielleicht hungrig sind.«

»Bin ich auch.« Winter ging ans Spülbecken und wusch sich die Hände. »Und was für eine Sorte Cop wäre ich, wenn ich auf Doughnuts verzichten würde?«

»Ich bin ehrlich gesagt auch süchtig danach. Meine Freundin Bethany hat mir heute Morgen welche aus der Bäckerei mitgebracht. Sie hat hier auf mich gewartet, als ich aus dem Krankenhaus kam.«

Winter sah sie an. »Hier? Im Haus?«

»Nein. Sie war noch nicht reingegangen, aber sie hat einen Schlüssel.«

»Hat außer ihr noch jemand einen Schlüssel?«

»Meine Freundin Tess. Sie sind ihr gestern im Krankenhaus begegnet.«

»Ach ja, das sagten Sie ja bereits. Sie ist mit dem Burschen verheiratet, der bei Ihnen angestellt ist«, sagte er, während er seine Hände an einem Papiertuch abtrocknete.

»Reynaldo Cimino. Er ist Goldschmied. Ich habe Tess schon in meiner ersten Woche hier in Winston kennen gelernt, weil ich bei ihr im Buchladen war.«

»Ich nehme an, dass auch Ames Prince einen Schlüssel hat?«

»Um ehrlich zu sein, nein«, sagte Christine widerstrebend, als sie sich an den Küchentisch setzten. »Wenn er einen Schlüssel hätte, dann könnte auch seine Frau hier herein, und die Vorstellung, dass Patricia unter irgendeinem Vorwand in meinen Sachen herumschnüffeln könnte, gefällt mir gar nicht.«

»Das würde sie tun?«

»Ich weiß es nicht. Wir haben zwar jahrelang unter einem Dach gelebt, trotzdem kenne ich sie nicht besonders.«

»Aber Sie misstrauen ihr.«

»Ich muss fairerweise zugeben, dass ich nicht sicher bin, ob mein Misstrauen gerechtfertigt ist. Patricia und ich kommen nicht besonders gut miteinander aus. Womöglich unterstelle ich ihr Dinge, die sie nie tun würde. Zu Beth und Tess dagegen habe ich uneingeschränktes Vertrauen.«

Winter nickte. »Ich finde, Sie sollten Ihr Schloss austauschen lassen. Sicherheitshalber.«

»Aber ich sagte Ihnen doch, dass ich den einzigen beiden Menschen, die außer mir Schlüssel haben, voll und ganz vertrauen kann.«

»Haben Sie die Schlösser auswechseln lassen, als Sie hier eingezogen sind?«

»Nein.«

»Dann wissen Sie auch nicht, wem der frühere Besitzer einen Schlüssel gegeben hat. Sie wissen nicht mal, wie viele Schlüssel da draußen kursieren.«

»Oh, stimmt, daran hätte ich denken müssen, als ich das Haus gekauft habe. Es ist mir gar nicht in den Sinn gekommen.«

»Das geht den meisten so. Aber jetzt fände ich es an der Zeit, das Versäumte nachzuholen.«

»Höchste Zeit. Ich habe keine Lust, noch mehr Viehzeug im Kühlschrank vorzufinden.« Sie griff nach der Kaffeekanne. »Sie trinken ihn schwarz, nicht?«

»Woher wissen Sie das?«

»Mein sechster Sinn, wissen Sie. Außerdem habe ich Ihnen vorgestern im Laden schon eine Tasse Kaffee serviert.«

Er schloss die Augen. »O Gott, ich war so müde, dass ich den Kaffee komplett vergessen habe.« Er sah zu, wie sie eingoss, und sagte dann: »Hat Ihr Bruder einen Schlüssel?«

»Nein. Leider Gottes neigt Jeremy dazu, Schlüssel zu verlieren. Man müsste ihm den Schlüssel an einer Kette um den Hals hängen, womit er sich natürlich blöd vorkäme …« Sie verstummte, kam sich vor wie eine Verräterin, weil sie behauptet hatte, dass sie ihrem Bruder nicht einmal einen Hausschlüssel anvertrauen konnte.

Winter lächelte. »Verstehe.«

»Die meisten Leute nicht. Sie glauben, dass er blöd ist. Und sein IQ ist ja auch ein bisschen niedrig. So um die siebzig. Aber er ist ein lieber Kerl und auf manchen Gebieten sehr begabt. Er entwirft zum Beispiel wunderschöne Schmuckstücke …«

»Sie brauchen mir nichts zu erklären, Miss Ireland«, sagte Winter sanft. »Ich habe einen Cousin, der genau wie Jeremy zurückgeblieben ist. Wir sind gleich alt und waren von klein auf die besten Freunde.«

»Ein Cousin wie Jeremy? Ihr bester Freund?« Er nickte, und sie war überrascht, wie sehr sie dieser Umstand erleichterte. In Winston gab es kaum jemanden, der Jeremy akzeptierte, so wie er war – mit all seinen Stärken und Schwächen. Viele Menschen mieden ihn oder meinten, ihn von oben herab behandeln zu können.

»Sind Sie immer noch mit Ihrem Cousin befreundet?«

»So gut es eben geht, wenn der eine in Los Angeles und der andere in West Virginia ist. Er hat letztes Jahr geheiratet.«

»Geheiratet?«

»Ja. Er hat das Mädchen in der Sonderschule kennen gelernt. Sie arbeiten beide im Kinderhort. Sie leben neben seinen Eltern, die ihnen manchmal zur Hand gehen, aber im Grunde kommen sie gut alleine zurecht.«

»Aus irgendeinem Grund überrascht mich das.«

»Das sehe ich. Nehmen Sie einen Doughnut, das beruhigt.«

»Tut mir Leid. Ich hab Ihnen nicht mal einen angeboten.«

Sie griffen beide nach dem mit Schokoüberzug. »Nehmen Sie ihn«, sagte er. »Von Schokolade werde ich aufgekratzt.«

Christine biss in den Doughnut. Er war wunderbar locker und himmlisch süß. Ihr war gar nicht aufgefallen, wie hungrig sie war. »Mir wäre nie in den Sinn gekommen, dass Jeremy einmal heiraten könnte«, sagte sie. »Natürlich interessiert er sich für Mädchen. Na ja, wie Jungs in seinem Alter nun mal sind. Sein Interesse an Frauen ist nicht etwa anormal …«

»Miss Ireland, Sie tun es schon wieder. Sie nehmen ihn schon wieder in Schutz. Ich sagte Ihnen doch, dass ich es verstehe.«

»Und ich tue ihm mit meinem Gerede keinen großen Gefallen, fürchte ich.« Sie lächelte. »Und nach allem, was wir durchgemacht haben – die Ratte und alles –, sollten Sie mich Christine nennen.«

»Der Ratte zuliebe nenne ich Sie Christine. Nur nicht in der Öffentlichkeit. Dann werden Sie wieder zu Miss Ireland, sonst kommen wir ins Gerede. Und ich heiße Michael.«

»Aber nur unter vier Augen.« Das klang so, als hätte sie vor, eine Menge Zeit mit ihm unter vier Augen zu verbringen. In ihrer Verlegenheit biss sie ein zweites Mal in ihren Doughnut und spürte den breiten Schokoladenrand um ihren Mund. Sie benahm sich ja wie ein Schulmädchen, dachte sie.

»Nochmal zurück zu den Schlüsseln«, sagte Michael und sah galant über die Tatsache hinweg, dass sie sich hastig die Schokolade aus dem Gesicht wischte. »Also, Tess Cimino hat einen, ebenso Ihre Freundin Bethany.«

»Genau. Bethany Burke. Ihr Mann Travis ist Dozent für Biologie an der Uni.«

»Dann hatten also insgesamt vier Leute Zugang zu Ihrem Haus, während Sie im Krankenhaus lagen.«

»Vier? Ach so, Sie meinen Rey und Travis? Warum um alles

in der Welt sollten die in mein Haus kommen? Tess war schon in aller Herrgottsfrühe hier, um frische Kleider für mich zu holen. Und wenn wir später hier angekommen wären, dann hätte Bethany die Tüte mit den Lebensmitteln hier abgestellt, die sie für mich besorgt hatte. Aber keine von beiden hätte mir eine Ratte in den Kühlschrank gelegt. Der Gedanke ist absurd. Bethany hätte fast einen Herzinfarkt bekommen. Sie hat geschrien wie am Spieß.«

»Ich wette, dass Sie nicht geschrien haben.«

»Stimmt, hab ich auch nicht. Aber wie kommen Sie darauf?«

»Weil Sie anscheinend Nerven wie Drahtseile haben.« Er nahm sich noch einen Doughnut vom Teller. »Die meisten Menschen wären nach allem, was Sie durchgemacht haben, nervliche Wracks, aber Sie sitzen seelenruhig hier, wie die Queen beim Tee.«

»Aha, Sie waren also schon bei der Queen zum Tee.«

»Wir beide verkehren nicht in denselben Kreisen, aber ich habe Geschichten darüber gehört.«

»Kann ich mir vorstellen.«

»Ich meine es ernst. Das mit Ihrer inneren Ruhe, meine ich. Ganz erstaunlich.«

»Ich bin alles andere als ruhig.«

»Warum zeigen Sie es dann nicht?«

»Weil ich nicht kann.«

»Weil Sie nicht wollen, meinen Sie.«

»Na schön. Ich bin es gewohnt, meinem Bruder eine Stütze zu sein. Ich will nicht alles über den Haufen werfen, was ich mir antrainiert habe. Aber ich habe große Angst, kann ich Ihnen sagen.« Sie stockte. »Sie wissen ja noch gar nicht alles. Letzte Nacht im Krankenhaus habe ich einen Anruf erhalten. Ich habe gehört, wie Dara ins Telefon gesungen hat.«

Michael sah sie ausdruckslos an. »Dara hat Sie angerufen, um Ihnen ein Lied vorzusingen?«

»Nein, natürlich nicht. Sie glauben, ich hätte das geträumt, nicht?«

»Na ja …«

»Hab ich aber nicht. Irgendjemand hat mich angerufen, um mir eine Kassette mit Daras Stimme vorzuspielen.«

»Was hat sie denn gesungen?«

»Ich weiß es nicht. Ich habe dieses Lied noch nie gehört. Doch hinterher habe ich mir den Text notiert, soweit ich mich daran erinnern konnte. Das Blatt Papier steckt in meiner Handtasche.«

Sie fischte den Zettel aus der Tasche und zeigte ihn Michael. Michael studierte den Text sorgfältig, den sie darauf notiert hatte. »Ich kann das Lied auch nicht zuordnen.«

»Der Anruf erreichte mich gegen Viertel nach eins. Ich hörte niemanden sprechen, nur Dara, die dieses Lied sang. Dann wurde aufgelegt. Heute Morgen sagte mir eine Krankenschwester, dass nach elf Uhr nachts keine Anrufe mehr in die Krankenzimmer durchgestellt werden. Irgendjemand muss diesen Anruf zu mir durchgestellt haben, doch als ich heute Morgen in der Zentrale anrief, war man dort hundertprozentig sicher, keine Anrufe mehr weitergeleitet zu haben.«

»War es denn dieselbe Telefonistin, die nachts Dienst hatte?«

»Ja. Sie arbeitet von zwölf Uhr nachts bis acht Uhr morgens. Nach acht arbeiten sie zu zweit.«

»Dann hat die Frau, mit der Sie gesprochen haben, gelogen«, sagte Michael ohne Umschweife. »Vielleicht hat jemand sie bezahlt, damit sie den Anruf durchstellt.«

»Ich weiß nicht das mindeste über sie – seit wann sie in der Zentrale arbeitet und wo sie davor beschäftigt war. Ich habe mir ihren Namen auf dem Zettel notiert. Sie klang noch sehr jung. Und ich hatte nicht den Eindruck, dass sie log.«

»Manche Menschen können das sehr gut, Christine. Ich werde versuchen, mehr über sie herauszufinden. Wir müssen unbedingt in Erfahrung bringen, wer Ihnen gestern Nacht einen Schreck einjagen wollte. Und wer könnte eine Kassette mit Daras Sangeskünsten haben? Wussten Sie, dass sie sang?«

»O ja, sie dachte, sie hätte Talent.«

»Aber dem war nicht so?«

»Ich hörte einmal, wie jemand zu ihr sagte, dass sie eine niedliche kleine Stimme habe. Sie war außer sich, aber er hatte den Nagel auf den Kopf getroffen. Ihre Stimme war nicht übel, aber das war's auch schon. Allerdings sang sie für ihr Leben gern.«

Michael runzelte die Stirn. »Ich erinnere mich an eine Bemerkung aus dem Tagebuch. Sie schrieb, dass sie auf der Party Ihrer Freundin Tess zu viel getrunken, sich auf Caldwells Schoß gesetzt und gesungen hätte.«

»Du liebe Zeit!«, stöhnte Christine. »Dass keiner ihrer Gesangslehrer sie im Mindesten ermutigte, hat ihr Ego nicht angekratzt. In dieser Nacht gab sie bestimmt fünf Songs zum Besten. Die ersten beiden störten noch keinen. Dann wurde sie immer lauter und ungehobelter. Am Ende stieg sie sogar auf einen Tisch, um ihre Nummer abzuziehen. Der Song war eine Eigenkomposition, grottenschlecht, aber sie war durch nichts zu bremsen. Es fehlte nicht mehr viel, und sie hätte sich vor allen Gästen ausgezogen. Sie schien vollkommen ausgeflippt zu sein.«

»Wie viele Leute waren auf dieser Party?«

»Zwischen zwanzig und fünfundzwanzig.«

»Dann wussten also alle, die dabei waren, wie viel ihr das Singen bedeutete.«

»Jeder, der sie kannte, wusste, wie gern sie sang. Im Auto war es besonders nervig. Sobald sie im Radio etwas spielten, was mir gefiel, pflegte sie es mit ihrer eigenen Stimme platt zu walzen. Der einzige Mensch, der ihre Sangeskünste ehrlich bewunderte, war Jeremy. Wobei man sagen muss, dass er alles, was sie tat, bemerkenswert fand. Sie sonnte sich in seiner Bewunderung und ließ ihm manchmal die große Ehre zuteil werden, mit ihr singen zu dürfen.« Christine schwieg kurz. »Ich war schon heute Morgen im Krankenhaus fürchterlich kratzbürstig, und jetzt passiert es mir schon wieder. Ich hätte nicht so sarkastisch sein dürfen. Es ist nur, dass …«

»Sie hat Sie wahnsinnig gemacht.«

»Genau.«

»Und es gefiel Ihnen nicht, dass Ihr Bruder so vernarrt in sie war.«

Christine wurde stutzig. »Ich weiß nicht, wie Sie das meinen.«

»Sie dachten, Dara könnte seine Gutmütigkeit ausnutzen, ihm sozusagen die Bewunderung abzapfen, aber ansonsten nicht viel Verwendung für ihn haben.«

»Ja«, räumte Christine ein und entspannte sich wieder. »Genauso war's. Vielleicht sollten Sie Psychologe werden.«

»Nein, bestimmt nicht. Kein Talent. Ich habe nur mitbekommen, wie einmal ein paar Leute etwas Ähnliches mit meinem Cousin veranstaltet haben. Niemand sonst hatte etwas für sie übrig, aber mein Cousin wollte unbedingt, dass alle ihn mochten, und ließ sich blenden. Sie haben ihn benutzt, um sich ihr Ego von ihm aufpolieren zu lassen. Vielleicht war Dara gar nicht so selbstsicher, wie Sie glauben, wenn sie die ganze Zeit diese Art der Bestätigung brauchte.«

»Mag sein. Sie klingen immer noch wie ein Psychologe.«

»Danke. Ich fasse es als Kompliment auf. Aber ich bin nur

ein einfacher Cop.« Und nach einer kurzen Pause: »Ein Cop, der gern noch einen Doughnut hätte, sich aber nicht traut, noch einen dritten zu vertilgen.«

»Nehmen Sie sich ruhig noch einen. Je mehr Sie essen, desto weniger esse ich. Und glauben Sie mir, ich hätte das halbe Dutzend allein verdrückt, wenn Sie nicht gekommen wären.«

Michael nahm sich einen Doughnut mit Streuseln, während Christine ihm Kaffee nachgoss.

»Als ich neulich in den Laden kam, um Mr. Prince über die Leiche zu informieren, sagten Sie mir, Sie hätten keinen Tag daran geglaubt, dass Dara weggelaufen sei. In Daras Akte stand, Sie hätten ausgesagt, dass bestimmte Gegenstände, die Dara auf jeden Fall mitgenommen hätte, wenn sie wirklich weggelaufen wäre, noch in ihrem Zimmer wären. Welche Gegenstände waren das?«

Christine trommelte nervös mit den Fingern auf die Tischplatte, während sie nachdachte. »Na ja, das Wichtigste ist wohl der Ring ihrer Mutter. Ein Hämatit. Das ist ein kostbares Metall, rotes Eisenerz. Früher hieß es Blutstein. Menschen, die sich mit Zauberei befassen, ist der Hämatit sehr wichtig, weil er als erdverbunden gilt.«

»Menschen, die sich mit Zauberei befassen?«

»Mit Hexerei, um genau zu sein.« Michael sah sie skeptisch an. »Kriegen Sie es mit der Angst?« Christine lachte.

»Nein. Ich habe mich nur als Kind sehr vor Hexen gefürchtet.«

»Eve, Daras Mutter, war schon tot, als Jeremy und ich bei den Princes einzogen, aber sie hatte sich viel mit weißer Magie befasst. Sie hat überhaupt viel ausprobiert, deshalb weiß ich nicht, wie ernst es ihr damit war. Ames war nicht gerade begeistert, aber soweit ich weiß, hat Eve immer getan, was sie wollte. Offenbar wurde ihr Interesse an der Hexerei stärker, als sie krank wurde. Das ist ja auch verständlich. Vermutlich hoffte sie, sich selbst heilen zu können.«

»Darf ich Sie kurz unterbrechen?« Michael sah sie prüfend an. »Beschäftigen Sie sich auch damit?«

Christine lächelte. »Nein, aber ich finde es interessant. Und Sie sollten wissen, dass wir über weiße Magie sprechen. Das ist die Lehre, die besagt, dass man im Einklang mit der Natur leben soll und anderen keinen Schaden zufügen darf, weil dieser Schaden wie ein Bumerang auf einen selbst zurückfallen kann. Was man sät, bekommt man dreifach zurück.«

»Na schön. Ich will versuchen, das Bild von der bösen Hexe im Märchen loszuwerden. Zurück zum Hämatit.«

»Eve hatte große Hände und trug den Ring am Mittelfinger. Logischerweise hinterließ sie ihn Dara. Die wiederum hatte kleine Hände, wollte sich den Ring aber nicht verkleinern lassen; weil sie dachte, das würde seine Kräfte mindern, also trug sie ihn an einer Kette um den Hals. Ich sah die Kette auf ihrer Frisierkommode, nachdem sie verschwunden war. Ich glaube nicht, dass sie den Ring hier gelassen hätte.«

»Außer sie hatte es eilig und hat ihn einfach vergessen. Oder fallen lassen.«

»Wie denn?« Christine runzelte die Stirn. »Der Verschluss war nicht kaputt. Sie hätte ihn bestimmt nicht abgenommen, auf die Kommode gelegt und dann dort vergessen.«

»Ich verstehe, was Sie meinen. Noch etwas?«

»Dara hatte ein gerahmtes Foto von sich und Eve auf der Kommode stehen. Es stammte noch aus der Zeit vor Eves schwerer Krankheit. Dara hing sehr an diesem Foto und hatte es in einen verzierten Silberrahmen gesteckt. Sie hätte es nie und nimmer hier gelassen.«

»Vielleicht war der Rahmen zu schwer oder zu sperrig gewesen, um ihn mitzunehmen. Vielleicht hatte sie nur leichtes Gepäck dabei.«

»Dann hätte sie das Foto doch einfach aus dem Rahmen nehmen können, oder nicht?«, konterte Christine. »Zu guter Letzt hatte Dara bestimmte Kleidungsstücke, die sie immer miteinander kombinierte. Sie nahm es sehr genau damit. Eine schwarze Wollhose, zum Beispiel, trug sie grundsätzlich mit einem grauen Kaschmir-Rolli. Die Hose war weg, aber der Pulli lag noch im Schrank. Dann hatte sie eine hellbraune Wildlederjacke, die sie liebte. Obwohl es draußen sehr kühl war, lag die Jacke in ihrem Schlafzimmer über einem Stuhl.« Nach einer Pause fuhr Christine fort: »Es gab noch mehr Dinge, die mich zweifeln ließen – Lippenstift, ein bestimmtes Paar Ohrringe und so weiter –, aber ein paar Beispiele haben Sie ja jetzt.«

Michael starrte ins Leere und rieb sich nachdenklich das Kinn. Endlich sagte er: »Dass sie all das hier gelassen hat, mag einem tatsächlich komisch vorkommen, ist aber nicht unmöglich, wenn sie in Eile war.«

»Mag sein, aber da ist eine Sache, über die ich immer gestolpert bin. Daras Mutter besaß eine Kristallkugel. Echtes Kristall. Sie war ungefähr so groß wie eine dicke Grapefruit und muss fast zwanzig Pfund gewogen haben. Die war weg. Warum, frage ich Sie, lässt sie zwar den Ring und das Foto hier, schleppt aber die schwere Kristallkugel mit?«

»Sind Sie ganz sicher, dass sie sie nicht einfach verloren hat?«

»Verloren? Sie hat sie gehütet wie den Stein der Weisen.«

»Vielleicht hat sie sie unten am Fluss versteckt, wie das Tagebuch.«

»Nie und nimmer. Sie hätte kaputtgehen können. Sie hatte sie in ihrem Zimmer, in einem schwarzen Samtbeutel. Am Tag, bevor sie verschwand, lag sie noch auf dem Bett und hielt die Kugel ins Licht, das durchs Fenster fiel.«

»Das ist wirklich seltsam«, sagte Michael nachdenklich. »Diese Kugel wäre geradezu ideal gewesen, um damit eine Leiche im Wasser zu versenken, aber wir haben keine Kristallkugel bei der Leiche gefunden.«

»Die Folie hatte doch einen Riss. Vielleicht ist sie rausgefallen. Und weil wir gerade dabei sind, da fällt mir noch etwas anderes ein. Der Killer hat Daras Leiche die Zähne ausgeschlagen und die Fingerkuppen abgeschnitten, damit sie, falls sie jemals an die Oberfläche treiben sollte, nicht zu identifizieren wäre. Warum dieser Aufwand, wenn er ihr den Ring mit dem Rubinstein dann doch am Finger stecken ließ? Der Ring wurde doch eigens für sie angefertigt und trägt ihre Initialen!«

»Das ist mir selbst ein Rätsel«, sagte Michael. »Nach so langer Zeit im Wasser hätte man ohnehin keine Fingerabdrücke mehr nehmen können. Die Zähne hätten sie in der Tat identifiziert, sogar noch nach drei Jahren. Aber unser Killer hat an alles gedacht. Warum er dann Daras Ring vergessen hat, ist mir schleierhaft.«

»Außer, es ist nicht Daras Leiche. Vielleicht wollte jemand die Polizei auf eine falsche Fährte führen, sie dazu bringen, die Tote anhand des Rings als Dara zu identifizieren.«

»Wer so was im Sinn gehabt hätte, wüsste nicht viel über das Procedere einer Identifizierung«, sagte Michael. »Eine Leiche wird nur anhand körperlicher Merkmale identifiziert, nicht anhand von Knöpfen oder Schmuckstücken et cetera, die man bei der Leiche findet.«

»Also wusste der Killer nicht Bescheid.«

»Entweder das, oder er war leichtsinnig«, sagte Michael. »Ich tippe auf Letzteres.«

Christine sah ihn prüfend an. »Sie scheinen nicht den geringsten Zweifel zu haben, dass die Tote Dara ist.«

Michael zögerte und schüttelte dann den Kopf. »Nein.

Aber berufen Sie sich nicht auf mich. Ich darf normalerweise nichts sagen, bevor die Leiche nicht auch offiziell identifiziert worden ist.«

»Ich werde nichts sagen, aber ich bin auch der Meinung, dass es Dara ist. Sie würde nicht einfach drei Jahre von der Bildfläche verschwinden. Sie war viel zu verwöhnt, viel zu abhängig vom Geld und vom Einfluss ihres Vaters. Auch wenn sie noch so tief im Schlamassel steckte, sie war jedenfalls nicht der Typ, der sich drei Jahre lang in der großen, bösen Welt mutterseelenallein durchs Leben schlägt. Sie hätte es einfach nicht durchgestanden.«

»Und Selbstmörder pflegen sich nicht eigenhändig in Plastik einzuschnüren und in den Bach zu springen«, sagte Michael. »Es war eindeutig Mord. Und der Mörder läuft immer noch frei herum, Christine, nur hat er jetzt Sie im Visier, wegen des Tagebuchs. Er hat Sie schon einmal überfallen. Wir wissen nicht, wann er wieder zuschlägt. Und was das Schlimmste ist, wir haben noch keinen blassen Schimmer, wer er ist.«

2

Reynaldo Cimino schaufelte Sand in einen Leinensack. Ein Mann mit grau meliertem Haar sah ihm dabei zu und grinste. »Ich bin alt genug, um dein Vater zu sein, Cimino, aber ich kann zweimal so schnell schaufeln wie du.«

»Das kommt daher, dass ich schon seit fünf Uhr früh hier bin. Du bist erst vor einer halben Stunde gekommen.«

»Vor 'ner Dreiviertelstunde, aber was soll's? Warum machst du keine Pause?«

»Weil ich keine brauche«, sagte Rey, obwohl ihm das schwarze Haar schweißnass in die Stirn hing und seine Arme vom stundenlangen Schaufeln schon am Zittern waren. »Ich halte noch mindestens eine Stunde durch.«

Der Ältere blickte auf. »Deine Frau wird dir was husten. Da kommt sie schon.«

Rey verharrte mitten im Schwung und drehte sich um. Tess stapfte mit resoluter Miene durch Schlamm und Schutt, die Augen fest auf ihn gerichtet. Du bist für mich der einzige Mensch auf der ganzen Welt, sagte ihr Blick, und er spürte einen Stich in der Magengegend. Tess war eine wunderbare Frau – intelligent, amüsant, selbstlos – und ihre Liebe zu ihm war kompromisslos, leidenschaftlich und besitzergreifend. Manchmal hatte er das Gefühl, als müsste er in ihrer Liebe verglühen. Dann wieder fühlte er sich von ihr verfolgt, so wie jetzt, als würde sie ihn immer nur wenige Stunden von der Leine lassen, bevor sie ihn wieder einfing. Sie vergötterte ihn, aber ihr Mangel an Stolz und Selbstachtung brachte ihn oft schier zur Verzweiflung. »Liebling, ich habe dich fast eine Stunde lang gesucht! Du siehst erschöpft aus!«, rief sie, warf ihm die Arme um den Hals und drückte ihm einen schnalzenden Schmatz auf die dreckige, verschwitzte Backe. »Ich will, dass du auf der Stelle mit mir nach Hause kommst.«

Rey spähte zu seinem Freund hinüber, der sich voll und ganz auf die Arbeit konzentrierte. »Ich will aber noch mindestens eine Stunde arbeiten.«

»Warum? Hier sind doch massenhaft Leute. Niemand wird dich vermissen.«

»Danke, *cara mia*. Gut zu wissen, dass meine Mühe völlig umsonst war.«

»Ach, du weißt doch, wie ich es meine.« Tess blickte sich mit scharfen Augen um. »Ist das da drüben nicht Jeremy?«

»Ja. Er arbeitet schon seit Stunden und scheint überhaupt nicht müde zu werden.«

»Ist das neben ihm nicht Danny Torrance aus dem Fitness-Center?« Sie wartete seine Antwort nicht ab. »Und wer ist der andere, der Weißhaarige?«

»Ich weiß es nicht«, sagte Rey und stach die Schaufel in den Sand. Sein Freund blickte auf. »Das ist Streak Archer.«

»Streak Archer!«, blökte Tess. Reynaldo durchlief es kalt. War ihre Stimme seit ihrer Hochzeit schriller geworden, oder regte sie ihn jetzt nur mehr auf als vor zwei Jahren? »Ich dachte, er würde tagsüber gar nicht rausgehen!«

»Wahrscheinlich macht er eine Ausnahme, weil das hier ein Notfall ist«, sagte der Mann. »Er ist ein guter Kerl, Mrs. Cimino. Nur ein bisschen seltsam.«

»Das sagt Christine Ireland auch, aber ich hab da so meine Zweifel.«

»Ja, und das wissen jetzt alle innerhalb eines Umkreises von zwanzig Metern«, murmelte Rey.

»Sei nicht albern. Die achten doch gar nicht auf mich.« Wenn das bloß mal wahr wäre, dachte Rey. »Komm mit, Rey. Du hast dich gestern nicht wohl gefühlt, und hier draußen wirst du dir einen Schnupfen holen. Ich brüh dir Kaffee auf und reibe dir die armen, müden Füße.«

Rey wurde flammend rot. »Mir die Füße reiben!« Sein Freund versuchte vergebens, das Lachen zu unterdrücken. »Tess, du brauchst mir nicht die Füße zu reiben, Herrgott!«

»Was hast du?«

»Ich bin müde.«

»Dann komm jetzt heim. Du hast zwei Tage lang kaum geschlafen, und jetzt schuftest du dich hier draußen zugrunde.« Sie zerrte ihn am Ärmel. »Sei doch nicht so stur!«

Rey riss seinen Arm los, und sein unterschwellig brodelnder Ärger verwandelte sich in schäumende Wut darüber, dass sie ihn vor aller Welt bloßstellte. »Tess, hör jetzt auf und zieh Leine«, sagte er mit tödlicher Ruhe.

Sie wich einen Schritt zurück, blinzelte gekränkt und krakeelte: »Als ich Christine heute Morgen nach Haus gefahren hab, lag eine tote Ratte in ihrem Kühlschrank!«

»Was?«

Tess' Miene hellte sich auf. Endlich hatte sie seine volle Aufmerksamkeit. »Eine Ratte. Eine riesige Ratte. Sie lag in ihrem Gemüsefach. Ich hab noch nie ein so fettes Biest gesehen. Sie war schon ein paar Tage tot und stank gottserbärmlich.«

Rey legte die Schaufel nieder. »Ich muss nach ihr sehen.«

»Nach Christine?« Tess runzelte verständnislos die Stirn. »Warum?«

»Ich möchte wissen, wie es ihr geht. Vielleicht hat sich ja noch jemand bei ihr im Haus versteckt.«

»Bethany war auch dabei. Wir haben zu dritt in jedes Zimmer, in jeden Schrank gesehen. Da war niemand.«

»Ich sollte trotzdem hinfahren.«

Tess stemmte die Hände in die Hüften. »Ich bitte dich, die lächerliche Schaufelei sein zu lassen und mit mir nach Hause zu kommen, da sagst du nein. Dann erzähle ich dir von dieser Bagatelle mit Christine, und schon fliegst du ihr zu Hilfe.«

»Ich würde es nicht als Bagatelle bezeichnen, wenn jemand bei ihr einbricht, um ihr eine tote Ratte in den Kühlschrank zu legen. Noch dazu ist sie erst gestern überfallen worden.«

»Aber es geht ihr gut. Das sagte ich doch schon. Und außerdem wollte sie die Polizei anrufen. Wahrscheinlich ist schon jemand bei ihr.« Sie sah ihn scharf an. »Warum bist du so besorgt um Chris?«

»Weil sie meine Freundin ist. Deine doch übrigens auch.«

Tess kniff misstrauisch die Augen zusammen. »O bitte, du wirst doch nicht auf Christine eifersüchtig werden, oder? Kann ich denn mit keiner Frau einfach nur befreundet sein, ohne dass du ausflippst?«

»Ich flippe nicht aus.« Sie setzte die Worte bedächtig, wie die Töne einer Sterbeglocke. »Ich verstehe bloß deine Hysterie wegen Christine nicht ganz.«

»Hysterie?« Reys Freund machte sich aus dem Staub, um dem zankenden Pärchen zu entkommen. »Du neigst zur Hysterie, nicht ich«, stellte Rey kühl fest.

Tess' Handy klingelte, und sie riss es aus ihrer Jackentasche. »Ja, was gibt's?« Ihr Gesicht wurde ruhig. »Entschuldige, Mom. Ich bin heute ein bisschen daneben. Was brauchst du denn?«

Während Tess zuhörte, mit der Schuhspitze im Sand wühlte und am Daumennagel kaute, machte Rey sich wieder ans Schaufeln. »Warum kann Tom dir nicht helfen?«, fragte Tess schließlich, womit sie ihren Bruder meinte. Wieder bohrte sie die Schuhspitze in den Sand. Und kaute Nägel. Dann eine Grimasse. »Na schön. Ich bin so schnell es geht bei dir. Und reg' dich ab. Trink was zur Beruhigung oder nimm eine Tablette ...« Tess schloss die Augen. »Nur ein Witz, Mom. In einer Viertelstunde bin ich bei dir.«

Sie stopfte das Handy wieder in die Tasche. »In Moms Keller steht schon das Wasser. Sie braucht jemanden, der ihr hilft, die Sachen nach oben zu tragen, und Tom hat wieder mal keine Zeit. Bereitet angeblich seine Sonntagspredigt vor. Darf nicht gestört werden! Wie auch immer, ich hätte gern, dass du mir hilfst, Rey.«

Rey seufzte. »Zuerst behauptest du, dass ich erschöpft sei, und willst, dass ich aufhöre zu arbeiten, dann soll ich plötzlich stundenlang den Keller deiner Mutter ausräumen. Erstens geht mir langsam die Puste aus, und zweitens weißt du ganz genau, dass sie mich nicht ausstehen kann.«

»Du bist katholisch. Katholiken traut sie nicht über den Weg. Und du bist Künstler. Die hält sie alle für schwul.«

»Und ich habe dich geheiratet, um mein schändliches Geheimnis zu verbergen, was ein zwielichtiger Katholik natürlich tun würde. Was für eine warme, tolerante Seele deine gläubige Mutter hat. Wie auch immer, ich könnte ihr wieder mal nichts recht machen, und ihr würdet euch bloß wieder in die Wolle kriegen, weil sie andauernd an mir herumnörgelt.« Rey versuchte, weniger vorwurfsvoll zu klingen. »Tess, Liebes, ich werde noch ein wenig hier bleiben, dann nach Hause fahren, mich duschen und ausruhen, wie du es wolltest. Ruf Tom an und mach ihm ein schlechtes Gewissen, damit er deiner Mutter hilft. Darin bist du doch so gut.« Tess lächelte, sie schien die Bemerkung als ein Kompliment aufzufassen. »Einverstanden, *cara mia*?«

Tess legte die Hand fest auf seinen Arm. »Na schön, aber versprich mir, dass du nicht mehr zu lange bleibst. Eine Stunde, höchstens.«

»Ich versprech's.«

»Ich werd dich nachher zu Hause anrufen, damit ich weiß, dass du hältst, was du versprochen hast.«

»Ich sagte doch, dass ich mich kurz aufs Ohr haue. Wie soll das gehen, wenn du mich anrufst?«

Sie runzelte die Stirn. »Na schön. Ich nehm dich beim Wort.« Reynaldo war ziemlich erleichtert, dass sein Freund diese letzte Bemerkung nicht gehört hatte, die einem Achtjährigen gegenüber besser angebracht gewesen wäre.

Sie zog ihn an sich und küsste ihn direkt auf die Lippen, dann stapfte sie wieder durch den Schlamm zurück. Zum ersten Mal seit Jahren wäre Rey seinem Drachen von Schwiegermutter am liebsten um den Hals gefallen, weil sie ihm Tess ein paar Stunden vom Hals halten würde. Auf diese Weise konnte er das Schaufeln sein lassen und einen Nachmittag lang tun und lassen, was ihm gefiel, ohne dass Tess ihm andauernd über die Schulter schaute. Und er wusste auch schon, was er tun würde.

3

Patricia bürstete sich das lange Haar, trug den pastellfarbenen Lidschatten und den Lippenstift der Nuance »Nacktes Erröten« auf. Ihr gefiel, was sie im Spiegel sah, und das war gut so, denn an diesem Nachmittag musste sie besonders hübsch aussehen.

Sie zog den Zettel aus ihrem Spitzen-BH und las zum fünften Mal, was draufstand:

Donnerstag 13.00 Uhr, im Stall bei den Pferden. Zum romantischen Stelldichein!

Der Zettel sah knittrig aus. Er musste ihn schon einen oder zwei Tage mit sich herumgetragen haben, bevor er die Gelegenheit gefunden hatte, ihn unter die Statue in Eves »Zaubergarten« zu legen. Als Patricia den Garten zum ersten Mal betreten hatte – Eve war damals noch am Leben –, hatte sie die Venusstatue darin bewundert. Dara, die neben ihr stand, hatte sie mit ihren zwölf Jahren hochnäsig darüber belehrt, dass es sich dabei um Persephone handelte, und ihr Ton hatte deutlich gemacht, dass sie Patricia für eine Vollidiotin hielt, die keine Ahnung hatte von griechischer Mythologie. Patricia hatte sie deshalb gar nicht erst gefragt, wer Persephone gewesen war, sondern den Namen später in einem mythologischen Lexikon nachgeschlagen. Noch nach Jahren konnte sie die Statue nicht ansehen, ohne die Verachtung in Daras Stimme im Ohr zu haben. Sie hatte die Statue nicht leiden können, bis er ihr eines Nachts zugeflüstert hatte, dass er eine Nachricht unter sie gelegt hätte. Mittlerweile gehörten Botschaften unter der Statue zu ihrem Ritual.

Patricia trat ans Fenster ihres Schlafzimmers, das früher einmal Eve gehört hatte, und blickte hinunter in den Garten. Er war in einem bedauernswerten Zustand, aber in einem Monat würde er wunderschön sein. Nach Eves Tod hatte Dara sich darum gekümmert. Dann war Dara verschwunden, und innerhalb von sechs Monaten sah der Garten verwahrlost aus.

Zu ihrer eigenen Überraschung hatte Patricia beschlossen, den Garten wieder herzurichten. Bethany, die sie über Christine kennen gelernt hatte, ging ihr dabei zur Hand. Patricia wusste, dass Bethany sie nicht besonders leiden konnte, aber nicht mit ansehen konnte, dass der Garten verfiel. Sie war einverstanden gewesen, Patricia bei der Gartenarbeit zu helfen, obwohl sie nur wenig über die Kräuter wusste, die Eve für ihre Hexenrituale dort angepflanzt hatte. »Die müssen dann eben sterben«, hatte Bethany gesagt. »Ich habe keine Lust, Zeug zu züchten, das man für Zaubertränke braucht.« Patricia hatte nichts dagegen, nicht nur weil sie Hexerei für lächerlich hielt, sondern weil der hübsche Garten ohne diese Gewächse immer mehr ihren eigenen Vorstellungen entsprach.

Letzten Herbst hatte Bethany ihr dabei geholfen, über zweihundert neue Blumenzwiebeln einzusetzen. Sie hatten bereits Triebe bekommen und würden demnächst anfangen zu blühen. Patricia hoffte, dass der boshafte Pom-Pom sich nicht darüber hermachen würde, der plötzlich angefangen hatte, jedes Fleckchen Erde umzupflügen, das ihm nicht vertraut war. Patricia liebte den Kleinen wahnsinnig, aber seine Schnüffelei passte ihr gar nicht, erst recht nicht nach dem Vorfall vor zwei Wochen.

Wenn sie nur daran dachte, fing sie schon zu zittern an. Sie schob den Gedanken beiseite und warf ihr volles Haar nach hinten, trat noch einmal vor den Spiegel und unterzog sich einer strengen Inspektion. Ja, sie konnte ohne weiteres für neunundzwanzig durchgehen, dachte sie. Aber machte es ihm eigentlich etwas aus, dass sie nicht mehr neunundzwanzig war? Wie viele Männer waren so romantisch, Liebesbriefchen in »verwunschenen« Gärten zu hinterlegen? Er war amüsant, klug und sexy, und sie wusste, dass er dasselbe über sie dachte. Und er hielt sie für jung. »Du siehst viel jünger aus, als du bist«, sagte er immer voller Bewunderung. Und bewies er nicht oft genug, wie begehrenswert er sie fand, indem er ein solches Risiko einging, um sich mit ihr zu treffen? Schließlich stand für ihn nicht gerade wenig auf dem Spiel.

Was für ein Glück, dass sie an manchen Tagen tun und lassen konnte, was sie wollte, dachte sie. Eine Frau kam zweimal die Woche zum Saubermachen, doch das war Patricias einzige Unterbrechung, seit Jeremy vor fast einem Jahr angefangen hatte zu arbeiten. Sie war erleichtert, ihn nicht mehr ständig am Rockzipfel hängen zu haben. Nicht, dass er besonders anspruchsvoll gewesen wäre. Er hatte die meiste Zeit im Keller ferngesehen oder Billard gespielt, ohne es je auch nur annähernd zu beherrschen, CDs gehört und sich mit seinem Karaoke-Apparat die Seele aus dem Leib gesungen. Letztere Vorliebe hatte er mit Dara geteilt.

Patricia hatte sie um den Spaß beneidet, mit dem sie gemeinsam sangen, sich gegenseitig aufnahmen oder eigene Lieder komponierten, auch wenn Jeremys Songs immer sehr simpel und eintönig waren. Als Dara dann gnädigerweise aus ihrem Leben verschwunden war, hatte Jeremy eines Tages

Patricia aufgefordert, sich ihm anzuschließen. Ein paar Drinks hatten sie großmütig gestimmt, und so hatte sie eingewilligt und ins Mikrophon gekrächzt. Ihre Mutter hatte immer behauptet, sie hätte die Stimme einer Krähe. Jeremy dagegen hatte ihre Stimme gelobt. Sie wusste zwar, dass er ihr nur eine Freude machen wollte, aber seine Freundlichkeit hatte sie so gerührt, dass sie ihm noch öfter Gesellschaft geleistet hatte.

Nein, Jeremys Gegenwart war Patricia nicht halb so lästig, wie sie vorgegeben hatte. Aber sie brauchte ihre Privatsphäre. Affären waren immer eine heikle Sache. Aber noch schwieriger wurde es, wenn andauernd ein neugieriger Junge herumschnüffelte und versehentlich Sätze aufschnappte, die nicht für seine Ohren bestimmt waren. Sätze, die ihr gefährlich werden konnten.

Patricia unterzog ihr Outfit nochmals einer strengen Kontrolle. Ein blauer Seidenrolli, enge Khakihosen, flache Lederstiefel, eine lässige Jeansjacke. Für den Fall, dass jemand sie beobachten sollte, wollte sie so aussehen, als sei sie lediglich auf dem Weg zum Stall, um die Pferde Sultan und Fatima zu besuchen.

Pom-Pom war nicht zu sehen, also konnte sie ihn auch nicht einsperren und daran hindern, ihr nachzulaufen. Sie warf einen Blick auf die Uhr und sah, dass ihr keine Zeit mehr blieb, ihn zu suchen. Sie war ohnehin schon ein paar Minuten zu spät.

Draußen fiel zwar kein Regen, aber die Luft war schwer, feucht und kalt. Patricia hasste dieses Wetter. Manche Leute behaupteten, dass jede von Gottes Jahreszeiten ihre eigene Schönheit habe. Sie glaubte das nicht. Sie glaubte auch nicht an Gott, obwohl ihre Mutter sie regelmäßig in die Kirche geschleppt hatte.

Doch Mutters Frömmigkeit hatte ihren Ehemann auch

nicht davon abgehalten, sich mit sämtlichen Ersparnissen und einer anderen Frau aus dem Staub zu machen. Sie hatte ihren geliebten Sohn nicht davor bewahrt, mit zehn Jahren an Leukämie zu sterben, oder verhindert, dass ihre älteste Tochter mit zwanzig an den Folgen einer Überdosis Heroin gestorben war. Nicht einmal zu Seelenfrieden, Gesundheit oder Glück hatte der Glaube ihr verholfen. Patricias Mutter war eine verbitterte, depressive, trostlose Frau mit Herzbeschwerden und rheumatischer Arthritis, der ausgerechnet jenes Kind geblieben war, das sie am wenigsten leiden konnte. Patricia suchte ihre Mutter nur auf, wenn es ihr besonders schlecht ging, und sogar dann wusste sie, dass ihre Gegenwart weder wirklich erwünscht noch geschätzt, allenfalls knurrend geduldet war.

Und Ames mag mich auch nicht, dachte sie, als sie über den Rasen schlenderte. Er hatte sie schon seit Jahren nicht mehr angerührt, und sogar ihre ersten Umarmungen nach der Eheschließung waren flüchtig und leidenschaftslos gewesen. Schon bevor sie ihn geheiratet hatte, war ihr klar gewesen, dass er sie nicht liebte, doch sie hatte gehofft, sein Begehren zu wecken, zumal ihn Eves Krankheit lange Zeit zur Enthaltsamkeit gezwungen hatte. Sie hatte sich getäuscht. Und so hatten Patricia die Einsamkeit und ihr verschrumpeltes Ego dazu getrieben, sich Liebhaber zu nehmen.

Aber jetzt hatte sie nicht nur einen Liebhaber gefunden, sondern die Liebe, und es fühlte sich herrlich an. Sie dachte pausenlos an ihren Geliebten, träumte nachts von ihm und wachte oft schweißgebadet auf. Sie träumte auch tagsüber von dem heiß ersehnten Leben zu zweit. Es würde nicht leicht für sie beide werden. Sie würden einen Skandal verursachen, einige Menschen in Verlegenheit bringen und vor den Kopf stoßen, aber sie würden es trotzdem tun. Das wusste sie.

Patricia hatte im Augenblick jedoch keine Lust, sich die

hässlichen Konsequenzen auszumalen. Sie wollte sich auf ihren Nachmittag freuen und die letzte Nacht vergessen, als dieser gut aussehende Deputy ins Haus gekommen war. Ames hatte Patricia wie ein Kind aus seinem Arbeitszimmer geschickt, bevor er sich mit Michael Winter unterhalten hatte, aber sie hatte an der Tür gehorcht. Ames war in Gegenwart des Deputy eisig gewesen wie ein frostiger Herbsttag, sogar als Winter ihn um die Karten gebeten hatte, die angeblich von Dara stammten. Dann hatte er Ames mitgeteilt, dass er im Besitz von Daras Tagebuch wäre. Dank Jeremy war Ames bereits über dieses Tagebuch informiert gewesen und hatte es zurückgefordert. Der Deputy hatte sich geweigert und behauptet, es sei ein wichtiges Beweisstück. Ames hatte daraufhin kategorisch abgelehnt, Daras Karten aus der Hand zu geben oder Winter einen Blick darauf werfen zu lassen. Er hatte den Deputy frostig verabschiedet und schweigend die Tür hinter ihm geschlossen.

Daraufhin hatte er binnen einer halben Stunde zwei Glas Brandy getrunken und war fast die ganze Nacht in seinem Zimmer auf und ab gegangen, hatte Selbstgespräche geführt und Brandy in sich hineingeschüttet. Ames war Alkohol nicht gewohnt, und der starke Brandy hatte eine erschreckende Wirkung auf ihn gehabt. Er hatte Christine eine Verräterin geschimpft, weil sie das Tagebuch der Polizei ausgehändigt hatte, und dabei so laut gebrüllt, dass selbst Pom-Pom zu zittern begonnen hatte. Schäumend vor Wut, hatte er einen teuren Kristallaschenbecher gegen den Kamin geschleudert. Daraufhin hatte Patricia den erschreckten Hund an sich gepresst und war auf ihr Zimmer geflüchtet, wohl wissend, dass sie in dieser Nacht kein Auge zutun würde. Sie kannte Ames inzwischen zehn Jahre und hatte ihn noch nie so wütend und rachsüchtig erlebt, und zum ersten Mal hatte sie sich vor ihm gefürchtet.

Ein rot gefiederter Dompfaff saß draußen auf dem Zaun und zog ihre Aufmerksamkeit auf sich. Er drehte ihr das Köpfchen zu, und sofort waren die Gedanken an Ames verschwunden. Im Sommer kamen Dompfaffen gern zu den Vogelhäuschen.

Auf dem Weg zum Stall, der etwa hundert Meter vom Haus entfernt und von dort aus nur teilweise zu sehen war, weil Bäume und Büsche die Sicht versperrten, blickte Patricia nicht mehr zurück. Sie erwartete Ames zwar erst am Abend zurück, doch sollte er aus irgendeinem Grund früher als geplant nach Hause kommen, stand auch nicht zu befürchten, dass er zum Stall käme, denn Ames mochte keine Pferde, konnte nicht einmal ihren Geruch vertragen. Er war nur wenige Male dort gewesen, seit er ihn vor fünfzehn Jahren hatte bauen lassen. Und Jeremy war an diesem Tag damit beschäftigt, Sandsäcke aufzuschichten. Nein, sie konnte sich ganz auf *ihn* konzentrieren. Es war schon fast zwei Wochen her, und sie sehnte sich nach seiner Berührung, seinem Geruch und der romantischen Aura, die er immer wieder aufs Neue schuf.

Der dunkelrote Stall ragte vor ihr auf. Unvermittelt brach zwischen den tief hängenden Wolken die Sonne hervor und tauchte die Landschaft in ein warmes, heiteres Licht. Patricia lächelte. Sie scheint für uns, dachte sie, und es war ihr egal, dass sie sich wie ein romantischer Teenager benahm.

Anstatt das große Tor zu öffnen, betrat Patricia den Raum durch den Seiteneingang. Der Geruch nach Heu und nach Pferden schlug ihr entgegen, und sie sog ihn tief ein. Im Gegensatz zu Ames liebte sie den Duft von Pferden, und der Bursche, den sie eingestellt hatten, damit er die Tiere versorgte, hielt die Boxen peinlich sauber. Ein ausgeklügeltes Belüftungssystem verhinderte, dass die Luft stickig und schwül wurde und das Heu verdarb. Die Scheune war geräumig, hatte ein Giebeldach und einen Betonfußboden. Es war mindestens zehn Grad kühler hier drin als draußen, und sie hüllte sich fest in ihre Jacke.

Da Patricia ihren Liebhaber noch nicht sah, stellte sie sich zu den Pferden und tätschelte ihnen den Hals.

Fatima trat seitlich gegen die Box und schnaubte. »Ja, meine Gute. Ich nehme an, meine Gegenwart allein reicht dir nicht.« Fatima schnaubte erneut, zog die Lippen zurück und entblößte die Zähne. »Du willst also einen Apfel.« Patricia holte einen Apfel aus der Tasche. »Dann sollst du auch einen kriegen …«

In diesem Moment knarzte der Holzboden über ihr, und Patricia blickte nach oben. Eine Zwischendecke schuf einen Speicherraum, an dessen einem Ende Heuballen ordentlich aufgestapelt waren. Das andere Ende blieb leer, ein kühler, abgeschirmter Ort, an dem sie sich regelmäßig mit ihrem Liebhaber traf. Durch ein großes, eckiges Loch in der Decke, mehrere Meter von den Boxen entfernt, konnte man für die Pferde Heu nach unten werfen. Eine stabile Leiter führte nach oben.

»Liebling?«, rief sie, und ihr Herz schlug heftiger.

Einen Augenblick lang blieb alles still. Sultan prustete und schlug mit dem Kopf. Patricia sah zu ihm hinüber. »Okay, einen Apfel kriegst du noch, aber dann ist Schluss.« Er fuhr erschreckt zurück, als es erneut knarzte, und schlug gegen die Seitenwand seiner Box. »Liebling?«, rief Patricia noch einmal, während sie nach oben sah.

Plötzlich ertönte Musik zu ihr herunter. Prokofjews *Romeo und Julia*. Ein leiser Schauer durchrieselte sie. Sie liebte diese Melodien. Und sie liebte diesen Mann, der es verstand, ein heimliches Stelldichein im Pferdestall so romantisch zu gestalten. »Ich danke dir für ihn, lieber Gott«, flüsterte sie und vergaß vorübergehend, dass sie ja gar nicht an Gott glaubte.

Im Nu hatte sie ihre geliebten Pferde vergessen. Sie lief zur Leiter, die hinauf auf die Tenne führte, und atmete tief durch, um sich Mut zu machen. Dies war der einzige Teil der Verabredung, den sie nicht mochte. Sie litt an Höhenangst. Diese hinderte sie zwar nicht daran, nötigenfalls eine Leiter hinaufzusteigen, aber sie durfte dabei auf gar keinen Fall nach unten sehen. Sie holte noch einmal tief Luft und stieg hinauf. Eine Sprosse. Und noch eine. Er hatte bestimmt etwas zu trinken mitgebracht, dachte sie. Das tat er immer. Und etwas zu knabbern. Teuren Kaviar, Austern. Sie hatte den Geschmack des Essens danach noch stundenlang auf der Zunge und bildete sich ein, noch tagelang seinen Duft riechen zu können.

»Und was gibt's heute, Liebling?«, rief sie. »Festlichen Champagner? Blonden Sherry? Oder willst du mich gar in die sündigen Abgründe des Absinthgenusses locken?«

»Viel besser«, rief er, und seine Stimme wurde von der Musik übertönt.

Noch eine Sprosse und noch eine, während sie sich mit beiden Händen an die Leiter klammerte. »Ich kann schon etwas Köstliches riechen!«

»Vanilleduftkerzen.«

»Das mein ich nicht, du Dummer!«

»Beeil dich!«

»Ich beeil mich ja. Wir bräuchten einen Lift hier drin. Wie viele Sprossen hat denn diese verfluchte Leiter noch?«

»Zu viele.«

Ein wenig außer Atem, nachdem sie die sechs Meter hinter sich gebracht hatte, wurde Patricia geblendet, als sie die Tenne betrat. Staubmotten flirrten im Licht, das durch zwei Dachfenster einfiel. Kerzenlicht flackerte an jenem Ende der Scheune, wo keine Heuballen gestapelt waren. Der Heustaub in der Luft, das Kerzenlicht im eigenartig hellen Sonnenlicht, dazu der Vanilleduft, vermischt mit dem Geruch nach Heu, verlieh der Szene etwas Surreales. Patricia blieb einen Augenblick reglos stehen, versuchte ihre Augen an die Helligkeit zu gewöhnen. »Nun, hier bin ich. Und wo bist du?«

»Bleib stehen und schließ die Augen. Ich habe eine Überraschung für dich.«

»Ich soll die Augen schließen? Also ich weiß nicht …« Patricia war es peinlich, dass sie sich plötzlich so tatterig fühlte, wie sie so neben dem Loch in der Tenne stand. »Muss ich die Augen schließen? Na ja … ich … mir ist ein bisschen schwindlig.«

»Vertrau mir.«

»Na schön«, seufzte sie. »Dir zuliebe.«

Patricia schloss die Augen. Sie hörte Schritte auf dem Holzboden. Sie hörte eines der Pferde wiehern. Sie spürte, wie starke Hände ihre Schultern packten …

Der Sturz schien nicht enden zu wollen. Noch eben stand sie mit beiden Füßen fest auf dem Boden, und im nächsten Moment stürzte sie schon nach unten, wobei sie ein paarmal gegen die Leiter prallte und sich mehrere Knochen brach, was ihr unerträgliche Schmerzen verursachte. Dann schlug sie auf dem Betonboden auf, ihr Kopf knickte nach links weg, und aller Schmerz war verflogen. Sie sah zu, wie eine langbeinige Spinne durch einen schmalen Streifen Sonnenlicht kroch. Sie hörte, wie eines der Pferde gegen die Boxenwand schlug. Sie roch die modrige Feuchte, die dem kalten Beton entströmte. Aber sie spürte nichts. Absolut nichts. Keinen Körper. Ihre Gedanken wirbelten in panischem Schrecken wie in einem schwarzen Loch.

Die Leitersprossen knarzten. Ein Pferd schlug aus, und Sultan wieherte. Sie erkannte sein Wiehern. Sie hörte es in den Gelenken knirschen, als sich jemand neben sie kniete.

»Du lebst noch? Meine Güte, du bist ja nicht tot zu kriegen.« Patricia versuchte, den Mund zu öffnen, aber die Anstrengung war zu groß. Sie lag da, zerschmettert, blutend, und kaum noch atmend, als ihr schwarz vor Augen wurde. »Du läufst blau an, weißt du das? Du hast dir deinen hübschen Hals gebrochen.« Ein langer Seufzer. »Ich hatte gehofft, dass dich der Sturz alle machen würde, aber willst du was wissen? So ist es fast noch schöner. Jetzt kann ich zusehen, wie du krepierst. Das Warten hat sich doch wirklich gelohnt.« Ein kleines Rascheln in der Nähe ihrer Stirn, vielleicht ein Kuss. »Gute Nacht, Liebling.«

Patricia hörte noch ein letztes angstvolles Wiehern von Sultan. Dann schoss ihr ein phantastischer Gedanke durch den Kopf, bevor sie für immer einschlief. Die Einladung zu diesem Stelldichein hatte unter der steinernen Persephone in Eves Zaubergarten gesteckt. In der griechischen Mythologie wurde Persephone vom Gott der Toten in die Unterwelt entführt.

Kapitel 12

1

Christine wusste schon, dass Jeremy Ames von Daras Tagebuch erzählt hatte. Von Michael hatte sie erfahren, dass Ames mittlerweile auch wusste, dass das Tagebuch in den Händen der Polizei war. Er sei außer sich gewesen, hatte der Deputy ihr erzählt.

Was habe ich anderes erwartet?, dachte Christine. Sie hatte geahnt, dass er ärgerlich werden würde, wenn sie Daras Tagebuch der Polizei überließe. Dennoch hatte sie insgeheim gehofft, dass der Überfall auf sie ihn milde stimmen und seine Wut zumindest lindern würde. Sie wusste jetzt, dass sie sich etwas vorgemacht hatte. Ames mochte sie, aber seine Tochter hatte er vergöttert. Wer immer ihr oder ihrem guten Ruf Schaden zufügte, würde Ames' ewigen Zorn auf sich ziehen.

Der Gedanke tat weh. Ames hatte sie und Jeremy damals bei sich aufgenommen. Dabei hatten er und Christines Vater sich fast schon aus den Augen verloren. Weihnachtskarten und gelegentliche Telefongespräche waren alles, was von der alten Studentenfreundschaft übrig geblieben war. Doch Ames hatte das Versprechen, das er ihrem Vater unmittelbar nach Jeremys Geburt gegeben hatte, gehalten, nämlich dass er helfen würde, falls ihrem Vater irgendetwas zustoßen sollte. Und das hatte er getan. Er hatte ihr und Jeremy ein Zuhause und sein uneingeschränktes Wohlwollen geschenkt. Und wie hatte sie es ihm jetzt gedankt?

Nachdem Michael gegangen war, hatte sie Zeit, über die Frage nachzudenken. Und bis zum Nachmittag war ihr schließlich ganz elend zumute. Vergeblich versuchte sie fernzusehen, ein Nickerchen zu machen, wanderte durchs Haus wie ein Gast, der sich nicht wohl fühlte, und hörte schließlich Musik, während sie geistesabwesend den letzten Doughnut verdrückte, bevor sie wieder neuen Mut fasste. Sie würde Ames Zeit geben, um sich zu beruhigen, sagte sie sich. Sie würde ihn ein paar Tage in Ruhe lassen, vielleicht sogar eine Woche …

Doch Geduld hatte noch nie zu Christines Tugenden gehört. Sie stand auf und griff nach dem Telefon. Ohne nachzudenken, rief sie in der Kanzlei an, weil es ein normaler Werktag war. Die Empfangsdame sagte ihr, dass Mr. Prince eine Stunde lang hier gewesen und dann wieder gegangen sei; er würde heute nicht mehr zurückkommen. Christine fragte sich, ob Sloane ihr vielleicht sagen konnte, in welcher Verfassung Ames war, doch als sie ihn sprechen wollte, hieß es, er sei gerade in einer Gerichtsverhandlung. Enttäuscht legte Christine auf und fragte sich, was sie als Nächstes tun konnte. Ames hatte bereits einen heftigen Schlag einstecken müssen, als die Leiche entdeckt worden war. Jetzt hatte er den zweiten abbekommen. Sie musste unbedingt mit ihm sprechen, ihm erklären, warum sie das Tagebuch der Polizei überlassen hatte.

Vielleicht war er ja zu Hause, dachte sie. Und wenn nicht, war er vielleicht bei Streak. Sie rief zuerst bei ihm zu Hause an. Sie hörte den Anrufbeantworter, also war Ames nicht zu Hause. Doch womöglich wollte er nur nicht ans Telefon gehen. Sie verspürte den Drang, zu Ames zu fahren. Wenn sie ihn dort nicht antreffen würde, würde sie es bei Streak versuchen.

Der Nieselregen hatte aufgehört, als Michael gegangen war. Kurze Zeit später kamen zwei Männer in zwei Wagen – einem Pick-up und einer Limousine. Letztere war der Mietwagen von der Werkstatt, in der ihr Dodge Nova repariert wurde. Ames hatte ihn gestern für sie besorgt. Ames war so fürsorglich, dachte sie. Ihre Augen füllten sich mit Tränen. Ihr war hundeelend zumute.

Nachdem die Männer im Truck davongefahren waren, hatte sich vorübergehend die Sonne blicken lassen und war nach einer halben Stunde wieder weggetaucht. Zurück blieb ein trostlos grauer Tag. Es war, als ob die Sonne ihren letzten Atemzug getan hätte und nie wieder scheinen würde. Zumindest nicht so strahlend hell wie früher. Sie wurde geradezu rührselig. Der Grund war, dass ihr erst heute so richtig bewusst geworden war, wie viel ihr Ames' Wohlwollen bedeutete.

Ames' silbergrauer Mercedes stand nicht in der Auffahrt, aber die fensterlosen Tore der Dreifachgarage waren geschlossen. Das Auto konnte also drin stehen. Christine ging an die Haustür und läutete. Nichts. Vielleicht würde Ames nur aus dem Fenster schauen, sehen, dass sie es war, und nicht an die Tür gehen. Und vielleicht war Patricia ja auch nicht zu Hause. Vielleicht sah sie das Ganze aber auch viel zu dramatisch. Gut möglich, dass Ames oder Patricia nur hinter dem Haus, in Eves Garten, waren.

Der Garten wirkte traurig und grau, wenn auch nicht verwahrlost. Bethany und Patricia hatten sich viel Mühe gegeben, um ihn wieder auf Vordermann zu bringen, damit dieses zauberhafte Fleckchen Erde nicht allmählich zuwucherte. Persephone sah heute besonders trübselig drein, fand Christine. Nach der griechischen Sage hatte der Herr der Unterwelt sie in einen Abgrund entführt, in einem von vier schwarzen Hengsten gezogenen Wagen. Ihre Mutter Demeter, die Getreidegöttin, war außer sich und brachte eine große Dürre über die Erde, die den gesamten Pflanzenwuchs tötete. Zuletzt entschied Zeus, dass Persephone vier Monate im Jahr bei ihrem Ehemann bleiben müsse, die restliche Zeit dürfe sie bei ihrer Mutter auf Erden verbringen. In diesen Monaten gestattete Demeter der Erde, Blüten zu treiben.

»Offenbar bist du noch in der Unterwelt«, murmelte Christine der von Schimmel und Moos überzogenen Statue zu. »Ich hoffe, du kommst bald zurück. Die Trostlosigkeit hier ist ja kaum zu ertragen.«

Sie fuhr überrascht zusammen, als sie etwas in den Knöchel kniff. Eine Schlange, zu dieser Jahreszeit? Christine sah nach unten und erschrak, als ihr der nasse, dreckige Pom-Pom um die Beine hüpfte. Er versuchte erneut, sie zu zwicken, aber sie konnte ihm ausweichen.

»Was um alles in der Welt tust du denn hier draußen?«, fragte sie den Hund, als ob er ihr antworten könnte. Patricia nahm Pom-Pom immer an die Leine, wenn sie mit ihm an die Luft ging. Und sich im Dreck zu wälzen war für ihn völlig tabu, obwohl er immer wie eine Vogelscheuche aussah. Sie blieb stehen und berührte seinen wuscheligen Kopf. Sogar sein schickes Halsband war schlammbesudelt. »Wo ist denn dein Frauchen, Junge?« Der Hund keuchte und drehte sich dann zappelig im Kreis. »Wo ist Patricia? Ich hab dich nie ohne sie hier draußen gesehen. Bist du ihr etwa entwischt?«

Pom-Pom japste einige Male und drehte sich erneut wie wild im Kreis. Christine sah ihm verwundert zu. Selbst wenn er sich von der Leine losgerissen hätte, was er ihres Wissens noch nie getan hatte, hätte er sich nicht weit von Patricia entfernt. Er war ein fürchterlicher Kläffer, Schnapper und Beißer, aber nur, wenn sein Frauchen ihm Rückendeckung gab.

Christine stand auf und inspizierte die Glastüren auf der

Rückseite des Hauses. Sie hatte es vorhin nicht bemerkt, aber eine davon stand einen Spaltbreit offen. War Pom-Pom einfach nur entwischt und hatte, weil er ja nicht der Klügste war, nicht mehr ins Haus zurückgefunden? Das wäre ziemlich blöd, sogar für Pom-Pom.

Christine ging auf das Haus zu und schob die Tür weiter auf. »Patricia?«, rief sie. »Ames?« Niemand antwortete, und so ging sie hinein. Obwohl sie einmal in diesem Haus gelebt hatte, hatte sie es nie ungebeten betreten, seit sie ausgezogen war. Pom-Pom kam ihr hechelnd hinterher, und seine dreckigen Pfoten hinterließen Spuren auf dem hellen Teppich. »Patricia, ich bin's, Christine. Bist du hier?«

Absolute Stille. Pom-Pom stellte sich neben sie, er schien zu wissen, dass außer ihr niemand im Haus war. Das Haus war leer. Der geliebte, verwöhnte Schwachkopf von einem Hund, der nicht wusste, wie man fahrenden Autos aus dem Weg ging, lief frei draußen herum. Irgendetwas stimmte hier nicht.

Sie gingen wieder nach draußen. »Na schön, Pom-Pom«, sagte Christine mit einem Blick auf den keuchenden, zitternden Köter. »Ich weiß ja, dass Heldentaten nicht deine Stärke sind, aber im Augenblick habe ich nur dich. Ich werde dir folgen. Führ mich zu Patricia.«

Pom-Pom legte den Kopf schief und glotzte sie aus schwarzen Knopfaugen verständnislos an. »Na komm, Pom-Pom, benimm dich wie die Hunde im Fernsehen und führe mich zu Frauchen. Ich weiß, dass sie hier irgendwo ist und dass irgendetwas nicht stimmt, sonst wärst du nicht so aufgekratzt. Also tu gefälligst deine Pflicht als Hund – spür sie auf. Bitte.«

Pom-Pom schien völlig verwirrt. In seiner Ratlosigkeit hob er das Beinchen und begoss eine purpurfarbene Krokusblüte. Christine holte tief Luft, fest entschlossen, ihn nicht anzuschreien. Sie wiederholte ihren Befehl, und diesmal schien er sie begriffen zu haben, denn er drehte sich zweimal um die eigene Achse, gab ein ohrenbetäubendes Kläffen von sich und rannte los, auf die feuchten Wiesen zu, die sich hinter dem Haus erstreckten.

»Na toll«, murmelte Christine.

Sie dachte schon daran, dem Hund im Wagen hinterherzufahren, sah dann aber ein, dass diese Methode den dummen Hund gänzlich überfordert hätte. Also stapfte sie los und bedauerte, statt der schwarzen Halbschuhe keine festen Stiefel angezogen zu haben. Auf halbem Weg zwischen Haus und Scheune hielt Pom-Pom inne und begann sich aufgeregt im Kreis zu drehen. Dann stürmte er auf sie zu und zwickte sie in den Knöchel.

»Verdammt nochmal, Pom-Pom!«, schimpfte Christine. »Wenn du so weitermachst, bringst du mich auf die Palme!« Sie verstummte und sah nachdenklich das verdreckte, am ganzen Leib zitternde Schoßhündchen an. Es sah übel aus, und plötzlich tat es ihr Leid, und sie fragte freundlicher: »Du scheinst wohl ganz schön Angst zu haben?«

Er schoss wieder davon, schnurstracks auf den Pferdestall zu, wobei er keine Pfütze ausließ, die ihm im Weg lag. Wenn der Köter mich für dumm verkauft, dann dreh ich ihm den Hals um, dachte Christine und spürte, wie das Wasser durch ihre Sohlen sickerte.

Als sie sich der Scheune näherte, hätte Christine schwören können, dass sie Musik hörte. Vielleicht ist es nur die Erinnerung an den Überfall gestern, dachte sie und bekam eine Gänsehaut. Der Hund blieb stehen und rannte winselnd zu ihr zurück. Christine ignorierte ihn und beschleunigte ihre Schritte. Die Musik wurde zunehmend lauter, ein klassisches Stück. Christine hörte, wie die Pferde gegen ihre Boxen traten. Kräftig. Immer wieder. Ich geh sofort wieder zum Haus zurück, dachte sie in panischer Angst. Ich gehe ins Haus und verriegle die Tür und riskiere keinen Blick in diesen Stall. Ich will gar nicht wissen, was dadrin vor sich geht.

Geh zurück, drängte ihre Vernunft, als sie das geschlossene Tor sah. Geh zurück. In ihrer Unentschlossenheit stand sie wie angewurzelt da, bis Pom-Poms Gewinsel sie schaudern ließ.

Geh zurück, schrie es in ihr, während ihr Körper sich wie mechanisch um die Ecke bewegte, auf den schmalen Seiteneingang zu, der offen stand. Kurz davor blieb sie stehen. Geh zurück. Aber sie ging hinein.

Die Musik beschallte den ganzen Raum. Zweifellos hatten die Töne auch Pom-Pom hergelockt. Und sie machten die Pferde scheu.

Christine ging langsam in das halbdunkle, kühle Innere des Gebäudes, und ihre Finger klammerten sich um einen Stift, der in ihrer Jackentasche lag, sie ließ die Plastikkappe abspringen, um ihn notfalls als Waffe gebrauchen zu können. Wenn sie sorgfältig zielte, konnte selbst ein lächerlicher Stift jemanden außer Gefecht setzen.

Eine Waffe? Jemanden außer Gefecht setzen? Sie war ja verrückt. Sie musste wieder in die Geborgenheit des Hauses zurück, weg von dem Grauen, das hier in der Scheune, wie sie instinktiv spürte, auf sie wartete. Aber sie konnte nicht mehr zurück.

Zögernd ging sie weiter und blickte nach oben. Die Musik kam aus der Tenne. Sie warf einen Blick auf die ausschlagenden, augenrollenden Pferde. »Ruhig, ihr zwei«, sagte sie sanft, mehr um sich selbst zu beschwichtigen, als um die Tiere zu beruhigen. »Ich bin ja hier. Jetzt ist alles gut.«

Ihr Blick schoss ängstlich durch das Halbdunkel. Graues Licht erkämpfte sich einen Weg ins Innere, schnitt einen hellen Tunnel in das trübe Dunkel und fiel auf einen Kleiderhaufen am Fuß der Leiter …

Christine blinzelte und versuchte ihre Augen an die Lichtverhältnisse zu gewöhnen. Was sie dann sah, waren nicht nur Kleider.

Patricia lag mit verrenkten, zerschmetterten Gliedern auf dem kalten Beton. Mit einem einzigen Blick erfasste sie ihr blau angelaufenes Gesicht, das gerinnende Blut im Mundwinkel und die blauen Augen, die blind zu den Pferden hinüberstarrten.

Christine blieb das Herz stehen, ihr wurde schwindlig und sie versuchte mit aller Macht, nicht umzukippen. Sie schloss die Augen. »Ich hab gelogen«, sagte sie leise zu den Pferden. »Es ist nicht alles gut.«

2

Später erinnerte sich Christine nur noch schwach an die folgenden Minuten. Sie wusste noch, dass sie sich neben Patricia auf den Boden gekniet, ihr den Puls gefühlt und einen unbeholfenen und fruchtlosen Wiederbelebungsversuch unternommen hatte, nur um entsetzt festzustellen, dass ihre Haut noch warm war. Als Nächstes rannte sie zurück zum Haus, gefolgt von Pom-Pom, der ihr hinterherjapste und sein Frauchen, das ihn so gern gehabt hatte, im Stich ließ. Sie hatte die Terrassentüren aufgestoßen, einer Ohnmacht nah, und Polizei und Krankenwagen angerufen. Dann setzte sie sich auf einen der eleganten Stühle, steckte den Kopf zwischen die Knie und atmete in tiefen Zügen, zu ihren Füßen der nasse, verängstigte Pom-Pom.

Jahrelang hatte man Christine dafür bewundert, in unangenehmen Lebenslagen kühlen Kopf zu bewahren. Sie sei ja so stark, sagten die Leute, und so tüchtig. Manchmal war sie sich vorgekommen wie eine Riesin mit gewaltigen Kräften. Aber die beiden letzten Tage waren zu viel für sie. Erst der Überfall im Fitness-Studio, dann der mysteriöse Anruf, dann die Ratte, und jetzt noch Patricia, die tot im Pferdestall lag.

Und sie ist nicht von allein von der Leiter gefallen, sagte ihr eine innere Stimme. Sie ist nicht von allein umgekommen.

Christine hob ruckartig den Kopf. Sie hatte sich eingebildet, dass jemand mit ihr redete. Stattdessen sah sie ein leeres Zimmer vor sich. Sie hatte nur ihre eigenen Gedanken gehört.

Patricia ist nicht von allein gefallen.

»Natürlich ist sie von der Leiter gefallen«, sagte sie laut. Pom-Pom blickte auf und fixierte sie mit seinen Knopfaugen. »Warum denke ich nur immerzu, dass sie nicht von allein von der Leiter gefallen ist? Sie ist doch nur in den Stall gegangen und …«

Sie runzelte die Stirn. Und was? Sie stieg auf die Tenne, schaltete die Musik ein, ging zurück zur Leiter, stolperte und stürzte sechs Meter in die Tiefe?

Ja, Patricia liebte die Pferde. Ja, sie besuchte sie fast jeden Tag, auch wenn sie nicht ausritt.

Doch soweit sie wusste, war Patricia noch kein einziges Mal über die Leiter auf die Tenne geklettert. Erstens war dort oben nichts als Heu, und das Füttern der Pferde besorgte ein Stallbursche. Und außerdem hatte Patricia Höhenangst und mied Abgründe, wo sie nur konnte. Sie hätte sich den Heuboden also auf gar keinen Fall als Rückzugsort ausgesucht. Undenkbar, dass sie, einen CD-Spieler unterm Arm, die Leiter hinaufgestiegen wäre.

Patricia war nicht alleine gewesen. Christine war sich dessen ganz sicher. Sie war auf den Heuboden geklettert, um sich dort mit jemandem zu treffen. Und ihr Wunsch, mit dieser Person zusammen zu sein, war stärker gewesen als ihre Höhenangst, sodass sie sich für sie auf die steile Leiter gewagt hatte.

Voller Angst sprang Christine auf und eilte zur Haustür, gefolgt von Pom-Pom. Sie sah weder Polizei noch Rettungswagen. Sie wusste, dass es wegen des Hochwassers zu Verkehrsbehinderungen kommen konnte, aber ihr kam es so vor, als hätte sie schon vor einer halben Ewigkeit die Notrufnummer gewählt. Wider besseres Wissen rief sie Tess auf dem Handy an. Sie hatte das verzweifelte Bedürfnis nach einer vertrauten menschlichen Stimme, erhielt jedoch keine Antwort. Auch gut, dachte Christine. Womöglich hätte Tess darauf bestanden, herzukommen, und wäre dann nur allen im Weg gewesen. Zurückhaltung war nicht eben Tess' starke Seite.

Kaum hatte sie aufgelegt, hörte Christine eine Sirene. Pom-Pom flippte aus, verfiel in unkontrollierbares Gekläffe und schoss die Treppe hinauf in den ersten Stock. Christine war froh, ihn aus dem Weg zu wissen. Der Rettungswagen kam vors Haus und wurde langsamer, doch bevor er anhalten konnte, rannte Christine nach draußen und rief dem Fahrer zu: »Fahren Sie die Crescent Creek Lane entlang zum Stall. Da liegt jemand, der sich verletzt hat. Der Seiteneingang steht offen.«

Der Wagen brauste ohne die Sirene, aber mit blinkenden Lichtern über den Hügel davon. Christine hätte am liebsten die Tür zugeschlagen, alles den Sanitätern überlassen, und sich im Haus versteckt, um sich nicht noch einmal dem grauenvollen Anblick im Stall stellen zu müssen. Aber sie wusste, dass das unmöglich war. Sie war kein Kind mehr. Die Männer würden Fragen haben, und sie war die Einzige hier, die sie ihnen beantworten konnte.

Sie stieg in ihren Wagen und fuhr langsam zum Stall. Ein Mann und eine Frau liefen gerade durch die Seitentür in den Stall. Christine hielt den Wagen an und blieb ein paar Minuten darin sitzen. Sie ließ das Fenster herunter, doch sie hörte keine Musik mehr. Gott sei Dank, die CD war zu Ende. Die Pferde schlugen noch immer aufgebracht gegen die Wände ihrer Boxen.

Christine warf einen Blick in den Rückspiegel und entdeckte, dass ein Streifenwagen hinter ihr anhielt. Michael Winter stieg aus und kam auf sie zu. Sie stieg aus.

»Ich habe Ihren Notruf aufgefangen«, sagte er. »Und dann sah ich von weitem den Rettungswagen.«

Sie nickte. »Patricia liegt dadrin. Sie ist tot.«

Er hob seine dunklen Augenbrauen. »Sind Sie ganz sicher?«

»Ihr Gesicht war blau angelaufen. Sie hat nicht mehr geatmet, und Puls war auch keiner mehr da.«

»Sie haben sie angefasst?«

»Ich hab nur ihren Kopf leicht angehoben, um sie zu beatmen. Ihre Lippen waren noch warm …« Christine schluckte schwer. »Ich weiß, dass ich sie nicht hätte anfassen sollen.«

»Sie haben immerhin versucht, ihr das Leben zu retten. Solange Sie sie nicht bewegt haben, ist das in Ordnung.«

Christine wollte den Stall um keinen Preis mehr betreten, aber Michael schien es von ihr zu erwarten. Er nahm sie bei der Hand und schleifte sie fast hinter sich her. Im Inneren der Scheune kniete die Sanitäterin nach wie vor neben Patricia, während ihr Kollege bereits aufgestanden war. »Sie ist tot«, sagte er teilnahmslos. »Hat sich das Genick gebrochen und weiß der Teufel was noch alles. Sieht ganz so aus, als wäre sie vom Heuboden gestürzt.« Alle blickten automatisch nach oben. »Aber wenn sie von selbst gestürzt ist«, fuhr der Sanitäter fort, »dann versteh ich nicht, wie das ganze Heu auf ihr gelandet ist.«

»Oben auf der Tenne ist Heu«, sagte Christine.

Der Sanitäter schüttelte den Kopf. »Ich bin kein Experte, aber irgendwas stimmt nicht mit dem Heu. Es sieht nicht so aus, als wäre es einfach auf sie draufgefallen. Es sieht aus, als hätte jemand es sorgfältig auf sie draufgelegt. Wie 'ne Art Decke.« Er zuckte die Schultern. »Klingt nicht sehr einleuchtend, ich weiß.«

Michael sah sich die Leiche aus der Nähe an. »Sie haben Recht.« Er wandte sich an Christine. »Hat es vorhin genauso ausgesehen?«

»Ich hab nicht aufgepasst«, gab sie kleinlaut zu. »Ich war so erschrocken, dass ich auf gar nichts geachtet habe, nur auf ihr Gesicht.«

»Aber Sie haben sie nicht mit Heu zugedeckt?«

»Nein.« Christines Stimme wurde ein wenig kräftiger. »Natürlich nicht.«

»Vielleicht versehentlich?«

»Nein, Deputy Winter. Ich habe ihren Körper nicht angerührt. Nur ihren Kopf.« Christine spürte noch einmal das kühle Blut auf ihrer Hand, das aus einer Kopfwunde in Patricias Haar gesickert war. Sie blickte auf die Blutflecken an ihrer Hand. Sie hatte sie noch gar nicht bemerkt. »Nur ihren Kopf«, sagte sie erneut.

Keiner von ihnen hatte das Auto kommen hören, aber plötzlich stand Ames Prince bei ihnen. Sein magerer Körper war wie versteinert. Er starrte fast zehn Sekunden lang auf Patricias Leiche, und sein kantiges Gesicht war ohne Ausdruck. Dann richtete er seine kühlen grauen Augen auf Christine und sagte böse: »Und was hast du jetzt wieder angestellt?«

Kapitel 13

1

Christine blieb dieser Nachmittag wie ein Albtraum im Gedächtnis, so unwirklich erschienen ihr Ames' frostiger Blick und sein scharfer Ton. Sie war so schockiert gewesen, dass sie eine Weile nicht bemerkt hatte, wie die Sanitäter und Michael Winter sie fassungslos anstarrten.

Michael brach das Schweigen. »Mr. Prince, wir wissen noch nicht genau, was hier passiert ist …«

»Patricia ist tot, das ist hier passiert«, herrschte Ames ihn an. »Jeder kann sehen, dass sie tot ist. Sie starb eines plötzlichen, gewaltsamen Todes und …« Er brach ab, von Würgen geschüttelt, machte kehrt und verließ die Scheune.

Christine rannte hinter ihm her. »Nicht so schnell, Ames, bitte …«

Er wirbelte herum. »Was um alles in der Welt könntest du mir noch zu sagen haben?«

»Dass mir das mit Patricia Leid tut. Ich weiß doch auch nicht, was passiert ist.«

»Willst du etwa behaupten, dass du nicht versucht hast, mir das, was mir von Dara noch geblieben ist, kaputtzumachen? Dass du die sehr persönlichen Tagebuchaufzeichnungen meiner Tochter nicht der Polizei überlassen hast, damit jeder sich daran ergötzen kann? Dass meine Tochter nicht verschwunden ist, nachdem du ihr vorgeworfen hast, sie habe Schuld am

Scheitern deiner Beziehung? Und habe ich nicht eben meine Frau, die du verabscheut hast, tot auf dem Boden liegen sehen, während du dich über sie beugtest? Und ...«

»Mr. Prince, Sie sind außer sich.« Michael Winters Kommandostimme brachte ihn zum Schweigen. Ames wandte dem Deputy ruckartig den Kopf zu. »Ich halte es für klüger, wenn Sie hier keine Beschuldigungen aussprechen, besonders nicht Miss Ireland gegenüber. Sie würden es später bedauern.«

»Ich habe nichts gesagt, was mir später Leid tun wird. Und ich schlage vor, Deputy, dass Sie den Mörder meiner Frau suchen, anstatt hier den Ritter für Miss Ireland zu spielen. Die kann auf sich selbst aufpassen, das kann ich Ihnen schriftlich geben!«

Abrupt drehte Ames ihnen den Rücken zu, stieg in den Mercedes und brauste davon. Christine ließ den Kopf hängen. Sie hasste die Tränen, die ihr in die Augen stiegen. »Denkt er denn, ich hätte Patricia umgebracht?«, flüsterte sie ungläubig.

Michael starrte dem Mercedes hinterher, der gerade die Auffahrt hinabfuhr. »Er ist wütend, weil Sie mir Daras Tagebuch gegeben haben. Und was Patricia angeht, reagiert er einfach über.«

Sie sah ihn an. »Glauben Sie auch, ich hätte ihr was angetan?«

»Nein, ich glaube ...« Er brach ab, und Christine konnte fast spüren, wie er sich in einen Mantel professioneller Sachlichkeit hüllte. »Wir wissen noch nicht, was hier passiert ist. Ich muss im Revier anrufen, damit sie mir ein paar Experten herschicken. Sie sollten im Haus warten.«

»Bei Ames? Er würde mich nicht reinlassen.«

»Wahrscheinlich haben Sie Recht. Ihm jetzt zu nah zu kommen ist vielleicht keine so gute Idee. Er ist viel zu wütend. Fahren Sie nach Hause. Und bleiben Sie da. Ich muss Ihnen in Kürze ein paar Fragen stellen.«

Michael war im Begriff, wieder in die Scheune zu gehen. »Deputy, ich möchte nicht, dass Jeremy das hier mitbekommt oder dass er Ames über den Weg läuft«, sagte sie. »Er hilft, Sandsäcke aufzuschichten, aber er könnte jeden Moment zurückkommen. Darf ich ihn suchen, damit ich ihm erzählen kann, was passiert ist? Anschließend fahre ich dann schnurstracks nach Hause und gehe den ganzen Tag nicht mehr vor die Tür, bis Sie mich verhört haben.«

Er schien die Möglichkeit, dass sie einfach aus der Stadt verschwinden könnte, um sich vor den Ermittlungen zu drücken, ernsthaft in Erwägung zu ziehen. Die Vorstellung, dass er Zweifel hatte an ihrer Integrität, kränkte sie. Dann siegte die Vernunft. Er kannte sie ja kaum. Warum sollte er ihr bedingungslos vertrauen?

»Na schön«, sagte er schließlich. »Finden Sie Jeremy. Sie haben Recht – man sollte ihn da nicht mit reinziehen. Ich komme später bei Ihnen vorbei.«

Er drehte sich um und ging zurück in die Scheune, ohne ihr auf Wiedersehen zu sagen oder auch nur den Anflug eines Lächelns zu zeigen, aber Christine war, trotz der Umstände, ein wenig leichter ums Herz. Er hatte, was ihren Charakter anbelangte, eine Entscheidung getroffen – zu ihren Gunsten. Jetzt brauchte sie nur noch Jeremy zu finden und ihm beizubringen, was passiert war.

2

Streak Archers schwitzende, zitternde Hand ließ den Schlüssel zweimal fallen, bevor sie imstande war, die Tür aufzusperren. Als sie endlich offen war, stolperte er in den Flur, schlug die Tür hinter sich zu, lehnte sich dagegen und versuchte verzweifelt, Luft in seine Lungen zu pumpen, die unter das lebenserhaltende Maß zusammengeschrumpft zu sein schienen. Der Schweiß rieselte in kleinen Rinnsalen über sein schmutziges Gesicht, und sein Hemd war klitschnass, klebte ihm an Brust und Rücken wie eine zweite Haut.

Vor wie langer Zeit hatte er sich aus der Geborgenheit seines Heims hervorgewagt? Es kam ihm unendlich lang vor. Doch die Uhr zeigte zwei Uhr nachmittags an. Was für ein Risiko war er eingegangen! Er hätte, am ganzen Leib zitternd und zur Kugel eingerollt, in wilde spastische Zuckungen verfallen können. Was für ein Spektakel! Aber er war das Risiko eingegangen. Und hatte seine Dämonen besiegt. Er hatte keine andere Wahl gehabt.

Streak ging in die Küche, füllte Wasser in einen Becher und holte das Valium aus dem Medizinschrank. Er träufelte zehn Milligramm in die Tasse, schluckte sie hinunter, füllte die Tasse neu und schluckte noch einmal zehn. Er hasste seine Abhängigkeit von Antidepressiva und Beruhigungsmitteln, aber ohne sie kam er nicht durch den Tag. Sein Psychiater war auch dieser Meinung. Und wen kümmerte es schon, dass er abhängig war? Er galt ja auch nicht als Vorbild für junge Leute.

Er setzte sich an den Küchentisch mit der verchromten Platte und blickte sich um. Von draußen glich sein Haus einem gemütlichen Cottage aus Stein. Die Inneneinrichtung dagegen war minimalistisch. Seine Mutter hasste das viele Weiß und Schwarz und Chrom. Ames äußerte sich zwar nie darüber, aber seine Miene sprach Bände. Nur Jeremy gefiel es hier. Er sagte, es sehe bei ihm aus wie in einem Raumschiff. Streak lächelte wehmütig. Jeremy hatte Recht. Für Streak war das Haus eine Flucht aus dem Alltag, in dessen Realität er nur schwer leben konnte. Hier drin hatte er sich eine komfortable virtuelle Wirklichkeit geschaffen. Streak brauchte derzeit seine kahle Höhle mehr denn je. Er hatte in letzter Zeit viel zu viel mit der Außenwelt herumexperimentiert. Es hatte nicht funktioniert. Nicht vor drei Jahren. Und jetzt auch nicht.

Jemand klopfte an die Haustür, und er verspürte den dringenden Wunsch, sich unter dem Tisch zu verkriechen und zu warten, bis der Betreffende verschwunden war. Aber er kannte dieses Klopfen. Es war seine Mutter, und sie würde sich eher die Knöchel blutig klopfen, als von der Stelle zu weichen.

Er machte die Tür auf, und Wilma Archer sah ihn an, als wäre er grün geworden. »Was ist los mit dir? Geht's dir wieder schlechter? Ich fahre dich in die Notaufnahme!«

»Nein, Mom, bitte nicht«, sagte Streak schnell, weil ihm allein der Gedanke, noch einmal aus dem Haus zu müssen, den Schweiß aus den Poren trieb. »Es geht gleich wieder. Komm einfach rein. Das Licht hier draußen blendet mich.«

Wilma blickte nach oben, in den bedeckten Himmel. »Du hast Migräne. Ich finde trotzdem, dass wir …«

»Ich fahre nirgendwohin!« Wilma wich zurück. »Tut mir Leid. Komm herein, bitte. Ich muss mich hinlegen. In einer halben Stunde wird's wieder gehen.«

Wilma trat ein und machte die Tür hinter sich zu. »Leg du dich auf diese weiße Bahre, die du Couch nennst, und ich mach dir einen Orangensaft.«

»Ich mag keinen Saft.«

»Milch vielleicht?«

»Kaffee«, sagte Streak. Er wollte keinen Kaffee, aber er wusste, dass seine Mutter nicht lockerlassen würde. Wilma Archer hatte mindestens fünfzig Pfund Übergewicht, denn sie vertrat die Ansicht, dass mit Essen und Trinken jedem Problem beizukommen war. »Ich leg mich hin. Und du machst mir Kaffee, Mom. Du weißt ja, wo alles ist.«

»Dein Vater und ich machen uns solche Sorgen um dich«, rief Wilma aus der Küche, während sich Streak flach auf die weiße »Bahre« legte. »Du hast schon ewig nicht mehr angerufen.«

»Wir haben doch erst neulich miteinander telefoniert, als sie die Leiche aus dem Fluss gezogen haben.«

»Weil ich dich angerufen habe.«

»Seit wann führen wir denn Buch darüber, wer wen angerufen hat?«

»Immer schon. Ich bin deine Mutter.«

»Also schön. Tut mir Leid. Ich telefoniere nun mal nicht gern.«

»Nein, du willst immer nur an deinen Computern rumtüfteln und auf der Interstate rumsurfen.«

»Im Internet, Mom, obwohl eine Surfpartie auf der Interstate auch nicht schlecht wäre. Vielleicht würde mich jemand überfahren, dann täte mir der Kopf nicht mehr weh.« Streak hatte keine Migräne, aber aus irgendeinem Grund waren Kopfschmerzen seiner Mutter verständlicher als Panikattacken. »Ich brauche Ruhe, Stille.«

Wilma marschierte ins Wohnzimmer und baute sich vor ihm auf, die Hände in die Hüften gestemmt. »Ich sage immer noch, dass du ins Krankenhaus fahren solltest.«

»Damit ich eine Stunde lang im voll besetzten Wartezimmer rumhänge, bis sich endlich ein Arzt meiner annimmt, mir einen Migräneanfall diagnostiziert, Tabletten verschreibt, die keinerlei Wirkung zeigen, und mich mit einer gewaltigen Rechnung wieder nach Hause schickt?«

»Du hast doch eine Versicherung.«

»Ich habe Schmerzen. Und du machst sie noch schlimmer. Jetzt setz dich um Gottes willen hin, Mom, beruhige dich und sprich leise. Hör auf, hier rumzunörgeln.«

Wilma seufzte. »Ich werd mal nach dem Kaffee sehen.«

»Bitte tu das.«

Streak liebte seine Mutter. Er fand, dass sie wahrscheinlich mehr Kapazitäten für Liebe, Freundlichkeit und Großzügigkeit besaß als vier Fünftel der gesamten Weltbevölkerung. Aber er konnte es nicht ausstehen, wenn sie ihn bemutterte, und Wilma Archer hatte es darin zur wahren Meisterschaft gebracht.

Während sie in der Küche war, horchte Streak mit Behagen auf das Summen seiner Computer. Er hatte in jedem Zimmer einen stehen, nur nicht im Badezimmer, da stand ein Laptop. Drei Computer standen im Wohnzimmer, allesamt mit Internetanschluss, und weitere vier standen in einem weitläufigen Zimmer im ersten Stock.

Er besaß fünf Fernseher, im ganzen Haus verteilt, wobei der im Wohnzimmer einen fast 90 cm breiten Flachbildschirm hatte, der an der Wand befestigt war. Natürlich besaß er auch die passende Stereoanlage, mit vier säulenartigen Lautsprechern, die an einen antiken Tempel erinnerten. Streak war nicht besonders erpicht auf Gäste, und die meisten Menschen respektierten sein Bedürfnis nach Privatsphäre. Nicht alle jedoch.

Wilma trottete zurück ins Wohnzimmer, in der Hand einen gewaltigen Becher Kaffee, aus dem ein eckiger Strohhalm lugte. »Was soll der Strohhalm?«, fragte Streak.

»Ich will nicht, dass du dich verbrühst.«

»Du liebe Zeit, vielleicht solltest du mir noch ein Lätzchen umbinden.«

»Diese Bemerkung will ich überhört haben, aber nur, weil es dir so schlecht geht. Du bist noch nicht zu groß, um ...«

»Um was?«, fiel Streak ihr ins Wort, plötzlich amüsiert. »Um mich übers Knie zu legen?«

»Werd nur nicht überheblich, Freundchen. Ich hab kräftige Knie. Und jetzt erzähl mir, was dir so zugesetzt hat.«

Streaks Belustigung schwand. »Du weißt doch, dass mir nichts zusetzen muss, wie du es ausdrückst. Diese Panikattacken und Kopfschmerzen kommen einfach aus dem Nichts.«

»Nein. Jetzt nicht mehr. Kurz nachdem du aus dem Krieg gekommen warst, ja. Noch Jahre danach, ja. Aber jetzt schon lange nicht mehr. Irgendetwas muss der Auslöser gewesen sein. Jetzt erzähl mir, was los war, dann geht's dir gleich besser.«

Streak starrte auf einen seiner Computer. Der Bildschirmschoner zeigte ein Haus bei Nacht mit erleuchteten Fenstern. Über ihm schwebte der Mond, eine schwarze Katze schlich über den Rasen, und Fledermäuse schwirrten am nachtblauen Himmel. Mein Kopf, dachte er. So sieht's in meinem Kopf aus.

»Ich war unten am Fluss und hab geholfen, Sandsäcke zu stapeln«, erzählte er.

»Du hast was getan?«

»Wir haben Hochwasser. Ich hab geholfen, Sandsäcke zu stapeln. Ich hab meine Bürgerpflicht getan.«

Wilma blickte ihn erschrocken an. »Aber so was tust du doch normalerweise nicht!«

»Meine Pflicht als Bürger erfüllen?«

»Nicht unter so vielen Leuten. Du hättest es eigentlich besser wissen müssen.«

»Ich seh's ja ein. Ich dachte, dass es in all den Jahren besser geworden wäre, dass ich jetzt ein paar Leute mehr in meiner

Nähe ertragen würde, ohne gleich durchzudrehen. Aber da hab ich mich wohl getäuscht.«

»Na ja …« Wilma drehte verlegen an ihrem Ehering. »War da nicht … ich meine, du bist doch nicht … na ja …«

»Unangenehm aufgefallen? Peinlich ausgeflippt vor allen Leuten? Nein, Mom. Ich bin heute Morgen hingefahren und hab eine Weile geholfen. Dann bin ich wie ein ganz normaler Mensch weggefahren. Ich glaube zumindest, dass ich normal ausgesehen habe.«

»Heute Morgen? Aber es ist doch schon Nachmittag. Wie lange warst du denn am Fluss?«

»Ich weiß es nicht. Zwei Stunden, vielleicht waren's auch drei.«

»Drei? Du hast drei Stunden durchgehalten?«

»Vielleicht ist es mir auch nur so lang vorgekommen. Ich hab nicht auf die Uhr gesehen. Ich hab nur eine Weile neben Jeremy und ein paar anderen Jungs gearbeitet, die ich früher ziemlich gut kannte und …« Streaks Hände fingen wieder an zu zittern. Ein kalter Schauer überlief ihn, und er stellte den Kaffeebecher neben die Couch auf den Boden und schloss die Augen. »Danke, dass du vorbeigekommen bist, Mom. Ich weiß es zu schätzen. Nur, jetzt kann ich nicht mehr reden. Ich muss ein bisschen schlafen und die Kopfschmerzen loswerden. Bist du böse?«

»Du frierst ja. Du musst dich zudecken. Wo ist diese Decke, die ich für dich gestrickt habe?«

O Gott, die scheußlichen Neonfarben, dachte Streak. »Die muss irgendwo oben liegen«, sagte er unbestimmt. »Ich will mich nicht zudecken. Ich schwitze. Ich will nur noch schlafen.«

»Kannst du nicht schlafen, wenn ich hier bin? Ich werde mucksmäuschenstill sein.«

»Das wäre ein Wunder«, sagte Streak trocken.

Wilma lachte leise. »Mein Junge. Du kennst mich zu gut.« Sie beugte sich über ihn und küsste ihn direkt auf die Narbe auf seiner Stirn, wo ihm vor dreißig Jahren die Kugel in den Kopf gedrungen war. »Ruf mich an, wenn du mich brauchst. Schlaf gut.«

»Und lass dich nicht von den Bettwanzen beißen«, murmelte er, die Augen schließend. Wilma schlich auf Zehenspitzen aus dem Zimmer und schloss die Haustür leise hinter sich. Sobald Streak den Motor ihres Wagens laufen hörte, stand er auf und trat vor seine Stereoanlage. Er suchte sich eine CD aus, legte sie ein und ließ sich aufs Sofa fallen. Bald strömten die beruhigenden Klänge von Prokofjews *Romeo und Julia* auf ihn ein. Unkontrolliert zitternd rollte er sich zu einer festen, geschützten Kugel zusammen.

3

Auf dem Weg in die Stadt versuchte Christine, Patricias Anblick loszuwerden. Überraschenderweise gelang ihr das besser, als die Erinnerung an Ames' Blick auszulöschen. Sie hatte ihn immer für einen gut aussehenden, intelligenten, liebenswerten, aber im Grunde fleischlosen Gentleman gehalten, eine Pappfigur wie aus einem schlechten viktorianischen Roman. Heute Nachmittag hatte er ihr gezeigt, dass er alles andere als fleischlos war. Bis vor kurzem hatte er seine Leidenschaften meisterhaft zu beherrschen vermocht. Nun, da er sie von der Leine gelassen hatte, hatte Christine den Verdacht, dass er sie nie wieder in den Griff bekommen würde.

Als sie die Innenstadt erreichte, fiel ihr ein, dass sie keinen blassen Schimmer hatte, wo sie nach Jeremy suchen sollte. Sie stellte den Wagen ab und ging zu Fuß zum Fluss hinunter, wo es wie in einem Bienenstock wimmelte. All die Menschen waren damit beschäftigt, einen Damm aus Sandsäcken gegen das steigende Hochwasser zu errichten. Noch schienen sie die Oberhand über dieses tosende Element zu behalten. Ein paar bedachten sie mit vorwurfsvollen Blicken, weil sie keine Anstalten machte, mit zuzupacken. Normalerweise hätte sie tatsächlich geholfen, aber heute hatte sie andere Sorgen.

Christine warf einen Blick auf die Rückseite des alten Hotel Duvoy, das vor über hundert Jahren einmal ein Juwel gewesen war, mittlerweile jedoch nur noch schäbige Büros und Appartements beherbergte. Sie sah viele Menschen arbeiten, nur Jeremy sah sie nicht. Sie ging weiter, kam zum Kaufhaus Hadden. Auf die riesige rückwärtige Ziegelmauer des Gebäudes hatte man ein cremefarbenes Haus gemalt mit einer gewundenen Außentreppe, um deren zierliches schmiedeeisernes Geländer sich üppige rote und purpurfarbene Blüten rankten. Christine wusste, dass der Besitzer des Kaufhauses seinem siebzehnjährigen Enkel die Wand als riesige Leinwand für ein Gemälde zur Verfügung gestellt hatte, das manche Menschen als Graffiti bezeichneten.

Christine überblickte den Fluss, dessen trübe Fluten Schutt und Geröll mit sich führten. Ein Gartenstuhl aus Aluminium trieb träge vorbei, dicht gefolgt von den Resten einer weiß getünchten Holzhütte, deren baufällige Wände der Kraft des reißenden Wassers nicht mehr standgehalten hatten. Nach der Überschwemmung würde das Flussufer den hässlichen Anblick von Dreck, Müll und Tierkadavern bieten. Womöglich wurde noch eine zweite plastikverpackte Mädchenleiche angeschwemmt? Christine durchschauerte es bei der Vorstellung, welche grausigen Geheimnisse die Fluten noch mit sich führen mochten.

Nachdem sie eine halbe Stunde herumgegangen war und Fragen gestellt hatte, entdeckte Christine endlich Jeremy, der mit Danny Torrance zusammenarbeitete. Sie waren hinter dem alten Starlight-Theater zugange, das nahezu siebzig Jahre in Betrieb gewesen war, und sahen beide ziemlich erschöpft aus. »Jeremy, ich suche dich schon seit zwanzig Minuten«, sagte Christine. »Hi, Danny.«

»Wie geht es dir, Chris?«, fragte Danny.

»Ganz okay.«

»Okay?«, rief Jeremy besorgt. »Dein Gesicht ist grün und blau. Was ist passiert?«

Danny sah verlegen drein, er erkannte, dass er sich verplappert hatte. Sie hatte ihm erzählt, dass sie Jeremy nicht beunruhigen wollte.

»Ich bin die Kellertreppe runtergefallen.« Christine schwindelte ihren Bruder selten an. Lügen machten ihr ein schlechtes Gefühl. Und außerdem kam er ihr normalerweise ohnehin auf die Schliche. Aber sie wollte einfach nicht, dass er die Wahrheit gerade jetzt erfuhr. »Ich bin über Rhiannon gestolpert.«

»Du bist doch nicht etwa auf sie draufgefallen?«, fragte Jeremy besorgt. »Du bist groß genug, um sie zu zerquetschen.«

»Danke«, sagte Christine trocken. »Rhi geht's gut. Sie hat nicht eine Schramme abbekommen.«

»Du siehst wirklich nicht besonders gut aus!« Jeremy blieb beharrlich.

Die Erinnerung an Patricia, die mit starren Augen am Boden gelegen hatte, drängte sich ihr wieder in den Sinn. »Ich hab letzte Nacht nicht viel Schlaf abbekommen, aber sonst geht's mir gut. Wirklich. Und jetzt würde ich gern mit dir nach Hause fahren. Du bist ja völlig am Ende.«

»Stimmt, Jeremy, du siehst aus, als würdest du vor lauter Müdigkeit gleich in den Fluss fallen«, sagte Danny. »Besser, du hörst auf deine Schwester.«

Jeremy klammerte sich eigensinnig an einen Sandsack. »Ich bin nicht müde. Aber Hunger hab ich. Hast du was zu essen mitgebracht, Christy?«

»Nein. Ich möchte, dass du mit mir heimkommst. Und Danny, du siehst genauso müde aus wie Jeremy. Ich kann dich gern mitnehmen, wenn du willst.«

Er schüttelte den Kopf. »Marti wollte mich abholen kommen. Hoffentlich kommt sie bald. Ich kann nicht mehr. Und Jeremy ist auch erschöpft, auch wenn er es nicht zugeben will.« Er versetzte ihrem Bruder einen Stups. »Stimmt's, Junge?«

»Nein.« Das klang quengelig. O nein, dachte sie. Sie hatte keine Lust, zwanzig Minuten hier draußen zu stehen und auf Jeremy einzureden. »Ich bin nicht müde«, verkündete Jeremy eigensinnig.

»Du bist hungrig«, ergänzte Danny. »Ich hab deinen Magen dreimal knurren hören. Richtig laut. Hat mich zu Tode erschreckt. Ich dachte schon, die Überschwemmung hätte einen Tiger aus Afrika hergespült.« Jeremys Mundwinkel zuckten. »Wetten, dass Chris dich zu McDonald's mitnimmt, wenn du mitfährst.«

»Und ob ich das tue«, sagte Christine. »Ich könnte auch was zu essen vertragen. Ich hab den ganzen Tag noch nichts gegessen bis auf ein paar Doughnuts.«

»Doughnuts?«, schwärmte Jeremy. »Mann, ich liebe Doughnuts.«

»Du liebst doch alles. So wie du reinhaust, müsstest du eigentlich dreihundert Pfund wiegen.« Er grinste. »So, Bruderherz, wenn du jetzt nicht mitkommst, dann geh ich allein zu

McDonald's, und du verpasst das ganze gute Essen. Denk dran. Big Macs, Fritten …«

Jeremy ließ seinen Sandsack fallen. »Ich muss jetzt gehen, Danny. Kommst du hier ohne mich klar?«

»Sicher, Kumpel. Hat Spaß gemacht, mit dir zu arbeiten.«

»Mir auch mit dir. Mach's gut.«

Als sie den Wagen erreichten, sagte Christine: »Ich würde das Essen eigentlich lieber abholen und zu Hause essen. Einverstanden?«

»Bei dir, ich meine bei uns zu Hause?« Sie nickte. »Und was sagen wir Ames und Patricia? Sie werden auf mich warten. Soll ich sie anrufen, oder sollen wir ihnen auch was zu essen holen und alle gemeinsam bei ihnen essen?«

O ja, Ames würde jetzt sicher liebend gern mit mir zusammen am Tisch sitzen, dachte Christine. Und Patricia. Sie brauchte sich keine Gedanken mehr zu machen, wie sie ihre schlanke Linie behielt. »Sie haben angerufen«, log sie zum zweiten Mal in einer halben Stunde. »Sie wollen heute Abend ausgehen und möchten, dass du bei mir schläfst.«

Jeremys Miene hellte sich auf. »Gut. Es ist schrecklich traurig bei ihnen zu Haus. Ich tue alles, um keinen Lärm zu machen und niemandem auf den Wecker zu fallen, aber immer kann ich auch nicht stillsitzen.«

»Bei uns daheim musst du nicht stillsitzen. Und Rhiannon wird sich mächtig freuen, dich zu sehen.«

»Sie kann mir erzählen, wie es war, als du über sie drübergefallen bist. Christy, könntest du bitte schneller fahren? Ich bin am Verhungern!«

Fünfzehn Minuten später standen sie vor McDonald's in einer endlos langen Schlange und rückten dem Ziel nur zentimeterweise näher. Als sie endlich an der Reihe waren, bestellte Jeremy zwei Big Macs, eine doppelte Portion Pommes und ein

Eis. Christine entschied sich für einen Cheeseburger, und Jeremy bestand darauf, für Rhiannon eine Portion Chicken McNuggets zu ordern.

Zu Hause schickte Christine ihren Bruder vor dem Essen noch kurz unter die Dusche. »Ich stell dein Eis ins Gefrierfach, und wenn du fertig bist, schieb ich das Essen in die Mikrowelle, dann wird es wieder ganz heiß. Beeil dich. Du bist dreckig.«

Jeremy ließ es sich nicht zweimal sagen. Je schneller er sauber war, desto schneller konnte er essen.

Als sie durchs Wohnzimmer ging, um Jeremys wegen den Fernseher einzuschalten, sah sie das rote Lämpchen des Anrufbeantworters blinken. Sie hörte ihn ab und erstarrte vor Schreck, als sie eine tiefe, heisere, mechanische Stimme tonlos sagen hörte: »Arme Patricia. Siehst du jetzt, was einem passiert, wenn man zu viel weiß?«

Kapitel 14

1

Christine stand ein paar Minuten regungslos neben dem Anrufbeantworter. Sie hörte die Nachricht ein zweites Mal ab – dieselbe kalte, mechanische, Angst einflößende Stimme. Das Gerät zeigte an, dass der Anruf um Viertel nach drei aufgezeichnet worden war, kurz nachdem Patricias Leiche entdeckt und wegtransportiert worden war.

In ein paar Minuten würde Jeremy zurückkommen. Sollte sie die Nachricht löschen? Nein. Michael Winter musste sie hören. Vielleicht konnte man den Anrufer aufspüren. Sie schaltete den Anrufbeantworter aus, damit das blinkende Lämpchen nicht Jeremys Aufmerksamkeit erregte.

»Bin gleich da!«, rief Jeremy, als er die Kellertreppe heraufgepoltert kam. Christine wusste, dass Rhiannon neben ihm herlaufen und versuchen würde, vor ihm die oberste Stufe zu erreichen. Sie ging zurück in die Küche, nahm Burger und Pommes aus der Verpackung, verteilte sie auf Teller und schob sie kurz in die Mikrowelle. »In einer Minute gibt es Big Macs und Pommes, dampfend heiß«, verkündete sie.

»Ich möchte Ketchup auf meine Pommes.«

»Kommt schon.« Christine machte eine Menge Aufhebens, quetschte Ketchup auf die Fritten, riss eine Packung Salz auf, steckte Strohhalme in die Drinks, schnitt Rhiannon die Hühnerfleischstückchen klein. Sie ertappte sich dabei, dass sie probierte, Zeit zu schinden, weil es ihr schwer fiel, Jeremy von Patricias Tod zu erzählen. Vielleicht sollte er zuerst essen, bevor sie es ihm sagte. Oder sie wartete, bis sie vor dem Fernseher saßen. Sie würde das Ganze herunterspielen, einfach behaupten, Patricia sei von der Leiter gefallen. Alles Übrige würde sie kurzerhand unterschlagen.

»Du führst schon wieder Selbstgespräche«, sagte Jeremy plötzlich, als sie die letzten Hühnchenkrümel in Rhiannons Schüssel fallen ließ. »Was hast du?«

»Ich hab gesungen.«

»Das klang aber nicht wie ein Lied.«

»Ich hab eben keine so gute Stimme wie du.«

»Meine Stimme ist ganz okay, aber lange nicht gut. Hab ich dir schon erzählt, dass ich gerade dabei bin, mir ›Smooth‹ beizubringen?«

»Von Santana. Magst du jetzt lateinamerikanische Sachen?«

»Was ist das?«

»Na ja, Musik aus Südamerika. Vielleicht können wir ja zusammen Salsa tanzen.«

»Was ist denn Salsa?«

»Ein bestimmter Tanz. Kannst du dich nicht erinnern? Letztes Jahr haben wir uns im Fernsehen den Salsawettbewerb angesehen. Die Mädchen haben diese Glitzerkleider getragen und sich unheimlich flott bewegt.«

»Ja, das war cool. Ich bin aber kein so guter Tänzer.«

»Ich ja auch nicht, aber probieren ist bestimmt auch sehr lustig.«

»Ich werd dir auf die Zehen treten.«

»Dann trag ich eben dicke Stiefel mit stahlverstärkten Spitzen zum Glitzerkleid.«

Jeremy kringelte sich vor Lachen. Inzwischen stieß Rhiannon mit der Nase unwirsch Christines Hand von ihrer Schüssel, die sie von ihren McNuggets fern hielt. »Tut mir Leid, dass ich heute so langsam bin«, sagte Christine zur Katze. »Ich weiß ja, dass du vor Hunger gleich tot umfällst.«

Christine trat vor das Spülbecken und wusch sich das Fett von den Fingern, als Jeremy unvermittelt sagte: »Christy, ich glaub dir nicht, dass du wirklich über Rhiannon drübergefallen bist und dir dabei das Gesicht angestoßen hast. Ich merke immer, wenn du schwindelst.«

Und das stimmte. Er hatte schon als Kind gewusst, wenn sie nicht ehrlich zu ihm gewesen war. Vielleicht lag es daran, dass er sie so gut kannte. Oder vielleicht hatte er über die Jahre auch nur ein sehr feines Gespür entwickelt, das ihm verriet, ob man ihm eine Wahrheit vorenthielt, von der man glaubte, dass er sie nicht verarbeiten konnte.

Christine setzte sich an den Tisch. »Jeremy, weißt du noch, als ich neulich ins Training wollte?«

»Klar. Das ist doch erst zwei Tage her.«

»Nun, jemand hat mich dort angegriffen und mir eins der Gewichte auf den Kopf geschlagen.«

Jeremy blieb der Mund offen stehen, und seine große Rechte ballte sich zur Faust. »Wer? Ich hau ihn kurz und klein! Ich …«

»Jetzt beruhige dich, Jeremy. Er hat mir etwas über die Augen geworfen, sodass ich nicht sehen konnte, wer es war. Aber es geht mir gut, und Deputy Winter sucht den Kerl. Du hast doch Vertrauen zu Deputy Winter, nicht?« Jeremy nickte langsam. »Dann überlass ihm die Sache.«

»Vielleicht könnte ich ihm helfen.«

»Ich glaube nicht, dass die Polizei sich gern in die Arbeit pfuschen lässt. Sie haben gut ausgebildete Leute. Und Deputy Winter darf ihn verhaften. Du darfst das nicht.«

Jeremy starrte auf seine im Ketchup ertrinkenden Fritten.

»Na schön. Ich werd es ihm überlassen. Aber ich mag es nicht, wenn dir jemand wehtut, Christy. Nicht mal ein bisschen. Ich hätte es nie zugelassen, wenn ich dabei gewesen wäre, auch wenn ich keinen verhaften darf.«

»Ich weiß. Und das finde ich auch sehr schön, Jeremy. Du warst immer schon der beste Bruder, den ein Mädchen sich wünschen kann.«

Er blickte auf und lächelte schwach. »Wie lang wird dein Gesicht so aussehen?«

»Ich weiß es nicht. Vielleicht noch ein paar Tage. Ist es so schlimm?«

»Na ja, seltsam sieht es aus. Aber nicht scheußlich. Du könntest ja Schminke drauftun. Patricia schmiert sich so ein hautfarbenes flüssiges Zeug ins Gesicht. Man kriegt es in kleinen Flaschen zu kaufen. Vielleicht gibt sie dir was davon ab.«

»Ich kann mir ja selber welches kaufen«, sagte Christine ausweichend. Sie biss ein kleines Stück von ihrem Cheeseburger ab und kaute bedächtig, unfähig, es hinunterzuschlucken.

Jeremy saß schweigend da und starrte sie an, dann sagte er endlich: »Da ist doch noch was. Irgendwas ist noch passiert.«

Christine holte tief Luft. »Du verblüffst mich immer wieder, Jeremy. Ich kann dir anscheinend gar nichts verheimlichen.«

»Du bist schon so lange meine Schwester«, sagte er ernsthaft. »Und obwohl ich nicht so klug bin wie du, waren wir immer die besten Freunde. Und außerdem bin ich kein kleiner Junge mehr. Ich versteh eine ganze Menge, und es geht mir viel besser, wenn du mir sagst, was los ist. Dann brauch ich nicht so schrecklich viel zu grübeln.«

Christine sah ihn an und wunderte sich, wie sie nur so dumm hatte sein können. Sie hatte schon immer gewusst, dass Jeremy sehr feinfühlig war. Natürlich spürte er, wenn irgendetwas nicht stimmte, aber wie oft hatten sie und ihre Familie versucht,

Sachen von ihm fern zu halten, in der Meinung, er könnte sich zu sehr aufregen. Sie waren nie auf die Idee gekommen, dass Jeremy größere Angst haben könnte, wenn man ihn im Dunkeln ließ, als wenn man ihn mit der Wahrheit konfrontierte.

»Jeremy, etwas ganz Fürchterliches ist heute passiert«, fing Christine an. »Patricia ist … gestorben.«

»Gestorben?«, wiederholte Jeremy tonlos. »Aber sie war doch gar nicht krank. Hat sie so eine Art Flugzeugabsturz gehabt wie Mom und Dad?«

»Nicht gerade einen Flugzeugabsturz, aber sie hatte wahrscheinlich einen Unfall. Sieht so aus, als wäre sie im Pferdestall vom Heuboden gefallen.« Nach einer Weile fügte sie hinzu: »Sie hat sich den Hals gebrochen und war augenblicklich tot. Sie hat überhaupt nichts mehr gespürt.«

»Sie war im Pferdestall?«

Christine nickte. »Wahrscheinlich wollte sie Sultan und Fatima besuchen und …« Sie unterbrach sich. »Warum siehst du mich so an? Warum schüttelst du den Kopf?«

»Du hast gesagt, dass sie vom Heuboden gefallen ist. Patricia wäre doch nicht auf den Heuboden geklettert, wenn sie Sultan und Fatima besucht hätte.«

»Vielleicht doch. Vielleicht war sie der Meinung, dass sie nicht genügend Heu zu fressen hatten.«

Jeremy schüttelte noch entschiedener den Kopf. »Sie füttert die Pferde doch gar nicht. Und ich glaube auch nicht, dass sie über die schlammige Wiese gelaufen wäre, nur um die Pferde zu besuchen.«

»Warum dann?«

Jeremy starrte sie einen Moment an, und seine Wangen wurden rot. »Na ja, ich weiß ja, dass ich das nicht erzählen dürfte. Ich dürfte es gar nicht mal wissen. Aber in der Scheune hat sich Patricia immer mit ihrem Freund getroffen.«

2

Sloane Caldwell betrat sein Haus, warf seinen Trenchcoat über einen Stuhl und steuerte schnurstracks auf die kleine Bar in seinem Wohnzimmer zu. Er goss sich einen doppelten Scotch ein und ließ sich ächzend auf seine braune Ledercouch fallen.

Er hatte ja erwartet, dass dieser Tag anstrengend werden würde, aber nicht, dass er dermaßen an den Nerven zehren würde. Wenigstens konnte er sieben Stunden abrechnen, was Ames Prince gefallen dürfte, aber in diesen sieben Stunden war er durch die Hölle gegangen.

Enoch Tates Versicherung weigerte sich, ihm die Kosten für die medizinische Versorgung nach seinem Autounfall vor vier Monaten zu erstatten. Ames und er hatten sich seiner Sache angenommen. Tate selbst war das reinste Vergnügen – fünfundachtzig, halb taub, schwer magenkrank, knurrig und leicht senil. Beim bloßen Anblick des Alten schüttelte es Sloane, denn der Mann kam mindestens zweimal die Woche bei ihm vorbei, um sich zu erkundigen, wie es mit seinem Fall voranging; dabei versäumte er es nie, sich über den erbärmlichen Zustand der modernen Welt zu beklagen.

Zu Anfang hatte Enoch Tate nach Eistee verlangt, den er sich mit einer Unmenge an Würfelzucker in nervenaufreibender Langsamkeit süßte. Diese Prozedur hatte sich dann jede halbe Stunde wiederholt. Und erst wenn der gewünschte Geschmack erreicht war, war der Alte wieder ansprechbar.

Um die Sache noch schlimmer zu machen, war der Rechtsanwalt der Versicherung so schlau gewesen, dem alten Mann jede Frage in fünf unterschiedlichen Variationen zu stellen, sodass Sloane nicht, um die Angelegenheit zu beschleunigen, mit dem Satz »Frage bereits gestellt und beantwortet« kontern konnte. Tate war wütend gewesen, aber völlig hilflos angesichts dieses juristischen Kunstgriffs. Seine Antworten fielen immer lauter und wortreicher aus. Am Ende hatte er nur noch gebrüllt und gerülpst, wobei sich nach der Mittagspause sowohl seine Laune als auch seine Verdauung rapide verschlechtert hatten. Sloane konnte einfach nicht fassen, wie ein einziger verschrumpelter alter Knabe so viel Gas produzieren konnte.

Aber dieser Tag, auf den Sloane schon wochenlang hingefiebert hatte, war nun endlich vorbei. Es war hektisch zugegangen, und er fühlte sich ausgelaugt, aber er hatte alles erfolgreich zu Ende gebracht. Jetzt konnte er zu den angenehmeren Dingen übergehen und den Abend mit Monique Lawson verbringen, einer Kollegin aus der Kanzlei. Sie waren noch nicht lange zusammen. Sloane fand Moniques Ausdrucksweise zwar etwas direkt und ihre Manieren verbesserungswürdig, konnte sich eine Beziehung mit ihr aber durchaus vorstellen.

Er hatte gerade seinen zweiten Scotch hinuntergekippt und beschlossen, eine entspannende CD einzulegen, als es klingelte. Monique wollte ihn zwar hier in der Wohnung besuchen, aber es war noch zu früh für sie. Er bekam selten Besuch, obwohl er sein Haus sorgfältig eingerichtet hatte und zweimal die Woche von einer Putzfrau in Ordnung halten ließ. Unglücklicherweise war er nicht oft zu Hause. Er war entschlossen, einmal die Kanzlei von Ames Prince zu übernehmen, und machte eine Menge Überstunden, um sich der Verantwortung würdig zu erweisen.

Er stellte sein Glas auf einen Untersetzer auf dem übergroßen Eichentisch und ging an die Tür. Draußen stand ein großer, schlanker Mann mit dunklem Haar und dunklen Augen.

»Mr. Caldwell, ich bin Deputy Sheriff Michael Winter«, sagte er mit einer tiefen, angenehmen Stimme. »Es tut mir

Leid, Sie am Abend noch stören zu müssen, aber ich konnte Sie den ganzen Tag nicht erreichen. Ob Sie wohl ein paar Minuten für mich übrig hätten?«

Sloane fluchte innerlich. Er war müde. Seine Nerven waren zum Zerreißen gespannt. Monique würde in einer Stunde hier sein. Das Letzte, was er noch gebrauchen konnte, war ein Polizeiverhör. Aber lieber brachte er es jetzt hinter sich, als es auf morgen zu verschieben, denn auch morgen wartete ein stressiger Tag auf ihn.

»Natürlich werde ich mit Ihnen sprechen, Deputy Winter, aber ich habe nur etwa eine Stunde Zeit.« Sloane öffnete die Tür weiter.

»Oh, so viel Zeit brauche ich gar nicht, Sir.« Michael Winter kratzte sich die Schuhe auf dem rauen Fußabstreifer ab und trat ein. »Wie ich schon sagte, ich würde Sie nicht um diese Zeit stören, wenn ich Sie früher erwischt hätte.«

»Ich werde gar nicht erst versuchen, Ihnen die endlos lange Prozedur zu beschreiben, die den halben Vormittag und den gesamten Nachmittag in Anspruch genommen hat«, erklärte Sloane. »Manchmal hasse ich meinen Job, und heute war so eine Gelegenheit.« Er lächelte. »Am besten, Sie hören gar nicht hin. Geben Sie mir Ihren Mantel und kommen Sie mit ins Wohnzimmer, wo wir es bequem haben und ich die Füße hochlegen kann.«

Sloane hing Michaels Regenmantel an einen Garderobenständer und führte ihn dann in das große Wohnzimmer. Indianische Läufer lagen auf dem Fliesenboden, und an allen Wänden hingen Ölgemälde von Hirschen, Bären und Elchen. Geschnitzte Enten saßen auf Beistelltischchen und auf dem Kaminsims. »Gemütlich«, bemerkte Michael, dem kein schmeichelhafteres Wort einfiel.

»Ich hab es selbst eingerichtet.« Sloane runzelte die Stirn.

»Ich habe mir wirklich große Mühe damit gegeben, aber man hat mich schon mehrmals darauf hingewiesen, dass es hier aussieht wie in einer Jagdhütte. Das war eigentlich nicht meine Absicht. Ich hätte lieber einen Profi engagieren sollen, nehm ich an.«

»Hauptsache, Sie fühlen sich hier wohl, ist doch egal, was die anderen davon halten.«

»Wie Recht Sie haben«, sagte Sloane, aber Michael hörte den Zweifel in seiner Stimme und wusste sofort, dass die Meinung der anderen diesem Mann eine Menge bedeutete. »Ich hatte gerade einen Scotch. Einen doppelten.« Sloane grinste. »Den hab ich mir heute verdient. Wie steht's mit Ihnen? Wollen Sie was trinken, oder sind Sie im Dienst?«

»Im Dienst, noch eine halbe Stunde«, sagte Michael. »Aber was Nicht-Alkoholisches könnte ich vertragen. Was Sie gerade dahaben.«

Während Sloane an die kleine Bar ging und eine Dose Coke aus dem Kühlschrank nahm, sah Michael sich erneut im Zimmer um. Die Wände waren mit urigen Kiefernholzdielen verkleidet. In der Ecke stand eine Schauvitrine mit diversen Sportpokalen. »Haben Sie am College Sport getrieben?«, fragte er.

»Football an der High School in New Orleans und am College in Massachusetts.«

»Wie sind Sie dann in Winston gelandet?«

Sloane zuckte die Schultern und reichte ihm eine Coke mit Eis in einem großen Glas. »Ich konnte die Winter oben im Norden nicht leiden. Ich mag es warm, aber nach New Orleans wollte ich auch nicht zurück. Meine Eltern und meine kleine Schwester sind bei einem Autounfall ums Leben gekommen, als ich das erste Jahr am College war. Ich konnte da einfach nicht mehr leben. Zu viele Erinnerungen.«

»Tut mir Leid, das mit Ihrer Familie. Ich weiß, solche Erinnerungen will man lieber hinter sich lassen«, sagte Michael und hörte, wie sich ein trostloser Unterton in seine Stimme schlich. »Manchmal, wenn man einen großen Verlust erlitten hat, dann ist ein Szenenwechsel das Einzige, was die Voraussetzungen schafft, um wieder heil zu werden.«

Sloane musterte ihn genau, schien drauf und dran zu sein, ihn zu fragen, worin sein »großer Verlust« denn bestünde, besann sich dann jedoch eines Besseren. »Ich bin ein schrecklicher Gastgeber. Setzen Sie sich, Deputy, und sagen Sie mir, warum Sie mich sprechen wollten. Ich nehme an, es hat etwas mit Dara Prince zu tun.«

»Wie kommen Sie denn darauf?«, fragte Michael, während er es sich auf einem dunkelgrünen Sessel bequem machte. Der Sessel sah aus wie ein plumper Sack, ohne jede Form, aber er war dick gepolstert, und Michael war so müde, dass er das Gefühl hatte, als wäre er auf einer Wolke gelandet.

»Wie ich darauf komme, dass Sie wegen Dara hier sind, Deputy?« Sloane sah Michael intensiv an, als er auf dem Sofa Platz nahm und an seinem Drink nippte. »Wegen des Ärgers um das Tagebuch, das Christine Ihnen gegeben hat. Ich habe Ames Prince noch nie so wütend gesehen.«

»Er hat mit Ihnen darüber gesprochen?«

»Gott bewahre! Das sind Familienangelegenheiten. Aber ich bin gestern bei ihm gewesen. Jeremy hatte mich reingelassen, und da hörte ich, wie Ames Patricia deswegen zur Schnecke machte. Jeremy flüsterte mir zu, weswegen Ames so wütend war. Der arme Kerl sah völlig verängstigt aus und hatte ein fürchterlich schlechtes Gewissen. Ich hörte, wie Ames drohte, Christine zu verklagen. Patricia versuchte, ihn zu beschwichtigen, aber das konnte sie noch nie besonders gut. Der einzige Mensch, der ihn jemals beeinflussen konnte, war Dara.

Und soweit ich weiß, auch Eve, seine verstorbene Frau. Wie auch immer, ich hörte, wie Ames sagte, dass Dara etwas über einen ihrer Freunde ins Tagebuch geschrieben hätte. Besser gesagt, einen ihrer Liebhaber. Seine Initialen wären sc. Er sagte, dass Christine und Streak Archer sicher wären, dass nur ich das sein könne, und fragte Patricia, ob sie etwas darüber wüsste.«

»Hat Prince Sie auch danach gefragt?«

Sloane schüttelte den Kopf, während er einen Schluck Scotch zu sich nahm. »Ich glaube, dass er im Begriff war, mich zu fragen, doch dann schien wohl doch die Vernunft zu siegen. Er weiß ja, dass ich nicht so blöd gewesen wäre, mich ausgerechnet mit seiner neunzehnjährigen Tochter einzulassen.«

»Glauben Sie denn, er hätte Sie gefeuert?«

»Da können Sie Gift drauf nehmen.«

»Aber gegen Reynaldo Cimino hatte er nichts einzuwenden?«

»Da wäre ich nicht so sicher, aber ich glaube, dass er die Beziehung zu ihm nicht ernst genommen hat. Er dachte – er wusste –, dass Dara ihm irgendwann den Laufpass geben würde. Ames wünschte sich einen wohlhabenden, einflussreichen Mann für Dara, vielleicht einen potenziellen Politiker. Sie sollte die Frau eines Gouverneurs oder Senators werden. Oder, noch besser, eine moderne Ausgabe von Jackie Kennedy.«

»Wenn es stimmt, was ich über sie hörte, war sie nicht so ganz der Jacqueline-Kennedy-Typ.«

Sloane lachte. »Das war sie auch nicht, aber Eltern sehen ihre Kinder immer mit anderen Augen. Wie auch immer, obwohl ich ein Rechtsanwalt bin und dank meiner Erbschaft ganz angenehm leben kann, bin ich doch nicht reich und habe auch keinerlei politische Ambitionen. Deshalb kam ich für Ames wohl auch nicht in Frage. Wie dem auch sei, damals war ich ganz neu in der Kanzlei und hatte Besseres zu tun, als mich mit einem Teenager einzulassen. Außerdem war ich ja mit Christine Ireland verlobt.«

»Die weit über zwanzig war, als Sie ihr einen Antrag machten?«

»Fast einundzwanzig.« Sloane grinste. »Ich weiß, das hört sich fast nach Verführung Minderjähriger an, aber Sie kennen Christine nicht. Sie wirkte weitaus älter. Und sie ist schön und intelligent. Und ausgeglichen, was man von Dara nicht behaupten konnte. Damals schien sie mir für einen aufstrebenden jungen Rechtsanwalt die perfekte Frau zu sein.«

»Trotz ihres geistig behinderten Bruders?«

»Hey, Jeremy ist großartig. Er hat viel erreicht für jemand mit seiner Behinderung, und überhaupt ist er verdammt liebenswert. Ich hätte ihn gern als Schwager gehabt.«

»Was ist aus der Verlobung geworden?«

Sloane runzelte die Stirn. »Christine behauptet, dass Dara uns dazwischengefunkt hätte. Dara hat ständig mit mir geflirtet. Warum, weiß ich auch nicht. Vielleicht, weil sie mit allen flirtete. Ihr ging es vor allem darum, Christine auf die Palme zu bringen. Dara passte es nicht, dass ihr Vater Christine und Jeremy ins Haus genommen hatte.«

»Doch Miss Ireland behauptet, Sie hätten Dara ermutigt.«

Sloane beäugte ihn aus zusammengekniffenen Augen. »Sie haben also schon mit Miss Ireland darüber gesprochen?«

»Sie hat davon angefangen«, sagte Winter mit fester Stimme, obwohl er nicht mehr wusste, ob das so gewesen war.

»Verstehe. Na ja, das ist ein alter Hut. Wenigstens für mich.« Er schüttelte lächelnd den Kopf. »Frauen haben schon erstaunliche Egos. Sieht aus, als hätte Christine es immer noch nicht verwunden, wie Dara sich mir damals an den Hals geschmissen hat.«

Wie ich das sehe, ist es ihr inzwischen scheißegal, dachte Winter, und war plötzlich an Christines Stelle entrüstet, obwohl er nicht genau wusste, warum. Er kannte sie doch kaum. Was ging das alles ihn an? Trotzdem fiel es ihm schwer, seinen Sarkasmus für sich zu behalten und eine neutrale Miene zu bewahren.

Sloane kippte den Rest hinunter und ließ Eiswürfel in sein Glas fallen. »Aber trotz unserer Schwierigkeiten sind Christine und ich Freunde geblieben. Ich war entsetzt, als ich hörte, dass man sie überfallen hat. Schon irgendwelche Hinweise auf den Täter?«

»Ich fürchte, nein, Sir. Sheriff Teague hat sich die üblichen Verdächtigen vorgeknöpft, wie er das nennt, aber keiner davon besitzt meiner Ansicht nach die nötige Schläue, um einen solchen Überfall durchzuziehen.«

»Die nötige Schläue? Chris hat nichts davon erzählt. Was ist denn so schlau daran, einer Frau mit einem Metallgewicht eins überzuziehen?«

»Jemand kam sehr gut vorbereitet ins Studio. Er hat sich mit Hilfe von Glasschneider und Saugglocke durch ein Fenster Zugang verschafft und dann auf äußerst flinke, geschickte Weise Miss Ireland in seine Gewalt gebracht.«

Sloane wurde bleich. »Du lieber Gott, das habe ich ja gar nicht gewusst. Sie hätte dabei draufgehen können.«

»Ja, Sir.«

»Ich könnte den Kerl erwürgen, der ihr das angetan hat.«

»Das würde ich Ihnen nicht empfehlen. Sie würden bloß selbst im Knast landen.«

»Das wäre es mir fast wert.«

Michael warf den Kopf zurück. »Sie scheinen Miss Ireland ja noch immer sehr gern zu haben.«

»Es fällt schwer, sie nicht zu mögen. Sie ist eine Klassefrau.«

»Sie tragen ihr also nicht nach, dass sie die Verlobung gelöst hat?«

»Deputy, Ihr nicht eben dezentes Verhör ist unnötig. Ich habe Christine Ireland nicht überfallen.« Er lächelte. »Allerdings spreche ich ganz gern über sie. Wenn ich an die Zeit zurückdenke, als wir unsere Hochzeit planten, wird mir bewusst, wie sehr Chris und ich einander mochten, aber wir waren nicht verliebt. Ich denke, sie konnte es nicht mehr erwarten, von den Princes wegzukommen, und hatte nicht genügend Selbstvertrauen, sich ganz allein um Jeremy zu kümmern. Und ich dachte, sie wäre ein guter Fang. Ich weiß, wie berechnend das klingt, aber damals war ich noch jünger. Und ein wenig egoistischer. Ich hoffe, dass ich mit den Jahren einfühlsamer geworden bin. Wie auch immer, es war für uns beide besser, dass wir unsere Verlobung lösten.«

»Wegen Dara.«

»Dara hatte nichts damit zu tun. Chris hat Dara nur vorgeschoben. Ich hab das damals auch gewusst, aber Chris nicht gesagt, dass ich es wusste. Ich hab zugelassen, dass sie Schluss gemacht hat. Das schien mir die sportlichste Lösung.«

»Und schlau war es auch. Sie war immerhin das Mündel Ihres Chefs.«

Sloane grinste. »Sie haben mich erwischt. Aber wenn Chris nichts unternommen hätte, hätte ich Schluss gemacht. Mein Herz war nicht wirklich bei der Sache. Wir wären nicht glücklich geworden miteinander. Am Ende hätten wir uns gehasst und scheiden lassen. Und Jeremy wäre auch in Mitleidenschaft gezogen worden. Emotional, meine ich. Nein, Deputy, glauben Sie mir, es war besser so.«

»Was war denn nun zwischen Ihnen und Dara?«

Sloane schien langsam die Geduld zu verlieren. »Nichts, Deputy. In den Wochen, bevor sie verschwand, hatte sie sogar für ihre Verhältnisse ziemlich über die Stränge geschlagen. Irgendetwas ging in ihr vor, aber ich habe keine Ahnung, was es war. Ich kannte sie doch kaum.«

»Aber Sie geben zu, dass Sie mit Ihnen flirtete.«

»Ja. Ich sagte Ihnen ja, dass ihr Benehmen seltsam war, obwohl es Daras Naturell war, mit Männern zu flirten. Sie schien mich allerdings tatsächlich im Visier zu haben. Vielleicht um Chris zu ärgern.«

»Und Miss Ireland behauptet, Sie hätten das Mädchen gewähren lassen.«

Sloane sah auf die Uhr. »Deputy, ich erwarte einen Gast. Ich kann nur noch ein paar Minuten mit Ihnen sprechen. Aber ich werde Ihnen sagen, dass Dara die Tochter von Ames Prince war. Ein Teenager. Ich war erst ein Jahr lang bei ihm angestellt. Glauben Sie, ich hätte die Kleine kränken wollen, die meinen Chef um den kleinen Finger wickeln konnte? Ich wäre in null Komma nichts draußen gewesen, wenn sie sich bei ihrem Daddy über mich beschwert hätte. Also hab ich sie ertragen, weil ich das Gefühl hatte, es müsste sein.« Er ließ die schmelzenden Eiswürfel im Glas kreisen. »Ich war, um ehrlich zu sein, damals verdammt wütend auf Dara. Sie brachte mich in eine verdammte Zwickmühle, denn sie gefährdete nicht nur meinen Job, sondern auch meine Beziehung zu Christine. Und es war ihr ganz egal. Sie fand es sogar lustig.«

»Sie scheinen sie nicht besonders gemocht zu haben.«

»Ich konnte sie nicht ausstehen. Sie war schön, das ja, aber sie war auch ganz und gar egozentrisch, ein richtiger Tunichtgut. Nur deshalb hat sie mit mir geflirtet, um Ärger zu machen. Aber bevor Sie das in den falschen Hals kriegen: Ich hab sie nicht genug gehasst, um sie umzubringen.«

»Sie umzubringen, weil sie mit Ihnen flirtete, wäre auch ein bisschen übertrieben«, sagte Michael ernsthaft.

Sloane sah ihn einen Augenblick scharf an, warf dann den Kopf zurück und brach in ein schallendes Gelächter aus, das durch den gesamten schlecht eingerichteten Raum dröhnte. »Sie gefallen mir, Winter.«

Michael lächelte zurück. »Danke. Aber wenn ich Sie recht verstehe, gehen Sie davon aus, dass sie tatsächlich tot ist.«

Sloane warf ihm einen erstaunten Blick zu. »Ja natürlich. Ich weiß zwar, dass die Polizei Ames' Identifizierung nicht anerkennt, aber meiner Meinung nach kann das nur Dara sein. Richtige Größe, das Haar stimmt, dann der Ring. Warum? Glauben Sie, dass noch Zweifel bestehen?«

»Nein, Sir, das tue ich nicht. Aber ich möchte nicht, dass Sie das bei Mr. Prince verlauten lassen.«

»Glauben Sie mir, ich sage kein Wort zu Ames Prince über Dara. Wenn er glauben möchte, dass es nicht Daras Leiche ist, dass sie irgendwo lebt und einen Heidenspaß hat und alle paar Monate eine Ansichtskarte nach Hause schickt, dann soll mir das recht sein. Es macht ihn glücklich, und das macht es leichter für seine Familie und seine Belegschaft in der Kanzlei.« Er sah wieder auf die Uhr. »Ich möchte nicht unhöflich sein, Deputy …«

»Nur noch eine Frage, Sir. Wissen Sie, wen Dara als das Superhirn bezeichnet hat?«

»Das Superhirn? Nicht, dass ich wüsste. Christine? Sie war eine glatte Einserschülerin, und ich glaube, das hat Dara gestört, obwohl sie immer behauptet hat, Noten wären ihr egal.«

»Es handelt sich um einen Mann, mit dem sie ein Verhältnis hatte. Sie hat ihn in ihrem Tagebuch erwähnt. Glauben Sie, es könnte Streak Archer sein?«

Sloane Caldwell sah ihn verdutzt an. »Streak Archer? Du liebe Zeit, der Kerl ist doch ein Eremit!«

»Und ein Genie.«

»Mit Computern vielleicht, aber das war's auch schon. Und er ist nicht ganz richtig im Kopf, wenn Sie mich fragen.«

»Aber er sieht gut aus.«

Sloane hob eine Augenbraue. »Finden Sie? Männer interessieren mich nicht, also kann ich es nicht beurteilen.«

Michael gab vor, die leichte Anspielung überhört zu haben. »Aber Sie müssen doch zugeben, dass Streak Archer ein Frauentyp ist. Der schöne, verwundete Kriegsheld. Und Dara hat ihn in ihrem Tagebuch erwähnt. Sie schrieb, dass sie ihn sehr mochte.«

»Nun …« Sloane schüttelte den Kopf, als sei er verblüfft und belustigt zugleich. »Das haut mich glatt um. Dara und Streak Archer waren befreundet? Sie schockieren mich.«

»Sie sagte, sie hätte eine Affäre mit dem Superhirn.«

»Dann weiß ich, dass es nicht Streak Archer sein kann. Ich glaube nicht, dass er irgendetwas mit Frauen am Hut hat. Ich hab zwar nie gehört, dass er schwul ist, er ist nur … ich weiß auch nicht. Zu seltsam. Ich meine, welche Frau will schon einen Kerl, der die Nerven verliert, sobald er unter Leute geht?«

»Ist das so?«

»Soweit ich weiß, ja. Der Kerl tut mir Leid, aber, na hören Sie. Streak ein potenzieller Liebhaber? Für Dara?«

»Wahrscheinlich war es ein bisschen an den Haaren herbeigezogen zu denken, dass Archer es sein könnte«, sagte Michael einsichtig.

»Kann man wohl sagen.« Sloane sah zum dritten Mal auf die Uhr. »Deputy, ich möchte Ihnen ja gerne helfen, aber ich kannte Dara kaum, und ehrlich gesagt mache ich mir nicht allzu viele Gedanken um ihr Liebesleben. Ich mach mir Sorgen um meins. In etwa einer halben Stunde bekomme ich hier Damenbesuch. Wir werden mit Travis Burke und seiner Frau Bethany zu Abend essen, und ich hatte noch nicht mal Zeit, unter die Dusche zu gehen.«

»Sie sind mit den Burkes befreundet?«

»Travis und ich sind sehr gut befreundet. Bethany kenne ich nicht so gut.« Sloanes Lächeln wurde angespannt. »Ich kann Ihnen wirklich nicht mehr über Dara sagen, aber ich muss mich jetzt zum Dinner anziehen.«

Michael stand auf. »Tut mir Leid, dass ich Sie so lange aufgehalten habe, Mr. Caldwell. Bei ungelösten Fällen bin ich wie ein Hund, der den Knochen sucht, und diese ganzen Spitznamen und Kürzel, die ich in Daras Tagebuch gefunden habe, bringen mich noch um den Verstand.«

»Das ist bestimmt sehr spannend«, murmelte Sloane, und sein Tonfall strafte ihn Lügen. »Tut mir Leid, Sie hinauszukomplimentieren, Winter, aber wie ich schon sagte …«

»Damenbesuch. Verstehe.« Plötzlich spürte Michael eine unerklärliche Wut auf das plumpvertrauliche Benehmen dieses Mannes, auf die wegwerfende Art, in der er gesagt hatte, dass sein Herz nicht an Christine gehangen habe, auf die Selbstgefälligkeit, mit der er zur Kenntnis genommen hatte, dass sich Christine noch immer über Daras Aufmerksamkeiten für ihren Ex-Verlobten Gedanken machte. Der Kerl hatte ein riesiges, aufgeblasenes Ego. Na und? Und doch wusste Michael, dass er Sloane Caldwell nicht leiden konnte. Überhaupt nicht. Verdrehterweise blieb er hängen und kam ins Plaudern: »Ich bin selber geschieden. Meine Exfrau Lisa lebt in Los Angeles.«

»Tatsächlich?« Sloane begann Michael zur Tür zu bugsieren. »Hat sie wieder geheiratet?«

»Nein. Sie ist Schauspielerin. Beziehungsweise eine Möchtegernschauspielerin. Im Augenblick spielt sie nur in einem Werbespot für Weichspüler. Sie haben sie vielleicht schon im

Fernsehen gesehen. Sie hat wunderbar große grüne Augen und lange rotbraune Haare. Man lässt sie über eine Wiese laufen und mit einem weich gespülten Tuch winken.«

»Rotbraune Haare, die über eine Wiese laufen. Mhm, klingt nett. Ich werd extra mal aufpassen, obwohl ich nicht viel fernsehe.« Sloane hätte Michael beinahe umgestoßen, so hastig versuchte er, ihn aus der Tür zu schieben. Michael hörte, wie draußen jemand die Autotür zuschlug. Sloanes Verabredung war früh dran, und Sloane wollte nicht, dass der Deputy in seinen Abend platzte und über die Liebhaber eines toten Mädchens salbaderte. Das würde den Abend mit Sicherheit ein wenig abkühlen, dachte Michael und musste fast lachen. Caldwell wollte ihn draußen haben. Sofort.

Zu spät. Es klingelte. Sloane öffnete die Tür. Michael spähte an ihm vorbei und sah eine lächelnde Frau in einem eleganten Kaschmir-Mantel. »Ich bin früh dran, aber ich hab den Streifenwagen gesehen«, sagte sie leichthin zu Sloane. »Ich dachte, du könntest vielleicht einen Anwalt gebrauchen.«

»Ganz so schlimm ist es nicht«, sagte Sloane. Er bat sie herein. »Monique Lawson, Deputy Sheriff Winter. Tut mir Leid, Ihren Vornamen hab ich vergessen.«

»Michael«, würgte er fast heraus. Monique sah seiner Exfrau Lisa so ähnlich, dass sie ihre ältere Schwester hätte sein können. »Wie geht es Ihnen, Miss Lawson?«

»Mrs., bitte.« Sie streckte ihm die Hand hin. Sie war überraschend groß und kräftig, und ihr Blick so direkt, dass er fast ein wenig unangenehm wirkte. »Michael Winter. Sie sind in das Haus Ihrer Großeltern gezogen.«

»Ja. Mein Großvater ist letztes Jahr gestorben und hat es mir hinterlassen.«

»Und da haben Sie beschlossen, Los Angeles gegen Winston einzutauschen? Warum?«

Sloane war sichtlich unwohl zumute. »Monique, ich glaube nicht, dass dich das etwas angeht.«

»Ich bin doch nur neugierig.«

»Ich brauchte Tapetenwechsel«, sagte Michael kurz angebunden. Die Aufdringlichkeit der Frau stieß ihn sofort ab.

Ihr Blick bohrte sich in ihn hinein. »Ich hoffe, es gibt keinen Ärger hier.«

»Überhaupt keinen«, sagte Michael. »Ich musste Mr. Caldwell nur ein paar Fragen stellen.«

»Aber jetzt sind Sie fertig?«

»Ja.«

»Gut«, sagte Monique mit Nachdruck. »Wir haben einen netten Abend mit Freunden geplant, im Tudor Rose. Waren Sie schon mal da, Deputy?«

»Nein.«

»Das sollten Sie nachholen. Es ist eines der besten Lokale im ganzen Land.«

Sloane Caldwell warf ihm einen vielsagenden Blick zu. »Hoffentlich war ich Ihnen eine Hilfe, Deputy, aber wir kommen langsam zu spät. Es war mir ein Vergnügen, Sie zu sehen. Guten Abend.«

Und verpiss dich, sagte sein Tonfall. Michael knisterte innerlich angesichts dieser Abfuhr. Er konnte nicht umhin, anzufügen: »Ach, Mr. Caldwell, was ich noch sagen wollte …«

»Was?«, fuhr Sloane ihn an, wobei er ihn fast aus der Tür schob.

»Heute Nachmittag wurde Patricia Prince tot aufgefunden. Wir glauben, dass man sie ermordet hat.«

3

Christine starrte ihren Bruder geschlagene fünf Sekunden lang mit offenem Mund an, bevor sie etwas sagen konnte. »Patricia hat sich in der Scheune mit ihrem Freund getroffen?«

»Ja.« Jeremy lief rot an. »Ich weiß, dass ich das keinem hätte sagen sollen, aber jetzt kann es ja nicht mehr schaden, wenn ich es dir erzähle. Aber du darfst es nicht weitersagen.«

Christine lehnte sich zurück. »Jeremy, wie kommst du darauf, dass Patricia einen Freund hatte?«

»Einmal bin ich schon nachmittags nach Hause gekommen. Weißt du noch, als mit meinem Magen was nicht in Ordnung war? Wie auch immer, da hab ich Patricia zur Scheune gehen sehen. Ich dachte, sie würde auf Sultan ausreiten, und so bin ich eine Weile am Fenster stehen geblieben, weil ich ihr zusehen wollte, aber sie ist nicht mehr rausgekommen. Viel später ist dann ein Mann aus der Scheune rausgekommen. Sein Gesicht hab ich nicht sehen können. Er hat sich irgendwie verstohlen benommen. Er ist zum Fluss runtergegangen, ohne sich noch einmal umzusehen. Dann, ein bisschen später, ist Patricia auch rausgekommen. Als sie reinkam und mich da stehen sah, da hat sie gesagt, dass der Tierarzt nach den Pferden gesehen hätte, aber sie war ganz nervös und stammelig und hatte ein schlechtes Gewissen.«

»Na ja, das heißt ja noch nicht, dass der Mann in der Scheune ihr Freund war.«

»Ihre Haare waren durcheinander und ihr Make-up weggewischt und ihre Bluse ganz falsch zugeknöpft.«

»Ach so. Hast du irgendeine Vorstellung, wie der Mann, den du aus der Scheune hast kommen sehen, ausgesehen hat?«

»Nein. Er hatte eine Kapuze auf. Es hatte zu nieseln angefangen. Wie auch immer, an einem Sonntag, da wollte Ames irgendwohin fahren, und ich hätte mitfahren sollen, aber ich hab's mir kurz zuvor anders überlegt. Patricia war nicht im Haus, und ich wollte die Pferde besuchen. Ich ging in die Scheune, und da hab ich auf der Tenne Musik gehört. Und, na ja, Geräusche.« Er wurde noch röter. »Gestöhne und so was. Und ich hörte, wie Patricia ›Ich liebe dich‹ sagte und eine Männerstimme. Ich hab sie irgendwie erkannt, aber nicht ganz genau, weil die Musik lauter wurde. Ich hätte den beiden wahrscheinlich zurufen müssen, dass ich da war, aber es war mir so peinlich, und ich wusste ja, dass Patricia dann furchtbar böse werden würde, also hab ich mich einfach verkrümelt.«

»Jeremy, wie lang ist das her?«

Er zog die Stirn mächtig kraus. »Es war so um den Valentinstag herum. Ich weiß das noch, weil ich nämlich von Dannys kleiner Schwester einen Valentinsgruß bekommen habe. Sie ist erst neun, aber sie sagt, dass sie mich heiraten will. Sie ist sehr lustig. Deshalb erinnere ich mich.«

»Dann ist es fast zwei Monate her.«

»Kann sein.«

»Jeremy, bist du sicher, dass du keine Ahnung hast, mit wem Patricia in der Scheune war?«

»Ich weiß es nicht. Ich meine, vielleicht weiß ich es auch, aber ich bring ihn einfach nicht her. Weißt du, was ich meine? Wenn man denkt, man weiß etwas, es aber nicht mehr herbringt, und wenn man noch so stark nachdenkt?«

»Ja, ich kenne das Gefühl.«

»Aber wenn sie doch ihren Freund in der Scheune getroffen hat und auch da gestorben ist, dann ist es vielleicht ganz wichtig, dass es mir wieder in den Sinn kommt. Ich will ganz stark nachdenken, damit es mir wieder einfällt.«

Er rieb sich die Stirn. Er bekam Kopfschmerzen, wenn er

gestresst war. Christine ahnte, dass ein Anfall unterwegs war, und bedrängte ihn nicht weiter. »Manchmal, wenn mir was nicht einfällt, dann versuche ich einfach, es eine Weile völlig zu vergessen. Und dann taucht es plötzlich zu den komischsten Zeitpunkten wieder auf!«

»Wirklich? Glaubst du denn, dass es bei mir auch so funktioniert?«

»Da bin ich ganz sicher. Und jetzt denk einfach nicht mehr an Patricia.«

»Ich will's versuchen.« Er seufzte. »Aber da ist noch was, Christy. Ich glaube, dass Patricia wusste, dass ich es wusste, das mit ihrem Freund, meine ich, und nicht wollte, dass ich es jemandem erzähle, weil sie viel netter zu mir war, nachdem ich in der Scheune gewesen war. Sie hat sogar mit mir Karaoke gesungen. Dabei hatte ich sie davor hundertmal darum gebeten, aber sie hat immer nein gesagt.«

»Sie hat mit dir gesungen?«

»Ja. Sie versuchte, wie Jewel zu singen. Sie war ziemlich schlecht, aber ich hab ihr trotzdem gesagt, sie sei gut.«

»Mir sagst du ja auch immer, dass ich gut bin.«

»Ja schon, aber du bist nicht so schlecht wie Patricia.«

»Zu gütig, mein Herr.«

»He, ich wollte dich nicht beleidigen. Es ist ja nicht so, dass du nicht gut bist …«

»Ist nicht so schlimm, Jeremy. Ich kann nicht singen.« Nach einer kurzen Pause sagte sie: »Nicht so wie Dara.«

»Ja, Dara war echt gut. Ich hab sie sogar beim Singen aufgenommen.«

»Aufgenommen?«, fragte Christine, und ein Schauer überlief sie. »Du hast Dara auf Kassette aufgenommen?«

»Ja. Sicher.« Jeremy sah sie angstvoll an. »Da ist doch nichts dabei, oder?«

»Aber nein.«

»Am liebsten sang sie ›Rhiannon‹. Und noch ein paar andere Songs. Sie hießen ›These Dreams‹ und ›Walkin' after Midnight‹. Ich weiß nicht mehr, von wem sie sind.«

»Die Band heißt Heart and Patsy Cline. Aber ich möchte dich über einen speziellen Song von ihr was fragen.«

»Welchen denn?«

»Ich weiß es nicht. Ich hab ihn noch nie gehört, aber ich hab den Text hier.« Christine eilte an den Schreibtisch, auf den sie das Blatt Papier gelegt hatte mit dem Songtext, den ihr jemand am Telefon vorgespielt hatte, als sie im Krankenhaus lag. Sie kam eilig wieder. »Ich les dir den Text vor, und du sagst mir, ob du ihn erkennst.« Jeremy sah sie mit großen Augen an, ein Blick, der bedeuten sollte, dass er Angst hatte, Ärger zu kriegen, aber sie hatte seine volle Aufmerksamkeit. »Ich kann mich an die Melodie nicht mehr erinnern. Ich hab mir nur den Text aufgeschrieben.«

»Ja gut, lies schon vor. Du machst mir Angst.« Christine las ihm den Text langsam vor: »Wohin ich auch geh, finstere Augen ich seh …«

Dann sah sie zu Jeremy auf. »Na? Erkennst du es?«

Jeremys Gesicht war blass geworden, und seine Augen weiteten sich. Er nickte. »Ich glaube, es war das allerletzte Lied, das Dara auf meine Karaoke-Maschine gesungen hat. Sie hat's selbst geschrieben. Es war so traurig – nicht wie ihre anderen Lieder.«

»Aber du hast es aufgenommen?«

Er nickte erneut. »Ja. Ich wollte eigentlich gar nicht, weil es so traurig war. Aber sie hat mich drum gebeten. Zweimal.«

»Du meinst, sie hat die erste Version nicht gemocht und sie überspielt?«

»Nööö.« Jeremy sah immer ängstlicher drein. »Sie bat mich,

zwei Kassetten zu machen. Ich hab die eine behalten. Die andere hat sie genommen.«

Er zog die Stirn kraus. »Bist du auch sicher, dass ich keinen Ärger kriege? Ich wollte nichts Falsches tun.«

Christine berührte besänftigend seine Hand und lächelte: »Nein, Schätzchen. Du hast nichts falsch gemacht. Ich hab mich nur aufgeregt, weil das sehr wichtig ist. Wo sind die Kassetten geblieben?«

Jeremy senkte den Kopf. »Ich … ich weiß es nicht mehr. Es ist schon so lange her. Und gleich, nachdem wir den Song aufgenommen hatten, ist sie weggegangen. Alle waren am Boden zerstört, und die Tage danach kommen mir vor wie ein Traum oder so was.«

»Aber du legst die Kassetten, die du aufnimmst, doch an einen besonderen Ort?«

Er nickte. »Mhm. Aber Dara hat sich wie gesagt eine genommen.«

»Jeremy, ich möchte, dass du deine Kassette suchen gehst.«

Seine Stimme wurde laut. »Warum? Ich verstehe nicht, warum dir an dem Song so viel liegt.«

»Es ist eben so. Aber nicht, weil du was falsch gemacht hast, verstehst du? Nur, weil ich die Kassette nochmal hören möchte.«

»Nochmal? Wann hast du sie denn gehört? Dara hat dich ihre Musik nie anhören lassen, und ich hab sie dir nicht vorgespielt.«

Christine sah ihren ängstlichen Bruder an. Sie wollte ihm die Wahrheit nicht sagen, aber er merkte immer, wann sie ihn anschwindelte, und in diesem Fall würde ihn eine Lüge mehr ängstigen als die Tatsachen. »Jemand hat mich spätnachts angerufen. Er hat nichts zu mir gesagt. Er hat nur die Kassette vorgespielt, auf der Dara ihren Song singt. Dann hat er aufgelegt.«

Jeremy blieb der Mund offen stehen. »Ganz ehrlich? Du hast das nicht geträumt?«

»Wie soll ich denn von einem Lied träumen, das ich noch nie gehört habe?«

»O Mann«, jammerte Jeremy. »Ogottogott. Das ist ja genauso, als hätte dir Dara in der Nacht selbst was vorgesungen. Das ist so gruselig, Christy.«

»Und ob es das ist. Deswegen will ich ja herausbekommen, wer mir mit dieser Kassette Angst machen wollte. Ich möchte, dass du nach deiner Kassette suchst.«

Er schaute noch einen Grad elender drein. »Das hab ich schon. Nachdem die die Leiche gefunden haben und Ames gesagt hat, dass es Dara wäre, wollte ich sie nochmal singen hören.«

»Und?«

»Da waren alle Kassetten, die ich von ihr habe, weg. Ich hab sie nicht verloren, Christy, ganz ehrlich«, beteuerte Jeremy leidenschaftlich. »Ich bin echt vorsichtig mit meinen Kassetten. Aber sie waren nicht da. Vielleicht hat sie sie mitgenommen. Nur glaube ich nicht, dass sie wirklich weggelaufen ist. Also hat sie vielleicht jemand anders weggenommen. Sie waren ja kein großes Geheimnis oder so. Patricia hörte uns singen. Und Ames auch. Vielleicht auch andere Menschen. Ich weiß nur einfach nicht mehr, wann ich die Kassetten zuletzt gesehen habe. Tut mir echt Leid, Christy.«

Er klang vollkommen aufrichtig, und lügen sah Jeremy auch nicht ähnlich. Aber er konnte vergesslich sein. Er hatte die Kassetten vor drei Jahren aufgenommen. Er hatte sie vielleicht verlegt seitdem, auch wenn er sie noch so liebte. Das musste es sein. Zumindest war es die am wenigsten angsteinflößende Lösung. Jeremy sah sie argwöhnisch an. »Ist schon gut, Jeremy. So wichtig sind diese Kassetten auch wieder nicht.«

Seine Finger verhakten sich ineinander, und der Kummer trübte das schöne Blau seiner Augen. »He, Christy?«

»Ja?«

»Ich denke, die Kassetten sind doch wichtig. Könnte derjenige, der dir die Kassetten am Telefon vorgespielt hat, nicht Dara umgebracht und ihr die Kassetten weggenommen haben?«

»Das könnte schon sein«, sagte sie widerstrebend.

»Warum hat er sie dann dir mitten in der Nacht vorgespielt?«

»Vielleicht dachte er, das sei witzig.«

»Was soll denn daran witzig sein?«, fragte Jeremy. »Es ist kein bisschen witzig.« Nach kurzer Pause sagte er: »Christy, ich glaube, er wollte dir Angst einjagen. Aber warum sollte dir jemand Angst einjagen wollen?«

Um mich dazu zu bringen, meine Nase nicht mehr in diese Sache um Daras Tod zu stecken, dachte Christine grimmig. Um mich dazu zu zwingen, nicht mehr nach dem Mörder zu suchen, damit die Leute in dieser Stadt dich, Bruderherz, für Daras Mörder halten.

Kapitel 15

1

Christine hatte das Gefühl, als müsste sie sich aus großer Wassertiefe an die Oberfläche kämpfen. Druck. Kälte. Dunkelheit. Dann wurde ihr leichter und leichter zumute, bis sie die Augen aufschlug und merkte, dass sie geschlafen hatte und es heller Morgen war. Halb zehn, um genau zu sein. So lange hatte sie seit Monaten nicht mehr geschlafen.

Ein paar Minuten blieb sie liegen und starrte an die Decke. Sie dachte über Patricia nach. Gestern um diese Zeit hatte sie noch gelebt, sich wahrscheinlich darauf gefreut, ihren Geliebten wiederzusehen. Jetzt lag sie kalt und steif in der Leichenhalle. Und unwillkürlich kam ihr die Nachricht auf ihrem Anrufbeantworter wieder in den Sinn: »Arme Patricia. Siehst du jetzt, was einem passiert, wenn man zu viel weiß?« Was hatte Patricia denn gewusst? Wer Dara umgebracht hatte? Wollte man sie warnen, weil sie es auch gern gewusst hätte? Würde sie dasselbe Schicksal erleiden wie Patricia, wenn sie es herausgefunden hatte?

Als schließlich das Geräusch des Fernsehers zu ihr durchdrang, fiel ihr wieder ein, dass Jeremy ja bei ihr übernachtet hatte. Sie hatte ihm vorgeschlagen, am besten gleich hier zu bleiben, und obwohl er zunächst zögerte, weil Ames ihn doch jetzt brauchte, war er doch sichtlich froh darüber. Sie hätte ihn auf keinen Fall mit dem schwermütigen Ames an einem solchen Abend in diesem riesigen düsteren Haus allein gelassen.

Als sie nach unten ging, lag Jeremy vor dem Fernseher auf dem Teppich, während Rhiannon auf seinem Rücken saß und mit seinen blonden Strähnen spielte. »Was siehst du dir an?«, fragte sie.

»Nachrichten.«

»Seit wann siehst du dir denn am Morgen die Nachrichten an und keine Cartoons?«

»Seit wir Hochwasser haben. Der Mann vom Wetter hat gesagt, dass der Fluss letzte Nacht den Höchststand erreicht hat. Das bedeutet, dass das Wasser nicht mehr höher steigen wird. Es ist jetzt am Zurückgehen. Die Überschwemmung ist vorbei, und wir brauchen keine Sandsäcke mehr zu stapeln.«

»Na, Gott sei Dank.«

»Vielleicht können wir den Laden aufmachen. Was meinst du?«

»Erst wieder nach Patricias Beerdigung, Jeremy. Es wäre im Augenblick nicht richtig.«

Er sah ein wenig niedergeschlagen aus. Christine wusste nicht genau, ob es die Gedanken an Patricias Tod waren, die ihn traurig stimmten, oder die Tatsache, dass das Geschäft noch ein paar Tage geschlossen bleiben würde. »Haben wir viel Verlust gehabt in letzter Zeit?«, fragte er. »Müssen wir jetzt ins Armenhaus?«

»Um unser Schmuckhaus Prince in den Bankrott zu treiben, bräuchte es schon mehr als ein paar Tage ohne Einnahmen.« Jeremy zog verständnislos die Stirn kraus. »Wir brauchen doch nicht ins Armenhaus zu gehen. Woher hast du überhaupt diesen Spruch?«

»Von Wilma natürlich. Sie sagt immer zu Streaks Bruder: ›Hör gefälligst auf, dein ganzes Geld zum Fenster rauszuwerfen. Das Armenhaus steht gleich um die Ecke, Mister Großkotz.‹ Er wird wütend, wenn sie das sagt. Wie auch immer, ich bin froh, dass unser Laden noch Geld übrig hat, weil ich nämlich meinen Job nicht verlieren will. Ich liebe meinen Job.« Jeremy lächelte. »Ich hab uns Kaffee gemacht.«

»Ich weiß.« In der Küche stieg Christine ein ätzender Geruch in die Nase. Eine Tasse von Jeremys Kaffee ließ einen mindestens zwei Stunden lang die Wände hochgehen. Sie wollte ihn nicht kränken, indem sie die Kanne wegschüttete und frischen Kaffee aufbrühte, goss sich daher nur eine halbe Tasse ein und füllte den Rest mit Milch auf. Das Resultat schmeckte nicht im mindesten nach italienischem Milchkaffee. Schaudernd zwang sie sich zu einem zweiten Schluck. Wenigstens machte die starke Brühe so richtig wach.

Jeremy kam in die Küche. »Vielleicht sollte ich Ames erzählen, dass ich jetzt zu dir ziehe.«

»Das sollte ich besser übernehmen«, gab Christine schnell zurück. Sie wollte nicht, dass Ames seine Enttäuschung an Jeremy ausließ. Sie befürchtete außerdem, dass Ames Jeremy überreden könnte, bei ihm wohnen zu bleiben, nur um ihr eins auszuwischen. Noch vor zwei Tagen hätte sie Ames solche kleinlichen Gefühle auf keinen Fall zugetraut. Jetzt wusste sie nicht, was von ihm zu erwarten war. »Wenn du mit ihm sprichst, glaubt er vielleicht, dass du nicht glücklich bist bei ihm.«

»Na ja, so richtig glücklich bin ich da auch nicht«, sagte Jeremy kleinlaut.

»Ich weiß, aber wir wollen doch seine Gefühle nicht verletzen. Ich tu einfach so, als wär alles meine Idee, als würde ich darauf bestehen, dass du gleich zu mir ziehst. Schließlich bist du mein Bruder, und ich habe dir ein Zimmer eingerichtet, und Rhiannon ist auch hier. Er weiß ja, wie sehr du an Rhiannon hängst.«

»Das klingt alles ganz toll«, stimmte Jeremy zu. »Und es ist wahr.«

»Ja. Ich lüge ihn nicht an. Ich weiß nicht, wie es nach Patricias Tod um Ames steht, aber ich sollte ihn trotzdem allerspätestens heute Nachmittag wissen lassen, dass du bei mir bist. Du kannst ja solange hier bei Rhi bleiben.«

»Christy, ich möchte lieber in den Laden gehen.«

»Der ist heute geschlossen.«

»Ja schon, aber ich habe da etwas zu tun.«

»Jeremy, du klingst genau wie neulich, als du unbedingt schon ganz früh in die Werkstatt wolltest. Du arbeitest an etwas Geheimem, hab ich Recht?«

Jeremy blickte zu Boden. »Also gut. Es ist ein Geheimnis. Aber es ist nichts Schlimmes.«

»Das hab ich auch nicht vermutet.«

»Es ist nur was Besonderes, das ich ganz alleine machen wollte, ohne dass Rey mir dabei hilft. Wirst du mich allein in der Werkstatt arbeiten lassen, so wie neulich? Ich werde den Schlüssel nicht verlieren, Hand aufs Herz. Ich werd ihn hüten wie meinen Augapfel ...«

»Also schön. Jetzt frühstücken wir, dann ziehen wir uns an, und ich setze dich vor dem Laden ab, wenn ich zu Ames fahre.« Sie versuchte, bekümmert zu klingen. »Oje, wir haben ja schon den ganzen Kaffee leer getrunken! Ich muss uns frischen kochen. Willst du ein Omelett haben?«

»Lieber Pfannkuchen. Ich hab übrigens gemerkt, dass du meinen Kaffee weggegossen hast. Ist schon okay. Das Zeug, das ich gemacht habe, war vielleicht eine Spur zu stark. Mein Magen hat sich ganz komisch angefühlt.«

»Trink einen Schluck Wasser«, sagte Christine mit einem Lächeln. »Gleich kommen Pfannkuchen und frischer Kaffee. Willst du die Pfannkuchen mit Schokoladenaufstrich?«

»Au ja. Und ich will ganz viele Pfannkuchen. Ich habe einen Mordshunger, seit ich gestern am Fluss so schwer gearbeitet habe.«

Etwa eine Stunde später, nachdem Jeremy mehr Pfannkuchen verdrückt hatte, als Christine für möglich gehalten hätte, sie sich beide gewaschen und angezogen hatten, stiegen sie ins Auto und fuhren los.

»Hey, sieh dir den Himmel an!«, rief Jeremy plötzlich.

Christine hatte sich mittlerweile so sehr an die tief hängende graue Wolkendecke gewöhnt, dass sie noch gar nicht auf das Wetter geachtet hatte. Doch ein Blick durch die Windschutzscheibe nach oben zeigte ihr ein hauchzartes Blau, und wo die Sonne durch den Dunst drang, waren rosa und gelbe Tupfen zu sehen. Vielleicht war es ein gutes Omen, dachte Christine, und Ames' Angriffslust über Nacht verflogen und sein Verhalten von gestern nur auf seinen geschockten Zustand zurückzuführen. Vielleicht hatte er mittlerweile längst eingesehen, wie grausam und ungerecht sein Vorwurf gewesen war.

Aber ihre Hoffnung wurde schnell zerschlagen. Nachdem sie Jeremy vor dem Laden abgesetzt und ihn noch einmal ermahnt hatte, nur ja den Schlüssel für den Hintereingang nicht zu verlieren, fuhr sie zum Haus der Princes. Wilma Archers Wagen stand in der Auffahrt. Gut, dachte Christine. Wenn Ames immer noch nicht mit sich reden ließ, konnte vielleicht Wilma ihn zur Vernunft bringen. Sie war die Einzige, die Ames zu nehmen wusste.

Christine klingelte. Wilma öffnete die Tür und warf prompt ihre dicken Arme um sie. »O Schätzchen, ich bin ja so froh, dass du kommst. Ist das nicht schrecklich? Ich kann es nicht fassen! Patricia kam mir unverwüstlich vor. Und jetzt heißt es sogar, dass ihr Tod kein Unfall war! Ich kann dir vielleicht sagen! Ganz ehrlich, ich weiß nicht, wie Ames das alles verkraften soll.«

Während Wilma all dies hervorsprudelte, klopfte Christine ihr mit solcher Wucht auf den Rücken, dass der nächste Bluterguss ihr schon gewiss war. Sie löste sich aus Wilmas Umarmung und blickte ihr in die Augen. Sie waren trocken und nicht gerötet. Nicht einmal sie hatte Patricia ein paar Tränen nachgeweint, obwohl sie ihren Tod ohne Zweifel aufrichtig bedauerte. Nun war also auch Ames' zweite Frau gestorben. Und das nur drei Jahre nach dem Verschwinden beziehungsweise der Ermordung von Ames' einzigem Kind. Wilma hatte Recht. Wie sollte er das alles bloß verkraften?

Bevor sie jedoch eine Chance hatte, etwas zu erwidern, kam Ames aus seinem Arbeitszimmer. Er blieb stehen und starrte sie mit kalten Augen an.

»Ames«, sagte sie sanft, löste sich von Wilma und ging auf ihn zu. »Ich wollte dir nur sagen, wie Leid …«

Er hob den Arm zum klassischen Stoppsignal. »Komm ja nicht näher. Und spar dir dein falsches Mitleid. Du hast mir meine Gutmütigkeit mit Verrat gedankt. So etwas verzeihe ich nicht. Niemals. Du bist in diesem Haus nicht mehr länger willkommen. Und im Geschäft habe ich auch keine Verwendung mehr für dich, wenn wir schon dabei sind. Ich will dich nie mehr sehen.«

»Ames!«, keuchte Wilma. »Du weißt ja nicht, was du da sagst. Das hier ist Christine!«

»Ich weiß ganz genau, was ich sage und zu wem ich es sage. Verlasse mein Haus, Christine. Auf der Stelle!«

Damit machte er kehrt, ging steif zurück ins Arbeitszimmer und knallte die Tür hinter sich zu.

2

Michael Winter trat vor die Flügeltür der Princes und klingelte. Einen Moment später öffnete ihm eine rundliche, verwirrt dreinblickende Frau die Tür, deren Augen sich beim Anblick seiner Uniform weiteten. »O Gott! Was ist denn nun schon wieder los?«, jammerte sie.

Es macht doch immer wieder Freude, so herzlich begrüßt zu werden, dachte Michael.

»Ich bin Deputy Michael Winter«, sagte er. »Ich hätte gern Mr. Prince gesprochen.«

»Er ist völlig aus dem Häuschen. Sie müssen später kommen.«

Sie war schon im Begriff, die Tür zu schließen, aber Michael hinderte sie daran. Er kannte die Frau aus dem Juwelierladen. »Mrs. Archer, nicht wahr?« Sie nickte. »Ich glaube Ihnen gern, dass Mr. Prince aufgeregt ist, und es tut mir ja auch Leid, ihn ausgerechnet jetzt zu stören, aber ich muss ihm ein paar Fragen stellen.« Er schenkte ihr ein halb gewinnendes, halb bittendes Lächeln. »Wenn ich ihm meine Fragen nicht jetzt stelle, dann wird mich der Sheriff so lange herschicken, bis ich Antworten bekomme. Oder er kommt selber her.« Winter hatte schon erfahren, dass Ames Prince Sheriff Teague nicht ausstehen konnte. »Ich möchte Mr. Prince natürlich auf gar keinen Fall bedrängen. Also bitte fragen Sie ihn, ob er ein paar Minuten für mich übrig hätte, dann ist er mich auch gleich wieder los.«

Sie zögerte, schloss die Augen und schüttelte den Kopf. »Na also meinetwegen. Mir bleibt wohl nichts anderes übrig. Dann kommen Sie eben herein.«

»Danke, Ma'am. Ich bin Ihnen wirklich sehr verbunden.« Michael betrat die Eingangshalle und sah Christine da stehen.

Sie stand stocksteif und zitternd da, und ihr Gesicht war weiß wie die Wand. »Hallo, Miss Ireland.«

»Deputy«, antwortete sie mit wackliger Stimme. »Ich wollte gerade gehen, aber ich müsste Sie später noch sprechen, wenn es geht.«

»Natürlich.«

»Hat es etwas mit Patricias Tod zu tun?«, fragte Wilma.

»Sicher möchte Miss Ireland jetzt lieber nicht darüber reden, Mrs. Archer«, sagte Michael, obwohl er selbst vor Neugier fast platzte. Christine sah mitgenommen aus, und sie hatte ihm etwas zu sagen, worüber sie sich in diesem Haus nicht äußern wollte. »Ich komme nachmittags bei Ihnen vorbei, wenn es Ihnen recht ist.«

»Das wäre nett.« Christine wandte sich Wilma Archer zu. »Ich werde Ihnen später alles erklären, Wilma.«

»Schätzchen, ich glaube nicht, dass du jetzt einfach weglaufen solltest. Ames ist nur durcheinander. Er wird sich schon wieder beruhigen, und in diesem Zustand solltest du ohnehin nicht fahren. Komm mit in die Küche und trink eine Tasse Tee, bevor du gehst.«

»Ich glaube, um mich jetzt zu beruhigen, müsste es schon was Stärkeres sein als Tee. Außerdem hat mich der Herr des Hauses gerade hinausgeworfen. Keine Sorge – ich komm schon damit klar.« Sie sah Michael an. »Wir sehen uns später, Deputy Winter.«

»Ja. Später.« Michael fasste sich an den Hut, als sie an ihm vorbei und durch die Tür flüchtete. Wilma Archer sah ihn hilflos an. »Gibt's Ärger?«, fragte er leichthin.

»Ja. Mit Ames. Er benimmt sich …« Sie rang nach Worten. »Er benimmt sich wie ein Vollidiot.« Michael konnte sich nur mit Mühe das Lachen verkneifen. »Er tut mir Leid, aber gleichzeitig könnte ich ihn ohrfeigen. Er ist sehr schwierig.

Wie meine Söhne. Der eine, Robert – alle nennen ihn Streak –, der hatte es auch nicht leicht. Der Krieg und alles. Und der andere scheint zu glauben, er sei Rockefeller oder so was Ähnliches, so wie er mit dem Geld um sich wirft. Jetzt hören Sie sich das an. Ich rede dummes Zeug. Das tue ich immer, wenn ich aus dem Häuschen bin.«

»Das geht uns doch allen so, Ma'am.«

»Sie sind sehr freundlich. Was man von gewissen Leuten in diesem Haus leider nicht behaupten kann.« Sie starrte wütend auf eine geschlossene Tür. »Ich werde Ames sagen, dass Sie hier sind, aber erwarten Sie bloß keinen herzlichen Empfang.«

»Bestimmt nicht, Ma'am. Ich bin ja schon dankbar, wenn er mich zu sich lässt.«

»O ja, das wird er, verlassen Sie sich drauf«, sagte Wilma Archer mit Nachdruck, »sonst kriegt er es mit mir zu tun. Trauer hin oder her, für heute hab ich genug von seinem Unsinn.«

Michael stand in der Eingangshalle. Wilma Archer ging in ein Zimmer und schloss die Tür hinter sich. Kurz darauf hörte er aufgebrachte Stimmen. Prince schien einen Streit vom Zaun zu brechen, um ihn nicht sehen zu müssen. Zu dumm, er würde wohl ein andermal herkommen müssen. Sollte er Prince vorschlagen, ihm die Fragen lieber im Präsidium zu beantworten? Der Mann musste doch wissen, dass er nicht drum herumkommen würde. Warum machte er es ihm so schwer?

Michael war gerade dabei, seinen nächsten Annäherungsversuch zu planen, als Wilma Archer die Tür öffnete und schmallippig sagte: »Mr. Prince wird jetzt mit Ihnen sprechen, Deputy.« Ihre Wangen waren gerötet, und ihre Augen blitzten vor Zorn. Michael verkniff sich ein Grinsen, weil er wusste, dass die streitlustige Frau Ames Prince gerade einen Dämpfer verpasst hatte.

Prince saß hinter einem massiven Schreibtisch und sah aus wie aus Stein gemeißelt. Sein hageres Gesicht war ausgezehrt, die Augen blutunterlaufen, und er hielt die Hände fest aufeinander gepresst, vielleicht um sie am Zittern zu hindern. Er sah Michael herausfordernd entgegen.

»Guten Tag, Mr. Prince«, sagte Michael leichthin. »Sie sind uns gestern entwischt.« Ames ließ ihn nicht aus den Augen. »Sie wissen, dass Sie sich für Fragen zur Verfügung hätten halten müssen.«

»Warum? Ich war nicht dabei, als meine Frau ... starb.«

»Hören Sie mit diesen Spielchen auf.« Michael setzte sich unaufgefordert Ames gegenüber in einen Ledersessel. »Ich brauche Ihnen nicht zu sagen, dass die Polizei Ihnen einige Fragen stellen muss.«

»Ich war verständlicherweise sehr aufgebracht, also bin ich ziellos umhergefahren.«

»Verstehe.« Michael holte einen Notizblock aus der Tasche. »Und wo waren Sie, als Ihre Frau ums Leben kam?«

»Ich weiß nicht, wann genau meine Frau starb.«

Michael sah ihn scharf an. »Ich habe Sie gebeten, diese Spielchen zu unterlassen. Als Anwalt müssten Sie doch wissen, dass Ihnen so etwas sehr negativ ausgelegt werden könnte. Ihre Empfangsdame sagte uns, dass Sie etwa um zehn Uhr vormittags in die Kanzlei gekommen seien, Ihre Post in Empfang genommen hätten, nach fünfzehn Minuten wieder gegangen und nicht mehr zurückgekommen seien. Ich habe Sie dann kurz vor zwei Uhr nachmittags hier gesehen. Wo waren Sie in der Zwischenzeit?«

Ames sah ihn eine Weile düster an und seufzte dann. »Ach was soll's? Ich war bei meiner Schwiegermutter.«

Michael sah ihn prüfend an. »Patricias Mutter lebt aber in Florida.«

»Die Mutter meiner ersten Frau. Eve. Sie lebt in Charleston. Ich ahnte, dass sie sich wegen der Leiche im Fluss aufregen würde. Sie nahm natürlich an, dass es sich dabei um Dara handelte. Ich wollte sie beruhigen, ihr versichern, dass wir allen Grund haben anzunehmen, dass Dara noch am Leben ist.«

»Die Leiche wurde doch schon vor Tagen gefunden. Warum haben Sie Daras Großmutter erst gestern besucht?«

»Ich habe, um ehrlich zu sein, nicht an sie gedacht. Ich war viel zu erschüttert. Außerdem ist die Frau bettlägerig, hat kein Fernsehen und liest auch keine Zeitung. Aber man kann schlechte Neuigkeiten nicht lang geheim halten. Eine ihrer Freundinnen hätte es ihr mit Sicherheit erzählt, oder vielleicht auch die Frau, die bei ihr wohnt und für sie sorgt. Also beschloss ich, selbst nach ihr zu sehen.«

»Anstatt sie einfach anzurufen.«

»Ich hielt es in diesem Fall für angebrachter, sie persönlich aufzusuchen. Sie ist schließlich Daras Großmutter. Nicht irgendeine entfernte Verwandte.«

»Verstehe.« Michael blickte auf den Notizblock, den er grundsätzlich bereit hielt, auch wenn er sich dann keine Notizen machte. »Um von hier nach Charleston zu kommen, fährt man etwa eine Stunde. Eine Stunde hin, eine Stunde zurück. Damit wären zwei Stunden abgedeckt. Sie haben nur eine Stunde bei Daras Großmutter verbracht?«

»Ja. Sie ist in einer sehr schlechten Verfassung. Wird leicht müde. Ich wollte sie nicht über Gebühr strapazieren.«

»Ich hätte gern ihren Namen und ihre Adresse.«

»Ich werde nicht zulassen, dass Sie sie belästigen, Deputy.«

»Das habe ich auch gar nicht vor, Mr. Prince. Ich muss doch nur Ihr Alibi überprüfen. Das wissen Sie doch. Es wird nicht länger als fünf Minuten dauern.«

Ames Prince holte noch einmal tief Luft. Als er ausatmete,

sah er kleiner aus, fast so, als wäre er hinter seinem großen Schreibtisch zusammengeschrumpft. Er nannte den Namen, die Adresse und die Telefonnummer der Frau. »Und nun erwarte ich, dass Sie mich in Ruhe lassen«, sagte er entschieden.

»Glauben Sie mir, Sir, ich würde es gern dabei belassen, aber das kann ich nicht. Ich muss Sie um die Briefe und Karten bitten, die Sie angeblich von Dara erhalten haben.«

»Was?«, explodierte Ames.

»Wegen der Fingerabdrücke, Sir. Ich weiß, dass Sie sie nicht haben untersuchen lassen.«

»Ach so, Christine mal wieder. Immerzu muss sie quatschen, was, Deputy? Hat sie Sie inzwischen rumgekriegt, sagen Sie mal?«

Die Tür zum Arbeitszimmer flog auf, und herein stampfte Wilma Archer, das Gesicht hochrot vor Zorn. »Ames Prince, du hörst auf der Stelle auf, so daherzureden! Christine ist ein prachtvolles Mädchen. Ich kann, nein, ich werde nicht dulden, dass du sie in den Schmutz ziehst!«

»Wilma, das geht dich nichts an ...«

»Sei still, Ames.« Michael nahm verblüfft zur Kenntnis, dass Ames Prince unsicher blinzelte und dann den Mund zuklappte. »Wenn der Deputy diese Karten braucht, dann gibst du sie ihm. Er ist Polizist, Herrgott nochmal. Er versucht doch nur, zu helfen!«

»Das tut er nicht. Er versucht zu beweisen, dass meine Tochter schon seit drei Jahren tot ist.«

»Vielleicht ist sie das ja auch!« Wilmas Kinn zitterte. »Vielleicht ist sie das, und wenn es so ist, wäre es dann nicht besser, es zu wissen?«

Ames blickte auf seine dünnen Hände, die gefaltet auf dem Schreibtisch lagen. »Nein, Wilma, das wäre nicht besser.«

»Gib ihm die Postkarten.«

»Ich habe sie nicht.«

Michael sah, dass Wilma erschöpft und erschüttert zugleich war. Er nutzte die Bresche, die sie für ihn geschlagen hatte. »Mr. Prince, diese Karten sind sehr wichtig. Wenn Ihre Tochter Fingerabdrücke darauf hinterlassen hat, dann wissen wir endlich, dass sie es war, die sie Ihnen geschickt hat.«

»Wer sollte sie denn sonst geschickt haben?«

»Jemand, der Sie glauben machen wollte, dass Dara einfach nur weggelaufen ist, und der auf diese Weise verhindern wollte, dass man nach ihrem Mörder sucht.«

»Ich habe sie nicht.«

»Mr. Prince, ich möchte Ihnen nicht drohen, aber Sie wissen ja, dass ich mir ohne weiteres einen Durchsuchungsbefehl besorgen kann.«

»Sie existieren nicht mehr.« Ames' Stimme war tonlos, ohne jedes Gefühl. »Nun, ich denke, wir sind so weit fertig, außer Sie wollen mir etwas zur Last legen. In diesem Fall würde ich natürlich einen Anwalt hinzuziehen. Verstanden?«

»Das müssen Sie mit Sheriff Teague klären«, sagte Michael kühl. »Aber der Sheriff wird natürlich wissen wollen, was aus dem Material geworden ist. Sie sagen, sie existieren nicht mehr. Falls Sie sie vernichtet haben, dann behindern Sie die Ermittlungen.«

»Sie brauchen mich nicht über Recht und Gesetz aufzuklären, junger Mann.«

»Und übrigens bin ich sicher, dass es den Sheriff genauso brennend interessiert wie mich, warum Sie uns gestern nicht verraten wollten, wo Sie waren, als Ihre Frau ums Leben kam, und warum Sie stundenlang verschwunden waren, nachdem man sie gefunden hatte. Das macht Sie ziemlich verdächtig, wissen Sie das?«

»Und Ihre Tricks wirken auf mich unbeholfen und dumm,

Deputy.« Ames blickte auf einen Stapel Papiere, die auf seinem Schreibtisch lagen. »Wir sind fertig. Sicher finden Sie allein hinaus.«

»Ja, Sir. Ich bin mit Sicherheit nicht zu dumm und unbeholfen, um die Haustür zu finden.« Michael erhob sich und setzte beiläufig hinzu: »Und übrigens, mein herzliches Beileid. Die Tatsache, dass Sie mir keine einzige Frage zu den laufenden Ermittlungen gestellt haben, zeigt mir, wie tief der Tod Ihrer Frau Sie getroffen hat.« Ames fuhr zusammen, und Michael nickte ihm mit ernster Miene zu: »Auf Wiedersehen, Mr. Prince. Vorläufig.«

Kapitel 16

1

Christine öffnete die Tür, ein Glas Wein in der Hand. »Kommen Sie rein, Deputy. Ich seh mir gerade einen Film an und trinke Weißwein. Ich muss mich über einen unangenehmen Morgen hinwegtrösten.«

»Ich dachte, Sie würden mich Michael nennen, nicht Deputy«, sagte er und sah sie genauer an. Entweder war es nicht ihr erstes Glas, oder sie hatte geweint. Wahrscheinlich beides.

»Ja, ich weiß. Wenn keine Leute dabei sind und wir nicht die Form zu wahren brauchen. Michael. Wissen Sie eigentlich, dass Ihr Name hebräischen Ursprungs ist? Er bedeutet ›der ist wie Gott‹.«

»Dann passt der Name nicht zu mir. Ich bin nicht wie Gott. Meine Mutter hat mich nach einer Figur in Mario Puzos Roman *Der Pate* benannt.«

»Nach einem Mafioso?«

»Stimmt genau.«

»Ein Polizist mit dem Namen eines Mafiabosses.«

Michael zuckte die Schultern. »Was sind schon Namen? Kann ich reinkommen?«

Sie verbeugte sich leicht. »Entrez.« Er ging hinein, und sie prostete ihm zu. »Ich weiß ja, dass Sie im Dienst sind und kein Glas mit mir trinken können. Wie wär's mit Kaffee? Oder heißer Schokolade? Ich liebe heiße Schokolade.«

»Vielleicht sollten wir beide eine Tasse Kaffee trinken.«

»Kein Koffein für mich. Aber Ihnen mach ich gern Kaffee.«

»Lassen Sie's gut sein. Ich werd ein Glas Eiswasser trinken. Ich hol es mir selbst«, sagte Michael. »Sie sehen sich also einen Film an. Welchen denn?«

»Der englische Patient.« Christine ließ sich auf die Couch fallen, und ihre Stimme begann zu zittern. »Ich liebe diesen Film. Haben Sie ihn schon gesehen?«

»Nur zum Teil.« In Wahrheit hatte er ihn sich schon dreimal angesehen, aber sie sollte ihn nicht für einen romantischen Waschlappen halten. »Tolle Landschaft.«

»Wunderschön. Einfach wunderschön«, stimmte sie weinerlich zu. »Sie ist wirklich verdammt schön.«

Jungejunge, dachte Michael, während er ein paar Eiswürfel in ein Glas kullern ließ und es dann mit Sprudelwasser auffüllte. Miss Ich-hab-alles-im-Griff Ireland hatte nicht nur ein gebrochenes Herz, sondern einen kräftigen Zacken in der Krone. Er ging zurück ins Wohnzimmer. Der Film lief in voller Lautstärke. Christine machte keinerlei Anstalten, den Ton leiser zu stellen, und er wollte sie nicht darum bitten, weil der Film sie offensichtlich ganz in seinen Bann gezogen hatte.

»Sind Sie sicher, dass Sie nur Eiswasser wollen?«, rief sie ihm zu. »Ich hab auch Kekse hier. Gekaufte allerdings. Ich bin nicht gut im Backen.«

»Ich bin nicht hungrig.«

»Sie wollen mir doch nicht erzählen, dass Ames Sie zum Lunch eingeladen hat?«

Michael lachte. »Ames nannte mich unbeholfen und dumm.«

»Oje. Da liegt er aber ganz schön daneben.«

»Danke.«

Auf beiden Wohnzimmersesseln lagen stapelweise Bücher. »Ich wollte die Regale neu einrichten. Ich hab sie alle rausgeworfen, doch dann hatte ich plötzlich keine Lust mehr«, sagte Christine. »Sie können sich ja zu uns auf die Couch setzen.«

Die Katze lag eingerollt auf Christines Schoß und beobachtete ihn aus ihren großen goldenen Augen, während Frauchen sie mit langen Fingern sanft streichelte. Er hatte erwartet, dass das Tier sich davonmachen würde, sobald er sich neben Christine setzte, aber Rhiannon wich nicht von der Stelle, als wollte sie ihr Frauchen beschützen. Christine kraulte die Katze sanft unterm Kinn. »Möchten Sie mir nicht erzählen, was da vorhin bei Ames vorgefallen ist?«, fragte Michael.

»Er hat mich eine Verräterin genannt. Und mich gefeuert.«

»Er hat Sie gefeuert? Aus dem Laden?«

»Was sonst?«

»Er scheint doch Recht zu haben. Ich bin ein bisschen begriffsstutzig.« Michael nahm einen Schluck Eiswasser. »Er ist ein Wrack, Christine. Er weiß nicht, was er sagt.«

»Da bin ich mir nicht so sicher.« Sie starrte weiter wie gebannt auf den Fernseher. »Und es ist mir auch egal, ob er noch alle Tassen im Schrank hat oder nicht. Ich bin meinen Job los, das ist es, was mich nervt.«

Michael formulierte die nächste Frage sehr vorsichtig. »Ich weiß, dass Sie dieses Haus vor nicht allzu langer Zeit gekauft haben. Sind Sie … nun ja, es geht mich ja nichts an, aber sind Sie in finanziellen Schwierigkeiten?«

»Nein, alles in Ordnung. Meine Eltern haben gut für uns gesorgt. Wir können eine Weile durchhalten. Es ist nicht das Geld, das mir Sorgen macht. Und der Job auch nicht. Er war in Ordnung, obwohl ich mir was Besseres vorstellen kann, als ein fremdes Geschäft zu leiten. Mich beunruhigt vielmehr, wie es für Jeremy weitergeht. Ich weiß nicht, ob der Rauswurf auch ihm galt, aber selbst wenn dem nicht so wäre, würde Jeremy nie ohne mich im Laden bleiben. Aus Solidarität zu mir. Er ist nämlich bedingungslos loyal, auch wenn er manchmal Informationen ausplaudert, die er besser für sich behalten hätte. Wie auch immer, er wird am Boden zerstört sein. Sie ahnen ja nicht, wie viel ihm die Arbeit in der Werkstatt bedeutet. Er ist jetzt viel glücklicher und selbstbewusster als vor einem Jahr.« Ihre schönen türkisblauen Augen füllten sich mit Tränen. »Und ich hab ihm alles kaputtgemacht.«

Die Welle von Zärtlichkeit, die Michael überkam, war so stark, dass er sich unwillkürlich zu ihr hinüberbeugte und ihr sanft über die Wange streichelte. Eine warme Träne lief ihm über den Finger, als ihre Blicke sich trafen. Langsam näherten sich ihre beiden Gesichter, und ihre Lippen begegneten sich.

Sie sanken einander nicht, wie die Filmmusik es suggerierte, in wilder Leidenschaft in die Arme. Der Kuss blieb weich, zart, fast das, was Michaels Großmutter einen Schmetterlingskuss zu nennen pflegte, wenn Wimpern wie zitternde Schmetterlingsflügel flirrend die Wange berührten und ein angenehmes Kitzeln verursachten.

Michael hatte das Gefühl, als bliebe die Zeit stehen oder vergehe ungewöhnlich langsam. Die Filmmusik wurde leiser, und Michael hörte, wie der Wind mit den Glöckchen spielte, die vor dem Fenster hingen, und ihnen eine betörende Melodie entlockte.

Sie lösten sich voneinander und sahen sich in die Augen. Michael hätte eigentlich verlegen sein sollen, aber er war es nicht. Und Christine sah nicht aus, als täte ihr Leid, was eben passiert war. Der Kuss war vollkommen natürlich, unausweichlich gewesen. Und sehr beruhigend, stellte er fest. Zum ersten Mal seit Jahren schien seine Welt sich wieder mit Farbe zu füllen, sein Schmerz ein wenig abzuklingen und einer angenehmen Zufriedenheit zu weichen, einem Zustand, in dem die Erinnerung an sein Trauma nicht mehr unentwegt an seiner Seele nagte.

Michael sah Christine ernsthaft an. »Ich hätte fragen sollen …«

Sie legte ihm einen Finger auf die Lippen. »Nein. Du hast gespürt, dass ich es auch wollte.«

»Ich wollte es auch. Wahrscheinlich schon von Anfang an, seit ich dich im Schmuckladen zum ersten Mal gesehen habe. Du hast so stark, so selbstsicher hinter der Theke gestanden. Doch dann, als du mir die Tasse Kaffee gebracht und mir von Dara erzählt hast, da konnte ich in deinen Augen lesen, wie verletzlich du eigentlich bist. Stärke und Verwundbarkeit, und das alles auch noch so hübsch verpackt. Dagegen ist ein Mann machtlos.«

Christine lächelte und legte den Kopf ein wenig schief. »Du musst mich anders sehen als die meisten Männer«, sagte sie kokett. »Für die bin ich nur eine herrische Amazone.«

»Wahrscheinlich fühlen sie sich von dir eingeschüchtert.« Er legte den Arm um sie, ohne sich vorher zu fragen, ob es angebracht war. Anstatt sich zu verkrümeln, änderte Rhiannon nur ihre Position und schmiegte sich noch tiefer in Christines Schoß. Christine seufzte auf und lehnte sich an ihn. »Mir war überhaupt nicht bewusst, wie müde ich war.«

»Seelischer Stress erschöpft einen mehr als körperliche Anstrengung.«

»Das kann gut sein.« Sie hatte den Kopf gegen seine Schulter gelegt, das blonde Haar seidig und glänzend, und hielt den Blick nach wie vor auf den Bildschirm gerichtet.

»Tut mir Leid, dass ich mich so aufgeführt habe, Michael.

Normalerweise bin ich nicht so weinerlich. Und betrunken bin ich für gewöhnlich auch nicht um zwei Uhr nachmittags.«

»Du warst nicht weinerlich. Sonst hätte ich dir nämlich gehörig die Meinung gesagt, das kannst du mir glauben.«

»Du bist aber streng!«

»Und was das Trinken angeht ...« Sie richtete sich auf und sah ihn prüfend an. »Du bist sehr niedlich, wenn du einen sitzen hast.«

»Oje«, sagte sie mit reuigem Lächeln. »Ich fühle mich wie ein geprügelter Hund, trotz des Weins.«

»Wie Ames sich dir gegenüber benommen hat, ist völlig inakzeptabel. Diese Behandlung hast du nicht verdient.«

»Das möchte ich gern glauben, aber es hat ihn eben zutiefst verletzt, dass ich dir das Tagebuch gegeben habe.«

»Du hast es mir doch nicht gegeben, um ihm eins auszuwischen. Hier geht es überhaupt nicht um ihn. Das scheint nicht in seinen Kopf zu wollen! Hier geht es um Dara. Du wolltest doch nur helfen, damit wir herausfinden, wer sie getötet hat.«

Sie nickte schweigend, hatte aber ein schlechtes Gewissen, weil es ihr zwar darum ging, den Mord an Dara aufzuklären, doch vor allem darum, ihren Bruder endlich von jedem Verdacht reinzuwaschen. »Michael, ich weiß nicht, ob du das Tagebuch bereits bis zum letzten Eintrag gelesen hast. Darin steht nämlich, dass Dara schwanger war.«

»Ich weiß.«

»Die Leiche muss inzwischen obduziert worden sein. Hat man einen Fötus gefunden?«

Michael zögerte. »Ich fürchte, das gehört zu den Dingen, über die ich nicht sprechen darf.«

»Du weichst meiner Frage aus. Also hat man tatsächlich einen Fötus gefunden«, sagte Christine dumpf. »Arme Dara.

Ich frage mich, was sie vorhatte? Sie schreibt, dass sie sich vor einer Abtreibung fürchtet, und ich weiß noch, dass sie mir von einer Freundin erzählt hat, die verblutet ist, nachdem sie ihr Kind illegal hatte abtreiben lassen und keinen Arzt aufsuchen wollte, als die Blutung einsetzte. Dara war normalerweise nicht ausgesprochen einfühlsam. Doch der Tod dieser Freundin schien einen bleibenden, erschreckenden Eindruck bei ihr hinterlassen zu haben. Sie hatte panische Angst vor einer Abtreibung. Ob sie den Vater heiraten und das Baby bekommen wollte? Oder es auf alle Fälle austragen, auch wenn der Vater sie nicht heiraten würde? Was meinst du?«

»Das hing wahrscheinlich davon ab, wer der Vater war. Im Tagebuch gibt sie keinerlei Hinweise. Wir wissen auch nicht, wie das ihren anderen Liebhabern gefallen hätte. Ich kann mir vorstellen, dass der Vater des Kindes von ihr verlangt hat, dass sie es abtreiben ließ.«

»Vielleicht musste sie deshalb sterben«, sagte Michael. »Vielleicht bestand der Kindsvater auf einer Abtreibung, sie hat sich geweigert, und er hatte zu viel zu verlieren, wenn die Wahrheit ans Licht käme.«

»Vielleicht hat auch einer der Männer, der sie liebte, herausbekommen, dass sie von einem anderen schwanger war.«

»Wir können noch stundenlang weiter spekulieren, aber im Augenblick wissen wir gar nichts.« Michael strich ihr übers Haar. »Ich möchte, dass du dir eine Weile nicht den Kopf darüber zerbrichst. Ich möchte, dass du dich entspannst, wenn möglich an etwas Angenehmes denkst und dich ganz auf den Film konzentrierst. Es ist eine schöne, tragische Liebesgeschichte. Eine von der Sorte, die ihr Mädels so gerne seht.«

Christine neigte sich zu Rhiannon hinunter. »Hast du das gehört? Mr. Steinzeit denkt, dass nur Frauen schöne, tragische Liebesgeschichten mögen.«

»Na ja, nicht nur Frauen …«, begann Michael.

»Zu spät. Schon passiert.« Sie drehte ihm den Kopf zu und drückte ihm einen schnellen, schüchternen Kuss auf die Wange. »Jetzt zieh schon los und fang ein paar böse Jungs.«

An der Tür blieb Michael stehen und sah sich um. Christine verfolgte gebannt, wie Graf Almásy seine tote Liebste vorsichtig in Fallschirmseide hüllte und über eine kleine, offene, sandbedeckte Ebene trug, auf der ein halb verfallenes Flugzeug stand, und sie hineinlegte. Dann begann er den unseligen Flug, der Katharines Reise zurück nach England einleiten sollte, wo sie ihre letzte Ruhe finden würde.

Michael sah, wie sich Christines Augen mit Tränen füllten, als das winzige Flugzeug startete und über einem endlosen, gerippten, kamelfarbenen Sandmeer aufstieg, während Katharines goldenes Haar, ihr schlanker Arm und die Fallschirmseide vor dem exotisch türkisfarbenen Himmel anmutig im Wind flatterten.

2

Eine Stunde später klopfte jemand an Christines Tür. Sie hatte sich die Tränen getrocknet und versucht, sich auf ein Buch zu konzentrieren, war aber noch nicht über das dritte Kapitel hinausgekommen. Als es klopfte, klappte sie dankbar das Buch zu, legte es beiseite und ging an die Tür. Draußen stand Rey Cimino.

»Na, wie geht's?«, sagte er lächelnd. »Gehst du jetzt nicht mehr ans Telefon?«

»Was? Doch.«

»Jeremy hat angerufen. Ich hab angerufen.«

»Was ist mit Jeremy?«, fragte sie ängstlich. »Er ist doch im Laden?«

»Ja schon, aber er hat mich angerufen. Er möchte, dass wir beide hinkommen.«

Christine rannte zum Telefon und riss den Hörer von der Gabel. Kein Freizeichen. Sie überprüfte die Schnur und bemerkte, dass sie nicht angeschlossen war. »Rhi, warst du das schon wieder?«, schimpfte sie.

Die Katze machte sich aus dem Staub. »Das ist ein Schuldbekenntnis. Und ich hatte den Fernseher so laut aufgedreht, dass ich das Telefon im ersten Stock nicht gehört habe. Warum hast du nicht versucht, mich auf dem Handy zu erreichen?«

»Hab ich ja. Aber als ich hier ankam, hat es in deinem Auto gelegen.«

Christine schloss die Augen. Nach der Auseinandersetzung mit Ames war sie so aufgelöst gewesen, dass sie nicht einmal bemerkt hatte, wie ihr das Handy aus der Handtasche gerutscht war.

»Gott, Jeremy hätte wer weiß was passieren können, und ich hätte es nicht mal bemerkt!«

»Jetzt entspann dich, Chris, es geht ihm gut. Er ist nur aufgeregt. Er wollte, dass wir beide zu ihm in den Laden kommen. Er hätte eine Überraschung, sagte er mir. Er hätte schon eine ganze Weile daran gearbeitet.«

Christine hob fragend die Augenbrauen. »Das mysteriöse Etwas, das ihn schon öfter in aller Frühe in den Laden getrieben hat?«

»Ich nehme es an. Hol deine Jacke, dann fahren wir!«

Auf dem Weg in die Innenstadt machte Christine sich weiter Vorwürfe wegen des Handys und überlegte, wie sie Rhiannon in Zukunft am besten vom Telefonkabel fern halten konnte.

Ginger und Jeremy warteten schon ungeduldig, als sie den

Laden betraten. »Ich war zufällig in der Gegend, weil ich sehen wollte, was das Hochwasser angerichtet hat, und dachte, ich schau mal rein. Da fand ich den hier in der Werkstatt«, erzählte Ginger und knuffte Jeremy. »Ich hoffe, es macht dir nichts aus, dass ich einfach so reinschneie.«

»Sieht nicht so aus, als hättest du viel kaputtgemacht«, sagte Christine in einem schwachen Versuch zu scherzen. Sie war nicht mehr länger die Geschäftsführerin des Ladens. Was sich hier drin abspielte, ging sie nichts mehr an. Doch sie brachte es nicht über sich, es den anderen zu sagen. Außerdem wollte sie es zuerst Jeremy erzählen, bevor sie Rey und Ginger Bescheid gab. »Also, Brüderchen, was hast du uns Wichtiges zu sagen?«

»Ich wollte euch allen zeigen, woran ich gearbeitet habe«, sagte Jeremy aufgeregt. »Schade, dass Tess nicht auch hergekommen ist.«

»Sie wollte eigentlich zu dir, Chris«, sagte Rey. »Wahrscheinlich hat sie es sich anders überlegt. Warten wir nicht auf sie. Was willst du uns denn zeigen, Jeremy?«

»Na ja, bis jetzt hab ich nur Schmuck entworfen, aber selber gemacht hab ich nie welchen«, sagte Jeremy. »Das hat Rey besorgt. Ich wollte auch eins machen, deshalb bin ich ein paarmal hergekommen, als Rey nicht da war. Und jetzt wollte ich es euch zeigen, um zu testen, wie es euch gefällt. Erst dann darf es Ames sehen.«

Jeremy holte eine kleine schwarze Schmuckschatulle aus der Tasche, öffnete sie und zeigte ihnen den Inhalt, eine wunderschöne Brosche. Sie bestand aus einer Rosenknospe aus Koralle inmitten von silbernen Blättern.

»Ich nenne sie die Dara-Brosche«, erklärte Jeremy feierlich. »Alles daran hätte ihr was bedeutet, weil sie doch so begeistert war, dass am anderen Ufer des Crescent Creek diese ganz,

ganz alten Indianer gelebt haben. Cherokee hießen die, glaube ich. Rey hat mir einmal erzählt, dass die Cherokee dachten, die Tränen des Mondes wären aus Silber. Das hätte Dara gefallen. Und ich hab in einem meiner Schmuck-Bücher gelesen, dass die Koralle Böses fern halten soll. Das hätte ihr auch gefallen. Und aus der Koralle habe ich eine Rose geschnitzt, weil sie aussehen sollte wie die Rosen im Garten von Daras Mutter.« Jeremy verstummte und sah Christine erwartungsvoll an. »Gefällt sie dir?«

Christine saß ein dicker Kloß im Hals. Wie viel Mühe steckte im Entwurf dieser Brosche! Jeremy hatte alles eingearbeitet, was Dara und Rey ihm erzählt hatten, hatte auf der Suche nach einem passenden Stein für Dara in seiner langsamen Art sämtliche Schmuckbücher gewälzt und sich, als er ihn schließlich gefunden hatte, für das Rosendesign entschieden, das sie an ihre Mutter erinnern würde. Und jetzt wollte er die Brosche Ames zeigen, in der Hoffnung, ihm eine Freude zu machen. Doch am meisten wollte er damit wohl Dara beeindrucken – Dara, von der Christine wusste, dass sie tot war, während Jeremy sich verzweifelt an die Vorstellung klammerte, dass sie eines Tages zurückkommen könnte.

»Ich finde sie wunderschön«, sagte Christine sanft und hörte, dass ihre Stimme leicht zitterte. Bitte, lieber Gott, lass mich jetzt nicht anfangen zu heulen, dachte sie. Reynaldo und Ginger würden sofort erraten, dass es nicht nur Tränen der Rührung waren. Sie würden wissen wollen, was sie belastete, und sie konnte jetzt einfach nicht darüber reden, dass Ames sie gefeuert hatte. Erst musste sie es Jeremy sagen. »Da hast du dir ja mächtig viel Mühe gegeben!«

»Es hat Spaß gemacht«, sagte Jeremy stolz. »Und ich hab keine teuren Sachen benutzt, falls ich es vermasseln sollte. Du weißt schon, achtzehnkarätiges Gold, Rubine und all so was.«

»Ich finde sie viel hübscher so«, erwiderte Christine. »In Eves Garten wächst ein Rosenstrauch, und die Blüten haben dieselbe Farbe wie diese Koralle. Weißt du das?«

»Ja, es waren Daras Lieblingsrosen!«, rief Jeremy erfreut.

Er strahlte, als Rey und Ginger die Brosche aus der Nähe begutachten wollten. Ginger riss vor Staunen die Augen weit auf. Rey besah sich das Schmuckstück von allen Seiten und lächelte beifällig. »Das hast du ausgezeichnet gemacht, Jeremy«, sagte er schließlich. »Ich glaube nicht, dass ich es so gut hingekriegt hätte. Dara wäre begeistert. Und Ames ist es sicher auch.«

O Gott, dachte Christine. Sollte sie zulassen, dass Jeremy die Brosche Ames zeigte? Der Mann war unberechenbar in letzter Zeit! Ihm war zuzutrauen, dass er das Schmuckstück packte und vor Jeremys Augen zertrat. Sie durfte nicht zulassen, dass er seinen Hass auf sie an Jeremy ausließ. Sie musste sich etwas einfallen lassen, vielleicht wussten Streak und Wilma ja eine Lösung.

Rey legte den Arm um sie und sah ihr in die Augen. »Was ist denn los, Chris? Du siehst aus, als würdest du gleich anfangen zu weinen.«

»Ich bin einfach so gerührt wegen Jeremy. Ich hätte nicht gedacht, dass er schon so viel gelernt hat.«

»Ich, ehrlich gesagt, auch nicht«, sagte Rey. »Jeremy, du hast mich an der Nase herumgeführt. Hast du gedacht, ich könnte befürchten, dass du mir den Job streitig machen würdest?«

»O nein, ich könnte nie für dich einspringen«, versicherte ihm Jeremy treuherzig. »Das ist doch nur ein Schmuckstück, und ich hab eine Ewigkeit dafür gebraucht.«

»Ja, aber das war es wert!«, rief Ginger enthusiastisch. »Genauso eine Brosche möchte ich auch haben!«

»Ich glaube, das geht nicht. Sie dürfte ein Einzelstück sein«, sagte Rey. »Hab ich Recht, Jeremy?«

»Ja. Nur für Dara. Aber vielleicht könnte ich was anderes für dich machen, Ginger. Zu Weihnachten.«

»Das wär echt cool, Jeremy!« Gingers sommersprossiges Koboldsgesicht war hochrot vor Aufregung. »Ein Original von Jeremy Ireland!«

»Na, was haben wir denn zu feiern?«

Alle blickten auf und sahen Tess in der Tür stehen. Ihr Blick fiel auf Rey und Christine. Rey nahm schnell den Arm von Christines Schulter, aber Tess' Augen glühten schon vor Hass. »Ich störe doch nicht etwa?«

»Sei nicht albern«, sagte Christine. »Komm lieber her und sieh dir an, was Jeremy gemacht hat.«

Tess warf einen Blick auf die Brosche. Christine konnte sehen, dass sie sich Jeremy zuliebe zusammennahm und sich ein Lächeln abrang. »Jeremy, die ist ja wunderschön«, sagte sie. »Hast du die ganz allein gemacht?«

»Ja«, antwortete er mit leuchtenden Augen. »Für Dara. Sie soll sie tragen, wenn sie wiederkommt.« Nach kurzer Pause fügte er traurig hinzu: »Falls sie wiederkommt, meine ich.«

Christine fiel ihm ins Wort. »Ist die Form der Rose nicht gut gelungen? Ich hatte keine Ahnung, dass Jeremy schon so viel gelernt hat.«

»Ja, wirklich hübsch«, sagte Tess. Sie sah Rey an. »Und du hast ihm nicht geholfen?«

»Nein, bestimmt nicht«, sagte Rey mit Nachdruck. »Ich wusste gar nichts davon. Jeremy hat uns alle überrascht. Das ist dir auch gelungen, Jeremy!«

»Fahren wir zu Ames, Christy, ich will sie ihm doch zeigen«, fragte Jeremy.

»Es ist schon ein wenig spät, und er hat heute viel um die

Ohren, weil er doch Patricias Beerdigung vorbereiten muss. Im Augenblick ist es nicht so günstig, glaube ich.«

»Ach ja. Patricia. Herrje, die hab ich glatt vergessen. Das war ganz schön mies.«

»Aber nein. Du hast dich nur wegen der Brosche so gefreut. Du kannst sie ihm ja in ein paar Tagen zeigen.« Christine warf einen Blick auf ihre Uhr. »Ich denke, wir sollten jetzt nach Hause fahren, Jeremy. Allerdings bin ich nicht selber gefahren. Rey hat mich abgeholt.«

»Ach ja?«, fragte Tess spitz.

»Ja. Rhiannon hatte mein Telefonkabel rausgerissen, und mein Handy lag im Auto. Jeremy konnte mich nicht erreichen, also rief er Rey an, der mich zu Hause abgeholt hat. Rey, würde es dir etwas ausmachen, Jeremy und mich zurückzufahren?«

»Ich fahre euch heim«, sagte Tess bestimmt. »Wir sehen uns dann zu Hause, Rey.«

Christine dämmerte allmählich, dass sie wie jede halbwegs attraktive Frau von Tess als Rivalin betrachtet wurde. Christine fühlte eine leichte Übelkeit in sich aufsteigen, nicht nur weil sie ihrer beider Freundschaft in Gefahr sah, sondern auch weil die Eifersucht ihrer Freundin mittlerweile fast schon paranoide Ausmaße anzunehmen schien.

Oder war das schon immer so gewesen?

3

Rey starrte in den Fernseher. Staatsanwalt Jack McCoy sprang auf, und seine sonore Stimme donnerte einen heftigen Einspruch in den Gerichtssaal. Der Richter schmetterte ihn ab, und er setzte sich wieder, wobei die Enttäuschung tiefe Falten in sein kantiges, gut aussehendes Gesicht schnitt.

In ihr altes Flanellhemd gehüllt, ein noch älteres verblichenes Handtuch über den Schultern, das Haar mit einer stinkenden dunklen Tönung flach an den Kopf geklebt, kam Tess ins Zimmer. Rey rümpfte die Nase. »Was hast du dir denn ins Haar geschmiert?«

»Honigmandel Nr. 35«, sagte sie und griff sich mit der plastikbehandschuhten Hand ins Haar. »Du hast doch gesagt, dass die blonden Strähnchen dir nicht gefallen.«

»Weil sie anders ausgesehen haben als jedes natürliche Blond, das ich je gesehen habe«, entgegnete er und reckte den Hals, um an ihr vorbei auf den Bildschirm zu sehen. Jack McCoy erhob wieder einmal Einspruch.

»Du meinst, meine Haare sehen nicht aus wie die von Christine.«

»Ich meinte, dass mir deine natürliche Haarfarbe besser gefällt.«

Tess seufzte. »Wie oft hast du diese Folge von *Law and Order* schon gesehen?«

»Zweiundfünfzigmal. Zweiundfünfzigmal und drei Viertel, um genau zu sein. Bitte geh zur Seite. Du versperrst mir die Sicht.«

»Du müsstest die Dialoge doch mittlerweile auswendig können.«

»Ja schon, aber McCoy kann das besser als ich. Akzentfrei.«

»Ich liebe deinen Akzent.«

»Danke. Und jetzt geh zur Seite.«

Tess seufzte erneut und ließ sich auf die Couch fallen. Sie schaute auf den Bildschirm. Eine Frau erzählte weinend, dass ihr Sohn einem gemeinen Mörder zum Opfer gefallen und ihr Herz seither gebrochen sei. »Was fasziniert dich eigentlich so an diesen Mordgeschichten?«, fragte sie. »Das ist doch unnatürlich.«

»Ich mag das Mysteriöse. Und wenn man bedenkt, wie beliebt die Serie ist, bin ich gar nicht so anormal.«

»Ich finde es ja auch nur unnatürlich, sich eine Serie immer und immer wieder anzusehen.«

»Du bist schlecht drauf, Tess. Du bist schlecht drauf, seit du heute in den Schmuckladen gekommen bist.«

»Ja, weil du den Arm um Christine gelegt hattest.«

Rey sah sie ungläubig an. »Ja, um sie zu trösten. Sie war völlig aus dem Häuschen. Ich weiß nicht, was los ist, aber irgendetwas stimmt nicht mit ihr. Du als ihre Freundin müsstest dir eigentlich auch Sorgen um sie machen.«

»Das tue ich auch, aber deshalb muss ich sie noch lange nicht vor allen Leuten umarmen. Weißt du eigentlich, wie peinlich das für mich ist?«

»Ich habe sie überhaupt nicht umarmt. Seit wann ist es eine Umarmung, wenn ich ihr den Arm um die Schultern lege?« Er schüttelte den Kopf und konzentrierte sich wieder auf die Serie. »Die Haarfarbe ist dir wohl ins Hirn gesickert«, murmelte er.

»Und jetzt beleidigst du mich auch noch!«

Als Rey ihr keine Antwort gab, spürte Tess, wie sie der Zorn packte. Er hielt es nicht einmal für nötig, ihretwegen eine Serie abzuschalten, die er unzählige Male gesehen hatte, und sie anzusehen, wenn sie mit ihm redete. »Wenn du schon so auf Krimis stehst«, sagte sie mit schneidender Stimme, »dann finde doch heraus, wer deine kostbare Dara ermordet und in den Fluss geworfen hat, damit sie da verfault?«

Reys dunkle Augen loderten. Sie sah, wie seine Hände – seine sensiblen und doch kräftigen Künstlerhände – sich um die Stuhllehnen klammerten. »Fang ja nicht wieder an, Tess. Fang ja nicht wieder mit Dara an.«

»Warum denn nicht? Weil du das Rätsel nicht lösen kannst? Oder weil du es nicht ertragen kannst, an deine verlorene Liebe erinnert zu werden? Deine einzige Liebe.«

»Tess …«

»Das schöne Mädchen, in das du so vernarrt warst. Du hast Dara auf einen Sockel gestellt. Und bist ihr im Herzen noch immer treu, obwohl du jetzt mit mir verheiratet bist. Ich will dir etwas sagen, Reynaldo. Deine kostbare Dara war schwanger, als sie starb!«

Jetzt hatte sie seine Aufmerksamkeit. Er funkelte sie an. »Das ist unmöglich«, stammelte er.

»Warum nicht? Weil du immer ein Kondom benutzt hast, wenn du mit ihr geschlafen hast? Du wolltest sie beschützen, nicht wahr? Dein Liebling sollte doch nicht ungewollt schwanger werden! Du hast mir das einmal erzählt, weißt du noch, da hattest du zu viel getrunken. Du hast mir erzählt, wie vorsichtig du immer mit ihr warst.«

»Ich habe dir das nie erzählt, ganz gleich, wie besoffen ich war!«, schrie Rey. »Aber es stimmt, ich war vorsichtig. Immer!«

»Nun, mein Schatz, dann war ein anderer es eben nicht, weil sie in ihr Tagebuch geschrieben hat, dass sie schwanger war. Ich war heute wie geplant bei deiner neuen Flamme Christine, aber sie war mit ihrem kostbaren Deputy beschäftigt. Das Fenster stand offen, und ich hörte, wie sie sagte, dass Dara schwanger gewesen wäre. Und um es dir zu beweisen: Die Tote aus dem Fluss hatte einen Fötus in sich. Ein Baby, und es war nicht das deine!«

Rey sprang auf. Er beugte sich über sie, und einen Augenblick lang war Tess sicher, dass er zuschlagen würde. Hart. Der Hass in seinen Augen überbot alles, was sie jemals bei ihm erlebt hatte. Sie hätte nicht gedacht, dass er zu einer solchen Wut fähig wäre. Er bebte am ganzen Leib. Dann, mit ein paar heiseren Worten, auf Italienisch ausgestoßen, machte er kehrt und verließ türenknallend das Haus.

Du lieber Gott, dachte Tess zitternd. Was habe ich bloß angerichtet?

4

»Mann, was ist bloß in Tess gefahren?«, hatte Jeremy gefragt, nachdem Tess sie mit Vollgas nach Hause befördert, sich geweigert hatte, ins Haus zu kommen und mit einem flüchtigen Gruß aus der Ausfahrt gefegt war. »Ob ihr die Dara-Brosche nicht gefallen hat? Was meinst du?«

»Daran kann es nicht liegen«, sagte Christine. »Deine Brosche ist sensationell. Aber Rey war Daras Freund, weißt du. Vielleicht war sie ein bisschen eifersüchtig.«

»Ach so. Daran hab ich nicht gedacht. Rey hatte Dara sehr lieb. Ich hätte Tess die Brosche lieber nicht zeigen sollen.«

»Du hattest doch keine andere Wahl.« Christine fischte den Hausschlüssel aus ihrer Handtasche, während sie die Treppe hinaufstiegen. »Sie stand plötzlich im Laden.«

»Und sie sah ganz schön wütend aus«, seufzte Jeremy. »Gibt's Pizza zum Abendessen? Ich muss schon den ganzen Tag an Pizza denken.«

»Dann sollst du eine kriegen«, hatte Christine gesagt. »Wir bestellen uns eine ins Haus. Ich hab heute keine Lust mehr auszugehen.«

Eine Stunde später lag eine gewaltige Pizza auf dem Kaffeetisch. Sie teilten sie und sahen dabei fern, Christine auf der Couch und Jeremy auf dem Boden, die Katze neben sich, die mit scharfen Zähnchen Peperoncini zerkaute.

Im Fernsehen lief ein Horrorfilm, auf den Christine definitiv keine Lust hatte, der aber Jeremy so in Atem hielt, dass er ihn unbedingt aufnehmen wollte.

»Willst du nicht lieber was Komisches sehen?«, fragte sie, als ein düsterer Kerl, eine Axt in der Pranke, durch dunkle Flure schlich.

»Nö. Zu Pizza gehören nun mal Gruselfilme.«

»Und wer hat diese Regel aufgestellt?«

»Danny Torrance. Als er noch neben Ames gewohnt hat, hat er Pizza für uns bestellt, und dann haben wir immer Gruselfilme geguckt. Gruselfilme und Pizza sind ein heiliges Ritual, hat er gesagt.«

»Ich hatte ja keine Ahnung, dass Danny so weise ist«, bemerkte Christine trocken. »Wie alt war er denn, als er dieses heilige Ritual erfand?«

»Er hat's doch nicht erfunden, Christy. Er ist wirklich so.«

»Oh, entschuldige.« Sie aß ihr zweites Stück Pizza und trank ihr Glas Cola aus. Jeremys Glas war schon leer. »Noch Cola?«

»Au ja. Kann ich bitte 'ne Kirschcola haben diesmal? Die trink ich am liebsten.«

»Kirschcola und Pizza. Du bist ein richtiger Feinschmecker, Jeremy.«

»Stimmt genau.«

Christine trug beide Gläser in die Küche. Sie ließ in jedes Glas vier Eiswürfel fallen und holte die Coladosen aus dem Kühlschrank. Sie war gerade dabei, ihm Kirschcola ins Glas zu gießen, als er aufschrie.

Christine fiel vor Schreck beinahe die Dose aus der Hand. Sie stellte sie auf die Theke und rannte ins Wohnzimmer. Jeremy saß stocksteif vor dem Bildschirm, ein Ausdruck blanken Entsetzens auf dem Gesicht. »Mein Traum«, hauchte er tonlos. »Mein Traum, mein Traum, mein Traum, mein ...«

Christine eilte zu ihm und nahm sein Gesicht in beide Hände. »Hör auf, Jeremy!«

»Mein Traum, mein Traum, mein …«

Sie versetzte ihm einen Schlag auf die Wange. Er zuckte zusammen, blinzelte, und endlich schienen seine blauen Augen sie wieder wahrzunehmen. »Aua!«

»Tut mir Leid«, sagte sie, noch immer sein Gesicht in Händen haltend. »Was ist denn los, Jeremy? Was hat dir denn solche Angst gemacht?«

Rhiannon war aufgesprungen und machte vor Schreck einen Buckel. Er zeigte auf den Bildschirm. »Der Film! So hab ich es geträumt, Christy. Jemand hat mich ins Wasser gestoßen, sodass ich nichts mehr sehen und nicht mehr atmen konnte!«

Er griff sich die Fernbedienung und spulte das Videoband zurück. Dann führte er ihr die Szene vor, die ihm solche Angst eingejagt hatte. Ein Mann trug den leblosen Körper einer jungen Frau mit langen dunklen Haaren zum Flussufer. Er legte die Leiche, deren Schläfe blutverschmiert war, auf einen Teppich und begann sie gekonnt einzurollen, bis der schwere Stoff sie völlig einhüllte. »Leb wohl, Juliet«, sagte er sanft, und in seinem blutverschmierten Gesicht brannten seltsam stechende Augen. »Ruhe in Frieden.« Dann stieß er sie in den Fluss.

Die Kamera folgte dem rollenden Teppich bis hinunter zum Wasser, durchdrang den Teppich und erlaubte dem Zuschauer einen Blick auf Juliets vermeintliche Leiche, die plötzlich die Augen aufschlug. Sie versuchte, die Arme aus der engen Hülle zu befreien, öffnete den Mund, stieß ein paar gurgelnde Laute aus und sank hilflos auf den Grund des Flusses, eine lebende Mumie, zum Sterben verdammt.

»Sie hat noch gelebt!«, rief Jeremy. »Er hat sie ins Wasser geworfen, obwohl sie noch am Leben war!«

»Das ist doch nur ein Film, Jeremy«, meinte Christine beruhigend, als er den Kopf schluchzend an ihrer Schulter vergrub. »Wir hätten uns den Film nicht ansehen sollen. Er hat dir Angst gemacht. Aber normalerweise regst du dich ja auch nicht so auf.«

»Es ist nur, weil ich den Film schon mal gesehen hab«, sagte Jeremy schniefend. »Ich hatte es schon ganz vergessen, bis gerade eben. Ich hab ihn in der Nacht auf Dannys Party gesehen – in der Nacht, als Dara weggelaufen ist.« Er löste sich aus der Umarmung und sah sie eindringlich an. »Genau wie das Mädchen im Film, Christy. Das Gleiche ist mit Dara passiert! Ich weiß es!«

Jeremy brauchte fast zwei Stunden, bis er sich nach dem Film wieder beruhigt hatte. Dann schien ihm wie einem angestochenen Ballon die Luft auszugehen. »Ich bin schrecklich müde, Christy«, verkündete er um neun. »Ich weiß ja, dass es noch ziemlich früh ist, aber ich muss dir glaube ich gute Nacht sagen.«

»Ja, ruh dich aus«, sagte Christine. »Nimm Rhiannon mit und lass sie bei dir schlafen. Sie gibt dir immer ein gutes Gefühl. Und morgen früh bist du ein neuer Mensch.«

»Wer bin ich denn dann?«, fragte er zum Spaß, um sie aufzumuntern.

»Zorro. Ich werde heute Nacht einen Umhang für dich nähen.«

»Und ein Schwert brauche ich auch«, sagte er, als Christine ihn auf die Wange küsste. »Und eine Maske.«

»Ich werd mich sofort an die Arbeit machen. Schlaft gut, ihr zwei.«

Als er in sein Zimmer gegangen war, setzte Christine sich auf die Couch, innerlich bebend vor Anspannung. Jeremy hatte noch nie so heftig auf einen Film reagiert. Aber dieser Film schien für ihn eine besondere Bedeutung zu haben. Er hatte ihn in der Nacht gesehen, als Dara verschwand. Und er hatte gewusst, dass sie zum Crescent Creek gelaufen war. »Deshalb war er auch so sicher, dass sie von dort verschwunden war«, sagte sie laut. »Deshalb hat er immer wieder geträumt, dass sie im Wasser gefangen war. Er hat den Film mit ihrem Verschwinden vermischt.«

Damit war wenigstens ein Geheimnis gelüftet, dachte sie erleichtert. Seit Tagen hatte sie sich Gedanken gemacht wegen Jeremys Traum, seiner Gewissheit, dass Dara noch lebte, als man sie ins Wasser warf, und sich nicht befreien konnte. Jeremy hatte nicht gewusst, dass sie im Wasser war. Er hatte es sich nur vorgestellt, hatte Fiktion und Wirklichkeit miteinander vermischt. Für Christine klang diese Lösung einleuchtend. Doch würde sie andere Leute, Sheriff Teague zum Beispiel, auch überzeugen? Nein, die Erklärung reichte noch nicht. Die Unschuld ihres Bruders war noch nicht erwiesen.

Sie wusste nicht genau, wie lange sie schon auf der Couch gesessen und gegrübelt hatte, als ihr einfiel, dass sie noch nicht einmal die Post hereingeholt hatte. Sie schaltete die Außenbeleuchtung ein und ging zu ihrem überquellenden Briefkasten hinaus. »Hoffentlich sind das nicht lauter Rechnungen«, murmelte sie.

Christine nahm die Post mit ins Haus, um sie durchzusehen. Das neue People-Magazin. Ein Bestellkatalog. Ein Werbeprospekt von Avon. Die Stromrechnung. Die Rechnung für den Kabelanschluss. Eine Kreditkartenrechnung. Die Telefonrechnung. Und eine Karte im rosaroten Umschlag. Ihre Finger kribbelten, als sie diesen Umschlag berührten, und sie wusste instinktiv, dass er nicht so harmlos war wie die übrige Post.

Sie setzte sich wieder auf die Couch und starrte beunruhigt

auf den rosaroten Umschlag. Kein Absender, ihre Adresse maschinegeschrieben. Langsam machte sie ihn auf und holte eine Karte heraus. Sie zeigte das Bild eines hübschen kleinen Mädchens mit blondem Haar, ähnlich dem von Christine.

Als sie die Karte aufschlug, fielen ihr drei Fotos entgegen, und sie erschrak. Das eine war ein Polaroid von Dara. Sie trug Jeans und ihre geliebte Wildlederjacke. Ihr langes schwarzes Haar flatterte im Wind, während sie den gepflasterten Weg zum Campus der Winston University entlangschritt, und ihre Miene sah bekümmert aus. Dara hatte nicht bemerkt, dass sie fotografiert wurde.

Das zweite Foto zeigte Patricia. Auch sie trug Jeans, dazu eine Jeansjacke, und zwar dieselbe, die sie getragen hatte, als Christine sie tot in der Scheune gefunden hatte. Ihr braunes Haar war mit einem hellgelben Band aus der Stirn gehalten, und sie griff lächelnd nach dem Türknauf am Seiteneingang zum Pferdestall.

Auf dem dritten Polaroid war sie selbst zu sehen. Das Licht war trübe, und sie kniete in ihrem Garten, bückte sich nach Rhiannon, die unter einem Liegestuhl kauerte. An ihrer Kleidung und an den Verletzungen in ihrem Gesicht erkannte sie, dass das Foto an dem Tag aufgenommen worden war, als man sie aus dem Krankenhaus entlassen hatte, nachdem sie im Fitness-Club überfallen worden war.

Mit zitternden Fingern nahm sie die Karte zur Hand. Ein Blatt Papier war über die ursprüngliche Botschaft der Karte geklebt. Zwei Zeilen waren darauf getippt:

Hübsche Mädchen sehn wir drei.
Welches ist als nächstes an der Reih?

Kapitel 17

1

Die Obduktion ergab, dass Patricia sich das Genick gebrochen hatte. Ihr Körper wies keinerlei Verletzungen auf, die nicht mit dem Sturz vom Heuboden in Verbindung standen. Sheriff Teague hätte zu gern daraus den Schluss gezogen, dass der Sturz ein Unfall war, doch Michael Winter zufolge konnte nicht einmal Teague das sorgfältig über die Leiche gebreitete Heu ignorieren. Sie hatten auch einen tragbaren CD-Spieler auf der Tenne gefunden, dazu brennende Kerzen, obwohl Ames versichert hatte, dass Patricia an Höhenangst litt und sich als Rückzugsort nicht gerade den Heuboden ausgesucht hätte. Also würden die Ermittlungen zu Patricias Tod weitergehen, obwohl sie schon zweiundsiebzig Stunden nachdem Christine sie gefunden hatte, beerdigt wurde.

Der Tag war wunderschön. Wie traurig, dachte Christine, als sie mit Jeremy zur Kirche fuhr. Patricia würde nun nicht mehr erleben, dass es endlich vorbei war mit dem trüben Wetter. Es war ihr nicht mehr vergönnt, noch einmal die Sonne zu sehen, wie sie zitronengelb am Himmel stand und die Luft erwärmte, die voll gesogene Erde trocknete und die Frühlingsblumen herauslockte, die ihre ganze Farbenpracht entfalteten. Dies alles war ihr versagt geblieben.

Christine hatte Jeremy geraten, Ames die Brosche lieber noch nicht zu zeigen. »Er ist schon traurig genug wegen Patricia«, sagte sie. »Wenn du ihn auch noch an Dara erinnerst, wäre ihm das bestimmt zu viel. Wir wollen eine Weile damit warten. Gehen wir ihm heute lieber aus dem Weg.«

»Ihm aus dem Weg gehen?«, hatte Jeremy verständnislos gefragt. Er sah unglaublich gut aus in seinem anthrazitfarbenen Anzug. »Braucht er uns denn nicht?«

»Vielleicht braucht er Wilma heute mehr. Wir regen ihn bloß auf.«

»Das verstehe ich nicht.«

Nein, das konnte er auch nicht verstehen, dachte Christine. Sie hatte ihm noch immer nicht erzählt, dass Ames sie gefeuert hatte, und befürchtete nach wie vor, er könnte seine Aversion gegen sie auch Jeremy spüren lassen. Ihr Bruder wäre vor den Kopf gestoßen und gekränkt, und das wollte sie ihm ersparen, indem sie ihn von Ames fern hielt.

»Wirst du ausnahmsweise tun, was ich dir sage, ohne dass ich es dir groß erklären muss?«, hatte Christine gefragt. »Nur dies eine Mal?«

Jeremy hatte den Kopf geschüttelt. »Ich begreife nicht, warum ich nicht mit Ames reden soll, aber ich kann dir ja den Gefallen tun. Ich halte mich von ihm fern. Ich werde nicht hingehen und ihn umarmen. Aber grüßen darf ich ihn doch, oder?«

»Sicher. Aber er ist mit seinen Gedanken wahrscheinlich woanders. Reg dich nicht auf, wenn er nicht reagiert.«

Vor der Kirche, der Patricia offiziell zwar angehört, aber trotzdem nur selten die Messe besucht hatte, nahm Christine staunend die vielen Autos zur Kenntnis, die zu beiden Seiten der Straße geparkt waren. Patricia war in Winston nicht sehr beliebt gewesen. Ames dagegen war ein angesehenes Mitglied der Gemeinde. Und Wilma hatte etwa hundert Freunde, die alle wussten, wie sehr Ames ihr am Herzen lag. Wahrscheinlich war nur eine Hand voll Menschen, wenn überhaupt so viele, wirklich wegen Patricia hier. Christine fragte sich, ob sich Patricia darum geschert hätte.

Das Innere der Kirche war von der Düsterkeit einer Gruft. Christine hatte den Raum noch nie gemocht und wusste, dass Patricia dieser Gemeinde nur beigetreten war, weil die »angesehensten« Familien von Winston ihr angehörten. Christines erster Impuls war, sich unauffällig in eine der hinteren Reihen zu schieben, aber sie wusste ja, dass man dieses Verhalten sofort wieder kommentieren würde. Schließlich waren sie und Jeremy Ames' Mündel gewesen und gehörten damit beinahe zur Familie. Sie mussten weiter nach vorne gehen, wo sie Ames bereits steif und aufrecht sitzen sah, Wilma neben sich. Sie und Jeremy glitten in die Bank dahinter. Wilma drehte sich um und lächelte. Ames fing Jeremys Blick auf und nickte gnädig. Christine ignorierte er völlig.

Christine hatte das Gefühl, als würde der Pastor eine Ewigkeit predigen. Sie schrieb ihr Gefühl den Nerven zu, bis sie auch Wilma ungemütlich hin und her rücken sah. Dann schwadroniert er tatsächlich, wenn sogar Wilma unruhig wird, dachte Christine. Vielleicht hatte er noch nie so viele Menschen vor sich gehabt und konnte sich nicht vom Podium losreißen. Sie befürchtete schon, er könne im Überschwang anfangen, Witze zu erzählen oder einen seelenvollen Popsong anstimmen oder Gott weiß was anstellen …

Jetzt hör auf, dir so sinnloses Zeug auszudenken, schalt sie sich streng. Sie musste diese aufreibende Situation durchstehen, obwohl ihr vor Angst der Schweiß auf der Stirn stand. Seit sie die Karte mit den Fotos erhalten hatte, schlief sie extrem schlecht. Doch trotz alledem musste sie sich zusammenreißen, weil sie sich um Jeremy kümmern musste. Er sollte Ames nicht über den Weg laufen. Und dieser Pastor, der Patricia gar nicht persönlich gekannt hatte, konnte unmöglich noch etwas über sie sagen.

Endlich war die Messe vorbei, und die gesamte Gemeinde schien aufzuatmen. Ames stand auf und schritt den Mittelgang entlang, ohne die Geschwister eines Blickes zu würdigen. Wilma folgte ihm mit einem aufmunternden Lächeln in ihre Richtung. Wilma wurde von ihrem Mann begleitet, einem schmächtigen, stillen Menschen mit wettergegerbtem Gesicht. Dahinter kam Streak, schweißnass und verschlossen. Andere Mitglieder der Familie Archer folgten. Patricias Mutter hatte behauptet, so Wilma, sie sei zu krank für die Beerdigung. Wilma nahm ihr das nicht ab. »Sie klang völlig ungerührt, als ich mit ihr telefoniert habe«, erzählte sie entrüstet. »Ich dachte, ich könne sie vielleicht zur Vernunft bringen. Patricia war schließlich ihr einziges noch lebendes Kind. Aber nein. Völlig unterkühlt, diese Frau. Kein Wunder, dass Patricia so eiskalt war.«

Christine und Jeremy folgten den Archers aus der Kirche, und Christine bugsierte Jeremy zu ihrem frisch reparierten Dodge Neon, ohne ihm Zeit zu lassen, sich Ames zu nähern. »Du benimmst dich vielleicht seltsam, Christy«, beschwerte er sich. »Ich wollte, du würdest mir sagen, was los ist.«

»Das werde ich. Später. Vertrau mir einfach.«

»Ich weiß nicht, was du meinst.«

»Bleib einfach neben mir. Versuch nicht, dich Ames aufzudrängen.«

Jeremy ließ einen Stoßseufzer hören. »Du hast mir schon gesagt, dass ich nicht mit ihm reden soll, weil es ihn zu sehr aufregt. Aber ich verstehe einfach nicht, warum ihn das so aufregen würde. Ich finde immer noch, dass du dich seltsam benimmst.«

»Wie du meinst. Aber ich bin deine große Schwester, und du tust, was ich dir sage.«

Der Friedhof, auf dem die Princes ihre Grabstelle hatten, befand sich nur eine Meile von der Kirche entfernt. Nachdem sie das Auto abgestellt hatte und mit Jeremy einen grasbewachsenen Abhang hinunter zum Grab gegangen war, stellte Christine überrascht fest, dass der Abstand zwischen Patricias Grab und der Grabstelle, die Ames an Eves Seite für sich reserviert hatte, größer war als normalerweise üblich. Die Leute würden sich die Mäuler zerreißen darüber, noch ein Affront gegen Patricia, nachdem Ames sich bereits geweigert hatte, am Abend vor dem Begräbnis eine Totenwache abzuhalten oder nach dem Begräbnis einen Leichenschmaus zu veranstalten. Die Leute würden sich fragen, warum Ames seine zweite Frau auch nach ihrem Ableben noch demütigte. Gewiss hatte Wilma versucht, ihn zur Einhaltung der Zeremonie zu bewegen, war bei ihm jedoch auf taube Ohren gestoßen.

Christine bemerkte mit Grausen, dass ihnen der redefreudige Pastor auf den Friedhof gefolgt war. Sie hoffte, dass er sich am Grab etwas kürzer fassen würde, obwohl er beängstigend vital wirkte. Leise murmelnd versammelten sich die Trauergäste um das frisch ausgehobene Grab.

Der Pastor legte los, und Christine hätte ihrem Unmut darüber beinahe mit einem Murren Ausdruck verliehen. Um sich abzulenken, sah sie sich die Leute an. Unmittelbar gegenüber standen Tess und Reynaldo. Keiner von beiden hatte Patricia gemocht, aber Rey war Ames' Angestellter und musste wohl oder übel teilnehmen. Er wirkte abwesend, schien in Gedanken anderswo zu sein. Tess hatte sich besitzergreifend bei ihm eingehakt. Sie hatte die messingfarbenen Strähnchen beseitigt und war zu ihrem weichen, schmeichelnden Braunton zurückgekehrt. Ihr dunkelblaues Kleid brachte ihre Figur gut zur Geltung, und ihr Make-up unterstrich angenehm ihre Gesichtszüge. Trotz der müden Augen sah sie hübscher aus als seit Monaten. Aber Rey scheint sie gar nicht wahrzunehmen, dachte Christine traurig. Hatte er sie je wirklich angesehen?

Neben ihnen stand Ginger. Als sie sah, dass Christine in ihre Richtung sah, begann sie spontan zu winken, besann sich aber gleich eines Besseren. Christine lächelte ihr zu und wandte dann den Blick ab, um nicht noch mehr unpassende Reaktionen zu provozieren. Streak stand mit dem Rücken zu ihr, zwischen Ames und Wilma. Sie konnte deutlich sehen, dass er schwitzte. Sein silbergraues Haar war im Nacken nass geschwitzt, und immer wieder lief ihm ein kleines Zittern über den Rücken. Was für eine Tortur musste das für ihn sein, dachte Christine und hoffte, dass Ames Streaks Opfer zu schätzen wusste.

Nur ein paar Meter von ihr entfernt stand Sloane Caldwell. Er war wie immer tadellos gekleidet und wirkte groß und robust, obwohl sie unter seinen haselnussbraunen Augen leichte Schwellungen bemerkte, als wäre er müde. Auf eine etwas ungehobelte Weise sah er ausnehmend gut aus, aber Michael Winters schlanke, fein geschnittene Gesichtszüge gefielen ihr weitaus besser. Kaum zu glauben, dass sie Sloane einmal für den schönsten Mann gehalten hatte, den sie kannte, und dass er ihr so nah stand. Jetzt schien es ihr unmöglich, dass Sloane und sie jemals Geheimnisse miteinander geteilt und eine gemeinsame Zukunft geplant hatten. Es kam ihr so vor, als sei er ihr noch nie mehr gewesen als ein sehr guter Freund.

An Sloanes Seite stand eine auffallend schöne Rothaarige, in der Christine die Anwältin Monique Lawson erkannte, die Ames vor kurzem in seiner Kanzlei eingestellt hatte. Sie fragte sich, wie ernst es Sloane mit Monique war. Aus unerfindlichen Gründen war ihr die Frau unangenehm. Eine gewisse Gier schien in ihren Augen zu nisten. Es hätte Christine nicht gewundert, wenn ihr Interesse an Sloane hauptsächlich seinem blaublütigen Hintergrund galt. Er war in einem herrschaftlichen Haus am Stadtrand von New Orleans aufgewachsen, hatte teure Privatschulen besucht, kannte Menschen wie John Kennedy junior, hatte seinen Abschluss in Harvard gemacht. Ich tue Sloane unrecht, dachte Christine, er hat weit mehr zu bieten als eine beeindruckende Herkunft.

Sie spürte Jeremys warmen Atem im Ohr, als er ihr vernehmlich zuraunte: »Hört denn dieser Prediger gar nicht mehr auf zu reden?«

Christine blickte zu Boden, um ein Grinsen zu verbergen. Jeremy hatte nur ausgesprochen, was bestimmt die meisten hier dachten, aber sie musste verhindern, dass er noch lauter wurde.

»Er ist bestimmt gleich fertig«, flüsterte sie zurück. »Wir müssen still sein, sonst wird Ames böse.«

Ein tiefer Seufzer von Jeremy. Sloane bemerkte ihren Blick und zwinkerte ihr zu. Sie zwinkerte zurück und sah weg.

Ihr Blick begegnete dem von Bethany. Sie sah wunderschön aus in ihrem dunkelgrünen Kostüm. Sie hatte das kastanienbraune Haar zu einem französischen Knoten gebunden und trug die zierlichen goldenen Kreolen, die Travis ihr in Ames' Laden gekauft und zu Weihnachten geschenkt hatte. Bethany ist eine der wenigen Personen hier, die wirklich Patricias wegen gekommen sind, dachte Christine. Bethany war von Patricia zwar eingeschüchtert, hatte sie aber trotzdem irgendwie gemocht. Sonst hätte sie ihr nicht geholfen, Eves Garten nach Patricias Vorstellungen umzugestalten, Blumen zu pflanzen, die Patricia nun nicht mehr in Blüte erleben würde.

Neben Bethany wirkte Travis steif und ein bisschen blass. Christine hatte Travis zum ersten Mal vor sieben Jahren gesehen, als sie an der Winston University Biologie belegt hatte. Biologie hatte sie eigentlich nur mäßig interessiert, und die

Aussicht, Frösche und Schafsaugen sezieren zu müssen, hatte ihr kalte Schauer über den Rücken getrieben. Aber Travis' Begeisterung für sein Fach, sein gutes Aussehen und seine angenehme Ausstrahlung hatten sie für ihn eingenommen. Und am Ende hatte sie nicht nur für sich eine gute Note erreichen wollen, sondern auch, um Professor Burke zu beeindrucken.

Christine selbst hatte sich nicht in ihn verknallt, wusste aber, dass nicht wenige Studentinnen für ihn schwärmten. Travis besaß nicht Reys klassische Schönheit, aber seinen verwegenen Blick und sein einnehmendes Wesen fanden viele Mädchen unwiderstehlich. Auch Dara hatte wenig übrig gehabt für Biologie, aber schon ein paar Wochen nach Semesterbeginn hatte sie Christine über Travis ausgefragt. Damals war Christine schon mit Bethany befreundet gewesen und hatte Dara daher erzählt, dass er klug war, schön – und verheiratet. Dara hatte ihn nie mehr erwähnt, ihn nur einmal beiläufig einen Charmeur genannt.

Charmeur.

Das Wort dröhnte in Christines Kopf, und aus dem trüben Tümpel der Vergangenheit tauchte plötzlich eine Szene auf. Es war im letzten Studienjahr gewesen. Sie hatte es sehr eilig, weil sie mit einem Dozenten verabredet war. Und da hatte sie Dara mit roten Wangen aus Travis Burkes Büro kommen sehen. Sie hatte Christine ungewohnt kameradschaftlich begrüßt und gesagt: »Ich war im Büro des *snake charmer.*«

»Des snake charmer?«, hatte Christine gefragt.

»Ja, des charmanten Schlangenbeschwörers, so nennen wir ihn, meine Freundinnen und ich«, hatte Dara erwidert. »Er hält sich doch diese scheußlichen Schlangen, aber er wird nicht gebissen, weil er sie wie seine Frauen mit seinem Charme betört. Gott, er ist ja so heiß!«

Christine riss sich mit Gewalt aus ihren Gedanken. Sie war

damals sehr im Stress gewesen, deshalb hatte sie dieses kurze Gespräch mit Dara glatt vergessen. Außerdem hatte sie Dara damals für mannstoll gehalten und für nicht besonders wählerisch. Dara hatte sich pausenlos in irgendjemanden verknallt, darum hatte sie ihre Bemerkung über Bethanys Mann nicht besonders ernst genommen.

Zumindest nicht damals. Jetzt wurde ihr klar, dass Dara nicht nur aufgekratzt gewesen war, sondern regelrecht erhitzt, wie nach einem sexuellen Erlebnis. Und sie hatte Travis als *snake charmer* bezeichnet. War er vielleicht der geheimnisvolle SC, den sie in ihrem Tagebuch erwähnt hatte? Christine versuchte sich verzweifelt zu erinnern, wann sie Dara aus seinem Büro hatte kommen sehen. Ein Kranz. Bethany hatte ihm einen kleinen Adventskranz an die Bürotür geheftet. Sie hatte Dara unmittelbar vor den Weihnachtsferien aus dem Büro kommen sehen. Drei Monate später war sie dann verschollen.

2

Michael wusste, dass Christine ihn bei Patricias Begräbnis nicht bemerkt hatte. Er hatte sich absichtlich im Hintergrund gehalten, um etwas zu tun, was wahrscheinlich komplette Zeitverschwendung war, nämlich die Menschen zu begutachten, die dem Begräbnis beiwohnten. Wäre ja möglich, dass jemand sich verdächtig machte. Er selbst hielt zwar nicht viel von dieser Theorie, aber Verhaltenspsychologen waren der Auffassung, dass Mörder gerne zu den Begräbnissen ihrer Opfer kämen, um den Schaden auszukosten, den sie angerichtet hatten.

So hatte er den endlos langen Gottesdienst und die endlos lange Grabrede über sich ergehen lassen und dabei nur zwei Menschen bemerkt, die ausgesprochen »verdächtig« aussahen. Der eine war Streak Archer und der andere, unglücklicherweise, Christine. Streak Archer war ihm ein Rätsel. Christine nicht. Für ihr nervöses, verstohlenes Verhalten gab es eine einfache Erklärung: Sie fürchtete sich davor, wie sich Ames Prince ihr und Jeremy gegenüber verhalten würde. Das war es, was ihr auf der Seele lastete, auch wenn Sheriff Teague ihn angewiesen hatte, vor allem Christine im Auge zu behalten. »Und ihren halb verblödeten Bruder«, hatte Teague hinzugefügt. »In der Nacht, als die kleine Prince verschwand, war er angeblich auf 'ner Party bei den Torrances, aber wer sagt uns, dass er sich nicht für 'ne Weile abgeseilt hat? Ich würde meinen Kopf verwetten, dass er das Mädel auf dem Gewissen hat. Burschen wie ihm trau ich alles zu, und seine Schwester deckt ihn, wenn Sie mich fragen. Schauen Sie mich gefälligst nicht so an. Und kommen Sie mir nicht wieder mit diesem halbseidenen Gewäsch, dass diese Stumpfbacke keiner Fliege was zuleide tun kann. Sie wissen nicht das Geringste über ihn, verdammt nochmal!«

Jeremy ist halb verblödet, und ich bin halbseiden, dachte Michael belustigt, während er den Blick unauffällig über die Menge schweifen ließ. Für Teague sind wir »halbe« Portionen. Wahrscheinlich hält er sich selbst für den einzigen »ganzen Kerl« in der Stadt. Wenn das stimmen würde, wären die Einwohner Winstons alle ziemlich kaputt.

Christine bemerkte ihn, als Jeremy sich gerade wieder zu ihr herunterbeugte, um ihr etwas ins Ohr zu flüstern. Sie verkniff sich ein Lächeln, und Michael sah, dass es Leuten, die in der Nähe standen, ebenso erging. Jeremys Bemerkung schien also zur allgemeinen Belustigung beigetragen zu haben. Gleich darauf machte Christine den Anschein, als wäre sie kurz in andere

Sphären entschwebt, um dann unsanft wieder auf die Erde zu knallen. Unauffällig folgte er ihrem Blick aus angstvoll geweiteten Augen. Offensichtlich galt er jemandem, der ihr gegenüberstand. Entweder Bethany oder Travis Burke, entschied er.

Irgendetwas musste ihr plötzlich in den Sinn gekommen sein. Sie hatte sich an etwas erinnert. Plötzlich kam er sich wie ein kompletter Idiot vor. Bildete er sich tatsächlich ein, er könnte Gedanken lesen? War er jetzt schon völlig durchgeknallt?

Als der Gottesdienst zu Ende war, sah Michael, wie Sloane Caldwell auf Christine und Jeremy zusteuerte. Er blieb weiter beobachtend im Hintergrund. Streak Archer sah aus, als würde er gleich umkippen. Seine Mutter verteilte ihre Fürsorglichkeit gleichmäßig auf Streak und Ames. Bethany und Travis Burke bahnten sich einen Weg durch die Menge, um Ames Prince ihr Beileid auszusprechen. Andere gingen zu den Autos. Michael beschloss zu bleiben, bis alle Trauergäste den Friedhof verlassen hatten. Doch in diesem Augenblick tippte Christine ihm auf die Schulter und sagte: »Ich muss dich dringend sprechen.«

Er blickte auf Sloane Caldwell, der sich mit Jeremy unterhielt, dabei jedoch Christine fixierte. »Ist irgendetwas vorgefallen?«, fragte Michael und sah ihr in die bekümmerten Augen. »Hast du wieder einen Anruf bekommen? Einen Brief?«

»Nein. Ich hab mich nur an etwas erinnert.« Christine erzählte ihm hastig, wie Dara aus Travis Burkes Büro gekommen war und ihr erzählt hatte, dass sie und ihre Freundinnen Travis den *»snake charmer«* nannten. »Die Initialen im Tagebuch, SC«, erklärte sie unnötigerweise. »Sie stehen vielleicht gar nicht für Sloane Caldwell, sondern für Travis Burke. Wenn du gesehen hättest, wie Dara damals aussah …« Sie schüttelte den Kopf. »Ich komme mir vor wie eine Klatschbase, weil ich dir das erzähle, aber ich glaube, dass Dara womöglich nicht mit Sloane, sondern mit Travis ein Verhältnis hatte.«

Michael nahm irritiert zur Kenntnis, dass Christine sich Vorwürfe zu machen schien, weil sie ihn auf Sloane Caldwell angesetzt hatte. Womöglich empfand sie noch etwas für den Burschen und wollte ihn schützen. Sofort schalt er sich albern und unprofessionell. Er durfte die Bedeutung dessen, was sie ihm über Burke erzählt hatte, auf keinen Fall unterschätzen, nur weil er sich über ihre Gefühle nicht im Klaren war. Was sie für Caldwell empfand, hatte ihn überhaupt nicht zu kratzen. Und es kratzte ihn doch.

»Kennst du noch jemanden, der Travis Burke den *›Snake charmer‹* nannte?«, fragte er sie.

»Snake charmer!«, rief Jeremy hinter ihm. »So hat Dara Travis immer genannt. Mich kann Travis nicht leiden, aber Dara hatte er sehr gern!«

Christine wurde blass. »Jeremy, sei still!«, zischte sie. »Die Leute können dich hören.«

»Hab ich was Falsches gesagt?«, fragte Jeremy verwirrt. »Ich hab doch nur gesagt, was stimmt. Dara hat die ganze Zeit von Travis geredet, und sie hat ihn *snake charmer* genannt. Das heißt Schlangenbeschwörer. Ich finde es unheimlich, dass er so viele Schlangen hat, aber sie fand es cool. Sie sagte sogar, er hätte sie ihr gezeigt …«

»Das war ein sehr schöner Gottesdienst«, fiel Michael ihm laut ins Wort, aber es war schon zu spät. Bethany Burke stand wie angewurzelt hinter ihnen, kreidebleich im Gesicht, und ihr Mann Travis war dunkelrot angelaufen.

3

Eine Stunde später fragte sich Michael, ob Christine immer noch sehr ärgerlich auf ihren Bruder war. Er wusste, dass sie nur ungern mit ihm schimpfte, aber diesmal hatte er sie wirklich auf die Palme gebracht, als er laut herumposaunte, dass Travis von Dara als *snake charmer* bezeichnet worden war. Deshalb würde er jetzt diesen Professor einem gründlichen Verhör unterziehen.

Er rief bei den Burkes an und war froh, Travis am Telefon zu haben. »Ich muss Ihnen dringend ein paar Fragen stellen, Professor Burke«, sagte er. »Um Ihnen Unannehmlichkeiten zu ersparen, schlage ich vor, dass wir uns irgendwo in der Stadt treffen.«

»Was für Fragen denn?«, hatte Travis nervös wissen wollen.

»Fragen über einen CD-Spieler.«

»Einen CD-Spieler? Ich verstehe Sie nicht.«

»Ich werde Ihnen alles erklären. Irgendwann müssen wir uns unterhalten, also können wir es auch gleich hinter uns bringen.«

»Na schön. Meine Frau ist zu ihrem Vater gefahren. Ich muss auf die Kleine aufpassen und kann hier nicht weg. Sie werden herkommen müssen.«

Michael war erstaunt, dass die Burkes so weit außerhalb wohnten. Als er in die Auffahrt bog, sah er hinter dem hübschen, aber einfachen Haus, das an eine Ranch erinnerte, in einigem Abstand ein Betongebäude stehen. Hier hielt Burke wahrscheinlich seine Schlangen, dachte Michael. Er wusste, dass sich die Herpetologie neuerdings als Hobby zunehmender Beliebtheit erfreute, konnte ihm allerdings rein gar nichts abgewinnen.

Travis öffnete die Tür, bevor Michael sie erreicht hatte. »Ich weiß wirklich nicht, was Sie von mir wollen«, begann er unvermittelt. »Was sind das für Fragen, die Sie mir stellen wollen?«

»Lassen Sie uns hineingehen. Sie werden mich doch hineinbitten, nicht wahr, Professor?«

»Ja, sicher.« Travis gab die Tür frei. Er schien leicht außer Atem zu sein. »Möchten Sie Kaffee? Ich habe eben frischen gebrüht.«

»Nein danke. Ich war eben erst was essen. Kommen wir lieber gleich zur Sache.«

»Ja. Natürlich. Setzen wir uns ins Wohnzimmer. Meine Frau wird allerdings in etwa einer Stunde wiederkommen, und sie wäre ziemlich verstört, wenn sie einen Streifenwagen in der Auffahrt vorfände. Sie regt sich immer gleich so auf, wegen Jan, wissen Sie. Das ist unsere Kleine. Sie ist vier. Und sie schläft gerade. Bethany hätte sie normalerweise mitgenommen, aber Hugh, Bethanys Vater, hat eine schlimme Erkältung. Beth hat schreckliche Angst, dass Jan sich etwas einfangen könnte. Sie finden in der ganzen Stadt kein anderes Kind, das so behütet ist wie sie.«

»Kleine Kinder brauchen ja auch eine Menge Aufmerksamkeit«, sagte Michael genervt. »Ich finde die Fürsorglichkeit Ihrer Frau bewundernswert.«

»Na ja, ich natürlich auch. Ich wollte sie ja auch nicht kritisieren.«

Sie traten in ein mittelgroßes, gemütlich eingerichtetes Wohnzimmer. Es unterschied sich angenehm von dem steif ausgestatteten Raum vieler Familien, der üblicherweise Gästen vorbehalten war. Die vielen Illustrierten und Zeitungen, die verstreut neben einem ausladenden Ledersessel lagen, ließen darauf schließen, dass der Raum tatsächlich auch benutzt wurde.

»Haben Sie Kinder, Deputy Winter?«, fragte Travis.

Michael versuchte, gleichmütig dreinzublicken. »Ich hatte eins. Ein kleines Mädchen. Sie … ist gestorben.«

»Um Gottes willen. Was für ein Schlag. Tut mir sehr Leid.«

»Mir auch«, sagte Michael. Mehr fiel ihm nicht ein. Doch Travis war viel zu besorgt, was da auf ihn zukam, um Michaels inneren Aufruhr zu bemerken. Er stürzte sich auf den Sessel, als wäre er ein rettendes Floß mitten im Ozean. Michael setzte sich auf eine Couch, die mit einem fröhlichen Blumenstoff bezogen war. Neben ihm lag ein Malbuch und ein einsamer grüner Buntstift. Er hob beides auf und legte es auf einen Kaffeetisch aus Mahagoniholz.

Travis sah den Buntstift und lächelte. »Jan ist gerade in ihrer grünen Phase. Sie malt alles grün aus.«

»Kleine Mädchen sind so niedlich«, sagte Michael, und seine Stimme hatte einen verzweifelten Unterton. »Ich vermisse meine Kleine sehr.« Er räusperte sich. »Ich weiß, dass Sie mich gern loshätten, bevor Ihre Frau zurückkommt, Mr. Burke, deshalb will ich gleich zur Sache kommen.« Michael nahm sein Notizbuch heraus und blätterte eine Weile planlos darin herum, um zu testen, wie nervös Travis Burke seine Gegenwart machte. »Sie kannten Patricia Prince, nicht wahr?«

»Patricia?« Travis schien vollkommen perplex zu sein, als hätte er ein anderes Thema erwartet. »Nun ja, flüchtig. Meine Frau war mit ihr befreundet. Na ja, befreundet ist zu viel gesagt, Bethany hat ihr im Garten geholfen. Beth ist eine gute Freundin von Christine. Auf diese Weise hat sie Patricia kennen gelernt. Ich habe wirklich nur ein paarmal mit ihr gesprochen. Mit Patricia, meine ich.«

Michael nickte. »Sie wissen ja, dass wir eine Ermittlung führen, um die Hintergründe aufzuklären, die zu ihrem Tod führten?«

»Nein. Nein, wusste ich nicht. Ich dachte, es war ein Unfall. Soweit ich gehört habe, ist sie vom Heuboden gestürzt.«

»Gestürzt oder gestoßen worden.«

»Gestoßen? Das hat mir noch niemand gesagt. Woher wissen Sie, dass jemand sie gestoßen hat?«

»Ich kann Ihnen nichts Näheres sagen. Wir müssen ein paar Dinge geheim halten.« Er lächelte. Travis Burke versuchte zurückzulächeln, aber es wollte ihm nicht so recht gelingen.

»Sie haben doch einen tragbaren CD-Spieler, einen Ghettoblaster, nicht wahr, Mr. Burke?« Er sah wieder in seinen Notizblock. »Mit integriertem Radio und digitalem Tuner, Modell RCD133?«

Burke blickte ihn misstrauisch an, plötzlich vorsichtig geworden.

»Ja, bis vor ein paar Wochen hatte ich so einen. Man hat ihn mir geklaut.«

»Haben Sie denn keine Anzeige erstattet?«

»Ich hatte den Wagen nicht abgesperrt, deshalb ging ich davon aus, dass es meine Schuld sei. Das Auto war nicht beschädigt, es fehlte auch nichts weiter, und offen gestanden hatte ich keine Lust, wegen eines CD-Spielers eine Unmenge Formulare auszufüllen. Haben Sie ihn denn gefunden?«

»Vor einigen Jahren forderte die Polizei in Winston ihre Bürger auf, Einrichtungsgegenstände und Elektrogeräte mit Identifizierungsstreifen zu bekleben, damit gestohlene Gegenstände leichter aufzuspüren wären.«

»Ach so.« Burke schien sich wieder zu erinnern. »Das hatte ich schon ganz vergessen. Das hat Bethany erledigt.«

»Verstehe. Nun, Ihr CD-Spieler ist wieder aufgetaucht.«

Travis schien sich zu entspannen. »Ach, darum geht es? Um meinen CD-Spieler? Ich freue mich, ihn zurückzubekommen. Ich wollte mir diese Woche einen neuen kaufen.« Er verstummte, und die Anspannung kehrte in sein Gesicht zurück. »Aber was hat mein CD-Spieler mit Patricia Prince zu tun?«

»Man hat ihn auf dem Heuboden gefunden, von dem Patricia heruntergefallen ist«, sagte Michael sanft. »Wissen Sie zufällig, wie er da hinaufgekommen sein könnte?«

Travis wurde so weiß, dass Michael schon dachte, er würde ohnmächtig werden. Er schluckte und sagte laut: »Nein! Woher sollte ich …« Er schluckte erneut. »Sie meinen, jemand hat ihn gestohlen und in der Scheune der Princes versteckt?«

»Er war nicht versteckt. Als Christine Patricias Leiche fand, spielte Musik. Er stand mitten auf dem Heuboden, umgeben von Kerzen. Brennenden Kerzen.«

Travis blieb der Mund offen stehen. Er hob abwehrend die Hände.

»Wollen Sie immer noch behaupten, dass Sie nicht wissen, wie er dorthin gekommen ist, Mr. Burke?«

»Ganz recht. Ich habe absolut keine Ahnung, wie er dort hingekommen ist. Woher sollte ich auch?«

»Einer Quelle zufolge hatte Patricia Prince einen Liebhaber, mit dem sie sich auf dem Heuboden zu treffen pflegte.«

Travis beugte sich aggressiv nach vorn. »Wer sagt, dass ich dieser Liebhaber war? Ich war das nicht! Woher haben Sie diese Information?«

»Das darf ich Ihnen nicht sagen. Ich wollte lediglich wissen, Mr. Burke, ob Sie eventuell wissen, wer Patricias Liebhaber war.«

»Ganz gewiss nicht!«, sagte Travis.

»Schließlich stand Ihr CD-Spieler auf dem Heuboden. Romantische Musik. Kerzen drum herum.«

»Ich sagte doch schon, dass er mir gestohlen wurde.«

»Aber Sie haben den Diebstahl nicht angezeigt. Und ansonsten ist Ihnen nichts abhanden gekommen.«

»Das stimmt. Nur der CD-Spieler, sonst nichts. Sonst war ja auch nichts im Wagen.«

»Und Sie wollten sich wegen eines CD-Spielers nicht die Mühe machen, die Polizei zu benachrichtigen.«

»Genau.« Travis hob trotzig das Kinn ein wenig an. »Ist das alles, was Sie mich fragen wollten, Deputy?«

»Nein. Würde es Ihnen etwas ausmachen, mir zu sagen, wo genau Sie zum Zeitpunkt des Todes von Patricia Prince waren, also gegen ein Uhr nachmittags?«

»Ja, es macht mir in der Tat etwas aus, aber ich sag's Ihnen trotzdem. Ich war an der Uni. In meinem Büro, aber ich bin sicher, dass mich Dutzende von Menschen da gesehen haben. Na ja, zumindest ein paar.«

»Gut.«

»Ja. Viele Leute können mir ein Alibi verschaffen.«

»Das ist schön für Sie, Sir.«

»Hören Sie, Deputy, ich kann Ihnen wirklich nicht weiterhelfen. Und jetzt, wo ich weiß, wo man meinen CD-Spieler gefunden hat, will ich ihn nicht mehr wiederhaben. Ich will ihn nicht mehr!«

»Sie hätten ihn gar nicht bekommen. Er gehört nämlich jetzt zu den Beweisstücken.«

»Ist das alles? Sind Sie jetzt fertig?«

»Mal sehen.« Michael warf noch einmal einen Blick in sein Notizbuch. »Oh, da ist noch was. Hat Dara Prince Sie als *snake charmer* bezeichnet?«

Also doch. Travis hatte gleich zu Anfang mit dieser Frage gerechnet. Aber jetzt traf sie ihn unvorbereitet, und er suchte krampfhaft nach der richtigen Strategie. »Dara Prince? Ich kannte sie doch kaum.«

»Oder Patricia Prince.«

»Das stimmt. Zwei Frauen in der Stadt, mit denen ich Kontakt hatte, die ich aber kaum kannte. Ist das ein Verbrechen?«

»Nein. Ich habe Sie nicht beschuldigt. Ich fragte mich nur, was es mit dem Spitznamen auf sich hatte. *Snake charmer,* Schlangenbeschwörer.«

»Ich weiß, dass ein paar Studenten mich eine Weile so nannten. Aber inzwischen hat das aufgehört.«

»Dann ist es kein allgemein bekannter Spitzname.«

»Ich sagte, dass mich ein paar Studenten eine Zeit lang so nannten. Wissen Sie eigentlich, wie viele Studenten es in Winston gibt?«

»Ungefähr dreizehntausend.«

»Genau. Da sehen Sie es.«

»Aber Sie sagten doch, es hätte sich inzwischen gelegt?«

»Soweit ich weiß. Wahrscheinlich gibt es immer noch welche, die mich so nennen. Vielleicht sogar eine ganze Menge.« Travis machte eine Pause. »Was hat das mit irgendwas zu tun?«

»Dara Prince hatte mit einem gewissen *snake charmer* ein Verhältnis.«

Michael wusste eigentlich nur, dass Dara sich mit jemandem eingelassen hatte, auf den sie mit den Initialen SC verwies. Aber Christine glaubte inzwischen, dass Dara sich in Travis verknallt hatte und ein Verhältnis mit ihm eingegangen war. Deshalb hatte er beschlossen, Travis auf die Probe zu stellen.

Seine Reaktion lohnte die Mühe. Zunächst sah es ganz danach aus, als würde Travis alles kategorisch abstreiten und sich dadurch umso verdächtiger machen. Doch dann hatte er sich wieder im Griff und sein Blick wurde ausweichend. »Ich weiß überhaupt nicht, was Sie meinen. Wer hat diese so genannte Information denn in die Welt gesetzt?«

»Ich bin nicht befugt, Ihnen das zu sagen.«

»Schon wieder. Aber Sie sind sehr wohl befugt, Beschuldigungen zu äußern.«

»Ich habe niemanden beschuldigt. Ich habe nur Fragen gestellt.«

»Ihre Anschuldigungen sind indirekter Natur.«

Michael warf Travis mit seinem Lachen aus dem Konzept. »Vorsicht, Sir, Sie überfordern mich mit solchen Begriffen. Das ist was für Rechtsanwälte. Ich bin nur hier, um ein paar Fragen zu stellen, wie es sich für einen simplen Cop gehört.«

Travis kniff misstrauisch die Augen zusammen. »Simpler Cop, dass ich nicht lache! Sie wissen eine ganze Menge, aber Sie sagen nichts.«

»Eine Menge worüber, Sir?«

»Über das, was die Leute über mich reden!«

»Das klingt ein bisschen paranoid, Mr. Burke.«

»Brauche ich einen Anwalt? Sloane Caldwell ist nämlich ein guter Freund von mir. Er kann im Handumdrehen hier sein.« Travis schnippte mit den Fingern.

Michael lächelte. »Sie können ihn anrufen, wenn Sie wollen, aber ich habe nur noch eine Frage. Bis er herkommt, könnte Ihre Frau zurück sein.«

»Na schön. Noch eine Frage. Eine.«

»Hatten Sie mit Patricia Prince oder Dara Prince ein Verhältnis?«

»Nein, Himmel, Arsch und Zwirn! Und ich verbitte mir ...«

»Na gut, Sir. Sie können hier sitzen bleiben und sich so viel verbitten wie Sie wollen, sobald ich weg bin. Ich brauchte nur ein paar Antworten von Ihnen.« Michael stand auf. »Tut mir Leid, Sie gestört zu haben«, sagte er, als hätte er einen Freund besucht. »Passen Sie gut auf Ihr kleines Mädchen auf. Ihr Name ist Jan, sagten Sie?«

»Was? Ja. Jan. Aber ...«

»Ich wette, sie ist ein niedliches Ding. Also, schönen Tag noch, Mr. Burke.«

Auf dem Weg zum Wagen sah sich Michael noch einmal nach Burke um. Er stand in der Tür und starrte ihm hinterher. Er sah grauenhaft aus, fand Michael, fast krank.

4

Die Minuten, die Jeremys lautem Geplapper am Grab folgten, waren für Travis die reinste Agonie gewesen. Bethany war schweigend zum Wagen spaziert. Er hatte sie gefragt, ob sie fahren wolle, und sie hatte abgelehnt – ein ausgesprochen schlechtes Zeichen. Nachdem sie etwa eine Meile gefahren waren, hatte Travis die Musik leise gedreht und gesagt: »Lass uns darüber reden, Bethany.« Statt einer Antwort hatte sie sich vorgebeugt und die Lautstärke so weit aufgedreht, bis der New-Age-Sound von John Tesh, den Travis verabscheute, durch das Wageninnere dröhnte und die Autoscheiben erzittern ließ, während Bethany vor Wut gekocht hatte.

Den nächsten Entspannungsversuch hatte er unternommen, nachdem sie den Babysitter bezahlt und verabschiedet hatte. »Lass mich es dir erklären, Beth …«

»Ich finde, du hast genug gesagt für einen Tag«, hatte Bethany ihn angefahren, nachdem sie Jan mit einer Tasse Apfelsaft, ihrem Malbuch und dem zweitliebsten grünen Buntstift auf ihr Himmelbett gesetzt hatte und anschließend in ihr gemeinsames Schlafzimmer abgerauscht war. »Wovon redest du denn da? Ich hab überhaupt nichts gesagt.« Travis war ihr ins Schlafzimmer gefolgt. »Jeremy hat doch gequasselt.«

»Ja, und was er sagte, sprach Bände.«

»O ja, Jeremy Ireland, der glaubwürdige Augenzeuge«, hatte Travis mit einem vernichtenden Blick gesagt.

»Er sagte, dass Dara dich den *snake charmer* genannt hat.«

»Na und? Das haben andere Studenten auch getan. Und tun es immer noch.«

»Er sagte auch, du hättest Dara sehr gemocht.«

»Nun, Jeremy ist ja auch ein Experte, was meine Gefühle anbelangt. Wir sind die dicksten Freunde, wir zwei. Richtige Kumpel.« Travis hatte verächtlich die Augen verdreht. »Beth, der Junge ist zurückgeblieben! Was weiß der denn schon?«

»Die Tatsache, dass er zurückgeblieben ist, macht ihn noch lange nicht zu einer hirnlosen Runkelrübe. Ich glaube, dass er Menschen ziemlich gut beurteilen kann, außerdem hat Dara ihm wahrscheinlich einiges erzählt.«

»Dara Prince, ein Muster an Aufrichtigkeit und Einfühlsamkeit, bespricht ihre Beobachtungen mit dem hochintelligenten und geistreichen Jeremy Ireland! Was für ein Paar!« Bethany hatte ihn wütend angefunkelt. »Sieh mal, Beth, wenn Dara sich einbildete, dass ich sie besonders mochte, dann hat sie sich getäuscht. Du weißt doch, was für ein aufgeblähtes Ego sie hatte.«

»Nein, so gut kannte ich sie nicht.«

»Christine hat uns doch von ihr erzählt. Sie sagte, Dara hätte immer geglaubt, dass die halbe Stadt in sie verliebt wäre.«

»Netter Versuch, funktioniert aber nicht. Ich habe schon so was geahnt, als Dara noch deine Studentin war, Travis«, hatte Bethany erklärt, während sie sich aus dem Kostüm schälte, das sie zur Beerdigung getragen hatte. »Und nachdem die Leiche angeschwemmt worden war, hast du im Schlaf Daras Namen gemurmelt.«

»Aha. Ich sagte also Dara. Ich habe nicht genuschelt wie die meisten Leute, wenn sie im Schlaf reden. Ich habe laut und deutlich Dara gesagt.«

»Ja, das hast du.«

»Das glaube ich nicht.«

»Ich hätte deine Stimme auf Kassette aufnehmen sollen.«

»Ich bin überrascht, dass du's nicht getan hast, Beth. Du hattest mich wegen meiner Studentinnen schon immer in Verdacht.«

»Vielleicht hatte ich auch allen Grund dazu.« Bethany hing ihr Kostüm mit einer Sorgfalt auf den Bügel, die auf unterdrückte Wut schließen ließ. »Ich weiß noch gut, wie du hinter mir her warst, als ich bei dir studierte.«

»Damals war ich doch nicht verheiratet, verdammt!«

»Sei nicht so laut. Jan ist nebenan.«

»Du redest genauso laut wie ich.«

»Das ist nicht wahr. Ich habe keine Lust, diese Diskussion fortzuführen. Ich fahre zu Vater.«

»Du ziehst aus?«

Bethany war herumgewirbelt. »Das würde dir so passen, nicht? Dann wärst du frei und könntest ungehindert deine Spielchen spielen. Wer ist es diesmal? Die nächste gut gebaute Neunzehnjährige?«

»Ich hab kein Verhältnis, Beth, und das weißt du auch. Fahr jetzt nicht zu deinem Vater.«

Dann hatte es zu allem Übel auch noch an der Tür geklingelt. Bethany hatte ihm einen Blick zugeworfen, als wäre es seine Schuld. »Wer kann das sein?«, hatte Travis gefragt. »Erwartest du jemanden?«

»Nicht dass ich wüsste, obwohl ich ein paar Leuten gegenüber erwähnt habe, dass ich es schade fände, dass Ames Prince keinen Leichenschmaus gefeiert hat. Vielleicht sind es Chris und Jeremy.«

»Na wunderbar«, hatte Travis gesagt. »Der hat mir gerade noch gefehlt.«

Aber zu seiner Überraschung und Erleichterung waren es Tess und Reynaldo Cimino. »Ich hoffe, wir stören euch nicht«, hatte Tess gesagt. »Ich wollte nur noch nicht nach Hause fahren.«

Bethany schien einen kurzen Moment perplex, hatte sich aber schnell gefasst. »Wir freuen uns, dass ihr vorbeigekommen seid, nicht, Travis?«

Travis hatte genickt, obwohl er keineswegs erfreut gewesen war. Genauso wenig wie Rey, seiner Miene nach zu schließen. Travis hatte sofort bemerkt, dass Ciminos viel gerühmtes umwerfendes Aussehen ein wenig gelitten hatte. Sein fahler Teint und die dunklen Schatten unter den Augen verwiesen auf zu wenig Schlaf. Sogar sein angedeutetes Lächeln wirkte erzwungen.

»Ich bin in der Stimmung für Bailey's Irish Cream«, hatte Bethany heiter verkündet. Ihre Gäste würden nie erfahren, dass sie noch vor fünfzehn Minuten fuchsteufelswild gewesen war. »Hat jemand Lust, ein Glas mit mir zu trinken?«

Alle meldeten sich. Während Tess und Bethany sich um die Drinks kümmerten, hatten Travis und Rey sich ins Wohnzimmer gesetzt. Sie waren keine dicken Freunde, aber sie tolerierten sich, und die Ciminos waren ein paarmal im Jahr zum Dinner und zu Bethanys obligatorischer Weihnachtsfeier hier gewesen. Rey hatte sich sogar schon in Travis' Schlangenhaus gewagt und sich ausgesprochen interessiert gezeigt, nicht wie viele andere ängstlich oder angewidert. Travis hatte begonnen, den Kerl zu mögen, obwohl er Cimino ein wenig um sein gutes Aussehen beneidete. Aber heute fühlte Travis sich ausgesprochen unwohl an Reys Seite. Er hoffte inständig, dass Rey Jeremy nicht auf dem Friedhof hatte herumposaunen hören.

Immerhin war Cimino in Dara verliebt gewesen, bis sie plötzlich verschwunden war. Aber Reys harter, finsterer Blick und seine einsilbigen Antworten auf Travis' Gesprächsversuche verrieten ihm, dass Rey Jeremy klar und deutlich verstanden hatte.

»Das war die erbärmlichste Beerdigung, die ich jemals erlebt habe«, hatte Travis begonnen, als sich alle im Wohnzimmer eingefunden hatten. »Kein Leichenschmaus. Dann der Abstand zwischen Patricias und Ames' Gräbern. Eigenartig.«

»Ich glaube, dass Ames wusste, dass Patricia eine Affäre hatte«, meinte Bethany.

»Eine Affäre?«, wiederholte Tess. »Davon weiß ich ja gar nichts.«

Ihr Gesicht war wie versteinert und ihre Stimme hoch und gekünstelt gewesen. Travis hatte sie forschend angesehen und plötzlich erkannt, dass sie über Patricias Affäre Bescheid gewusst hatte, und zwar schon eine ganze Weile, nicht erst seit deren Tod. Warum benahm sie sich dann so eigenartig? Hielt sie denn Rey für den Liebhaber?

Die Unterhaltung ging schleppend voran. Travis wünschte sich verzweifelt, dass die Ciminos nach dem einen Drink aufbrechen würden. Rey machte ein Gesicht, als hätte er seiner Frau am liebsten das Tablett auf den Kopf gehauen, als diese einen zweiten Drink akzeptierte. Danach war die Unterhaltung noch mehr ins Stocken geraten. Alle vier hatten sich förmlich auf Jan gestürzt, die mit ihrem Teddy und dem Malbuch unterm Arm ins Zimmer gekommen war. »Wir haben Gäste«, hatte sie mit ihrer kleinen Erwachsenenstimme gesagt. »Keiner hat mir was gesagt.«

Enthusiasmus. Komplimente. Babysprache von Bethany und Tess. Ein lustloses »Was willst du denn mal werden, wenn du groß bist?« von Rey.

»Künstlerin«, hatte Jan bestimmt geantwortet. »Ich werd meine Bilder nach New York City schicken, wo die Leute eine Menge Geld bezahlen müssen, wenn sie sie anschauen wollen. Ich werde einen Riesenhaufen Geld verdienen und mir ganz viele Hundebabys und Katzenbabys kaufen. Und Diamantohrringe.«

Man hatte herzlich über das süße Kind gelacht, das nicht ganz zu begreifen schien, womit es so viel Heiterkeit ausgelöst hatte. Dann hatte Jan zu Travis' gewaltiger Erleichterung laut gegähnt.

»Wir sollten gehen. Jan muss ihr Mittagsschläfchen machen«, hatte Tess gesagt.

»Ich gehe nur nochmal schnell ins Badezimmer, wenn's dir recht ist«, hatte Rey gesagt. »Bin gleich wieder da.«

Aus einer Minute waren zehn geworden. »Ich weiß nicht, warum er so lang braucht«, hatte Tess nach sechs Minuten gesagt. »Es geht ihm nicht besonders in letzter Zeit. Vielleicht sollte ich mal nach ihm sehen.«

Der arme Kerl konnte nicht mal allein ins Badezimmer gehen, dachte Travis, obwohl er vor Nervosität nicht mehr aus noch ein wusste. Er wollte die zwei aus dem Haus haben. Etwas stimmte hier nicht. Es gab einen Grund für ihren Besuch, aber er kam nicht drauf, was es sein könnte. Hatte es etwas mit Jeremys Äußerung auf dem Friedhof zu tun? Gott, hoffentlich nicht.

Doch als Rey zurückkam und sein Blick dem von Travis begegnete, erschrak Travis über den eisigen Hass, der ihm entgegenschlug. Travis errötete. Jetzt war er sich sicher, dass Cimino wusste, dass er eine Affäre mit Dara gehabt hatte, bevor sie verschwand. Aber er konnte nicht wissen, dass sie schwanger gewesen war. Oder doch?

Travis brach der Schweiß aus. Er blickte zu Tess. Sie beobachtete ihn und Rey genau. Dann weitete sich ihr Mund zu einem falschen Lächeln. »Nun, jetzt ist es definitiv an der Zeit, dass wir gehen.« Sie stand auf und wandte sich an das Mädchen. »Schlaf gut, meine Süße. Beth, schau doch nächste Woche mal bei mir vorbei. Ich habe eine neue Lieferung bekommen. Die Bücher werden dir gefallen, denke ich. Na los, Rey. Soll ich lieber fahren?«

»Du hast mehr getrunken als ich«, hatte Rey grimmig festgestellt. »Ich fahre.«

Sobald die Ciminos aus der Tür waren, hatte Bethany sich ihre Handtasche geschnappt. »Ich fahre jetzt zu Dad. Er wird sich schon fragen, wo ich bleibe.«

Travis sehnte sich danach, allein zu sein, aber er wusste auch, dass Bethanys Besuch bei Hugh die Situation zu Hause noch zuspitzen würde. »Bethany, ich wünschte wirklich, du würdest hier bleiben«, sagte er. »Du bist auch so schon wütend genug, und er wird dich nur noch mehr aufheizen.«

»Gib nicht Dad die Schuld an unseren Problemen. Er hat unsere Ehe immer nur unterstützt.«

»Ich hoffe, das war ein Scherz«, hatte Travis trocken bemerkt.

Sie hatte ihn mit diesem schmaläugigen Blick bedacht, der bedeutete, dass sie fuchsteufelswild war. »Ich besuche ihn nur. Ich hab's versprochen.« Sie hatte ihre Autoschlüssel herausgekramt. »Ich kann Jan nicht mitnehmen. Dad hat diese scheußliche Erkältung. Vielleicht sogar Grippe. Du wirst hier bleiben und babysitten müssen.« Sie hatte ihn herausfordernd angesehen. »Das wirft doch nicht etwa deine Pläne über den Haufen, oder?«

»Um Himmels willen«, hatte Travis gemurmelt. »Lauf zu Daddy, wenn es sein muss. Erzähl ihm deine Probleme, deine paranoiden Verdächtigungen, deine eingebildeten Geschichten. Misch den Alten richtig auf. Bring ihn dazu, mich noch mehr zu hassen. Vielleicht bist du dann zufriedener und führst dich ein bisschen erträglicher auf, wenn du wiederkommst.«

»Was du da sagst, ist sehr beleidigend, Travis Burke. Und wag es ja nicht, Jan mit ins Schlangenhaus zu nehmen, während ich weg bin.«

»Ich hab sie noch nie mitgenommen und werde es auch nicht tun, bevor sie nicht älter ist.«

»Dann auch nicht. Niemals.«

»Beth, sie ist auch mein Kind.«

»Dann fang endlich an, dich wie ein Vater aufzuführen.«

»Wann hab ich mich nicht wie ein Vater verhalten? Sag mir, wann ich Jan kein guter, liebender Vater war.«

Bethany hatte ihn ignoriert und war schnurstracks zu Jan gegangen, die auf der Couch saß und mit Feuereifer Bilder ausmalte. »Mami wird jetzt den Opi besuchen, der zu krank ist, um unser Wuziwuzi zu sehen«, hatte sie in Babysprache geplappert, was Travis regelmäßig auf die Palme brachte. »Mami wird sausen wie ein Hase und bald wieder bei ihrem Schätzchen sein. Bis dann wirst du alles tun, was der liebe Daddy dir sagt, nur in das olle, grausige Schlangenhaus, da gehst du nicht rein, sonst beißen dich die ollen bösen Schlangen mit ihren ekelhaften Triefzähnen.« Nachdem sie dieses Schreckensszenario entworfen hatte, drückte sie Jan einen Kuss auf die Stirn. »Bis dann, mein Zuckerschnäuzchen.«

»Zuckerschnäuzchen«, hatte Travis geknurrt. »Klingt wie der Kosename einer Stripperin.«

»Da scheinst du dich ja besser auszukennen als ich.«

»Verfl…«

»Pass gut auf sie auf, Travis.«

»Das werde ich. Hergott nochmal, Beth, sie ist doch …«

Bethany hatte die Haustür hinter sich zugeknallt. Er hatte Jan angesehen, aber die hatte nur abgeklärt die Schultern gezuckt und sich wieder ihrem Malbuch gewidmet.

Er hatte sich Kaffee aufgebrüht, sich in seinen Sessel gesetzt und Jan dabei zugesehen, wie sie fröhlich einen Clown von Kopf bis Fuß grün angemalt hatte. Ein Clown vom Mars, hatte er gedacht. Er hasste Clowns. Sie sollten alle aussehen wie der von Jan.

Das Telefon klingelte, und er hatte die absurde Hoffnung gehegt, es könnte Bethany sein, die ihn anrief, um sich zu entschuldigen. Aber es war Deputy Michael Winter gewesen, der noch einmal mit ihm sprechen wollte. Er hatte gesagt, er hätte ihm ein paar Fragen zu stellen, die er nicht zu Hause beantworten müsse, woraufhin Travis ein kalter Schauer den Rücken hinuntergelaufen war. Winter muss etwas wissen, hatte er gedacht. Nur woher? Travis war immer so vorsichtig gewesen.

Er war zurück ins Wohnzimmer gegangen, wo Jan jetzt auf einem Stapel Kissen auf der Couch friedlich schlief. Die Geschwindigkeit, mit der kleine Kinder einschlafen konnten, verblüffte ihn noch immer. Er hatte sie vorsichtig in ihr Bett getragen, sie zugedeckt, die Tür zugemacht und war im Wohnzimmer auf und ab gegangen.

Er hatte zwar Schlimmes befürchtet, aber dass die ganze Sache sich so schlimm entwickeln würde, hatte er nicht erwartet. Zu blöd, dass er das Erkennungszeichen auf seinem CD-Spieler vergessen hatte. Wenn ihm das nicht passiert wäre …

Nein, es war nicht nur der CD-Spieler, dachte er, und das Adrenalin schoss regelrecht durch seine Adern. Es war auch der Schlangencharmeur. Warum musste Dara Prince auch diesen Spitznamen für ihn erfinden? Und wie hatte Winter davon Wind bekommen? Christine Ireland, die musste es gewesen sein. Er erinnerte sich, dass Sloane Caldwell nach dem Begräbnis auf sie und Jeremy zugegangen war, Christine ihn einfach übergangen hatte und schnurstracks auf Deputy Winter zugeeilt war, um ihm etwas offenbar Dringliches zuzuraunen. Sloane, sichtlich gekränkt, von ihr übersehen zu werden, hatte ihr verdutzt hinterhergeblickt. Dann hatte Jeremy, dieser Idiot, diesen Unsinn durch die Gegend geplärrt.

Man sollte den Kerl in eine Anstalt einweisen, fand Travis wütend, während er sich einen Schuss Bourbon in ein Wasserglas goss und ihn hinunterkippte. Es war ihm egal, wie unmodern seine Vorstellungen über die Behandlung geistig ›Minderbemittelter‹ waren. Er konnte sie nicht ausstehen. Und er konnte nicht mit ihnen umgehen. Vor allem einer wie Jeremy, der so normal, ja richtiggehend hübsch aussah, aber intellektuell und emotional so zurückgeblieben und zweifellos auch sexuell pervers war. Er hatte in diesem Moment des Zorns entschieden, dass er Jeremy nie mehr erlauben würde, Jan wiederzusehen. Egal, was Bethany dazu sagte, egal, was sie tat. Jeremy Ireland durfte seiner Kleinen nie mehr nahe kommen, ohne ernsthafte Konsequenzen fürchten zu müssen.

Er genehmigte sich einen zweiten Bourbon und trottete zurück in sein Arbeitszimmer, schnaubte verächtlich bei dem Gedanken an Jeremy, den Trottel. Und an Christine. Wie viel hatte Dara ihr über ihn erzählt? Wie viel hatte Christine drei Jahre lang mit sich herumgetragen, ohne je ein Wort zu sagen? Viel konnte es nicht gewesen sein.

Oder doch? Er hatte Christine zwar nie gehasst, aber getraut hatte er ihr auch nie. Zum einen schien sie gegen seinen Sexappeal immun zu sein, was ihn kränkte, zum anderen hing sie viel zu sehr an ihrem Bruder. Das war unnatürlich. Christine und Jeremy. Was für ein Pärchen. Und ausgerechnet die beiden mussten Daras Tagebuch finden.

Als Travis davon erfahren hatte, war er entsetzt gewesen.

Er hatte sich gefragt, was drinstehen mochte. Er hätte Christine um jeden Preis davon abgehalten, es der Polizei zu überlassen. Aber er hatte sie nicht daran hindern können. Jetzt fragte er sich übellaunig, was wegen dieses verfluchten Tagebuchs noch alles auf ihn zukommen würde. Würde seine ganze Welt zusammenstürzen? Würde er Jan und Bethany verlieren und dazu auch noch die bequeme Sicherheit, die er dem Umstand verdankte, dass er eine wohlhabende Frau geheiratet hatte?

Missmutig saß er am Schreibtisch. Er hatte zu arbeiten, musste Klausuren korrigieren. Aber er konnte sich verdammt nochmal nicht darauf konzentrieren. Ebenso wenig konnte er lesen oder fernsehen. Der ganze Tag war ihm verleidet. Nur noch eins konnte ihn jetzt aufmuntern. Seine Schlangen.

Er war gerade im Begriff, die Schublade aufzuziehen, in der er die Schlüssel zum Schlangenhaus aufbewahrte, als er bemerkte, dass sie einen Spalt offen stand. Jan, dachte er erschrocken. Jan hatte hier drin gestöbert und die Schlüssel herausgenommen …

Aber beide Schlüsselbunde waren am üblichen Platz. Er hatte die Schublade ganz einfach nicht ordentlich zugemacht das letzte Mal, dachte er. Er musste vorsichtiger sein. Wirklich, Jan wurde größer, da sollte er diese Schublade lieber abschließen, damit sie gar nicht erst in Versuchung kam.

Deprimierter als jemals zuvor in seinem Leben, griff Travis sich die Schlüssel, vergewisserte sich, dass Jan in ihrem Zimmer friedlich schlief und ging zu seinem Terrarium hinter dem Haus. Er sperrte Vorhängeschloss, Sicherheitsriegel und Türschloss auf und betrat die so genannte Vorhalle. Hier hielt er die Insekten und Nagetiere, die er an die Schlangen verfütterte. Auch Medikamente bewahrte er hier drin auf. Vaseline und Alkohol gegen Zecken. Insektizide gegen Milben, Sulphine bei Mundfäule. Ivermectin und Praziquantel für Darmparasiten. Penizillin und Tetracyclin gegen Erkrankungen der Atemwege. Schließlich hatten die Tiere nur einen funktionierenden Lungenflügel. Kein Tierarzt in Winston konnte Giftschlangen behandeln, und so hatte Travis gelernt, die Schlangen notfalls selbst zu verarzten, und er stellte mittlerweile sichere Diagnosen.

Travis begab sich in das eigentliche Terrarium. Irgendetwas ließ ihn innehalten. Er sah zunächst nichts Ungewöhnliches, aber etwas stimmte hier nicht. Ganz und gar nicht. Er stand reglos da und horchte. Rechts von ihm ein leises Rascheln. Er wandte den Kopf. Eine Käfigtür stand offen. Der Käfig der Diamant-Klapperschlange.

In den zwanzig Jahren, in denen Travis sich Schlangen hielt, hatte er noch nie achtlos eine Käfigtür offen gelassen. Sein Vater, der sein Interesse an den gefährlichen Reptilien an Travis weitergegeben hatte, hatte ihn auch gelehrt, im Umgang mit den Tieren unbedingte Sorgfalt walten zu lassen. Und Travis hatte gut aufgepasst. Vorsicht war sein oberstes Gebot. Er wusste genau, dass er die Käfigtür nicht offen gelassen hatte.

Er würde sich später darüber Gedanken machen, wer ihm diesen Streich gespielt hatte. Im Augenblick war es viel wichtiger, die Schlange wieder in ihren Käfig zu kriegen. »Hey, Hugh«, rief er die übellaunige, hochgiftige Schlange, die er nach seinem Schwiegervater benannt hatte. »Wie wär's mit einem Rasseln, damit ich weiß, wo du steckst?« Nichts.

Travis schlug das Herz bis zum Hals. Er blickte sich um und erstarrte. Die Todesotter mit dem dreieckigen Kopf war auch nicht in ihrem Käfig. Was zum Teufel war hier los? Er blickte von einem Käfig zum anderen. Keine schwarze Tigerschlange, keine Hornviper …

Vielleicht war jemand hier eingedrungen, um die Tiere zu stehlen. Das wäre nun wirklich ein starkes Stück! Womöglich bekäme er sie nie mehr zurück. Trotzdem wäre es immer noch besser als …

Hinter sich hörte er ein ohrenbetäubendes Zischen, als würde einem Autoreifen die Luft entweichen. Travis schrie auf vor Schreck, denn er erkannte das Drohgeräusch der Gabun-Viper und dachte mit Grauen an ihre langen Giftzähne. Da spürte er auch schon einen heftigen Schmerz im Knöchel. Er blickte nach unten und sah zu, wie seine hellbraun und rostfarben gezeichnete Kiefernnatter sich in seinen Knöchel verbiss.

Er musste hier raus, durfte keine Sekunde mehr verlieren mit all den freigelassenen Schlangen. Er schüttelte die Kiefernnatter ab und eilte auf die Tür zum Vorraum zu. Sein Bein, vom Knöchel bis zum Knie, brannte wie Feuer, doch er hatte jetzt nicht die Zeit, das eingedrungene Gift daran zu hindern, sich in seinem Körper auszubreiten. Zu viele Giftschlangen krochen frei herum.

Er erreichte die Tür und entriegelte sie. Der Türknauf ließ sich ohne weiteres drehen. Fünf Sekunden, dachte er. Fünf Sekunden, und ich bin in Sicherheit.

Aber die Tür ließ sich nicht öffnen.

Er drehte den Knauf erneut. Alles in Ordnung. Er warf sich gegen die Tür, aber sie gab nicht nach. Und dann ging ihm ein Licht auf. Jemand hatte draußen das Vorhängeschloss zuschnappen lassen. Jan? Nein, Jan wagte sich nicht in die Nähe des Schlangenhauses.

Nein. Die Tür konnte nicht verschlossen sein. Travis schmiss sich noch einmal dagegen. Nein, schrie es in ihm. Nein! Lieber Gott, nein!

Auf einmal hörte er das Rasseln der Diamant-Klapperschlange. Er brachte sich mit einem Sprung in Sicherheit und hastete auf den langen Eisentisch mitten im Raum zu, auf dem er die Schlangen zu verarzten pflegte. Wenn er es schaffte, dort hinaufzuklettern …

In diesem Moment stürzte er. Er war über seine eigenen Füße gestolpert. Wie konnte man sich nur so blöd …

Ein Schmerz flammte auf im rechten Handgelenk. Der schwarze Tiger hatte zugeschlagen, den Leib drohend aufgerichtet, den Hals gebläht, wie immer, wenn er sich angegriffen fühlte. Er war auf Augenhöhe mit ihm, und aus dieser Perspektive wirkte er gigantisch. Und er sah nicht nur tödlich aus – er war es auch.

Zwei Bisse. Zwei Bisse kann ich verkraften, dachte Travis. Er wusste, dass er die Wunden nicht aussaugen durfte, um sie nicht mit Mundbakterien zu verunreinigen. Außerdem konnte sich das Gift auf diese Weise auch noch im oberen Verdauungstrakt ausbreiten. Das Krankenhaus in Winston hatte keine Erfahrung mit der Behandlung von Bissen exotischer Schlangen, aber man konnte sich an eine Giftkontrollstelle wenden. Und er wusste sich auch noch anders zu helfen. Er brauchte Antibiotika und eine Tetanusspritze. Und ein Gegengift. Aber bevor man ihm das Gegengift verabreichte, brauchte er eine intravenöse Dosis Antihistamin, um eine akute körperliche Reaktion auf das Gegengift einzudämmen. Er bewahrte die Medikamente, die er benötigte, in einem Kühlschrank auf, konnte sich aber nicht selbst verarzten, solange er den frei herumkriechenden Schlangen zu entkommen suchte.

»Bethany!«, schrie er, in der Hoffnung, dass sie inzwischen zurückgekommen sein könnte. »Beth, bitte hilf mir!«

Aber selbst wenn sie daheim wäre, könnte sie ihn überhaupt hören? Und was war mit dem Vorhängeschloss? Sie müsste sich den zweiten Satz Schlüssel besorgen, weil er den einen in der Tasche stecken hatte. Oder das Schloss aufbrechen. Draußen lagen größere Steine herum. Mit einem gezielten Schlag ließe sich das Schloss zerschmettern und er wäre frei. Jetzt musste er erst einmal diesen Tisch erreichen, dann wäre er vorläufig aus der Gefahrenzone.

»O Gott!«, schrie er. Noch ein Biss. Die Todesotter hing an seinem Oberschenkel. Sie zog sich zurück und stieß noch einmal zu. Das Bein brannte bereits seit dem Biss der Kiefernnatter wie Feuer. Travis unternahm einen schwachen Versuch, die Schlange abzuschütteln. Ohne nachzusehen, ob es ihm geglückt war, robbte er auf den Stahltisch zu und packte ein Tischbein. Er blickte nach oben. Die Platte schien mehr als einen Meter weit entfernt. Aussichtslos, sie zu erreichen. Völlig aussichtslos.

Sein ganzer Körper war ein brennender Schmerz. Und er war so schwach. Und benommen. Aber sein Hirn arbeitete noch. Mit Grauen stellte er sich vor, was im Augenblick in seinem Körper vor sich ging. Die unterschiedlichen Gifte hatten unterschiedliche Wirkungen. Einige davon lösten kleine Blutungen aus, andere töteten gesundes Gewebe, wieder andere beeinträchtigten die Herzfunktion. Und dann gab es ein Gift, das die Nervenrezeptoren blockierte und eine Lähmung verursachte. Wenn er nicht bald Hilfe bekäme, würde sein Herz einfach aufhören zu schlagen.

Travis wusste, dass er schon zu oft gebissen worden und dass mittlerweile zu viel Zeit verstrichen war, als dass sein Körper wieder vollständig genesen konnte. Seine Panik wich einer tiefen Niedergeschlagenheit. Er würde nie wieder frische Luft riechen, nie mehr die seidige Haut einer Frau spüren, nie wieder die Liebe seines Lebens im Arm halten, seine süße kleine Jan. Tränen der Ohnmacht liefen ihm aus den Augenwinkeln.

»Hilfe«, stöhnte er schwach. Den Versuch, auf den Tisch zu klettern, hatte er bereits aufgegeben. Es war zu spät. »O Gott, bitte hilf mir.«

Sein vernebelter Blick suchte die Helligkeit, das Sonnenlicht, das durch die bruchsicheren Fenster strömte. War es Wirklichkeit oder Einbildung? In einem der Fenster sah er Bethany, die ihn aus ihren großen braunen Augen anstarrte. »Tut mir Leid«, murmelte Travis mit letzter Kraft. »Es tut mir alles so Leid.«

Kapitel 18

1

Laut Befund des gerichtsmedizinischen Labors bestand kein Zweifel, dass Travis Burkes Tod durch Schlangengift verursacht worden war. Ansonsten wies die hässlich aufgequollene Leiche des einstmals so gut aussehenden Dozenten keinerlei Spuren von Gewalt auf. Michael Winter war aber noch lange nicht zufrieden. Und er hatte seine Gründe.

Zum einen hatte Travis Burke sich seit fast zwanzig Jahren mit Schlangen beschäftigt und genau gewusst, wie mit den Tieren umzugehen war. Auch seine Frau Bethany hatte bestätigt, dass Travis äußerst vorsichtig gewesen war. Zum anderen war Travis in den Verdacht geraten, im Mordfall Patricia Prince eine Rolle gespielt zu haben. Zufälle wie diese gaben Michael grundsätzlich zu denken.

Sheriff Teague war außer sich. Er mochte keinen Ärger in seiner Stadt. Und jetzt war er gezwungen, tätig zu werden, was ihm gar nicht schmeckte. Als Erstes beschloss er, den Fall Travis Burke, der sich als Mordfall zu entpuppen drohte, an Michael Winter abzugeben. Schließlich war der es gewesen, der Burke kurz vor dessen Tod noch verhört hatte. Und so fand sich Michael vierundzwanzig Stunden nach Travis' Tod erneut bei den Burkes ein.

Bethany Burke öffnete ihm die Tür. Ihre langen Haare hingen glanzlos herunter, und ihre großen braunen Augen blickten stumpf. Ihr Gesicht wirkte schmal und eingefallen. Sie blickte ihn müde und trostlos an und schien innerhalb von einem Tag um Jahre gealtert. Sie bat ihn herein.

Michael hatte Christines Wagen in der Auffahrt stehen sehen. Sie und Jeremy saßen einträchtig auf der Couch im Wohnzimmer. Christine begrüßte ihn verhalten. Jeremy dagegen strahlte ihn an wie ein junger Hund, der im Begriff war, ihm die Hand abzulecken. »Hi, Deputy!«, rief er erfreut. »Haben Sie den Mörder schon gefangen?« Michael sah, wie Christine blass wurde und Jeremy beschwichtigend die Hand auf den Schenkel legte.

»Nein, Jeremy, leider noch nicht«, sagte Michael geduldig. Er wandte sich an Bethany. »Könnte ich Sie wohl ein paar Minuten unter vier Augen sprechen? Ich muss Ihnen ein paar Fragen stellen.«

Christine stand augenblicklich auf. »Wir beide fahren nach Hause.«

»Bitte nicht! Ich möchte, dass ihr hier bleibt.« Bethany sah Michael an. »Wir sind zuerst zu meinem Vater gefahren, gleich nach…« Sie schluckte. »Wir hatten keine Wahl, weil ein paar der Schlangen entwischt sind. Aber aus Daddys Erkältung ist inzwischen eine handfeste Grippe geworden, und ich wollte nicht, dass meine Tochter sich ansteckt. Also sind wir wieder hierher gefahren. Tess kann erst später kommen, und ich bin jetzt ungern allein …«

»Christy und ich könnten in die Küche gehen und solange Kuchen essen«, sagte Jeremy hilfsbereit. »Sie können sich nicht vorstellen, wie viel Essen die Leute mitgebracht haben.«

»Es ist so üblich, wenn jemand aus der Familie stirbt«, sagte Bethany dumpf. »Man wird mit Essen überhäuft, wenn man am wenigsten Appetit hat.«

Michael nickte. »Schön. Ich will niemanden vertreiben.«

»Komm mit in die Küche«, sagte Christine zu Jeremy. »Du kannst noch ein Stück Karottenkuchen haben.«

»Toll! Den mag ich besonders. Wackelpudding ist auch da, aber den mag ich nicht so gern, der ist so glibberig und ...«

Bevor Jeremy sich noch weiter über glibberigen Wackelpudding verbreiten konnte, bugsierte Christine ihn in die Küche. Bethany lächelte schwach. »Danke, dass die beiden bleiben dürfen. Sie sind eben erst gekommen.«

»Ich verstehe, dass Sie jetzt nicht gern allein sind.«

»Möchten Sie etwas trinken?«

»Nein, danke, Mrs. Burke. Ich möchte Sie nicht länger aufhalten als nötig. Und ich möchte Ihnen mein tief empfundenes Beileid ausdrücken.«

»Ich danke Ihnen.« Sie wies ihm einen Platz auf der Couch zu und setzte sich in den Sessel, auf dem gestern noch ihr Mann gesessen hatte. »Travis war so vital. Er schien mir unverwüstlich zu sein, wie mein Vater. Ich kann einfach nicht glauben, dass das passiert ist.«

»Es war bestimmt kein angenehmer Tod«, sagte Michael und dachte zugleich, wie maßlos untertrieben das war. Man hatte ihn gestern zum Tatort gerufen. Er hatte Bethany nicht vernehmen können, denn sie war völlig außer sich gewesen und hatte eine Beruhigungsspritze gebraucht. Travis war kaum noch wiederzuerkennen gewesen, sein Gesicht war aufgequollen und verfärbt gewesen. »Mrs. Burke, als ich herkam, war die Tür zum Schlangenhaus mit einem Vorhängeschloss abgesperrt.«

Sie zuckte zusammen. »Ja. Ich war eben heimgekommen, als ich Travis schreien hörte und wusste, dass etwas nicht stimmte. Ich dachte mir gleich, dass eines dieser scheußlichen Biester wahrscheinlich aus dem Käfig entwischt war. Ich blickte daher durch ein Fenster ins Innere des Schlangenhauses.

Travis wand sich auf dem Boden. Um ihn herum war alles voller Schlangen …« Sie schauderte. »Ich schlug gegen das Fenster, als ob das etwas geholfen hätte. Er hat mich gesehen. Seine Augen … schienen mich schon nicht mehr wahrzunehmen. Er lag im Sterben, wurde von Krämpfen geschüttelt.« Ihr Mund zitterte. »Ich lief zur Tür, konnte sie aber nicht öffnen. Das Vorhängeschloss war zu. Ich hatte keinen Schlüssel. Ich war wie gelähmt und schrie wie am Spieß, während mein Mann im Sterben lag.«

»Sie hätten nichts tun können.«

»Ich hätte dieses Schloss zerschlagen können, aber ich konnte mich nicht von der Stelle rühren!«

»Mrs. Burke, so grausam das klingen mag, aber mit all den Schlangen dadrin war es besser so. Wenn Sie es geschafft hätten, die Tür zu öffnen, hätte Ihre Tochter jetzt vermutlich beide Eltern verloren.«

»Ich weiß. Und trotzdem …« Ihre Augen füllten sich mit Tränen. »Ich werde mir nie verzeihen, dass ich nichts unternehmen konnte. Wie immer. Die hilflose Bethany. Ich habe kostbare Minuten vertan, bis ich ins Haus laufen und den Notarzt rufen konnte. Die Zeit schien … ich weiß auch nicht … stillzustehen.«

»Selbst wenn Sie sofort angerufen hätten, wäre es zu spät gewesen, Mrs. Burke. Laut Laborbefund war eine riesige Menge Gift im Blut Ihres Mannes – er hätte selbst dann nicht überlebt, wenn der Notarzt zur selben Zeit wie Sie angekommen wäre. Außerdem hätte der Arzt warten müssen, bis die Leute vom Naturschutz die Schlangen wieder eingefangen hätten. Sie haben keinerlei Grund, sich schuldig zu fühlen.«

»Ich habe diese Schlangen immer verabscheut«, sagte Bethany wütend und rieb sich dabei mit der Faust die Tränen aus den Augen wie ein Kind. »Ich kann sie nicht einmal ansehen, ohne dabei in Panik zu geraten. Ich habe nie auch nur einen Fuß in dieses Schlangenhaus gesetzt. Wie oft habe ich Travis angefleht, dieses grässliche Hobby aufzugeben, obwohl ich wusste, wie viel ihm daran gelegen war. Trotzdem hatte ich gehofft, dass er es mir zuliebe vielleicht aufgeben würde, vor allem nachdem unser Kind zur Welt gekommen war. Aber in diesem Punkt war nicht mit ihm zu reden! Er wollte nicht nachgeben. Ich verstehe einfach nicht, wie einen Schlangen faszinieren können, verdammt! Sie sind ekelhaft!«

»Für ihn waren sie eben nicht ekelhaft.«

»Nein, er fand sie wunderschön.« Sie lachte bitter. »Schönheit liegt wohl im Auge des Betrachters.«

»Sie sagten, Ihr Mann sei immer ausgesprochen vorsichtig gewesen. Doch die Leute vom Naturschutz, die gestern hier waren, um die Schlangen einzusammeln, sagen aus, sie hätten sämtliche Käfige offen vorgefunden. Wie erklären Sie sich das?«

»Ich verstehe es nicht. Travis hat den Raum immer doppelt und dreifach verriegelt. Und wenn er im Terrarium war, pflegte er die Tür von innen abzuschließen, damit niemand hineingehen konnte, wenn er womöglich gerade eine Schlange verarztete. Die Fenster sind aus bruchsicherem Glas.« Sie zuckte die Schultern. »Ich weiß es mir nicht zu erklären, außer jemand hat sich mit Gewalt Zugang verschafft. Aber das hätte Travis doch auffallen müssen.«

»Die Leute von der Polizei und vom Naturschutz mussten die Tür aufbrechen, aber sie waren sich einig, dass die Schlösser unversehrt waren. Der Betreffende musste Schlüssel gehabt haben.«

Bethany rieb sich die Falte über der Nasenwurzel, als finge ihr Kopf an wehzutun. »Es gab drei Schlüssel – einen für das Türschloss, einen für das Sicherheitsschloss und einen für das

Vorhängeschloss. Travis bewahrte sie in der Schublade seines Schreibtisches auf.«

»Es gab nur einen Satz Schlüssel?«

»Nein. Es gab noch einen zweiten Satz, der lag ebenfalls in der Schreibtischschublade. Da liegt er immer noch. Ich hab nachgesehen, als wir gegen Mittag zurückkamen.«

»Ihr Mann hatte einen Satz Schlüssel in der Tasche. Sind Sie sicher, dass es nicht noch irgendwo einen dritten Satz Schlüssel gibt?«

»Falls dem so wäre, weiß ich nichts davon. Nur kann ich mir nicht vorstellen, wozu er noch einen dritten Satz Schlüssel gebraucht hätte. Er nahm immer einen mit nach draußen und ließ den anderen im Haus.«

»Für den Fall, dass er im Terrarium eingeschlossen wäre?«

Bethany schien überrascht. »Nein, die Ersatzschlüssel hatte er nur, falls er seine Schlüssel verlieren sollte, obwohl ich mir nicht vorstellen kann, wie das hätte passieren sollen. Er trug sie ja nicht ständig in der Hosentasche wie die Autoschlüssel.«

»Aber das äußere Vorhängeschloss war abgesperrt. Jemand hat es zuschnappen lassen, nachdem Ihr Mann zu den Tieren gegangen war.«

Bethany nickte. »Ich weiß. Nur wer? Hier laufen keine Kinder rum.«

»Hat sich Ihr Mann nie Gedanken darüber gemacht, dass so etwas einmal passieren könnte? Warum nahm er das Schloss nicht einfach ab, solange er sich im Terrarium befand?«

Bethany runzelte die Stirn. »Ich glaube, das hat er normalerweise auch getan. Außerdem hatte er normalerweise sein Handy in der Tasche. Falls er sich tatsächlich einmal versehentlich eingesperrt hätte, hätte er mich anrufen können, und ich hätte ihn dann mit dem zweiten Satz Schlüssel herausholen können.«

»Nur ging er diesmal hinein, als Sie nicht zu Hause waren, ohne sein Handy und ohne das Vorhängeschloss abzunehmen. Eine ganze Liste unglücklicher Zufälle.«

»Ja«, sagte Bethany zerstreut.

»Halten Sie es für denkbar, dass Ihre Tochter Jan sich am Vorhängeschloss zu schaffen machte?«

Bethanys Augen wurden schmal. »Auf gar keinen Fall. Das ist eine ganz böswillige Unterstellung! Mein Baby würde so was nie tun!«

»Es war eine harmlose, aber logische Frage, Mrs. Burke. Ich wollte Sie nicht kränken.«

»Ein solcher Verdacht kann ein Kind ein Leben lang verfolgen!«

»Ich habe Jan nicht verdächtigt. Ich habe nur eine Frage gestellt. Wir wollen es vorläufig dabei belassen.«

»Nicht vorläufig, ein für alle Mal!«

»Also gut. Bitte beruhigen Sie sich.« Sie funkelte ihn feindselig an, zu wütend, um noch auf der Hut zu sein. »Stimmt es, dass der tragbare CD-Spieler Ihres Mannes gestohlen wurde?«

»Er wurde gestohlen?«

Michael glaubte eine leichte Röte in Bethanys Gesicht zu bemerken, aber er war sich nicht ganz sicher. Ihre Stimme aber klang eindeutig angespannt. »Er hat es nicht erwähnt?« Sie starrte ihn an. »Ich glaube nicht.«

»Nun, er hat den Diebstahl auch nicht angezeigt. Er sagte mir, jemand habe das Gerät vor etwa zwei Wochen aus dem unverschlossenen Auto entwendet. Weil aber sonst nichts gestohlen oder beschädigt worden wäre, hätte er keine große Geschichte daraus machen wollen.«

»Ach so.« Er wunderte sich, warum sie ihn nicht fragte, aus

welchem Grund er jetzt den CD-Spieler zur Sprache brachte. Doch sie starrte ihn nur an. Endlich sagte sie stockend: »Ich habe ihm diesen CD-Spieler geschenkt.«

»Den man ihm gestohlen hat?«

»Ja. Ich meine, er hatte ja nur den einen.«

»Aber er hat Ihnen nicht erzählt, dass man ihm das Gerät gestohlen hatte.« Sie schüttelte den Kopf. »Vielleicht dachte er, Sie würden sich aufregen.«

»Vielleicht.«

Michael wartete ein paar Sekunden. Er hatte den Eindruck, dass Bethany sich wand wie eine Schlange. »Ich war gestern hier, während Sie bei Ihrem Vater zu Besuch waren, um Mr. Burke zu sagen, dass wir seinen CD-Spieler gefunden haben.«

»Oh, das ist gut.«

»Er stand in der Scheune der Princes. Oben, auf dem Heuboden. Er lief, als man die Leiche von Patricia Prince fand.«

Bethany lief rot an, sie schien anzuschwellen, während sie verzweifelt, mit weit aufgerissenen Augen nach Luft rang. Ratlos sah er ihr zu und beschloss, einfach abzuwarten, was als Nächstes passieren würde. Schließlich sagte sie: »Ist das nicht ein seltsamer Zufall?«

Damit hatte er allerdings nicht gerechnet. Er fragte sich, was er erwartet hatte, dass sie aufspringen und verkünden würde: ›Ja, ich wusste, dass mein Mann und Patricia Prince ein Verhältnis hatten. Ich wollte ihn töten und ließ deshalb die Schlangen aus den Käfigen!‹ Vielleicht etwas nicht ganz so Dramatisches. Aber irgendein Zeichen, an dem man erkennen konnte, dass sie über Travis und Patricia Bescheid wusste, denn er war sicher, dass Bethany die beiden in Verdacht gehabt hatte.

Aber sie saß schweigend da, und ihr Blick verbot ihm, sie noch weiter zu bedrängen. So würde er nicht weiterkommen, dachte er enttäuscht. Wenigstens nicht jetzt.

Er beugte sich nach vorn und fragte aufrichtig: »Mrs. Burke, kennen Sie jemanden, der einen Grund gehabt hätte, Ihrem Mann zu schaden?«

»Ihm zu schaden? Sie meinen, ihn umzubringen? Glauben Sie denn, dass er umgebracht wurde?«

»Ich bin ganz sicher, dass Ihr Mann die Schlangen nicht selbst aus den Käfigen gelassen hat. Das war jemand anderes.«

»Tierschützer vielleicht?«

Er sah sie prüfend an. Wollte sie ihn für dumm verkaufen? Oder hatte der Gedanke, dass es sich um einen Mord handeln könnte, sie so aus dem Konzept geworfen, dass sie nicht mehr klar denken konnte? »Ich sehe nicht ganz ein, warum Tierschützer ein Dutzend Giftschlangen auf Ihren Mann hetzen sollten. Es soll ja Fanatiker unter ihnen geben, aber doch nicht hier in der Gegend.«

»Nun, gut zu wissen.« Wieder wich sie ihm aus. »Es wäre schrecklich, wenn man solche Menschen hier frei herumlaufen ließe.«

»Da haben Sie Recht. Mrs. Burke. Hat sich Ihr Mann in letzter Zeit mit jemandem gestritten?«

»Gestritten? Wie meinen Sie das?«

»Ob er irgendwelchen Ärger hatte. Im Straßenverkehr zum Beispiel. Vielleicht ist er einem Autofanatiker in die Quere gekommen. Haben Sie irgendeine Idee?«

«Nicht dass ich wüsste«, sagte Bethany langsam. »Natürlich hat er mir vieles nicht erzählt.« Sie biss sich auf die Zunge, als müsste sie den letzten Satz bereuen, und wich ihm wieder aus. »Aber ich hätte es gespürt, wenn er Ärger gehabt hätte. Wir haben uns sehr geliebt, und ich kannte ihn gut.«

Michael war schon im Begriff gewesen, das Verhör abzubrechen, doch dieser Versuch, ihm Sand in die Augen zu streuen, hinderte ihn daran. »Mrs. Burke, auf dem Friedhof gestern rief Jeremy laut, dass Dara Prince Ihrem Mann einen Spitznamen gegeben hätte. Sie nannte ihn den *snake charmer*. Jeremy sagte auch, dass Travis Dara sehr gemocht hätte. Sie haben gehört, was er sagte, und waren den Tränen nah.«

Bethany zögerte und sagte dann trotzig: »Wer sagt das? Das ist doch lächerlich.«

»Ich hab Sie beobachtet, Mrs. Burke.«

»Sie müssen sich getäuscht haben.«

»Das glaube ich Ihnen nicht.«

»Es ist aber so.«

»Na schön. Aber wussten Sie, dass Dara Prince Ihren Mann den *snake charmer* genannt hat?«

»Da war sie nicht die Einzige. Und?«

»Kannten Sie Dara Prince?«

»Flüchtig. Durch Christine.«

»Was hielten Sie von ihr?«

»Ich mochte sie nicht besonders. Sie war ein verwöhntes, arrogantes Gör. Und Christine hatte sehr unter ihrer überheblichen Art zu leiden.«

»Hat Ihr Mann Dara näher gekannt?«

»Sie war doch seine Studentin, nicht wahr?«

»Mochte er sie? Jeremy sagte, er hätte sie sehr gemocht.«

Bethany errötete. »Manchmal geht die Phantasie mit ihm durch.«

»Er sagte, Travis hätte Dara seine Schlangen gezeigt.«

»Er weiß doch gar nicht, was er sagt. Vielleicht hat sie ihm so was erzählt, um ihn zu beeindrucken, aber Travis hätte keine Studentin mit ins Schlangenhaus genommen.«

»Er hat keinen seiner Studenten für Schlangen interessiert?«

»Doch, schon. Hin und wieder gab es welche – ausschließlich männliche Studenten –, die sich ernsthaft für die Tiere begeisterten und sein Terrarium sehen durften.«

»Er hatte also nie ernsthaft interessierte weibliche Studenten?«

Bethany presste die Lippen aufeinander. »Deputy, ich habe fast den Eindruck, als wollten Sie mich aufs Glatteis führen.«

»Das will ich keineswegs.«

»Und ob Sie das wollen, ich bin doch nicht blöd!« Sie stand auf. »Ich möchte diese Unterhaltung nicht mehr fortführen. Ich bin müde und krank vor Kummer und …«

Jeremy platzte ins Wohnzimmer. »Bethany, ich wollte nicht so viel Kuchen essen, aber jetzt ist nur noch ein Stück übrig. Willst du es haben?«

Christine tauchte hinter ihm auf. »Jeremy! Kann ich dich denn keinen Moment aus den Augen lassen? Wir sollen doch in der Küche bleiben.«

»Ich wollte doch nur fragen, ob …«

Ein gellender Schrei von draußen unterbrach Jeremys Rechtfertigung. Bethany war kreidebleich geworden. »Das ist Jan«, hauchte sie mit vor Angst weit aufgerissenen Augen. »Sie hat sich oben in ihrem Zimmer Cartoons angesehen, aber sie muss nach draußen gelaufen sein.«

Sie stürzte ans Fenster und spähte in den Garten hinter dem Haus. Winter war ihr gefolgt. Draußen kauerte die vierjährige Jan Burke auf einem alten, zierlichen Gartenstuhl.

»Mami, da ist Daddys Gabby-Viper!«

»Gabby-Viper?«, wiederholte Michael.

»Gabun-Viper«, erklärte Bethany mit erstickter Stimme. »O mein Gott!«

Und dann mussten sie mitansehen, wie die Schlange sich aufrichtete. Sie schien die Entfernung abzuschätzen, die sie von der Kleinen trennte. Jans Augen waren in panischer Angst auf die Schlange geheftet, und sie versuchte sich ganz klein zu machen auf ihrem Stuhl.

»Nicht bewegen, Jan«, rief Michael und griff nach seiner Waffe. »Rühr dich keinen Zentimeter von der Stelle!«

Während Michael noch überlegte, wie schrecklich es wäre, wenn sein Schuss anstelle der Schlange das Mädchen treffen würde, ein Kind, etwa so alt wie seine eigene Tochter, wenn sie noch am Leben wäre, war Jeremy wieselflink aus dem Wohnzimmer gelaufen ...

Michael nahm mit Grauen zur Kenntnis, dass seine Hand zitterte. Wie sollte er da auf eine Schlange zielen, dachte er wütend. Trotzdem lief er nach draußen, gefolgt von Christine und der schluchzenden Bethany. Draußen angekommen, stellte er fest, dass Jan genau in der Schusslinie saß. Um die Schlange zu treffen, musste er äußerst sorgfältig zielen.

Noch ein Aufschrei. »Mommy, sie kommt näher!«

Michaels Hand zitterte immer noch. Er konnte nicht abdrücken. Er würde Jan treffen. Ganz gewiss. »Ich brauche eine Axt!«

»Was?«, heulte Bethany. »Ich weiß nicht, wo ... was?«

»Ein Beil«, schrie Christine, um Bethanys Gejammer zu übertönen. »Er braucht ein Beil. Bitte, Beth!«

»Ich kann nicht denken!«

»Mami!«

Bethany stürmte an Michael vorbei durch die Gartentür. Michael erwischte sie gerade noch und zerrte sie zurück. »Lassen Sie mich gehen!«

»Die Schlange wird zubeißen.«

»Ich werd sie kriegen!«, brüllte Bethany.

Michael sah den aufgerichteten Leib der Schlange, der Kopf nur noch wenige Zentimeter von dem entsetzten Mädchen entfernt. Dann sah er Jeremy, der sich dem Kind mit der Geschmeidigkeit eines Panthers näherte.

Bethany riss sich los, rannte in eine Ecke der Terrasse und

griff sich eine Schaufel. Dann lief sie auf den Rasen, direkt auf die Schlange zu. »Nicht, Beth!«, rief Christine.

Der Kopf der Schlange stand regungslos in der Luft, bereit zuzustoßen. Ein Schlangenbiss wäre für ein so kleines Kind tödlich, dachte Michael und zielte, und mit einem Mal war seine Hand vollkommen ruhig. Da sprang Bethany ihm in die Schusslinie.

»O Gott«, stöhnte Christine. »Nein!«

Jan ließ ein winziges, hoffnungsloses Wimmern hören. Just als die Schlange zustieß, riss Jeremy das Kind blitzschnell vom Stuhl und in seine Arme.

Der Schlangenkopf traf den leeren Stuhl, und Bethany begann, mit der Schaufel auf das Tier loszugehen, verfehlte es in ihrer Wut aber ein ums andere Mal. Die Schlange kehrte sich plötzlich gegen sie, lauerte auf eine Gelegenheit zuzustoßen, als Bethany erneut weit ausholte.

Jeremy wich ein paar Schritte zurück. »Schieß!«, rief er Michael zu. Das Biest war Bethany inzwischen gefährlich nah. Michael überwand sich und drückte ab.

Bethany schrie auf, als der Schuss die Luft zerriss. Sie fiel nach hinten um, und Michael dachte schon, er habe sie getroffen. Da hob Bethany den Kopf, und Jeremy rief: »Sie haben das Biest erledigt! Gut gemacht, Deputy!«

Jan vergrub das Gesicht an seiner Brust und begann leise zu wimmern. Michael kam Bethany zu Hife, die sich mühte, wieder auf die Beine zu kommen, um dem sich im Todeskampf wälzenden Reptil mit dem langen, muskulösen Leib zu entkommen. Michael zielte und schoss ein zweites Mal. Die Schlange bäumte sich ein letztes Mal auf und blieb dann reglos liegen. Sie war tot. Michael zog Bethany ein paar Meter von der Stelle weg, wo das Tier lag. Dann entwand sie sich seinem Griff und rannte zu Jeremy und Jan.

Jan hing schlaff in Jeremys Armen, in den Augen die nackte Angst. »O Gott«, stöhnte Bethany. »Sie ist gebissen worden.«

»Nein, ist sie nicht, ganz ehrlich«, widersprach Jeremy, während das Kind sich an ihn klammerte. Bethany und Christine streichelten Jan mit zitternden Händen über den Kopf.

Als Michael Jans Arm berührte, begann sie laut zu weinen. »Sie hat nur Angst, Mrs. Burke.«

»Sagen Sie Bethany!«, schluchzte diese. »Ich will nicht mehr Mrs. Burke genannt werden. Dieser stinkende, egoistische Hurensohn und seine verfluchten Schlangen! Jan könnte tot sein, und es wäre ganz allein seine Schuld gewesen. Sogar im Tod bringt er es noch fertig, unser Glück und unsere Gesundheit aufs Spiel zu setzen! Hoffentlich lässt Gott ihn dafür in der Hölle schmoren!«

Endlich brach sich ihr aufgestauter Hass, dem sie sich vorhin im Gespräch nicht hatte stellen wollen, in einer Flut von Tränen und Verwünschungen Bahn. Jeremy legte ihr Jan in die Arme, und sie klammerte sich an das Kind und überschüttete es mit Küssen, bevor sie sich giftig an Michael wandte.

»Ihre Leute sagten doch, sie hätten sämtliche Viecher eingefangen!«

»Das war nicht die Polizei. Es waren die Leute vom Naturschutz. Sie müssen eine übersehen haben. Angeblich waren es zwanzig Tiere. Da muss aber wohl noch eine gewesen sein.«

»Ausgerechnet die Gabun-Viper«, sagte Bethany. »Eine der schlimmsten!«

»Jan wusste, wie die Schlange hieß. Woher? Travis hat sie doch nicht etwa mit ins Schlangenhaus genommen?«

»Glauben Sie, das hätte ich erlaubt?«, fuhr Bethany ihn an. »Er hat ihr Bilder gezeigt. In Büchern. Außerdem durfte sie Fotos von seinen Schlangen sehen. Er hat ihr all die Namen beigebracht.«

»Haben Sie eine Sofortbildkamera?«, fragte Michael.

»Ja.« Bethany ließ ihr kleines Mädchen nicht mehr aus den Armen. »Meine Süße. Mein Liebling.«

»Mrs. … Bethany, wir müssen Sie beide in die Notaufnahme bringen«, sagte Michael. »Jan könnte einen Schock erlitten haben. Und Sie auch.«

»O Gott.« Bethany drückte Jan noch fester an sich. »Mir geht's gut. Aber Jan hat immer noch panische Angst.«

»Christine, bitte fahr Bethany und Jan ins Krankenhaus«, sagte Michael. »Ich werde die Leute vom Naturschutz anrufen. Ich möchte, dass sie herkommen und das Grundstück noch einmal gründlich nach Schlangen absuchen. Und Bethany, Sie und Jan sollten nicht hier wohnen bleiben.«

»Ich werde mich nach einem Hotelzimmer umsehen«, verkündete sie. »Wir kommen nie mehr in dieses Haus zurück. Ich werde die Schlangengrube in den Boden stampfen lassen und das Haus verkaufen. Ich kann hier nicht länger leben.«

Michael bemerkte Bethanys wilde Entschlossenheit, während sie mit Jan auf dem Arm vor Christine und Jeremy ins Haus marschierte.

2

Vier Stunden später fuhr Michael vor Christines Haus vor. Die beiden Geschwister schienen froh zu sein, ihn zu sehen. Sie baten ihn ins Haus, in dem es nach Kaffee und den Zimttörtchen duftete, die Christine eben gebacken hatte. Michael wurde ganz warm ums Herz, ein ungewohntes Gefühl, das ihm fast ein wenig Angst machte. Langsam gewöhnte er sich an die beiden. Er sollte sich lieber zurückziehen, noch ein Jahr warten, bevor er sich gefühlsmäßig wieder engagierte. Es wäre besser für dich, sagte er sich. Aber er hatte keine Lust dazu.

Wenige Minuten später saßen sie zu dritt bei Kaffee und Gebäck um den Esszimmertisch. Rhiannon hatte sich wie eine Sphinx auf das Beistelltischchen gelegt, die Pfoten ordentlich nebeneinander gelegt, und verfolgte aus ihren wunderschönen goldenen Augen jede ihrer Bewegungen.

Jeremy nahm sich eines der ofenfrischen Zimttörtchen. »Der Arzt hat gesagt, dass Jan völlig in Ordnung ist, nicht, Christy?«

»Ja. Sie hat nur einen ordentlichen Schreck gekriegt, aber sie ist ein tapferes kleines Mädchen. Sie war schon wieder ganz munter, als wir sie und Beth vor dem Hotel absetzten. Tess kam auch zum Krankenhaus. Sie sagte, sie sei zu Beth gefahren und habe dort dich und die Leute vom Naturschutz angetroffen, und du hättest ihr erzählt, was passiert war.«

Michael trank einen Schluck Kaffee und nickte. »Als ich sagte, dass Jan beinahe gebissen worden wäre, fuhr sie los wie der Teufel, mit quietschenden Reifen.«

»Wahnsinn!«, rief Jeremy beifällig. »Das finde ich ja so was von cool! Christy kriecht immer herum wie eine Schnecke. Sie lässt niemals die Reifen quietschen.«

»Ich krieche doch nicht!«, wehrte Christine sich entrüstet. »Ich bin nur vorsichtig.«

»Du fährst wie eine lahme Ente. Noch langsamer als Bethany.«

»Niemand fährt langsamer als Bethany, Jeremy«, lachte Christine.

Sie waren alle drei entspannt, fast aufgekratzt von der Aufregung des Tages. Michael hatte das Gefühl, als gehörte er schon zur Familie, und er musste unwillkürlich daran denken, wie zerbrechlich dieses Glück doch war, wie leicht es verloren gehen konnte. Dennoch brachte er es nicht über sich zu gehen.

Während Michael noch diesem Gefühl wohliger Zufriedenheit nachspürte, stellte Jeremy plötzlich fest: »Ich glaube, dass jemand Travis' Schlangen absichtlich rausgelassen hat. Jemand wollte ihn tot sehen.«

Michael wusste, dass Christine ihrem Bruder verschwiegen hatte, dass Travis eventuell ermordet worden war. »Und wer sollte das gewesen sein?«, fragte er beiläufig.

»Jemand, der ihn nicht gemocht hat. Oder jemand, der eifersüchtig auf ihn war.« Jeremy biss genüsslich in sein Zimttörtchen und sagte mit vollem Mund: »Vielleicht war er ja Patricias Freund.«

Christine sah ihn schockiert an: »Wie kommst du denn darauf?«

»Na ja, ich hab dir doch erzählt, dass sie mal mit jemandem auf dem Heuboden war. Ich hab nur ihre Stimmen gehört, und die ihres Freundes kannte ich irgendwoher, aber ich kam einfach nicht drauf, wo ich sie schon mal gehört hatte.«

Michael konnte seine Erregung nur schwer verbergen. »Und jetzt glaubst du, dass es Travis gewesen sein könnte?«

»Ich bin mir immer noch nicht sicher, aber möglich wär's schon.«

Michael hatte Christine nicht erzählt, dass die Polizei inzwischen herausgefunden hatte, wem der CD-Spieler auf dem Heuboden gehört hatte. Der Gedanke, dass Travis Burke und Patricia Prince ein Verhältnis gehabt hatten, schien ihr vollkommen neu zu sein. »Glaubst du, du könntest dich erinnern, wenn du dich anstrengst?«, fragte Michael Jeremy.

»Ich weiß es nicht, aber ich versuch's. Wer könnte denn gewollt haben, dass Travis stirbt?«

Bethany, dachte Michael. Wenn sie Bescheid gewusst hatte.

Ames Prince. Wenn er Bescheid gewusst hatte. Er musste Jeremy auf andere Gedanken bringen, bevor ihm diese beunruhigenden Möglichkeiten in den Sinn kamen.

»Es hätte ein Unfall sein können, Jeremy. Der Pathologe …«

Jeremy runzelte die Stirn. »Der Arzt, der Travis untersucht hat, nachdem er tot war, hat sein Blut getestet und herausgefunden, dass er Alkohol getrunken hatte. Vielleicht war er deshalb einfach nur unvorsichtig.«

»Ich bin auch manchmal unvorsichtig, obwohl ich mich bemühe, es nicht zu sein«, gestand Jeremy treuherzig. »Aber ich hätte nicht gedacht, dass jemand wie Travis unvorsichtig sein würde. Noch dazu mit Schlangen.« Er schüttelte sich. »Ich kann Schlangen nicht ausstehen.«

»Einige sind ganz harmlos«, meinte Michael beschwichtigend, »aber am besten ist man mit allen vorsichtig.« Er blickte auf seinen leeren Teller. »Ich glaub's einfach nicht, wie viele Zimttörtchen ich gegessen habe. Sie haben großartig geschmeckt, Christine.«

»Danke sehr. Ich hab den Teig aus der Dose genommen und ganz allein auf dem Blech verteilt. Und jetzt bin ich todmüde.«

Jeremy lachte. »Manche Sachen macht Christy wirklich gut, aber backen kann sie nicht. Ihre Kuchen sind immer ganz schief und ihre Kekse steinhart.«

»Ich hab auch nie behauptet, eine gute Köchin zu sein. Unsere Mutter konnte hervorragend kochen. Ich glaube, so was ist eine Kunst. Man braucht Talent dazu, sonst geht es nicht.«

»Keine Ahnung«, sagte Michael. »Ich mach mir meistens eine Dose Bohnen auf und löffle sie über dem Spülbecken leer.«

»Ich tu das auch gern, aber Christy lässt mich nicht!«, rief Jeremy.

Michael musste lachen und bemerkte, dass er glücklich war – zu glücklich, um dagegen anzukämpfen. Er wünschte, dieser Abend ginge nie zu Ende, auch wenn es ein kindischer Gedanke war.

Das schöne Wetter hatte nicht lange gehalten. Es hatte zwar nicht mehr geregnet, doch den ganzen Tag hatten dunkle Wolken den Himmel verdüstert. Früher als sonst war die Nacht hereingebrochen.

Jeremy verzog sich mit Rhiannon in sein Zimmer, weil er noch dies und das zu erledigen habe, wie er ausweichend sagte. Als er gegangen war, erklärte Christine: »Um diese Zeit kommt eine Fernsehserie, die er nicht verpassen möchte, aber er wollte nicht unhöflich sein.«

»Es macht mir nichts aus, wegen einer Fernsehserie im Stich gelassen zu werden«, sagte Michael. »Man muss schließlich Prioritäten setzen.«

»Das Fernsehen ist eindeutig eine von Jeremys Prioritäten. Aber im Grunde bin ich froh darüber, weil er auch eine Menge dabei lernt. Allerdings hat er eine Schwäche für Action- und Abenteuerfilme.«

»Ein bisschen Action und Abenteuer kann nicht schaden.«

Christine goss ihm den restlichen Kaffee ein und sagte dann nachdenklich: »Trotz der ganzen Aufregung habe ich gehört, wie du Bethany nach einer Sofortbildkamera gefragt hast«, sagte sie. »Du hast an die Fotos gedacht, die ich bekommen habe.« Er nickte. »Du denkst doch nicht etwa, dass Bethany mir diese Fotos geschickt haben könnte?«

»Ich bemühe mich einfach, jede Möglichkeit in Betracht zu ziehen. Und vergiss nicht, dass die Kamera auch Travis gehörte.«

»Was könnte er denn für Gründe gehabt haben, mir solche Fotos zu schicken?«

»Denselben Grund, aus dem man dich im Fitness-Center überfallen und im Krankenhaus angerufen hat. Man will dich einschüchtern. Du sollst aufhören, deine Nase in Angelegenheiten zu stecken, die mit dem Mord an Dara Prince in Verbindung stehen. Und ich bin mir mittlerweile ziemlich sicher, dass sich die Initialen SC im Tagebuch auf Travis beziehen.«

»Du glaubst, dass er einer von Daras Liebhabern war.«

»Ja, und vermutlich hatte Beth Verdacht geschöpft. Auch, was seine anderen Weibergeschichten angeht.«

»Es tut mir so Leid für Bethany.«

»Mir auch. Wie kann man bloß wegen solcher Mätzchen seine Ehe aufs Spiel setzen, noch dazu, wenn man ein Kind hat?« Er schüttelte den Kopf. »Wie auch immer, zurück zu den Fotos. Ich habe Nachforschungen angestellt und hatte noch keine Gelegenheit, dir davon zu erzählen. Die Karte, in die man die Bilder gelegt hatte, stammt von einer Firma namens Wonderland. Das einzige Geschäft in der Stadt, das solche Glückwunschkarten verkauft, ist Ned's News. Der Ladeninhaber konnte sich an den Käufer der Karte nicht erinnern, obwohl ich sie ihm gezeigt hatte. Der Besitzer sagte, dass monatlich an die dreißig solcher Karten über den Ladentisch gehen. Hier kam ich also nicht weiter.«

»Und sicher waren auch keine Fingerabdrücke auf der Karte.«

»Genau. Der Absender war vorsichtig.«

»Ich möchte wetten, dass du auch auf den Karten von Dara keine Fingerabdrücke fändest, selbst wenn Ames sie herausrücken würde.«

»Da bin ich mir auch ziemlich sicher. Ich glaube, dass der ominöse Mörder, indem er Ames diese Briefe schrieb, vortäuschen wollte, dass Dara noch am Leben sei.«

»Das ist sie aber nicht«, sagte Christine tonlos. »Ich weiß, dass die Leiche in Charleston die ihre ist. Ihr Ring, die Schwangerschaft …« Sie schüttelte den Kopf. »Ames tut mir unendlich Leid, auch wenn er mich schlecht behandelt. Ich kann mir nichts Schlimmeres vorstellen, als mein Kind zu verlieren.«

»Ich auch nicht«, sagte Michael leise.

»Du klingst, als hättest du es schon erlebt.«

Er nickte. »Meine kleine Stacy.«

Christine schwieg einen Moment, dann sagte sie: »Ich dachte, dass deiner Frau das alleinige Sorgerecht zugesprochen worden wäre nach der Scheidung. Du meinst, Stacy ist …«

»Tot. Mit zwei Jahren gestorben.«

»O Michael, da wäre ich nie draufgekommen!« Sie legte die Hand auf seinen Arm. »Es tut mir so Leid. Wie ist es passiert? Nein, vergiss die Frage. Es geht mich nichts an, und die Erinnerung muss schrecklich für dich sein.«

»Das ist sie auch, aber ich möchte gern mit dir darüber reden, wenn es dir nichts ausmacht.«

»Natürlich nicht, Michael. Erzähl es mir, wenn es dich erleichtert.«

Er griff nach ihrer Hand und hielt sie fest. »Stacy war so ein hübsches Kind. Sie sah ihrer Mutter sehr ähnlich – rotes Haar, grüne Augen. Lisa ist Schauspielerin. Na ja, zumindest wäre sie das gern. Bis jetzt hat sie nur Werbespots gedreht. Aber sie ist sehr ehrgeizig, was ihre Karriere anbelangt.«

Er holte tief Luft. »Eines Tages war sie dabei, Stacy zu baden, als das Telefon klingelte. Wir hatten einen Anrufbeantworter, und normalerweise wäre Lisa nicht ans Telefon gegangen, während Stacy in der Wanne saß, aber es war ihre Agentin, die anrief. Also ließ sie Stacy im Wasser sitzen, ging ans Telefon und war ganz aus dem Häuschen vor Freude, als sie hörte, dass sie ihr einen Vorsprechtermin für eine Komödie verschafft hätte. Wir hatten ein schnurloses Telefon. Sie hätte auch im Badezimmer telefonieren können, wo sie Stacy im Auge behalten hätte, aber das tat sie nicht. Die Kleine muss versucht haben, ohne Hilfe aus der Wanne zu klettern, rutschte aus und stieß sich den Kopf so unglücklich, dass sie das Bewusstsein verlor, ins Wasser zurückglitt und ertrank.«

»O Michael. Wie schrecklich!«

»Es dauerte ein paar Wochen, bevor Lisa mir die Wahrheit sagte. Sie hätte Stacy nur eine Minute alleine gelassen, um ein Handtuch zu holen, hatte sie mir erzählt. Doch dann rief eines Tages ihre Agentin an, und ich war am Telefon. Sie sagte mir, dass sie sich schreckliche Vorwürfe machte. Wenn sie nicht ausgerechnet zu diesem Zeitpunkt angerufen und Lisa in ein Gespräch verwickelt hätte, meinte sie, wäre der Unfall womöglich nie geschehen. Ich stellte Lisa daraufhin zur Rede, und sie gestand mir alles.« Er schloss die Augen. »Man hätte sie wegen fahrlässiger Tötung vor Gericht stellen können, selbst mit der Handtuch-Geschichte, aber ich ließ meine Beziehungen spielen, und so sah man von einer Anzeige ab. Außerdem fand jeder, dass ich genug durchgemacht hätte. Doch damit war meine Ehe auch zu Ende.«

Christine drückte seine Hand. »Die letzten Jahre müssen sehr schwer für dich gewesen sein.«

»Deshalb habe ich Los Angeles verlassen. Mein Großvater hat sein ganzes Leben hier in Winston verbracht. Als er starb, hinterließ er mir sein Haus. Er machte sich Sorgen um mich, weil ich in L. A. wohnte. Er dachte, ich wäre hier besser aufgehoben. Vielleicht hast du ihn ja gekannt. Corbin Winter.«

»Corbin Winter war dein Großvater?«, rief Christine. »Der diesen altmodischen Krämerladen hatte und in der Weihnachtsparade immer den Weihnachtsmann spielte?«

»Genau der.«

»Ich kannte ihn, weil Jeremy so gern in seinem Laden einkaufen ging.«

»Da werd einer verrückt«, sagte Michael bedächtig. »Er hat mir Briefe geschrieben. Darin war auch von einem Jungen und seiner Schwester die Rede, die neu in die Stadt gezogen waren. Der Junge, schrieb er, sei genau wie mein Cousin. Ich kann mich nicht mehr erinnern, ob er Jeremys Namen erwähnt hat, aber bestimmt hat er von euch beiden gesprochen.«

»Hundertprozentig!«, rief Christine, freudig überrascht. »Was für ein Zufall, findest du nicht?«

»Zufall oder Schicksal?«

»Ich habe keine Ahnung.« Christine lächelte. »Jeremy hatte Mr. Winter sehr gern.«

»Das muss auf Gegenseitigkeit beruht haben. Wie auch immer, Großmutter ist schon Jahre vor meinem Opa gestorben. Und als er starb, ging das Haus an mich. Ich hatte eigentlich vor, es zu verkaufen. Doch dann starb Stacy. Einen Monat später verließ ich L. A. und zog hierher. Ich war oft bei meinen Großeltern zu Besuch gewesen, als ich klein war. Es gefiel mir hier in Winston. Und in Los Angeles konnte ich nicht mehr bleiben. Ich brauchte dringend einen Tapetenwechsel.«

»Hat der Umzug geholfen?«

»Ein bisschen. Aber die Erinnerung, die Trauer bin ich immer noch nicht los.«

»Das wird sich auch nicht ändern, Michael«, sagte Christine leise. »Der Schmerz wird leichter, das kann ich dir versprechen, aber vollständig vergehen wird er nie. Das muss aber nicht bedeuten, dass du nicht nochmal von vorn anfangen kannst. Aufgeben wäre Verrat an Stacy.«

Er sah sie an, und sie bemerkte die Tränen in seinen Augen. »Glaubst du?«

»Ich weiß es. Die Menschen, die uns geliebt haben, würden nicht wollen, dass wir am Leben verzweifeln, auch wenn sie nicht mehr bei uns sein können.«

»Ich würde das so gern glauben.«

»Ich weiß, das klingt irgendwie unbeholfen, aber du musst immer dran denken, wie sehr Stacy dich geliebt hat. Sie würde bestimmt nicht wollen, dass ihr Daddy nie mehr glücklich wird.«

Michael schloss die Augen. Dann nahm er Christines Hand und küsste sanft die Innenfläche. »Ich danke dir für diesen Gedanken. Er wird mir helfen.«

Die Berührung seiner Lippen lösten bei ihr ein angenehmes Kribbeln aus. Seine braunen Augen blickten sie sanft und eindringlich an, als schaute er geradewegs in ihre Seele, dachte sie. Noch nie hatte sie so empfunden.

Sie hörten, wie Jeremy geräuschvoll die Treppe heraufkam. Er kam atemlos und mit hochrotem Gesicht ins Esszimmer gelaufen. »Christy, da draußen ist wer und schaut rein.«

»Du hast jemanden gesehen?«, fragte Michael.

»Genau. Na ja, Rhi hat ihn zuerst gesehen. Sie hat auf dem Fensterbrett gesessen und wie wild gefaucht. Da hab ich nachgesehen. Er hat sich hinter den Büschen versteckt, aber weggelaufen ist er glaube ich nicht.« Er zeigte auf die Glasschiebetüren, die auf die Terrasse hinausführten. »Er muss direkt hier in dieses Zimmer gesehen haben.«

»Verdammt«, murmelte Christine. »Ich hätte die Jalousien schließen sollen. Wer da draußen steht, kann alles sehen, was in der Küche und im Esszimmer vor sich geht.«

»Ihr beide bleibt hier«, sagte Michael und stand auf. »Ich geh da raus.«

»Nein, bitte nicht!« Christines Stimme verriet ihre Angst. »Er hat vielleicht eine Waffe!«

»Ich hab auch eine. Jeremy, pass auf deine Schwester auf.«
»Ja, Sir!«
»Michael, bitte …«
»Ist schon gut, Christine. Ihr zwei bleibt hier. Ich geh durch die Vordertür und schleich mich von dort hinters Haus. Bleibt von den Fenstern weg. Am besten, ihr geht zurück ins Wohnzimmer, nur, falls er eine Waffe haben sollte«, sagte Michael, und mit einem flüchtigen Kuss auf Christines Wange machte er sich auf den Weg. Sie war zu verdutzt, um ihn zurückzuhalten. Sie fasste sich an die Wange, als Jeremy sie an der Hand nahm und ins Wohnzimmer zerrte.
»Ich sollte ihm helfen«, sagte Jeremy nach ein paar Minuten. »Er sollte nicht ganz allein da draußen im Dunkeln sein.«
»Wenn du rausgehst, dann weiß er nicht, dass du das bist, und erschießt dich womöglich«, sagte Christine und packte ihren Bruder am Arm. »Bitte bleib hier, bei mir. Ich brauche dich.«
Jeremy legte beschützend den Arm um sie. Sie saßen auf dem Boden, wo sie von draußen nicht zu sehen waren. Christine dachte gerade, wie albern es sei, dass sie sich hier am Boden versteckten, als plötzlich Michael draußen rief: »Stehen bleiben! Polizei!«
Dann fiel ein Schuss. Und dann noch einer.
Zum ersten Mal in ihrem Leben blieb Christine vor Schreck das Herz stehen. Sie spürte einen Stich in der Brust, bekam keine Luft mehr, bis mit einem Ruck ihr Herz wieder anfing zu schlagen. Jeremy fuhr zusammen und drückte sie an sich.
Eine Minute später pochte jemand gegen die Glastür im Esszimmer. Sie waren beide starr vor Schreck, bis Michael rief: »Ich bin's! Macht die Tür auf!«
Sie hasteten ins Esszimmer. Jeremy war zuerst an der Tür,

entriegelte sie und schob sie auf. Michael kam hereingestolpert und rang nach Luft. »Ich hab ihn nicht getroffen«, sagte er schwach. »Aber er mich.«

In diesem Augenblick bemerkte Christine das Blut an seiner rechten Schulter.

Kapitel 19

1

»Ich rufe den Notarzt«, sagte Christine, und ihre Stimme klang hoch und dünn.

»Wir sind schneller im Krankenhaus, wenn wir selber hinfahren«, entgegnete Michael. »Wenn du mir ein Handtuch oder so was gibst, das ich mir auf die Wunde pressen kann, dann schaff ich es. Verdammt. Ich hab auf deinen Teppich getropft.«

»Lass doch den Unsinn«, fuhr Christine ihn an. »Ich finde, wir sollten einen Krankenwagen kommen lassen. Die Sanitäter sind ausgebildet. Du verblutest mir womöglich auf dem Weg zum Krankenhaus ...«

Jeremy hatte schon ein Handtuch geholt, drückte Michael auf einen Stuhl und presste das Handtuch gegen seine Schulter. »Hör auf zu reden, Christy, lass uns fahren«, sagte er. Er sah Michael an. »Sie redet am laufenden Band, wenn sie Angst hat.«

Michael sah sie an. »Ist nicht so schlimm, Christine. Ich muss nur ins Krankenhaus, bevor ich umkippe.«

»Umkippen?«, rief Christine. »Du lieber Gott!«

»Jetzt reg dich ab, Christy«, sagte Jeremy. »Ich werde den Deputy zum Auto tragen.«

»Ich muss nicht getragen werden«, protestierte Michael, als Jeremy probierte, ihn vom Stuhl zu hieven. »Es reicht, wenn ich mich auf dich stütze.«

Eine halbe Stunde später saßen Christine und Jeremy im

Wartezimmer der Notaufnahme. Jeremy hatte sich schon dreimal Süßigkeiten aus dem Automaten gezogen, während Christine sich einen Becher Wasser geholt hatte. »Die haben hier mieses Essen«, sagte Jeremy.

»Krankenhäuser sind auch nicht gerade für ihre Haute Cuisine berühmt.«

»Was ist das denn?«, fragte Jeremy. »Was zu essen?«

»Du sagst es.«

Zwei Polizisten tauchten auf, als Jeremy gerade im Begriff war, sich einen weiteren Schokoriegel zu ziehen. »'n Abend, Miss Ireland«, sagte der jüngere der beiden. »Wie ich hörte, hatten Sie heute Abend ziemlichen Ärger?«

»Milde ausgedrückt. Woher wissen Sie es?«

»Eine Nachbarin hat uns angerufen.« Christine wusste sofort, dass es sich nur um die wachsame Mrs. Flint handeln konnte. Der jüngere der beiden Polizisten lächelte. »Ich heiße Lasky. Mein Partner hier heißt Anders. Mrs. Flint sagte, dass ein Polizist bei Ihnen gewesen sei. Einer, der in letzter Zeit oft zu Ihnen kommt.« Christine fühlte, wie ihr das Blut in die Wangen schoss, obwohl die Stimme des Deputy neutral, ja sogar freundlich klang. »War es Winter?«

»Ja. Deputy Winter war vorbeigekommen, um mit mir über die Fotos von Dara und Patricia Prince zu sprechen, die mir jemand geschickt hat.«

»Wir wissen darüber Bescheid«, sagte Lasky.

»Dann wissen Sie ja auch, dass Deputy Winter noch nicht viel darüber herausgefunden hat. Er wollte mich nur wissen lassen, dass die Polizei die Angelegenheit nicht auf sich beruhen lässt, weil er weiß, wie sehr mich die Sache beunruhigt.« Das war nicht ganz gelogen. Sie hatten tatsächlich über diese Fotos gesprochen, obwohl Michael auch noch andere Gründe hatte, warum er sie besuchen kam.

»Jedenfalls bemerkte mein Bruder plötzlich, dass jemand im Schutz der Büsche ums Haus schlich und durchs Fenster starrte. Deputy Winter war der Meinung, dass dieser Jemand bestimmte Gründe haben müsste, uns heimlich zu beobachten. Also ging er nach draußen, um nach dem Rechten zu sehen. Er rief: ›Polizei! Stehen bleiben!‹ Etwas in der Art. Dann fielen zwei Schüsse. Wir dachten, dass Deputy Winter jemanden erschossen hätte. Doch als wir wieder ins Haus kamen, sahen wir, dass er selbst angeschossen worden war.«

Zuletzt kam ein Arzt auf sie zu, um mit ihnen zu sprechen. »Deputy Winter meinte, ich solle Sie darüber informieren, wie es ihm geht. Zum Glück hat die Kugel weder Knochen noch größere Blutgefäße getroffen. Er muss den Arm einige Tage lang in einer Schlinge tragen, aber er wird wieder vollständig gesund. Wir behalten ihn über Nacht hier.«

Als der Arzt ihnen schließlich erlaubte, den Deputy zu sprechen, blickte Michael ihnen lächelnd entgegen, obwohl er erschreckend blass aussah, wie Christine fand. »Bist du sicher, dass es dir schon besser geht?«, fragte sie. »Oder spielst du hier den Helden?«

»Er ist ein Held«, korrigierte Jeremy sie vorwurfsvoll. »Der größte, den ich kenne.«

»Danke für dein Vertrauen, Jeremy, aber um ehrlich zu sein, heute Abend fühle ich mich alles andere als heldenhaft. Ich hatte Glück. Sie haben die kleine Kugel aus mir rausgeholt. Es war ein Zweiundzwanziger.«

»Ein Zweiundzwanziger?«, wiederholte Christine. »Ist das nicht ein leichteres Kaliber?«

Michael lächelte. »Das würdest du nicht denken, wenn sie dich an der Schulter getroffen hätte.«

»Oh, tut mir Leid. Ich hab's nicht so gemeint.«

»Ist schon gut«, lachte Michael. »Du hast Recht. Ein Zweiundzwanziger wird gern von Frauen benutzt. Oder von der Mafia, wenn es gilt, jemandem aus nächster Nähe eine Kugel in den Kopf zu jagen. Die Kugel durchdringt die Schädeldecke und zerfetzt das Gehirn.«

»Sehr interessant. Muss ich mir merken«, sagte Christine und versuchte ihre Besorgnis um Michael mit einem Lächeln zu tarnen.

»Sheriff Teague hat angerufen und darauf bestanden, mit mir zu sprechen, während ich gerade verarztet wurde. Er ist nicht eben begeistert über den Vorfall, hat aber eine brillante Theorie. Er behauptet, es seien Jäger gewesen, die mich angeschossen hätten.«

»Jäger?«, wiederholte Christine fassungslos. »In einem Wohngebiet? Was hätten die denn jagen sollen? Spatzen?«

»Vielleicht Stinktiere«, schlug Jeremy ernsthaft vor. »Ich hab erst neulich ein Stinktier durch den Garten laufen sehen.«

»Ich glaube kaum, dass Stinktiere bei Jägern sehr beliebt sein dürften«, sagte Michael und gähnte.

»Wir gehen jetzt besser«, sagte Christine sofort. »Die beiden Polizisten möchten auch noch mit dir sprechen.«

»Welche sind es?«

»Lasky und Anders.«

»Nette Kerle, die beiden.«

»Kann ich irgendetwas für dich tun?«, fragte Christine.

»O ja. Du hast meinen Großvater gekannt. Dann weißt du ja auch, wo ich wohne. Könntest du mir bitte ein paar frische Sachen zum Anziehen für morgen holen? Jeans und T-Shirt genügen. Der Hausschlüssel steckt hier in meiner Hosentasche. Du kannst mir die Sachen ja morgen vorbeibringen.«

»Lässt er Sie schon Botengänge für sich erledigen?«

Christine blickte auf und sah eine große, schlanke junge Frau mit roter Mähne und den faszinierendsten grünen Augen, die sie jemals gesehen hatte. Sie trug eine hautenge schwarze Lederhose, eine schwarze Lederjacke über einem goldfarbenen Strick-Shirt und riesige goldene Kreolen. Christine fand, sie sei eines der schönsten Geschöpfe, die sie je gesehen hatte.

»Hi«, sagte die Frau lächelnd und zeigte ihre makellosen Zähne. Besonders strahlend war ihr Lächeln, als sie Jeremy die Hand gab. Er war so verwirrt, dass er kein Wort herausbrachte. »Ich fürchte, ich habe Ihre Namen nicht verstanden.«

»Ch-Christine Ireland«, sagte sie und ärgerte sich, dass sie über ihren eigenen Namen gestolpert war. »Und das hier ist …«

»Jeremy Bartholomew Ireland.« Christine sah ihn verstohlen an. »Ich bin Christys Bruder.«

»Wie nett, Sie beide kennen zu lernen, Christine und Jeremy Bartholomew.« Ihre Stimme schien durch den Raum zu tanzen, jung und sorglos wie die eines Kindes.

Sie wandte sich an Michael. »Ich wollte dich besuchen und sah einen Streifenwagen vor deinem Haus stehen. Du kannst dir vorstellen, wie erschrocken ich war, als sie mir sagten, du seist angeschossen worden.«

Michael hatte noch kein Wort gesagt, seit die Frau ins Zimmer gekommen war. Er starrte sie einfach nur an, sichtlich verwirrt.

Sie ging zu ihm und strich ihm langsam das dunkle Haar aus der Stirn, bevor sie ihm sanft über die Wange streichelte. Die Geste war so besitzergreifend vertraulich, dass Christine spürte, wie ihr das Blut aus dem Gesicht wich.

Die Frau lächelte ihn lange an und wandte sich dann wieder Christine zu. »Nun, da Michael offenbar seine gute Erziehung vergessen hat, stelle ich mich eben selber vor. Christine, Jeremy, ich bin Lisa Winter. Michaels Frau.«

2

»Ich dachte, Deputy Winter ist nicht mehr verheiratet«, sagte Jeremy draußen im Auto.

»Ist er auch nicht. Er ist geschieden.«

»Was will sie dann hier?«, fragte er trotzig.

»Ich nehme an, dass sie ihn besuchen will. Man darf sich besuchen, auch wenn man geschieden ist.«

»Das ist nicht wahr. Davon hab ich noch nie was gehört«, plapperte Jeremy, als würde er sämtliche Regeln der Etikette für geschiedene Paare kennen. »Sie sollte nicht hier sein! Sie wird uns alles verderben!«

»Was soll sie uns denn verderben?«

»Na, dass ihr beiden, du und der Deputy, zusammenkommt.«

»Wie kommst du darauf, dass wir uns mögen?«

Jeremy verdrehte die Augen. »Ach, Christy, komm schon! Ihr zwei seid doch mächtig ineinander verknallt. Das sieht jeder. Und ich finde, dass ihr gut zusammenpasst. Und ich hätte gern einen Polizisten zum Schwager. Diese blöde Lisa! Kommt hierher und schmeißt uns alles über den Haufen!«

Jeremy schimpfte die ganze Heimfahrt über, aber Christine hörte ihn kaum. Es überraschte sie fast, wie elend ihr zumute war. Diese Frau! Sie sah toll aus, fand Christine. Sie war beinahe so groß wie sie, aber zu ihr schien die Größe zu passen. Und sie hatte noch nie so intensive rote Haare gesehen. Unwillkürlich fasste sich Christine in ihre eigenen kurzen Haare. Vielleicht waren sie ja auch gefärbt, aber sie waren wunderschön lang und glänzend. Und ihre Augen! Wie Smaragde.

»Ich fand sie kein bisschen hübsch«, verkündete Jeremy, als hätte er ihre Gedanken gelesen.

»Doch, das hast du.«

»Nein, Christy. Sie sieht aus wie die Stars in *People*. Nicht wie du.«

»Das freut mich. Wäre ja auch schrecklich, wie ein Filmstar auszusehen.«

»Du bist doch viel hübscher. Dein Gesicht sieht aus, als würdest du Kinder und Tiere mögen.«

»Jeremy, könntest du bitte diese Lobeshymnen über mein Aussehen sein lassen? Da fühl ich mich noch mieser.«

»Was sind Lobeshymnen?«

»Tolle Komplimente.«

»Und was ist so falsch dran, Komplimente zu kriegen?«

»Gar nichts. Es kommt eben auf die Art der Komplimente an …« Sie unterbrach sich und seufzte. »Reden wir von etwas anderem.«

Als sie nach Hause kamen, war es völlig dunkel. Christine konnte keine Sterne sehen, und der Mond war eine dünne Sichel. Die Außenbeleuchtung war ausgefallen. Sie würde morgen den Elektriker kommen lassen.

Christine wusste, dass die Polizei die gesamte Umgebung abgesucht hatte und mindestens ein Cop ihr Haus beobachtete. Derjenige, der Michael angeschossen hatte, würde kaum die Frechheit besitzen, noch einmal zurückzukommen. Trotzdem fühlte sie sich unwohl, ganz so, als ob sie beobachtet würde. Sie zog sämtliche Vorhänge im Haus zu und setzte sich mit Jeremy vor den Fernseher.

Während einer Werbepause blickte er zu ihr auf und lächelte. »Jetzt geht's dir noch schlecht, aber morgen wird's schon besser sein. Ich wette, dass die Frau von Deputy Michael nur gekommen ist, um Geld oder so was zu holen, und dass sie bald wieder wegfahren wird.« O Gott, ich hoffe es auch, dachte Christine. Gestern hätte sie nicht gedacht, dass die Rückkehr von Michael Winters Exfrau sie so deprimieren könnte.

»Wir haben morgen viel zu tun«, fuhr Jeremy fort. »Ich freue mich schon darauf, wieder in die Werkstatt zu kommen.«

Christine saß einen Augenblick schweigend da. Sie wusste, dass Jeremy sie prüfend anblickte, und spürte, dass etwas nicht in Ordnung war. Schließlich fragte sie: »Jeremy, wärst du schrecklich traurig, wenn du nicht mehr in Ames Prince' Laden arbeiten könntest?«

Er sah sie an, als hätte sie ihm das Ende der Welt verkündet. »Nicht mehr arbeiten? Du meinst, wenn ich meinen Job verlieren würde? Hab ich ihn denn verloren?« O Gott, dachte Christine. Genau, wie sie es befürchtet hatte. »Warum?«, fragte Jeremy weiter, und seine Stimme wurde laut. »Was hab ich denn falsch gemacht?«

Sie holte tief Luft. »Überhaupt nichts. Weißt du noch, wie wir Daras Tagebuch gefunden haben?«

»Klar weiß ich das noch, aber was hat das mit meinem Job zu tun?«

»Ich will's dir erklären. Ich hatte das Gefühl, dass ich das Tagebuch der Polizei geben müsste, und als Ames das erfahren hat, ist er richtig wütend geworden.« Jeremys Gesicht war flammend rot. »Ja, ich weiß schon, dass du es warst, der es ihm als Erster erzählt hat.«

»Tut mir Leid, Christy. Es ist mir einfach so rausgerutscht. Ich hatte ein schlechtes Gewissen, weil ich wusste, dass Dara nicht wollte, dass jemand es liest, aber ich wusste, dass du es Deputy Michael geben würdest, und da …« Er sah aus, als würde er gleich in Tränen ausbrechen. »Tut mir echt Leid.«

»Ist schon gut, Jeremy. Ames hätte es ohnehin erfahren. Aber wie ich schon sagte, er wurde fuchsteufelswild und … na ja … er hat mich rausgeworfen.«

Jeremy starrte sie einen Augenblick ungläubig an und platzte dann heraus: »Er hat dich gefeuert!«

»Ja, ich fürchte, das hat er. Von dir hat er nichts gesagt. Vielleicht hast du deinen Job ja noch.«

»Das ist mir gleich!«, schäumte Jeremy. »Ohne dich will ich da auch nicht mehr arbeiten!«

»Du brauchst nicht meinetwegen zu kündigen. Ich weiß ja, wie gern du den Job magst.«

»Nicht ohne dich! Ich finde es richtig gemein von Ames, dass er dich gefeuert hat! Und wenn er so gemein ist, dann mag ich nicht mehr für ihn arbeiten.«

»Er ist lange Zeit sehr gut zu uns gewesen, Jeremy.«

»Ja schon, aber deswegen braucht er dich jetzt nicht so gemein zu behandeln. Ich werde nie mehr für ihn arbeiten!«

Christine beugte sich zu ihm hinunter und strich ihm sanft übers Haar. »Ich finde, du solltest mit Ames reden. Du solltest ihm sagen, dass er dich nicht für das verantwortlich machen soll, was ich getan habe. Schließlich hättest du das Tagebuch niemanden lesen lassen. Frag ihn, ob du deinen Job nicht behalten kannst.«

Jeremy schüttelte entschieden den Kopf. »Nicht ohne dich, Christy. Mach dir keine Sorgen. Wir finden anderswo Arbeit. Sogar bessere.«

Christine wünschte, sie hätte Jeremys Zuversicht. Gewiss konnte sie anderswo Arbeit finden, aber was wurde dann aus Jeremy? Wo würde man ihm eine Chance geben, sein Talent unter Beweis zu stellen?

Christine wusste, dass Jeremy unglücklicher war, als er sich anmerken ließ. Das Entwerfen von Schmuck bedeutete ihm alles. Endlich hatte er etwas gefunden, worin er wirklich gut war. Und jetzt war es unwahrscheinlich, dass er jemals die Gelegenheit bekäme, Ames seine wunderschöne Brosche zu zeigen.

Aber schon nach wenigen Minuten schweiften ihre Gedanken wieder zu Lisa Winter. Sie fragte sich, warum Michaels Exfrau ausgerechnet jetzt wieder aufgetaucht war. Hoffte sie, sich mit ihm wieder auszusöhnen? Sie war wunderschön. Und Michael hatte Christine erzählt, wie sehr er Lisa geliebt hatte.

Später hörte Christine, dass unten im Keller der Fernseher lief. Jeremy hatte die Lautstärke weiter aufgedreht als sonst, offenbar kämpfte Captain Kirk wieder einmal gegen eine Horde Klingonen. Eines der Dinge, die Christine immer an Jeremy bewundert hatte, war seine Fähigkeit, Probleme eine Weile wegzuschieben. Christine besaß diese Fähigkeit nicht.

Nachdem sie sämtliche Schlösser im Haus überprüft hatte, auch die an den Fenstern, hatte Christine sich in ihr Schlafzimmer zurückgezogen und drei Kerzen angezündet, deren Duft sie an die Kekse erinnerte, die ihre Mutter immer zu backen pflegte. Kekse mit Zimt und Rosinen. Damals hatte sie geglaubt, die Tage der Geborgenheit würden nie vergehen. Gut, dass sie damals nicht gewusst hatte, was noch alles kommen würde.

Zum Beispiel Mord. Dara war umgebracht und ihre Leiche in den Fluss geworfen worden. Patricia war ebenfalls ermordet worden. Und es bestand gar kein Zweifel, dass auch der grauenhafte Tod von Travis Burke inszeniert worden war. Wer hatte die drei so gehasst, dass er sie ermorden musste?

Und wer trachtete ihr selbst nach dem Leben? Ein Schauder überlief sie, als sie an die Karte dachte, die sie erhalten hatte. ›Hübsche Mädchen sehn wir drei. Welches ist als nächstes an der Reih?‹ Sie hatte befürchtet, dass sie selbst gemeint war. Dabei war Travis Burke an der Reihe gewesen. Andererseits war er kein »hübsches Mädchen«. Travis' Tod bedeutete nicht, dass sie außer Gefahr war.

Christine setzte sich auf, entsetzt über ihren Gedanken.

Hatte sie gehofft, dass Travis auf der Hitliste des Mörders ihren Platz einnehmen würde? Nein, natürlich nicht, beschwichtigte sie sich selbst. Er hatte eine kleine Tochter. Und eine Frau, die ihn liebte. Und zweifellos der Untreue verdächtigte. Eine Frau, die vorgab, beim Anblick von Schlangen keiner Regung fähig zu sein, um sich im nächsten Moment wie eine Furie auf eine tödlich giftige Gabun-Viper zu stürzen.

Bethany. Die liebenswerte Bethany. Einer der freundlichsten, großzügigsten Menschen, die Christine kannte. Sie wäre nicht imstande gewesen, ihren eigenen Mann umzubringen. Oder dessen Geliebte.

Christines Gedanken drehten sich im Kreis, und allmählich spürte sie, wie sich ihr Nacken verspannte. Kopfschmerzen. Die hatten ihr gerade noch gefehlt. Sie musste dringend schlafen, damit sie mit klarem Kopf in den morgigen Tag starten konnte. Sie musste ihre Jobsituation klären, denn schließlich hatte sie sich auch um ihren Bruder zu kümmern.

Doch wie sollte sie in einer Nacht friedlich schlafen, in der jemand ums Haus geschlichen war und dreist einen Polizeibeamten angeschossen hatte, der ihr zu Hilfe kommen wollte? Wie sollte sie Schlaf finden, wenn sie entsetzliche Angst davor hatte, als Nächste zu sterben und Jeremy allein zurücklassen zu müssen?

Und wie sollte sie schlafen, wenn die Eifersucht an ihr nagte bei dem Gedanken, dass Lisa Winter heute in Michaels Haus übernachtete?

Sie stöhnte vernehmlich, schaltete die Nachttischlampe aus, schloss die Augen und zwang sich dazu, still zu liegen und tief aus- und einzuatmen. Atme tief durch, sagte sie sich immer wieder. Tief durchatmen und entspannen. Denk an daheim, an die Familie, in der du geborgen warst. Denk an die Zeit, als das Leben noch heiter und einfach war.

Das Telefon auf dem Nachttisch klingelte, und Christine hatte die absurde Hoffnung, dass es Michael sein würde. Nach dem zweiten Klingeln tastete sie nach dem Hörer und hörte zunächst nur Countrymusic und lautes Stimmengewirr im Hintergrund. Dann erstarrte sie vor Angst, als der Lärm eingedämmt wurde und sie Daras spukhafte eindringliche Stimme hörte, die aus dem Jenseits zu kommen schien:

Wohin ich auch geh,
finstere Augen ich seh.
Ich wünschte, sie sprächen von Liebe,
und weiß doch, sie wollen den Tod.
Ich liebe das Leben,
und weiß nur zu gut,
dass es bald zu Ende geht.

3

Christine legte leise den Hörer ab und hastete nach unten, an den Anrufbeantworter, der die Nummer des Anrufers identifizierte. Sie lautete 555-9794. Sie nahm den Hörer ab. Die Musik war zu Ende. »Hallo«, sagte sie und erwartete keine Antwort. »Hallo.« Ein Klicken. Man hatte aufgelegt.

Was sollte sie jetzt tun?, fragte sie sich. Normalerweise hätte sie Michael angerufen, aber nicht heute Abend. Nicht mit Lisa im Haus. Er dachte vielleicht, dass sie sich den mysteriösen Anruf nur ausgedacht hatte, um einen Grund zu haben, mit ihm zu sprechen. Sie wartete fünf Minuten und wählte dann die Nummer, die auf dem Display des Anrufbeantworters erschienen war. Nichts. Fünf Minuten später versuchte sie es noch einmal. Eine männliche Stimme brüllte rau »Was ist?«, um den Lärm im Hintergrund zu übertönen.

»Hallo«, meldete sie sich zögernd. »Ich hab vor ein paar Minuten einen Anruf von Ihrer Nummer aus bekommen. Darf ich fragen, wessen Wohnung das ist?«

»Da wohnt gar keiner, Lady«, brüllte der Mann. Er hatte einen fürchterlichen Akzent. »Sie sind mit Ernie's Pool Hall verbunden.«

»Ernie's Pool Hall?«, wiederholte sie. Das war ein Tanzschuppen am Stadtrand, mit Speiselokal, Bar und Billardsaal. Es verging kaum eine Woche, ohne dass die Polizei zu einer Rauferei geholt wurde. »Jemand hat mich von da angerufen«, wiederholte sie lahm.

»Ist wohl ein Rumtreiber, Ihr Freund?«, lachte der Kerl. »Lässt so 'ne hübsche Lady allein zu Haus und geht sich amüsieren, was?«

»Woher wollen Sie wissen, dass ich hübsch bin«, fragte Christine misstrauisch.

»Nun seien Sie mal nicht zickig. Ich mein ja nur, dass Sie sich hübsch anhören. Und irgendwie fein. Nicht wie die Puppen, die wir normalerweise hier drin zu sehen kriegen. Wie wär's, wenn Sie auf'n paar Drinks rüberkommen und ein bisschen das Tanzbein mit mir schwingen würden?«

»Klingt verlockend«, sagte Christine mit honigsüßer Stimme. Wenn sie den Kerl wütend machte, würde sie gar nichts mehr aus ihm herausbekommen. »Aber ich bin schon im Pyjama.«

»Um diese Zeit? Teufel nochmal, Süße, der Spaß fängt hier doch erst an. Schmeiß dich in 'ne knackige Jeans, schnapp dir deine Tanzschuhe und schieb rüber.«

»Ich fürchte, das geht wirklich nicht.« Christine überlegte, wie sie ihn am Telefon halten, aber sein Flirten ausschalten konnte. »Ich muss bei meiner Kleinen bleiben. Und den Zwillingen.«

Der Gedanke, dass sie Mutter von drei kleinen Kindern war, schien seinen Enthusiasmus ein wenig zu dämpfen. »Oh, wirklich schade.«

»Das können Sie laut sagen. Sie tatschen alles an. Und sie schreien in einer Tour.«

»Soso.« Er zog den Schwanz ein. »Na ja, dann will ich Sie nicht länger aufhalten. Also bis bald.«

»Eine Minute noch. Haben Sie vielleicht gesehen, wer mich da vorhin angerufen hat?«

»Lady, hier hängen doch pausenlos Leute an der Strippe.«

»Aber dieser Typ muss einen kleinen Kassettenrecorder bei sich gehabt haben, weil er mir was vorgespielt hat. Ein Lied, gesungen von einer toten Freundin.«

»Tatsache?« Jetzt klang er, als hätte er eine Verrückte am Telefon. Mit drei plärrenden Kindern. »Sie haben niemanden gesehen, der einen Kassettenrecorder ans Telefon gehalten hat?«

»Nee, Lady. Ich hab mich amüsiert. Ich muss jetzt gehen. War nett, mit Ihnen zu plaudern. Hoffe, Sie finden den Kerl mit dem Kassettenrecorder. Adios.«

Er legte auf.

Jetzt wusste sie zwar, dass der Anruf von Ernie's Pool Hall gekommen war, eine Spelunke, die etwa hundert Menschen fassen konnte. An die hundert ungeschliffene Personen, die einander kein großes Interesse entgegenbrachten, außer sie waren auf Krawall aus. Na ja, das ergab durchaus Sinn, dachte Christine. Welcher Narr würde auch von seiner eigenen Wohnung aus einen anonymen Drohanruf starten? Sie wusste jetzt genauso viel wie nach dem ersten Anruf, den sie im Krankenhaus erhalten hatte.

Nur dass ihr Verfolger offenbar nicht aufgeben würde.

Christine rezitierte laut: »Hübsche Mädchen sehn wir drei. Welches ist als nächstes an der Reih?«

Sie würde die Nächste sein.

4

Christine zuckte zusammen, als zwei Minuten später erneut das Telefon klingelte. Konnte sie es ertragen, das Lied noch einmal zu hören? Ein Lied, das Dara selbst geschrieben hatte, als ihr schon der Tod im Nacken saß? Was bleibt mir anderes übrig, dachte Christine. Vielleicht ist der Anrufer dreister geworden. Vielleicht ruft er von einem privaten Telefon aus an.

Sie hob ab und sagte mit kräftiger Stimme »Hallo?«, um ihre Angst zu verbergen.

»Christine? Bist du das?«

Michael Winter. Die gefangene Luft in ihrer Lunge entwich mit einem lauten Seufzer der Erleichterung. »Michael. Ich … wie geht es dir?«

»Mir geht es gut, aber dir nicht. Was ist passiert?«

Abgesehen von der Tatsache, dass deine schöne Exfrau nach Winston gekommen ist?, hätte sie beinahe gesagt. Aber sie wollte nicht wie eine eifersüchtige Harpyie klingen. Und außerdem hatten sie beide noch nicht einmal ein richtiges Date gehabt. »Man hat mich wieder angerufen«, sagte sie mit sachlicher Stimme. »Man hat mir wieder Daras Lied vorgespielt, wie damals im Krankenhaus. Du weißt schon, in dem Dara davon singt, dass jemand sie tot sehen möchte. Ich habe die Nummer angerufen, die auf dem Display des Anrufbeantworters erschien und Ernie's Pool Hall erreicht. Irgendein

Kerl war am Telefon. Er wusste natürlich von nichts. Hatte angeblich nicht drauf geachtet, wer die Münztelefone benutzt hatte. Es gibt ja auch ein paar von den Dingern, glaube ich.«

»Ungefähr sechs.«

»Na ja, jedenfalls war da heute die Hölle los. Eine Menge Leute, eine Menge Lärm. Gut möglich, dass man bei dem Durcheinander nicht sehen konnte, wer alles telefonierte.« Michael war still. »Was ist?«

»Ist dir eigentlich klar, dass du vielleicht mit dem Anrufer gesprochen hast?«

Sie war so überrascht, dass sie eine Weile kein Wort herausbrachte. »Mit dem Anrufer?«, sagte sie schließlich. »Aber der hatte einen Akzent. Seine Stimme kam mir überhaupt nicht bekannt vor.« Sie holte tief Luft. »Er hätte den Akzent vortäuschen und die Stimme verstellen können. Herrgott nochmal, was bin ich blöd!«

»Du bist nicht blöd. Du hattest nur Angst. Und schließlich hast du noch nicht viel Erfahrung mit anonymen Anrufen.«

»Ich bin so blöd.«

»Hör auf. Das nächste Mal machst du es besser. Vielleicht können wir nach der Schießerei vor deinem Haus sogar ein paar Spuren sichern. Übrigens, du stehst unter Beobachtung heute Nacht. Mach dir also keine Sorgen, wenn du aus dem Fenster siehst und einen Streifenwagen entdeckst.«

»Da bin ich erleichtert.« Sie überlegte. »Bist du sicher, dass es dir gut geht?«

»Ausgezeichnet. Na ja, nicht ganz, aber sie haben mich mit Schmerzmitteln voll gepumpt, sodass ich gut schlafen werde heute Nacht.« Plötzlich sagte er: »Lisa hat mich überrascht.«

»Das kannst du laut sagen.« Einen Augenblick herrschte Schweigen, dann sagte Christine: »Ich nehme an, dass sie sich mit dir aussöhnen will.«

»Ich hab sie nicht hergebeten, Christine.«

Christine hätte ihn gern sagen hören, dass er Lisa nicht hier haben wollte, dass er sie sofort wieder nach Los Angeles zurückschicken würde, aber das tat er nicht. Er war ein paar Sekunden lang still. Dann sagte er: »Gute Nacht, Christine.«

»Gute Nacht, Deputy«, erwiderte sie, aber er hatte schon aufgelegt.

Kapitel 20

1

Christine verbrachte eine elende Nacht, gequält von nicht enden wollenden Albträumen. Es war zwar wissenschaftlich erwiesen, dass Träume nicht länger dauerten als ein paar Sekunden, trotzdem schien ihr jeder Traum endlos lang.

Sie war eben aus einem Traum geschreckt, in dem Jeremy ziellos, allein und in abgerissenen Kleidern durch eine Stadt irrte, als sie beschloss, am nächsten Morgen mit Ames zu sprechen. Sie würde nicht um ihren eigenen Job bitten, aber sie würde ihn bitten, Jeremy im Laden zu behalten. Er hatte nun wirklich nichts getan, was in Ames' Augen falsch sein konnte.

Der Morgen dämmerte kaum, als Christine aufstand und in einen langen Bademantel schlüpfte. Unten kochte sie Kaffee und linste aus dem Fenster. Ein Streifenwagen stand vor dem Haus, aber sie wusste, dass Sheriff Teague ihn im Laufe des Tages abziehen würde, um nicht länger als unbedingt nötig Arbeitskräfte abzustellen.

Trotz des Streifenwagens zog sie die Jalousien vor den Glastüren nicht wie sonst sofort nach oben, um die Vögel zu beobachten, die ins Vogelhäuschen kamen. Was für eine eigenartige Vorstellung, dass jemand da draußen im düsteren, nebligen Morgen lauern könnte, um sie zu erschießen, dachte sie. Solche Dinge passierten doch eigentlich nur im Roman.

Kaum zu glauben, dass so etwas auch im echten Leben passieren konnte.

Während sie darauf wartete, dass der Kaffee durchlief, überflog sie die Morgenzeitung, die sie von der Veranda geholt hatte. Der Wasserpegel war beinahe wieder normal, verkündete die Schlagzeile, aber der nachfolgende Artikel berichtete detailliert über die entstandenen Schäden. Die Aufräumarbeiten würden mindestens zwei Wochen dauern, und einige Geschäfte und Häuser waren so beschädigt, dass sie abgerissen werden mussten. Diese Überschwemmung war schlimmer gewesen als die vor drei Jahren, lautete die Meldung des Wetterberichts. Christine wusste, dass sie dieses Hochwasser nie vergessen würde.

Jeremy kam ein paar Stunden später in die Küche gestolpert. »Morgen«, murmelte er ohne die übliche Fröhlichkeit und griff sich die Kaffeekanne. »Haben wir Doughnuts oder so was?«

»Du wirst dich mit Toast und Marmelade begnügen müssen. Ich muss erst noch einkaufen gehen.«

»Toast ist auch okay.« Aber er griff nicht nach dem Brot. Stattdessen setzte er sich neben Christine und sah sie bekümmert an. »Ich hab ziemlich mies geträumt, Christy.«

»Kein Wunder«, sagte sie, ohne ihre eigene schlechte Nacht zu erwähnen. »Aber Michael ist schon wieder wohlauf.«

»Das freut mich sehr, weil er zu meinen Lieblingsleuten gehört, aber ich hab nicht von ihm geträumt, sondern von Dara.«

»Ach so.« Schon wieder Dara. Wie gerne hätte Christine das Bild des schönen, destruktiven Mädchens aus Jeremys Gedächtnis gestrichen. »Vielleicht hat du von ihr geträumt, weil wir gestern Abend noch über Ames und den Laden gesprochen haben und du automatisch dann auch an Dara gedacht hast.«

»Das war es nicht, Christy. Es war … na ja, ich weiß, wo sie ist.« Christine starrte ihn unbehaglich an. »Sie ist auf der Insel.« Damit meinte Jeremy die Halbinsel zwischen dem Crescent Creek und dem Ohio. »Ich glaube, dass Dara dort drüben ist, bei den Indianern.«

»Jeremy, wie kommst du bloß auf so was?«, fragte Christine sanft.

»Weil ich es geträumt habe. Und außerdem war sie für ihr Leben gern dort drüben. Sie dachte, das Land dort sei verwunschen.«

Christine legte ihre Hand auf seine. »Schatz, sie wäre doch nicht drei Jahre lang dort drüben geblieben. Wovon hätte sie denn leben sollen? Sie hätte doch nichts zu essen oder anzuziehen gehabt. Und wo hätte sie hingehen sollen, um sich vor der Kälte zu schützen?«

Jeremy blickte frustriert drein. »Du verstehst mich nicht. Ich glaube, dass sie …« Er holte tief Luft. »Ich glaube, dass sie tot ist und dass ihr Geist drüben auf der Insel ist. Ihr Geist konnte dort hinübergehen, weil die Insel verzaubert ist, Christy.«

»Jeremy, die Insel ist doch nicht verzaubert …«

»Ist sie doch!«, widersprach er laut. »Du hast ja bloß Angst. Ich finde, wir sollten rübergehen und nach ihr suchen.«

»Wir werden nicht auf die Insel gehen, schon gar nicht bei diesem Wetter.«

»Ich wohl!« Seine Stimme klang zunehmend lauter und trotziger. »Ich werd ihren Geist finden und ihr sagen, dass sie keine Angst zu haben braucht, dass ich immer ihr Freund sein werde und dass jeder sie gern hat.«

Er wollte aufstehen, aber Christine packte ihn am Handgelenk und hielt ihn zurück. »Jeremy, Dara ist nicht auf der Insel. Die Polizei hat sie vor drei Jahren auch dort gesucht und keine Spur von ihr gefunden.«

»Sie haben aber nicht nach ihrem Geist gesucht!«

»Aber du warst doch mindestens ein dutzend Mal auf der Insel, seit sie verschwunden ist. Glaubst du nicht, dass du ihren Geist gespürt hättest?«

Der Zweifel kroch jetzt in Jeremys Augen. »Das hättest du doch. Ich nicht. Du hast Recht – ich habe eure Vorliebe für diesen Ort nie begriffen. Mir hat er Angst gemacht. Aber du verstehst ihn. Du verstehst Dara. Du hast ihr näher gestanden als ich. Und du hättest gespürt, wenn ihr Geist auf der Insel gewesen wäre. Aber das ist er nicht.«

»Aber ich hab es doch geträumt …«

»Träume müssen nicht unbedingt immer etwas bedeuten, Jeremy. Manchmal sind sie nur ein Wirrwarr von Bildern. Du hast über Dara viel nachgedacht. Du hast auch über die Insel viel nachgedacht. Damals, als Streak und ich dich fanden, wolltest du auch rübergehen. Du hast Dara und die Insel im Kopf miteinander vermischt. Aber glaube mir, Jeremy, Daras Geist spukt nicht auf der Insel herum.«

»Ich hab auch nicht gesagt, dass sie dort rumspukt! Sie ist kein furchterregender Geist!«

»Sie ist überhaupt kein Geist.« Christine merkte, dass ihre Stimme ganz rau geworden war. »Ich meine, dass ihr Geist, sofern sie tot ist, was sie wahrscheinlich auch ist, längst im Himmel ist. Bei Gott. Wo es friedlich zugeht. Und Engel Harfe spielen. Und man auf einer Wolke sitzen kann.«

Jeremy starrte sie einen Moment lang an. Dann wich der Ärger aus seinem Blick und er sagte: »Der Himmel muss für jemanden wie Dara echt langweilig sein.«

Christine lächelte erleichtert. »Da hast du Recht. Für Dara wäre der Himmel eine riesige Party mit lauter Rockmusik und einer Karaokemaschine, in die sie hineinsingen könnte …«

»Und Rhiannon!«, fügte Jeremy lächelnd hinzu.

»Ja, aber Rhiannon ist hier bei uns, nicht drüben auf der Insel, und deshalb wissen wir, dass Dara nicht dort sein kann.«

»Na schön. Vielleicht hast du ja Recht«, lenkte Jeremy ein.

»Nun, was hast du denn heute vor?«, fragte Christine heiter, um ihn auf andere Gedanken zu bringen.

»Wir sollten zur Arbeit gehen«, sagte Jeremy lustlos.

»Aber das brauchen wir heute nicht. Wir können tun und lassen, was wir wollen. Wollen wir Rad fahren? Das wird heute ein schöner Tag.«

»Nö. Ich hab keine Lust heute. Ich will in den Laden gehen und ein Armband entwerfen, das zur Brosche passt.«

»Heute wird nichts draus. Hey, warum gehst du nicht in den Fitness-Club? Ich möchte wetten, dass Danny dich gern um sich hätte.«

Christine hatte keine Angst vor dem Fitness-Club, solange eine Menge Kunden dort waren, was am Vormittag der Fall sein würde. Außerdem hatte sie den Plan bereits mit Danny abgesprochen. Und so war sie erleichtert, als Jeremys Miene sich aufhellte. »Das klingt lustig! Ich war schon lang nicht mehr beim Training. Und ich helfe Danny gerne!«

»Gut. Ich spring schnell unter die Dusche, dann fahr ich dich hin.«

»Wohin fährst du?«

»Oh, zu Tess. Ich dachte, dass wir vielleicht zusammen zu Mittag essen könnten.«

»Das klingt auch gut. Iss nicht wieder so viel bei Gus.«

»Wie kommst du darauf, dass ich bei Gus essen möchte?«

»Dahin gehst du doch immer mit Tess zum Essen, Christy. Und du bestellst dir auch immer das Gleiche.«

»Dann probier ich heute mal was anderes, Schlaumeier, nur

um dir zu zeigen, dass ich nicht so vorhersehbar bin, wie du meinst.«

Jeremy lachte. Sie war froh. Wenigstens den ersten arbeitslosen Tag würde er nicht in Depressionen versunken vor dem Fernseher verbringen. Solche Tage schadeten jedem, aber Jeremy ganz besonders.

Eine Stunde später ließ Christine Jeremy vor dem Fitness-Studio aus dem Auto und fuhr dann zu Ames' Kanzlei. Sie wusste intuitiv, dass er heute wieder arbeiten würde. Er würde keinen Tag länger als nötig zu Hause rumsitzen. Ames hielt normalerweise große Stücke auf das richtige Benehmen. Sie fragte sich, warum er sich nach dem Tod seiner zweiten Frau so ganz anders verhielt. Weil er wusste, dass sie einen Geliebten gehabt hatte? Und es schon eine geraume Weile gewusst hatte und darüber gebrütet hatte, bis sein Ärger sich schließlich in einer Tat Luft machte? Diesem Gedanken wollte sie nicht länger nachhängen.

Die Dame am Empfang blickte sie völlig entgeistert an, als Christine im rostfarbenen handgefertigten Kostüm hereinspaziert kam. Sie hatte ihre hochhackigen Schuhe noch nie getragen, die sie noch größer wirken ließen. Es würde nicht schaden, respekteinflößend auszusehen, hatte sie sich beim Anziehen gedacht, auch wenn sie es nicht wirklich war. »Ist Mr. Prince heute Morgen zu sprechen?«, fragte sie.

Die Dame am Empfang machte viel Aufhebens um ihren Terminkalender. »Ich fürchte, dass er im Augenblick beschäftigt ist, Miss Ireland, und heute auch keinen Termin mehr für Sie frei haben wird. Vielleicht sollten Sie morgen wiederkommen oder am Ende der Woche …«

»Ich werde ihn nicht länger als ein paar Minuten in Anspruch nehmen. Ich werde warten, bis er mit seinem Klienten fertig ist.«

Christine ging ins Wartezimmer, das ganz in Hellbraun- und Dunkelrottönen gehalten war, setzte sich auf einen der Stühle und griff sich eine Illustrierte.

»Hm, ich fürchte, das kann eine Weile dauern, Miss Ireland«, rief ihr die Empfangsdame unbehaglich hinterher. Ihr Gesicht färbte sich leicht rosa. »Vielleicht eine Stunde. Oder länger. Besser, wir einigen uns auf einen anderen Termin …«

»Nein. Ich werde warten.«

Christines Stimme war fest und selbstsicher. Dann blickte sie in ihre Illustrierte und sah, dass sie sie verkehrt herum hielt. Sie sagte sich, dass sie aufhören musste, so nervös zu sein, auch wenn ihr völlig klar war, dass Ames der Empfangsdame Anweisung erteilt hatte, Christine nicht vorzulassen. Er dachte wahrscheinlich, dass sie ihn auf Knien um ihren Job anbetteln würde, und er würde ihr zeigen, wer hier das Sagen hatte. Nun, sie würde Ames schon zeigen, dass sie keine Angst hatte. Sie würde den ganzen Tag hier sitzen bleiben, falls nötig.

Da hörte sie Sloanes Stimme, der mit einem Klienten ins Wartezimmer kam. Sloane schüttelte dem Mann die Hand, versicherte ihm, dass sein neues Testament am Ende der Woche fertig sein würde, und wandte sich dann erfreut an Christine. »Ja, Miss Ireland! Was für eine freudige Überraschung!«

»Das kann ich mir denken. Vor allem für Ames. Man hat mir eben gesagt, dass Ames noch tagelang ausgebucht sein wird.«

»Das habe ich nicht gesagt«, widersprach die Empfangsdame entrüstet. »Ich sagte, dass er heute beschäftigt ist. Und sie hat keinen Termin.«

»Seit wann braucht Christine einen Termin?«, fragte Sloane. Die Empfangsdame errötete nun vollends. »Nun, Mr. Prince sagte, dass … na ja, dass …«

»Dass er mich nicht sehen will«, kam ihr Christine zu Hilfe. »Aber er wird mich sehen müssen.«

»Aber ja.« Sloane zwinkerte ihr verschwörerisch zu. »Ich weiß zufällig, dass er in seinem Büro sitzt und Kaffee trinkt, während wir uns hier unterhalten. Komm mit, Christine.«

Die Dame sprang von ihrem Stuhl auf. »Oh, Mr. Caldwell, ich glaube wirklich nicht …«

»Keine Sorge«, sagte Sloane unbekümmert. »Ich nehme die Schuld für alles Schreckliche, was passieren wird, allein auf mich.«

Während sie durch den langen, mit dicken Teppichen ausgelegten Flur zu Ames' Büro gingen, sah Christine ihn dankbar an. »Sloane, ich weiß gar nicht, wie ich dir danken soll. Ames wird sehr wütend auf dich sein.«

»Er war auch schon früher wütend auf mich und ich hab's überlebt. Und du wirst es auch überleben.« Sloane klopfte an Ames' Tür und machte sie auf, ohne eine Antwort abzuwarten. »Sie haben Besuch, Mr. Prince.«

Ames sah Christine an. »Geh mir augenblicklich aus den Augen. Ich will nicht mit dir sprechen.«

Einen Augenblick war Christine zumute, als hätte sie eine Ohrfeige bekommen. Dann richtete sie sich auf. »Ich werde nicht gehen. Ich werde exakt zehn Minuten deiner Zeit beanspruchen. Danach brauchst du mich nie mehr anzusehen, wenn du nicht willst.«

Ames starrte sie aus kalten grauen Augen an. Dann bemerkte sie zu ihrem Erstaunen Bewunderung darin aufblitzen. »Na schön, Miss Großkotz. Sag, was du zu sagen hast.«

Christine bemerkte, dass Sloane sich still aus dem Büro verdrückt hatte, während sie eine knappe und doch wirkungsvolle Rede startete.

»Ames, ich weiß, dass du und Vater am College gute Freunde wart. Dann habt ihr euch irgendwie aus den Augen verloren. Deshalb war dein Entschluss, zwei Waisenkinder bei dir aufzunehmen, noch generöser, als wenn ihr beide bis zuletzt dicke Kumpel gewesen wärt.«

Sie holte Luft. »Dara und ich haben uns nie verstanden, wie du weißt. Aber Jeremy hat sie vergöttert. Er liebte und bewunderte sie. Er hätte nie etwas getan, was ihr geschadet hätte, und das gilt auch für das Aushändigen ihres Tagebuchs an die Polizei. Er hatte nichts damit zu tun. Er hat mir sogar abgeraten, das Tagebuch zu lesen, weil Dara es nicht gewollt hätte. Doch ich hab's trotzdem getan und Informationen darin gefunden, von denen ich dachte, sie könnten helfen, ihren Mörder zu finden.«

»Meine Tochter ist nicht tot«, sagte Ames ohne Gefühlsregung.

»Doch, das ist sie. Und du weißt es auch. Aber das ist nicht der Punkt.«

Ames sah sie an, und sie sprudelte weiter, wollte ihm keine Chance geben, sie zu unterbrechen. »Ich verstehe, dass du so wütend auf mich bist, dass du mich gefeuert hast. Ich bin nicht hier, weil ich meinen Job zurückhaben will, aber ich möchte, dass du Jeremy behältst. Er hat ein bemerkenswertes Talent. Er wollte dich sogar mit einem Schmuckstück, das er selbst gemacht hat, überraschen. Ich habe es heute aus seinem Zimmer genommen. Er weiß gar nicht, dass ich hier bin und dir das hier zeige.« Sie nahm eine kleine schwarze Schatulle aus ihrer Handtasche und reichte sie ihm.

Ames öffnete die Schatulle. »Jeremy nennt sie die Dara-Brosche«, sagte sie. »Rey hat ihm wohl erzählt, dass die Indianer Silber als ›Tränen des Mondes‹ bezeichneten. Er hat sich daran erinnert und die Blätter aus Silber gemacht. Dann las er, dass Koralle angeblich vor Bösem beschützt. Also hat er die

Rose aus Koralle geschnitzt. Er kannte auch Daras Vorliebe für Rosen wie die in Eves Garten. Es gibt dort einen Busch, dessen Rosenblüten dieselbe Farbe haben. Es waren Daras Lieblingsblumen.«

Sie sah Ames prüfend an. Seine Hand zitterte leicht, aber er blickte nicht zu ihr auf. »Jeremy hat sie für Dara gemacht. Und für dich«, sagte sie zu ihm. »Doch abgesehen davon solltest du dir die feine Handarbeit ansehen. Er hat ausgezeichnete Arbeit geleistet, ohne dass Rey ihm helfen musste. Ich bitte dich, Ames, nimm ihm diesen Erfolg nicht weg, nur weil du wütend auf mich bist. Lass ihn weiter im Laden unter Reys Führung arbeiten. Er hat Jeremy schon so viel beigebracht. Sie mögen einander sehr. Bitte. Ich werde dich nie mehr um etwas anderes bitten.«

Ames starrte noch immer auf die Nadel. Schließlich sagte er: »Ich hab Jeremy nicht gefeuert, Christine. Nur dich.«

»Er will aber nicht ohne mich bleiben. Er sagt, er will nicht. Aber ich glaube, dass er seine Meinung ändern würde, wenn du ihn bätest. Ihn aufrichtig bätest, nicht nur aus Höflichkeit. Wenn du ihm sagen würdest, dass du ihn im Laden brauchst, würde er mit Sicherheit bleiben.«

Er verzog keine Miene, und ihr sank der Mut. Es hätte sie nicht gewundert, wenn er die Schatulle zuklappen, sie ihr zurückgeben und sie aus seinem Büro werfen würde. Stattdessen sah er sie mit seinem kühlen grauen Blick nachdenklich an. »Ich denk drüber nach, Christine. Mehr kann ich im Augenblick nicht sagen. Ich … Bitte, geh jetzt. Ich bin müde.«

Das war nicht die Antwort, die sie sich erhofft hatte, aber besser als nichts, dachte Christine und stand auf. »Danke, dass du mich angehört hast, Ames.« Er hielt ihr die Schmuckschatulle hin. »Nein, Jeremy hat sie für dich gemacht. Und für

Dara. Ich bin mir sicher, er möchte, dass du sie für Dara aufbewahrst.«

Sie ging mit festen Schritten aus dem Büro, schloss die Tür und geriet ins Schwanken. Ihr wurde jetzt erst bewusst, dass sie sich schon immer gefragt hatte, was sich wohl hinter Ames Princes eisigem, zurückhaltendem Äußeren verbergen mochte, und dass er ihr immer ein wenig Angst gemacht hatte.

2

Christine fürchtete sich vor ihrem nächsten Besuch noch mehr als vor Ames' Büro. Als sie im Schmuckladen ankam, sah sie, dass Reynaldo ihn bereits aufgeschlossen hatte. Ginger sah sie entgeistert an. »Ich arbeite jetzt seit über einem Jahr hier, und Sie waren noch nie eine Minute zu spät!«, entfuhr es ihr. »Und jetzt ist es schon zehn. Hat Mr. Prince vergessen, Ihnen zu sagen, dass wir heute wieder offen haben? Und wo ist Jeremy?«

Christine hatte Reynaldo und Tess nichts davon erzählt, dass Ames sie gefeuert hatte, aber sie merkte an Reys Miene, dass er schon geahnt hatte, dass es Ärger gegeben hatte. »Mr. Prince hat mich letzte Nacht angerufen und mir gesagt, dass ich heute öffnen soll«, sagte Rey. »Stimmt was nicht, Christine?«

»Ich arbeite nicht mehr hier«, sagte Christine in sachlichem Ton, um das Zittern in ihrer Stimme zu verbergen.

»Was?«, platzte Ginger heraus. »Sie arbeiten nicht mehr hier? Warum nicht? Was ist passiert? Ist es wegen Daras blödem Tagebuch?«

»Woher wissen Sie von dem Tagebuch?«, fragte Christine.

»Das weiß doch die halbe Stadt. Sie wissen doch, wie schnell sich so was hier rumspricht.«

»Na ja, es ist tatsächlich wegen des Tagebuchs«, sagte Christine. So viele Menschen wussten also bereits über das Tagebuch Bescheid. Wie viele wussten, was Dara hineingeschrieben hatte? »Er ist wütend, weil ich es der Polizei überlassen habe – weil es persönliche Dinge enthielt.«

»Sie meinen über die vielen Kerle, mit denen Dara geschlafen hat?«, fragte Ginger erstaunt. »Als hätten das nicht schon längst alle gewusst!«

»Ich wusste es nicht«, sagte Christine. »Mir hat sie so was nicht anvertraut.«

Ginger verdrehte die Augen. »Na ja, sie musste es Ihnen ja auch nicht anvertrauen. Sie hätten bloß die Augen offen halten müssen …« Sie brach abrupt ab, als sie Rey anschaute, der ja offenbar angenommen hatte, dass er Daras erster und einziger Freund gewesen wäre. »O Mann, Rey, tut mir Leid. Ich hab ganz vergessen, dass du in sie verknallt warst, obwohl ich ja immer dachte, du hättest sie nicht alle, weil es ausgerechnet sie sein musste!«

»Ginger!«, schalt Christine.

»Ich hab's nun mal gedacht!« Ginger war nicht mehr aufzuhalten, wenn sie einmal in Fahrt war. »Ich meine, da war Tess, die schier verrückt nach ihm war, und er hat sie nicht mal wahrgenommen, weil er hin und weg war wegen Dara, die sich doch für jeden hingelegt hat!«

Rey war käseweiß geworden, und Christine fuhr Ginger grob über den Mund. »Ich glaube, für heute hast du genug gesagt. Außerdem geht es hier um meinen Job, nicht um Daras Liebesleben. Wie auch immer, ich weiß nicht, wann Ames Ersatz für mich gefunden hat. Wahrscheinlich wird er den Laden Rey überlassen. Ich wollte mich nur noch von euch verabschieden.«

»Die Sache stinkt zum Himmel, Christine«, sagte Rey schwach, sichtlich getroffen von Gingers Ausführungen. »Ich weiß nicht, was Ames sich dabei denkt.«

Die impulsive Ginger warf sich Christine um den Hals. »Mr. Prince wird bald einsehen, dass er ein Ungeheuer ist. Ich wette, Sie werden in einer Woche wieder zurück sein. Dieser Laden kommt ohne Sie nicht zurecht. Keiner von uns tut das. Nicht, Rey?«

»Ja. Das ist wohl wahr«, stimmte Rey ihr hölzern zu, in Gedanken zweifellos noch immer bei der untreuen Dara.

Christine rang sich ein Lächeln ab. »Ich möchte, dass ihr so weitermacht, als wäre nichts geschehen. Und macht euch um mich keine Sorgen. Ich komm schon zurecht. Und Ames hat Jeremy nicht gefeuert. Er sagt zwar, dass er ohne mich nicht hier arbeiten möchte, aber ich hoffe, Ames kann ihn dazu bringen, dass er seine Meinung ändert.« Rey und Ginger gaben sich zuversichtlich. Sie wussten beide, dass es nahezu unmöglich war, Jeremy umzustimmen. »Nun, ich gehe mal nach nebenan und sehe zu, ob ich Tess nicht zu einem vorgezogenen Lunch überreden kann. Macht's gut, ihr beiden. Wir sehen uns.«

Christine machte kehrt, und während sie zur Tür ging, hoffte sie, dass weder Ginger noch Rey die Tränen in ihren Augen bemerkt hatten.

3

Tess' Buchladen war das erste Geschäft gewesen, das Christine damals in Winston aufgesucht hatte. Sie war verrückt nach Büchern, verschlang mindestens drei pro Woche, außerdem hatte der ausgefallene Name sie fasziniert.

Tess stand hinter der Ladentheke und war im Begriff, einer älteren Dame, deren graues Haar dank einer missglückten Tönung ins Bläuliche spielte, zwei Taschenbücher einzupacken. Christine gelobte sich hoch und heilig, dass sie sich, selbst wenn das Grau ihrer Haare jemals den berüchtigten Gelbstich aufweisen würde, auf gar keinen Fall in das blau- und lilastichige Reich unglücklicher Haartönungen begeben würde, die angeblich dem Teint schmeichelten. Sie wollte schließlich nicht wie eine ältliche Punkerin durch die Straßen laufen.

Christine hatte Tess zum letzten Mal gesehen, als diese sie und Jeremy nach Hause gefahren hatte. Sie war wütend gewesen, eifersüchtig, weil Rey, als Tess in den Laden kam, seinen Arm um Christine gelegt hatte. Ihre Reaktion war natürlich absurd, aber Christine machte sich Sorgen deswegen. Ihr lag viel an ihrer Freundschaft. Sie wollte sichergehen, dass zwischen ihnen alles in Ordnung war.

»Na, wie laufen die Geschäfte?«, fragte Christine, nachdem die Frau gegangen war.

»Unglaublich. Als wegen der Überschwemmung das Kabelfernsehen teilweise ausfiel, haben wohl viele Leute den Wert eines guten Buches neu entdeckt. Sie kaufen jetzt auf Vorrat ein, falls es nochmal zu so einer Katastrophe kommt.« Tess' Stimme klang hell, ihr Lächeln war aufrichtig. Christine entspannte sich ein wenig. »Wie läuft es bei euch drüben?«

»Na ja ... ganz gut.« Christine hatte beschlossen, Tess und Bethany vorläufig noch nicht zu sagen, dass sie ihren Job verloren hatte. Ihr fehlte im Augenblick die Kraft für einen weiteren emotionalen Ausbruch.

»Leider haben die Leute während des Hochwassers den Schmuck nicht so schmerzlich vermisst wie den Lesestoff.«

»Nein, da waren wohl eher Trainingsanzüge die Renner des Tages«, meinte Tess lachend. »Aber in einem Monat gibt's wieder High-School- und Collegeabschlüsse, ganz zu schweigen von den Hochzeiten im Juni. Rey wird Überstunden machen und sie in vollen Zügen genießen.«

Die Glocke über der Ladentür klingelte, und Bethany kam herein. Ihr sonst so sorgfältig frisiertes Haar war lieblos nach hinten gekämmt, sie trug kein Make-up, und ihr orangefarbener Sweater biss sich mit der dunkelroten Hose. »Ihr seid beide hier!«, sagte sie, als gäbe es keine Menschen auf der ganzen Welt, die sie lieber sähe. »Ich hab heute eine Million Dinge zu erledigen. Vor allem die Vorkehrungen für die Beerdigung. Das ist entsetzlich deprimierend. Den Sarg aussuchen. Die Kleider aussuchen, in denen Travis begraben werden soll. Die Blumen für den Sargschmuck.«

Ihr Lächeln wich unvermittelt einer Flut von Tränen. »O Gott, in zwei Tagen beerdige ich meinen Mann!«

Christine lief zu ihr und nahm die zitternde Frau in ihre Arme. »Es tut mir so Leid, Beth. Ich weiß, das klingt banal, aber …«

»Aber was sollte man auch sonst sagen?« Bethany schniefte, und Tess sprang ihr mit einer Schachtel Papiertaschentücher zu Hilfe. »Ich bin so verdammt wütend auf ihn, wegen einem ganzen Dutzend Sachen, aber unter anderem auch, weil er gestorben ist. Er war doch erst 38! Er hatte ein Kind. Er war so klug. Und außerdem zwanghaft untreu und verschlagen, aber ich vermisse ihn und weiß im Augenblick nicht, wie ich ohne ihn weiterleben soll.«

Christine tätschelte ihre Schulter, weil ihr die Worte fehlten, um Bethanys Schmerz zu lindern. Sie erinnerte sich an den Tag, als ihre Eltern ums Leben kamen. Die Leute hatten sich so sehr bemüht, tröstende Worte zu finden, aber alles hatte in ihren Ohren wie sinnloses Geplapper geklungen. Sie hatte jedoch den guten Willen hinter den Worten zu schätzen gewusst. An die Platituden erinnerte sie sich nicht mehr.

Ein Kunde kam in den Laden, und Bethany wandte den Blick ab, um ihn ihre Tränen nicht sehen zu lassen. Der Mann fragte mit einer ziemlich überheblichen Stimme nach einem Verzeichnis von Verlagen und Agenten. »Ich habe mich noch nicht entschieden, wem ich mein Buch geben werde«, verkündete er Tess. »Ich dachte, ich blättere das Verzeichnis mal durch, bis mir ein Name ins Auge sticht. Ich glaube, das ist die einzige Möglichkeit, solche Dinge zu erledigen. Instinktiv.«

Viel Glück mit Ihrem fabelhaften Instinkt, dachte Christine sarkastisch. Aber sie war Leuten gegenüber, die sich selbst zu wichtig nahmen, immer misstrauisch und wollte nichts mit ihnen zu tun haben.

Das Telefon klingelte, während der Mann weiter mit Tess plauderte und ein zweiter Kunde den Laden betrat und brüllte: »Haben Sie irgendwelche guten Romane hier? Was mit Sex drin, damit es mir abends nicht langweilig wird?«

»Ich geh ans Telefon«, rief Christine Tess zu, die ihr dankbar zunickte. Sobald sie sich meldete, hörte sie eine ältere Frau sagen: »Sie sind nicht Tess. Wer sind Sie dann?«

»Mein Name ist Christine Ireland. Kann ich Ihnen helfen?«

»Ach, Christine, hier ist Thelma Brown, Tess' Mutter!«, schrie die Frau in die Muschel. Tess hatte erzählt, dass ihre Mutter sich weigerte, ihr Hörgerät zu tragen. »Ich hab Sie seit Jahrhunderten nicht mehr gesehen!«

»Ja, es ist schon eine Weile her«, sagte Christine laut. »Ich fürchte, dass Tess im Augenblick beschäftigt ist. Soll ich ihr was bestellen?«

»Das nenne ich wirklich eine Freundin, die ihren eigenen Laden im Stich lässt, nur um bei Tess ans Telefon zu gehen!«

»Ich war zufällig da.« Christine spähte zu Bethany hinüber, die auf einen Stapel Kochbücher starrte, ohne sie zu sehen. »Mrs. Brown, soll ich Tess etwas von Ihnen bestellen? Oder soll sie Sie zurückrufen, sobald sie frei ist?«

»Na ja, sie kann mich zurückrufen, aber Sie können ihr auch ausrichten, dass sie und Geraldo am Sonntag zum Abendessen eingeladen sind.« Nach zwei Jahren Ehe konnte Thelma Brown sich noch immer nicht an Reynaldo Ciminos Namen gewöhnen. »Ich habe das Mädchen schon seit ewiger Zeit nicht mehr gesehen. Als Hochwasser war, hab ich sie gebeten, mir zu helfen, aber sie hat sich nicht blicken lassen. Hat mich angerufen und mir weismachen wollen, dass ihr Auto den Geist aufgegeben hätte.«

»Ihr Auto? Das wusste ich gar nicht.«

»Wahrscheinlich hat sie nur 'ne Ausrede gebraucht, um nicht herkommen zu müssen«, quengelte Mrs. Brown.

»Das glaube ich nicht, Mrs. Brown«, entgegnete Christine langsam. Tess hatte nichts davon erwähnt, dass ihr Auto Probleme machte. Im Gegenteil, es hatte prima funktioniert an dem Morgen, als Tess sie vom Krankenhaus abgeholt hatte. »Freut mich, dass Sie das Hochwasser heil überstanden haben. Ich werde Tess sagen, dass sie Sie zurückrufen soll.«

»Wunderbar. Übrigens können Sie auch mitkommen. Aber es wird nichts Ausgefallenes geben. Nur deftige Hausmannskost.«

»Danke schön. Ich muss jetzt auflegen. Tess wird Sie anrufen.«

Christine legte auf, und ihre Gedanken wirbelten wild durcheinander. Obwohl Michael davon überzeugt war, dass Travis Patricias Geliebter gewesen war, wusste es niemand mit Sicherheit. Und wenn es Reynaldo gewesen war, der sichtlich unter seiner Ehe litt und der bei Patricias Beerdigung so schlecht ausgesehen hatte? Und falls Rey der geheimnisvolle Geliebte war, wo war dann Tess an dem Nachmittag, an dem sie angeblich ihrer Mutter dabei geholfen hatte, den überfluteten Keller zu räumen, während zur gleichen Zeit Patricia von der Tenne sechs Meter in die Tiefe gestoßen worden war?

Kapitel 21

1

Christine sah wieder auf die Uhr. Sieben. Manchen Menschen würde das früh vorkommen, aber sie konnte sich nicht erinnern, dass Jeremy jemals so spät heimgekommen wäre.

Als sie um drei Uhr nachmittags zum Fitness-Club gefahren war, um Jeremy mitzunehmen, hatte er sich so gut amüsiert, dass sie ihn nicht herausreißen wollte. »Lass ihn noch eine Weile hier«, hatte Danny gesagt. »Als er kam, war er ziemlich niedergeschlagen wegen der Sache mit dem Job in Ames' Laden.«

»Ames hat ihn nicht gefeuert, nur mich«, stellte Christine klar.

»Meine Eltern halten Ames für einen Heiligen, aber wenn du mich fragst, ist er nur ein bigotter Trottel«, sagte Danny und brachte Christine zum Lachen. »Egal, Marti fühlt sich nicht ganz wohl heute – wahrscheinlich hat sie sich eine Grippe eingefangen – und darum ist er mir eine große Hilfe. Er kennt sich ziemlich gut aus, wie man die Geräte benutzen muss, und er hat ein gutes Gespür für die Menschen hier. Lass ihn noch ein paar Stunden hier. Ich ruf dich an, wenn er fertig ist.«

Christine hatte einen Blick in den großen Trainingssaal geworfen und gesehen, wie gut gelaunt Jeremy war, während er einem Mann mittleren Alters zeigte, wie man die Bauchmuskeln richtig trainierte. Dann bläst er wenigstens nicht andauernd Trübsal, dachte sie und beschloss, Dannys Rat anzunehmen.

Aber jetzt war es schon sieben, und Danny hatte ihr immer noch nicht Bescheid gegeben, dass sie Jeremy abholen könnte. Sie rief bei ihm an. »Hast du vergessen, mich anzurufen, Danny?«, fragte sie. »Ich würde Jeremy jetzt gerne abholen, er soll sein Zeug zusammenpacken und am Eingang auf mich warten.«

»Jetzt kommst du?«

»Ja«, lachte Christine. »Willst du mir etwa damit sagen, dass du ihn immer noch nicht entbehren kannst?«

»Nein. Es ist nur, weil ich … na ja, ich dachte, du hättest ihn schon längst abgeholt.«

»Wie kommst du denn darauf? O Gott, er ist doch nicht etwa weg?«

»Ich fürchte doch. Es ist proppenvoll hier. Wie auch immer, vor einer halben Stunde etwa habe ich mich nach ihm umgesehen und konnte ihn nicht finden. Ich dachte, er sei vielleicht im Ruheraum. Ich ging hinein, um nachzusehen, aber da war er auch nicht. Auch nicht im Erfrischungsraum. Da dachte ich eben, dass du ihn schon abgeholt hättest und dass ich dich bei all dem Betrieb nur nicht gesehen hätte.«

»Danny, ich hätte ihn doch nicht einfach mitgenommen, ohne dir Bescheid zu geben.«

»Dasselbe hat Marti auch gesagt. Wir wollten dich eben anrufen, weil wir dachten, dass er vielleicht beschlossen hat, heimzulaufen.«

»Drei Meilen in der Dunkelheit?« Christines Herz begann zu rasen. »Du weißt doch, wie abergläubisch er ist, und dass er nachts nicht zu Fuß läuft. Er muss mit jemandem mitgefahren sein, Danny.«

»Weiß er denn nicht, dass er nicht mit Fremden gehen soll?«

»Vielleicht kannte er den Betreffenden ja. Hast du dich schon umgehört? Hat ihn jemand weggehen sehen?«

»Ich habe etliche gefragt, aber keiner hat ihn weggehen sehen.« Danny holte tief Luft. »Hör zu, Chris, wahrscheinlich hat ihm jemand, den er kannte, tatsächlich angeboten, ihn mitzunehmen. Dann wird er ja jeden Augenblick kommen.«

»Vielleicht? Und wenn es ganz anders war? Danny, ich hab ihn dir anvertraut«, sagte Christine wütend. »Du solltest auf ihn aufpassen.«

»Ich habe auf ihn aufgepasst, Chris, aber ich konnte ihn doch nicht pausenlos im Blick haben. Du weißt, dass ich ihn liebe wie einen Bruder. Gott, es tut mir so Leid …«

»Dafür ist es jetzt ein bisschen zu spät«, knurrte Christine und knallte den Hörer auf die Gabel, obwohl sie wusste, dass sie eher auf sich selbst als auf Danny ärgerlich sein sollte. Sie allein war für Jeremy verantwortlich, nicht Danny. Sie hätte ihn nicht so lange im Fitness-Club lassen dürfen. Vielleicht war ihm wieder sein verlorener Job im Schmuckladen in den Sinn gekommen und er war traurig geworden, ohne dass es jemand aufgefallen war. Sie hätte ihn um drei Uhr nachmittags mitnehmen sollen. Sie hätte …

Was denn? Hätte sie ihn an die Leine nehmen sollen wie einen Hund, ihm das Gefühl vermitteln sollen, dass er hilflos und inkompetent war? Es war das Gefühl der Unabhängigkeit, das Jeremy dazu gebracht hatte, trotz seiner Behinderung Beachtliches zu leisten. Es hatte sie viel Mühe gekostet, ihm genügend Freiraum zu geben, damit er Selbstvertrauen entwickeln konnte.

Doch jetzt war genau das passiert, wovor sie sich unentwegt gefürchtet hatte. Jeremy war weg, und sie hatte keine Ahnung, wo sie ihn suchen sollte. Oder bei wem, denn tief im Innern wusste sie, dass er, wenn er den Fitness-Club allein verlassen und ihm jemand angeboten hätte, ihn nach Hause zu fahren, inzwischen längst hier angekommen wäre.

Christine dachte sofort daran, Michael anzurufen. Aber Michael war heute nicht im Dienst, zweifellos daheim mit seiner wiedergekehrten Exfrau. Der Schmerz, den die Vorstellung auslöste, wurde nur von ihrer Sorge um Jeremy überboten. Sie musste ihn finden. Hoffentlich war er allein, nicht in den Händen desjenigen, der ihr nachstellte.

»Du Idiot!«, schalt sie sich, als ihr der Polizist einfiel, der noch immer ihr Haus beobachtete. Sie lief zum Streifenwagen, der vor dem Haus abgestellt war. Der Polizist hieß Morris, und sie erzählte ihm eilig, dass Jeremy aus dem Fitness-Club verschwunden war. Natürlich war er nicht beunruhigt und nannte ihr sämtliche Argumente, mit denen schon Danny sie zu beschwichtigen versucht hatte.

»Mein Bruder, sehen Sie, ist geistig behindert«, sagte sie. »Er sollte nicht ohne Begleitung nachts draußen sein. Er hat Angst, in der Dunkelheit zu Fuß zu gehen, aber vielleicht ist er zu Princes Juwelierladen gegangen, weil er dort arbeitet und sich schrecklich über etwas aufgeregt hat.«

»Aber der Laden ist schon geschlossen«, sagte Morris. »Hat er einen Schlüssel?«

»Ja. Ich fahre hin und seh mal nach. Kommen Sie mit?«

»Meine Befehle lauten, ich solle Sie im Auge behalten, Ma'am«, sagte er lächelnd. Sein Gesicht war breit und gutmütig, seine Augen ein angenehmes Dunkelblau. »Wenn er nicht dort ist, suchen wir eben weiter. Hat er ein Handy?«

»Ja, sofern er es nicht zu Hause hat liegen lassen.«

»Na schön, springen Sie rein, dann fahren wir zum Laden.«

»Ich fürchte, dass ihm ein Streifenwagen Angst machen könnte. Ich würde lieber mein eigenes Auto nehmen, und Sie fahren mir hinterher.«

»Wie Sie möchten, Miss Ireland. Und jetzt beruhigen Sie sich mal. Wir finden ihn schon.«

Christine hasste die Abende in dieser Jahreszeit, wenn es schon gegen sechs Uhr dunkel wurde. Sie hatte den Sommer wesentlich lieber, wenn es bis neun Uhr abends hell blieb. Es war einfacher, jemanden bei Tage aufzuspüren, wenn weniger Gefahren zu lauern schienen als im gespenstischen Halbdunkel eines Frühlingsabends.

Nach Geschäftsschluss gab es eine Menge Parkplätze in der Stadt. Sie stellte den Wagen direkt vor den Schmuckladen, und Morris parkte unmittelbar hinter ihr. Sie stieg aus, ging nach hinten und beugte sich zu ihm hinunter. »Ich werde nur ein paar Minuten brauchen und auch den beleuchteten Verkaufsbereich nicht verlassen, also können Sie ruhig im Wagen warten.«

»Haben Sie bestimmt keine Angst, allein reinzugehen?«

»Bestimmt nicht. Trotzdem danke.«

Sie hatte noch immer den Ladenschlüssel und schloss die Vordertür auf. Die Schaufenster waren auch nachts beleuchtet, trotzdem schaltete sie zusätzlich das Licht an. »Jeremy«, rief sie. »Bist du hier drin?«

Keine Antwort. Christine ging zur Tür des Lagers, schaltete das Licht an, ging aber nicht hinein. »Bist du hier hinten?« Wieder nichts. Jeremy würde sie nicht veralbern. Wenn er im Laden wäre, würde er antworten.

Da hörte sie ein Krachen vor dem Haus, Metall, das an Metall entlangschrammte, Stimmen wurden laut, dann ein gellender Schrei. Christine rannte hinaus und sah, dass ein Pick-up Morris' Streifenwagen gerammt hatte, und das mit solcher Wucht, dass der Streifenwagen auf den Gehweg geschoben worden war und mit der Schnauze eine Parkuhr gerammt hatte.

Morris stand neben seinem Wagen und hielt sich die blutende Stirn. Im Truck saß eine Frau mit clownrotem Haar und verzerrter Miene und schrie wie am Spieß. Neben dem Truck stand der Fahrer – gestikulierend, brüllend und eindeutig sternhagelvoll.

»Was musst du deine Karre auch mitten in die Straße stellen«, lallte der Betrunkene. »Da wär jeder reingeknallt. Wo is die Polizei! Ich mach 'ne Anzeige! Seht euch den Truck an!«

»Ich bin die Polizei!«, brüllte Morris zurück. »Sie haben einen Streifenwagen gerammt und sind total betrunken.«

»Ich spinne doch nicht!«, schrie der Fahrer außer sich. Dann wandte er sich an die Schaulustigen, die das Geschehen verfolgten, und bellte: »Er sagt, dass ich spinne!«

»Dass Sie im Rausch gefahren sind, Sie Dödel«, rief Morris zurück.

»Ich nehm kein Rauschgift. Bin völlig sauber! Vom Rauschgift verfault dir das Hirn!«

Christine ging zu Morris und reichte ihm einen Packen Papiertaschentücher. »Drücken Sie sie auf die Stirn. Ich habe mein Handy hier. Ich werde die Sanitäter rufen.«

»Danke«, sagte Morris. »Und sagen Sie, dass sie Verstärkung mitbringen sollen. Die Rauschkugel hier richtet noch mehr Schaden an, wenn sie nicht schleunigst dingfest gemacht wird.«

Während Christine anrief, stand der Betrunkene mitten auf der Straße, wedelte wütend mit den Armen und brüllte, dass er als ein Veteran der Operation Wüstensturm nicht so mit sich umspringen lasse. Christine zögerte, wusste nicht recht, was sie tun sollte, außer Morris dazu zu bringen, sich ins Auto zu setzen. »Kann ich nicht«, sagte er kurz angebunden. »Der Kerl fährt sonst glatt davon.«

»Nun, in Ihrem Zustand können Sie ihn nicht aufhalten. Außerdem habe ich mir seine Autonummer notiert.«

Ein schwaches Lächeln huschte über Morris' mitgenommenes Gesicht. »Gute Arbeit.« Sein Lächeln verflog. »Gott, mir wird schwindelig.«

Christine bugsierte Morris in seinen Wagen und ließ die Tür offen. Da klingelte ihr Handy. Sie antwortete mit einem zerstreuten »Hallo?«.

»Christine?«

»Jeremy! Ich hab dich schon gesucht! Wo bist du denn? Ich komme dich auf der Stelle holen.«

»Ich … ich bin drüben auf der Insel.«

»Der Insel?«

»Daras Insel. Ich wollte nach ihr suchen, aber ich bin hingefallen. Ich glaube, ich habe mir das Bein gebrochen.«

»Jeremy!«

»Du musst herkommen. Ich habe das Gefühl, als hätten mich die Klingonen erwischt, weil es so wehtut. Oje, der Knochen schaut raus.«

Christines Hände fingen an zu zittern, und der Schweiß trat ihr auf die Stirn trotz der kühlen Luft. »Wo genau bist du?«

»Weiß ich nicht genau.« Seine Stimme klang undeutlich vor Schmerz. Vielleicht wurde er ohnmächtig, dachte sie in panischer Angst. »Weißt du, wo das größte Hügelgrab ist, in dem die Leute die Knochen gefunden haben? Ich glaube, dass ich ganz in der Nähe bin.«

Christine erinnerte sich nicht mehr genau an den Ort, aber sie würde ihn finden. »Na schön. Ich möchte, dass du ganz still liegst, Jeremy. Tu nichts, was deinem Bein noch mehr Schaden zufügen könnte. Du kommst wieder in Ordnung. Ich werde dich jetzt sofort holen kommen!«

»Okay, Christine. Aber mach schnell. Ich brauche dich wirklich.«

2

Christine wandte sich an Morris. »Das war mein Bruder. Er ist auf der Insel — ich meine, auf dem Landstrich am Crescent Creek, wo die indianischen Hügelgräber sind. Er hat sich verletzt. Ich muss zu ihm.«

»Ich kann Sie nicht begleiten.«

»Ist schon gut. Ich finde ihn auch allein.«

»Sie sollten nirgends allein hingehen. Lassen Sie mich Meldung machen. Ein anderer Polizist soll Sie begleiten.«

»Dafür ist keine Zeit mehr, Deputy. Mein Bruder hat sich das Bein gebrochen. Er blutet. Ich rufe von unterwegs die Sanitäter.«

»Kein Notarztwagen fährt über die baufällige Brücke. Sie würde einstürzen.«

Christine bekam vor lauter Panik keine Luft mehr. »Wir werden uns etwas ausdenken. Ich habe ein Erste-Hilfe-Kit im Kofferraum.«

»Sie können auch nicht über die Brücke fahren. Haben Sie mich nicht verstanden? Das verdammte Ding wird einstürzen!«

»Ich muss es versuchen, Deputy. Ich muss!«

Über dem Gebrüll des Betrunkenen und dem Gekreische seiner weiblichen Begleitung hörte sie, wie Morris ihr noch etwas hinterherrief, aber sie blendete es aus. Sie wusste, wie baufällig die alte Brücke war. Aber sie konnte Jeremy unmöglich allein auf der Insel lassen, verwundet und blutend. Sie würde bis vor die Brücke fahren und zu Fuß hinübergehen. Oder laufen. Oder durch den Bach schwimmen. Hauptsache, sie fand ihn rasch.

Während sie durch die Stadt raste und dabei jede Geschwindigkeitsbeschränkung missachtete, rief sie Streak an.

Vielleicht wusste er, was sie tun sollte. Aber er ging nicht ans Telefon.

Als Nächstes wählte sie den Notruf. Man sagte ihr, der Vorfall sei bereits von Deputy Morris gemeldet worden, sie solle an der Brücke auf Hilfe warten. Sie fragte sich, wie sie ihr helfen wollten. Kein Krankenwagen konnte die Brücke überqueren.

Verzweifelt versuchte sie, Sloane Caldwell zu erreichen. Keine Antwort. Sie rief Tess und Reynaldo an. Belegt. Verdammt noch eins, wo waren sie bloß alle, wenn man sie brauchte? Mit ihrem eigenen Leben beschäftigt. Und das ausgerechnet, wenn der wichtigste Mensch in ihrem Leben in Gefahr war. Noch dazu auf diesem unheimlichen, verlassenen Landstrich, den man den Indianern hätte überlassen sollen, die hier ihre Toten begraben hatten, auf dass ihre Seelen Frieden fänden.

Sie fuhr über die holprige Landstraße bis zur Brücke und hielt an. Die Stelle, von der Jeremy gesprochen hatte, lag mindestens vierhundert Meter weit entfernt. Im Auto hätte sie die Strecke in null Komma nichts zurückgelegt, außerdem hätte sie zugleich ein Transportmittel, um Jeremy aufs Festland zurück und ins Krankenhaus zu bringen. Christine schaute im Licht der Scheinwerfer auf die Brücke. Die Balken waren schon grau, nachdem sie jahrelang ungeschützt den Elementen ausgesetzt gewesen waren. Ein Teil des Geländers war weggebrochen, und im Bretterboden klaffte ein Loch.

Sie sah sich ihren Wagen an, eines der leichtesten Autos, die jemals gebaut wurden. Einen Jeep könnte die Brücke natürlich nie tragen, aber möglicherweise ging es mit ihrem Wagen. Sie wusste, welches Risiko sie einging, wenn sie jetzt mit einem Fahrzeug die Brücke überquerte, aber Jeremy war ihr die Sache wert.

Sie stieg wieder ein, stellte den Hebel auf Drive und schob

sich behutsam auf die Brücke. Diese ächzte unter der ungewohnten Last und sie fuhr zusammen. Als sie schon zur Hälfte drüber war, hörte sie ein Knarzen, und sie erstarrte, erwartete, jeden Augenblick samt Wagen in den Fluten zu versinken. Aber sie war vernünftig genug, nicht vom Gas zu gehen, und war, ehe sie es sich versah, drüben angekommen. Sie fühlte sich ganz schwach vor Erleichterung, als sie von den Brettern rollte und auf der anderen Seite landete.

Christine beugte sich nach vorn und legte die Stirn einen Moment lang auf das Lenkrad. Bis hierher hatte sie es geschafft. Jetzt brauchte sie nur noch Jeremy zu finden.

Sie hob den Kopf und starrte in eine völlige Dunkelheit, weil die Lichter der Stadt hier nicht mehr zu sehen waren. Vom Fluss her kroch geisterhafter Nebel herauf. Das einzige Licht kam von ihren Scheinwerfern. Sie setzte sich langsam wieder in Bewegung, erinnerte sich zunächst nur daran, dass sich das Hügelgrab in der Nähe des Ohio befand, in nördlicher Richtung, was bedeutete, dass sie nach rechts fahren musste. Der Wagen sprang über Wurzeln und Löcher, dann wieder über glattes Grasland. Den Archäologen zufolge war das gesamte Gelände vor etwa sechshundert Jahren Teil eines Indianerdorfes gewesen.

Schließlich dachte Christine, dass sie nun ganz in der Nähe des besagten Grabhügels sein müsse, und hielt den Wagen an. Sie ließ die Scheinwerfer eingeschaltet und stieg aus. Nur mit einer Taschenlampe bewaffnet, ging sie über eine verlassene öde Wiese und rief dabei mehrmals nach Jeremy. Schließlich gelangte sie an die Stelle, wo man die Skelette entdeckt hatte. Hatte Dara nicht erzählt, dass es acht gewesen waren? Der Ort war fast heilig gewesen für sie. Und für Jeremy auch, weil er Dara so viel bedeutet hatte. Seltsam, was Jeremy alles wichtig war. Das Singen. Die Hügelgräber. Star Trek.

Christine blieb mit einem Ruck stehen. Star Trek. Als sie Kinder waren, hatte er sich ein geheimes Code-Wort für sie ausgedacht. »Wann immer einer von uns in Schwierigkeiten steckt und es nicht sagen kann, weil böse Menschen zuhören, dann sagen wir ein Wort aus Star Trek«, hatte er ihr erzählt. »Wir sagen einfach Klingon. Die Klingonen sind die großen Feinde von Captain Kirk.« Ihre Gedanken flogen zurück zu dem Anruf, den sie von ihm im Laden erhalten hatte. »Ich habe das Gefühl, als hätten mich die Klingonen angegriffen.« Und er hatte sie Christine genannt. Zweimal sogar. Seit er sprechen konnte, hatte er sie Christy genannt. Niemals Christine.

»Bist du das, Christine?«

Sie fuhr herum und sah Sloane Caldwell. »Sloane! Was tust du denn hier draußen?«

»Jeremy hat mich angerufen. Er sagte, er sei in Schwierigkeiten. Verletzt. Ich bin sofort hergekommen.«

Christine sah ihn erleichtert an. Dann schienen sich ihre Gedanken wie in Zeitlupe zu verlangsamen und sich in einer dunklen, bösen Erkenntnis neu zu ordnen. Jeremy hatte doch sicher nicht Sloane Caldwells Handynummer. Warum denn auch? Er hatte wenig Kontakt zu ihm. Irgendetwas war hier faul. Aber sie durfte sich nichts anmerken lassen, obwohl ihr das Herz bis zum Hals klopfte.

»Ich bin ja so froh, dass er dich angerufen hat«, sagte sie mit hoher Stimme. »Ich war ganz allein hier draußen, um nach ihm zu suchen. Er sagte, dass er sich vielleicht das Bein gebrochen hat. Ich habe die Notrufnummer gewählt. Die Polizei muss jeden Moment hier sein.«

Sloane sah sie prüfend an. »Du konntest noch nie lügen, Christine. Darin warst du schon immer mies.« Er schien zu überlegen. »Du hättest dir ein Beispiel an Dara nehmen sollen. Sie war genauso gut darin wie meine Mutter.«

Christine hatte zu zittern begonnen, aber sie wusste nicht, was sie sonst hätte tun sollen, außer weiterzureden, bis sie wusste, wo Jeremy war.

»Deine Mutter? Catherine? So hieß sie doch?«

»Nein, Lula. Lula galt in gewissen Kreisen als Frau mit vielseitigen, exotischen Talenten. Vielleicht sollte ich präziser sagen: Sie war eine Frau mit erotischen Talenten.«

Christine wusste nicht mehr weiter. Sloane hatte ihr alles über seine Eltern erzählt, die hübsche, anmutige Catherine, den gut aussehenden und angesehenen Preston. Er hatte ihr von seiner schönen kleinen Schwester Amelia vorgeschwärmt, einer Künstlerin. Er hatte ihr auch das majestätische Haus, in dem sie wohnten, beschrieben, idyllisch an der eindrucksvollen River Road gelegen. Seine braunen Augen hatten sich mit Tränen gefüllt, als er vom tragischen Tod der drei bei einem Autounfall gesprochen hatte, während er in Harvard studierte. Sie hatte sogar sein Fotoalbum gesehen. Da war ein Foto von ihm als Zwölfjährigem, wie er im elterlichen Swimmingpool geplanscht hatte. Ein zweites zeigte ihn als Teenager vor einer Striptease-Bar im French Quarter. Aber ihr Lieblingsfoto war diese unvergessliche Aufnahme von allen vier Familienmitgliedern gewesen, wie sie vor ihrem weißen, von griechischen Säulen getragenen Heim posierten. Sloane war schon über zwanzig, Amelia hing an seinem Arm, und alle sahen sehr glücklich aus. Wovon redete er bloß?

»Ich verstehe nicht, Sloane«, sagte sie und versuchte, ihre Stimme freundlich und ruhig klingen zu lassen. »Wer ist denn Lula? Deine Mutter hieß doch Catherine Caldwell.«

»Ich werde doch wohl besser wissen, wer meine Mutter war«, sagte er sarkastisch. »Mein Vater spielt keine Rolle. Ich meine meinen biologischen Vater. Ich weiß noch sehr gut, wer mit Lula von dem Zeitpunkt an zusammenlebte, als ich vier

Jahre alt war. Bobby Ray. Er lebte von ihren ›Einkünften‹, nannte sich ihr Ehemann und ›erzog‹ mich auf seine eigene feine Art. Das heißt, er hat mich pausenlos verprügelt und auf jede erdenkliche Art gedemütigt.«

»Aber du hast mir doch die Fotos gezeigt. Das Haus, deine Familie …«

»Die Fotos stammen von einer Familie namens Devereaux. Ich fing an, ihrem Gärtner beim Rasenmähen zu helfen, als ich zwölf war. Sie waren wunderbar und mochten mich bald ziemlich gern. Sie sagten mir immer wieder, wie klug ich sei, wie ehrgeizig, wie gut aussehend, wie sehr sie sich einen Sohn wie mich wünschten. Amelia liebte mich und ihre Eltern freuten sich darüber. Ich glaube, sie hatten sich schon überlegt, dass wir beide heiraten könnten. Amelia war sehr zart. Sie brauchte einen starken Beschützer, der sich um sie kümmerte.«

Er schien seinen Erinnerungen nachzuhängen, bevor er sich unvermittelt wieder Christine zuwandte. »Sie behandelten mich, als gehörte ich zur Familie, Chris. Sie schickten mich sogar nach Harvard. Ich war wirklich dort, als sie bei diesem Autounfall ums Leben kamen. Ich dachte, ich müsste sterben. Aber sie hatten an mich gedacht, für mich vorgesorgt. Preston hinterließ mir genügend Geld, damit ich meine Ausbildung zu Ende machen konnte.« Sloane ließ ein raues Lachen hören. »Glaub nur ja nicht, dass Lula nicht versucht hätte, mir das Geld abzuluchsen! Sie wandte alle Tricks an, aber Preston war ihr zuvorgekommen. Dieses Testament war eisern. Sie hatte keine Chance. Und so wurde ich ein Absolvent der Harvard Law School.« Er sah sie an und lächelte. »Aus diesem Grund nannte Dara mich das Superhirn.«

»O Gott«, stöhnte Christine. »Dann warst du also tatsächlich einer ihrer Liebhaber.«

»Einer davon, du sagst es.«

Die Wolken hatten sich vor den Mond geschoben, und Christine erkannte, wie riesig Sloane vor der silbrigen Landschaft aussah. »Sloane, wo ist Jeremy?«, fragte sie sanft.

»Ich hätte nie gedacht, dass Lula mich in einer Stadt wie Winston finden würde«, erzählte Sloane weiter, als hätte er sie nicht gehört. »Aber irgendwie hat sie das Geld für einen Privatdetektiv zusammengekratzt. Ihre früheren Geldquellen konnten es nicht sein, so wie sie damals aussah. Noch dazu hatte sie sich Aids eingefangen. Und Bobby Ray war schon lange weg. Die Schuld lag aber bestimmt bei Lula. Sie war schon immer hinterlistig. Sie spürte mich auf wie ein Bluthund, nachdem ich etwa ein Jahr lang hier gewesen war. Verlangte Geld von mir. Ein regelmäßiges Einkommen, sonst würde sie allen erzählen, dass ich in Wirklichkeit der uneheliche Sohn einer Prostituierten war. Ich musste sie also umbringen. Es war bemerkenswert einfach. Ich hätte es schon vor Jahren tun sollen.« Er blickte sich um. »Ich hab sie dort drüben begraben. Wo genau, weiß ich nicht mehr.«

Christines Mund war inzwischen so trocken, dass er sich wie Watte anfühlte. Sie sah nur noch verschwommen, als würde sie gleich bewusstlos werden. Sie kämpfte mit aller Kraft dagegen an. So gern sie sich dieser albtraumhaften Szene entzogen hätte, musste sie doch an ihren Bruder denken.

»Jeremy«, sie flüsterte fast. »Sloane, bitte sag, dass du ihn nicht …«

»Na, lass es schon raus! Dass ich nicht was? Ihn umgebracht habe?« Er starrte sie an, und sie fühlte sich plötzlich schwerelos, ohne Substanz, wie eine kalte Brise, die aus dem Nichts gekommen war. »Christine, ich darf mit Stolz behaupten, dass ich nur ebenbürtige Gegner aus dem Weg räume. Der liebe, dusselige Jeremy dürfte kaum in diese Kategorie fallen.«

Ihr Atem kam stoßartig. »Wo ist er?«

»Bei mir zu Hause. Unter Drogen. Ich bin nach der Arbeit im Fitness-Club gewesen und habe ihn entdeckt. Sofort wusste ich, dass das ein Wink des Schicksals ist. Ich bot ihm an, ihn heimzufahren, dann bräuchtest du nicht extra herzufahren, aber ich sagte, dass ich zuerst noch etwas aus meiner Wohnung holen müsste. Ich stellte ihm einen Becher heiße Schokolade hin, die er so gerne trinkt, diesmal allerdings mit einem kleinen Zusatz – vierzig Milligramm Valium. Dann hielt ich ihm eine Kanone an den Kopf und sagte, er sollte dich anrufen.« Er grinste hämisch. »Er hat mir brav gehorcht.«

»Er hat dir vertraut, Sloane. Er hat immer zu dir aufgesehen. Wie konntest du ihm das antun?«

»Was kann ich dafür, wenn der Narr mir vertraut.«

»Hat Dara dir auch vertraut?«

Sein Grinsen verschwand. »Zuerst schon.«

Christine schluckte. Sie hatte die Pistole entdeckt, die Sloane bei sich trug. Wenn sie versuchte, zum Auto zu rennen, würde er sie erschießen. Das Einzige, was sie tun konnte, war, ihn weiterreden zu lassen, bis, besser gesagt, falls die Polizei herkam. »Wann hast du etwas mit ihr angefangen? Vor oder während unserer Verlobungszeit?«

»Währenddessen.«

»Hast du sie geliebt?«

»Sie geliebt?« Er schüttelte den Kopf. »Ihr Aussehen vielleicht. Ihre Kniffe im Bett. Aber Dara selbst nicht.«

»Warum warst du dann mit ihr zusammen?«

»Weil ich dich auch nicht geliebt habe. Ich fand dich nicht mal anziehend.« Christine zuckte zusammen. »Warum habe ich dir dann einen Antrag gemacht? Weil du die ideale Frau für den aufstrebenden jungen Juristen gewesen wärst. Ausgezeichnete Familie. Ausgezeichnete Studentin. Tadelloses Benehmen. Und ein beachtliches Treuhandvermögen.«

Christine fragte mit schwacher Stimme: »Hast du mich denn kein bisschen geliebt?«

»Nein, Christine, kein bisschen. Aber ich wollte dich zu Mrs. Sloane Caldwell machen. Ich hätte mich mit Jeremy ein oder zwei Jahre abgefunden und ihn dann bei einem unglücklichen Unfall sterben lassen, doch du und Ames Prince, mein Pseudo-Schwiegervater, wärt die Mühe wert gewesen.«

Christine hatte das Gefühl, als hätte sich ihr Herz in einen kleinen Eisklumpen verwandelt. »Du hattest die ganze Zeit vor, Jeremy zu töten?«

»Nun, ich hätte ihn sicher nicht lange ertragen. Abgesehen davon, dass er mir peinlich gewesen wäre, hätte er mich zu Tode genervt. Du weißt ja nicht, wie viel Anstrengung es mich gekostet hat, nett zu ihm zu sein. Doch weil er der Preis war, den ich zahlen musste, um dich zu bekommen, habe ich mich überwunden.«

»Du hast mich zwar nicht geliebt, aber unsere Verlobung, unsere Hochzeit war dir wichtig.«

»Und wie.«

»Aber Dara musstest du auch noch haben.«

»Dara war ein bedauerlicher fleischlicher Ausrutscher meinerseits. Sehr bedauerlich.«

»In den letzten Wochen ihres Lebens hatte sie das Gefühl, dass jemand ihr nachstellen würde. Warst du das?«

»Es ist mir peinlich, aber es stimmt. Ich wusste, dass sie noch einen Liebhaber hatte. O nein, nicht Reynaldo. Ich wusste, dass sie ihn gleichsam als Aushängeschild benutzte. Aber da war noch jemand, der ihr wirklich etwas bedeutete. Und das machte mir Sorgen. Am Ende hörte sie sogar auf, mit mir zu schlafen. Behauptete, sie hätte eine Zyste, die ihr Schmerzen bereitete beim Beischlaf. Und dann wurde sie schwanger.«

»Das hat sie dir erzählt?«

»O ja. Wie's aussieht, weigerte sich der Erzeuger des kleinen Balgs, sie zu heiraten. Sie hatte eine Wahnsinnsangst vor einer Abtreibung, sie war sich sicher, dass sie dabei ums Leben käme. Und sie konnte sich nicht vorstellen, Reynaldo zu heiraten, weil er später niemals mehr in eine Scheidung einwilligen würde. Sie würde ihn nie mehr loswerden. Also kam sie zu mir. Sie sagte, wir bräuchten ja nur ein Jahr lang verheiratet zu bleiben, dann könnten wir uns wieder scheiden lassen. Ich weigerte mich. Schließlich war ich mit dir verlobt, und wenn ich Dara heiratete, würde ich dich verlieren. Also versuchte sie schließlich, mich zu erpressen. ›Entweder du heiratest mich, oder ich erzähl allen Leuten, dass wir was miteinander haben‹, sagte sie. ›Mein Vater wird dich rauswerfen. Christine wird nie mehr was mit dir zu tun haben wollen. Du wirst erledigt sein in dieser Stadt.‹«

»Und da hast du sie dir geschnappt und umgebracht?«

»Noch nicht. Ich versuchte es mit Vernunft. Zuerst habe ich versucht, ihr Angst zu machen, sie so zu erschrecken, dass sie freiwillig abtreiben ließ. Aber nachdem sie sich auf der Party so aufgeführt hatte, dass ich schon befürchten musste, sie würde gleich allen verkünden, dass sie schwanger war, und als du auch noch auf mich sauer warst, wusste ich, was ich zu tun hatte. Nur eine Woche später bot sich der perfekte Zeitpunkt. Die Nacht des Schwarzmonds. Sie redete ja in einer Tour über diesen Hexenkram, und ich wusste, dass sie am Bach sein würde. Also besuchte ich sie ein allerletztes Mal.«

»Du hast sie mitsamt dem ungeborenen Baby getötet.«

»Es war nicht mein Kind, Christine. Es gehörte entweder Cimino oder dem anderen Kerl, der sie bumste. Was für ein Flittchen. Genau wie meine Mutter.« Ekel verzerrte einen Moment lang seine Züge. »Dann wickelte ich sie in die Plastikplane, die ich mitgebracht hatte, und schmiss sie in den Crescent Creek.«

»Warum hast du sie nicht hier begraben, wie deine Mutter?«

»Es war Hochwasser. Ich wusste nicht genau, ob ich es bis hierher und zurück schaffen würde. Außerdem mochte sie das Stück Land hier. Sie hatte es nicht verdient, irgendwo begraben zu werden, wo sie gern war.«

»Du hast ihr die Zähne eingeschlagen. Und die Fingerkuppen abgeschnitten. All die Mühe, damit man sie nicht identifizieren würde. Aber den Rubinring hast du der Leiche gelassen.«

»Das war ein Versehen. Er muss mir aus der Tasche gefallen sein, während ich sie einwickelte. Ich hatte noch eine Menge zu erledigen und verdammt wenig Zeit. Ich musste Klamotten und anderen Kram aus ihrem Zimmer holen, damit es so aussah, als wäre sie weggelaufen. Schließlich hatte ich kein Interesse daran, dass sofort eine Ermittlung eingeleitet würde. Ich habe erst bemerkt, dass ich den Ring vergessen hatte, als ich schon wieder zu Hause war.«

»Und die Karten, die Ames aus allen Landesteilen erhalten hat?«

»Ein Freund. Besser gesagt, ein Typ, über den ich ein paar rufschädigende Informationen hatte, war so freundlich, die Zeilen zu schicken, um die Ames ein solches Aufhebens macht.«

Er kam näher. Grundgütiger, wo bleibt denn nur die Polizei?, fragte sie sich. Sie wusste, dass ein Notruf eingegangen war. Man hätte ihr längst zu Hilfe eilen sollen. Dann erinnerte sie sich an die Brücke. Und an die Streifenwagen. Crown Victorias. Sie wogen etwa zweitausend Pfund mehr als ihr Auto. Sie würden es nicht über die Brücke schaffen. Die Cops würden zu Fuß gehen müssen.

»Wer war eigentlich Daras anderer Liebhaber?«, fragte sie unvermittelt. »Hast du's nicht herausgefunden?«

Sloane wandte den Kopf. Der Wind blies ihm ins dichte Haar und entblößte eine hohe, edle Stirn. Wer hat bloß behauptet, dass die Gesichtszüge eines Menschen sein wahres Wesen enthüllen, dachte Christine trocken. »Peinlicherweise muss ich gestehen, dass ich es damals nicht wusste. Sie versicherte mir, dass sie nicht mehr mit Cimino schlief, und nach der Leidensbittermiene zu schließen, mit der er immer herumlief, war ich sicher, dass sie mir die Wahrheit gesagt hatte.« Er sah sie an und strich ihr sanft über die Wange. Sie zwang sich, nicht zurückzuweichen, keine Angst oder Abneigung zu zeigen. »Ehrlich gesagt, hat Jeremy mir endlich verraten, wer ihr Liebhaber war.«

»Jeremy?«

»Ja. Mr. *›Snake Charmer‹*. Travis Burke. Er war angeblich mein Freund, aber plötzlich ergab alles einen Sinn. Dara hat mir viel von seinem Unterricht erzählt. Dann hörte sie plötzlich damit auf. Damals ist es mir nicht aufgefallen. Jetzt weiß ich, dass sie vorsichtig geworden war. Und natürlich schrieb sie in ihr Tagebuch, dass sie in SC verliebt sei. Das habe ich erfahren, als ich damals Streak und dich belauscht habe, während ihr das Tagebuch gelesen habt, obwohl ich immer noch nicht wusste, wer dieser SC war.« Sloane seufzte. »Aber dann machte er einen Fehler mit Patricia.«

Christines Mund klappte überrascht nach unten. »Du hattest auch mit ihr ein Verhältnis?«

»Na ja, ich musste mir doch so lange die Zeit vertreiben, bis du dich beruhigt hättest und zu mir zurückkämst. Siehst du, ich hatte nämlich das große Ziel, dich zu heiraten, nie aufgegeben. Aber ich war schließlich kein Mönch.«

»Es gibt doch noch andere Frauen auf der Welt, abgesehen

von Ames' Tochter und seiner Frau«, sagte sie spitz und bedauerte es sofort, weil er sie anfunkelte, als wollte er sie ohrfeigen.

»Das weiß ich auch, Christine, aber sie kamen mir gerade recht. Und sie waren attraktiv. Und eine Weile hielten sie auch den Mund über unsere Techtelmechtel.«

»Dann hat Travis dir ja auch Patricia ausgespannt.«

»Er hat sie mir nicht weggenommen«, sagte Sloane barsch. »Ich war sowieso fertig mit ihr.«

»Nicht eifersüchtig?«

»Besorgt. Ich habe einige Dinge von Dara behalten, weißt du. Die Kristallkugel zum Beispiel – damit habe ich ihr übrigens den Schädel eingeschlagen.« Christine stellte sich vor, wie die schöne Kristallkugel auf Daras Kopf krachte, bis sie blutüberströmt und mit Haaren verklebt war, und ihr drehte sich der Magen um. »Ich hab das Blut nicht von der Kugel abgewaschen«, sagte Sloane grinsend. »Ich hab sie samt ihren Haaren in eine Plastiktüte gewickelt und behalten. Sie hatte so wunderschöne Haare, und ich hab ungefähr 20 Zentimeter davon abgeschnitten. Hab eine rote Schleife drum rum gebunden, als Andenken.«

Er schwieg einen Augenblick. »Als ich dann drauf und dran war, mit Patricia Schluss zu machen, weil mich ihre Art von Erotik allmählich zu langweilen begann, kam sie mit ihrem widerlichen Köter bei mir vorbei. Ich hatte eine Schranktür offen gelassen. Während ich mich mit Patricia unterhielt, kroch der Hund in eine Schachtel im Schrank und arbeitete sich durch das Plastik bis zu den Haaren und der blutigen Glaskugel vor. Bevor ich sie aufhalten konnte, war Patricia dem verdammten Vieh hinterhergerannt. Ich wusste nicht genau, was sie gesehen hatte oder ob ihr überhaupt bewusst war, was sie da gesehen hatte. Schließlich war das Blut auf der Kugel inzwischen nachgedunkelt. Und was sind schon ein paar Haare mit 'ner Schleife? Ich beschloss, mir über den Vorfall keine Gedanken mehr zu machen. Da erfuhr ich, dass Travis Patricias neuer Liebhaber war. Der Trottel hielt mich für seinen Freund. Er erzählte es mir auf diese widerliche Art und Weise, die typisch für ihn war – wie ein verschlagener kleiner Junge, der mit einem üblen Streich davongekommen ist. Er hat mir sogar in allen Einzelheiten beschrieben, dass er ihr Zettel unter die Statue in ihrem Garten legte, und dass sie sich heimlich in der Scheune trafen, wo sie auf der Tenne bumsten und dabei Musik hörten. Es war so lächerlich, ich hätte beinahe laut losgelacht, trotz meiner Wut, aber ich hörte weiter zu. Ich höre immer zu, und ich erinnere mich auch immer.

Patricia aber verhielt sich in meiner Gesellschaft auf einmal eigenartig. Ich dachte, dass ihre Nervosität etwas mit unserer Affäre zu tun haben könnte, aber irgendwie schien mir diese Antwort nicht befriedigend zu sein. Ich glaube, dass sie, nachdem die Leiche angeschwemmt worden war und man sicher sein konnte, dass man Dara ermordet hatte, über die letzten Wochen in Daras Leben nachgegrübelt hatte, über die Art und Weise, wie Dara sich mir gegenüber verhielt, und so hatte sie sich wohl zusammengereimt, dass ich mit ihr liiert gewesen sein musste. Und vielleicht hatte sie sich auch daran erinnert, was sie in meinem Schrank gesehen hatte. Schwarze Haare, einen kugelförmigen Gegenstand. Ich beschloss also, kein weiteres, unnötiges Risiko einzugehen. Ich stieß Patricia vom Heuboden und lenkte geschickt den Verdacht auf Travis, indem ich seinen CD-Player auf der Tenne stehen ließ.«

»Aber du hattest doch ein Alibi für den Nachmittag, an dem Patricia starb«, sagte Christine leise. »Du warst doch bei dieser Gerichtsverhandlung. Wie viele Menschen haben deine Anwesenheit bestätigt?«

»Sei doch nicht dumm, Christine. Auch wir machen Mittagspausen. Am besagten Tag waren es sogar zwei Stunden. Ich hab mir allerdings nur eine Stunde abziehen lassen. Ein alter Juristentrick, um sich das Gehalt aufzubessern.«

»Wie schlau von dir.«

»Schau mich nicht so strafend an, Liebes. So was ist heutzutage doch gang und gäbe.« Er schien ein wenig belustigt zu sein, aber dann wurde seine Miene unvermittelt bitter. »Bei Patricias Begräbnis, als dein brillanter Bruder ausposaunte, dass Travis der mysteriöse S.C. war, wurde mir schlagartig klar, dass er mit Dara geschlafen hatte und wahrscheinlich auch der Vater ihres Kindes war. Also war es eigentlich seine Schuld, dass sie mich zur Ehe zwingen wollte und sich auch sonst so unausstehlich benahm, dass du mit mir Schluss gemacht hast. Im Grunde ist es seine Schuld, dass ich das Flittchen umbringen musste.«

Mein Gott, wie beleidigt er klingt, als hätte man ihm Unrecht getan, dachte Christine. Der Mann, den sie für so stark, so robust, so freundlich und großmütig gehalten hatte, war in Wirklichkeit ein Wahnsinniger. Um ein Haar hätte sie einen Wahnsinnigen geheiratet.

Kalte Wut kam in ihr auf, und sie sagte mit einer festen, messerscharfen Stimme: »Also hat dir Travis zuerst Dara und dann auch noch Patricia ausgespannt. Aber das hätte dir doch egal sein können? Du hast doch eben gesagt, dass du sie beide nicht geliebt hast.«

»Hab ich auch nicht, aber trotzdem gehörten sie mir. Ich gebe doch nicht einfach auf, was mir gehört, Christine. Mein Leben lang musste ich für alles Gute kämpfen, und ich werde nicht aufgeben, außer man zwingt mich dazu, und nicht ohne mich dafür zu rächen.«

»Und Travis hat seine gerechte Strafe bekommen.«

Sloane grinste wieder. »O ja. Ich hab die Burkes oft besucht. Ich wusste daher, wo er die Schlüssel für sein Schlangenhaus aufbewahrte, und hab mir einen Satz gekrallt. Daraufhin bin ich in aller Frühe zurückgekommen, um die Käfigtüren im Schlangenhaus zu öffnen. Ich weiß, dass man sich langsam, gleichmäßig und leise bewegen muss, um die verdammten Biester nicht aufzustacheln.«

Er runzelte die Stirn. »Es war nicht so einfach wie der Mord an Patricia, aber es war ein befriedigendes Gefühl, als ich das Schlangenhaus ohne einen Kratzer wieder verlassen hatte. Ich hatte in Travis' Arbeitszimmer ein Fenster einen Spalt offen gelassen. Ich kletterte also rein und deponierte den zweiten Satz Schlüssel wieder in seiner Schreibtischschublade. Anschließend fuhr ich heim, um mich noch ein paar Stunden aufs Ohr zu hauen. Und der folgende Tag war dann ein Tag des Triumphes für mich. Travis starb auf köstlich gruselige Weise, genau, wie er es verdient hat.« Er lachte. »So, wie er als Toter aussah, hätte er kein Mädchen mehr zum Träumen gebracht.«

Christine überkam eine Übelkeit, die sie fast zum Würgen brachte. »Du bist so krank, Sloane. Deine Kindheit muss wirklich grauenvoll gewesen sein, dass du so geworden bist.«

Sloanes Blick schien sich nach innen zu wenden. »Ich weiß nicht, warum Lula mich nicht weggegeben hat. Sie hätte mir damit den größten Gefallen getan. Vielleicht hat sie es ja gerade deshalb nicht getan, obwohl ich mich erinnere, dass sie etwas von einem Mann gebrabbelt hat, mit dem sie zusammen war und der ein Kind von ihr wollte. Offenbar wollte er nicht lang eins, weil er weg war, bevor ich alt genug war, um mich an ihn zu erinnern. Und dann fand Lula heraus, dass ich ihr in Sachen Geld nützlich sein konnte. Zuerst war ich ein niedlicher Kleiner, der an Straßenecken und vor Einkaufszentren stand und bettelte. Später …« Er schüttelte sich. »… manche Männer mögen kleine Jungs, weißt du.«

Christine fror bis ins Mark. »O Gott.«

»Ja. Ich bat unseren mächtigen Herrn und Gott sehr oft um Hilfe, aber offenbar ist er eigen, wenn es darum geht, jemandem zu helfen. Ich hatte ihn aufgegeben, als ich Preston Devereaux begegnete. Ich war überrascht, dass er sich überhaupt Zeit für mich nahm. Ich hatte anfangs eine Heidenangst vor ihm, war abweisend und feindselig. Aber er verstand mich. Er hatte Geduld. Und er hat mein Leben verändert. Er lehrte mich, wie man sich gut kleidet, Catherine brachte mir gutes Benehmen bei, und Amelia versuchte, mir etwas über Kunst und Literatur zu zeigen. Ich fürchte, dass ich keinerlei Begabung für künstlerische Dinge hatte, aber ich sog alles, was sie mir sagten, gierig auf. Ich hab sie beobachtet, Prestons Art zu reden und sich zu benehmen imitiert. Ich gab mir große Mühe, ein Gentleman zu werden.«

Christine erinnerte sich, wie viel Sloane immer daran gelegen war, gesellschaftsfähig zu sein, sich stets tadellos zu kleiden, einen guten Eindruck zu machen. Diese Strenge hatte sie in der ersten Zeit genervt, sie gehemmt. Doch jetzt begriff sie, woher das kam. Nichts davon war natürlich. Alles war mühevoll angelernt und wurde umso strikter befolgt.

»Damals lächelte mir das Leben zu«, erzählte Sloane weiter mit fast verträumter Stimme. »Das Leben bestand plötzlich nicht mehr nur aus Dreck und fluchenden Weibern und billigem Fusel. Es besaß Schönheit und Anmut und bot unbegrenzte Möglichkeiten.« Er lächelte bitter. »Und dann hat dieser gute Mann, nämlich Gott, sie mir alle genommen. Ich musste von vorn anfangen. Preston hat mir beigebracht, dass man, wenn einem das Leben übel mitspielt, nicht im Dreck liegen bleiben soll. Man muss aufstehen und kämpfen. Genau das tat ich also hier in Winston. Ich hatte einen guten Job, die ideale Verlobte und unbegrenzte Aussichten. Und gerade, als es für mich wieder aufwärts ging, musste Dara daherkommen.«

»Ich würde sagen, dass Dara mehr wegen dir als du wegen ihr zu leiden hatte«, murmelte Christine.

»Du hattest nicht immer ein so loses Mundwerk, Christine.«

»Vielleicht hab ich nur nicht immer ausgesprochen, was ich dachte.«

Sloane zog die Brauen zusammen. »Nun, das mag stimmen, denn nach Daras Tod sah ich eine Seite an dir, von deren Existenz ich nichts gewusst hatte. Zum Beispiel, als du vor der Polizei darauf bestanden hast, dass Dara andere Sachen mitgenommen hätte, wenn sie wirklich weggelaufen wäre. Und dass du noch Jahre danach immer wieder gebohrt und gebohrt und gebohrt hast. Dass du das Tagebuch gefunden und zur Polizei gebracht hast. Dass du mich als S.C. identifiziert hast. Du hast dich zwar getäuscht, aber ich bin ganz sicher, dass du irgendwann etwas zutage gefördert hättest, was mir geschadet hätte.«

Er schüttelte den Kopf. »Ich wollte dich nicht ermorden, mein Schatz, bestimmt nicht. Deshalb hab ich ja auch versucht, dir mit den Anrufen Angst einzujagen. Und mit den Fotos in der Karte. Und dann der Überfall im Fitness-Studio. Da bin ich wohl ein bisschen zu weit gegangen. Ich war nahe dran, dich zu vergewaltigen, aber ich hatte schon viel zu viel Zeit verloren an diesem Morgen. Aber den letzten Schlag hast du mir mit diesem Cop versetzt. Ich hab's bei Patricias Beerdigung gemerkt. Du hast mich einfach übergangen, um mit ihm zu reden. Und wie du ihn angesehen hast … Mich hast du nie so angesehen. Nicht einmal.«

»Das stimmt doch nicht, Sloane. Ich hatte dich gern. Und

ich wollte dich nicht schneiden auf der Beerdigung. Mir war nur plötzlich etwas in den Sinn gekommen, das ich Michael unbedingt erzählen musste …«

»Aha, Michael. Hör schon auf, Christine. Du kannst mich nicht mehr aufhalten.«

»Und was willst du tun?« Ihre Stimme klang erstaunlich fest bei all der Angst, die sie durchflutete. »Willst du mich etwa erschießen und auf dem Weg zurück der Polizei in die Hände laufen?«

»Ich werde dich nicht erschießen, außer es geht nicht anders. Du wirst einen schrecklichen Unfall haben. Du wirst heute Nacht in den Fluss fallen. Und zwar in deinem eigenen Auto.«

Die Panik flatterte wie ein großer schwarzer Vogel in Christines Brust. »In meinem Wagen? Wieso denn das?«

»Das Land hier ist zum Fluss hin steil abfallend, wie du mit Sicherheit weißt. Es geht fünfzehn bis zwanzig Meter nach unten. Du wirst quer über die Halbinsel rasen und geradewegs im Fluss landen, und das bei hohem Wasserstand. Du wirst nicht so lang im Wasser bleiben wie Dara, aber genauso tot sein.«

Christine starrte ihn an, malte sich das Szenario aus, das er geschaffen hatte. Irgendeinen Haken hatte die Sache. »Keiner würde glauben, dass ich hier einfach nur spazieren fahren wollte. Und sie würden niemals glauben, dass ich Selbstmord begehen und meinen Bruder allein lassen würde.«

»Glaubst du im Ernst, ich hätte mir die Ursache für dein untypisches Verhalten nicht längst zurechtgelegt? Es wird so aussehen, dass Jeremy dem Genuss von Alkohol und Valium frönte und dann auf die glorreiche Idee verfiel, dich hier herüber zu locken, um nach seiner kostbaren Dara zu suchen. Nur ging der Schuss leider nach hinten los, denn du bist geradewegs in den Fluss gefahren, als du in dieser Nacht auf unbekanntem Terrain herumgekurvt bist. Und der gute alte Jeremy, geistig zurückgeblieben, betrunken und auch noch voll gepumpt mit Drogen, beschloss wegzurennen, nur brach er ausgerechnet auf den Schienen vor der Stadt besinnungslos zusammen. Unglücklicherweise wurde sein Körper vom Frühzug erfasst. Zweifache Tragödie. Die Stadt wird monatelang von nichts anderem reden.«

»Zweifache Tragödie?«, fragte Christine und ärgerte sich über das Zittern in ihrer Stimme. »Ein bisschen weit hergeholt, findest du nicht? Weißt du, Deputy Winter kann solche Zufälle nicht ausstehen.«

»Apropos Michael. Wie ich hörte, ist seine Exfrau wieder in der Stadt. Sie soll bei ihm wohnen. Ich glaube nicht, dass er sich wegen dir immer noch so ins Zeug legen wird wie vorher. Du warst doch nur ein Notnagel für einen einsamen Mann. Und Ames wird sich auch nicht viel um dich scheren. Wahrscheinlich ist er sogar froh, dass er dich vom Hals hat.«

»Da liegst du falsch«, wiedersprach ihm Christine wütend. »Michael und Ames werden wissen, dass etwas nicht in Ordnung ist. Und hast du Rey und Tess und Bethany vergessen?«

»Geliebtes Herz, Rey ist doch viel zu sehr mit seiner unglücklichen Ehe beschäftigt, als dass er sich viel über andere Dinge Gedanken machen könnte. Und Tess ist so sehr von ihm besessen, dass sie zweifellos froh ist, eine Konkurrentin aus dem Weg zu haben. Und Bethany? Was lässt sich wohl über die schwächliche kleine Bethany sagen? Sie hat ihren Ehemann verloren. Sie hat eine kleine Tochter zu versorgen. Sie wird ihre Zeit nicht vergeuden, indem sie sich über euer Ableben Gedanken macht.« Er schüttelte den Kopf. »Dich hat das Glück verlassen, Mädchen. Also lass uns rüber zu deinem Auto gehen.«

Mein Auto. Mein todbringendes Auto, dachte Christine. »Nein.«

»Doch. Ich werde dich ganz bestimmt nicht tragen. Du bist nicht eben zierlich, Christine. Das ist noch so etwas an dir, das ich nicht mag, über das ich aber wohl oder übel hinweggesehen habe.« Er lachte leise, griff in seine Tasche und zog einen Revolver heraus, den er ihr an den Kopf hielt. »Ich sagte, du sollst gehen!«

Christine setzte sich langsam in Bewegung, verzweifelt nach einem Ausweg suchend. Sie konnte wegrennen, aber er würde sie erschießen. Und sie würde letztendlich doch im Fluss landen. Sie konnte versuchen, ihm die Waffe abzunehmen, aber sie wusste ja, wie kräftig Sloane war. Viel kräftiger, als es den Anschein hatte. Sie könnte ihm den Revolver niemals entreißen.

»Schneller!«, kommandierte er.

Weil das Gelände einmal landwirtschaftlich genutzt worden war, standen hier abgesehen von ein paar Robinien, die mit der Entschlossenheit von Unkraut überall gediehen, nur wenige Bäume. Wieder hatte sich der Mond hinter ein paar Wolken versteckt und das Land in Dunkelheit getaucht. Zwischen Schatten und Nebel sah sie kaum, wohin sie trat. Die meisten Menschen würden ganz sicher glauben, dass sie in solch einer dunklen Nacht, noch dazu auf unbekanntem Terrain und abgelenkt durch die panische Angst um ihren Bruder, ins Wasser gestürzt wäre. Sloane hatte sich einen guten Plan zurechtgelegt, aber sie hatte ja immer gewusst, dass er ein schlauer Bursche war. Sie hatte nur nicht mit dieser Niedertracht gerechnet.

»Du hast dir einen ausgezeichneten Plan zurechtgelegt, wie du Jeremy und mich loswerden kannst«, sagte sie. »Kein Wunder, dass Dara dich das Superhirn nannte.«

»Komplimente helfen dir auch nicht weiter, meine Liebe! Ah, da ist ja dein Wagen!«

Christine schaute ihm ins Gesicht. Sie hatte nichts mehr zu verlieren. »Was hast du denn jetzt mit mir vor? Legst du mir Handschellen an, setzt mich ins Auto und schubst es über die Klippe in den Fluss?«

»Die Böschung ist nicht hoch genug, um als Klippe bezeichnet werden zu können«, sagte Sloane irritiert. »Außerdem würden Handschellen das Ganze doch nicht als einen Unfall aussehen lassen, nicht?«

»Wohl kaum. Aber ich möchte einen Handel mit dir abschließen. Ich werde mich nicht wehren. Du kannst mich ohne weiteres umbringen, wenn du meinen Bruder am Leben lässt.«

Sloane verdrehte die Augen. »Ich kann ihn doch nicht leben lassen, nachdem ich ihn gezwungen habe, dich anzurufen.«

»Du hast es doch selbst gesagt. Er ist zurückgeblieben. Die meisten Leute in dieser Stadt würden ihm kein Wort glauben. Du dagegen hast einen ausgezeichneten Ruf. Wieso sollte jemand glauben, dass ausgerechnet du meinen Bruder entführt, unter Drogen gesetzt und gezwungen hast, mich hier auf diese Insel zu locken? Sie werden glauben, dass er sich herausreden will, weil er mir einen Streich spielen wollte, der in einer Katastrophe endete. Noch dazu könntest du dabei beobachtet werden, wie du ihn um ein Uhr morgens auf die Schienen legst. Oder er kommt zu sich und macht sich vom Acker. Oder der Zugführer bringt den Zug zum Stehen. Ein Dutzend Sachen könnten schief gehen bei diesem Plan mit Jeremy.«

Jetzt hatte sie ihn. Er sah aus, als würde er über ihre Worte nachdenken, das Für und Wider abwägen, erkennen, wie schwierig es wäre, den Körper eines großen ausgewachsenen Mannes auf die Gleise zu legen, ohne dass Komplikationen eintraten. Ein Hoffnungsschimmer begann sich in ihr zu regen, wurde aber im Keim erstickt.

»Ich habe nicht vor, ihn hier vor Ort beiseite zu schaffen, Christine. Ungefähr zwei Meilen außerhalb müsste es gehen. Keine Häuser. Wenige Autos, die um diese Zeit vorbeifahren, aber nicht zu weit weg, als dass er die Strecke nicht hätte zu Fuß zurücklegen können. Er hat genügend Valium in sich, um ihn bis zum Morgen auszuschalten. Und was den Zugführer angeht, der den Zug auf wunderbare Weise rechtzeitig zum Stoppen bringen soll, sieh dir nur mal den Nebel an. Er wird Jeremy doch gar nicht sehen. Doch dir wird es ein Trost sein zu wissen, dass Jeremy nicht mitbekommen wird, was mit ihm passiert.«

»Du Dreckskerl«, zischte Christine.

»Nicht wahr?«, stimmte Sloane ihr grinsend zu. »Aber ein ziemlich schlauer Dreckskerl.«

Seine Hand packte sie so schnell, dass sie sich nicht entziehen konnte. Dann schlug er sie mit dem Revolvergriff gegen die Schläfe, sodass sie zu Boden fiel und die Besinnung verlor.

Als Christine erwachte, saß sie am Steuer ihres Wagens. Der war in Bewegung. Ihr Kopf tat entsetzlich weh, und einen Augenblick hatte sie keine Ahnung, wo sie war und was da vor sich ging. Dann kam die Erinnerung ebenso rasch zurück, wie die steil abfallende Böschung näher rückte. Sloane hatte sie in den Wagen gesetzt. Er hatte ihn angelassen, ihren Fuß auf das Gaspedal gestellt und diesen mit einem Felsbrocken beschwert. Dann hatte er den Hebel auf »Drive« gestellt und sie auf den Fluss zufahren lassen, dessen schlammige Fluten sie gleich verschlingen würden.

»Stehen bleiben!«, hörte sie jemanden hinter sich rufen.

»Caldwell! Polizei! Bleiben Sie stehen!« Dann ein Schuss.

Die Böschung. Der kleine Wagen raste weiter.

»Mach die Tür auf, Christine!«, schrie ihr jemand zu. »Mach die Tür auf! Spring! Mach die Tür auf und spring! Jetzt!«

Sie tastete an der Innenseite der Tür entlang, bis sie endlich den Türgriff fand. Mit schwitzenden Fingern stieß sie sie auf und schmiss sich hinaus, landete auf dem steinigen Boden und rollte über die Böschung, bis sie an einen Felsbrocken prallte. Unmittelbar bevor sie erneut das Bewusstsein verlor, hörte sie den Wagen in die tiefen, kalten, schlammigen Fluten des gewaltigen Ohio River prallen.

Epilog

Zwei Monate später

Eine blasse frühmorgendliche Sonne beschien das zarte smaragdgrüne Junigras. Der Morgennebel hatte sich langsam verzogen und den Friedhof wie frisch gewaschen im funkelnden Morgentau zurückgelassen. Tauben saßen wie Symbole des Friedens um das Grab herum und gurrten leise.

Christine war dem Begräbnis tags zuvor diskret ferngeblieben, aber heute hatte es sie hierher gezogen. Dass Jeremy sie begleiten wollte, war klar, aber es hatte sie überrascht, dass Michael darauf bestanden hatte, ihnen Gesellschaft zu leisten.

Die Ergebnisse des DNA-Tests, der bewies, dass die Leiche aus dem Fluss tatsächlich Dara Prince war, waren vor einer Woche gekommen, und das Labor der Gerichtsmedizin hatte sie endlich zur Bestattung freigegeben. Noch bezeichnete die Grabstätte kein Grabstein. Der würde erst später aufgestellt werden. Bis dahin ruhte Dara an der Seite ihrer Mutter, unter einem großen rosafarbenen Granitstein, der den Namen PRINCE trug. Blumenkränze häuften sich auf dem frischen Grab.

»Ich glaube noch immer, dass sie lieber drüben auf der Insel begraben läge, neben dem Hügelgrab«, bemerkte Jeremy.

»Es ist gegen das Gesetz, jemanden auf einem Gelände zu begraben, das nicht offiziell als Friedhof ausgewiesen ist«, erklärte ihm Michael. »Aber hier ist es doch auch sehr hübsch. Und Dara liegt neben ihrer Mutter.«

Jeremy hatte einen Strauß von weißen Nelken und korallenroten Rosen mitgebracht. »Warum legst du deine Blumen nicht ans Kopfende des Grabs, wo später der Stein stehen wird?«, schlug Christine ihm vor.

Jeremy legte den Strauß ab und blickte voller Ehrerbietung auf das Grab. Schließlich sagte er: »Ich vermisse dich sehr, Dara. Ich werd dich nie, nie, nie vergessen.«

Christine stiegen Tränen in die Augen, als sie daran dachte, dass das verwirrte, unausgegorene Mädchen endlich zur Ruhe gekommen war an diesem schönen, friedlichen, sonnendurchfluteten Ort. Michael legte ihr die Hand auf die Schulter. Sie lächelte ihm zu, froh darüber, dass ihr Bruder endlich über jeden Verdacht erhaben war, was Daras Ermordung anbelangte. Dara hätte alles haben können und hatte ihrer eigenen kindischen Achtlosigkeit wegen alles verloren. Vielleicht wäre alles anders gelaufen, wenn ihre Mutter Eve noch gelebt hätte, aber das würden sie nun nie mehr erfahren.

»Ich glaube nicht, dass Ames Prince etwas dagegen gehabt hätte, dass du zur Beerdigung kommst«, sagte Michael. »Schließlich hat er dir ja auch den alten Job wieder angeboten.«

»Schon, aber zwischen uns herrscht noch immer dicke Luft, vor allem, seit er erfahren hat, dass ich meinen eigenen Schmuckladen eröffnen will und dass Rey und Ginger bei mir anfangen wollen.«

»Und Jeremy natürlich auch«, sagte Michael.

Jeremy strahlte übers ganze Gesicht. »Christy hat gesagt, dass ich mir einen Namen für den Laden ausdenken darf, aber mir ist noch kein guter eingefallen.«

»Das kommt noch«, versicherte ihm Michael.

»Das hoffe ich.« Er sah sich um. »Ich geh mal da rüber zum Teich und seh den Schwänen zu.«

Jeremy schlenderte zum Teich und unterhielt sich mit den Schwänen, die friedlich über das stille, klare Wasser glitten.

»Endlich ist der Spuk vorbei«, sagte Michael. »Sind die Wunden schon verheilt?«

Christine schloss kurz die Augen. »Ich kann immer noch nicht glauben, dass Sloane all das auf dem Gewissen hatte. Ich weiß, er war ein Ungeheuer, aber wenn ich an seine Kindheit denke, die ihn zu dem gemacht hat, was er war und für die er sich so geschämt hat, dann tut er mir trotz allem Leid.«

»Die meisten Menschen hätten anders gedacht, deshalb hat er sich auch lieber erschossen, als sich verhaften und verurteilen zu lassen. Er hätte es nicht ertragen, das Image, das er von sich aufgebaut hatte, im Gerichtssaal zerstören zu lassen«, sagte Michael. »Immer, wenn ich daran denke, dass du den Kerl fast geheiratet hättest, wird mir ganz übel. Gott allein weiß, was er dir alles angetan hätte.«

»Nun, was er sich für Jeremy ausgedacht hatte, wissen wir ja. Aber ich werde es Jeremy nicht erzählen, dass Sloane tatsächlich geplant hatte, ihn umzubringen. Und Gott sei Dank erinnert er sich nicht mehr groß an die Entführung.«

»Das liegt an den Drogen. Aber er hat nicht vergessen, euer geheimes Codewort zu sagen, um dich wissen zu lassen, dass etwas nicht in Ordnung war.«

»Klingon«, sagte Christine mit dem Anflug eines Lächelns. »Und er nannte mich nicht Christy, sondern Christine. Ich wünschte nur, dass mir früher ein Licht aufgegangen wäre, bevor ich auf die Insel ging.« Sie sah ihn an. »Doch genau wie im Film bist du gerade noch rechtzeitig gekommen, um mich zu retten.«

Michael grinste. »Gut, dass Lasky mich zu Hause angerufen hat, um mir zu sagen, was los war, nachdem Morris dem Präsidium gemeldet hatte, dass du deinen Bruder auf der Halbinsel suchen wolltest. Lasky wusste noch, dass mein Auto klein genug ist, um über die Brücke fahren zu können.«

»Und du bist gekommen, obwohl Lisa dich zurückhalten wollte.«

Michael streichelte ihr übers Haar. »Das mit Lisa und mir war von Anfang an ein Irrtum. Ich war von ihrem Aussehen überwältigt. Hin und weg sozusagen. Wir hatten nichts gemein, abgesehen von unserem Kind. Ich weiß, dass Lisa Stacy geliebt hat, aber sie konnte niemanden mehr lieben als sich selbst, und ich konnte niemanden wirklich lieben, der so sehr mit sich selbst beschäftigt ist und so wenig Sinn für Verantwortung hat. Ich habe sie nicht darum gebeten, zu mir zurückzukommen. Ich wollte sie nicht hier haben.«

»Aber sie hat sich vielleicht in der Zeit verändert, als ihr getrennt wart, Michael. Vielleicht ist sie reifer geworden, hat sich für das entschieden, was ihr wirklich wichtig ist. Nämlich du.«

Er schüttelte den Kopf. »Sie ist nur gekommen, weil es mit ihrer Karriere trotz ihres tollen Werbespots nicht so recht klappen wollte. Sie hatte Langeweile und ein wenig Angst. Aber sie war ebenso wenig in mich verliebt wie ich in sie. Ich wusste gleich, als sie ins Krankenzimmer kam, dass es vorbei war. Ich habe sie nicht einmal mehr begehrt. Zwischen uns ist nichts passiert in den paar Tagen, die sie in meinem Haus verbrachte. Ich wünsche ihr viel Glück, aber ich bin froh, dass sie weg ist. Obwohl wir schon seit zwei Jahren geschieden sind, fühle ich mich jetzt erst richtig frei.«

»Ich weiß nicht, ob ich mich für dich freuen soll oder nicht.«

»Du kannst dich freuen.« Michael nahm ihre Hand. Er zog

sie an seine Lippen und küsste zart ihre Innenfläche. »Freu dich, dass ich frei bin für einen Neubeginn.«

Christine stockte der Atem, als sie in seine dunkelbraunen Augen blickte und die Zärtlichkeit darin sah. »Das möchtest du? Neu anfangen?«

Jeremy kam zurück. »Die Schwäne hatten nicht viel zu sagen. Hey, Deputy, du küsst ja meine Schwester!«

»Jeremy!«, sagte Christine verlegen.

Michael lachte. »Hey, Jeremy, meinst du, dass du mir einen schicken Verlobungsring machen könntest, den ich ihr schenken kann?«

»Na und ob! Wow! Werden Sie Christy heiraten?«

»Ich hoffe es. Wie wär's, Christine? Bist du bereit, das Wagnis einzugehen?«

»So bald schon? Du kennst mich doch erst seit zwei Monaten und du hast mir noch nicht einmal gesagt, dass du mich liebst.«

»Nicht? Wo bin ich nur mit meinen Gedanken!« Michael lachte. »Christine Ireland, ich liebe dich wahnsinnig. Und was die kurze Zeit betrifft, die wir einander erst kennen: Wenn es passt, passt es eben.«

»Genau, Christy«, rief Jeremy. »Wenn es passt, dann passt es! Er hat gesagt, dass er dich liebt. Und du liebst ihn auch. Das weiß ich. Du bist ganz verrückt nach ihm!«

»Ja, das ist wohl wahr«, sagte Christine, lächelte und wurde rot dabei.

Michael schloss sie in seine starken Arme, hob sie hoch und wirbelte sie im Kreis herum. »Dann schlag deine Bedenken in den Wind und sei dein Leben lang verrückt nach mir!«

Carlene Thompson
Glaub nicht, es sei vorbei
Roman
Aus dem Amerikanischen von Irmengard Gabler
384 Seiten. Gebunden
ISBN 3-8105-2025-X

Todd, der kleine Sohn ihrer Cousine Molly, ist entführt worden, und Rebekka Ryan versucht mit allen Mitteln, das Kind zu finden. Aber sie weiß, dass sie den Jungen nur finden kann, wenn sie sich ihrer Vergangenheit noch einmal stellt. Denn es scheint immer noch einen Menschen in ihrer Heimatstadt zu geben, der ihr und ihrer Familie schaden will. Aber warum?

Ein Carlene-Thomson-Krimi der Extraklasse

Carlene Thompson

Schwarz zur Erinnerung
Roman
Aus dem Amerikanischen von Ann Anders
Band 14227

Sieh mich nicht an
Roman
Aus dem Amerikanischen von Anne Steeb
Band 14538

Heute Nacht oder nie
Roman
Aus dem Amerikanischen von Anne Steeb
Band 14779

Im Falle meines Todes
Roman
Aus dem Amerikanischen von Anne Steeb
Band 14835

Kalt ist die Nacht
Roman
Aus dem Amerikanischen von Irmengard Gabler
Band 14977

Vergiss, wenn du kannst
Roman
Aus dem Amerikanischen von Irmengard Gabler
Band 15235